पेंगुइन स्वदेश

वसुदेव

वर्तमान युग के सर्वाधिक प्रतिष्ठित साहित्यकार नरेन्द्र कोहली ने साहित्य की सभी प्रमुख विधाओं (यथा उपन्यास, व्यंग्य, नाटक, कहानी) एवं गौण विधाओं (यथा संस्मरण, निबंध, पत्र आदि) और आलोचनात्मक साहित्य में विपुल लेखन किया। उन्होंने शताधिक श्रेष्ठ ग्रंथों का सृजन किया है। हिन्दी साहित्य में महा-काव्यात्मक उपन्यास लिखने का श्रेय नरेन्द्र कोहली को ही जाता है। पौराणिक एवं ऐतिहासिक चरित्रों की गुत्थियों को सुलझाते हुए उनके माध्यम से आधुनिक समाज की समस्याओं एवं उनके समाधान को समाज के समक्ष प्रस्तुत करना कोहली की अन्यतम विशेषता है। कोहली जी सांस्कृतिक राष्ट्रवादी साहित्यकार हैं, जिन्होंने अपनी रचनाओं के माध्यम से भारतीय जीवन-शैली एवं दर्शन का सम्यक् परिचय करवाया है।

वसुदेव

नरेन्द्र कोहली

पेंगुइन स्वदेश
पेंगुइन रैंडम हाउस इम्प्रिंट

पेंगुइन स्वदेश

यूएसए | कनाडा | यूके | आयरलैंड | ऑस्ट्रेलिया | सिंगापुर
न्यू ज़ीलैंड | भारत | दक्षिण अफ्रीका | चीन

पेंगुइन स्वदेश, पेंगुइन रैंडम हाउस ग्रुप ऑफ़ कम्पनीज़ का हिस्सा है,
जिसका पता global.penguinrandomhouse.com पर मिलेगा

पेंगुइन रैंडम हाउस इंडिया प्रा. लि.,
चौथी मंजिल, कैपिटल टावर -1, एम जी रोड,
गुड़गांव 122 002, हरियाणा, भारत

पेंगुइन
रैंडम हाउस
इंडिया

प्रथम हिन्दी संस्करण हिन्द पॉकेट बुक्स द्वारा 2007 में प्रकाशित
प्रस्ततु हिन्दी संस्करण पेंगुइन स्वदेश में पेंगुइन रैंडम हाउस द्वारा 2023 में प्रकाशित

10 9 8 7 6 5 4 3 2

ISBN 9789353490034

टाइपसेटः www.maniworks.com

मुद्रक : मणिपाल टेक्नॉलजीस् लिमिटेड, भारत

www.penguin.co.in

FSC www.fsc.org MIX Paper | Supporting responsible forestry FSC® C043100

समर्पण

अगस्त्य के लिए सस्नेह
जिसने मुझसे पूछा था कि
हम अकारण ही अपने आर्ष
ग्रन्थों की प्रामाणिकता में
सन्देह क्यों करते हैं?

वसुदेव की आंखें फटी की फटी रह गईं।...

विदाई की घड़ी थी। देवकी की भाभियां और उनकी बहनें आंखों में अश्रु भरे, उन्हें घेर कर खड़ी थीं। देवक और उनके पुत्र अपने भावों में खोए, निकट ही खड़े थे। कंस देवकी को विदा करने के लिए, उन्हें रथारूढ़ होने में सहायता कर रहा था...अकस्मात् ही उसने न केवल देवकी को छोड़ दिया और अपनी भुजाएं उनसे सर्वथा मुक्त कर लीं, वरन् पीछे हट कर उसने अपना खड्ग, कोश से बाहर निकाल लिया।...खड्ग? पर किसके लिए? देवकी पर तो कोई संकट नहीं था।...अरे...लगा, जैसे वह देवकी का ही वध कर डालेगा।...जो कंस विवाह में अत्यन्त उत्साह से सम्मिलित ही नहीं हुआ था, एक प्रकार से सारे विवाह का प्रबन्ध और संचालन कर रहा था, वही कंस अकस्मात् राक्षस हो गया था।

देवकी की समझ में कुछ नहीं आया। वे स्तम्भित-सी खड़ी थीं। न वे कुछ सोच पा रही थीं, न बोल पा रही थीं; और न ही उनका शरीर ही हिल पा रहा था।...सारा शरीर सहसा जड़-सा हो गया था।

कंस के खड्ग को देख कर देवकी के भाई-बहन तथा सम्बन्धी छिटक कर दूर चले गए थे। अब वे किसी के घेरे में नहीं थीं। वे और कंस आमने-सामने थे। कंस ने देवकी के केश पकड़ लिए थे।...यह सब-कुछ बहुत आकस्मिक था; किन्तु फिर भी वसुदेव संभले। वे देवकी को किसी सम्भावित आघात से बचाने के लिए, उनकी ढाल बन कर, उनके सम्मुख आ खड़े हुए थे।

"क्या बात है मित्र?" उन्होंने प्रयत्नपूर्वक स्वयं को नम्र बनाए रखा।

लगा, कंस एक भुजा से वसुदेव को परे धकेल कर दूसरे से देवकी पर प्रहार करने वाला है, किन्तु उसने ऐसा कुछ किया नहीं। कुछ कहा भी नहीं। वह भी

जैसे किसी कारणवश स्तब्ध रह गया था। उसकी मुद्रा देख कर अगले ही क्षण वसुदेव ने अपना सम्बोधन बदल दिया, "क्या बात है महाराज!"

कंस ने वसुदेव के प्रश्नों का कोई उत्तर नहीं दिया। उसने अपने निकट खड़े, अपने मागध तान्त्रिक भविष्यवक्ता की ओर देखा।

भविष्यवक्ता ने जैसे स्वीकृति में अपना सिर हिलाया, "हां महाराज! इसी स्त्री का..." और फिर कुछ सोच कर उसने अपना वाक्य संशोधित कर दिया, "महाराज! आपकी इसी भगिनी के आठवें गर्भ की सन्तान आपका वध करेगी।" वह जैसे स्वयं अपनी ही वाणी से डर गया था, "उससे आपके प्राणों को संकट है महाराज!"

कंस का चेहरा भय से पीला पड़ गया था। उसके नेत्रों में भय की छाया थी। उसके मुख से कोई शब्द नहीं फूटा। लगा, वह अपने भय से लड़ रहा था। वह देवकी की ओर इस प्रकार देख रहा था, जैसे वह साक्षात् मृत्यु के दर्शन कर रहा हो...उसने स्वयं को संभाला। अब वहां भय नहीं, भय की प्रतिक्रिया थी। उसने आक्रामक रूप धारण कर लिया था, "वध तो वह तब करेगा, जब उसका जन्म होगा। मैं देवकी का ही वध कर देता हूं। न रहेगा बांस और न बजेगी बांसुरी।"

वसुदेव सब-कुछ समझ गए थे। परीक्षा का क्षण आ पहुंचा था।

उनका मस्तिष्क पूरे वेग से दौड़ रहा था।...विवाह में सम्मिलित ये सैकड़ों स्त्री-पुरुष अपनी खुली आंखों से देख रहे थे कि कंस अपनी निरपराध भगिनी की सार्वजनिक रूप से हत्या करने जा रहा था; किन्तु किसी के मन में उसके प्रतिकार और निराकरण का कोई विचार अंकुरित होता हुआ भी दिखाई नहीं दे रहा था। कहीं कोई सहायता नहीं थी। किसी के मन में नहीं आया कि उसे हस्तक्षेप करना चाहिए। देवकी के पिता और कंस के चाचा, देवक, भी कुछ पीछे हट गए थे। चारों ओर पूर्ण जड़ता का साम्राज्य था। सबकी आंखों में भय और असहायता का भाव था।...ऐसा मथुरा में ही सम्भव था कि कोई व्यक्ति एक निरपराध स्त्री का सार्वजनिक रूप से वध कर दे और सैकड़ों नहीं, सहस्रों लोग उसके विरोधी होते हुए भी खड़े देखते रहें। योद्धाओं के खड्ग उनकी कटि से ही बंधे रहेंगे। वे कोश से बाहर नहीं निकलेंगे। वीरों की भुजाओं की मछलियां तड़प कर रह जाएंगी, पर उनकी भुजाएं नहीं उठेंगी। मथुरा में न्याय की ही नहीं, साहस की भी मृत्यु हो चुकी थी।...कदाचित् जन सामान्य के साहस के देहान्त पर ही राक्षसों के अन्याय का जन्म होता है।...

शासन के दंडधर, सैनिक, न्यायमूर्ति, दंडाधिकारी तो कुछ करेंगे ही नहीं, देवकी के पिता और भाई भी अपना हाथ नहीं उठाएंगे। हाथ...वे तो अपनी जिह्वा भी नहीं हिलाएंगे।...तो वसुदेव ही क्यों कुछ नहीं करते। मथुरा के धर्माधिकारी और सामान्य नागरिक के रूप में ही नहीं, पति के रूप में भी उन्हीं का दायित्व था कि वे अपनी पत्नी की रक्षा करते।...उनका हाथ अपने खड्ग की मूंठ पर गया भी; किन्तु कुछ सोच कर वे थम गए।...यह ठीक है कि वे स्वयं अच्छे योद्धा थे। उनमें साहस का इतना अभाव भी नहीं था कि अपनी नवविवाहिता को इस प्रकार अपनी आंखों के सम्मुख कंस के खड्ग से कट जाने देते।...उनके चारों ओर वृष्णि वंश के वीर खड़े थे। यदि वसुदेव साहस करेंगे तो सम्भवतः वे लोग भी उनकी सहायता को आ जाएं।...पर वसुदेव भूल नहीं सकते कि ये ही लोग थे, जिनके सम्मुख कंस ने महाराज उग्रसेन को बन्दी बना कर कारागार में डाल दिया था। कोई नहीं आया था अपने राजा की सहायता के लिए – न मन्त्री, न सेनापति, न उनके भाई और न उनके जामाता।...और अब तो कंस की स्थिति अत्यन्त दृढ़ हो चुकी है। कंस राजा है, उसकी अपनी सेना तो है ही, अनेक मागध वाहिनियां उसकी सहायता के लिए मथुरा के स्कन्धावार में सन्नद्ध खड़ी हैं। उसकी अंगरक्षक वाहिनी, निकट ही उपस्थित है। यहां वसुदेव को कुछ सफलता मिल भी गई, तो कंस की एक पुकार पर चेदि से मगध तक के राजा और उनकी सेनाएं मथुरा पर चढ़ दौड़ेंगी। ...यदि वसुदेव ने आज कंस के विरुद्ध अपना खड्ग उठाया, तो न वे जीवित बचेंगे, न देवकी। इतना ही क्यों – रोहिणी, मदिरा, भद्रा और उनकी अन्य पत्नियां भी नहीं बचेंगी। कंस उनके किसी भी पुत्र को जीवित नहीं छोड़ेगा...और वसुदेव के भाई? किसी के भी जीवित रहने की आशा नहीं रहेगी।...

"पर वसुदेव मात्र एक योद्धा ही नहीं हैं।" वसुदेव के एक मन ने कहा, "वे मन्त्री भी हैं। कंस के मन में जाने उनका कितना महत्त्व था, किन्तु वे उग्रसेन के प्रिय मन्त्री थे। वे अपनी बुद्धि से भी तो काम ले सकते हैं और राजा को मन्त्रणा दे सकते हैं..."

"महाराज! जो अपराध अभी हुआ नहीं, उसके लिए एक आशंकित व्यक्ति के अनुमान मात्र से आप उस निरपराध स्त्री की हत्या करना चाहते हैं, जो आपकी भगिनी है।" वसुदेव बोले, "पहले अपराध होता है, फिर राजा उसके लिए दंड की घोषणा करते हैं।"

कंस ने घूर कर वसुदेव को देखा : वे कंस का विरोध कर रहे थे। राजा का विरोध? राजद्रोह?...कंस का मन हुआ कि पहले वसुदेव का ही शीश उतार ले। कंस को राजद्रोही मन्त्रियों की आवश्यकता नहीं है।...उसका मन अपने ही शब्दों पर अटक गया।...हां! वसुदेव उसका मन्त्री भी तो है...वह अपनी पत्नी के प्राणों की भिक्षा नहीं मांग रहा, वह उसको मन्त्रणा दे रहा है।

"मैं एक अपराधी को उसके अपराध के लिए दंडित नहीं कर रहा।" कंस बोला, "मैं तो अपने प्राणों पर, अपने राज्य पर, होने वाले आक्रमण का निराकरण कर रहा हूं। तुमने युद्धशास्त्र में कहीं यह लिखा हुआ पढ़ा है कि सूचना मिल जाने पर भी राजा शत्रु के आक्रमण की प्रतीक्षा करे? अपने शत्रु को वह उसके स्कन्धावार में ही समाप्त कर सकता हो, तो भी न करे। अपराध के लिए दंड देना न्यायाधिकरण का काम है; और अपनी तथा राज्य की रक्षा करना राजा का काम है। मैं राजा का ही काम कर रहा हूं। हटो मेरे सामने से।" कंस का हाथ वसुदेव को हटाने के लिए आगे बढ़ आया।

"धैर्य धारण करें महाराज!" वसुदेव ने भयभीत न दिखने का प्रयत्न किया, "आक्रमण की तैयारी की सूचना पर आप शत्रु का स्कन्धावार ध्वस्त कर दें, कोई आपका विरोध नहीं करेगा; किन्तु किसी तान्त्रिक की यह भविष्यवाणी सुन कर कि भविष्य में दमघोष के वंश में कोई ऐसा जीव जन्म लेगा, जो आप पर आक्रमण करेगा, आप दमघोष का वध कर दें, यह तो राजधर्म न हुआ।"

वसुदेव ने दमघोष का नाम जानबूझ कर लिया था। उसका कंस पर अपेक्षित प्रभाव हुआ था। वह दमघोष का वध कर देगा, ऐसा कहने से पहले उसे सहस्र बार सोचना पड़ता।

"क्या आप विश्वासपूर्वक बता सकते हैं कि आपके मित्र राजाओं में से किसी का भी पुत्र अथवा पौत्र आपका शत्रु नहीं होगा?" वसुदेव ने पुनः कहा, "राजनीति में क्या कभी कोई ऐसी सम्भावना होती है कि मित्र राजाओं के पुत्र भी मित्र ही रहें? नहीं न!"

"नहीं।"

"तो आप किस-किस मित्र राजा का वध कर चुके?"

"पर देवकी का आठवां पुत्र मेरा वध करेगा, यह निश्चित् सूचना है।"

वसुदेव समझ नहीं पाए कि कंस का भय प्रबलतर था अथवा उसका क्रोध।

"तो आप उसके आठवें पुत्र के जन्म लेते ही उसका वध कर दीजिएगा।" वसुदेव बोले, "आपको संकट देवकी के आठवें पुत्र से है, देवकी से तो नहीं।"

देवकी कांप कर रह गईं : वसुदेव किस सुविधा से अपने आठवें पुत्र के वध की बात कह रहे हैं।

कंस ने देवकी की ओर देखा; किन्तु बोला वह वसुदेव से ही, "मेरा अपना मन अपनी भगिनी के वध का नहीं है। मैंने इसे इसके शैशव से खेलाया है; किन्तु क्या जानता था कि इसी का पुत्र मेरा वध करेगा।"

"यह भी कहां जानती है कि आपका वध इसके पुत्र के हाथों होगा।" वसुदेव ने मुस्कुराने का प्रयत्न किया, "यह तो केवल आपका यह मागध तान्त्रिक ही जानता है। यह भी कितना जानता है, मुझे मालूम नहीं। क्या इसके गणित अथवा लक्षणों की पहचान में त्रुटि नहीं हो सकती?"

"मैं अब इस संशय में नहीं पड़ना चाहता कि कौन कितना जानता है।" कंस बोला, "मैं अपने प्राणों की रक्षा में कोई ढील नहीं छोड़ना चाहता। फिर संख्या के अनुमान में कहीं कोई विवाद अथवा भ्रम भी हो सकता है। यदि तुम वचन दो वसुदेव! कि तुम देवकी की प्रत्येक सन्तान को, जन्म लेते ही मुझे सौंप दोगे तो मैं तुम्हारी नवविवाहिता को यह मान कर जीवित छोड़ सकता हूं कि इसके मन में तो मेरे प्रति कोई शत्रु-भाव नहीं है। देवकी को मैं जानता हूं।..."

वसुदेव देख रहे थे कि कंस अपने मुख से सौहार्द की चर्चा कर रहा था; किन्तु उसकी भुजाएं खड्ग तौल रही थीं। जाने किस समय उसका हाथ उठ जाए और देवकी के प्राणों पर संकट आ जाए।

"कंस! मेरे मित्र!" वसुदेव ने अपनी वाणी में स्नेह उड़ेलने का प्रयत्न किया, "मेरा भी तो तुमसे मैत्री और स्नेह का ही सम्बन्ध रहा है। आशा है तुम मेरे इस विवाह को सुख का अवसर ही रहने दोगे। मेरी नवोढ़ा पत्नी का वध कर इसे एक त्रासद घटना नहीं बनाओगे।"

"मुझे न तुम्हारी मैत्री पर सन्देह है, न तुम्हारे स्नेह पर। मैं तुम्हारे इस नए विवाह का सुख भी तुमसे छीनना नहीं चाहता।" कंस बोला, "किन्तु अपनी सन्तान किसे प्रिय नहीं होती। सन्तान के जन्म के पश्चात् तुम्हारा मन बदल जाए; और

तुम षड्यन्त्र रचने लगो, तो? कौन जाने, मेरी यह प्यारी बहन ही अपनी सन्तान के प्राण बचाने के लिए मेरे प्राणों की ग्राहक हो जाए। पुत्र और भाई में से एक को चुनना होगा, तो यह किसे चुनेगी।"

वसुदेव ने देवकी की ओर देखा, किन्तु वे ऐसी दबी-सहमी बैठी थीं कि उनसे किसी प्रश्न के उत्तर अथवा किसी प्रतिक्रिया की अपेक्षा ही नहीं की जा सकती थी। अन्ततः वसुदेव ही बोले, "नहीं! ऐसा नहीं होगा।"

"वचन देते हो कि तुम देवकी की प्रत्येक सन्तान को उसके जन्मते ही मुझे सौंप दोगे।"

"सौंप दूंगा।" वसुदेव ने कहा।

"सोच-समझ कर वचन देना।" कंस ने अत्यन्त क्रूर दृष्टि उन पर डाली, "किसी संकट से बच निकलने के लिए कोई मिथ्या वचन दे देना एक बात है; और उसका वस्तुतः पालन करना दूसरी। मैं अपने प्राणों के लिए कोई संकट मोल लेना नहीं चाहता। इसीलिए मैंने देवकी के वध की बात सोची थी, पर उसके प्रति अभी भी मेरे मन में स्नेह है। उसने आज तक कभी मुझे कोई कष्ट नहीं दिया, वह कंसा के समान कभी मुझसे लड़ी भी नहीं।...और तुम्हें भी मैं अपना मित्र ही समझता हूं। मैं यह जानता हूं कि जब मैं तुम्हारी सन्तान का वध करूंगा तो तुम मेरे मित्र नहीं रह सकते। किन्तु मेरा विरोध तुम्हारी सन्तान से नहीं, देवकी की सन्तान से है। मैं देवकी की सन्तान को जीवित नहीं छोड़ूंगा। इस पर यदि तुम मुझे अपना शत्रु समझना चाहो तो मुझे कोई आपत्ति नहीं है। तुम मुझसे शत्रु जैसा व्यवहार कर सकते हो...किन्तु यदि तुम इस बात को मेरी ओर से अपनी आत्मरक्षा का ही प्रयत्न मानो; और मेरा विश्वास कर सको तो हम अब भी अच्छे मित्र रह सकते हैं।..."

कंस वसुदेव की ओर देख रहा था।...

वसुदेव ने थूक गटकी...वह राक्षस उनकी सन्तान का वध कर भी, उन्हें अपनी मैत्री का विश्वास ही नहीं दिला रहा था...उनमें और देवकी में एक खाई खोद रहा था। उन दोनों की सन्तानों में भेद कर रहा था। किन्तु इस समय वे न उसके विरुद्ध कुछ कह सकते थे, न कर सकते थे। उसकी बात माने बिना, वे देवकी को यहां से जीवित अपने घर नहीं ले जा सकते थे।...

"मैं समझता हूं।" वसुदेव ने धीरे से कहा, "परिस्थितियों की कठोरता के मध्य भी हम अपनी कोमल भावनाओं और मधुर सम्बन्धों की जितनी रक्षा कर सकें, करनी चाहिए।"

"इन परिस्थितियों में मैं और किसी के भी वचन का विश्वास नहीं करता; किन्तु वसुदेव, मैं तुम्हारे वचन का विश्वास कर सकता हूं।" कंस बोला, "यदि तुम अपने मुख से यह कहते हो कि तुम देवकी की प्रत्येक सन्तान को जन्मते ही मुझे सौंप दोगे, तो मैं तुम्हारा विश्वास करूंगा।...क्योंकि तुम सदा सत्य बोलते हो।"

लगा, कंस ने अपने भय को नियन्त्रित कर लिया था। उसकी समझ में आ गया था कि तत्काल उसका वध नहीं हो रहा। अभी वह पूर्णरूपेण सुरक्षित था। आज तो देवकी का विवाह ही हुआ था। अभी उसकी किसी सन्तान ने जन्म नहीं लिया था। उसकी आठवीं सन्तान से कंस के प्राणों को संकट था। उस आठवीं सन्तान के जन्म लेने में अभी बहुत समय था। और आठवीं सन्तान भी जन्म लेते ही तो खड्ग नहीं उठा लेगी। उस बच्चे को भी खड्ग उठाने और चलाने का सामर्थ्य प्राप्त करने में कुछ समय लगेगा।...अट्ठारह वर्ष, सोलह वर्ष, चौदह वर्ष, बारह वर्ष ...इससे पूर्व तो उसकी कलाई खड्ग उठाने में भी समर्थ नहीं हो पाएगी।

"बोलो वचन देते हो?" कंस ने पूछा।

"हां! वचन देता हूं।" वसुदेव बोले।

"ठीक है, तो अपनी पत्नी को ले जाओ।" कंस पीछे हट गया।

उसने देवकी की रथारूढ़ होने में पहले के समान कोई सहायता नहीं की। उसका संकेत पा कर उसके अंगरक्षक आगे बढ़ आए थे। उन्होंने वसुदेव के रथ के लिए मार्ग बना दिया था। कंस अब उस विवाह में सहभागी नहीं, मात्र द्रष्टा था। वह देवकी का भाई नहीं, मथुरा का राजा था।...

देवकी को रथ में बैठा कर वसुदेव भी रथारूढ़ हुए। उनकी दृष्टि चारों ओर देख रही थी। अधिकांश लोग वहां से परे हट गए थे। अनेक लोग तो दिखाई भी नहीं दे रहे थे। कदाचित् अब वे स्वयं को न तो इस सारे समारोह का अंग बनाना चाहते थे; और न ही वे वसुदेव से अपना कोई सम्बन्ध स्वीकार करना चाहते थे।

वसुदेव को लगा, उनका एक मन भीतर ही भीतर कहीं हंस रहा था। जिस कंस के आतंक से लोग वसुदेव से अपने सारे सम्बन्धों को गुप्त ही नहीं, लुप्त

कर लेना चाहते थे, वह कंस तो उनसे अपना सम्बन्ध पूर्णतः विच्छिन्न करना नहीं चाहता था।...

वसुदेव नहीं जानते थे कि अब विदाई के लिए कोई और शगुन होना शेष था अथवा नहीं। वे नहीं जानते थे कि उन्हें देवकी के परिवार में से किस-किस से विदाई लेनी थी। वे नहीं जानते थे कि अभी देवकी की किन सखियों, बहनों और परिजनों को उससे लिपट कर उसके प्रति स्नेह जताना था; और किस-किस को उसपर आशीर्वाद की वर्षा करनी थी।...कदाचित् किसी का भी ध्यान इन बातों की ओर नहीं था। देवक भी यही चाहते रहे होंगे कि अब, जब कंस एक ओर हट गया है, वसुदेव अपना रथ यहां से शीघ्रातिशीघ्र जितनी दूर ले जा सकते हों, ले जाएं।...

वसुदेव ने अपने सारथि को चलने का संकेत किया।

रथ के चलते ही वसुदेव के मन में पहला विचार आया कि वर्तमान परिस्थितियों में उनका अपने भवन पर जाना ही क्यों आवश्यक है? वे इसी समय, इसी रथ में देवकी को ले कर कहीं और क्यों नहीं चले जाते?...अपनी गोचारण भूमि में, अपने सैन्य स्कन्धावार में, अपने किसी सम्बन्धी के घर, कहीं भी। मथुरा से दूर, कंस के राज्य की सीमाओं से बाहर, उसकी राजसत्ता से परे...

उन्होंने सिर उठा कर देखा : उनके साथ, उनके आगे और उनके पीछे चलने वालों में उनके अपने भाई-बन्धु कम, कंस की अंगरक्षक वाहिनी के सैनिक ही अधिक थे।...वे प्रायः उनको घेर कर चल रहे थे, जैसे वसुदेव उनके बन्दी हों...नहीं! इस समय वे कहीं नहीं भाग सकते थे। वे उतने स्वतन्त्र नहीं थे, जितना कि वे स्वयं को समझ रहे थे...पर इतनी जल्दी भी क्या थी? यदि कंस प्रतीक्षा कर सकता था, तो वे भी प्रतीक्षा कर सकते थे। कोई आज ही तो देवकी की सन्तान का जन्म होने वाला नहीं था। उन्हें भी धैर्य रखना चाहिए। परिस्थितियों का ध्यान रखना चाहिए। योजना बनानी चाहिए। अपने मित्रों और शत्रुओं की पहचान करनी चाहिए। ...आज की एक घटना से सारे सम्बन्धों की पहचान बदल गई है। सारे समीकरण बदल गए हैं। उन्हें नए सिरे से अपने सम्बन्धों को परिभाषित करना होगा...पर उसके लिए अभी बहुत समय था। इतनी जल्दी भी क्या थी, आज तो उनका विवाह ही हुआ था...

वसुदेव के भवन के द्वार पर देवकी का स्वागत करने के लिए परिवार की

अनेक स्त्रियां एकत्रित थीं। किन्तु अब देवकी की किसी स्वागत में कोई रुचि नहीं रह गई थी। वे ऐसी छुई-मुई नवविवाहिता नहीं रह गई थीं, जिसकी आंखों में सुख के सपने सजे हुए हों।...वे जीवन का जो यथार्थ देख कर आई थीं, उसके पश्चात् कोई सुख के सपने देख भी कैसे सकता था।...देवकी को वे दिन अच्छी तरह स्मरण थे, जब परिवार में उनकी सबसे बड़ी बहन धृतदेवा के विवाह की चर्चा चल रही थी। मथुरा में एक से एक अच्छा परिवार था। एक से एक अच्छा वर था; किन्तु न पिता देवक को सिवाय वसुदेव के कोई दूसरा वर प्रीतिकर लग रहा था, न ही धृतदेवा को। जब किसी ने आपत्ति की कि वसुदेव विवाहित थे। उनकी दो पत्नियां – पौरवी और रोहिणी – पहले से ही थीं, तो धृतदेवा ने सिरे से इस आपत्ति का तिरस्कार कर दिया, "दो हों, या दो सौ। उससे वर की योग्यता क्या कम हो जाती है। वैसा सुन्दर, वैसा वीर, वैसा बुद्धिमान और चरित्रवान दूसरा वर सारे यादवों में कोई और दिखाई देता हो तो बताओ। पहले विवाह हो गया तो पौरवी और रोहिणी उनकी स्वामिनी हो गईं क्या? मथुरा की प्रत्येक युवती का स्वप्न हैं, वसुदेव! तुम देखना तो सही कि कितनी यादव कन्याएं इस बात पर गर्व करेंगी कि वे उस वसुदेव की पत्नियां हैं, जिनके रनिवास में संसार की सर्वश्रेष्ठ सुन्दरियों का जमावड़ा है।...किसी गुणहीन अभागे की अकेली पत्नी होने का क्या सुख है, जिसे सारे संसार में दूसरी कोई स्त्री पूछती ही न हो?"

और धृतदेवा ने कुछ भी ग़लत नहीं कहा था। उनकी बहनों – शान्तिदेवा, उपदेवा, श्रीदेवा, देवरक्षिता और सहदेवा – के विवाह के अवसर आए तो उनको भी पति के रूप में वसुदेव ही प्रीतिकर थे। पिता देवक के तो वे मनभावन थे ही। महाराज उग्रसेन अपनी पुत्रियों का विवाह वसुदेव से नहीं कर सके तो उन्होंने उनके विवाह वसुदेव के भाइयों से कर दिए...किन्तु देवकी क्या जानती थीं कि जिन वसुदेव के साथ उनकी छह बहनों के विवाह सुखपूर्वक हुए थे और वे अत्यन्त प्रसन्न थीं, उन्हीं के साथ देवकी का विवाह एक बवंडर ले कर आएगा।...उनके मन में उठते झंझावातों से कोई भी परिचित नहीं था। सब उनका स्वागत करना चाहते थे। हंसना-बोलना चाहते थे; किन्तु देवकी पूर्णतः एकान्त चाहती थीं। वे इस समय किसी का चेहरा भी नहीं देखना चाहती थीं। बस अपने मन तथा अपने मनभावन पति से दो-दो बातें कर लेना चाहती थीं। नहीं चाहती थीं कि रीति-रिवाजों और स्वागत के बहाने परिवार की स्त्रियां उन्हें घेर कर बैठी रहें; और देवकी न उच्छ्वास छोड़ सकें, न दो अश्रु बहा सकें।...

अपने निजी कक्ष में पहुंच कर वसुदेव ने देवकी की ओर देखा : वे अब भी स्तब्ध-सी बैठी थीं। एक तो जीवन की कठोरता से सर्वथा अनभिज्ञ किशोरी, फिर भीरु; और फिर उसका अपना ही भाई उसके पाणिग्रहण के अवसर पर खड्ग खींच कर उसकी हत्या के लिए तत्पर हो जाए...तो वह अपनी सुरक्षा के लिए जीवन में किसकी ओर देखेंगी?

"देवकी! साहस करो प्रिये! अब कोई संकट नहीं है।" वसुदेव ने उनके कन्धे पर अपना हाथ रख कर सान्त्वना देने का प्रयास किया।

देवकी ने उनकी ओर देखा तो उस दृष्टि में न शृंगार था, न प्यार, न निमन्त्रण, न तिरस्कार।...वहां तेज था, प्रखरता थी; और थी वक्रता।

"कोई संकट नहीं है?"

"अब इस समय क्या संकट है? आठवीं सन्तान...।"

"आठवीं सन्तान! वह आठवीं सन्तान तक रुकेगा?" देवकी के स्वर में उत्कट आवेश था, "आपने उसे अपनी प्रत्येक सन्तान देने का वचन दिया है।"

"चलो, पहली ही सही। पहली सन्तान के जन्म होने तक कोई संकट नहीं है।" वसुदेव बोले, "उसे यह वचन ही तो दिया है कि हम अपनी सन्तान का जन्म होने पर वह उसे दे देंगे।"

"यह क्या कम संकट है कि मैं किसी वधिक की प्रसन्नता के लिए एक नहीं, आठ-आठ सन्तानों को जन्म दूंगी?"

"उसे वचन ही तो दिया है, सन्तान तो नहीं दे दी?" वसुदेव ने अत्यन्त धैर्यपूर्वक, मुस्कुराने का प्रयत्न किया।

"हां! दिया तो वचन ही है।" देवकी के चेहरे पर आश्चर्य का भाव उतर आया, जैसे कोई अनहोनी सुन ली हो, "किन्तु कंस जैसा राक्षस भी मानता है कि आपके वचन और कर्म में कहीं कोई अन्तर नहीं है। आपकी वचन-निष्ठा की यह प्रसिद्धि न होती तो क्या कंस आपके कहने मात्र से आपको और मुझे इस प्रकार जीवित, सुरक्षित और मुक्त छोड़ देता?"

"मेरा विश्वास नहीं है तुम्हें?" वसुदेव ने स्वयं को बहुत संयत रखने का प्रयत्न किया, "जिस सन्तान की चर्चा है, वह देवकी की ही नहीं, वसुदेव की भी तो होगी।"

कंस के व्यवहार ने, देवकी को तात्कालिक रूप से एकदम जड़ बना दिया था। उनका उस जड़ता से निकलना कठिन हो रहा था। मन घूम-घूम कर पुनः वहीं पहुंच जाता था।...आजतक वे कंस को केवल एक स्नेहिल भाई के रूप में ही जानती थीं। जब कभी किसी ने उसकी कठोरता और क्रूरता की चर्चा भी की तो वे यही मानती रहीं कि राज-काज में ऐसे बहुत से अवसर आते हैं, जब क्षत्रियों को कुछ क्रूर लगने वाले कर्म भी करने पड़ते हैं। दुष्ट-दलन कोमलता से तो नहीं होता। वही करता होगा कंस भी। राजा दुष्ट-दलन न करे, तो शासन कैसे करे? पर आज उन्होंने जो कुछ देखा था, वह भिन्न ही नहीं, सर्वथा डरा देने वाला था।

"क्या सोच रही हो? वसुदेव ने पूछा।

"सोच रही हूं कि पुरुष कितने कठोर होते हैं।" देवकी ने उनकी ओर देखा, "एक, भाई हो कर भी मात्र अपनी एक आशंका के कारण, अपनी बहन का वध करने के लिए तत्पर हो जाता है; और दूसरा, पिता हो कर भी अपने प्राण बचाने के लिए अपनी सन्तानों को मृत्यु को सौंप देने का वचन दे देता है। उस मां के विषय में कुछ नहीं सोचता, जो उन सन्तानों को अपने गर्भ में रख कर उनका पोषण करेगी और प्रसव वेदना सह कर उनको जन्म देगी।

वसुदेव कुछ क्षणों तक चुपचाप देवकी को देखते रहे। फिर धीरे से बोले, "तुम अन्याय कर रही हो मेरे साथ।"

"इसमें अन्याय क्या है?" देवकी ने जैसे तड़प कर कहा।

"मैं अब तक सोच रहा था कि मेरा और तुम्हारा एक पक्ष है; और कंस हमारा शत्रु है। आख़िर पति-पत्नी हैं हम। पर अब पता चला है कि तुम मुझसे भिन्न ही नहीं हो, मुझे अपने विरोधी के रूप में भी देख रही हो। मेरा और कंस का एक पक्ष बना रही हो तुम, क्योंकि हम दोनों पुरुष हैं। तुम्हें नहीं लगता कि पक्ष स्त्री और पुरुष का नहीं होता, पक्ष तो धर्म और अधर्म का होता है; और अपने कर्मों के लिए, अपने धर्म और अधर्म के लिए, हम व्यक्तिगत रूप से उत्तरदायी होते हैं, किसी वर्ग अथवा दल के आधार पर नहीं। मैंने तुमसे अभी कहा है कि वह मेरी भी सन्तान होगी। पिता के वक्ष में भी एक हृदय होता है देवकी! जो अपनी सन्तान के लिए तड़पता है।"

"ठीक कहते हैं आप।...किन्तु आपकी और रानियां भी हैं। उनसे आपकी सन्तानें भी हैं। ये सन्तानें जो मारी जाएंगी, वे केवल देवकी की होंगी।"

"कभी यह भी सुना है कि अनेक सन्तानें जीवित हों, तो अपनी किसी एक सन्तान के मरने की पीड़ा नहीं होती पिता को?"

"तो फिर आपने अपनी सन्तानें उस दुष्ट को सौंपने का वचन क्यों दिया?"

"इसलिए कि तात्कालिक रूप से मेरे सम्मुख केवल तुम्हारी रक्षा की समस्या थी। कंस तुम्हारा वध करने जा रहा था, मेरी या तुम्हारी सन्तान का नहीं। मेरे मन में न उस समय स्त्री और पुरुष का द्वन्द्व था, न इस समय है। मेरे मन में तो सामान्य रूप से एक निरीह और असहाय स्त्री तथा व्यक्तिगत रूप से अपनी पत्नी की रक्षा का प्रश्न था।" वसुदेव बोले, "अनागतकाल में जन्म लेने वाली अपनी सन्तानों की रक्षा का प्रयत्न करता और अपने सामने खड़ी अपनी पत्नी को उस दुष्ट कंस के हाथों कट जाने देता?"

"मेरी रक्षा के लिए? अथवा राजा को प्रसन्न कर, अपनी रक्षा; और राजसभा में अपनी पदोन्नति के लिए?" देवकी तमक कर बोलीं, "आप क्षत्रिय हैं, वीर हैं, योद्धा हैं। क्यों नहीं आपने उसे चुनौती दी? अपनी पत्नी की रक्षा के लिए शस्त्र का सहारा क्यों नहीं लिया – जो क्षत्रियों का धर्म है?"

"केवल कंस से लड़ना होता, तो कदाचित् मैं अपने बल पर ही लड़ लेता। किन्तु कंस के पास राजतन्त्र है। सेना है। सत्ता। कोश है...और सबसे बढ़ कर, जरासन्ध और उसके सारे मित्र तथा मांडलिक राजा कंस की पीठ पर हैं। उन सबसे अकेले भिड़ जाने का प्रयत्न, मात्र आत्महत्या है।" वसुदेव रुके, "तुम कह सकती हो कि अपनी सन्तान को मरवाने से तो अच्छा था कि मैं स्वयं ही अपने प्राण दे देता।"

उन्होंने अपनी पत्नी की ओर देखा; किन्तु देवकी कुछ नहीं बोलीं।

"मैं वह भी कर सकता था। मुझे यह विश्वास होता कि मेरी मृत्यु से तुम और मेरी सन्तानें सुरक्षित हो जाएंगी तो मैं अपने प्राण दे देता।" वसुदेव बोले, "किन्तु मैं जानता हूं कि ऐसा नहीं होगा। मेरी मृत्यु के पश्चात् भी वह तुम्हें जीवित नहीं रहने देगा। ऐसे में तुम्हारी कोई सन्तान जन्म ही नहीं ले सकेगी, जिनकी मृत्यु की कल्पना से तुम इस प्रकार भयभीत हो।"

"तो हमारे जीवित रहने का ही क्या लाभ, जब हमारी सन्तान जीवित नहीं रह सकेगी?" देवकी का आक्रोश कम नहीं हो रहा था।

"अब हम जीवित हैं, तो सन्तानों का जन्म भी होगा; और जब उनका जन्म होगा तो हम उनकी रक्षा का प्रयत्न भी कर सकेंगे।" वसुदेव के नयनों में भविष्य के प्रति पूर्ण आश्वस्ति थी, "मैं असमर्थ नहीं हूं देवकी! और अपना कर्तव्य भी भली प्रकार समझता हूं।"

नेत्रों के उस आश्वासन और वाणी के विश्वास ने देवकी को मोह लिया।

"आप अपनी सन्तान की रक्षा का प्रयत्न करेंगे? उसे कंस को नहीं सौंप देंगे?"

"अपनी क्षमता भर तो यही करूंगा।" वसुदेव बोले।

"अपने वचन के पालन का हठ नहीं करेंगे?"

"वचन मैंने स्वेच्छा से नहीं दिया है। वह तो तुम्हारी रक्षा का तात्कालिक उपाय था। उसे वचन नहीं कहते।" वसुदेव बोले, "इस वचन का आधार न स्वेच्छा है, न धर्म। उसका पालन अधर्म है।"

"तो हम क्या करेंगे?"

देवकी! जब कोई योद्धा प्रत्यक्ष युद्ध में असमर्थ हो जाता है, तो वह परोक्ष युद्ध करता है। हमें परोक्ष युद्ध ही करना होगा।" वसुदेव बोले, "हमें कंस का विश्वास बनाए रखना होगा; और गुप्त रूप से मथुरा से निकल जाने का प्रयत्न करना होगा।"

"क्या यह सम्भव है?"

"प्रयत्न के पश्चात् ही पता लग पाएगा। वैसे कोई ऐसा असम्भव भी नहीं है।" वसुदेव जैसे सशब्द चिन्तन कर रहे थे, "यदि हम मथुरा से निकल कर सुरक्षित किसी मित्र राजा के पास पहुंच सके, तो फिर कोई संकट नहीं है। किन्तु मेरी चिन्ता इस समय तो यह है कि यदि हम यहां से सुरक्षित न निकल सके, तो हमारी क्या स्थिति होगी।...यदि कंस को हमारे जाने की योजना का पता लग गया, अथवा हम मथुरा से भागते हुए, कंस द्वारा पकड़ लिए गए, तो वह हमें कारागार में भी डाल सकता है और हमारा वध भी कर सकता है।"

"उसे हमारी योजना का पता कैसे लगेगा?"

वसुदेव ने कोई उत्तर नहीं दिया। वे चुपचाप कुछ सोचते रहे; और फिर टहलते हुए गवाक्ष के निकट चले गए। उन्होंने गवाक्ष से ऊपर आकाश की ओर देखा। कुछ देर मौन खड़े रहे।

"इधर आओ देवकी!" उन्होंने बहुत मन्द स्वर में कहा; और अपने हाथ से उन्हें निकट आने का त्वरित संकेत किया।

"क्या है?" देवकी ने मानो मन ही मन प्रश्न किया और उठ कर उनके निकट जाने को उद्यत हुईं।

इस महत्त्वपूर्ण चर्चा के मध्य, वसुदेव का इस प्रकार गवाक्ष से कुछ दिखाने का प्रयत्न करना, देवकी को एकदम अच्छा नहीं लग रहा था। क्या था यह? बचकाना प्रेम-प्रदर्शन। किशोरावस्था की नाट्यप्रियता। वसुदेव जैसे धीर गम्भीर पुरुष के लिए यह तनिक भी शोभनीय नहीं था। क्या दिखाएंगे? आकाश? आकाश पर चन्द्रमा और तारे? बहुत देखे हैं चांद और तारे, देवकी ने। इस समय उनकी मानसिकता तनिक भी एक सद्यःविवाहिता नारी की नहीं थी। वे न पति के प्रेम-वचनों का रस ले सकती थीं और न ही प्रकृति का सौन्दर्य निहारना चाहती थीं।...उनकी पीड़ा अपने प्राणों के लिए भी नहीं थी। वे तो यह सोच रही थीं कि यदि वे आठ पुत्रों को भी जन्म देंगी, तो भी निःसन्तान ही रहेंगी। उन आठ को तो कंस मार ही डालेगा और वसुदेव में इतना संकल्प, सामर्थ्य और साहस उन्हें दिखाई नहीं पड़ रहा था कि वे कंस से देवकी की सन्तानों की रक्षा कर सकें।...वे अपने-आप में एक वीर योद्धा हो सकते थे; किन्तु अकेले, एकाकी, असहाय योद्धा। उनका स्कन्धावार भी उनसे दूर था। पर यदि स्कन्धावार तक पहुंच भी जाएं, तो उतने से सैनिकों से क्या होगा, उतने सैनिक तो प्रत्येक माथुर सभासद के पास थे। वसुदेव कह रहे हैं कि कंस की पीठ पर जरासन्ध और उसके सारे मांडलिक राजा थे। उनकी उस महाभयंकर सेना के सामने वसुदेव अपनी कुछ वाहिनियों के साथ कैसे टिक पाएंगे...

"यहां आओ देवकी!" वसुदेव ने पुनः कहा।

उस स्वर और संकेत में कुछ ऐसी गम्भीरता थी कि देवकी उसकी उपेक्षा नहीं कर पाईं। वे निकट चली गईं।

वसुदेव ने उन्हें अपने हाथ से घेर कर, वातायन से कुछ पहले ही रोक लिया।

"वह देखो!" वसुदेव बोले, "आकाश परे कितने तारे हैं..."

"बहुत देखे हैं तारे मैंने।" देवकी ने वितृष्णा से कहा, "न आज पहली बार रात हुई है, न पहली बार तारे निकले हैं।"

"ठीक कहती हो।" वसुदेव मुस्कुराए, "किन्तु यदि कोई कहे कि वे तारे नहीं हैं, कंस की आंखें हैं, तो तुम क्या कहोगी?"

देवकी ने आश्चर्य से उनकी ओर देखा : क्या सूझा है उन्हें!

"क्या कहोगी?"

"कहने वाले के मानसिक सन्तुलन पर सन्देह होगा मुझे।" देवकी ने कहा, "कोई विक्षिप्त ही ऐसी बात कह सकता है।"

"किन्तु मैं उसे समझदार ही नहीं, सजग, सचेत और सत्यवादी मानूंगा।" वसुदेव बोले, "तुम नहीं जानती हो कि कंस के गूढ़ पुरुषों का तन्त्र कितना सूक्ष्म और संगठित है। कहां-कहां तक पैठ है उसकी। वे लोग इसी प्रकार पृथ्वी पर अपनी दृष्टि गड़ाए रहते हैं, जैसे ये तारे हमें देख रहे हैं। कल यदि मुझे यह सूचना मिले कि मेरे अपने प्रासाद के सेवक-सेविकाओं में ही नहीं, मेरे सैनिकों में भी कुछ लोग उसके गूढ़ पुरुष हैं, उसके गुप्तचर हैं; अथवा उसे सूचना पहुंचाने वाले भेदिए हैं तो मुझे तनिक भी आश्चर्य नहीं होगा।"

"पर वे लोग आपके पुराने और विश्वसनीय सेवक और सहायक हैं।" देवकी ने विस्मय से कहा।

"ठीक कह रही हो देवि!" वसुदेव बोले, "किन्तु कंस के गुप्तचरों का संजाल कोई आजकल की बात नहीं है। वर्षों से वह इसके तन्तु बुनता आया है। और कौन किस क्षण अपनी निष्ठा को बेच देता है, अथवा बेचने को बाध्य कर दिया जाता है – इसका अनुमान कैसे लगाया जा सकता है। सारे राजपुरुष जानते हैं कि उनके आस-पास गुप्तचर विचरण कर रहे हैं; किन्तु यह जानना कठिन है कि कौन किसके विषय में कंस को सूचित कर रहा है। कंस अपने सैनिकों से कम, अपने गुप्तचरों से अधिक काम लेता है। उसके भय से लोग अपने शयनकक्ष में अपनी पत्नी के सामने भी अपना मन उद्घाटित करते हुए डरते हैं...तुम समझती हो कि वह हमें चुपचाप मथुरा से सुरक्षित निकल जाने देगा?"

देवकी चुपचाप उनकी ओर देखती रहीं। जब वसुदेव ने और कुछ नहीं कहा तो वे बोलीं, "तो आप ही अपने प्रहरियों को सावधान क्यों नहीं करते?"

"गुप्त नीतियों की काट गोपनीयता ही है।" वसुदेव ने कहा, "मुझे ज्ञात हो भी जाए कि मेरा कोई कर्मचारी कंस का भेदिया है, तो भी मैं उसे निकालूंगा नहीं।

उस पर दृष्टि रखूंगा। कंस का यह भ्रम बना रहने दूंगा कि मैं उसकी ओर से असावधान हूं।"

"हम कुछ भी नहीं कर सकते?"

"ऐसा तो मैंने नहीं कहा।" वसुदेव मुस्कुराए, "मैं सैनिक हूं और सैनिक तब तक अपना शस्त्र नहीं छोड़ता, जब तक उसकी भुजा ही न कट जाए।"

देवकी ने कुछ नहीं कहा।...मन ही मन वे सोच रही थीं कि यदि कंस अपनी करनी पर आया तो इस भुजा को कटने से कौन रोक सकता है?...

"अभिप्राय यह है देवकी! कि वर्तमान परिस्थितियों में मैं कंस से प्रत्यक्ष युद्ध नहीं कर सकता। इसलिए उसे विश्वास दिलाता रहूंगा कि मैंने उसके सम्मुख पूर्ण आत्मसमर्पण कर दिया है; किन्तु मेरा युद्ध चलता रहेगा।"

"कैसे? अपनी सन्तानें उसे सौंप कर?" देवकी के स्वर में असहायता भी थी और वक्रता भी, "आप उसे वचन दे चुके हैं।"

"मैंने वचन दिया नहीं है। उसने मेरे वचन का अपहरण किया है।" वसुदेव बोले, "वचन वह होता है, जो स्वेच्छा से दिया जाए। वक्ष पर खड्ग रख कर लिया गया वचन, वचन का अपहरण मात्र है।"

2

रात्रि व्यतीत हो गई; किन्तु देवकी स्वयं को सहज नहीं कर पाईं। उनको लग ही नहीं रहा था कि उनका विवाह हुआ है, वे अपने ससुराल आई हैं। उन्होंने अपने पति से एक बार भी कोई प्रिय सम्भाषण नहीं किया। कैसे कर सकती थीं? विदाई से पहले ही सिर पर खड्ग लटकने लगा था। अपने जीवन की सुरक्षा का कोई विश्वास नहीं था। अपने पति के जीवित बने रहने की कोई आश्वस्ति नहीं थी। अपनी सन्तानों के जीवन के प्रति वे तनिक भी आशावान नहीं थीं।...यह घर उनके लिए कोई पराया और अपरिचित नहीं था। वसुदेव से ही देवकी की छह बड़ी बहनों का विवाह हुआ था।...विवाह के पश्चात् उनके मायके से उन्हें विदा करने वाले उनके अपने सगे सम्बन्धी थे। ससुराल में उनका स्वागत करने वाली सपत्नियां, देवरानियां, उनकी ननदें...कौन पराया था? सब तो उनके अपने ही लोग थे। अपने ही परिवार की महिलाएं। अपने ही लोग...किन्तु अकेले कंस के खड्ग उठा लेने मात्र से मानो सब-कुछ बदल गया था। उन्हें यहां कोई भी अपना नहीं लग रहा था। वे कहां आ गई थीं? सुहाग की सेज कांटों से सजी हुई लग रही थी। ...यह विवाह न हुआ होता, तो देवकी के पुत्रों की चर्चा कहां से उठती? और क्यों कंस का खड्ग, अपनी ही बहन का रक्त बहाने के लिए उठता?...पर क्या कहीं और विवाह हो जाता तो स्थिति बदल जाती? उस तान्त्रिक भविष्यवक्ता ने तो कहा था, 'देवकी के आठवें गर्भ की सन्तान कंस का वध करेगी'...यह तो कहा ही नहीं था कि वसुदेव की आठवीं सन्तान कंस का वध करेगी। देवकी का विवाह कहीं भी होता, उसकी ही सन्तान के हाथों कंस का वध होना था। संकट देवकी को और उसके पुत्रों को ही था...

प्रातः नहा-धो कर, पूजा-पाठ कर देवकी ने मायके जाने की तैयारी कर ली।

वसुदेव ने उन्हें कुछ चकित दृष्टि से देखा।

"मेरे भाई आते होंगे।" देवकी ने कहा, "परम्परा के अनुसार मुझे मायके जाना होगा, फेरा लगाने के लिए।"

वसुदेव भी जानते थे कि नव-वधू फेरा लगाने मायके जाती है। उसमें कुछ भी नया नहीं था। नया था, तो देवकी का मायके जाने का उत्साह और अपने पति के प्रति उपेक्षा। वह तो ऐसे तैयारी कर रही थीं, जैसे कारागार से छूट कर अपने घर जा रही हों।...

मायके पहुंच कर अपने पिता के वक्ष पर सिर रख, देवकी बहुत रोईं।

देवक तो एकदम घबरा ही गए, "क्या हुआ देवकी? क्या बात है? वसुदेव से झगड़ा हुआ है?"

"झगड़ा तो मुझे आपसे करना है पिताजी!" अन्ततः देवकी ने कहा।

देवक ने ध्यान से देखा : क्या बेटी यह सब-कुछ लाड़-प्यार में कह रही है। ...नहीं! शायद वह पूर्णतः गम्भीर थी।

"मुझसे कैसा झगड़ा?"

"मैं तो मूर्ख हूं। नासमझ हूं। बच्ची हूं अभी। पर आप तो मनुष्य को पहचानते हैं। पहले भी छह बेटियां जिस वर से ब्याह चुके हैं, उसके विषय में इतना भी नहीं जानते कि उसमें वीरता का एक कण भी नहीं है...।"

"क्या? वह वीर नहीं है?" देवक अपनी पुत्री की बात पर हंसे – निरी बालिका है। तनिक भी नहीं समझती कि क्या कह रही है।

"नहीं! वे तनिक भी वीर नहीं हैं। होते तो कंस का खड्ग देखते ही उनका हाथ भी अपने शस्त्र पर जाता। सामने शत्रु शस्त्र ताने खड़ा है और आप उसकी चाटुकारिता कर रहे हैं। विनय कर रहे हैं। प्रार्थना कर रहे हैं। उसकी प्रशंसा कर रहे हैं। उसे वचन दे रहे हैं कि हम अपनी सारी सन्तानें उसको सौंप देंगे, ताकि वह उन्हें मार सके।" देवकी हांफ रही थीं, "उस कुल में अपनी सन्तानें दान कर देने की परम्परा ही है। इनके पिता शूरसेन ने भी इनकी बड़ी बहन पृथा, कुंतिभोज को दे दी थी। ये भी अपने आठों पुत्र कंस को दे देंगे, ताकि वह उनका वध कर अपनी रक्त-पिपासा मिटा सकें।..."

देवक चुपचाप बैठे रहे।

"कोई उत्तर है आपके पास?" देवकी ने ललकारा।

"नहीं! कोई उत्तर नहीं है।" देवक ने अपना सिर डाल दिया, "यदि वसुदेव वीर नहीं है, तो मथुरा में कोई वीर नहीं है।"

"वह कैसे?"

"उसने कंस से तर्क तो किया। चाहे किसी प्रकार का वचन दे कर ही सही; किन्तु तुम्हें सुरक्षित बचा कर अपने घर ले गया।" देवक बोले, "और किसी का मुंह भी खुला क्या कंस के सामने? तुम्हारे पिता और भाई भी कंस के उस रौद्र रूप का सामना कर पाए?...हममें से ही कोई वीर होता तो कंस की भुजा थाम लेता। थामी किसी ने उसकी भुजा? सब-के-सब अपना मुंह छिपा कर कहीं लुप्त हो गए।"

"अच्छा! कल जो हुआ सो हुआ।" देवकी ने कहा, "अब मेरी सुरक्षा के विषय में आपने क्या सोचा है?"

"तुम्हारी सुरक्षा!" देवक सिर झुकाए खड़े थे। उनकी समझ में नहीं आ रहा था कि वे क्या कहें।

"क्या बात है?" देवकी ने कुछ बलपूर्वक पूछा।

"पत्नी की रक्षा तो पति ही करता है।"

"अकेला पति न कर सके, राज्य उसकी रक्षा न करे, तो क्या भाई-बन्धु मिल कर उसकी रक्षा नहीं करेंगे?" देवकी ने कहा, "यादव वीरों के सारे शस्त्र, उनकी वाहिनियां, उनके स्कन्धावार...सब व्यर्थ हैं? कंस के अत्याचार से मुझे कोई नहीं बचाएगा? मथुरा के सारे यादव वीर संगठित हो कर क्या अकेले कंस का सामना नहीं कर सकते?"

"तुम भीतर आओ। मेरे साथ आओ।" देवक उनका हाथ पकड़ कर अपने साथ ले चले, "ऐसी बातें सार्वजनिक रूप से नहीं होतीं।"

अपने कक्ष में आ कर देवक ने कपाट भिड़ा दिए।

"सुनो देवकी! तुम्हें शायद मथुरा की स्थिति का पता नहीं है।" देवक ने कहा, "मेरे भाई, महाराज उग्रसेन और मेरी भाभी आज कारागार में हैं। यादवों की प्रतिनिधि

सभा के सारे अधिकार छिन चुके हैं। आज कंस की इच्छा यादवों का विधान है। कंस का समर्थन राज्यभक्ति है। कंस का विरोध राज्यद्रोह है। उसके भाई उसका विरोध क्यों करेंगे? अपना सिर कटवाने के लिए? अक्रूर उसका समर्थक बन कर वसुदेव से अधिक महत्त्वपूर्ण हो गया है। यादव संगठित हो भी जाएं, तो जरासन्ध से कौन लड़ेगा? भौमासुर तथा बाणासुर को कौन ललकारेगा? कालयवन का सामना कौन करेगा?"

"तो इसका अर्थ है कि मेरे पति से भी पहले मेरे पिता कंस से हार माने बैठे हैं?"

"कह तो दिया कि यदि वसुदेव वीर नहीं हैं, तो मथुरा में और कोई वीर है ही नहीं।"

"क्या मेरे विवाह से पहले भी आप इस स्थिति को जानते थे?"

"जानता था।" देवक कुछ अधिक ही गम्भीर हो उठे, "मेरा विचार है कि आज तुम भी सत्य को जान ही लो।"

"कैसा सत्य?"

"देवर्षि नारद ने मुझे बताया था कि विधि का ऐसा ही विधान है कि तुम्हारी आठवीं सन्तान के हाथों कंस का वध होगा।" देवक ने कहा, "मैं स्तब्ध रह गया था। तुम्हारी सन्तान कंस की शत्रु क्यों होगी? विधाता ने कंस का वध करने के लिए तुम्हारे ही पुत्र को क्यों चुना। किन्तु न तो मैं विधाता से पूछ सकता था और न ही उन्हें अपने निर्णय को परिवर्तित करने का आदेश दे सकता था।"

"किन्तु आप देवर्षि से तो कह सकते थे कि वे इस विषय में मौन रहें। इसका प्रचार न करें। कभी तो किसी रहस्य को वे भी पचा जाएं।" देवकी ने कहा, "कंस तक यह सूचना न पहुंचे। कंस के गुप्तचर विधाता की सभा तक तो नहीं ही जा सकते थे।"

"कहा था मैंने। एकदम इसी प्रकार कहा था।"

"तो?"

"देवर्षि ने कहा कि वे न भी बताएं तो कंस के ज्योतिषी, उसके तान्त्रिक, उसके भविष्यवक्ता यह सूचना उसे दे ही देंगे। ऐसी बातें छुपाई तो नहीं जा सकतीं। और..."

"और क्या?"

"यह विधाता का विधान है कि अवतार अघोषित नहीं आते। उनके आने से पहले उनके आने की घोषणा हो जाती है।..."

"क्यों आवश्यक है यह घोषणा, ताकि कंस उसका वध कर सके?" देवकी ने तमक कर कहा।

"मैं नहीं जानता।" देवक बोले, "किन्तु देवर्षि का कहना था, अवतार अघोषित नहीं आते...और...और चूंकि वे अवतार हैं – यह विधि का विधान है, इसीलिए वे अपना उद्देश्य पूरा कर ही देते हैं। उससे पूर्व कोई उनका बाल भी बांका नहीं कर सकता।..."

"आप चाहते हैं कि मैं आपके इन अन्धविश्वासों को स्वीकार कर लूं?" देवकी का स्वर उच्छृंखल हो चला था, "मान लूं कि परमेश्वर ही मेरे पुत्र बन कर आएंगे। उनका कोई अनिष्ट नहीं हो सकता। उनका अनिष्ट नहीं हो सकता, इसलिए मैं और मेरे पति भी सुरक्षित हैं।"

"तुम क्या स्वीकार करो, क्या न करो, वह तो तुम्हारी इच्छा पर निर्भर है पुत्री!" देवक बोले, "किन्तु हम यह जानते थे कि देर-सवेर यह सूचना... ।"

"किसी की भविष्यवाणी कोई सूचना कैसे हो सकती है?" देवकी ने विरोध किया।

"सूचना न सही, मान्यता ही सही।" देवक ने कहा, "इस मान्यता की सूचना कंस तक पहुंच जाएगी। और जब भी ऐसा होगा, तुम पर संकट घिर आएगा। ऐसे में उस संकट से तुमको निकालने में सक्षम व्यक्ति की खोज में ही मेरी चयन-दृष्टि वसुदेव पर पड़ी थी। वसुदेव से तुम्हारा विवाह मात्र रुचि की बात नहीं है। उस चयन के पीछे गहरा चिन्तन है, निश्चित् लक्ष्य है।"

"क्या आर्य वसुदेव भी इस बात को जानते हैं?"

"हां! वे जानते हैं।" देवक बोले, "अन्य जिसको भी यह सूचना मिली, उसने इस सम्बन्ध को सर्वथा अस्वीकार कर दिया।"

"कुछ अन्य लोगों को भी सूचना है?"

"हां! जिनको सम्भावित वर मान कर चर्चा की गई, उन्हें सूचना है।"

"किन्तु उन्हें क्या आपत्ति, संकट तो देवकी पर है?"

"संकट तो देवकी पर ही है।" देवक ने कहा, "किन्तु देवकी के पति और देवकी का पक्ष एक है। अतः देवकी का पति भी कंस का शत्रु माना जाएगा। वह आठवीं सन्तान देवकी की ही नहीं, उसके पति की भी होगी।"

देवकी को लगा कि उनके भीतर बहुत कुछ बदल रहा है। वसुदेव को जो कुछ वे मान रही थीं, वसुदेव वे ही नहीं थे।

कुछ देर मौन रह कर देवकी ने अपने भाइयों से मिलने की इच्छा प्रकट की।

देवकी के चारों भाई – देववान, उपदेव, सुदेव और देववर्धन अपनी पत्नियों के साथ उनसे मिलने आए।

"जीजाजी नहीं आए?" देववान ने बात आरम्भ की।

"वे मुझे लेने के लिए आएंगे।"

"साथ भी तो आ सकते थे।" उपदेव ने कहा।

"मैं नहीं चाहती थी कि मेरे मायके में भी प्रत्येक क्षण वे मेरे साथ हों।" देवकी ने कहा, "मैं अपने पिता और भाइयों से अपने पति की अनुपस्थिति में कुछ महत्त्वपूर्ण बातें करना चाहती थी।"

"विवाह के पश्चात् पत्नी का कुछ भी पति से पृथक् नहीं रह जाता, तो तुम उनसे पृथक् रह कर अपने भाइयों और पिता से क्या बातें करना चाहती थीं?" देववान की पत्नी ने कहा, "हमें तो कभी ऐसी स्वतन्त्रता नहीं मिली कि हम अपने मायके जा कर अपने भाइयों से कुछ गोपनीय बातें कर आएं।"

"हां भाभी! क्योंकि आपके भाई ने खड्ग निकाल कर आपके वध का संकल्प प्रकट नहीं किया था।" देवकी की आंखों में तेजस्विता की लपट उठी।

देववान की पत्नी सहम कर चुप हो गई।

"तो क्या बात करना चाहती हो तुम?" उपदेव ने पूछा।

"मैंने पिताजी से पूछ लिया है।" देवकी ने कहा, "अब अपने भाइयों से पूछना चाहती हूं कि यदि मेरी रक्षा के लिए मेरे पति को कंस से युद्ध करना पड़ा तो मेरे भाई मेरे पति का साथ देंगे?"

एक अभेद्य मौन छा गया।...देवकी बारी-बारी अपने चारों भाइयों को देख रही थीं – शायद वे सिर उठा कर उनकी ओर देखें।...शायद उनमें से कोई तो कहे कि जिसके चार-चार योद्धा भाई हों, उस बहन के लिए भय का कोई कारण नहीं है।

किन्तु ऐसा कुछ नहीं हुआ। कुछ क्षणों के पश्चात् देववान ने जैसे अपना सारा साहस जुटा कर कुछ कहने का प्रयास किया, "...देवकी! तुम जानती तो हो...कि मथुरा में...।"

और सहसा देववान की पत्नी ने झपट कर उनकी बात बीच में ही काट दी, "कैसी बहन हो तुम? तुम चाहती हो कि एक तुम सुरक्षित रहो, तुम्हारे प्राण बचे रहें; और तुम्हारे चारों भाई कंस के योद्धाओं के हाथों कट मरें। तुम्हारी भाभियां विधवा वेश सजाएं, आजीवन रोती रहें और तुम्हारे भाइयों के बच्चे अनाथों के समान रहें, कंस जैसे राजा के कोप-भाजन बने रोते हुए अपना जीवन व्यतीत करें।...तुम एक अपने प्राणों के लिए अपने समग्र कुटुम्ब का बलिदान करने पर क्यों तुली हुई हो।..." और वह फूट कर रो पड़ी।

देववान ने फिर कुछ साहस जुटाया, "देवकी!..."

"बस भैया! बस।" देवकी ने उन्हें रोक दिया, "अच्छा है कि भाभी ने अपने मन की बात सच-सच बता दी। मैं समझती हूं कि अपने प्राण सबको प्यारे होते हैं। किन्तु मुझे यह भ्रम भी था कि अपनों के प्राण भी हमें प्यारे होते हैं; और उसके लिए हम परस्पर एक-दूसरे के रक्षक हैं।...अच्छा है कि आज यह भ्रम भी टूट गया।"

"हां! विवाह के पश्चात् लड़की का परिवार उसका ससुराल ही होता है।" उपदेव की पत्नी ने मिमियाते से स्वर में कहा।

"तुम चुप रहो।" उपदेव ने खिसिया कर उसे डपट दिया।

"नहीं! इसकी कोई आवश्यकता नहीं है भैया!" देवकी बोलीं, "सबको अपना मत प्रकट करने का पूरा अधिकार है।"

* * *

वसुदेव समझ गए थे कि देवकी को अपने मायके जा कर किसी प्रकार की कोई प्रसन्नता नहीं हुई थी। सम्भवतया उन्हें निराशा ही हाथ लगी थी। निराशा तो तभी

हाथ लगती है, जब व्यक्ति कोई आशा कर रहा हो। देवकी के मन में क्या है – कोई आकांक्षा? कोई आशा?

"कुछ उदास हो।" वसुदेव हंसे, "एक नवविवाहिता इस प्रकार उदास रहे तो उसका ससुराल कलंकित होता है। अतः हम अपने सम्मान की रक्षा के लिए तुम्हें प्रसन्न रखना चाहते हैं।"

"मेरे प्रति अपने प्रेम के कारण नहीं, अपने सम्मान की रक्षा के कारण?"

"यदि मैं अपने प्रेम की चर्चा करता तो तुम मेरा विश्वास नहीं करतीं...।"

"क्यों नहीं करती?"

"क्योंकि पहले दिन से ही तुमने मुझे स्वार्थी मान लिया है। मैं तुम्हें बचाने के लिए कंस से लड़ा जो नहीं। मैंने अपने खड्ग के स्थान पर अपने मस्तिष्क और अपनी जिह्वा से काम लिया। चतुराई दिखाई, शौर्य नहीं।"

देवकी का चेहरा कैसा तो हो आया। वे कुछ कहना चाह रही थीं; किन्तु कह नहीं पा रही थीं।

"क्या बात है देवकी?" वसुदेव उनके निकट बैठ गए, "जो कुछ तुम्हारे मन में हो, निस्संकोच कहो। मेरे प्रति विरोध और अविश्वास हो, तो भी कहो। हम एक-दूसरे से अपने मन की बात नहीं कहेंगे, तो घुट-घुट कर मर जाएंगे। मरेंगे नहीं, तो विक्षिप्त हो जाएंगे।

"मुझसे विवाह करने से पहले क्या आप जानते थे कि मथुरा में गुपचुप यह चर्चा है कि मेरी आठवीं सन्तान के हाथों कंस का वध होगा?"

"जानता था।"

"किसने बताया था?"

"तुम्हारे पिताजी ने।"

"फिर भी आप इस सम्बन्ध के लिए सहमत हो गए?"

"हां!"

"क्यों? आपको अपने प्राणों का मोह नहीं था? आपको अपनी पत्नियों और सन्तानों के जीवन पर उमड़ता संकट दिखाई नहीं दिया? आपको अपने भाइयों और उनकी सन्तानों की कोई चिन्ता नहीं थी?"

"थी और है। सबकी चिन्ता है। सबका विचार है।" वसुदेव बोले, "किन्तु वे सब लोग, जो मेरे साथ सम्बन्ध होने के कारण संकट का अनुभव करते हैं, वे जब चाहें, मुझसे अपना सम्बन्ध विच्छिन्न करने की घोषणा कर, कंस के पक्ष में खड़े हो कर अपनी रक्षा कर सकते हैं। किन्तु...।"

"आपको, स्वयं को इस प्रकार एकदम अकेला कर लेने का क्या लाभ है?"

"मित्रविहीन एकाकी हो जाने में न कोई लाभ है और न मेरी ऐसी कोई आकांक्षा है।..."

"तो?"

"क्षत्रिय का धर्म है, असहाय को क्षत से त्राण देना; अन्याय और अत्याचार से लड़ना। यदि वे ही अन्याय और अत्याचार से नहीं लड़ेंगे तो कौन लड़ेगा?" वसुदेव बोले, "धर्म के मार्ग पर चलने में मुझे किसी प्रकार का कोई भय नहीं लगता। मेरी तेजस्विता मुझे भयभीत होने नहीं देती।"

"चाहे सारा संसार आपका विरोधी हो जाए; और आपकी सहायता करने वाला एक व्यक्ति भी न हो?" देवकी ने पहली बार अपनी पारदर्शी आंखों में प्रशंसा का भाव लिए हुए उनकी ओर देखा, "आप जानते हैं, कंस के विरुद्ध इस युद्ध में मेरे भाई और पिता तक आपकी कोई सहायता नहीं करेंगे।"

"जानता हूं।"

"तो फिर?"

"तुम अपने सहायक केवल उनको मान रही हो, जो तुम्हें चारों ओर दिखाई पड़ रहे हैं।..."

"आपके सहायक दूसरे राज्यों में हैं?"

"नहीं! ईश्वर के कोटि-कोटि अदृश्य हाथ मेरे सहायक हैं।" वसुदेव रुके, "मेरे सहायक क्या हैं, वे ही सारा कर्म करते हैं। मैं कुछ नहीं करता, तुम कुछ नहीं करतीं। हमारा भ्रम हमें दिखाता है कि जैसे सब-कुछ हम ही कर रहे हों।"

देवकी का चेहरा कुछ विकृत हो गया, "स्वयं को सर्वथा अक्षम और असहाय पा कर कहीं आप हताश अथवा विक्षिप्त हो कर तो ऐसी बातें नहीं करने लगे?"

वसुदेव हंस पड़े, "नहीं देवकी! मैं तनिक भी हताश नहीं हूं। मैं पूर्णतः आश्वस्त

हूं कि ईश्वर ने यदि एक दायित्व मुझे सौंपा है, तो वह उसके लिए साधन और सामर्थ्य भी देगा।"

"मुझे तो कोई दिखाई नहीं पड़ रहा।"

"कोई बात नहीं।" वसुदेव बोले, "मनुष्य को सदा सब-कुछ दिखाई नहीं पड़ता। सत्य तो यह है कि जब तक हमें किसी मनुष्य का हाथ दिखाई देता है, तब तक ईश्वर का हाथ दिखाई नहीं देता।"

"ईश्वर का हाथ? जब ईश्वर ही दिखाई नहीं देता, तो उसका हाथ कहां से दिखाई देगा? दसों दिशाओं में केवल कंस और उसके साथियों के हाथ दिखाई पड़ रहे हैं।" देवकी कुछ खीज कर बोलीं।

"ईश्वर के हाथ धरती में से उग आते हैं। सरिताओं की लहरों में से जन्म लेते हैं। मेघों को चीर कर प्रकट होते हैं।"

"आपको नहीं लगता कि ये सब एक अव्यावहारिक भक्त की अबोध अपेक्षाएं हैं? मात्र प्रलाप है? ऐसा न होता तो ताऊजी कारागार में न होते। मथुरा के क्षत्रिय इतने असहाय न होते। जरासन्ध और कालयवन साधारण जन को पीसकर उनका रक्त न पी रहे होते।" देवकी कुछ रुक कर बोलीं, "कल्पनालोक में जीने का कोई अर्थ नहीं है वृष्णिश्रेष्ठ! हमें अपनी आंखें खोल कर अपनी बुद्धि से विचार करते हुए जीना चाहिए। यथार्थ में जीना चाहिए।"

"देखो, संसार में जो कुछ हो रहा है, उन सबका विश्लेषण मैं नहीं कर सकता। मैं उन सबका कारण नहीं बता सकता।" वसुदेव बोले, "मैं तो एक ही बात जानता हूं। संसार में सदा से आसुरी शक्तियां जन्म लेती रही हैं, और अत्याचार करती रही हैं। यदि दैवी शक्तियों ने उन्हें न रोका होता तो यह संसार कब से राक्षसों के पेट में समा गया होता। किन्तु आज तक ऐसा नहीं हुआ। कंस, कालयवन और जरासन्ध के होते हुए भी वसुदेव जीवित है। आर्य देवक अपने परिवार के साथ जीवित और सुरक्षित हैं। यह कंस की इच्छा नहीं है, यह उसी ईश्वर की इच्छा से है।"

"पर ईश्वर के वे कोटि-कोटि हाथ भी तो उसके किसी प्रतिनिधि के रूप में प्रकट होंगे।" देवकी ने कहा, "और मुझे कहीं उसका कोई प्रतिनिधि दिखाई नहीं दे रहा।"

"ठीक कह रही हो।" वसुदेव ने कहा, "मुझे भी उसका कोई प्रतिनिधि दिखाई नहीं दे रहा।"

"तो?"

"प्रतिनिधि न आए, तो समझ लेना चाहिए कि ईश्वर स्वयं आएगा।"

देवकी के चेहरे पर वितृष्णा के भाव उभरे।

"विश्वास नहीं होता न?"

"नहीं।"

"ईश्वर है?"

"है।"

"संसार का नियन्त्रण वही करता है?"

"जी!"

"तो फिर उसकी इच्छा पूरी होगी या कंस, जरासन्ध अथवा कालयवन की?"

देवकी ने सीधा उत्तर नहीं दिया। बोलीं, "मुझे उसका यह गोरखधन्धा समझ नहीं आता। यदि वह है और सृष्टि का संचालन उसके हाथ में है, तो कंस इतना बलशाली क्यों है? यह संसार इतना नारकीय क्यों है?"

"मैंने कहा न कि इन सारे प्रश्नों के उत्तर मैं नहीं दे सकता।" वसुदेव बोले, "मैं तो एक ही बात जानता हूं।"

"क्या?"

"यदि संसार में ऋत् के नियम.की मर्यादा की रक्षा होनी है, तो या तो ईश्वर मेरे हाथ में खड्ग देगा या...।"

"या?"

"स्वयं खड्ग बन कर आएगा और कंस का वध करेगा।" वसुदेव का स्वर अत्यन्त दृढ़ हो गया, "और यदि उसे तुम्हारे पुत्र के रूप में ही आना है, तो मुझे तुम्हारा पाणिग्रहण करने में भय क्यों हो!"

देवकी सोचती रह गईं कि क्या इसी को भक्ति कहते हैं?...

3

कंसा आई और धड़धड़ाती हुई देवकी के कक्ष में घुस गई...

"कहां हो देवकी? देवकी, कहां हो तुम? कैसी हो?"

उसके व्यवहार से ऐसा लग रहा था, जैसे वह यह मान कर ही आई हो कि देवकी उसे इस घर में मिलेगी ही नहीं। वह एक कक्ष से दूसरे कक्ष, एक प्रकोष्ठ से दूसरे प्रकोष्ठ, और एक प्रांगण से दूसरे प्रांगण में घूमती फिर रही थी। वह न किसी से पूछ रही थी और न ही किसी से देवकी तक पहुंचने के लिए महायता ले रही थी।...

उसका कोलाहल सुन कर देवकी ही उसके सामने आ खड़ी हुई।

"क्या बात है जीजी! इतनी हड़बड़ाई हुई क्यों हो?" देवकी ने सहज भाव से पूछा, "तुम्हारी देवकी कहीं खो नहीं गई है।"

"हमारे लिए तो खो ही गई हो।" कंसा ने बड़े दुलार से उनकी कटि में बांह लपेटी और खेल-खेल में जैसे उन्हें अपने साथ ही बिस्तर पर गिरा लिया। वह उल्लास में खिलखिला कर हंस रही थी।

"कोई तुम्हारा व्यवहार देखे तो यही कहेगा कि तुम अभी भी वैसी ही छोटी-सी बालिका हो, जैसी उन दिनों हुआ करती थी, जब हम लोग कच्चे फल तोड़ने के लिए वृक्षों पर चढ़ते और वहां से कूदते थे।..."

"हां! तब ऐसे ही एक-दूसरे पर गिरते-पड़ते भागते भी थे।" कंसा ने कहा, "सत्य है देवकी! कि अब हम बड़ी हो गई हैं; किन्तु जाने क्यों तुम्हें देखते ही मेरा वह शैशव लौट आता है। मेरा मन होता है कि मैं तुम्हारा हाथ पकड़ कर

दौड़ती ही जाऊं। हम डूबते सूरज के पीछे भागें और उसके डूबने से पहले ही उसे पकड़ लें। यमुना में कूद पड़ें और नहाती ही जाएं। दौड़ते-दौड़ते वनों को अपने पैरों तले रौंद डालें...।"

"सच! तुममें अभी भी उतनी ही ऊर्जा बनी हुई है।" देवकी का स्वर अवसाद से बोझिल था।

"तो तुम्हारी ऊर्जा को क्या हो गया है?" कंसा ने नटखट-से भाव से अपनी पलकें झपकाईं, "गर्भ में कोई ऊर्जावान तो नहीं आ बैठा है।"

कंसा ऐसे भाव से आगे बढ़ी, जैसे वह देवकी के उदर को टटोल कर देखना चाहती हो।

"धत्त!" देवकी के चेहरे पर क्षण-भर के लिए लज्जा झलकी; और फिर वह चेहरा कठोर हो गया, "यह मेरे लिए आह्लाद का नहीं, भय का विषय है।"

"सन्तान का जन्म भय का विषय है?" कंसा बोली, "तो फिर नारी जीवन में उससे बड़ा कोई अन्य सुख है ही कहां?"

"तुम जानती हो जीजी! कि मेरी सन्तान के लिए महाराज कंस पहले से ही मृत्युदंड घोषित कर चुके हैं।"

"दंड तो वह तुम्हारे ही लिए घोषित हो गया था।" कंसा अब भी वैसे ही प्रसन्न थी, "वह तो भाई को बहन पर दया आ गई; और तुम्हारे चतुर पति ने महाराज को एक वचन में ही टाल दिया। नहीं तो महाराज कंस के खड्ग के नीचे से किसी को जीवित छुड़ा ले जाना इतना सरल नहीं है।"

देवकी ने एक उदास दृष्टि से कंसा को देखा : कितनी सुविधा से वह इतनी कठोर बातें कह रही थी, "मेरे लिए स्वयं अपने प्राण देना इससे अधिक सुखद होता। मैं मर जाती किन्तु मेरे पुत्र तो मरने से बच जाते।"

कंसा उच्च स्वर में हंसी, "तुम्हारे पुत्र मरने से नहीं, जन्म लेने से बच जाते।"

देवकी स्तब्ध रह गई : कंसा ठीक कह रही थी। वे अपने प्राण दे कर भी अपने पुत्रों का जीवन नहीं बचा सकती थीं।...देवकी का मन विक्षिप्त-सा हो रहा था...कैसा भाग्य ले कर आई हैं वे! एक राक्षस की रक्त-पिपासा को तृप्त करने के लिए, उसे ही माध्यम क्यों बनाया विधाता ने? कंस के खड्ग से कटने वाली

सन्तानों को जन्म देने के लिए, उसका ही चयन क्यों किया गया? कौन-सा पाप किया था उसने?

"क्या मेरी मुक्ति का कोई मार्ग नहीं है जीजी?"

कंसा चुपचाप उसे देखती रही। फिर बोली, "सरल तो नहीं है बहना! तुम जानती हो कि अपने प्राण सभी को प्रिय होते हैं। कंस को भी हैं। वह राज्य के अधिकार के लिए यदि अपने पिता को कारागार में डाल सकता है, तो अपने प्राणों की रक्षा के लिए किसी भी सीमा तक जा सकता है।...फिर भी वह तुम्हारा भाई है।..."

देवकी के मन में आशा जागी, "हां! है तो वह मेरा भाई ही!"

"अपने पुत्र को ले जा कर उसके चरणों में डाल दोगी, तो वह कितना भी कठोर क्यों न हो, तुम्हारे उस नवजात शिशु के प्राण कैसे ले सकेगा। राक्षस तो नहीं है वह, मनुष्य ही है।"

'मनुष्य तो वह नहीं है।' देवकी का मन चिल्ला-चिल्ला कर कह रहा था, 'मनुष्य होता तो अपनी बहन को तलवार के घाट उतारने को तैयार हो जाता? अपने बहनोई को कहता कि वह अपनी सन्तानों को ला कर उसे दे दे, ताकि वह उनका वध कर सके?...पर फिर भी भगवान् की लीला को कोई क्या कह सकता है...कब पत्थर में दूब उग आए, कौन जानता है...'

"यही करूंगी।" देवकी ने कहा, "तुम भाई से कहो, वे आश्वस्त रहें।"

कंसा के जाने के पश्चात् वसुदेव आए, "क्या करने आई थी कंसा?"

"मिलने आई थी। अपनी बहन का हाल-चाल जानने आई थी। अपनी छोटी बहन को उसकी संकट की घड़ी में सान्त्वना देने आई थी।"

वसुदेव हंसे, "वह देखने आई थी कि तुमने गर्भ धारण किया है या नहीं? कंस तुम्हारे गर्भ की स्थिति जानने को बहुत आतुर है। उसे भय है कि कहीं हम गर्भ की बात छुपा न जाएं। अपनी होने वाली सन्तान को उसके पंजों से सुरक्षित निकाल न ले जाएं।..."

"नहीं! ऐसा नहीं हो सकता।" देवकी को विश्वास नहीं हो रहा था।

"वह तुम्हारे शरीर का परीक्षण कर रही थी। कंसा तुम्हारी बहन नहीं, मेरे

छोटे भाई की पत्नी – तुम्हारी देवरानी नहीं, कंस की गुप्तचर बन कर आई थी।" वसुदेव बोले, "वे इतने सावधान हैं, तो हमें भी चौकन्ने रहना चाहिए।"

वीरभद्र ने वसुदेव को प्रणाम किया।

"कहो वीरभद्र!"

"स्वामी! एक प्रस्ताव ले कर आया हूं।"

वसुदेव की आंखों ने उसे अनुमति दे दी।

"स्वामी!" वह उनके निकट आ कर मन्द स्वर में बोला, "हमें अपने लिए कुछ और सैनिक भर्ती कर लेने चाहिए।"

वसुदेव ने उसे ध्यान से देखा, "ऐसा क्यों कह रहे हो वीरभद्र?"

"स्वामी! आपको नहीं लगता कि परिस्थितियां कुछ अधिक ही जटिल होती जा रही हैं। हमें अधिक सैनिकों की आवश्यकता हो सकती है।" वह बोला, "ऐसा अवसर भी आ सकता है कि हमें अपनी सैन्य शक्ति पर निर्भर होना पड़े।"

"समझदार हो; किन्तु क्या हम कंस की सेना से युद्ध करने की क्षमता अर्जित कर सकते हैं?" वसुदेव निर्द्वन्द्व भाव से बोले, "क्या यह सम्भव है कि हम इतने समर्थ हो जाएं कि कंस की सेना हम पर आक्रमण करे, तो हम उस आक्रमण को विफल कर दें?"

"यह तो सम्भव नहीं लगता स्वामी! फिर भी हमें संकट का सामना करने के लिए तैयार तो रहना ही चाहिए।" वीरभद्र बोला, "संकट के सिर पर आ जाने पर कोई मिले न मिले।"

"इस समय मिल रहे हैं क्या?"

"कुछ ऐसे युवक हैं, जो अत्यन्त विश्वसनीय हैं।" वीरभद्र ने कहा, "उनके पास अपने शस्त्र भी हैं; और थोड़ा बहुत युद्ध-कौशल भी उनमें है। शेष हम उन्हें प्रशिक्षण दे लेंगे।"

"कौन हैं वे युवक? कहां से आए हैं?"

वीरभद्र कुछ और निकट आ गया। अपने स्वर को धीमा कर गोपनीय ढंग से बोला, "मेरे अपने ग्राम के मुखिया ने उन्हें विशेष रूप से मेरे पास भेजा है।"

"अपने ग्रामप्रमुख को व्यक्तिगत रूप से जानते हो?"

"पीढ़ियों से व्यवहार है हमारा उनके साथ।"

"तुमने उससे कहा था कि हमें सैनिकों की आवश्यकता है?"

"नहीं स्वामी!" वह बोला, "पिछली बार जब मैं अपने ग्राम गया था तो उसने ही कहा था कि मैं अपने ग्राम के कुछ युवकों को मथुरा में चाकरी दिलवाने का प्रयत्न करूं। ग्राम में वैसे भी कोई व्यवसाय नहीं है; और मथुरा में राजा की चाकरी अधिक लाभकारी और सम्मानजनक भी है।..."

वसुदेव उसकी ओर देखते रहे।

"मैंने कहा था कि मैं तो शस्त्र-व्यवसायी हूं।" वीरभद्र ने कहा, "अन्य किसी व्यवसाय को जानता ही नहीं। यदि वह कुछ हृष्ट-पुष्ट युवकों को भेजे, जिनकी सैनिक कर्तव्यों में रुचि हो, तो सम्भव है कि हम उनकी कुछ सहायता कर पाएं। उनकी आजीविका का कोई प्रबन्ध कर सकें। कदाचित् मेरी उसी बात के उत्तर में उसने इन युवकों को भेजा है।"

"क्या इन दिनों भी तुमने किसी प्रकार यह सूचना भिजवाई थी कि हमें कुछ सैनिकों की आवश्यकता है?"

"नहीं स्वामी!"

"कितने युवक हैं?"

"पच्चीस।"

"क्या तुम उन युवकों को व्यक्तिगत रूप से जानते हो?"

"नहीं स्वामी!"

"तो उनकी निष्ठा के प्रति कैसे आश्वस्त हो?"

"राजकीय सेना में भी तो ऐसे ही सैनिक भर्ती किए जाते हैं।"

"ठीक कहते हो।" वसुदेव बोले, "किन्तु यदि मैं इन युवकों की निष्ठा का परीक्षण कर, स्वयं सन्तुष्ट होना चाहूं, तो तुम्हें कोई आपत्ति तो नहीं होगी? तुम्हें यह तो नहीं लगेगा कि मैं तुम्हारा अविश्वास कर रहा हूं?"

"नहीं। आप जो उचित समझें, करें।"

वसुदेव ने क्षण-भर सोचा और बोले, "अच्छा, उनमें से किसी एक युवक को, केवल एक को, बिना कुछ बताए, बिना अन्य लोगों को अवगत कराए, प्रासाद के पीछे बने गहरे कुएं के पास ले आओ। मैं तुम्हें वहीं मिलूंगा।"

वीरभद्र एक युवक के साथ कुएं पर पहुंचा, तो वसुदेव पहले से ही वहां खड़े थे।

"प्रणाम स्वामी।" युवक ने कहा।

वसुदेव ने उसका निरीक्षण किया : वह युवा था, हृष्ट-पुष्ट था। उसकी मांसपेशियां बता रही थीं कि उसके शरीर ने पर्याप्त व्यायाम किया था।

"हम पहले कभी मिले नहीं।" वसुदेव ने कहा, "तुम मुझे कैसे पहचानते हो?"

"आपके सौम्य मुख को देख कर मैंने अनुमान लगा लिया कि आप ही मथुरा के धर्माधिकारी हैं।" वह बोला।

"यहां किसने भेजा है तुम्हें?"

"ग्रामप्रमुख ने।"

"किसके व्यक्ति हो?"

"ग्रामप्रमुख का।" वह बोला, "आप उनसे पूछ सकते हैं।"

सहसा वसुदेव असाधारण स्फूर्ति से लपके। इससे पहले कि युवक संभलता या वीरभद्र कुछ समझ पाता, उन्होंने युवक की बांह मरोड़, उसकी टांग में ठोकर मार, उसे भूमि पर गिरा दिया। वह उनसे बचने का संघर्ष करता रहा; किन्तु वसुदेव ने उसे सम्भव नहीं होने दिया।

वीरभद्र भौंचक्का-सा खड़ा अपने स्वामी का कौशल देखता रहा।

वसुदेव का पग युवक के कंठ पर था और उनके हाथ में नग्न खड्ग था।

"किसने भेजा है तुम्हें?"

"ग्रामप्रमुख ने।" वह बोला, "आपको मेरी बात का विश्वास क्यों नहीं होता? आप उनसे पूछ लें।"

"स्वामी! इसे मेरे ग्राम के मुखिया ने ही भेजा है।" वीरभद्र कुछ संकोच से बोला, "उसने मुझसे स्वयं कहा है।"

किन्तु वसुदेव ने उसकी ओर ध्यान नहीं दिया। उन्होंने अपने खड्ग की नोक युवक के कंठ से लगा दी, "सत्य बोल, नहीं तो क्षण-भर में यह खड्ग तेरी कंठ-नली से रक्त बहा देगा; और तू तड़पता-तड़पता मर जाएगा। तुझे भेजने वाले को पता भी नहीं लगेगा कि तू कहां गया।...शायद तेरा अन्तिम संस्कार भी नहीं होगा। आत्मा की मुक्ति नहीं होगी और तू प्रेत योनि में भटकता रहेगा।"

"स्वामी!" वीरभद्र ने आगे बढ़ कर विनीत भाव से कहा।

वसुदेव ने अपने बाएं हाथ से उसे बीच से हटा दिया।

"बोल।" खड्ग का दबाव तनिक और बढ़ा।

"मैं...मैं..." उसने कुछ कहने का प्रयत्न किया। उसकी आंखें वसुदेव पर टंगी हुई थीं।

"तू!..."

"मैं...महाराज कंस की...गुप्तचर टोली...।"

वीरभद्र की आंखें फट गईं। उसका मुख लज्जा से तमतमा गया, जैसे किसी ने चौराहे पर उसे निर्वस्त्र कर दिया हो।

"कंस की गुप्तचर टोली का सैनिक है?" वसुदेव ने कहा।

युवक की आंखों ने स्वीकृति दी।

वसुदेव ने अपना खड्ग हटाया नहीं।

"तुम सबके सब?"

"हां! आर्य!"

"क्या करने आए थे?"

"आपके और आपके सैनिकों के निकट रह कर आपके भेद लेने।"

वीरभद्र को जैसे सांस लेने में भी कठिनाई हो रही थी।

"स्वामी!" उसने बड़ी कठिनाई से कहा।

"कोई बात नहीं वीरभद्र, हम बहुत बड़ी दुर्घटना से बच गए हैं।" वे बोले, "तुम्हारा कोई दोष नहीं है। तुम्हारे ग्रामप्रमुख ने अपनी विश्वसनीयता खो दी है।"

वसुदेव ने न केवल अपना खड्ग हटा लिया, वरन् अपने पग के तले दबे युवक के कंठ को भी मुक्त कर दिया, "जाओ, तुम मुक्त हो।"

किन्तु युवक गया नहीं।

"अब जाते क्यों नहीं?" वीरभद्र ने जैसे अपना आपा खो दिया था, "अपना काला मुख लिए यहां क्यों खड़े हो?"

"आर्य धर्माधिकारी!" युवक हाथ जोड़ कर वसुदेव के सम्मुख घुटनों के बल बैठ गया, "यदि महाराज को यह सूचना मिल गई कि मैंने आपको अपना वास्तविक परिचय दे दिया है तो वे मेरा और मेरे परिवार का वध कर देंगे। हमें महाराज के प्रति अपनी निष्ठा की जो शपथ दिलाई जाती है, उसकी एक प्रतिज्ञा यह भी है कि हम अपने प्राण दे देंगे, किन्तु अपना परिचय उद्घाटित नहीं करेंगे।..."

"तो?" वीरभद्र ने उसे घूर कर देखा।

"अब मेरे प्राण आपके हाथों में हैं।" वह बोला, "इस घटना को गुप्त रखने का आश्वासन दें, अन्यथा मैं लौट कर अपनी चाकरी पर तो नहीं ही जाऊंगा। मुझे अपने परिवारसहित गुप्त रूप से इस राज्य से भाग जाना पड़ेगा।"

"निश्चिन्त रहो।" वसुदेव ने कहा, "यहां जो कुछ भी घटित हुआ है, उसे भूल जाओ। हमें भी वह स्मरण नहीं रहेगा। जब कुछ घटित ही नहीं हुआ तो चर्चा कैसी।"

"किन्तु तुमसे यह तो पूछा ही जाएगा कि आर्य धर्माधिकारी ने तुम्हें अपनी सेवा में क्यों नहीं रखा।" वीरभद्र ने कहा।

"वह कोई समस्या नहीं है।" वसुदेव ने कहा, "हमें और सैनिकों की आवश्यकता ही नहीं है। वसुदेव के पास इतना धन ही नहीं है कि वह अपने योद्धाओं की संख्या बढ़ाए।" वे कुछ रुके, "अच्छा होगा कि तुम अपनी टोली के साथ भी, मेरे पास आओ। तुम सब सेवा में रखे जाने की प्रार्थना करो। मैं सार्वजनिक रूप से कह दूंगा कि मुझे सैनिकों की आवश्यकता नहीं है। व्यक्तिगत सेनाओं का समाज को कोई लाभ नहीं है। तुम सबको चाहिए कि तुम लोग राज्य की सेना में सम्मिलित होने का प्रयत्न करो।"

"जैसी स्वामी की इच्छा।"

वह मुड़ा।

"इधर से नहीं।" वीरभद्र ने उसे टोका, "पीछे के निर्जन मार्ग से उद्यानों की ओर निकल जाओ। वहां से भटकते हुए किसी अन्य मार्ग से अपने गन्तव्य तक चले जाना।"

युवक चला गया।

"स्वामी!" वीरभद्र के स्वर में रुदन था।

"वीरभद्र! तुम्हारा कुछ भी दोष नहीं है। तुमने तो मेरा हित ही साधा था। दोष तुम्हारे ग्रामप्रमुख का भी नहीं है। उसने राजा के दबाव में, भयपीड़ित हो कर तुम्हें वह सन्देश भेजा। प्राण सबको प्यारे होते हैं।" वसुदेव बोले, "हमें समझना केवल यह है कि अब सहज विश्वास का सामान्य युग नहीं रहा। हमारा राजा अत्यन्त कुटिल है; और हम उसकी आंखों में खटक रहे हैं। वह कोई भी कुचक्र चला सकता है। कोई भी षड्यन्त्र रच सकता है।"

"मेरे प्रति आपका विश्वास...।"

"तुम पर मुझे उतना ही विश्वास है, जितना स्वयं अपने-आप पर है। तुम चिन्ता मत करो; किन्तु सावधान अवश्य रहो।"

4

दो दिनों तक देवकी निरन्तर सोचती रहीं। कंसा का कौन-सा रूप वे स्वीकार करें। सत्य है कि वह कंस की बहन थी; किन्तु वह उनकी भी बहन थी...और उससे बड़ी बात यह थी कि वसुदेव के छोटे भाई देवभाग की पत्नी थी। कंस से उसका सम्बन्ध था; किन्तु वृष्णियों के इस-कुल से उसका सम्बन्ध और भी घनिष्ठ था। उसका पुत्र बृहद्बल वष्णि है...उसका स्नेह किस ओर अधिक झुकेगा? उसका कर्तव्यबोध, उसे किसका हितू बनाएगा? फिर बात धर्म और अधर्म की भी थी। कंसा धर्म का साथ देगी, अथवा अधर्म का?

अन्ततः उन्होंने कंसा से भेंट करने का मन बनाया। विवाह को अधिक दिन नहीं हुए थे। मन अभी बहुत नहीं खुला था। फिर कंस का आतंक! वे घर से बहुत ही कम निकली थीं।...पर कंसा के घर तो जाना ही था। वह घर कंसा का ही नहीं, देवभाग का भी था।

कंसा ने देवकी को अपने ही घर में अपने सामने खड़ा देखा, तो प्रयत्न करने पर भी उसके चेहरे पर मुस्कान नहीं उभरी।...

"अरे तुम कैसे आ गईं? मुझे ही बुला लिया होता।"

"बड़ी बहन को आदेश देती कि मेरा मन मिलने को हो रहा है, अतः मेरे घर आ जाओ।"

"नहीं! आदेश की बात नहीं है। बड़ी तो मैं ही हूं; किन्तु भाग्य ने तुम्हें मेरी जेठानी बना दिया है। आदेश भी दे ही सकती हो।" कंसा ने स्वयं को संभाला, "नवोढ़ा हो न! कुछ दिन तो अपना मान-सम्मान करवा लो। फिर इन्हीं पथों-वीथियों में घूमना फिरना है।"

"सच कह रही हो जीजी! इन्हीं वीथियों में घूमना है।" देवकी का स्वर उदास था, "इन वीथियों में घूमने को भी जीवित रहूंगी या नहीं, कह नहीं सकती।"

"कैसी बातें कर रही हो।" कंसा ने कृत्रिम उत्साह से कहा, "क्यों जीवित नहीं रहोगी?"

"अपने भाई की धमकी नहीं जानती हो क्या?"

देवकी और कंसा – दोनों का ही ध्यान गया कि देवकी ने कंस को दोनों का भाई न कह कर केवल कंसा का भाई कहा था।

"धमकी चाहे कैसी भी हो; किन्तु भाई तो वे तुम्हारे भी हैं।" कंसा ने कहा।

"जो वध की धमकी ही न दे, उसके लिए प्रयत्न भी करे – वह कैसा भाई।"

"भाई तो भाई ही है, चाहे वह कैसा भी क्यों न हो।" कंसा के स्वर में कोई बल नहीं रह गया था, "और फिर देवकी! धमकी तुम्हारे आठवें पुत्र के लिए है, तुम्हारे लिए नहीं। यदि तुम्हारा पुत्र भैया के वध का प्रयत्न करेगा, तो भैया भी तो अपने प्राण बचाने का प्रयत्न करेंगे।"

"यदि मेरा पुत्र अकारण ही अपने मामा के वध का प्रयत्न करेगा, तो मैं स्वयं अपने हाथों उसे बधिकों को सौंप दूंगी। एक दुष्ट पुत्र मुझे अपने स्नेही भाई से अधिक प्रिय नहीं हो सकता।" देवकी ने कहा, "किन्तु यहां तो अभी एक पुत्र का भी जन्म नहीं हुआ और कंस ने मेरी सारी सन्तानों के लिए मृत्युदंड घोषित कर दिया है। मेरा मन बहुत स्पष्ट रूप से जानता है कि अवसर मिलते ही वह मेरा और मेरे पति का भी वध कर डालेगा।...ऐसे व्यक्ति को मैं अपना भाई कहूंगी क्या?"

"इस समय तुम बहुत दुखी हो देवकी!" कंसा ने कहा, "धैर्य रखो। कुछ समय बीतने दो। मुझे पूरा विश्वास है कि ऐसा कुछ नहीं होगा। भैया के मन का भय शान्त हो जाएगा। उनकी समझ में आ जाएगा कि तुम्हारे पुत्रों ने कोई दोष नहीं किया है। स्थितियां बदल जाएंगी।..."

"स्थितियां बदल जाएंगी तो मेरा मन भी बदल जाएगा।" देवकी बोलीं, "इस समय तो मैं तुमसे कुछ बातें करने आई हूं – स्पष्ट, सच्ची और सीधी बातें।"

"बोलो देवकी! मैं तुम्हारे लिए क्या कर सकती हूं, मेरी प्यारी बहन!"

"जीजी! और कुछ करो, न करो, बस झूठ मत बोलना। सत्य को मुझसे छुपाना

मत।" देवकी बोलीं, "मैं इन दिनों अपने लिए तिनके का सहारा ढूंढ़ रही हूं।"

"बोलो देवकी! वचन देती हूं, तुमसे झूठ नहीं बोलूंगी।"

"उस दिन जब तुम मुझसे मिलने मेरे घर आई थीं, तो क्या केवल यह पता करने आई थीं कि मैं गर्भवती हूं या नहीं?"

कंसा की आंखें ऊपर नहीं उठीं। वह भूमि को ही घूरती रही।

"अब छुपाना नहीं जीजी! तुमने वचन दिया है कि तुम मिथ्याभाषण नहीं करोगी।"

"हां देवकी! मैं भैया के कहने पर यही जानने के लिए गई थी।" कंसा अपना संकोच नहीं छोड़ पा रही थी।

"तो मैं मान लूं कि मुझे तुमसे भी अपनी सन्तान की रक्षा में कोई सहायता नहीं मिलेगी।" देवकी बोलीं, "तुम भी मेरे हत्यारों के पक्ष में हो, उनके साथ हो। मेरे देवर की पत्नी होते हुए भी तुम, वृष्णिवंश को नष्ट करने में सहायता करोगी।"

"नहीं! ऐसा कुछ नहीं है मेरे मन में।"

"यदि मैं तुम्हारे पुत्र बृहद्बल की हत्या की योजना बनाने वालों का साथ दूं तो?"

"मैंने कहा न कि ऐसा कुछ नहीं है मेरे मन में।"

"तो?"

"मेरा परिवार भी तो भैया – महाराज कंस – से भयभीत है।" सहसा कंसा के स्वर में कुछ बल आया, "तुम क्या समझती हो कि आर्य वसुदेव के अपने भाई महाराज कंस के विरोध में तुम लोगों का साथ देंगे।..." वह रुकी, "मेरा आकलन तो यह है कि अपनी सन्तानों को बचाने के लिए, तुम्हारी सहोदरा बहनें, तुम्हारी अपनी सपत्नियां भी तुम्हारा साथ नहीं देंगी।"

देवकी के मन में क्षण-भर में ही जैसे सहस्रों बिजलियां कौंध गई...उनके पति ठीक ही कह रहे थे, जब तक किसी मनुष्य का हाथ दिखाई पड़ता है, तब तक ईश्वर का हाथ दिखाई नहीं पड़ता।...ईश्वर का हाथ कहां था...देवकी नहीं जानतीं किन्तु जितने हाथों को वे अपने हाथ मान रही थीं, वे सब एक-एक कर विलुप्त

होते जा रहे थे।...कंसा शायद ठीक ही कह रही थी कि देवकी की सहोदरा बहनें भी उनका साथ नहीं देंगी।...और भय किस प्रकार लोगों को बौना कर देता है, यह तो वे पहले दिन से ही देख रही थीं।...

* * *

वसुदेव भोजन करने बैठे तो उन्होंने लक्ष्य किया कि रसोई में पुरानी दासियों के साथ दो अपरिचित महिलाएं भी थीं।

"कौन हो तुम?"

"हम आपकी नई दासियां हैं स्वामी! शीला और सरला।"

"शीला और सरला!" वसुदेव ने नम्रता से कहा, "तुम्हें कष्ट तो होगा; किन्तु यह जानना तुम्हारे लिए आवश्यक है कि हम नई दासियों का भरण-पोषण करने में असमर्थ हैं।"

"स्वामी!!!" उन दोनों पर जैसे पहाड़ टूट पड़ा।

"एक तो हमारे पास अतिरिक्त हाथों के लिए काम ही नहीं है; और दूसरे, वसुदेव के पास इतना धन भी नहीं है कि वह और लोगों के पालन का दायित्व ले सकें।"

"स्वामी! हम अनाथ हैं। हमारे बच्चे भूखे मर जाएंगे।"

"मैं तुम्हारी आवश्यकता और बाध्यता समझता हूं; किन्तु तुम भी मेरी सीमा समझो।"

"स्वामी! अनाथों के पालन में हमारे धर्माधिकारी से अधिक समर्थ और कौन है।" शीला बोली, "हमें पेट-भर भोजन मिलता रहे; और हम आपके द्वार पर पड़ी रहें। आप शरण नहीं देंगे तो हम कहां जाएंगी।"

"मुझे जो कुछ कहना था मैं कह चुका।"

"आपने शीला और सरला को क्यों निकाल दिया?" एकान्त होने पर देवकी ने कुछ रुष्ट स्वर में पूछा, "मुझसे पूछ तो लिया होता कि मैंने उन्हें क्यों नियुक्त किया।"

"तो तुमने उन्हें नियुक्त किया था?"

"जी! और आपने यह पूछने तक का कष्ट नहीं किया कि वे यहां कैसे आईं। खड़े-खड़े निकाल दिया। मेरा भी कोई सम्मान है या नहीं। क्या सोचेंगी वे मेरे विषय में? क्या अधिकार है मेरा इस घर में?" देवकी की आंखों में अश्रु झिलमिलाने लगे थे, "उस घर में ब्याही गई देवकी, जहां दो नई दासियों के लिए भोजन भी नहीं है। इतने कंगले हैं हम!"

वसुदेव ने उनकी ओर देखा : देवकी का रोष पहले से बहुत बढ़ चुका था।

"उन्हें निकाल, मैंने तुम्हारे अधिकार और सम्मान ही की तो रक्षा की है।" वसुदेव शान्त स्वर में बोले, "तुम जिसे चाहो, उसे नियुक्त करो; किन्तु हमारे घर में बाहरी लोगों का हस्तक्षेप नहीं होगा।"

"मैं समझी नहीं।" देवकी के रोष ने आश्चर्य की ओढ़नी ओढ़ ली थी।

"उन्हें तुम्हारे पास किसने भेजा था?"

"आनक ने।"

"मेरे भाई आनक ने?"

"जी!"

"इसीलिए वे पूर्णतः विश्वसनीय थीं।"

"जी!"

"कौन थीं वे?"

"आनक ने बताया था कि वे महाराज उग्रसेन के अंगरक्षक गजपति की विधवाएं हैं।"

"अर्थात् हम गजपति से कुछ नहीं पूछ सकते।"

"हां! उसका देहान्त हो चुका है।"

"तो क्या हम महाराज उग्रसेन से पूछ सकते हैं?"

"नहीं!" देवकी ने कहा, "वे कारागार में हैं। हम उन तक नहीं पहुंच सकते।"

"तो क्या प्रमाण है कि वे गजपति की ही विधवाएं थीं?"

"आपके भाई आनक ने बताया है। वह ग़लत सूचना क्यों देगा।" देवकी कुछ चिढ़ कर बोलीं।

"आनक ने तुम्हें कोई ग़लत सूचना नहीं दी है।" वे बोले, "उसने तुम्हें वही बताया है, जो उसे उसकी पत्नी ने बताया है।"

"कनका ने?"

"हां!"

"तो क्या हो गया।" देवकी का स्वर फिर कुछ झुंझला गया, "कनका के बताने में कोई दोष है क्या?"

"नहीं! कनका के बताने में दोष नहीं है।" वसुदेव हंसे, "किन्तु हमारे लिए यह जानना आवश्यक है कि कनका को किसने उनके विषय में बताया है; और किसने उसे प्रेरित किया कि वह अपने पति के माध्यम से उन दो स्त्रियों को यहां, हमारे घर भेजे।"

देवकी उनकी ओर देखती रहीं।

"तुम भूल जाती हो कि कनका भी कंस की बहन है। वह कंस के दबाव में ऐसा कोई भी काम कर सकती है, जो हमारे लिए घातक हो सकता है।" वसुदेव ने कहा, "बहुत सम्भव है कि वे दोनों भी कंस के गुप्तचर तन्त्र का अंग हों।"

"क्या जानना चाहता है कंस हमारे विषय में? ऐसा क्या है, जो वह जानता नहीं है?" देवकी बहुत उलझी हुई लग रही थीं।

"वह दो बातें जानना चाहता है।"

"क्या?"

"हम मथुरा छोड़ कर कहीं जाने की योजना तो नहीं बना रहे।" वसुदेव बोले, "और तुम गर्भवती तो नहीं हो?"

"ओह!" देवकी का मुख विस्मय से खुल गया।

5

आगन्तुक को वसुदेव पहचानते थे : वह कंस का राजवैद्य था।...पर वह इस समय यहां क्या कर रहा था? वसुदेव ने कंस से किसी वैद्य को भेजने का अनुरोध नहीं किया था; और न ही वैद्य सामान्यतः राजा के सन्देश ले कर कहीं आया-जाया करते थे। यह तो हरकारों अथवा नापितों का कार्य था...इस समय तो विशेष रूप से वसुदेव ने द्वाररक्षकों को कह रखा था कि वे किसी को भीतर न आने दें। आगन्तुक बहुत ही महत्त्वपूर्ण व्यक्ति हो तो उसकी सूचना दें; किन्तु उसे भीतर किसी भी स्थिति में न आने दें।...पर इस समय राजवैद्य साक्षात् उनके सामने खड़ा था। उसके साथ दो राजकीय दंडधर थे; और वसुदेव के अपने द्वारपाल दबे-छिपे, सहमे से उनके पीछे खड़े थे।

"क्या बात है राजवैद्य? आप कैसे आए?"

"आर्य! इन्होंने हमारी एक नहीं मानी। बलात् भीतर घुस आए हैं।" द्वारपाल ने कहा, "अब आपका जैसा आदेश हो।"

"मैं महाराज कंस के आदेश से यहां आया हूं।" राजवैद्य ने कहा।

"जानता हूं कि राजवैद्य श्वास भी लेते हैं तो महाराज कंस के आदेश से ही; किन्तु आप यहां क्या करने आए हैं?"

"महाराज ने भेजा है।"

"सुन लिया मैंने।" वसुदेव का स्वर कुछ खीज लिए हुए था, "महाराज ने बुलाया होगा तो अपने प्रासाद में बुलाया होगा। यहां भेजने का क्या अर्थ? आप जानते हैं कि महाराज यहां नहीं रहते। किसी से भेंट करनी हो तो वे उनके घर नहीं जाते,

उन्हें अपने प्रासाद में बुलवाते हैं। उनका स्वास्थ्य ठीक नहीं है, तो आप उनके पास जाएं। यहां क्या करने आए हैं? और दो दंडधर ले कर आए हैं, जैसे शक्ति-परीक्षण करना हो। आप जानते हैं कि किसी और के दंडधर मेरी अनुमति के बिना मेरे भवन में नहीं आ सकते।"

"सब-कुछ जानता हूं।" राजवैद्य ने कहा, "इससे कुछ अधिक भी जानता हूं; किन्तु वह सब कहने-सुनने का समय नहीं है। महाराज की आज्ञा से मैं उनकी भगिनी राजकुमारी देवकी का नाड़ी-परीक्षण करने आया हूं।"

"यदि राजकुमारी देवकी के स्वास्थ्य सम्बन्धी कोई समस्या होगी, तो उनके पति के रूप में वैद्य को मैं बुलाऊंगा। इसके लिए महाराज को वैद्य भेजने और आपको यहां आने की आवश्यकता क्यों पड़ गई?" वसुदेव बोले, "वैसे राजकुमारी देवकी पूर्णतः स्वस्थ हैं। आप प्रस्थान करें।"

वैद्य अपने स्थान से हिला भी नहीं। कुछ और अधिकार से बोला, "महाराज जानते थे कि ऐसी स्थिति भी आ सकती है। इसीलिए उन्होंने दो दंडधर भेजे हैं कि हम आपकी अनुमति के बिना और आपकी इच्छा के विरुद्ध भी राजकुमारी का स्वास्थ्य-परीक्षण कर सकें।"

"ओह! तो स्थिति यहां तक आ पहुंची है कि राजा की आज्ञा से राजवैद्य बलपूर्वक किसी के घर में घुस कर वहां के निवासियों के स्वास्थ्य की परीक्षा करेंगे।" वसुदेव हंस पड़े, "युद्ध की स्थिति है यह तो। और आपके महाराज समझते हैं कि ये दो दंडधर वसुदेव की शक्ति को रोकने के लिए पर्याप्त हैं।"

"देखिए, आप मुझे शक्तिप्रयोग के लिए बाध्य न करें।" वैद्य ने धमकाया।

देवकी भीतर बैठी वसुदेव की प्रतीक्षा कर रही थीं। उन्हें बाहर जाना था। कहां जाना था, वे नहीं जानती थीं; किन्तु पति के द्वारा दी गई सूचना के अनुसार वे तैयार बैठी थीं। विलम्ब होते देख वे बाहर निकल आईं। यहां तो स्थिति ही कुछ और थी।

"राजकुमारी स्वयं ही आ गई हैं।" वैद्य ने दंडधरों की ओर देखा, "तुम लोग आर्य वसुदेव को रोको। मैं राजकुमारी का परीक्षण कर लेता हूं।"

देवकी के सामने फिर एक बार अपने विवाह की घटना घूम गई। उन्हें लगा कि यह वैद्य भी कंस का खड्ग है। आज कंस उनका वध नहीं कर रहा, अपमान

कर रहा है; और आज भी वसुदेव शान्त खड़े हैं। वे अपना शस्त्र क्यों नहीं संभालते।

देवकी ने दीवार पर लगे शस्त्रों में से खड्ग खींच लिया, "तुम्हारा परीक्षण तो मैं करती हूं राजवैद्य!"

किन्तु वसुदेव बीच में आ गए, "नहीं! रहने दो देवकी! इसकी आवश्यकता नहीं है।"

"इसकी उद्दंडता देख रहे हैं आप। कोई और होता तो इसके शरीर के दो टुकड़े कर इसे बाहर फिंकवा चुका होता।"

वसुदेव ने अपने द्वारपालों को संकेत किया, "राजकीय दंडधरों को ससम्मान बाहर पहुंचा दो।"

उन्होंने स्वयं आगे बढ़ कर वैद्य की भुजा कुछ ऐसे मरोड़ी कि वह उछल कर स्वयं ही उनकी भुजाओं में आ गया। वसुदेव ने उसे अपनी बलिष्ठ भुजाओं में अपने सिर से भी ऊपर उठा लिया, "इन महानुभाव को मैं ही इनके वाहन तक पहुंचा आता हूं।"

* * *

वसुदेव अपने नित्य के नियम के अनुसार निश्चिन्त भाव से राजसभा में चले आए।

कंस को थोड़ा आश्चर्य हुआ। वह मान बैठा था कि वसुदेव कल की घटना का बुरा मानेंगे और उसे जताने के लिए वे राजसभा में कुछ दिन तो नहीं आएंगे। बहुत होगा तो एकान्त में उससे भेंट कर, अपना विरोध प्रकट करेंगे।...किन्तु वे तो सहज भाव से आ कर अपने स्थान पर बैठ गए थे, जैसे कुछ हुआ ही न हो।

"धर्माधिकारी अमात्य वसुदेव!" कंस ने कहा, "एक उपालंभ है।"

"अपनी इच्छा कहें महाराज!"

"राजवैद्य ने बड़े कष्ट से कहा है कि आपने उनके साथ अच्छा व्यवहार नहीं किया।"

"मैं उससे भी अधिक पीड़ा से कहना चाहता हूं महाराज! कि आपके राज्यवैद्य ने ही नहीं, आपके साधारण दंडधरों ने भी राज्य के धर्माधिकारी के प्रति अत्यन्त दुर्विनीत व्यवहार किया है। भद्रता और शालीनता का उल्लंघन किया है।"

"वे बाध्य थे। आपने राजपुरुषों को बलात् उनके कर्तव्य से रोका है।"

"महाराज!" वसुदेव ने एक प्रकार से सारे सभासदों को इस संवाद में सम्मिलित करने का प्रयत्न किया, "आज इस राजसभा में सारे सभासदों की उपस्थिति में यह निश्चित् किया जाए कि मथुरा राज्य के धर्माधिकारी को राजपुरुष की मर्यादा प्राप्त है या नहीं?"

"क्यों नहीं। धर्माधिकारी हमारे अमात्य हैं, राज्य के मन्त्री हैं। वे उच्चपदस्थ राजपुरुष हैं।" कंस ने बहुत सन्तुलित स्वर में कहा।

"तो फिर इस राज्य के साधारण दंडधर और आपके राजवैद्य, अपनी सीमा और धर्माधिकारी – जो दंडाधिकारी भी हैं – की मर्यादा का सम्मान क्यों नहीं करते?" वसुदेव बोले, "वे न केवल अमात्य धर्माधिकारी की मर्यादा का उल्लंघन कर बलात् उनके घर में घुसते हैं, वरन् उन्हें अपमानजनक आदेश देने का दुस्साहस भी करते हैं। बलप्रयोग की धमकी देते हैं। दंडाधिकारी के रूप में ही नहीं, गृहस्वामी के अधिकार से भी मैं उन्हें बंधवा कर अपने भवन के किसी भूमिगत कारागार में डलवा सकता था; किन्तु मैंने वह नहीं किया।"

"आप उन्हें अपना कर्तव्य करने देते और यदि उसमें कुछ आपत्तिजनक था, तो उसे मेरे ध्यान में लाते।" कंस ने कहा, "आप भूल रहे हैं कि आपने राजकीय दंडधरों के विरुद्ध अपने प्रहरियों के, और राजवैद्य के विरुद्ध अपने बल का प्रयोग किया।"

"यदि कुछ लोग बलात् किसी गृहस्थ के घर में घुसना चाहें तो वह उन्हें रोकने का प्रयत्न न करे? उन्हें घुसने दे। मनमानी करने दे। और उसके पश्चात् परिवाद ले कर राजा के सम्मुख आए?" वसुदेव हंसे, "हम अपने घरों में निजी प्रहरी इसलिए तो नहीं रखते कि वे दस्युओं को अपना मनभावन करने दें और फिर परिवाद ले कर राजा के पास जाएं। महाराज! ऐसी घटनाओं के सम्बन्ध में परिवाद, धर्माधिकारी होने के नाते, मेरे सम्मुख उपस्थित किए जाते हैं। मैं उन लोगों को दंडित करता हूं। अब आप कह रहे हैं कि मेरे सम्मुख, मेरे साथ, ऐसी घटना घटित हो और मैं न उसका प्रतिरोध करूं, न दंडविधान करूं। क्यों? केवल इसलिए कि उस समय मैं कार्यालय में नहीं अपने घर में बैठा हूं। नहीं महाराज! यह धर्म और न्याय नहीं है।"

"किन्तु वे दस्यु नहीं थे।" कंस ने कुछ बलपूर्वक कहा, "वे राजकीय आज्ञा ले कर अपना कर्तव्य पूर्ण करने गए थे।"

"एक साधारण दंडधर, राज्य के दंडाधिकारी और धर्माधिकारी से भी उच्चपदस्थ राजपुरुष हो जाता है, क्योंकि वह राजा नामक एक व्यक्ति की इच्छापूर्ति का दायित्व ले कर आया है?"

"आर्य धर्माधिकारी! मुझे लगता है कि आप महाराज, राजसभा तथा अपनी मर्यादा का उल्लंघन कर रहे हैं।" अक्रूर अपने स्थान से उठ खड़ा हुआ, "धर्माधिकारी के अधिकारों की भी एक सीमा है। आप उसका अतिक्रमण कर रहे हैं।"

"यादवों की राजसभा में प्रश्न पूछना, कब से मर्यादा का उल्लंघन माना गया आर्य अक्रूर?" वसुदेव का तेजस्वी स्वर गूंजा।

"आप महाराज कंस को राजा नामक एक व्यक्ति कह रहे हैं।" अक्रूर का स्वर कुछ और तीखा हो गया, "महाराज कंस, सम्राट् कंस, कब से मात्र एक व्यक्ति रह गए?"

"मैं आपसे एक निवेदन करूंगा।" वसुदेव ने शान्त स्वर में कहा, "यादवों की राजसभा में राजा हमारा प्रतिनिधि है। वह परम स्वतन्त्र अधिनायक नहीं है।"

"आप इसका अन्तर स्पष्ट करेंगे?" प्रद्योत ने पूछा।

"क्यों नहीं।" वे बोले, "यादवों में शासन, विधान के अधीन और सर्वसम्मति से होता है। राजा नामक व्यक्ति की इच्छा से नहीं।"

"इस सैद्धान्तिक विवाद से कोई लाभ नहीं।" कंस ने उन्हें रोक दिया, "कल के अपने व्यवहार के विषय में आप अपना पक्ष स्पष्ट करें।"

"वह तो ठीक है; किन्तु इसको भी स्पष्ट कर ही लें कि राजा और व्यक्ति में क्या भेद है। दोनों को पृथक् कैसे कर सकते हैं।" सत्राजित ने कहा, "दंडधरों और राजवैद्य को राजाज्ञा का पालन करने के लिए क्यों यह अधिकार नहीं था कि वे आपके घर में प्रवेश कर पाते। उनका विरोध राजाज्ञा का विरोध क्यों न माना जाए?"

"मेरा आरोप है कि राज्य के दंडधर और राजवैद्य विधान और प्रशासन की आज्ञा से नहीं, व्यक्ति कंस की आज्ञा से आए थे।" वसुदेव ने कहा, "किसकी पत्नी

गर्भवती है और किसके परिवार में सन्तान का जन्म हो रहा है या हो गया है, यह सब न तो विधान के लिए महत्त्वपूर्ण है, न प्रशासन के लिए इसका कोई अर्थ है। यह महत्त्वपूर्ण है, महाराज कंस के लिए नहीं, व्यक्ति कंस के लिए।"

"फिर वही।" प्रलम्ब ने कहा, "हम व्यक्ति और राजा का भेद कैसे करेंगे? प्रशासक और प्रशासन, एक-दूसरे से भिन्न कैसे होंगे?"

"मैं नहीं जानता कि आर्य प्रलम्ब सचमुच यह सब समझ नहीं पा रहे हैं; अथवा अपने राजा को प्रसन्न करने के लिए इस प्रकार के प्रश्न उठा रहे हैं।" वसुदेव ने कहा, "व्यक्ति अपने स्वार्थ से प्रेरित हो कर सोचता है और उसी के अनुरूप आज्ञाएं देता है। जबकि प्रशासन की चिन्ता जन-कल्याण के हितार्थ होती है। उसकी आज्ञाएं भी उसीके अनुरूप होती हैं। यदि मेरी पत्नी या मेरी होने वाली सन्तान ने कोई अपराध किया है तो मैं स्वयं राजकीय दंडधर या सैनिक भेज कर उन्हें निगड़बद्ध करवाऊंगा। दुष्ट-दलन क्षत्रिय का कर्तव्य है। किन्तु यहां ऐसा कोई कारण नहीं है। कोई बताए कि देवकी अथवा मेरे उस पुत्र ने, जिसका अभी जन्म भी नहीं हुआ है, कौन-सा अपराध किया है? किसकी हानि की है, उन्होंने? उन पर कौन-सा आरोप है, जिसके कारण राजाज्ञा ले कर दंडधर तथा अन्य राजपुरुष बलात् मेरे घर में प्रवेश कर, मेरा और मेरी पत्नी का अपमान करना चाहते हैं।...मेरा यह परिवाद है कि एक व्यक्ति अपने पद् का दुरुपयोग कर रहा है; और राजा के रूप में यादवों द्वारा दिए गए अधिकारों का ही नहीं, समग्र प्रशासन-तन्त्र का अपने व्यक्तिगत राग-द्वेष के लिए शोषण कर रहा है।"

"अपना पक्ष प्रस्तुत कर लिया अथवा और भी कुछ कहना है?" कंस ने स्थिर स्वर में पूछा।

"और यह भी पूछना है कि मैं यादवों के इस शासन का धर्माधिकारी हूं या नहीं?" वसुदेव ने उसी तेजस्विता से कहा, "यदि हूं तो एक साधारण दंडधर मेरी आज्ञा का पालन नहीं करता, मेरा अपमान करता है, तो उच्चपदस्थ अधिकारी होने के कारण मुझे उसे दंडित करने का अधिकार क्यों नहीं है।"

"आपके इन प्रश्नों का उत्तर राजा नहीं, धर्म के मर्मज्ञ राजपुरोहित आचार्य लक्ष्मीदास देंगे।" कंस ने राजपुरोहित को उठने का संकेत किया।

किन्तु वसुदेव ने अपना आग्रह नहीं छोड़ा। बोले, "जब धर्म और धर्म के विधान

सम्बन्धी कोई संकटपूर्ण प्रश्न उठता है तो उसका समाधान राजपुरोहित नहीं, यादवों के कुलगुरु गर्गाचार्य करते हैं।"

"क्यों?" कंस के रोष के अंकुर प्रकट होने लगे थे।

"क्योंकि धर्मशास्त्र की रचना, अपने सांसारिक स्वार्थों से उदासीन, ऋषि करते हैं; सांसारिक भोगों में आसक्त राजा अथवा राजपुरोहित नहीं।" वसुदेव बोले, "राजपुरोहित राजा के अन्न पर पलने वाला क्रीत बुद्धिजीवी भी नहीं, क्रीत कर्मकांडी है। उसका अपना महत्त्व है; किन्तु उससे यह अपेक्षा कैसे की जा सकती है कि वह राजा की इच्छा के प्रतिकूल भी धर्म का विवेचन कर पाएगा। यह कार्य तो धर्मगुरु, यादवों के कुलगुरु गर्गाचार्य का ही है।"

"आप ठीक कहते हैं आर्य धर्माधिकारी!" कंस के मागध अमात्य धर्मभीरु ने कहा, "किन्तु जो आचार्य गर्ग का गुण है, वही तो हमारी समस्या है। वे राजकर्मचारी तो हैं नहीं कि प्रतिदिन राजसभा में आ कर बैठें और आवश्यकतानुसार महाराज को परामर्श दें। आप उन्हें राजसभा में उपस्थित रहने का निर्देश दे दें तो हम उन्हीं से ऐसी समस्याओं का समाधान मांग लिया करेंगे। इस समय तो चाहे-अनचाहे आप लक्ष्मीदास जी को ही कष्ट करने दें।"

"आपकी इच्छा हो तो आर्य धर्माधिकारी! धर्मनिर्धारण के लिए आप देवर्षि नारद को बुला लें। हमारा उनसे कोई विरोध नहीं है।" सत्यक ने कहा, "पर उनकी राजसभा में उपस्थित रहने की वृत्ति कितनी होगी, यह पहले पूछ लीजिएगा।"

वसुदेव मौन रह गए।...वे सब उनका परिहास कर रहे थे। वे इस विषय में वसुदेव का विरोध कर, कंस को प्रसन्न करना चाह रहे थे। यह नहीं समझ रहे थे कि वे लोग स्वेच्छा से अपने हाथ-पैर काट कर कंस के दास बनने की प्रक्रिया किस तत्परता से पूरी कर रहे थे। वे उन लोगों का लोभ और भय समझते थे; किन्तु आश्चर्य तो इस बात का था कि उन्हें वसुदेव से तनिक-सी भी सहानुभूति क्यों नहीं थी? वे कंस से भयभीत हो सकते हैं; किन्तु वे कंस के राक्षसी कृत्यों के समर्थक कैसे हो सकते हैं? कंस के विरुद्ध बोल नहीं सकते, तो इस विवाद में मौन तो रह सकते हैं।

"कहिए, राजपुरोहित! आप अपना मत प्रस्तुत कीजिए।" कंस ने कहा।

"शासन का सामर्थ्य सब में नहीं होता। जिसमें होता है, वही राजा बनता है।"

राजपुरोहित ने कहा, "शास्त्र कहते हैं कि राजा में ईश्वर का तत्त्व होता है। इसलिए राजा की इच्छा ईश्वर की इच्छा है। उसका विरोध उचित नहीं है। और अपने व्यक्तित्व के कारण ही तो वह 'व्यक्ति' 'राजा' बना है। ऐसे में व्यक्ति और राजा को पृथक् कैसे किया जा सकता है। वह सम्भव नहीं है। और असम्भव का प्रयास करना कोई बुद्धिमानी नहीं है।"

"और दंडधरों की स्थिति?" कंस ने पूछा।

"दंडधर के पास अपना कोई अधिकार नहीं है। उसकी स्थिति तो जल की-सी है। वह जिस पात्र में रखा जाएगा, वैसा ही हो जाएगा। आदेश ही उसका अधिकार है।" वे बोले, "जब वह धर्माधिकारी के आदेश से किसी को बन्दी करता है तो वह धर्माधिकारी है; और जब वह राजा के आदेश से किसी को बन्दी करता है तो वह राजा ही है।" लक्ष्मीदास अपना निर्णय सुना कर बैठ गए।

"समझ गए आप आर्य धर्माधिकारी!" कंस का स्वर अत्यन्त मृदुल था, "मेरे भेजे हुए दंडधरों को मेरा ही रूप मान कर उनकी आज्ञा का पालन किया कीजिए, अन्यथा आप राजाज्ञा का पालन न करने के अपराधी माने जाएंगे।"

6

नगरद्वार निकट आ रहा था। वसुदेव जैसे पूर्णतः सजग हो गए थे। अब कुछ भी हो सकता था। उनकी इतने दिनों की बनाई योजना सफल भी हो सकती थी; और क्षण-भर में ध्वस्त भी। ऐसे में उन्हें निराश हो कर चुपचाप घर लौट जाना भी पड़ सकता था।

"द्वार-रक्षक तो रथ को रोकने का संकेत कर रहे हैं।" देवकी घबराए हुए स्वर में बोलीं।

"हमें सारी स्थितियों के लिए तैयार रहना है।" वसुदेव बोले, "आवश्यक तो नहीं कि हमें पहली ही बार में सफलता मिल जाए। सहस्रों असफलताओं की नींव पर सफलता का एक प्रासाद बनता है।"

"समझती हूं।" देवकी ने स्वयं को संभाला, "पर मन फिर भी घबराता ही है।"

वसुदेव मुस्कुराए, "मन का काम ही है घबराना। उसे घबराने दो। तुम मन नहीं हो। तुम यह शरीर भी नहीं हो। तुम आत्मा हो। स्वयं को संभाले रहो।"

रथ द्वार-रक्षकों के निकट आ कर रुक गया।

"रथ में कौन है?" द्वार-रक्षकों के नायक ने पूछा।

"क्या तुम मुझे पहचानते नहीं हो?"

"पहचानता हूं, इसीलिए तो पूछ रहा हूं।" नायक बोला, "आपके साथ कौन-कौन हैं?"

"रथ खुला है। तुम देख सकते हो कि मेरे साथ केवल मेरी पत्नी है; और

अपनी पत्नी के साथ यात्रा करना कोई ऐसा अपराध नहीं है, जिसके लिए नगरद्वार के रक्षक हमें रोक कर हमसे पूछ-पड़ताल करें।" वसुदेव बोले, "वैसे क्या तुम जानते हो कि तुम महाराज कंस के एक मन्त्री से अशिष्ट व्यवहार कर रहे हो?"

नायक मुस्कुराया, "क्या आप यह जानते हैं कि महाराज कंस का ही आपके लिए आदेश है कि आप मथुरा से बाहर नहीं जा सकते। आप उनकी पूर्ण अवज्ञा कर अपनी पत्नी सहित नगर से बाहर जा रहे हैं।"

वसुदेव को इस बात की आशंका तो पहले से ही थी। फिर भी स्वयं को संभाल कर बोले, "मथुरा से बाहर नहीं जा सकता, इसका क्या अर्थ हुआ? मथुरा के साधारण नागरिक भी अपनी इच्छा से कहीं भी आने-जाने को स्वतन्त्र हैं, तो मेरे विषय में ऐसे आदेश का क्या अर्थ? मैं कोई चोर-उचक्का अथवा अपराधी नहीं हूं कि मेरे विषय में इस प्रकार का बन्धन लगाया जाए। यह तो एक प्रकार से मुझे नगरबन्दी करने का प्रयत्न है। मैं बन्दी नहीं हूं। मैं वृष्णिकुलपति हूं; और महाराज कंस का मन्त्री हूं।"

वसुदेव के आवेश का नायक पर कोई प्रभाव नहीं पड़ा। वह वैसे ही सहज भाव से मुस्कुरा कर बोला, "तो आप यह जानते ही नहीं हैं कि आप नगरबन्दी हैं?"

"तुम्हारा शासन नहीं है कि जिसे चाहोगे, उसे नगरबन्दी कर लोगे।" वसुदेव ने क्रुद्ध होने का अभिनय किया, "मुझसे ऐसा व्यवहार कर तुम महाराज की चाकरी में नहीं रह सकते।"

"नहीं आर्य वसुदेव! आपको कदाचित् यह ज्ञात नहीं है कि यदि मैं आपके साथ ऐसा व्यवहार न करूं तो मैं महाराज कंस की चाकरी में नहीं रह सकता।" वह बोला, "क्या आप सचमुच ही नहीं जानते कि आप नगरबन्दी हैं? हमें तो कब से यह सूचना है कि आप नगर से बाहर नहीं जा सकते।"

वसुदेव ने न तो यह स्वीकार किया कि वे यह जानते हैं, न उस आदेश को मानने के प्रति ही कोई सहमति दिखाई। बोले, "और यदि मैं तुम्हारी इस आज्ञा को मानने से इनकार कर दूं तो?"

"तो बाध्य हो कर हमें बलप्रयोग करना पड़ेगा।" नायक बोला, "आशा है आप हमें उसके लिए प्रेरित नहीं करेंगे।"

वसुदेव सारी स्थिति को बहुत अच्छी प्रकार समझ रहे थे, किन्तु वह उसे प्रकट करना नहीं चाहते थे। बोले, "तुम समझते हो कि तुम वसुदेव पर बल प्रयोग कर सकते हो? तुम मेरे खड्ग का वेग देखना चाहते हो?"

इस बार नायक शालीनता से मुस्कुराया, "आपके खड्ग के वेग से भली-भांति परिचित हूं मैं।...हम मथुरावासी हैं, वृष्णिश्रेष्ठ! हम आपके खड्ग को भी जानते हैं और आपके चरित्र को भी। जहां तक हमारा सम्बन्ध है, आपको खड्ग उठाने की आवश्यकता नहीं है। हमारा खड्ग आप पर उठ भी नहीं सकता; पर..." उसने मुड़ कर पीछे देखा।

"पर क्या?" वसुदेव का स्वर मन्द हो गया था, किन्तु उनका आक्रोश चुका नहीं था।

"पर पीछे वह जो बैठा है, वह हमारा अधिकारी है। वह मथुरा का निवासी नहीं, मागध है। वह आप पर खड्ग उठा ही नहीं सकता, वरन् आप पर प्रहार भी कर सकता है।" नायक बोला, "और उसके आदेश में बंधे हम कुछ भी करने को बाध्य हैं।"

"तुम माथुर हो कर भी मागधों के अधीन हो?" वसुदेव ने उसे उकसाना चाहा।

"आप मन्त्री हो कर भी क्या यह नहीं जानते?" नायक बोला, "वस्तुतः हम सब ही मागधों के अधीन हैं। महाराज कंस मागधों पर माथुरों से कहीं अधिक विश्वास करते हैं।"

वसुदेव कुछ सोचते रहे और फिर बोले, "वस्तुतः मैं मथुरा के बाहर जाने का प्रयत्न नहीं कर रहा, मैं तो अपने गोकुल में जा रहा हूं। अपने गोधन की देख-भाल नहीं करूंगा तो गोपाल असावधान हो जाएंगे। मेरी व्यक्तिगत क्षति तो होगी ही, मथुरा राज्य के पशुधन की भी हानि होगी। मुझे नगरबन्दी बना दिया गया है तो कोई बात नहीं। उसके विषय में मैं लौट कर महाराज से बात कर लूंगा कि यह महाराज का प्रेम है अथवा उनका रोष, पर इस समय मुझे अपने गोकुल में जाने दो। मेरे गोपाल मेरी प्रतीक्षा कर रहे होंगे।"

इस बार नायक कुछ विनीत हो गया। बोला, "मैं वह सब समझता हूं। मैं तो आपका यहां तक विश्वास करने को प्रस्तुत हूं कि आप सन्ध्या तक नहीं तो कल प्रातः तक लौट भी आएंगे। पर हमें आदेश है कि आपको मथुरा के द्वार से

बाहर न जाने दिया जाए। आपका गोकुल मथुरा से बाहर यमुना पार है। बताइए हम अपने राजा की आज्ञा का उल्लंघन कैसे कर सकते हैं?"

"ठीक है। मैं मथुरा से बाहर नहीं जाता।" वे रथ से नीचे उतर आए, "देवकी तुम गोकुल में चली जाओ। गोधन को देखकर, गोपालों से चर्चा कर, उनकी आवश्यकताओं को समझ कर लौट आओ। तब मैं यहीं से उनकी आवश्यकताओं की पूर्ति करने का प्रयत्न करूंगा।"

"नहीं!" नायक ने अश्वों की वल्गा थाम ली, "देवी देवकी को भी मथुरा से बाहर जाने की अनुमति नहीं है। आप दोनों ही नगर से बाहर नहीं जा सकते।"

वसुदेव समझ गए कि नायक से किसी प्रकार की चतुराई नहीं चलेगी। उससे विवाद करने का भी कोई लाभ नहीं था। वह अपने अधिकारियों के आदेश के अनुसार अपना कार्य कर रहा था।

उन्होंने देवकी की ओर देखा : वे मूर्तिवत् उनकी ओर देख रही थीं। वे पहले ही बहुत आशंकित थीं। नायक के इस नम्र विरोध से ही उनकी सारी आशाएं जैसे ध्वस्त हो गई थीं।

वसुदेव रथ में आ बैठे और नायक को सुनाते हुए बोले, "देवकी! लगता है कि महाराज को अपने इस मन्त्री से कुछ ऐसा काम है कि मुझे स्वयं से दूर नहीं कर सकते।"

देवकी उनके विनोद पर हंस नहीं पाईं। वे भावहीन मुद्रा बनाए उनकी ओर देखती रहीं।

"तुम्हारा गोकुल सुरक्षित है। चिन्ता मत करो। हमारे गोपाल उनकी अच्छी सेवा कर रहे हैं।" वसुदेव बोले, "हम फिर किसी समय चलेंगे और अपने गोधन को देख आएंगे।"

उन्होंने रथ को वापस अपने भवन की ओर मोड़ लिया।

नगरद्वार पीछे छूट गया तो देवकी का मुख कुछ जीवन्त हुआ, "वह हमारे रथ की छानबीन करता तो समझ नहीं जाता कि हम मथुरा से भाग रहे थे?"

"क्यों? ऐसा क्या था हमारे रथ में, जिससे पता लग जाता कि हम मथुरा छोड़ कर जा रहे थे?" वसुदेव हंस पड़े।

"आपको हंसी सूझ रही है और मेरे प्राण निकले जा रहे हैं।" देवकी उदास हो गईं, "अभी तो कंस को मेरे गर्भधारण की भी कोई सूचना नहीं है। उसे ज्ञात हो गया तो फिर तो वह हमें मथुरा से क्या अपने भवन से भी निकलने नहीं देगा।"

वसुदेव ने विस्मय से उनकी ओर देखा, "आज तुम कंस को भैया भी नहीं कह रहीं और उसके नाम के साथ कोई आदरसूचक शब्द भी नहीं लगा रहीं।"

"वह तो बचपन का अभ्यास है, जो छूटता ही नहीं था। बड़ी कठिनाई से पीछा छुड़ाया है।" देवकी के स्वर में वितृष्णा प्रकट हुई, "जो मेरी सन्तान के पीछे पड़ा है, मैं कब तक उस हत्यारे को भैया कहती रहूं।"

वसुदेव भी कुछ गम्भीर हो गए थे, "मेरा विचार था कि वह उसका तात्कालिक आवेश था। आरम्भ में तो मुझे पूर्ण विश्वास था कि थोड़ा समय व्यतीत हो जाएगा तो वह अपने इस उन्माद से मुक्त हो जाएगा।...पर अब लगता है कि ऐसा नहीं होगा।..."

"तो?" देवकी ने चिन्तित स्वर में पूछा।

"अभी ऐसा कुछ नहीं हुआ है देवकी! कि तुम इतनी चिन्तित हो जाओ।" वसुदेव प्रयत्नपूर्वक मुस्कुराए, "अभी बहुत समय है हमारे पास, सोचने और करने को। मुझे पूरी आशा है कि हम अपनी पहली सन्तान के जन्म से पूर्व कोई न कोई मार्ग निकाल ही लेंगे।"

वसुदेव का स्वर आशा से परिपूर्ण ही नहीं, उससे आप्लावित भी था; किन्तु देवकी को उससे कोई सन्तोष नहीं हो रहा था। अब तक तो उनके मन में था कि उन पर कोई आपत्ति आने वाली है, किन्तु अब यह स्पष्ट हो गया था कि वे लोग स्वयं को कितना भी स्वतन्त्र समझें, वस्तुतः वे कंस के बन्दी ही थे। कारागार में न सही, अपने घर में न सही, पर वे नगर में तो बन्दी थे ही। नगर में कोई अपना पशुधन नहीं रखता था। अपने उपयोग के लिए दो-एक पशुओं की बात और थी। सबके पशु अपने-अपने गोकुल में थे। जहां उनके गोपाल उनके पशुओं के साथ रहते थे।...वसुदेव और देवकी अपने पशुओं को देखने भी नहीं जा सकते थे। अपने गोपालों से भी नहीं मिल सकते थे।...तो वे भ्रमण के लिए कहां जा पाएंगे, अपनी और अपनी भावी सन्तान की रक्षा के लिए अन्यत्र कैसे पहुंच पाएंगे...

भवन में लौट कर वसुदेव रथ से उतरे, "आओ देवकी! घर आ गया है।"

"आप इसे घर कह रहे हैं?" देवकी का स्वर कटुता से भरा था।

"कोई कारागार में भी रहे तो वह उसका घर हो जाता है। यह तो है ही हमारा घर।" वसुदेव ने देवकी को सहारा दे कर रथ से उतारा, "तुम बहुत हताश हो प्रिये! वैसे अभी उसका समय नहीं आया है। अभी हमारा कुछ नहीं बिगड़ा है।.

वसुदेव कुछ और भी कहते किन्तु देवकी ने वह सब सुनना स्वीकार नहीं किया। बोलीं, "आप उसे कब बिगड़ा हुआ मानेंगे, जब वह दुष्ट सचमुच ही हमारे पुत्र का वध कर उसका शरीर आपको सौंप देगा? उसने हमें अपने गोकुल तक भी नहीं जाने दिया, नगर में बन्दी कर लिया; और आप कह रहे हैं कि अभी कुछ बिगड़ा ही नहीं है।..."

"गोकुल नहीं जाने दिया तो हमें ज्ञात हुआ कि हम बन्दी हैं, अन्यथा हम तो स्वयं को स्वतन्त्र समझ कर प्रसन्न थे।..." वसुदेव रुक गए..."एक बात मेरे मन में आ रही है देवकी!"

"क्या?"

"मैं नगरद्वार पर खड़े उस नायक की बात क्यों मान लूं कि हम नगरबन्दी हैं। मैं कंस के पास जाऊंगा और उससे पूछूंगा कि यह सब क्या है।" वसुदेव बोले।

"और वह आपको बता देगा कि यह सब क्या है।" देवकी बोलीं, "यदि अब भी आपको समझ में न आया हो तो वह आपको समझा देगा कि आप उसके मन्त्री नहीं, बन्दी हैं।"

"तुम विश्राम करो, मैं देखता हूं कि मुझे अब क्या करना चाहिए।"

वसुदेव राजसभा में जाने की तैयारी करने लगे।

7

कंस ने बड़े समारोह से वसुदेव का स्वागत किया।

"अरे भाई! आर्य वसुदेव को अच्छे आसन पर बैठाओ। न हो तो कोई सिंहासन ले आओ।" उसने अपने सेवकों को आदेश दिया; और फिर वसुदेव से बोला, "उस आसन पर क्यों बैठ रहे हो, जिस पर प्रत्येक आने-जाने वाला बैठता है।"

वह परिचारिका की ओर मुड़ा, "खड़ी-खड़ी क्या कर रही है। जा। पहले वह अंगराग ला, तो त्रिवक्रा आज दे कर गई है। फिर मगध से जो माधवी आई है वह ला। वसुदेव जी आए हैं। उनका महत्त्व क्यों नहीं समझती? वे हमारे मन्त्री ही नहीं हैं। हमारे भगिनीपति भी हैं। वृष्णिकुलपति हैं। मगध साम्राज्य के आधार-स्तम्भ हैं।..."

वसुदेव कंस का यह सारा नाटक देखते रहे। वह पाखंडी उनको प्रभावित करने का प्रयत्न कर रहा था। वह शायद चाहता था कि वे यह स्वीकार कर लें कि वह अब भी उनका वैसा ही मित्र था, जैसा कभी हुआ करता था। जानता वह भी था कि अब न वह स्थिति है, न हो सकती है। कदाचित् इसीलिए वह स्वागत-सत्कार में कुछ अतिरेक का प्रदर्शन कर रहा था।...पर उसे अपना पाखंड छुपाना भी नहीं आता था।...और मथुरा का राज्य, मगध साम्राज्य का अंग कब से हो गया। वह सचमुच ही स्वयं को जरासन्ध का मंडलेश्वर मान बैठा है, या मानता है कि जरासन्ध का राज्य भी उसके पश्चात् इसी को मिलने वाला है...

"सुनो परिचारिके!" वसुदेव ने परिचारिका को रोक लिया, "महाराज इस समय भूल गए हैं कि मैं माधवी इत्यादि का सेवन नहीं करता। माधवी चाहे मगध की हो, चाहे देवलोक की।"

"क्यों छोड़ दी?" कंस हंसा।

"छोड़ता वह है, जो कभी पीता रहा हो।" वसुदेव ने कहा, "मैंने कभी आरम्भ ही नहीं की तो छोड़ने का प्रश्न कहां है।"

"कभी नहीं पी?"

"महाराज जानते हैं कि मैंने कभी नहीं पी। मुझे माधवी अथवा किसी भी सुरा में कभी रुचि नहीं रही।" वसुदेव कुछ खीज कर बोले।

"सार्वजनिक रूप से नहीं पी, यह मैं जानता हूं; किन्तु एकान्त में?" कंस कुछ धृष्ट हो चला था।

"मैं यह अन्तर नहीं करता।" वसुदेव बोले।

"मुझे स्मरण आता है कि तुम कभी-कभी मेरे साथ बैठ कर पी लेते थे।" कंस बोला।

"यह आपकी मदान्धता की स्मृति है।" वसुदेव ने कहा, "आप यह सब छोड़ कर कृपापूर्वक मेरी बात सुनें। मैं आपके पास एक महत्त्वपूर्ण कार्य से आया हूं।"

"बोलो।" कंस ने सुनने की मुद्रा बनाई।

"महाराज!..."

किन्तु कंस ने उन्हें आगे कहने नहीं दिया। बोला, "इतने पराए हो कर क्यों बोल रहे हो बन्धु! हम मित्र हैं। तुम मेरे मन्त्री और भगिनीपति भी हो...।"

"वह सब ठीक है।" वसुदेव बोले, "किन्तु इस समय मैं मथुरा के अधिपति महाराज कंस के पास ही आया हूं।"

"मथुरा का अधिपति कंस तुम्हारे मित्र से कहीं भिन्न है क्या?" कंस का हास्य आत्मीय तो नहीं था; किन्तु अनौपचारिक अवश्य था।

"हां महाराज!" वसुदेव बोले, "मथुरा का राजा मेरा मित्र होता तो मुझे आज नगरद्वार पर रोक नहीं लिया जाता। आपने तो मुझे कभी नहीं कहा, किन्तु नगरद्वार के रक्षकों के नायक ने मेरा रथ रोक कर मुझे बताया कि मुझे अपने गोकुल में जाने की भी अनुमति नहीं है। महाराज कंस के आदेशानुसार मैं नगरबन्दी हूं, अतः मैं मथुरा की प्राचीर से बाहर नहीं जा सकता।"

"जो व्यक्ति नगर-भर में कहीं भी जा सकता है, जो किसी से भी मिल सकता है, वह बन्दी कैसे हो सकता है?" कंस जैसे अपनी सच्चाई के प्रति पूर्णतः आश्वस्त था।

"पर मैं नगर से बाहर क्यों नहीं जा सकता?" वसुदेव भूल गए थे कि कंस क्रुद्ध हो जाए तो किसी का वध करने के लिए उसे एक क्षण को भी सोचना नहीं पड़ता।

"सुनना ही चाहते हो तो सुनो।" कंस क्षण-भर में ही पर्याप्त कठोर हो गया लगता था, "यदि तुम नगर के बाहर चले गए, अथवा एक बार मेरे नियन्त्रण से मुक्त हो गए तो तुम अपने वचन का कदापि पालन नहीं करोगे।"

"किस वचन का?"

"यह भी भूल गए न!" कंस हंसा, "इसी का तो भय है मुझे।"

"आपको मालूम है कि मैं अपने वचनों का पालन करता हूं।"

"इसीका विश्वास करके ही तो चल रहा हूं मित्र!" कंस बोला, "किन्तु अब तुम यह आप-आप छोड़ो और मुझसे मित्रों के समान बात करो, ताकि मैं विश्वास कर सकूं कि तुम मुझसे रुष्ट नहीं हो।"

"रुष्ट होने का मुझे क्या अधिकार है।"

"फिर वही बात।" कंस बोला, "तुम्हारी ये बातें अपने-आप में प्रमाण हैं कि तुम मुझसे रुष्ट हो।"

"यदि यह सत्य भी हो तो आपको क्या अन्तर पड़ता है। मेरा रोष आपका क्या बिगाड़ लेगा, जबकि आपका रोष क्षण-भर में मेरे प्राण ले लेगा।" वसुदेव बोले।

"ऐसी बात है तो मेरी बात ध्यान से सुनो वसुदेव!" कंस बोला, "तुम ठीक कह रहे हो कि हमारी मैत्री में भी यह भेद बना ही रहेगा कि मैं चाहूं तो तुमसे समानता का व्यवहार कर सकता हूं; किन्तु तुम मुझसे समानता का व्यवहार करोगे तो वह तुम्हारे हित में नहीं होगा। मैं तुम्हें मित्र कह रहा हूं तो उसका अर्थ है कि मैं तुमसे रुष्ट नहीं हूं।...अब रही तुम्हारे वचन की बात। तुमने मुझे वचन दिया है कि तुम देवकी के प्रत्येक पुत्र को...नहीं! उसकी प्रत्येक सन्तान को जन्म लेते ही मेरे पास ले आओगे।...और मुझे यह अधिकार होगा

कि मैं उनका वध कर दूं। तुम इसे मेरी शत्रुता नहीं मानोगे। यह मेरी ओर से आत्मरक्षा का प्रयत्न है। मैं नहीं चाहता कि कोई ऐसा शिशु जीवित रहे जो बड़ा हो कर मेरा वध करने का विचार भी मन में ला सके। मैं उसे बड़ा होने ही नहीं दूंगा।"

"अपना वचन स्मरण है मुझे।" वसुदेव बोले, "उसका मुझे बन्दी करने से क्या सम्बन्ध? क्या तुम्हें मुझ पर विश्वास नहीं?"

"हां! अब तुम बोले मित्रों के समान।" कंस कुछ सहज हुआ, "मुझे तुम्हारा विश्वास है, इसलिए मैंने तुम्हें और देवकी को जीवित छोड़ दिया, अन्यथा मैं अपने सम्भावित शत्रुओं को जीवनदान नहीं दिया करता। कंस इतना उदार कभी नहीं रहा और न वह बनना ही चाहता है..."

"हम दोनों ही तुम्हारे शत्रु नहीं हैं।"

"जानता हूं।" कंस बोला, "पर तुम मेरे काल के उत्स हो सकते हो। व्यक्ति को उस जलस्रोत को अपनी आंखों के सम्मुख रखना चाहिए, जिसमें उसके डूब कर मरने की सम्भावना है। मैं उस जलस्रोत को नदी अथवा सागर बनने ही नहीं दूंगा, जिससे उसकी गहराई इतनी हो सके कि मैं उसमें सिर तक डूब सकूं, और मर जाऊं।"

वसुदेव समझ रहे थे कि कंस के मन में क्या है। वे थोड़ी देर तक चुपचाप उसे देखते रहे और फिर बोले, "अच्छा। तुम मुझे बन्दी बना कर मथुरा में रखो, मैं कोई आपत्ति नहीं करूंगा। मैं मथुरा से बाहर भी नहीं जाऊंगा। किन्तु अपने पशुधन का ध्यान तो करना ही पड़ेगा। कभी-कभार तो जा कर देखना ही होगा कि गोपाल क्या कर रहे हैं। उसके लिए परिवार से कोई तो होना चाहिए जो जा कर देख सके। मैं नहीं जाता तो देवकी को ही जाने दो।..."

"नहीं!" कंस कुछ इस प्रकार चिल्लाया कि वसुदेव समझ नहीं पाए कि वह क्रुद्ध था अथवा भयभीत, "कभी नहीं। देवकी तो कभी नहीं। किसी मूल्य पर नहीं। क्या इतना पर्याप्त नहीं है कि मैंने उसे जीवित छोड़ दिया है?" उसने रुक कर वसुदेव को देखा, जैसे चेतावनी दे रहा हो, "इस प्रकार की चतुराई मुझसे मत करना। तुम चाहते हो कि देवकी अपने गर्भ के साथ मथुरा से सुरक्षित बाहर निकल जाए और किसी निरापद स्थान पर अपनी सन्तान को जन्म दे; और तुम्हारा वह पुत्र

साधन संचित कर मुझ पर आक्रमण करे। मैं यह सब नहीं होने दूंगा। देवकी मथुरा से बाहर नहीं जा सकती।"

"क्या देवकी मेरा त्याग कर कहीं चली जाएगी?"

"संसार में कुछ भी असम्भव नहीं है।" कंस बोला।

"ठीक है। मैं मान लेता हूं कि देवकी अपने प्राणों के भय से मुझे मथुरा में छोड़ कर भी जा सकती है।" वसुदेव मुस्कुरा कर बोले, "पर यदि वह अपने पहले गर्भ की रक्षा के लिए मुझे छोड़ कर चली जाएगी तो उसके आठवें पुत्र का जन्म कैसे सम्भव होगा?"

कंस को जैसे कोई तर्क नहीं सूझा। झपट कर बोला, "मैं यह सब-कुछ नहीं सुनना चाहता।"

"और फिर तुम कहते हो कि हम मित्र हैं!"

"हम तब तक मित्र हैं, जब तक तुम मुझसे चतुराई नहीं करते। तुमने चतुर बनने का प्रयत्न किया तो मैं तत्काल तुम्हारा भयंकर शत्रु हो जाऊंगा।" कंस के नेत्र क्रोध से लाल हो रहे थे, "मैं शत्रुता करने वाले को भी क्षमा कर सकता हूं; किन्तु धूर्तता करने वाले को नहीं।...मुझसे कभी चतुराई मत करना।"

वसुदेव ने उसके नेत्रों की लालिमा को देखा; किन्तु वे उससे विचलित नहीं हुए। बोले, "तो कहो तो अपने गोकुल की सारी गौवें, अपने गोपालों को दान कर दूं।"

"क्यों?"

"जब मैं उन तक जा नहीं सकता। उनका कोई लाभ उठा नहीं सकता। तो फिर उनका स्वामी बने रहने का क्या लाभ है?" वसुदेव बोले, "गोपाल भी प्रसन्न हो जाएंगे और मथुरा राज्य को मेरे गोकुल से दूध मिलना भी बन्द हो जाएगा।"

"धमका रहे हो?" कंस ज़ोर से हंसा, "नहीं! न तो मैं तुम्हारी कोई हानि चाहता हूं, न मैं अपनी क्षति करना चाहता हूं। वे गौवें तुम्हारी ही रहेंगी। हां! यह सोचना पड़ेगा कि तुम्हारे परिवार से कौन अपने गोकुल में जा कर गोपालों को निर्देश इत्यादि देगा।..."

वसुदेव कुछ नहीं बोले। वे चुपचाप कंस को देखते रहे : देखें वह इस समस्या का कैसे समाधान करता है।

"तुम कह रहे थे कि मैं अकेली देवकी को गोकुल में जाने की अनुमति दे दूं..." कंस ने मौन हो कर वसुदेव की ओर देखा।

"हां! कह तो रहा था..."

"तो क्या देवकी गोकुल का काम संभाल सकती है?" कंस ने पूछा।

"अब तक उसने कभी यह काम किया तो नहीं है, किन्तु संकट में ऐसे बहुत सारे प्रयोग करने पड़ ही जाते हैं...।"

"इसका अर्थ यह हुआ कि यदि मैं देवकी को मथुरा से बाहर जाने की अनुमति दे दूं तो वह अपने गोकुल का काम संभाल लेगी।" कंस बोला।

"ऐसा ही समझ लो।"

"यदि आपात् स्थिति में यह काम देवकी कर सकती है, तो रोहिणी भी कर सकती होगी।" कंस हंसा, "वह तो राजकन्या भी नहीं है।"

"हां शायद!" वसुदेव कोई स्पष्ट उत्तर देना नहीं चाहते थे।

"तो फिर ऐसा करो," कंस ने कहा, "तुम गोकुल का काम रोहिणी को सौंप दो। मैं उसे मथुरा से बाहर जाने से नहीं रोकूंगा।..." कंस रुक कर मुस्कुराया, "तुम हमारे पुराने मित्र हो। तुम्हारा कष्ट देखा भी तो नहीं जाता।"

वसुदेव का मन बहुत स्फूर्ति से काम कर रहा था।...ठीक है...कंस को रोहिणी और रोहिणी की सन्तानों से कोई भय नहीं था, इसीलिए वह रोहिणी को मथुरा से बाहर जाने की अनुमति दे रहा था। इस प्रकार वह तो सुरक्षित थी ही। उसके मथुरा से निकल जाने से उन लोगों को क्या लाभ होगा?...कोई लाभ हो न हो, वह नन्दगांव में अपने गोकुल के साथ रहेगी, तो मथुरा से बाहर एक ठिकाना तो होगा।...आज रोहिणी के लिए एक मार्ग बना है, कल देवकी के लिए भी बन जाएगा।

"पर यदि भविष्य में रोहिणी का कोई पुत्र जन्म लेता है तो तुम यह तो नहीं कहोगे कि वह देवकी का ही पुत्र है?"

"क्यों कहूंगा। मूर्ख हूं क्या?" कंस ने अपने स्वर में माधुर्य का कुम्भ उंडेल कर कहा, "मित्र! किसी सम्भ्रम में मत रहो। एक मित्र का विश्वास कर सको, तो मेरा विश्वास करो। मुझे तुम्हारे किसी पुत्र से कोई आशंका नहीं है। उनसे मैं उतना ही प्रेम करूंगा, जितना कि तुम उनसे करते हो। उनसे मेरा कोई विरोध नहीं है।...किन्तु तुम्हें अच्छा लगे या बुरा, मैं डंके की चोट कह रहा हूं कि मैं देवकी की किसी भी सन्तान को जीवित नहीं छोड़ूंगा।"

वसुदेव ने कंस की ओर देखा, कहें या न कहें? फिर सोचा कह ही देना चाहिए। कहे बिना तो बात बनेगी नहीं।

"मैं तुम्हारी बात का विश्वास करता हूं। तुम अपनी बात से फिर जाओगे, ऐसा कहने का दुस्साहस मैं नहीं कर सकता; किन्तु तुम शंकालु तो हो ही।" वसुदेव बोले, "रोहिणी जा कर स्थायी रूप से गोकुल में ही तो नहीं रहने लगेगी। वह मथुरा आती-जाती रहेगी। कल को तुम्हें सन्देह हो जाए कि वह देवकी का पुत्र ले गई है और उसे पाल रही है, तो?..." वसुदेव कंस की ओर देखते रहे। कंस कुछ नहीं बोला तो वे स्वयं ही बोले, "इससे तो अच्छा है कि हम सब मथुरा में ही रहें, ताकि तुम्हारा कोप देवकी के पुत्रों तक ही सीमित रहे, मेरी अन्य रानियों की सन्तानें तुम्हारे सन्देह से मुक्त रहें।..."

कंस को वसुदेव का यह रूप जैसे अपराध-बोध दे गया। बोला, "मैं किसी पर भी कुपित नहीं हूं। मुझे समझने का प्रयत्न करो। मैं केवल आत्मरक्षा के लिए यह सब कर रहा हूं।"

"आत्मरक्षा वह तब होती, जब तुम पर आघात किया जाता और तुम अपने आक्रान्ता का वध करते।" वसुदेव बोले, "यह कैसी आत्मरक्षा है कि अपने एक भविष्यवक्ता के कहने मात्र से तुम अपनी बहन की सारी सन्तानों को मार डालना चाहते हो और ऐसा करने में सफल हो सको, उसके लिए तुमने देवकी और मुझे एक प्रकार से बन्दी बना लिया है। और यह सब किया है, मित्र बन कर। यदि तुम मुझे अपना शत्रु मान लो और मेरा वध कर डालो तो मैं तनिक भी प्रतिवाद नहीं करूंगा। पर तुम मित्र भी बने रहना चाहते हो और मुझे बन्दी भी करना चाहते हो। देवकी के पुत्रों के वध का संकल्प भी किए बैठे हो और चाहते हो कि देवकी तुम्हें अपना प्रिय भाई भी मानती रहे।..."

कंस के नेत्रों में व्यग्रता उभरी और वसुदेव मौन हो गए।

"मैं तुम्हारा शत्रु नहीं हूं, इसलिए चाहता हूं कि तुम मुझे अपना मित्र ही मानो और देवकी मुझे पहले के ही समान अपना प्रिय भाई माने। मैं तुम दोनों से प्रेम करता हूं, पर मैं स्वयं अपने आपसे भी प्रेम करता हूं। अपनी रानियों और अपने पुत्रों से भी प्रेम करता हूं, इसलिए स्वयं भी जीवित रहना चाहता हूं।" वह रुक गया, "तुम ही बताओ, मैंने तुम लोगों को मथुरा से बाहर नहीं जाने दिया; किन्तु अन्य कोई दुर्व्यवहार किया? तुम्हारी गोकुल वाली कठिनाई मैंने समझ ली है, इसलिए स्वयं कह रहा हूं कि रोहिणी को मथुरा से बाहर जाने तथा मथुरा में लौट कर आने की अनुमति है।"

वसुदेव के मन में आया कि कहें कि तुम बहुत अच्छे व्यक्ति हो पर तभी तक जब तक तुम्हारी इच्छा का अतिक्रमण नहीं होता। तुम्हारी इच्छा के बाहर तो किसी को कोई अधिकार ही नहीं है। यहां तक कि तुम्हारे पिता को भी नहीं। तुम्हें राज करने की इच्छा हुई तो अपने पिता को भी कारागार में डाल दिया।...यादवों ने बहुत भूल की कि उसे तुम्हारा पारिवारिक क्षेत्र मानकर, अथवा तुमसे डर कर अथवा अपने निहित स्वार्थों में उलझकर, उग्रसेन का साथ नहीं दिया। उस अवसर पर मौन रह गए।...अब भी एक भविष्यवक्ता की सच्ची-झूठी भविष्यवाणी से विचलित हो कर तुम देवकी की सारी सन्तानों का वध कर देना चाहते हो। अपराध अभी हुआ नहीं और तुम उसके लिए हमें दंडित करना चाहते हो।...यादव अब भी मौन हैं। जब तुमने देवकी का वध करने के लिए खड्ग ताना था, तब भी वे मौन थे। उन्हें कदाचित् अब मौन रहने की बान पड़ गई है। पर मौन से अन्याय का प्रतिकार तो नहीं होता। आज अत्याचार वसुदेव के साथ हो रहा है, तो उनके कान पर जूं नहीं रेंग रही, पर अत्याचारी का प्रतिरोध न हो तो वह सन्तुष्ट हो कर कहीं रुक तो नहीं जाता। वह निरन्तर अपना प्रसार करता है। वह वसुदेव को नष्ट कर शान्त तो नहीं होगा। कल वह अत्याचार अन्य यादवों को भी अपना ग्रास बनाएगा, तब वे स्मरण करेंगे कि कभी वसुदेव के साथ भी अत्याचार हुआ था, राक्षसी अत्याचार...

"तो यह मेरे मित्र कंस का वचन है कि रोहिणी तथा मेरी अन्य रानियों की सन्तानें सुरक्षित हैं?" वसुदेव ने पूछा।

"तुम्हारे मित्र कंस का भी और महाराज कंस का भी।" कंस ने कहा, "मैं देवकी की सन्तानों को जीवित नहीं छोड़ सकता, अन्यथा मेरी मित्रता का जो प्रमाण चाहो, मांग सकते हो।"

वसुदेव घर लौट आए।

"कुछ बात बनी?" देवकी ने पूछा।

"कोई विशेष नहीं।" वसुदेव बोले, "वह इतना तो मान गया है कि रोहिणी गोकुल में जा कर गोधन का पालन-पोषण करे, किन्तु हम दोनों को वह किसी भी स्थिति में मथुरा से बाहर जाने की अनुमति नहीं देगा।"

"तो हम उसके बन्दी बने रहेंगे और वह हमारे पुत्रों का वध करता रहेगा?" देवकी के स्वर में चीत्कार था।

"इतनी जल्दी हताश हो जाना तो कोई अच्छी बात नहीं देवकी!" वसुदेव ने मुस्कुरा कर स्थिति को सहज बनाने का प्रयत्न किया, "अब मुझे अपनी अन्य सारी रानियों को किसी न किसी बहाने यथाशीघ्र मथुरा से बाहर सुरक्षित स्थानों पर भेज देना है। और फिर जैसे भी बने, हम भी मथुरा से निकलने का प्रयत्न करें। प्रसन्न?"

पर देवकी हंस नहीं पाईं। बोलीं, "मैं हताश नहीं हूं, किन्तु आपके समान निश्चिन्त भी नहीं हूं।"

"मैं तुम्हें निश्चिन्त दिखाई देता हूं?"

देवकी तत्काल 'हां' नहीं कह पाईं, पर कुछ प्रयत्न कर बोलीं, "अपनी तुलना में तो आपको निश्चिन्त ही पाती हूं।"

"मैं कंस के पास गया था। किसलिए? क्योंकि मैं निश्चिन्त हूं?"

"मैं तो अब कंस का मुख भी नहीं देख सकती। आप जाने उससे कैसे बात करते हैं।" देवकी बोली, "सोचती हूं कि जिस समय उसने ताऊ जी को कारागार में डाला था, पिताजी को उसी समय उसका विरोध करना चाहिए था। वह केवल पिता और पुत्र का क्षेत्र नहीं था, उससे तो सारे यादवों का भाग्य अनुस्यूत है।"

"ठीक कहती हो।" वसुदेव बोले, "किन्तु बात केवल इतनी ही नहीं है कि यादवों ने एक पुत्र को अपने पिता के साथ निबटने के लिए मुक्त छोड़ दिया था।

उसके साथ जरासन्ध का भय भी था; और कितने ही लोग चाहते थे कि महाराज उग्रसेन की पकड़ राज्य पर से कुछ ढीली हो।..."

"क्यों?"

"क्योंकि महाराज उग्रसेन उनके स्वार्थों के आड़े आ रहे थे।" वसुदेव बोले, "स्वार्थियों और अपराधियों को न्यायी राजा अपने अनुकूल नहीं लगता।"

"आप कहना चाहते हैं कि महाराज उग्रसेन जैसे न्यायी राजा को भी कुछ लोग नहीं चाहते थे?"

"न्यायी राजा को तो न्यायी प्रजा ही पसन्द कर सकती है।" वसुदेव बोले, "अराजक तत्त्व कभी भी सक्षम और न्यायी राजा की कामना नहीं करते।"

"और जब उसने मुझे मारने के लिए खड्ग निकाल लिया था, तब क्या हुआ था?"

"तब तो मुझे यही लगा कि यादव अब अपनी एकता को ही नहीं खो चुके, वे संकीर्ण, स्वार्थी और भीरु भी हो चुके हैं। वे सामूहिक हित के लिए नहीं, केवल व्यक्तिगत स्वार्थ के लिए ही लड़ सकते हैं। सोचते हैं कि कंस दुष्ट है; किन्तु दूसरों के लिए। मेरे साथ तो वह कोई दुष्टता नहीं कर रहा न! किसी और के लिए कोई अपने प्राणों पर संकट क्यों झेले।"

"यह तो क्षत्रियत्व नहीं है।" देवकी ने कहा।

"हां! इसे क्षत्रियत्व का लोप ही समझो।"

"तो हमारा भविष्य क्या है?"

"मथुरा के यादवों में से क्षत्रियत्व का लोप हुआ है, प्रकृति में से सात्त्विकता का लोप तो नहीं हो गया।" वसुदेव हंसे, "धैर्य रखो। प्रत्येक सूर्यास्त के पश्चात् सूर्योदय भी होता है।"

8

रोहिणी अपने गोकुल में न जा कर पहले नन्द के घर ही आईं। अपने गोकुल में जाने का कोई विशेष लाभ नहीं था। वहां गोशाला थी। कुछ एक कुटीर थे, जिनमें आवश्यकता होने पर गोपाल रहा करते थे। अन्यथा रात को वे लोग अपने घरों में लौट जाया करते थे। वसुदेव ने चलने से पहले रोहिणी को जो महत्त्वपूर्ण बातें बताई थीं, उनमें से एक यह भी थी कि यमुना पार के वन के इस छोर पर नन्दगांव से बरसाने तक तथा वृन्दावन में विभिन्न ग्राम बसाकर, जो लोग रहते थे, वे कृषक नहीं थे। वे वन में अथवा वन के निकट रहते थे। उन्होंने वनों को काट कर खेत बनाने के स्थान पर वन को ही अपना खेत मान लिया था। जिनके पास पशु थे, वे गोपाल थे। उनके पशुओं को चारा वन से ही मिल जाता था। वे दूध तथा उससे उपलब्ध अन्य पदार्थों का व्यवसाय करते थे। अतः उन्हें खेतों की आवश्यकता नहीं थी। और जिनके पास पशु नहीं थे, वे दूसरों के पशुओं को, उनकी गोशालाओं में पालने तथा वन में से चरा लाने का कार्य करते थे। वैसे गोपाल हों अथवा चरवाहे, वे स्वयं को गोप ही कहते थे। उनका समाज वैसे तो पर्याप्त सम था, फिर भी गायों की संख्या के कारण कुछ सामाजिक श्रेणियां तो बन ही गई थीं। जहां वसुदेव का गोकुल था, वह क्षेत्र नन्दगांव के निकट था और नन्द एक प्रकार से उनके गोकुल के लिए भी उत्तरदायी थे। वसुदेव ने नन्द को कभी अपना कर्मचारी नहीं समझा था। वे लोग पीढ़ियों से उनके लिए कार्य करते थे, इसलिए उनके साथ, कार्य-सम्बन्ध के साथ-साथ एक प्रकार से पारिवारिक सौहार्द का भी सम्बन्ध था। नन्द के पास अपना भी गोधन था। उनकी गायों की संख्या अन्य गोपालों की गायों से कुछ अधिक ही थी। यही कारण था कि नन्द अपने ग्राम के मुखिया भी कहलाते थे।

रोहिणी ने नन्दगांव पहुंच कर सीधे नन्द के घर जाना ही उचित समझा।

नन्द और उनकी पत्नी यशोदा ने उनका बड़े समारोह से स्वागत किया। रोहिणी ने देखा कि नागरिक सुविधाएं न होने पर भी नन्द का घर खाता-पीता घर था। उनके पास कुछ चरवाहे तो कार्य करते थे, किन्तु घर के काम-काज के लिए सेवक इत्यादि नहीं थे। सेवकों की शायद वहां परम्परा ही नहीं थी। हां! आवश्यकता पड़ने पर कोई भी किसी से सहायता ले सकता था। पड़ौसी, मित्र, सम्बन्धी अथवा सगोत्रीय होने के नाते सब लोग परिवारजनों के समान एक-दूसरे की सहायता कर दिया करते थे। वे सब लोग एक-दूसरे को समान ही मानते थे। समान सम्बन्धों और सम्मान के लिए धन की समानता आवश्यक नहीं थी। धन से वे लोग कदाचित् किसी को छोटा-बड़ा मानते भी नहीं थे। नन्द वहां के मुखिया थे, उनके राजा अथवा स्वामी नहीं। उनकी चर्चा से रोहिणी को लगा कि नन्द वसुदेव को राजवंश का अंग मानते हैं, इसलिए वे उन्हें स्वयं से अधिक समझदार और सामर्थ्यवान भी मानते हैं। उनकी बातों में वसुदेव के प्रति एक प्रकार की मैत्री का भाव भी दिखाई दिया और निष्ठा का भी। वे देवकी के लिए कभी 'महादेवी' शब्द का प्रयोग करते थे, जैसे वे कोई रानी हों और कभी 'भाभी' का। रोहिणी के लिए भी वे कभी स्वामिनी का-सा सम्मान प्रकट करने लगते थे और कभी सम्बन्धियों का-सा स्नेह।

"मैं यदि नन्दगांव के मुखिया को अपना देवर मान, उन्हें उनके नाम से पुकारूं तो किसी मर्यादा का हनन तो नहीं होगा न?" रोहिणी ने पूछा।

"हमारा सौभाग्य भाभी!" नन्द बोले, "वृष्णिश्रेष्ठ वसुदेव कहते हैं कि वे राजा नहीं हैं; किन्तु हम तो उनको ही अपना राजा मानते हैं। वे कहते हैं कि वे हमारे बन्धु हैं; और हम कहते हैं कि जो हमारा बन्धु नहीं है, वह हमारा राजा कैसे हो सकता है। इसीलिए वसुदेव हमारे राजा भी हैं और बन्धु भी। अब आप हमारी 'भाभी' बन गई हैं तो उससे अधिक अच्छी बात क्या हो सकती है। यह यशोदा है न! यह मुझे उपदेश देती रहती है कि मैं अपने चरवाहों को अधिक सिर चढ़ा लेता हूं। पर मैं कहता हूं कि हमारे जीवन और समाज में अभी मागध परम्परा नहीं आई है, जहां हम राजा को अपना स्वामी मानने लगें। राजा हो अथवा मुखिया – हम उससे प्रेम करते हैं, उससे भयभीत नहीं रहते। मेरे चरवाहे हों अथवा सगोत्री बन्धु; सब मुझसे प्रेम करते हैं। आप जानती ही हैं कि गोप लोग वनचारी लोग हैं। एक प्रकार से आरण्यक जीवन है हमारा। हम वन के मध्य अपने शटकों से

घेर कर अपना ग्राम बसा लेते हैं। कभी कभी कुछ कच्चे-पक्के अस्थायी भवन भी बन जाते हैं। इसलिए स्वच्छ मन के होते हुए भी गोप उद्दंड माने जाते हैं। प्रेम से चाहे आप उनके प्राण मांग लें, भय से तो वे आपका कोई काम करेंगे नहीं।"

यशोदा सुन्दर युवती थीं। खूब हृष्ट-पुष्ट। स्वस्थ और बलिष्ठ। वे रोहिणी के पीने के लिए दूध ले कर आई थीं।

"क्या लाई हो यशोदा! दूध?" रोहिणी ने पूछा।

"नहीं दीदी! यह गोरस है।" यशोदा बोलीं, "दूध तो इसे मथुरावासी कहते हैं; क्योंकि वे इससे नहाते हैं, इससे अपने आंगन लीपते हैं। हम तो इसे गोरस ही कहते हैं; और इसे अपनी गौवों के रस के रूप में ही ग्रहण करते हैं।"

रोहिणी हंस पड़ीं, "सारे माथुर तुम्हारे गोरस से नहाते नहीं हैं, न उससे अपने आंगन लीपते हैं। यह तो केवल तुम्हारे राजा कंस के प्रासाद में होता है। उसकी रानियां न गाय को पालती हैं, न उससे प्रेम करती हैं। नदियां भर दूध तुम लोग उन्हें बिना मोल वसूले दे आते हो तो वे उसमें स्नान न करें तो क्या करें? विचार करो, दोष किसका है?"

"अरे नहीं है गोरस उनके काम का तो क्यों कर लगा-लगा कर हमारा रक्त पीते हैं। राजा का कर। राजा का कर। बारहों महीने मन उद्विग्न रहता है।" यशोदा ने कुछ रोष से कहा, "और कर लिए बिना नींद नहीं आती, तो उस गोरस को किन्हीं निर्धन बच्चों को पिला दें, जिन्हें वह उपलब्ध नहीं है। हम तो अपनी गौवों के वत्सों के मुख से छीन कर उन्हें गोरस दें; और वे उसमें नहा कर उसे अपने आंगन में बहा दें। यह तो घोर अत्याचार है। कहीं वे लोग राक्षस तो नहीं हैं!"

"नन्द महर! हमारी देवरानी तो घनी सुन्दर और स्वस्थ ही नहीं, बहुत समझदार भी है।" रोहिणी ने मुस्कुरा कर प्रशंसात्मक भाव से यशोदा की ओर देखा।

"भाभी! हमारे यहां कोमल युवतियों से काम नहीं चलता। उनको स्वस्थ तो होना ही होगा। गाय को संभालना है। गोरस का काम करना है। दही बिलोना है। बोझ उठाना है। वन में जा कर लकड़ी काटनी है। छोटे-मोटे किसी वन्य पशु से पाला पड़ जाए तो उसका सामना भी करना है। यहां किसी कोमलांगी का क्या काम?"

"ठीक कहते हो देवर!..."

रोहिणी कुछ और कहतीं, उससे पूर्व ही यशोदा ने पूछ लिया, "पर दीदी, वे लोग गोरस से नहाती क्यों हैं? उन्हें जल नहीं मिलता क्या? गोरस से नहाने के पश्चात् भी तो उन्हें जल से नहाना ही पड़ता होगा।"

"वे समझती हैं कि गोरस-स्नान से उनका शरीर गोरस के ही समान उजला और चिकना हो जाएगा। वे आकर्षक हो जाएंगी। पुरुष उन पर रीझेंगे। उन्हें काम-सुख भी मिलेगा और राजा उनके दास भी हो जाएंगे।" रोहिणी ने बताया।

"वह सब तो गोरस पीने से भी होगा। वे गोरस पीती क्यों नहीं?"

"गोरस पीने से उनका शरीर स्थूल नहीं हो जाएगा। उनके पति कंस को तो तन्वंगियां ही प्रिय हैं।"

यशोदा के नेत्रों में जैसे आश्चर्य की चकाचौंध छा गई, "हाय दैया! शरीर स्थूल हो जाए तो वह स्त्री अपने पति की प्रिया नहीं रहती? ऐसा होता है क्या मथुरा में? एकदम राक्षसों की नगरी है वह तो। हमारे यहां कोई ऐसा करे तो उस की हड्डी-पसली एक कर दें।"

"अरे तुम क्यों हल्कान होती हो?" नन्द ने कहा, "जो मथुरा में होता है, उसे होने दो, यहां वैसा कुछ नहीं होने जा रहा। तुम स्त्रियों के साथ यह बड़ी कठिनाई है, तत्काल आशंकित हो जाती हो। जो कहीं हुआ हो न हुआ हो, उसको अपने ऊपर घटा लोगी और मान लोगी कि तुम्हारा पति भी तुम्हारे साथ वही करने जा रहा है।"

"असुरक्षा का भाव है; और क्या।" रोहिणी ने कहा, "पर तुम लोग क्यों आशंकित होती हो। यहां तो सारी स्त्रियां काम करती हैं और अपनी आजीविका स्वयं कमाती हैं। पति किसी और का हो भी जाए तो क्या कठिनाई है।"

"आजीविका की चिन्ता नहीं है भाभी। चिन्ता तो पति की है। बात यह है कि हमारा समाज कुछ खुला-खुला-सा है। कुछ गोपियां उन्मुक्त ही नहीं, तनिक उच्छृंखल भी होती हैं। यशोदा को भी मुझे ले कर एक गोपी पर सन्देह है। कहती है कि उससे बात ही क्यों करते हो।" नन्द ने कहा, "आप ही बताएं भाभी! क्या मुखिया भी किसी को कह सकता है कि वह उसकी व्यथा-कथा नहीं सुनेगा?"

"चुप!" यशोदा ने स्नेहापूर्त नेत्रों से नन्द का घुड़का।

"इन्हें छोड़िए दीदी! व्यथा-कथा कह रहे हैं। यह नहीं बताते कि वह काम-व्यथा है।" यशोदा ने कहा, "आप बताइए, आप क्या अपना गोकुल देखने आई हैं?"

"वह तो देखना ही है।" रोहिणी ने मुस्कुरा कर कहा, "पर मैं उसके पश्चात् मथुरा लौटने वाली नहीं हूं।"

यशोदा ने चकित दृष्टि से रोहिणी को देखा, "यहीं रहेंगी?"

"यदि रहूं तो तुम्हें अच्छा नहीं लगेगा क्या?"

"ऐसा प्रश्न क्यों पूछती हैं। हमारी पलकों पर रहिए।" यशोदा बोलीं, "हमें क्यों अच्छा नहीं लगेगा। आप जैसी बड़ी बहन मिलें तो किसे अच्छा नहीं लगेगा। पर आप यहां रह पाएंगी? यहां नगरों वाली वे सुविधाएं तो हैं नहीं। न प्रासाद हैं, न अट्टालिकाएं। न बड़े बड़े भवन हैं, न उद्यान-भवन। कच्चे-पक्के कामचलाऊ घर हैं। हमारे वास्तविक घर तो हमारे शकट हैं। जब चाहो अपना सामान लादो, अपनी गउवों को हांको और चल पड़ो।" उन्होंने रुक कर रोहिणी की ओर देखा, "न ही नागर समाज है, न उसकी बुद्धि। भगवान् ने जितनी बुद्धि दे कर भेज दिया, सो भेज दिया। मां-बाप ने जो सिखा-पढ़ा दिया, सो सिखा-पढ़ा दिया। न कोई गुरुकुल है न कोई पाठशाला। न अध्ययन होता है, न विद्याभ्यास। जीवन जो सिखा देता है, बच्चे वही सीख लेते हैं।..."

"लो! इतनी तो समझदारी की बातें कर रही हो; और फिर कहती हो कि न कोई पाठशाला है, न गुरुकुल।" रोहिणी बोलीं, "तुमसे खूब निभेगी मेरी।"

"सच! आप यहीं रह जाइए भाभी!" नन्द बोले, "इसी आंगन में दो-एक कोठरियां और डाल लेंगे। यशोदा अकेली है। आपका संग हो जाएगा।"

रोहिणी ने मुस्कुरा कर यशोदा की ओर देखा, "देखो देवर जी! अभी तो यशोदा और आपको एकान्त ही चाहिए। मेरा सिर पर बैठे रहना किसे अच्छा लगेगा, और अकेले भी कितने दिन रहेंगे? सौभाग्यवती की गोद भरने में दिन ही कितने लगते हैं।"

यशोदा पहले तो झेंप गईं, कपोल लज्जा से गुलाबी हो आए, किन्तु तत्काल संभल कर बोलीं, "चलिए, आपकी ही बात रही। इतनी अवस्था हो गई, प्रभु की कृपा नहीं हुई। आपकी वाणी ही सत्य हो, तब भी तो आप जैसी बहन निकट रहेंगी तो सहायता ही होगी।"

"क्यों नहीं!" रोहिणी ने कहा, "ऐसा शुभ अवसर बार-बार आए।"

"तो पक्की रही। आप हमारे साथ ही रहेंगी।"

"अभी तो डेरा यहीं डालूंगी, पर फिर अपने गोकुल में गोशाला के पास ही अपने लिए एक छोटा-मोटा घर बनवा लूंगी – कच्चा-पक्का।" रोहिणी हंसीं, "वहीं रहूंगी। आपके ब्रज में लम्बे समय तक तो तभी रह सकूंगी, जब अपने रहने का स्थायी प्रबन्ध कर लूं।"

"आपका स्वागत है। आप यहां रहेंगी तो कभी-कभी जेठ जी भी आ जाया करेंगे।" यशोदा ने कहा, "पर एक जिज्ञासा है दीदी!"

"क्या?"

"आप मथुरा छोड़ कर यहां क्यों रहना चाहती हैं? आज तक तो कोई नगर छोड़ कर इस वन में बसने आया नहीं।"

रोहिणी ने बारी-बारी उन दोनों को देखा, "तो तुम्हें कुछ पता नहीं है?"

"क्या पता नहीं है?"

"यहां क्या मथुरा का कोई समाचार नहीं आता?"

"कैसा समाचार?" नन्द ने कुछ व्यग्र हो कर पूछा।

रोहिणी थोड़ी देर उनकी ओर देखती रहीं। फिर बोलीं, "पिछले कितने समय से आर्य वसुदेव यहां नहीं आए?"

"हां! मैं भी सोच रहा था कि जब से उन्होंने यह नया विवाह किया है, तब से यहां नहीं आए।" नन्द ने कहा, "क्या इस विवाह से वे बहुत व्यस्त हो गए हैं? या नई भाभी के चाव अभी पूरे नहीं हुए।"

"तो आपको सचमुच कुछ ज्ञात नहीं है।"

वे दोनों उत्सुक आंखों से रोहिणी की ओर देखते रहे।

रोहिणी ने उन्हें सारी कथा सुनाई। वसुदेव और देवकी की स्थिति समझाई, "आर्यपुत्र मथुरा से बाहर जा नहीं सकते, इसलिए अब मुझे यहां अपने गोकुल में रहना होगा। पता नहीं वे यहां आ पाएंगे या नहीं; किन्तु मैं बीच-बीच में उनसे मिलने के लिए मथुरा जाती रहूंगी।"

"बड़ा दुष्ट है, यह कंस भी। राक्षस कहीं का।" नन्द ने कहा, "कोई सुरक्षित नहीं है उसके राज्य में – न उसके पिता, न भाई न भगिनीपति। किसी भी समय खड्ग उठा कर किसी का भी वध कर सकता है। तनिक-सा रुष्ट होने पर किसी को भी बधिकों को सौंप सकता है, कालकोठरी में डाल सकता है। पूरा राक्षस हो गया है यह, अपने पिता को बन्दी करने वाला।"

9

वसुदेव ने गर्गाचार्य को साष्टांग प्रणाम किया।

"सुखी रहो वत्स! यशस्वी बने रहो। धर्म की रक्षा करो।"

वसुदेव उठ कर बैठ तो गए; किन्तु कुछ बोले नहीं।

"क्या बात है वत्स! तुम्हारा चेहरा आज तेजस्वी नहीं लग रहा। मन में उत्साह नहीं है। यदुवंशियों का धर्म आज मलिन क्यों है।" आचार्य ने कहा।

"आप सब-कुछ तो जानते हैं आचार्य!" वसुदेव ने कहा, "मुझे लगता है कि मेरा धैर्य भी चुकने लगा है। देवकी की दशा देखी नहीं जाती। जाने ईश्वर की क्या इच्छा है।"

आचार्य की आंखें आकाश की ओर उठ गईं, "उसकी लीला वही जाने; किन्तु तुम क्यों हताश हो?"

"आप नहीं जानते क्या?" वसुदेव का कंठ अवरुद्ध हो उठा, "देवकी का प्रसव-काल निकट है; और हमें अपनी रक्षा का कोई मार्ग नहीं मिल रहा। यदि हम तत्काल कोई व्यवस्था नहीं कर पाए तो कंस अवश्य ही देवकी के जेठे पुत्र की हत्या कर देगा।"

"मैं भी चिन्तित हूं और देख रहा हूं कि कोई मार्ग निकल नहीं रहा।" आचार्य बोले, "मागध सैनिकों से तो हम वैसे भी कोई आशा नहीं कर सकते। प्रद्योत कहता तो यही है कि राजा की आज्ञा का पालन उसका धर्म है; किन्तु मेरा अनुमान है कि वह कंस से भयभीत है। वह मानता है कि यदि कंस को तनिक भी सन्देह हुआ तो उसकी हत्या करवा देगा। आजकल मथुरा में राजनीतिक हत्याएं बहुत सामान्य-सी बात हो गई हैं।"

"ऐसा क्यों सोचता है वह?" वसुदेव बड़ी कठिनाई से पूछ सके।

"क्या कहूं वत्स! कंस ने मथुरा में कुछ ऐसा कुचक्र चलाया है कि भाई को भाई पर विश्वास नहीं रहा।" आचार्य का स्वर बहुत गम्भीर था, "एक-दूसरे के प्रति अविश्वास इतना बढ़ गया है कि पिता, पुत्र से अपने मन की बात नहीं कहता। कौन जाने, कौन कंस को सूचित कर आए। और कंस यादवों की सेना पर निर्भर भी नहीं है। इसीलिए सारे यादवों को अपनी व्यर्थता का बोध पीड़ित भी कर रहा है।..."

"और श्वफल्कपुत्र...।"

"अक्रूर! जाने वह इतना लोभी क्यों हो गया है।" गर्गाचार्य दुखी प्रतीत हो रहे थे, "वह तो स्वयं को शायद कंस का उत्तराधिकारी ही मानने लगा है। वह मानता है कि कंस किसी भी दिन उसे युवराज नहीं तो, महासेनापति या तुम्हारे स्थान पर धर्माधिकारी तो बना ही देगा। इसीलिए वह किसी की भी बलि देने को तैयार है।"

"प्रसेनजित और सत्राजित?"

"मुझे नहीं लगता कि उनका तनिक भी ध्यान मथुरा की राजनीति की ओर है।" आचार्य अपने स्थान से उठ खड़े हुए, "वे सूर्योपासना में संलग्न हैं।...और सूर्य से प्रकाश नहीं मांगते। धन की आकाक्षा है उनको।"

"तो फिर मैं अकेला ही अपना खड्ग ले कर खड़ा हो जाऊं – परिणाम जो भी हो।"

"मुझे नहीं लगता कि उससे किसी समस्या का समाधान होगा।" आचार्य ने कहा, "यह मार्ग तो तब भी था जब कंस ने पहली बार देवकी को मारने के लिए खड्ग उठाया था। तब भी था, जब उसने उग्रसेन को कारागार में डाला था। किन्तु यह समस्या का समाधान नहीं है।"

"तो समाधान क्या है आचार्य?" वसुदेव कुछ अधैर्य से बोले।

गर्गाचार्य चुपचाप टहलते रहे, जैसे किसी गहन समस्या पर विचार कर रहे हों। वसुदेव उनकी ओर देखते रहे। जब प्रतीक्षा नहीं कर सके तो बोले, "आचार्य!"

"वसुदेव! पुत्र, मुझे लगता है कि अब परिस्थितियां ऐसी हो गई हैं कि समाधान

मनुष्य के हाथ में नहीं रह गया है। मेरा मन कहता है कि उसे अब प्रभु ने अपने हाथ में ले लिया है।"

"मैं समझा नहीं गुरुदेव!"

"एक धर्मप्राण और स्वाभिमानी मानव के रूप में तुम्हारे सामने एक ही मार्ग था कि तुम अपने सारे साधन और साथी एकत्रित कर कंस से भिड़ जाते; किन्तु उसका परिणाम होता, तुम्हारा वंशनाश। यादवों में से सर्वाधिक धर्मप्राण व्यक्ति और उसके वंश का सर्वनाश। इतना बड़ा बलिदान दे कर भी यादवों को कुछ नहीं मिलता।"

"ऐसा क्या पाप किया है यदुवंशियों ने गुरुवर, कि उनका उद्धार हो ही नहीं सकता?"

"मैंने यह नहीं कहा है वत्स!" आचार्य बोले, "स्वतन्त्रता, स्वाधीनता और स्वाभिमान की देवी सदा से ही रक्त मांगती आई है। साहस और बलिदान के बिना कोई समाज स्वाभिमान और स्वतन्त्रता के साथ नहीं जी पाया है। यादवों में आज न साहस है, न बलिदान का भाव। वे लोभ और त्रास के पुजारी हैं। भयभीत हैं वे; लोभी तथा स्वार्थी भी कम नहीं हैं।..."

"तो अब कुछ नहीं हो सकता?"

"यह किसने कहा।" आचार्य हंस पड़े, "उनके पुण्य के रूप में तुमने जन्म लिया है न! मैं देख रहा हूं कि भगवान् तुम्हारे माध्यम से अपनी लीला रच रहे हैं।"

"कैसी लीला भगवन्!"

"ऐसी स्थिति में कोई भी मनुष्य दुर्बल पड़ सकता है, दुर्बल पड़ जाएगा।" गर्गाचार्य बोले, "क्या तुम्हारे मन में नहीं आएगा कि तुम भी धर्म और कर्तव्य का त्याग कर, कंस के राक्षसी अत्याचारों और नारकीय शासन की ओर से आंखें मूंद कर, कंस से समझौता कर लो? धर्म का त्याग कर, उस अधर्मी के पाले में जा खड़े होओ। जरासन्ध का ध्वज उठा लो। कालयवन की जयजयकार करने लगो?"

"आता है पर...।"

"आता है, पर यह सम्भव ही नहीं है। प्रभु ने तुम्हारे लिए वह मार्ग ही नहीं छोड़ा। प्रभु ने किसी के लिए कोई मार्ग नहीं छोड़ा।" आचार्य बोले, "क्या समझौता

करोगे तुम? तुम अपनी पवित्र आत्मा उस राक्षस को समर्पित कर भी दो, तो वह तुम्हारे पुत्रों को जीवित नहीं छोड़ेगा। प्रभु ने उसके मन में मृत्यु का इतना भय संचित कर दिया है कि वह तुम्हारे पुत्रों को जीवित देख ही नहीं सकता।... और यह सम्भव नहीं है कि वह तुम्हारे पुत्रों का वध करता रहे; और तुम उसकी भक्ति करते रहो। इसीलिए तुम्हारा और उसका कोई समझौता नहीं हो सकता। तुम दुर्बल पड़ भी जाओ तो तुम बच नहीं सकते। इसीलिए तुम्हारे दुर्बल पड़ने का कोई लाभ नहीं है। अतः तुम्हारे दुर्बल पड़ने का कोई अवकाश ही नहीं है। तुम्हारे पतन के द्वार बन्द कर दिए गए हैं।" वे पुनः हंसे, "देखा तुमने, प्रभु कैसी लीला रचते हैं। इसीलिए मैंने कहा कि इस समस्या का समाधान अब उन्होंने मनुष्य के हाथ से अपने हाथ में ले लिया है।...और उनका यन्त्र बनोगे तुम! तुम्हारा चयन हुआ है।"

"यह कैसा चयन है गुरुदेव।" वसुदेव का स्वर पूर्णतः हताश था।

"तुम्हें बलिदान के लिए चुना गया है। यह भी प्रभु की कृपा से ही होता है पुत्र।" आचार्य प्रसन्न दीख रहे थे।

"मेरे इस विकट संकट पर आप हंस रहे हैं?"

"तुम्हारे संकट पर नहीं हंस रहा पुत्र!" आचार्य बोले, "प्रभु की लीला देख कर मुग्ध हो रहा हूं।"

पर वसुदेव, प्रभु की लीला पर मुग्ध नहीं हो सके। बोले, "अपने आठ-आठ पुत्रों की हत्या देखने से तो कहीं अच्छा है कि मैं कंस पर टूट पडूं। या तो वह मेरे प्राण ले लेगा या फिर उसके निष्ठावान सैनिक मुझे मार डालेंगे।..."

"नहीं मारेगा। प्रयत्न कर के देख लो। कंस न तुम्हें मारेगा, न किसी को मारने देगा।" आचार्य बोले।

"मैं आत्महत्या कर लूं तो?"

"नहीं करने देगा। इस समय तुम्हारे इस शरीर का सबसे बड़ा रक्षक कंस ही है।" आचार्य बोले, "वह न तो तुम्हें अपनी दृष्टि से ओझल होने देगा, न मरने देगा।"

"तो मुझे और देवकी को यह नारकीय यन्त्रणा सहन करनी ही होगी?" वसुदेव को लगा, उनके घुटने मुड़ते जा रहे हैं और वे किसी भी क्षण भूमि पर गिर पड़ेंगे।

"और किसमें इतना सामर्थ्य है कि वह यह सब सहन कर सके। गर्गाचार्य बोले, "प्रभु ने सामर्थ्य तुम्हें ही दिया है तो परीक्षा भी तुम्हारी ही होगी न!"

"पर मैंने ऐसा कौन-सा पाप किया है, जिसका दंड मुझे दिया जा रहा है?" वसुदेव संभल ही नहीं पा रहे थे।

"पाप! नहीं यह पाप का दंड नहीं है।" आचार्य पुनः हंसे, "पापियों को प्रभु अपने कार्य के लिए नहीं चुनता।"

"मैं कुछ भी समझ नहीं पा रहा हूं गुरुवर! मैं पापी भी नहीं हूं और मुझे वह दंड भी दिया जा रहा है, जो संसार में आज तक अश्रुत है, असहनीय है।"

"वसुदेव! यह माया का संसार है। यहां जो दिखाई देता है, वह होता नहीं और जो होता है, वह दिखाई नहीं देता। हम भ्रमों की भूलभुलैया में भटकते रहते हैं। दंड और पुरस्कार को समझ नहीं पाते।" गर्गाचार्य बोले, "यह मत समझना कि मैं तुम्हारे कष्ट की अवहेलना कर रहा हूं। पर इतना अवश्य कहना चाहता हूं कि तुम्हारी यह अश्रुत और असहनीय यातना प्रभु की सूक्ष्म शक्ति को घनीभूत करेगी। यह प्रभु को पृथ्वी पर आने को बाध्य करेगी। प्रभु की योगमाया कंस का अत्याचार समाप्त करने की भूमिका बांध रही है। तुम्हारे पुत्र सेतु बन कर बैकुंठ से प्रभु को धरती पर उतार लाएंगे।" वे रुके, "और तुम्हारे भाग्य में पुत्र! सांसारिक सुखों का एक लम्बा जीवन तथा सहस्रों शताब्दियों का यश है। जिसे आज तुम सबसे अभागा पिता मान रहे हो, तुम देखोगे कि वही सबसे सौभाग्यशाली पिता होगा।"

"मैं नहीं समझ पाया।"

"प्रभु की लीला को आज तक कौन समझ पाया है कि तुम समझोगे।" गर्गाचार्य मौन हो गए।

"तो अनुमति दें गुरुदेव!" वसुदेव उठ खड़े हुए।

"जाओ, साहसपूर्वक जीवन का संग्राम लड़ो और संसार के हित के लिए प्रभु को पृथ्वी पर उतार लाओ।" आचार्य ने आशीर्वाद की मुद्रा में अपना दाहिना हाथ उठा दिया, "रोहिणी कहां है?"

वसुदेव ने चौंक कर उन्हें देखा, "उसे कंस की अनुमति से अपने गोकुल में गोधन की देखभाल के लिए भेज दिया है।"

"अच्छा किया।" वे बोले, "अब गोपनीय ढंग से अपने कुछ विश्वस्त सैनिक भी, गोपाल-वेश में उसके पास भेज दो। तुम्हारे सैनिक अब मथुरा में तुम्हारा कोई हित नहीं साध सकते। उनका उपयोग नन्दग्राम में ही करो।"

* * *

वसुदेव थके-थके से घर लौटे।

"क्या कहा आचार्य ने?" देवकी उत्सुकता की प्रतिमा बनी बैठी थीं।

"कुछ नहीं। प्रभु की लीला बखानते रहे।" वसुदेव ने उदासीन भाव से कहा, "मेरी समझ में तो कुछ आया नहीं।"

"क्या समझ में नहीं आया?"

"हमारी इस स्थिति में कोई प्रभु की लीला का बखान कर प्रसन्न कैसे हो सकता है?"

"तो और कर भी क्या सकता है।"

"हां! कहा है कि मैं अपने कुछ सैनिकों को छद्‌म वेश में रोहिणी के पास भेज दूं। सोचता हूं कि वीरभद्र को ही भेज दूं।"

"भेज दीजिए। यहां भी उसका क्या काम है।" देवकी ने कहा; और सहसा उनका स्वर कुछ बदल गया, "पहले तो आप बड़ी निष्ठा से कहते थे कि प्रभु का हाथ स्वयं प्रकट हो कर हमारी रक्षा करेगा...।"

"हां! कहता तो था।"

"तो अब क्या हो गया?"

"लगता है, मेरा धैर्य चुक गया है।" वसुदेव हताश स्वर में बोले, "कंस का खड्ग दिखाई दे रहा है। प्रभु का हाथ दिखाई नहीं दे रहा। आशंकाओं ने मेरी बुद्धि भ्रष्ट कर दी है। सुख में तो मनुष्य भगवान् को प्रायः भूल ही जाता है। लगता है कभी-कभी दुःख के अतिरेक में भी भगवान् पर से विश्वास उठ जाता है।"

देवकी ने कोई उत्तर नहीं दिया।

10

सैनिक सन्नद्ध हो गए।

दाई कक्ष से निकल कर बाहर आ गई थी।

सैनिकों के नायक ने दाई की ओर देखा, "हो गया?"

"हां!" दाई जैसे कुछ घबराहट में बोली, "बालक स्वस्थ और हृष्ट-पुष्ट है। नहला-धुला दिया है।"

उसकी निकल भागने की त्वरा स्पष्ट कह रही थी कि वह अब यहां निमिष मात्र भी रुकना नहीं चाहती थी। किसी कार्य की जल्दी में भागना और बात है, वह तो इस प्रकार भाग रही थी, जैसे उसके चारों ओर का वायुमंडल भयंकर रूप से विषाक्त हो; और उस वायु में सांस लेना भी उसके लिए घातक हो।

तभी वसुदेव आ गए।

"बालक को ले कर महाराज के पास चलना है।" नायक ने कहा।

वसुदेव ने देखा : वह मागध सैनिक था। शायद मथुरा में नया आया था। या तो वह वसुदेव को जानता ही नहीं था या फिर जानबूझ कर उनकी उपेक्षा कर रहा था, ताकि वे स्वयं को अपमानित अनुभव करें; और उनका आत्मबल टूटे। ...वसुदेव अब तक जान गए थे कि जब कभी उनके विरोध में कुछ करना हो अथवा उनके साथ कठोर व्यवहार करना हो तो कंस मागध सैनिकों को ही भेजता है। उनके सन्दर्भ में वह माथुर सैनिकों पर विश्वास नहीं करता था। वे कितने भी कठोर क्यों न हों; किन्तु वसुदेव का मन दुखाने वाला कोई कार्य नहीं कर सकते थे।

"आपको बालक को ले कर महाराज के पास चलना है।" नायक ने पुनः कहा।

"सुन लिया।" वसुदेव बोले, "तुम इतने उतावले क्यों हो रहे हो। बालक का अभी जन्म ही हुआ है, न तो वह शस्त्र-परिचालन में निपुण हुआ है; और न ही उसने कंस के विरुद्ध कोई सेना खड़ी की है।"

"कंस नहीं, महाराज कहिए।" नायक ने जैसे चेतावनी दी, "राजा को सम्मानजनक शब्दों में स्मरण किया जाना चाहिए।"

'नायक! तुम भूल रहे हो कि तुम वसुदेव से बात कर रहे हो।" वसुदेव बोले, "मेरा भी इस मथुरा में इतना सम्मान है कि सेना के एक गुल्म का नायक मुझे शिक्षा नहीं दे सकता...।"

"शिक्षा नहीं दे रहा हूं।" नायक कुछ उत्तेजित स्वर में बोला, "किन्तु हम अपने राजा का अपमान भी सहन नहीं कर सकते।"

"तुम्हारा राजा, मेरा श्यालक है – साला! समझते हो?" वसुदेव बोले, "और मथुरा में मेरा पद् इतना हीन भी नहीं है कि तुम मेरे साथ इस प्रकार का व्यवहार करो।"

"धर्माधिकारी महोदय! आपको आपके सारे अधिकारों से वंचित किया जा चुका है। इस समय वे सारे अधिकार सैनिक परिषद् ने ग्रहण कर रखे हैं, जिसके अध्यक्ष स्वयं महाराज हैं। इस समय आपके पद् का मेरे लिए कोई महत्त्व नहीं है।" नायक कुछ उग्र हो उठा था, "अब आप बालक को लाएंगे या मैं कक्ष में प्रवेश कर उसे उठा लाऊं?"

"शक्ति-प्रदर्शन का दुस्साहस मत करना। तुम्हारा यह सिर कन्धों पर नहीं रहेगा।" वसुदेव के मुखमंडल पर वक्रता आ विराजी, "मैं जो कुछ कर रहा हूं अथवा जो कुछ करूंगा, वह महाराज कंस की इच्छा के सम्मान में करूंगा। अन्यथा तुम्हारे इन चार सैनिकों को यमपुर भेजने के लिए मैं अकेला ही पर्याप्त हूं।..."

नायक क्षुब्ध दृष्टि से उनको देखता रहा।

"और सैनिक मेरे पास भी हैं।" वसुदेव बोले, "किन्तु न मेरी इच्छा शक्ति-प्रदर्शन की है, न संघर्ष की।"

वे कक्ष के भीतर चले गए।

कक्ष में देवकी अकेली नहीं थीं। धृतदेवा और शान्तिदेवा उनके समीप ही बैठी

थीं। देवकी क्लान्त ही नहीं कुछ विचलित-सी दिखाई पड़ रही थीं; और उनके निकट ही सद्यःजात शिशु नहाया-धोया शान्त-सा सो रहा था। वसुदेव ने निकट जा कर उसे देखा। छोटा-सा गोल चेहरा था, जैसे पूर्ण चन्द्र हो। वर्ण अत्यन्त गोरा था।

"चन्द्रानन।" उन्होंने मन ही मन उसे पुकारा।

...किन्तु नवजात शिशु के वर्ण का क्या पता, कितनी ही बार रंग बदलता है वह। वसुदेव जानते थे कि सद्यःजात बालक के विषय में कुछ भी कहना कठिन था; किन्तु इतना तो कहा ही जा सकता था कि बालक पर्याप्त स्वस्थ और हृष्ट-पुष्ट था। यदि प्रभु ने उसे आयु दी तो वह कुशल योद्धा बन सकेगा।

देवकी ने उनकी ओर देखा; किन्तु कुछ कहा नहीं।

"कैसी हो?"

देवकी ने उनके प्रश्न का उत्तर नहीं दिया। पूछा, "कीर्तिमान को ले जाने आए हैं?"

वसुदेव चौंके, "कौन कीर्तिमान?"

"मैंने अपने पहले पुत्र का नाम 'कीर्तिमान' रखा है।" देवकी ने कहा, "कौन जाने इसका नामकरण हो या न हो। कौन जाने इसका कोई भी संस्कार होने से पहले इसका अन्तिम संस्कार ही करना पड़े।..."

वसुदेव ने देवकी की ओर देखा। वे सिसक ही नहीं रही थीं, उनका रंग आशंकाओं से काला पड़ गया था।

"ऐसी बातें क्यों करती हो?"

"तो और कैसी बातें करूं?" देवकी बोलीं, "सन्तान के जन्म के समय गायक और वादक आते हैं। बन्दी और चारण आते हैं। पुरोहित और याचक आते हैं। और यहां राजा के सशस्त्र सैनिक आए खड़े हैं। आप क्या समझते हैं कि वे इसे लिए बिना चले जाएंगे? या यह एक बार कंस की गोद में जा कर उसका आशीर्वाद ले कर मेरे पास सुरक्षित लौट आएगा?"

"नहीं जानता कि क्या होगा।" वसुदेव बोले, "किन्तु मेरे मन में अभी भी विश्वास है कि यह सृष्टि जिस प्रभु ने उत्पन्न की है, वह इतना क्रूर नहीं हो सकता। कंस तुम्हारा भाई है, उसके मन में कहीं तो कोई कोमल तन्तु होगा।"

"आपकी आशा की बलिहारी।" देवकी ने वक्र स्वर में कहा, "कितने आशावादी हैं आप।"

तभी बाहर से किसी ने अभद्रतापूर्वक कपाट भड़भड़ाए।

वसुदेव का चेहरा कपाट की ओर घूमा अवश्य; किन्तु उनके पग अपने स्थान से नहीं हिले। धृतदेवा त्वरित गति से द्वार की ओर बढ़ीं और कपाट खोल कर बाहर निकल गईं।

कपाट बन्द हो चुके थे; किन्तु बाहर के स्वर स्पष्ट सुने जा सकते थे।

"क्या है?" धृतदेवा का कठोर स्वर सुनाई दिया, "तुम नहीं जानते कि प्रसूति कक्ष में चालीस दिनों तक कोई पग भी नहीं धरता।..."

"यदि वसुदेव बाहर..."

"आर्य वसुदेव कहो, दुर्विनीत सैनिक।" धृतदेवा का तेजस्वी स्वर सुनाई दिया, "चार सैनिक ले कर क्या आ गए, शिष्टाचार का ध्यान ही नहीं रहा। स्वयं को जरासन्ध समझते हो क्या? भूल गए कि यह आर्य वसुदेव का प्रासाद है। तुम्हारा यहां से जीवित बाहर जाना आर्य वसुदेव की इच्छा पर निर्भर है।"

"ठीक है।" नायक का अशालीन स्वर सुनाई दिया, "हम जीवित बाहर नहीं निकले तो प्रासाद को घेर कर खड़ी वाहिनी आक्रमण करेगी और तब प्रासाद का कोई प्राणी जीवित नहीं बचेगा।"

"यहां किसी को मरने-जीने की चिन्ता नहीं है। तुम अपने प्राणों की सोचो नायक! और शालीनता से आर्य वसुदेव की आज्ञा की प्रतीक्षा करो।"

धृतदेवा भीतर लौट आई थीं।

"मैं आशावादी हूं; क्योंकि मुझे जगन्नियन्ता के नियम, न्याय तथा शासन में पूर्ण विश्वास है।"

"तो उठा ले जाइए।" देवकी ने करवट बदल कर बालक की ओर पीठ कर ली, "किन्तु गर्गाचार्य से अपनी भेंट मत भूलिए।"

वसुदेव आगे बढ़े। पर्यंक के निकट आ कर रुक गए।

"तुम एक बार अपने कीर्तिमान को देख तो लो। उसे प्यार कर लो। उसका मुख चूम लो।..."

"कंस की भुजाओं से जीवित लौट आएगा तो सहस्रों बार उसका चुम्बन लूंगी।" देवकी पीठ किए लेटी रहीं, "मुझे आपका शौर्य भी देखना है। मेरे पुत्र को ले जा रहे हैं, तो उसे लौटा कर लाना भी आपका ही दायित्व है।"

"इस बालक को वसुदेव नहीं ले जा रहा। कंस की सैनिक शक्ति ले जा रही है, या फिर ईश्वर की इच्छा।" वसुदेव बोले, "तुमने सुन लिया न! धर्माधिकारी को सारे अधिकारों से वंचित कर दिया गया है। अधिकार है तो केवल सैनिक परिषद् के पास; और हमारे प्रासाद को घेरे एक पूरी वाहिनी बाहर पड़ी है।" वसुदेव कुछ थमे, "मैं तो उसे अपनी गोद में ले जा रहा हूं, ताकि उसे वे नृशंस हृदयहीन मागध सैनिक अपने क्रूर पंजों में दबोच कर न ले जाएं।"

सहसा देवकी पलटीं, "क्या ऐसा नहीं हो सकता कि हम इस बालक को ले कर किसी गुप्त मार्ग से निकल जाएं और मथुरा से कहीं दूर चले जाएं?"

"तुम जानती हो, इस प्रकार के कितने ही असफल प्रयत्न हम पहले कर चुके हैं।" वसुदेव बोले, "मैंने कब चाहा था कि इसका जन्म मथुरा में हो। किसी और के लिए मथुरा सुन्दर और आकर्षक नगरी होगी। होगी यह यादवों की राजधानी। हमारे लिए तो यह एक कारागार ही है।"

इस बार देवकी ने कुछ नहीं कहा। उन्होंने पुनः करवट बदल ली।

बाहर से किसी ने फिर कपाट भड़भड़ाए। स्पष्ट था कि पुनः उसी नायक ने कपाटों पर अपने आक्रोश का प्रदर्शन किया था। वसुदेव समझ रहे थे कि जिस प्रकार देवकी के मन में था कि कोई ऐसी योजना बने, जिससे इस कक्ष से ही कीर्तिमान कहीं और पहुंचाया जा सके; वैसे ही नायक के मन में भी आशंका रही होगी कि इस कक्ष में कहीं कोई षड्यन्त्र तो नहीं रचा जा रहा।...

वसुदेव ने कीर्तिमान को उठा कर अपनी भुजाओं में लपेट लिया। एक बार देवकी की पीठ को देखा; और कपाट खोल कर बाहर चले गए।

धृतदेवा उनके पीछे-पीछे बाहर निकलीं। उन्हें विश्वास ही नहीं हो रहा था कि वसुदेव अपने पुत्र को ले कर सचमुच कंस के सैनिकों के साथ चल पड़ेंगे।...उनका मन कहता था कि वसुदेव ने अवश्य ही कोई न कोई युक्ति सोच रखी होगी। अभी कोई-न-कोई चमत्कार हो जाएगा। वे लोग कंस के सैनिकों से मुक्त हो जाएंगे और कीर्तिमान के प्राणों की रक्षा हो जाएगी। आख़िर उस सद्यःजात शिशु ने किसी

का क्या बिगाड़ा था। कंस उसके प्राण ले पाएगा? वह प्रयत्न भी करेगा तो क्या उसके हाथ कांप नहीं जाएंगे? उसका हृदय विद्रोह नहीं करेगा?

नायक ने बालक के साथ वसुदेव को बाहर आते देखा तो उसका चेहरा खिल उठा। वह अपने अभियान में सफल रहा था।...वह आतुरता से आगे बढ़ा, ताकि बालक को वसुदेव से ले सके।...

"नहीं! दूर रहो।" वसुदेव ने एक भुजा में कीर्तिमान को संभाला और दूसरे हाथ से नायक को आगे बढ़ने से रोक दिया, "यह कष्ट मुझे ही करने दो। मैं अपने पुत्र को स्वयं ही महाराज कंस के पास ले जाऊंगा।" वे धृतदेवा की ओर मुड़े, "तुम भीतर जाओ देवा! देवकी का ध्यान रखो और ईश्वर से प्रार्थना करो।"

कंस के सैनिक उन्हें घेर कर चल रहे थे।

वसुदेव से छुपा नहीं था कि प्रासाद के विभिन्न कोनों से उनके अपने सैनिक और रक्षक उनके संकेत की प्रतीक्षा में खड़े थे। वे सब अपेक्षा कर रहे थे कि उचित अवसर पर वसुदेव उन्हें संकेत करेंगे; और वे मागध सैनिकों पर टूट पड़ेंगे – यद्यपि उसका परिणाम आत्महत्या ही होगा। किसी ने यह कल्पना भी नहीं की थी कि वसुदेव स्वयं अपने पुत्र को ले कर अपने पैरों से चल कर कंस के पास चले जाएंगे।

वसुदेव प्रासाद के सिंहद्वार तक आ गए तो उनके रक्षक प्रणाम करने के व्याज से उनके सम्मुख आ खड़े हुए।

"देखो वीरभद्र!" वसुदेव ने कहा, "मैं महाराज कंस के पास जा रहा हूं। पीछे ध्यान रखना। मेरी अनुपस्थिति में साम्राज्य का कोई सैनिक प्रासाद में प्रवेश न करने पाए। उसके लिए तुम लोगों को यदि एक वाहिनी ही नहीं, मथुरा की पूरी सेना से भी भिड़ना पड़े तो भिड़ जाना।..."

"हमारे जीवित रहते कोई बाहरी सैनिक प्रासाद में प्रवेश नहीं कर पाएगा स्वामी! इसे वीरभद्र का वचन मानें।" उसने हाथ जोड़ कर प्रणाम किया।

प्रासाद से बाहर आते ही वाहिनी का नायक भी आगे बढ़ आया था। उसने अपने सैनिकों को आदेश दिया कि प्रासाद का घेरा उठा लिया जाए और सैनिक राजप्रासाद की ओर प्रस्थान करें।...

11

कंस अपनी राजसभा में ही बैठा था; किन्तु सभासद अधिक नहीं थे। वसुदेव तो जानते ही नहीं थे कि इस समय वह सभा में बैठा होगा, तो अन्य सभासदों को भी सूचना नहीं ही रही होगी। किन्तु उसके विशिष्ट सभासद, उसके झोले में रहने वाले सभासद, उसके मार्ग में बिछे रहने वाले सभासद, उसके जूतों को ले कर उसके पीछे चलने वाले सभासद, इस समय भी वहां उपस्थित थे।

वसुदेव के पग रुक गए। उनकी टांगें जैसे जवाब दे गईं। वे किन पैरों से आगे बढ़ते और अपने इस नवजात पुत्र को उस राक्षस की गोद में दे देते। क्या कहते, 'जा अपने मातुल की गोद में, जो तेरी हत्या करना चाहता है।'

कंस के चेहरे पर एक हठी मुस्कान प्रकट हुई, "तो देवकी ने प्रथम सपूत को जन्म दिया है?"

वसुदेव ने कोई उत्तर नहीं दिया। वे पुत्र को अपनी भुजाओं में पकड़े खड़े रहे। सैनिकों ने उन्हें तीन ओर से घेर रखा था। वे अपने पीछे की पंक्ति के सैनिकों के दबाव का अनुभव कर रहे थे। वे लोग क्रमशः उन्हें खिसकाते हुए कंस की ओर लिए जा रहे थे, जैसे समुद्र की कोई लहर हो, जो उनके शरीर को भी धकेल रही हो और उनके पैरों तले की रेत को भी समेटती चल रही हो।...उन्हें लगा कि वे न तो खड़े रह सकेंगे और न ही आगे बढ़ कर अपने पुत्र को कंस को सौंप सकेंगे।...

तभी एक ओर से उनके साथ आए, गुल्मनायक और दूसरी ओर से बाहिनीपति आगे बढ़े। कदाचित् वे लोग उनके हाथों से कीर्तिमान को ले कर कंस को सौंप, अपनी स्वामी-भक्ति प्रमाणित करना चाहते थे।...

वसुदेव यह नहीं होने देंगे, चाहे उन्हें स्वयं ही अपने पुत्र को कंस की भुजाओं में सौंपना पड़े।...उन्होंने अपना सारा आत्मबल बटोरा।

"महाराज़! यह देवकी का जेठा पुत्र है। आपका भागिनेय! आप अपनी बहन को बधाई देने मेरे घर नहीं आ सके, इसीलिए यह आशीर्वाद लेने आपके पास आया है।" वसुदेव के हाथों से जैसे कीर्तिमान छूट कर कंस की गोद में जा गिरा, "इसे दीर्घ आयु का आशीर्वाद दें।"

कंस ने कीर्तिमान को पकड़ा नहीं था; किन्तु वह उसकी गोद में लेटा था। कंस के चेहरे पर मृत्यु का भय अपने सहस्रों पंजे गाड़ कर आ बैठा था। उसका चेहरा पीला पड़ गया था। उसकी आंखों के सम्मुख पूर्ण अन्धकार था। उसका शरीर सिकुड़ता जा रहा था, जैसे कीर्तिमान के स्पर्श से बचना चाहता हो।...एक बार तो लगा कि वह उसे वहीं पटक कर उठ खड़ा होगा; और अपनी क्षमता-भर जितने वेग से भाग सकेगा, वहां से भाग जाएगा।...

वसुदेव सन्नद्ध खड़े थे कि यदि ऐसा हुआ तो वे कीर्तिमान को अपने हाथों में थाम लेंगे। वे अपने पुत्र को भूमि पर गिरने नहीं देंगे।...

सहसा कंस के चेहरे पर छाई कालिमा की परत दरक गई और वह क्रोध से लाल हो गया। अब वह स्वयं डरने के स्थान पर दूसरों को डराने का प्रयत्न कर रहा था।...वह भयभीत होने के स्थान पर भयावह हो गया था। उसने कीर्तिमान को उठाया नहीं। अपनी गोद में पड़े, उस सोए हुए सद्यःजात कोमल शिशु के मुख और नाक पर अपना भारी-भरकम हाथ रख दिया। वह हाथ कोमल नहीं था; और न ही वह उस सद्यःजात शिशु को स्नेह का स्पर्श दे रहा था। वह तो शनैः-शनैः कठोर हो कर कसता जा रहा था।

वसुदेव ने देखा कि कीर्तिमान का शरीर सांस लेने के लिए फड़फड़ाया या तड़पा...किन्तु कंस की हथेली न हटी, न कोमल ही हुई। उसने कीर्तिमान के नाक और मुंह को और भी कठोरता से जकड़ लिया था। कीर्तिमान के मुख से किसी प्रकार का कोई स्वर बाहर नहीं आ सका, बस उसके शरीर का स्पन्दन क्रमशः मन्द होता गया। शिथिल होते हुए शनैः-शनैः वह निस्पन्द हो गया।...

वसुदेव ने उस अघटनीय को अपनी आंखों से देखा। जाने क्यों इस क्षण तक भी उनको विश्वास नहीं हुआ था कि ऐसा भी हो सकता है। वे अपने अन्तर्मन

में अभी तक इस विश्वास का दीपक जलाए हुए थे कि कंस ऐसा नहीं कर सकता। यदि वह चाहे भी तो ईश्वर ऐसा नहीं होने देंगे...किन्तु अघटनीय घटित हो चुका था। कंस ने अपनी राजसभा में अपने अनेक सभासदों के सम्मुख, वसुदेव के पुत्र की हत्या कर दी थी।...और कहीं किसी के उच्छ्वास का भी स्वर नहीं आया था।

कंस भी जैसे चेता। उसकी समझ में आया कि क्या हो गया है। उसने अपना हाथ हटा लिया। उसका शरीर इस प्रकार कांप रहा था, जैसे उसकी गोद में कोई जीवित नाग कुंडली मार कर बैठा हो। वह उसके स्पर्श से भयभीत था। न तो उसे वहां पड़ा रहने देना चाहता था, न उसे अपने हाथों से उठा कर किसी को सौंप देना चाहता था। उसका शरीर संकुचित होता जा रहा था। उसने जैसे उठने का प्रयत्न किया; और कीर्तिमान का निस्पन्द शरीर लुढ़क कर धरती पर आ गिरा।

वसुदेव ने फुर्ती से आगे बढ़ कर उसे उठा लिया। उन्होंने यह भी नहीं देखा कि उसमें प्राण हैं भी या नहीं। वे तत्काल वहां से चले जाना चाहते थे। कदाचित् कीर्तिमान अभी जीवित हो।...

"जाओ।" कंस ने अपने सैनिकों की ओर देखा, "आर्य वसुदेव को उनके प्रासाद तक पहुंचा आओ।"

"नहीं महाराज!" जाने कहां से वसुदेव में साहस आ गया, "हमें रोने के लिए एकान्त चाहिए। या क्या हमारे रोने पर भी प्रतिबन्ध है?"

कंस ने वसुदेव की ओर देखा भी नहीं। बोला, "सेनापति! ध्यान रहे, मैं इस घटना को प्रचारित नहीं करना चाहता। इसलिए मथुरा में कोई सार्वजनिक चर्चा नहीं होनी चाहिए। लोग पथों पर एकत्रित न हों। वीथियों में जमघट न हो। मथुरा को उसी प्रकार दैनिक कार्यों में लगे हुए दिखाई पड़ना चाहिए, जैसे वह प्रतिदिन होती है। हाट खुले रहने चाहिए। कार्यालय काम करते रहें। कम्मकर अपने उपकरणों से उत्पादन करते रहें। यदि कोई व्यक्ति काम न करे, तो उसे काल कोठरी में डाल दो।"

सब लोग अपने-अपने स्थान पर जड़ीभूत खड़े रह गए। कंस उठ कर सभा से बाहर चला गया। उसने अपने सेनापति का वाक्य, 'महाराज के आदेश का पालन होगा।' भी नहीं सुना।

12

"दीदी! आर्यपुत्र राजप्रासाद से लौट आए क्या?" सहसा देवकी ने धृतदेवा से पूछा।

"आ गए हैं।"

"और कीर्तिमान?"

"उसे भी कंस ने लौटा दिया है।" धृतदेवा ने कहा; किन्तु उनके चेहरे पर प्रसन्नता का कोई लक्षण नहीं था।

"लौटा दिया है!" देवकी ने उत्तेजना में उठने का प्रयत्न किया।

"लेटी रहो।" श्रुतदेवा ने अपने हाथ के दबाव से उन्हें उठने नहीं दिया, "उसके श्वास रख लिए हैं; और शरीर लौटा दिया है।"

देवकी ने अपना सिर पर्यंक की पाटी पर दे मारा।

दोनों बहनों ने झपट कर उन्हें थामा, "क्या कर रही हो?"

"पागल हो गई हो?"

"कोई तुम्हारे बच्चों के प्राण लेने पर तुला हुआ है; और तुम अपने प्राण दे रही हो।"

"तो क्या करूं दीदी! यह जीवन भी कोई जीवन है?" देवकी ने रो कर कहा।

"पर ऐसी अवांछनीय स्थितियों का सामना तो धैर्य, साहस और वीरता से ही करना पड़ेगा न। पाटी पर अपना सिर फोड़ कर तो नहीं।" श्रुतदेवा बोलीं।

"विपरीत परिस्थितियां कोई हमारी इच्छा जानकर तो नहीं आतीं।" धृतदेवा ने कहा।

"मुझे तो अपने पति का धर्म ही समझ में नहीं आता। बहुत धर्मात्मा बने हुए हैं।" देवकी फफक कर रो पड़ीं, "वचन दिया था, इसलिए अपनी प्रत्येक सन्तान उस राक्षस को सौंप देंगे।"

श्रुतदेवा ने अपनी हथेली से देवकी के माथे को थपथपाया, "आर्यपुत्र अपनी इच्छा से शिशु को ले कर नहीं गए थे। हां! यह ठीक है कि वह उनकी गोद में गया था, क्योंकि वे नहीं चाहते थे कि कंस के वे क्रूर मागध सैनिक नवजात शिशु को अपने साथ ले जाएं।"

देवकी ने अपनी आंखें पूर्णतः खोल दीं। वे अश्रुओं से भरी हुई थीं। उन्होंने एक बार अपनी दोनों बहनों को देखा और बोलीं, "जो भी हुआ हो। अब उनसे कहलवा दीजिए कि वे मेरे सामने न आएं। उनको सम्मुख देख, मैं नहीं जानती कि मैं क्या कर बैठूंगी।"

"वे स्वयं ही तुम्हारे क्या, किसी के भी सामने नहीं आ रहे।" धृतदेवा की आंखों से अश्रु टपक पड़े, "उन्होंने स्वयं को अपने कक्ष में बन्द कर लिया है। किसी के लिए भी कपाट नहीं खुल रहे।"

"और कीर्तिमान?"

"उसके शरीर को ले कर पिताजी पत्थर बने बैठे हैं।"

"पिताजी आए हैं?"

"वे तो कब के आए हुए हैं।"

"मुझसे मिलने नहीं आए?"

"न वे इस स्थिति में हैं कि तुमसे मिल सकें, न तुम इस स्थिति में हो कि उनसे मिल सको।"

देवकी चुप रह गईं।

सहसा उन्होंने उठने का प्रयत्न किया।

"क्या कर रही हो?" श्रुतदेवा ने उनकी भुजा पकड़ कर उठने से रोका।

"मुझे लगता है कि आर्यपुत्र को मेरी आवश्यकता है।"

"तुम लेटी रहो।" धृतदेवा ने कहा, "इस समय तो हम सबको सबकी

आवश्यकता है। आर्यपुत्र को भी संभलना होगा; और तुम्हें भी स्वयं को नियन्त्रित करना होगा। यह परीक्षा की घड़ी है देवी।"

देवकी का ध्यान इस ओर गए बिना नहीं रहा कि धृतदेवा जब लाड़ में उन्हें बुलाती थीं तो 'देवकी' के स्थान पर 'देवी' ही कहती थीं।...वे ठीक कह रही थीं। यह परीक्षा की घड़ी थी, इस समय परस्पर लड़ने का कोई अर्थ नहीं था।

* * *

देवक ने कपाट थपथपाए, "वसुदेव!"

भीतर से कोई उत्तर नहीं आया।

"वसुदेव!" देवक पुनः बोले, "मैं देवक हूं पुत्र! मुझे बताओ कि तुम्हारे इस नवजात शिशु के शरीर को जल-समाधि देने कौन जाए। यह शरीर तुम्हारे दुःख को नहीं समझता। माता प्रकृति उसे समझती तो है; किन्तु वह किसी के लिए अपने नियम नहीं बदलती। संस्कार न हुआ तो यह शरीर अशोभनीय स्थिति को प्राप्त होगा।"

वसुदेव ने कोई उत्तर नहीं दिया; किन्तु कपाट खोल दिए।

सामने देवक खड़े थे। देवकी के भाई निकट ही फ़र्श पर बैठे थे और घर के कुछ सेवक आस-पास उपस्थित थे।

कीर्तिमान का शरीर देवक की भुजाओं में था; और वह श्वेत वस्त्र में लिपटा हुआ था।

"इसे नहला दिया है?" वसुदेव ने पूछा।

"नहला तो दाई ने ही दिया था पुत्र!" देवक बोले, "अब यमुना मैया स्वयं नहला लेंगी।"

"जन्म और मृत्यु के बीच, यह दो बार नहाएगा भी नहीं?" वसुदेव रो पड़े।

"तुम्हारी इच्छा हो तो पुनः नहला देते हैं।" देवक बोले, "किन्तु पहले स्नान के पश्चात् वह मिट्टी में खेला ही कहां है कि उसे पुनः नहलाया जाए।"

वसुदेव कक्ष से बाहर निकल आए। उन्होंने दृष्टि उठा कर देखा तो उन्हें

दूर खड़ा मागध सैनिकों का गुल्म दिखाई दे गया।...और सहसा ही वसुदेव का रूप जैसे बदल गया।

"वीरभद्र!"

"स्वामी।"

"जा कर उन मागधों से कह दो कि यहां से चले जाएं; और फिर अपने राजा के आदेश पर भी यहां दिखाई न पड़ें।"

"यदि वे न जाएं तो स्वामी?"

"तो मेरा खड्ग ले आओ और स्वयं भी शस्त्र-सज्जित हो जाओ।" वसुदेव बोले, "अत्याचार की कोई सीमा होती है; और धैर्य की भी। अब मैं और सहन नहीं कर सकता।"

वीरभद्र चला गया और वसुदेव ने आगे बढ़ कर कीर्तिमान को लेने के लिए भुजाएं फैला दीं।

"इसे मेरे पास ही रहने दो।" देवक ने कहा।

"नहीं! जितनी देर भी सम्भव हो, इसे मैं अपने पास रखना चाहता हूं।" वसुदेव बोले, "एक बार यमुना मैया को सौंप दिया, तो फिर यह कब मेरी गोद में आएगा।"

देवक की आंखों से अश्रु टपक पड़े।

वे लोग प्रासाद के बाहरी द्वार तक पहुंचे कि मागध वाहिनी के सैनिक उनका मार्ग रोक कर खड़े हो गए।

"महाराज का आदेश है कि नगर में किसी प्रकार का आन्दोलन नहीं होगा।" नायक ने कहा।

"तुम्हें कहीं आन्दोलन दिखाई पड़ रहा है नायक?" देवक ने कुछ गम्भीर स्वर में पूछा।

"जब इतने लोग एक साथ चलें, तो वह आन्दोलन का ही सूत्रपात होता है।" नायक बोला।

"नासमझ हो नायक तुम!" वसुदेव बोले, "जब सत्य और स्वतन्त्रता का दमन

होता है, तब आन्दोलन का सूत्रपात होता है। इस बात को न तुम समझ रहे हो, न तुम्हारे महाराज!"

"आप जानते हैं आर्य वसुदेव कि हम इसे राजद्रोह भी मान सकते हैं।"

"मानो। जो तुम्हारे मन में आए, मानो; किन्तु कोई साधारण व्यक्ति भी इस बात को समझ सकता है कि एक नवजात शिशु से उसके अन्तिम संस्कार का अधिकार कोई शासन भी नहीं छीन सकता। और न ही कोई मुझे अपने पुत्र – जिसकी हत्या शासन ने की है – को जल-समाधि देने से रोक सकता है।"

"यदि आप लौट नहीं जाते तो परिणाम भयंकर होंगे।" नायक ने कहा, "तब अनेक लोगों का अन्तिम संस्कार करना होगा।"

"और यदि तुम मुझे मार्ग नहीं दोगे तो परिणाम उससे भी भयंकर होगा।"

वसुदेव ने कीर्तिमान को देवक की भुजाओं में दे दिया; और वीरभद्र के हाथों से अपना खड्ग ले लिया, "तुम्हारा अन्तिम संस्कार भी हो पाएगा या नहीं, मैं कह नहीं सकता।"

"आप एक पूरी वाहिनी से अकेले लड़ेंगे?" नायक मुस्कुरा रहा था।

"मैं ऐसी अनेक वाहिनियों से अकेला लड़ भी सकता हूं; और विजयी भी हो सकता हूं। चाहो तो प्रमाण प्रस्तुत करूं।" वसुदेव का तेज उनके मुख पर चमक रहा था, "वैसे इस समय मैं अकेला भी नहीं हूं।"

उन नयनों में जलती ज्वाला का सामना नायक नहीं कर सका। उसकी आंखें झुक गईं, "आप जानते हैं कि यह महाराज कंस के शासन के विरुद्ध विद्रोह है।"

"नहीं!" वसुदेव पूरे अधिकार से बोले, "महाराज का शासन यह नहीं कहता कि मृतकों का अन्तिम संस्कार भी न हो। यह तुम्हारी नासमझी है, जिसका मैं प्रतिकार कर रहा हूं। तुम अपने महाराज की सत्ता के नाम पर अपना अधिनायकवादी आधिपत्य स्थापित कर रहे हो। वह हमें मान्य नहीं है। मार्ग दो।"

वसुदेव के स्वर में ऐसी ज्वाला थी कि नायक एक ओर हट गया।

"इतनी-सी बात है तो बालक के शव को जल-समाधि हम दे देते हैं।" वह बोला।

"नहीं! तुम्हें उसका अधिकार नहीं है।" वसुदेव बोले, "और यदि ऐसा कुछ करना ही था तो कंस की राजसभा से इस शरीर को उठाया होता। जब इस अभागे पिता की आंखों के सम्मुख उसके पुत्र का मृत शरीर राजसभा की भूमि पर पड़ा था, तब क्यों नहीं उठाया उसे। तब क्यों नहीं कहा कि इसका अन्तिम संस्कार शासन की ओर से राजकीय सम्मान के साथ होगा। अब तो यह कार्य इसके परिजन ही करेंगे।"

"उसके लिए दो ही लोग पर्याप्त हैं।" नायक बोला, "शेष लोग लौट जाएं।"

वसुदेव का खड्ग कोष से बाहर निकल आया, "अनाथ नहीं है मेरा पुत्र कि दो लोग जा कर उसे जल में प्रवाहित कर आएं। हम उसे संस्कार से केवल इसीलिए वंचित नहीं कर सकते कि उसका वध राजा ने किया है।"

नायक खड़ा देखता रह गया और वसुदेव अपने साथियों के साथ रथों में बैठ गए।

रथ नायक के पास पहुंचा तो वसुदेव बोले, "तुम अपने राजा को आश्वस्त कर सकते हो कि हम इस शिशु के अन्तिम संस्कार की ओट में कोई उपद्रव नहीं करेंगे।"

❖ ❖ ❖

देवकी ने सारा विवरण सुना और उनकी आंखों से झर-झर अश्रु बहने लगे।

"देवकी! स्वयं को संभालो।"

"दीदी! आर्यपुत्र को एक बार बुला लाओ। मैं उनसे एक बात कहना चाहती हूं।"

कपाट खुले और वसुदेव ने प्रवेश किया। उनके पीछे-पीछे देवक और देवकी के सारे भाई भी थे।

"मैं स्वयं ही आ गया हूं देवि! मैं लज्जित हूं कि मैं अपने पुत्र के प्राणों की रक्षा नहीं कर सका।"

देवकी के मुख से स्वर नहीं फूटा। उन्होंने श्रुतदेवा की ओर देखा और संकेत किया, "आर्यपुत्र को मेरे निकट आने के लिए कहिए।"

वसुदेव आ कर पर्यंक की पाटी पर बैठ गए।

"आपको अब भी अपने ईश्वर में विश्वास है।"

"अब और किस पर विश्वास करूं; किन्तु नहीं जानता कि उसकी लीला क्या है।" वसुदेव बोले, "जब आयु नहीं दी थी तो कीर्तिमान को शरीर और प्राण क्यों दिए।...किन्तु उसकी यह लीला बार-बार नहीं देखी जाएगी, इसीलिए चाहता हूं कि हम लोग मिल कर एक संकल्प करें।"

"क्या?" देवकी के प्राण उनके कंठ में आ अटके थे।

"कि अब हम और सन्तान को जन्म नहीं देंगे। न पुत्र-जन्म होगा, न कंस उसका वध करेगा।"

"किन्तु मैं इससे भिन्न संकल्प करना चाहती हूं।" देवकी के स्वर में ओज भर आया था।

"क्या?"

"हम ईश्वर से प्रार्थना करेंगे कि जितनी शीघ्र हो सके, वह हमारे पुत्रों को जन्म दे।"

"क्यों? ताकि कंस हमारे जीवित पुत्रों को शव बना कर हमें सौंप दे।"

"नहीं! ताकि हमारा आठवां पुत्र यथाशीघ्र इस अत्याचारी को मृत लोथ में परिणत कर दे।" देवकी ने कहा, "आर्यपुत्र! आठवां पुत्र, सात पुत्रों के पश्चात् ही आ सकता है।"

वसुदेव ने देवकी की ओर देखा। उन्हें लगा कि जैसे देवकी के उस मृदुल शरीर में रणचंडी का प्रवेश हुआ है।

13

वसुदेव अपने अंधेरे कक्ष के एकान्त में बैठे थे। कक्ष के कपाट बन्द थे; दीपक जलाने के लिए आया सेवक भी तीन बार कपाट खटखटा कर लौट चुका था।

वसुदेव कुछ निश्चय नहीं कर पा रहे थे कि उन्हें क्या करना चाहिए। मन था कि अन्धकार के उस सागर में खो कर रोना ही नहीं, डूब कर अपना अस्तित्व खो देना चाहता था; और मस्तिष्क था कि रोने भी नहीं देता था।...विचारों के झंझावात न सोने देते थे, न रोने देते थे।...

देवकी चाहती थीं कि यथाशीघ्र उनके सात पुत्र जन्म ले लें, ताकि आठवां आ कर कंस का वध करे।...कितनी अबोध है देवकी! नहीं जानती कि जैसे आज एक की हत्या देखी है, वैसे ही छह और हत्याएं देखनी पड़ेंगी; और कंस को प्रकटतः अपनी मित्रता का विश्वास दिलाए रखना होगा। न उसका विरोध करना होगा, न तिरस्कार। आक्रोश के विष को अपने हृदय में कहीं बहुत गहरे छिपा कर रखना होगा। देख सकेगी देवकी? पी पाएगी अपने अश्रुओं को? कर सकेगी कंस के प्रति बहन का-सा स्नेह-प्रदर्शन? मुस्कुरा कर कंसा से गले मिल पाएगी?...

वसुदेव के लिए तो यह सब असम्भव था...असहनीय, अकल्पनीय...

तो क्या करें? मुक्ति के लिए कुछ तो करना होगा। कब तक इस प्रकार सूली पर टंगे रहेंगे?...उनका मन जैसे कक्ष की दीवारों से टक्करें मार-मार कर कहता था कि अपनी सन्तान को नहीं बचा सकते तो स्वयं अपने-आपको तो मार ही सकते हैं। क्यों जीवित रहना चाहते हैं? क्यों इस प्रकार के जीवन से जोंक के समान चिपके बैठे हैं। अपने-आपको मार कर कम-से-कम अपनी होने वाली सन्तानों को

इस प्रकार के राक्षसी वध से तो बचा ही सकते हैं। हां! और कोई मार्ग नहीं था, कोई विकल्प नहीं बचा था उनके लिए...

वसुदेव पलंग से उठ खड़े हुए। हां! अब अपने सम्मान को बचाने का यही एक सम्मानजनक मार्ग बचा था। अपने इस कक्ष के अन्धकार में ही कंठ में रस्सी का फन्दा डाल कर छत की किसी कड़ी से झूल जाएं।...वे जीवित रह कर अपनी इन आंखों से न देवकी का सामना कर पाएंगे, न देवक का, न अपनी रानियों का, न अपने प्रहरियों, सैनिकों और दास-दासियों का। एकान्त में भी कंस का सामना नहीं कर पाएंगे, राजसभा में जा कर खड़े होने की तो बात ही क्या?

अपने उस कक्ष में उन्हें कोई रस्सी नहीं मिली।...वे अपने किसी सेवक को पुकार कर कह सकते थे कि वह उन्हें एक रस्सी ला दे...किन्तु उसके लिए कपाट खोलने होंगे। कपाट खुलते ही सारे घर में समाचार फैल जाएगा। रस्सी तो आ जाएगी; किन्तु उसके साथ ही सारे परिजन भी आ जाएंगे।...तो क्या वे उन सबको बैठाकर, उनके सामने छत की कड़ी से झूलेंगे? कोई उन्हें ऐसा करने भी देगा?

और अगले ही क्षण उनका मन ही उनसे पूछ रहा था...क्षत्रिय का धर्म युद्ध था या आत्महत्या? वे कापुरुषों के समान आत्महत्या की बात सोच ही क्यों रहे थे? ईश्वर ने उन्हें यह जीवन इसलिए तो नहीं दिया था कि संघर्ष के क्षणों में, वे अपनी छत की कड़ी से लटक कर इसे समाप्त कर दें। यह जीवन उनका अपना था क्या? किसका है यह जीवन? किसकी सम्पत्ति है? कौन है स्वामी इस जीवन का? किसकी धरोहर है यह?...धरोहर है यह विधाता की। इसे ईश्वर की इच्छा के अनुसार व्यय या व्यतीत न कर, छत की कड़ी से लटक कर समाप्त कर देने का उन्हें क्या अधिकार है?...और यह कैसा क्षत्रियत्व है? कैसा क्षत्रिय धर्म है, उनका कि कंस उनके पुत्रों का वध कर रहा है और वे अपने कक्ष को बन्द कर अन्धकार में अपनी छत की कड़ी से झूल जाना चाहते हैं।...संघर्ष की इस घड़ी में, असमय ही यह अनार्य आचरण वाला, नरक और अपकीर्ति देने वाला यह मोह, शूरसेन के पुत्र के मन में कहां से उत्पन्न हो गया?...

अकस्मात् ही उनकी बुद्धि जैसे कुछ और ही हो गई थी।...एक ज्वाला-सी धधकी। बुद्धि उस हवनकुंड में आहुति के समान समर्पित हुई, समिधा के समान प्रज्वलित हुई; और जाज्वल्यमान आत्मा के रूप में परिणत हो कर प्रकट हुई।

...उनके मन में बैठा कोई ज्योतिर्पुंज कह रहा था...इस कठिन समय में क्लीवता को प्राप्त मत हो वसुदेव! यह तुम्हारे योग्य नहीं है। शत्रुओं को तपाने वाले! ओ परन्तप! हृदय की इस क्षुद्र दुर्बलता को त्याग कर उठ। क्षत्रिय के लिए धर्म-युद्ध से बढ़ कर दूसरा कोई कल्याणकारी कर्तव्य नहीं है। अपने धर्म को देख...तू भयभीत होने के लिए नहीं बना है। स्वतःप्राप्त, उन्मुक्त स्वर्गद्वार रूपी ऐसा युद्ध, जिस क्षत्रिय का आलिंगन करे, वह सौभाग्यशाली है। अपने मन को मत देख, अपने धर्म को देख!...यदि तू अपने इस धर्म-युद्ध से विमुख होगा, तो स्वधर्म और सुकीर्ति को खोकर, पाप और सहस्राब्दी-व्यापी अपकीर्ति को प्राप्त होगा, अनार्य!... स्वाभिमानी पुरुष के लिए अपकीर्ति, मृत्यु से भी अधिक क्षयी है।...तुम्हारे बन्धु-बान्धव तुम्हें किस रूप में स्मरण करेंगे?...एक कापुरुष, कायर और क्लीव के रूप में! शूरसेन का पुत्र हो कर भी कायर, कापुरुष और क्लीव!

...देवकी से विवाह के पश्चात् उन्होंने कहा था कि मथुरा के यादवों में साहस नहीं है। क्षत्रियत्व समाप्त हो गया है।...तो वे किस क्षत्रियत्व का उदाहरण प्रस्तुत कर रहे हैं? उनकी ऐसी कायरतापूर्ण मृत्यु क्या दे जाएगी देवकी को? अपने परिवार को? वृष्णियों को? यादवों को? क्षत्रियों को?...और मानवता को? वे अरथी में सजा कर अपना शव, कंस को उपहार के रूप में दे जाना चाहते हैं क्या? राक्षसों को प्रसन्न करना चाहते हैं?

...नहीं! इससे तो कहीं अच्छा है कि वे कंस का वध करने का प्रयत्न करें। सफल हो गए तो मुक्ति ही मुक्ति है। न हुए तो उनकी आत्महत्या कर इच्छा पूरी हो जाएगी। कोई उन्हें कायर और क्लीव तो नहीं कहेगा। वे अनन्तकाल तक अपयश की काली चादर से नहीं ढके जाएंगे। वे वीर क्षत्रियों के आदर्श होंगे। मानवता के प्रकाशस्तम्भ!...उन्होंने देवकी से कहा था कि जब तक क्षत्रिय का हाथ ही न कट जाए, वह अपना शस्त्र नहीं छोड़ता।...और क्या कर रहे हैं वे? आज उन्हें कहना है कि जब तक क्षत्रिय का सिर ही न कट जाए, वह न शस्त्र छोड़ता है, न युद्ध का उत्साह!

तो वे कंस का वध करेंगे।...वध कर पाएं, न कर पाएं, उसके वध का प्रयत्न करेंगे। मात्र प्रयत्न नहीं, संकल्प...अभियान! यह उनके जीवन का लक्ष्य होगा। ...प्रत्यक्ष प्रहार नहीं कर सकते तो छद्म युद्ध करेंगे। उसके वक्ष में से खड्ग आर-पार न कर पाए, तो उसकी पीठ में से पार करेंगे।...परिणाम तो एक ही है। होगी तो

हो, कायरता ही; किन्तु जो राक्षस उनको उनकी असमर्थता में बांध कर उनके नवजात बच्चे की हत्या कर रहा है, जो उस अबोध शिशु – जिसकी आंखें भी नहीं खुली हैं – की हत्या कर रहा है, उसका प्रत्यक्ष सामना ही क्यों आवश्यक है। युद्ध के नियम तो दोनों पक्षों के लिए हैं। यदि एक पक्ष उसको तोड़ देता है, तो दूसरे के लिए उनकी क्या अनिवार्यता है? क्यों आवश्यक है कि वे स्वयं को मर्यादा और नियमों में बांधे रखे?...नियम केवल निर्बल पक्ष के लिए हैं, केवल असमर्थ के लिए?

उन्होंने उठ कर अपने कक्ष के कपाट खोल दिए।

"कपाट बन्द क्यों कर रखे थे?" देवकी ने पूछा।

"दीपक भी प्रज्वलित नहीं होने दिया, अन्धकार में ही बैठे रहे।" धृतदेवा ने कहा।

"ध्यान कर रहा था।" वसुदेव ने पूर्ण आत्मविश्वास के साथ कहा।

"यह कोई ध्यान करने का समय है?"

"जाने किस काम का समय है, पर मेरे भीतर युद्ध चल रहा था।"

"युद्ध तो हम सबके मन में भी चल रहा है, किन्तु कोई इस प्रकार कक्ष के कपाट बन्द कर तो नहीं बैठ जाता।" देवकी ने कुछ रोष के साथ कहा।

"मन के कपाट बन्द करने से तो अच्छा है कि कक्ष के कपाट बन्द कर लिए जाएं।" वसुदेव बोले।

"युद्ध किन में चल रहा था – कर्तव्य-अकर्तव्य में?"

"नहीं! एक क्लीव और एक क्षत्रिय में।"

"तो विजयी कौन रहा?" धृतदेवा का स्वर भय में भीगा हुआ था।

"मैं कंस से भेंट करने जा रहा हूं।"

"इस समय?" उन दोनों के नेत्र आश्चर्य से फटे जा रहे थे। जाने वसुदेव के मन में क्या था।

* * *

राजप्रासाद के मुख्यद्वार पर प्रहरियों ने वसुदेव को रोका। वसुदेव के लिए यह अनपेक्षित भी नहीं था।

"तुम्हारा काम मुझे रोकना नहीं, महाराज को मेरे आने की सूचना देना; और मुझे स्वागताध्यक्ष तक पहुंचाना है।" वसुदेव पूर्ण आत्मविश्वास से बोले, "स्वागताध्यक्ष का दायित्व है कि जब तक महाराज मुझे बुलाएं नहीं, तब तक मेरा स्वागत-सत्कार करे।"

"हम जानते हैं आर्य! कि आप ठीक कह रहे हैं; किन्तु आप असमय आए हैं।" द्वाररक्षकों का नायक बोला, "इस समय शायद महाराज किसी से भी मिलने के इच्छुक न हों।"

"तुम उसकी चिन्ता मत करो। धर्माधिकारी को प्रायः असमय ही आना पड़ता है।" वसुदेव बोले, "धर्म और न्याय के प्रश्न किसी की प्रतीक्षा नहीं करते – यह महाराज भी जानते हैं।"

नायक थोड़ी देर मौन रहा, फिर किसी निश्चय पर पहुंचता हुआ बोला, "आइए आर्य!"

नायक उन्हें उनके चिरपरिचित स्वागतकक्ष में ले आया; किन्तु वहां इस समय एक मागध अधिकारी बैठा हुआ था। उसने एक विचित्र दृष्टि से वसुदेव को देखा और बैठे-बैठे ही बोला, "क्या मैं आर्य धर्माधिकारी से पूछ सकता हूं कि आपको इस समय महाराज से क्या काम है?"

"क्या मैं स्वागताध्यक्ष से पूछ सकता हूं कि वे धर्माधिकारी के सम्मान में उठ कर खड़े क्यों नहीं हुए?" वसुदेव कुछ कठोर स्वर में बोले, "यह स्वागत की क्या मागध पद्धति है कि अपने उच्चाधिकारियों के सम्मान में खड़ा भी न हुआ जाए और उनका अभिवादन भी न किया जाए?"

स्वागताध्यक्ष उठ कर खड़ा तो हो गया; किन्तु कुछ बोला नहीं।

"मेरी दूसरी जिज्ञासा यह है कि क्या स्वागताध्यक्ष यह जानते हैं कि धर्माधिकारी उनको इसी आरोप पर तत्काल निलम्बित ही नहीं, कार्यमुक्त भी कर सकते हैं। क्या स्वागताध्यक्ष यह जानते हैं कि मेरे पास बलप्रयोग का भी अधिकार है?" वसुदेव ने खड्ग अपने हाथ में ले लिया, "और कदाचित् स्वागताध्यक्ष यह नहीं जानते

कि धर्माधिकारी क्षत्रिय हैं। उनका कार्य शास्त्र सम्बन्धी है; किन्तु दंडाधिकारी भी होने के नाते वे शस्त्रों के प्रयोग से अनभिज्ञ नहीं हैं। और उनका शस्त्राभ्यास स्वागताध्यक्ष से उच्च कोटि का है।" वसुदेव का स्वर बदल गया, "वैसे तुमसे निबटने के लिए शस्त्र की आवश्यकता नहीं पड़ेगी। मैं तुम्हें, किसी मृत पशु के समान तुम्हारी टांग से पकड़ कर घसीटता हुआ, ले जा कर राजप्रासाद के बाहर पटक कर आ सकता हूं।"

स्वागताध्यक्ष अब तक अपनी ठसक भूल चुका था। बोला, "मेरी भूल इतनी बड़ी तो नहीं है आर्य धर्माधिकारी!"

"तो छोटी भी नहीं है।" वसुदेव बोले, "तुम्हें मालूम होना चाहिए कि धर्माधिकारी, धर्म सम्बन्धी प्रश्नों की चर्चा महाराज से करते हैं, राजप्रासाद के स्वागताध्यक्ष से नहीं।"

"आर्य मुझे क्षमा करें।" वह बोला, "आइए, मैं आपको महाराज के कक्ष में ले चलता हूं।"

स्वागताध्यक्ष आगे-आगे चल पड़ा।

वसुदेव ने नहीं देखा था कि किसी ने कंस को उनके आने की सूचना भिजवाई हो। किन्तु कंस को सूचना थी और वह उनके स्वागत के लिए प्रस्तुत था।

"आइए, आर्य धर्माधिकारी!" कंस ने खड़े हो कर एक मंच की ओर संकेत किया, "विराजिए।"

"आप जानते थे महाराज! कि मैं आने वाला हूं?" वसुदेव मंच पर बैठ गए।

कंस हंसा, "अब छोड़ो मित्र यह नाटक। कहो कैसे हो?"

"जो कुछ हुआ है, उसके पश्चात् कैसा हो सकता हूं।"

"देवकी ने डांटा होगा।" वह पुनः हंसा, "पत्नियों का तो धर्म ही है, पतियों को डांटना।" वह आ कर उनके सम्मुख बैठ गया, "किन्तु उसमें चिन्ता की क्या बात है। तुम्हारी और भी तो रानियां हैं। एक रूठी रहे, तो भी जीवन दूभर तो नहीं हो जाएगा।"

वसुदेव उसके साथ हंस नहीं सके। बोले, "बात केवल देवकी की ही तो नहीं है। कीर्तिमान मेरा भी पुत्र था।"

"कौन कीर्तिमान?"

"मेरा वह पुत्र, जिसकी तुमने हत्या की है।"

"अच्छा तो उसका नामकरण भी हो चुका था।" कंस ने अट्टहास किया, "उसने अपने नामकरण संस्कार पर अपने मातुल को तो बुलाया ही नहीं।"

वसुदेव देख रहे थे कि कंस न तो अपने कृत्य पर लज्जित था, न उसे किसी प्रकार का अपराध-बोध था। न वह क्षमा मांगेगा, न शोक प्रकट करेगा।...वह उनके पीड़ित, आहत, अपमानित मन की भावनाओं को समझ, सहानुभूति जताना तो दूर, उनकी भावनाओं का उपहास कर रहा था। वह उस हत्या के पश्चात् और भी क्रूर हो गया लगता था। हत्या के पश्चात् मनुष्य, कर्म से ही नहीं मन से भी, हत्यारा हो जाता है। और यह तो मनुष्य था ही नहीं, पूर्ण राक्षस था। वह वसुदेव के भावी पुत्रों को मारने से पहले वसुदेव के तेज और स्वाभिमान को कुचल डालना चाहता था।...शायद वह सोचता था कि वह इस प्रकार वसुदेव के मन को बाध्य कर देगा कि वे अपनी बद्ध स्थिति को बिना किसी प्रतिरोध और प्रतिक्रिया के स्वीकार कर लें। मान लें कि यह एक तथ्य है। यह सब हो कर ही रहेगा। उनके पुत्रों की हत्या कंस के हाथों होगी; और उसके लिए किसी विद्रोह की आवश्यकता नहीं है।

"हमने उसके लिए नाम सोचा था – कीर्तिमान!" वसुदेव बोले, "वह अपने मातुल को निमन्त्रित करने ही आया था, जब तुमने उसके प्राण ले लिए।"

"मैंने प्राण ले लिए?" कंस हंसा, "मैंने तो उसकी नासिका और अधरों के आकार-प्रकार को देखने के लिए उन पर अपनी हथेली मात्र फिराई थी।"

सहसा कंस की मुद्रा बदल गई, "यह सब नाटक-नौटंकी छोड़ो वसुदेव! मैंने बहुत पहले यह स्पष्ट कर दिया था कि हमारी मित्रता का आधार यही सन्धि है कि मैं अपने प्राणों के लिए संकट बनने की सम्भावना वाले सारे जीवों को नष्ट कर दूंगा। अब यदि संयोग से वे तुम्हारे पुत्र हैं तो कंस उनको अनदेखा कर अपने प्राणों को तो संकट में नहीं डाल सकता। मैंने जो कुछ किया और जो कुछ करूंगा, वह आत्म-रक्षा है। शत्रु अथवा सम्भावित शत्रु को नष्ट कर देना क्षत्रियों की नीति है। तुम मूढ़ों के समान बार-बार एक ही चर्चा क्यों चलाते हो।" इस बार वसुदेव की भी मुद्रा बदल गई, "महाराज! आपका यह धर्माधिकारी आपसे इसी विषय में कुछ सैद्धान्तिक चर्चा करना चाहता है।"

कंस ने जैसे बलात् स्वयं को संयत किया, "क्या कहना चाहते हैं धर्माधिकारी?"

"महाराज! आपका सिद्धान्त है कि इससे पहले कि शत्रु अथवा सम्भावित शत्रु हम पर आक्रमण करे, हमें उसका नाश कर देना चाहिए।" वसुदेव बोले, "यह क्षत्रियों की नीति है। उनका धर्म है।"

"आर्य धर्माधिकारी अब मेरी बात ठीक-ठीक समझ रहे हैं।"

"यह धर्म है, अतः यह हमारा विधान हो गया?"

"हां! यह हमारा विधान हो गया।" कंस ने कहा, "आप चाहें तो इसकी घोषणा भी कर सकते हैं।"

"प्रजा को समझाने के लिए हमें कुछ उदाहरण भी देने पड़ते हैं।" वसुदेव बोले।

"मुझे उसमें कोई आपत्ति नहीं है।"

"महाराज कंस को उनके भविष्यवक्ता ने बताया है कि उनके प्राणों को उनकी बहन देवकी के आठवें गर्भ की सन्तान से प्राणों का भय है। इसीलिए महाराज कंस को अधिकार है कि वे देवकी के प्रत्येक नवजात शिशु का तत्काल वध कर दें। उसके लिए महाराज को किसी प्रकार भी न तो अधार्मिक कहा जा सकता है, न अन्यायी। वे धर्म पर चलने वाले प्रजावत्सल राजा ही माने जाएंगे।..."

कंस समझ नहीं पा रहा था कि आखिर वसुदेव करना या कहना क्या चाहते हैं। वह उनको आश्चर्य से देख रहा था और मुस्कुराता जा रहा था।

"देवकी तथा उनके पति की ओर से यदि महाराज के इस कार्य में किसी प्रकार की बाधा उपस्थित करने का प्रयत्न किया जाए, तो महाराज को अधिकार होगा कि वे उन्हें शासकीय कार्य में बाधा उपस्थित करने के अपराध में दंडित करें।"

वसुदेव ने कंस की ओर देखा।

कंस को विश्वास होता जा रहा था कि पुत्र की मृत्यु के आघात को वसुदेव झेल नहीं पाए हैं, इसीलिए वे उसके सम्मुख इस प्रकार के नियम और उदाहरणों के प्रस्ताव रख रहे हैं।

"हम एक-दूसरा उदाहरण भी ले सकते हैं महाराज!"

"वह क्या है?"

"इसी मथुरा नगर में एक दम्पति रहते हैं। उनका नाम वसुदेव और देवकी है। उनको किसी भविष्यवक्ता ने तो नहीं कहा है; किन्तु स्वयं महाराज कंस ने कहा है कि वे जन्म होने पर देवकी की प्रत्येक सन्तान का वध कर देंगे। इस प्रकार महाराज कंस, वसुदेव और देवकी की प्रत्येक सन्तान के शत्रु हैं। अतः इस विधान के अनुसार वसुदेव को अधिकार ही नहीं, उनका धर्म है कि वे..."

अकस्मात् ही कंस ने बिना कुछ कहे, ताली बजाई।

कक्ष में मागध सैनिकों के कई गुल्म बाढ़ के पानी के समान घुस आए। शस्त्रधारी सैनिकों से कक्ष भर गया। वे अपने शस्त्र ताने, आक्रमण की मुद्रा में कंस और वसुदेव के मध्य दीवार के समान सन्नद्ध खड़े थे।

"घेर लो।" कंस ने कहा, "आर्य धर्माधिकारी को अपने नियन्त्रण में लो। उनके वस्त्रों को खंगालो। जो भी शस्त्र मिले छीन लो।"

वसुदेव समझ रहे थे कि कंस इस स्थिति के लिए पहले से ही तैयार था। अब सामना वसुदेव और कंस में नहीं था। विभिन्न आयुधों से सज्जित पूरी वाहिनी से भिड़ जाना समझदारी नहीं थी। सम्भव है कि कक्ष के बाहर एकाधिक वाहिनी कंस के आदेश की प्रतीक्षा में खड़ी हो। वे असहाय थे। आक्रमण या आत्महत्या – दोनों के लिए ही अवकाश नहीं था।

मागध सैनिकों के नायक ने उनका खड्ग अपने अधिकार में कर लिया था।

"यह क्या है?" नायक ने पूछा।

वसुदेव ने नायक के प्रश्न का उत्तर नहीं दिया। उन्होंने कंस की ओर देखा, "हम विधान की एक धारा पर चर्चा कर रहे थे महाराज! मैं उसी सन्दर्भ में आपको एक उदाहरण दे रहा था। तो बीच में इतने सैनिक क्यों आ गए?"

"सम्भावित आक्रमण की आशंका वसुदेव!" कंस बोला, "तुम्हारे पास शस्त्र नहीं होना चाहिए।"

"मैंने महाराज पर आक्रमण नहीं किया है।" वसुदेव बोले, "और प्रत्येक क्षत्रिय, धर्म की रक्षा के लिए अपने पास शस्त्र रखता ही है। वैसे महाराज कंस के धर्माधिकारी को शस्त्र धारण करने का राजकीय अधिकार भी है।"

"है। किन्तु आवश्यक नहीं है कि वह शस्त्र उस समय भी धर्माधिकारी के

पास हो, जब वे महाराज से विधान सम्बन्धी चर्चा कर रहे हों।"

"यदि महाराज को मुझ पर इतना ही सन्देह है तो आप मुझे मृत्यु-दंड दें।"

"देवकी की आठवीं सन्तान के जन्म से पूर्व तुम्हें मृत्युदंड देने की मेरी कोई योजना नहीं है।" कंस हंस रहा था।

"और यदि मैं आत्महत्या कर लूं तो?"

कंस के लिए यह सर्वथा अनपेक्षित था। वह थोड़ी देर के लिए जैसे स्तब्ध खड़ा रह गया। फिर बोला, "मथुरा में लोग महाराज की आज्ञा से मृत्यु को प्राप्त होते हैं। यमराज को भी यह अधिकार नहीं है कि वे कंस के राज्य में अपनी इच्छा से किसी को यमपाश में बांध कर ले जाएं। कंस के गुप्तचर उसकी आंखों के समान हैं। उनसे कुछ भी गोपनीय नहीं है।"

"तुम्हें मालूम होना चाहिए कंस, कि शासक की दृष्टि प्रजा के मन को नहीं देख सकती।"

"वैसे तो मैं तुम्हें आत्महत्या करने नहीं दूंगा वसुदेव!" कंस ने कहा, "किन्तु यदि तुम किसी प्रकार ऐसा दुष्कृत्य करने में सफल हो भी गए, तो तुम्हें एक वचन देता हूं कि मैं तुम्हारे प्रत्येक परिजन को तुम्हारी चिता पर, तुम्हारे शव के साथ ही दग्ध करूंगा।" उसने सैनिकों की ओर देखा, "ले जाओ इसे। आर्य धर्माधिकारी को उनके प्रासाद तक छोड़ आओ। राजा और धर्माधिकारी की धर्म सम्बन्धी चर्चा यहीं समाप्त होती है।"

वसुदेव घर पहुंचा दिए गए।

"क्या हुआ?" देवकी ने पूछा।

"कंस के सैनिक मुझे ससम्मान घर छोड़ गए हैं।"

"इसका क्या अर्थ?"

"भयभीत है वह! बहुत डरता है। अपनी आधी सेना वहीं बुला रखी थी।" वसुदेव बोले, "किन्तु एक बात बहुत स्पष्ट है देवकी! हमारी सन्तान को तो अपने सामर्थ्य-भर वह जीवित नहीं छोड़ेगा। हम दोनों को वह न तो अपनी आंखों से दूर होने देगा, न आत्महत्या करने देगा। किन्तु...।"

"किन्तु क्या?"

"मैं सोच रहा हूं कि तुम्हारी सारी सपत्नियों को मथुरा से बाहर भेज देना चाहिए।"

"उन्हें भी कोई संकट है क्या?"

"संकट तो है ही।" वसुदेव बोले, "उसने कहा है कि यदि मैंने आत्महत्या कर ली तो वह मेरे सारे कुटुम्बियों को बांध कर मेरी चिता पर मेरे साथ ही जीवित जला देगा। एक चिन्ता मुझे और भी है...।"

देवकी ने उनकी ओर देखा।

"तुम्हारी किसी बहन की गोद में यदि कोई सन्तान आ गई, तो वह दुष्ट यह कह कर भी उसकी हत्या कर सकता है कि वह तुम्हारी ही सन्तान है। तुमने उसे अपनी बहन के हवाले कर दिया है।"

"वह जाने देगा उन्हें?" देवकी का स्वर अवसादपूर्ण था, "वे यह भी तो नहीं कह सकतीं कि वे अपने मायके जा रही हैं।"

"न सही मायका! वे किसी भी बहाने से एक-एक कर अपने बच्चों के साथ किसी भी सम्बन्धी के पास जा सकती हैं। और कुछ नहीं तो तीर्थाटन के ही बहाने मथुरा छोड़ सकती हैं।"

"एक बात मेरे मन में भी आई है।" देवकी ने कहा।

"क्या?"

"राजा कुन्तिभोज के घर वर्षों के पश्चात् पुत्र-जन्म हुआ है। वहां यज्ञ और उत्सव हो रहे होंगे। सारे सगे-सम्बन्धी एकत्रित होंगे। बहन कुन्ती भी कदाचित् वहां आएं। क्या ऐसे महान् उत्सव में हमें सम्मिलित नहीं होना चाहिए?"

"ठीक कहती हो तुम। कुन्तिभोज, पिताजी के फुफेरे भाई हैं। वे उनके घनिष्ठ मित्र भी रहे हैं।..."

"ऐसा न होता तो उनकी सन्तानहीनता से पीड़ित हो कर अपनी पुत्री उन्हें क्यों गोद दे देते।...पर यह दुष्ट कंस! जाने देगा क्या हमें?"

"मैं जानती हूं, नहीं जाने देगा।" देवकी ने कहा, "किन्तु आप उससे कहें,

हमें सपरिवार राजा कुन्तिभोज के इस महोत्सव में सम्मिलित होना है। हम दोनों को तो वह नहीं जाने देगा; किन्तु मेरा मन कहता है कि इस बहाने से मेरी सारी बहनें अपने बच्चों के साथ एक ही बार में मथुरा से बाहर निकल जाएंगी। आगे फिर वे अपनी सुविधा और अवसर के अनुसार अज्ञात स्थानों को चली जाएं।"

"तुम ठीक कहती हो।" वसुदेव कुछ सोचते हुए बोले, "हमें चूकना नहीं चाहिए।"

14

वसुदेव सारी रात घर नहीं आए थे।

देवकी जागती रहीं और प्रतीक्षा करती रहीं।...पहले तो कभी ऐसा नहीं हुआ था। वसुदेव को अपनी नहीं तो देवकी की चिन्ता तो होती ही थी। कोई ऐसा विशेष कार्य भी नहीं था कि उन्हें इस प्रकार बिना बताए घर से बाहर रहना पड़ता। ...पहले का कोई समय होता तो देवकी सबसे पहले कंस के विषय में सोचतीं कि कहीं उस हत्यारे ने तो कोई अनिष्ट नहीं कर दिया।...किन्तु अब ऐसा कुछ सोचना व्यर्थ लगता था। वे जानती थीं कि वह उन्हें केवल मानसिक यातना ही देगा। शारीरिक पीड़ा नहीं पहुंचाएगा। उनके वध की बात तो वह सोच भी नहीं सकता।

वस्तुतः अब देवकी, कंस की योजनाओं से अधिक चिन्तित वसुदेव के मन से थीं।...जाने वे क्या सोचते रहते थे। सारा दिन कोई-न-कोई योजना उनको घेरे ही रहती थी। पहले तो मथुरा से भाग जाने की बात भी मन में आती थी; किन्तु एक तो वे लोग यह जान गए थे कि कंस उन्हें मथुरा से निकलने नहीं देगा, दूसरी ओर वसुदेव का विश्वास भागने से अधिक लड़ने में था। उन्होंने एक बार भी यह प्रस्ताव नहीं रखा था कि वे लोग कंस को उसके अपराध के लिए दंडित किए बिना, मथुरा से कहीं और चले जाएं; और अपने प्राणों की रक्षा कर लें।...हां! कई बार उन दोनों में इस विषय में चर्चा अवश्य होती थी कि कंस को दंडित करना अधिक महत्त्वपूर्ण है अथवा अपनी होने वाली सन्तानों को सुरक्षित बचा ले जाना? ...और वे लोग किसी निश्चय पर नहीं पहुंच पाते थे।...वे दोनों ही बातें चाहते थे ...अपनी भावी सन्तानों की रक्षा भी आवश्यक थी और कंस को दंडित करना भी! वसुदेव ने एक बार भी कंस से प्रतिशोध लेने की इच्छा प्रकट नहीं की थी। वे

उसे दंडित करना चाहते थे। उनका स्पष्ट मत था कि वे कंस से व्यक्तिगत शत्रुता का बराबरी के धरातल पर प्रतिशोध नहीं चाहते। वह हत्यारा था, अपराधी था, अतः उसे उसका विधि के अनुसार दंड मिलना चाहिए। यह तो संयोग ही था कि वह वसुदेव के पुत्र का हत्यारा था; किन्तु हत्या किसी के भी पुत्र की हो, वे धर्माधिकारी के रूप में उसे मृत्युदंड ही देंगे।...

तो फिर आज वे कहां चले गए?

जाने किस धुन में होंगे। कहीं ऐसा न हो कि अपनी ही किसी योजना में वे स्वयं को क्षति पहुंचा लें!...मथुरा में अब उनका कोई ऐसा मित्र नहीं था, जिसके पास वे रात भी रुक जाते। सुरापान का व्यसन उनको नहीं था। द्यूत का व्यसन उनको नहीं था। गणिकाओं के किसी समारोह में उनकी कोई रुचि नहीं थी। जिस मनुष्य का मन अपनी पीड़ा से जल रहा हो, वह इस प्रकार के मनोरंजनों में कैसे अटक सकता है?...

सहसा देवकी का मन एक नई दिशा में चल पड़ा।...

उनकी अपनी रुचि तो इन व्यसनों में नहीं है; किन्तु क्या कंस नहीं चाहेगा कि वे उसके इस प्रकार के व्यसनों और मनोरंजनों में उसके सहभागी हो जाएं। सारी रात उसके साथ बैठ कर मदिरापान करें; नर्तकियों और गणिकाओं का नृत्य देखें – और कंस को अपना मित्र मान लें। भूल जाएं कि उसने उनके एक पुत्र की हत्या की है; और भविष्य में सात और पुत्रों की हत्या करने की योजना लिए बैठा है।...उसकी तो सबसे बड़ी कामना यही है कि वे उसे अपना मित्र मानें, देवकी उसे अपना भाई मानें; और उसे यह छूट दे दें कि वह उनके पुत्रों की हत्या करता जाए।...उसकी तो इच्छा यही है कि वे लोग स्वयं को समझा लें कि दोष कंस का नहीं, उनके नवजात पुत्रों का है, जो कंस की हत्या करने की योजना ले कर आ रहे हैं।...क्या वह नहीं चाहेगा कि वे आमोद-प्रमोद और व्यसनों के दास हो जाएं और जीवन के इस कटु यथार्थ को भूल जाएं। कंस उन्हें वे सारी सुविधाएं देगा, बस वे उसका, हत्या करने का अधिकार मान लें।...क्या वह इसमें सफल नहीं हो सकता?...क्यों नहीं हो सकता! वसुदेव इन दिनों इतने पीड़ित हैं कि वे अपनी पीड़ा से मुक्ति पाने के लिए किसी के भी षड्यन्त्र में फंस सकते हैं। क्या कंस ऐसा कोई मायाजाल नहीं फैला सकता, जो अपनी मानसिक स्थिति के कारण वसुदेव न देख पाएं...

नहीं! वे सुरापान तो नहीं ही करेंगे; और जिसकी अपनी एक-से-एक सुन्दर पत्नी हो, उसे कोई गणिका क्या लुभाएगी! पर पत्नी और गणिका में अन्तर होता है। पत्नी धर्म का आचरण करने के लिए साथ होती है...गणिका धर्म का नाश करने के लिए! किन्तु कंस कुछ भी कर ले, वसुदेव की पत्नियों से सुन्दर गणिका उसे कहां मिलेगी।...और यदि मिल भी जाए तो वसुदेव जैसे पुरुष, क्या सुन्दर मुखड़ा या लुभावना शरीर देख कर अपना धर्म त्याग देंगे?...नहीं! देवकी को चिन्ता करने की आवश्यकता नहीं है।...और वसुदेव कहीं खो भी नहीं सकते। कहीं जा नहीं सकते। कहीं छिप नहीं सकते।...कंस के सारे गुप्तचर उनके पीछे लगे होंगे। वे उन्हें न खोने देंगे, न छिपने देंगे, न कहीं जाने देंगे।...उन्हें लौट कर घर आना ही होगा।...

देवकी को लगा, विचार करते-करते शायद उन्हें झपकी आ गई थी। सम्भव है, उन्होंने कुछ उनींदे और बेतुके सपने भी देखे हों।...जागरण, विचार, नींद, सपने ...सब-कुछ तो गड्डमड्ड हो गया था। और अब उन्हें अपने पिता का स्वर सुनाई दे रहा था...यह सचमुच देवक का ही स्वर था। वे दासी से कह रहे थे कि वह अपनी स्वामिनी को सूचना दे कि वे आए हैं।

देवकी उनका स्वागत करने के लिए अपने कक्ष से बाहर निकल आईं।...देवक के साथ वसुदेव भी खड़े थे। किन्तु क्या धज बना रखी थी उन्होंने! चेहरे का उजला गोरा रंग जैसे झुलस कर संवला गया था। केश बिखरे ही नहीं हुए थे, उनमें कुछ मिट्टी और कीचड़ भी था। वस्त्र बुरी तरह कुचले हुए और गन्दे हो चुके थे, जैसे कहीं मिट्टी और कीचड़ में घिसटे और लोटे हों। आंखें, रात-भर न सोने से जैसे सूजी-सूजी हो रही थीं। उनमें चिन्ता और उद्वेग के कारण विक्षिप्तता के से लक्षण दीख रहे थे।...

देवकी के मन में सहस्रों प्रश्न थे, किन्तु वे समझ रही थीं कि इस समय वसुदेव न तो प्रश्न सुनने की स्थिति में थे; और न उत्तर देने की। उन्हें विश्राम, प्रेम और सहानुभूति की आवश्यकता थी।

"कहां मिले आपको?" अन्ततः देवकी ने अपने पिता से पूछा।

"मैं प्रातः गर्गाचार्य को प्रणाम करने उनके आश्रम में गया था।" देवक बोले, "ये भी आचार्य से चर्चा करने आए हुए थे।"

पिता और पुत्री की दृष्टि मिली। दोनों ने बिना एक भी शब्द कहे, पर्याप्त संवाद कर लिया। देवक बैठक की ओर चले गए और देवकी वसुदेव की भुजा पकड़ कर उन्हें अपने कक्ष में ले आईं।

पीछे-पीछे दासी भी आ गई। अपने स्वामी को इस दशा में देखना, उसके लिए भी आश्चर्य की बात थी।

देवकी ने वसुदेव को पर्यंक पर बैठाया। उनकी चर्म-पादुकाएं उतारीं और दासी से कहा, "स्वामी के पैर पखारने के लिए तप्त जल ले आ।"

दासी चली गई तो देवकी ने वसुदेव के केशों को सहलाया, "नींद आई हो तो सो जाइए। नींद न आए तो बातें करेंगे। मुझे लगता है कि मुझे आपसे बहुत कुछ कहना है।"

"मुझे भी तुमसे बहुत कुछ कहना है देवकी!" वसुदेव धीरे से बोले, "बहुत दिनों तक अपने भीतर घुटता रहा हूं; किन्तु अब कह ही देना होगा।...और तुमसे ही नहीं कहूंगा तो किससे कहूंगा।"

"कहिए प्रिय! क्या कहना है आपको?"

"मैं अपने भीतर कंस से लड़ने की शक्ति न पा कर बाहर के संसार में कहीं वह शक्ति खोजने गया था।"

"मिली?"

"नहीं! किन्तु खोजता फिरा।" वसुदेव बोले, "सोचा कि मैं श्मशान में शव-साधना करूंगा। किसी कृत्या को जगाऊंगा। मनुष्य के वश का तो है नहीं, कंस का वध वह कृत्या ही करेगी...।"

"यह किसने सुझा दिया आपको?" देवकी चकित थीं।

"मेरी असमर्थता ने।"

"आप शव-साधना में समर्थ हैं? जीवन की उपासना करने वाले शवों की साधना नहीं करते।"

"ठीक कहती हो; किन्तु करनी तो शव-साधना ही है।"

"क्या कहना चाहते हैं?"

"इस मृत समाज में प्राण-प्रतिष्ठा करनी है न!"

देवकी को बहुत बल मिला। नहीं! स्थिति उतनी बुरी नहीं थी। वे सोच-समझ सकते थे। बस चिन्ता का वेग कुछ अधिक हो गया था।

"वह तो ठीक है प्रिय! किन्तु कृत्या वाली बात कैसे सूझी आपको?"

"जब प्रकट शक्तियों से कुछ नहीं हो सकता, तब मनुष्य इसी प्रकार की चमत्कारिक शक्तियों के विषय में सोचता है।" वसुदेव बोले, "मैंने भी सोचा; किन्तु मैं कुछ कर नहीं पाया। सारी रात श्मशान के निकट मंडराता रहा; किन्तु न तो किसी शव के निकट जा सका और न ही किसी अवधूत के चरण पकड़ सका।"

"कंस के सैनिकों ने आपको उन्मुक्त छोड़ दिया घूमने के लिए? उन्होंने कोई रोक-टोक नहीं की?"

"वे मेरे पीछे-पीछे रहे; किन्तु कुछ बोले नहीं।"

"आपको मेरा ध्यान नहीं आया? मैंने यह रात कैसे बिताई होगी?"

"बीच-बीच में सोचता रहा। पर यह भी मानता रहा कि मैं अपनी ही नहीं, तुम्हारी भी मुक्ति के लिए भटक रहा हूं।...मेरे भटके बिना न तुम्हारी मुक्ति होगी, न मेरी; और न ही हमारी सन्तानों के प्राण बचेंगे। उसके लिए एक रात की चिन्ता और व्याकुलता कोई बहुत बड़ा मूल्य नहीं है।"

"फिर?"

"रात बीत गई और मैं किसी निष्कर्ष पर नहीं पहुंच पाया तो मैं गर्गाचार्य के आश्रम में चला गया।"

"उन्हें सब-कुछ बताया?"

"हां!"

"क्या कहा उन्होंने?"

वसुदेव मौन रहे। सोचते रहे या स्मरण करते रहे। फिर धीरे से बोले, "उन्होंने कहा कि समाज में पहले ही तमोगुण बहुत है। मुझ पर समाज में सतोगुण जगाने का दायित्व है।"

"ठीक ही तो कहा उन्होंने।"

"हां! ठीक ही कहा।" वसुदेव मौन हो गए।

"फिर?"

"उन्होंने कहा कि तमोगुण से तमोगुण में वृद्धि ही होगी। उससे तमोगुण मिटेगा नहीं।" वसुदेव जैसे कुछ आवेश में आ गए, "उन्होंने कहा, कंस का नाश करना आवश्यक है; किन्तु यह सोचना भी आवश्यक है कि कंस का निर्माण कैसे हो गया। यदि हम कंस का नाश करने में लगे रहेंगे और कंस-निर्माण की प्रक्रिया का नाश नहीं करेंगे, तो और अनेक कंस जन्म लेंगे।"

"मैं समझी नहीं।"

"उन्होंने मुझसे पूछा कि कंस ने मेरे पुत्र कीर्तिमान का वध क्या किसी जनशून्य स्थान पर किया था? क्या उस समय वहां पूर्ण एकान्त था? और कोई नहीं था वहां? मैंने बताया, 'वहां राजसभा के अनेक सदस्य और मन्त्री उपस्थित थे।' 'क्या वे अन्धे और बहरे थे?' आचार्य ने पूछा, 'उन्होंने नहीं देखा कि कंस पाप कर रहा है?' 'उन्होंने देखा और सुना।' मैंने बताया। 'तो फिर उनमें कोई प्रतिक्रिया क्यों नहीं हुई? उन्होंने कंस को रोका क्यों नहीं?...' 'वे कंस से भयभीत थे।' मैंने बताया। 'भय किस बात का?' आचार्य ने पूछा। 'विरोध करने पर कंस उनका भी वध कर सकता था।'" वसुदेव रुक गए।

"फिर आचार्य ने क्या कहा?"

"आचार्य ने कहा, 'उनकी कायरता ने उनको अपना कर्तव्य करने से रोका। अपने धर्म से च्युत किया।'" वसुदेव बोले, "उन्होंने कहा, 'समाज की कायरता, निरन्तर किसी न किसी कंस का निर्माण करती रहती है। यह भय किस बात का है?' 'अपने प्राणों का। इतना ही नहीं, कहीं लोभ भी है कि हम जीवित रहेंगे, कंस हमसे प्रसन्न रहेगा। वह हमें धन, मान और पद् देगा। लोभ के पीछे स्वार्थ है। आत्मकेन्द्रित होने का भाव है। व्यक्ति अकेला जीना चाहता है। अपने लिए जीना चाहता है। दूसरे के लिए एक कण भी त्याग नहीं करना चाहता। क्या है यह सब?' आचार्य ने पूछा, 'यह सब कंस-निर्माण की प्रक्रिया है।'"

"हम करें क्या – यह नहीं बताया उन्होंने?" देवकी ने पूछा।

"समाज में सत्व को जगाना है – उन्होंने कहा।" वसुदेव बोले, "हमें अपने समाज के भय, स्वार्थ, लोभ, भीरुता, कायरता और व्यक्तिवादिता से लड़ना है।

व्यक्ति को न्याय तभी मिलेगा, जब वह समाज के न्याय के लिए लड़ेगा। समाज में अन्याय और अधर्म रहे तो व्यक्ति को न्याय और धर्म कहां से मिलेगा?"

"पर हम अक्रूर, सत्राजित अथवा प्रद्योत की कायरता कैसे दूर कर सकते हैं?" देवकी कुछ चकित भाव से बोलीं, "आचार्य यह समझते क्यों नहीं कि उनका तमोगुण हमारे प्रयत्न से दूर नहीं होगा?"

"मैंने कहा था उनसे।" वसुदेव ने किसी अबोध बालक के समान कहा।

"क्या बोले वे?"

"तपस्वी अपनी तपस्या से अपने भीतर ही नहीं अपने परिवेश में भी सतोगुण जगाता है। तुम भी वही करो।...'वसुदेव!' उन्होंने मुझसे कहा, 'यदि तुम अपने रजोगुण के सामर्थ्य पर दुष्ट-दलन कर सकते तो आज मथुरा में कंस का राज्य न होता। किन्तु आज मथुरा में कंस का राज्य है। तमोगुण शासन कर रहा है आज। अब एक ही मार्ग है कि तुम अपनी तपस्या से अपने सत्व को जाग्रत करो। अपने सत्व से समाज के तमोगुण का वध करो। उसमें सतोगुण अंकुरित करो।"

" 'वह कैसे होगा?' 'तुम्हें कंस से भयभीत नहीं होना है। तुम्हें स्वयं को उससे बचा कर भागना नहीं है।' "

"कंस भागने ही कहां देगा।" देवकी सोच रही थीं।

❖ ❖ ❖

वसुदेव बातें करते करते सो गए थे। किन्तु देवकी को नींद नहीं आ रही थी। ...आर्यपुत्र जब अपने आपसे परेशान हो जाते हैं तो कोई समाधान पाने के लिए गर्गाचार्य के आश्रम चले जाते हैं...किन्तु आचार्य के पास भी क्या समाधान है। वे न कंस से लड़ सकते हैं, न उसके विरुद्ध कोई सेना खड़ी कर सकते हैं। वे बार-बार आर्यपुत्र का ही आत्मबल जगाने का प्रयत्न करते हैं। वे निराशा की पराकाष्ठा में से आशा; और आशा में से बल जगाने का प्रयत्न करते हैं। बल जागेगा तो प्रयत्न भी होगा। प्रयत्न होगा तो उसका परिणाम भी होगा।...

पर क्या यह सब निरर्थक ही नहीं है? है कहीं आशा की कोई किरण? जब कोई आशा है ही नहीं, तो आशा जगाने का प्रयत्न क्यों? व्यर्थ के सपने क्यों दिखा रहे हैं आचार्य?...

अकस्मात् ही देवकी का मन अपने शैशव की ओर लौट गया।

वे गुरुकुल की अपनी सखियों के साथ वन-भ्रमण के लिए गई थीं।...सहस्रों हरे भरे, आकाश छूते, खड़े वृक्षों के मध्य वहां एक विशाल वृक्ष गिरा पड़ा था, जैसे किसी मेले में कोई शव पड़ा हो।

सारी साखियों ने आचार्य की ओर देखा।

"विचलित मत होओ बच्चो!" आचार्य ने हंस कर कहा था, "इसमें कुछ भी असाधारण नहीं है। मनुष्यों के समान वनस्पति का भी जन्म, जीवन और मरण होता है। देखो, पांच सौ वर्षों का अपना जीवन पूरा कर, यह विराट वृक्ष भूमि पर आ गिरा है। जीवित रहने के लिए, मृत्यु के साथ अपना सारा संघर्ष कर, अन्ततः वह पराजित हुआ है। अब यह वृक्ष पूर्णतः प्राणहीन है। आकाश को छूने का भ्रम पालने वाला यह वृक्ष, आज धरती पर पड़ा है; और जो कोई चाहे, उसे काट कर जला सकता है।"

"पर यह इतना शक्तिशाली वृक्ष गिर क्यों पड़ा आचार्य?"

"उसने अपनी आयु पूरी कर ली थी बिटिया!" आचार्य ने कहा, "देखो, उसके तने में पक्षियों ने कोटर बना लिए थे। छाल सूख कर झड़ती जा रही थी। रस सूख चुका था। उसकी जड़ें रसा से और रस खींचने में असमर्थ हो चुकी थीं। आकाश की ओर उठे हुए उसके पत्ते सूर्य से ऊर्जा प्राप्त करने में अक्षम हो चुके थे। अस्तित्व जीर्ण-क्षीण हो चुका था। जीवनी-शक्ति पूर्णतः व्यय हो चुकी थी, उसकी।"

"तो अन्तिम सत्य तो मृत्यु ही है न आचार्य!" जाने कैसे तो देवकी ने पूछ लिया था।

"तुम्हें किसने कह दिया?"

"इस वृक्ष ने।"

"इसके निकट आओ। देखो, यह वृक्ष कुछ और भी बता रहा है।" आचार्य ने कहा।

देवकी अपनी सखियों के साथ निकट आ गई थीं।

"देखो! इस विराट वृक्ष की मृत्यु में से जीवन कैसे जन्म ले रहा है।" आचार्य ने कहा, "इसके तने पर जो काई उग आई है, वह नया जीवन है। वह काई अर्थात्

मैल नहीं है। वह वनस्पति की एक जाति है। ध्यान से देखो, इस शव से भोजन प्राप्त कर सहस्रों कीटाणु अपना जीवनयापन कर रहे हैं। अन्तिम सत्य मृत्यु नहीं, जीवन ही है। जहां एक जीवन पूर्ण हो कर विराम लेता है, वहां से दूसरा जीवन आरम्भ होता है।...मृत्यु तो एक नए जीवन की आधारभूमि ही है।"

देवकी की आंखों में अश्रु भर आए...गर्गाचार्य भी कदाचित् उसी सत्य को प्रकट करने का प्रयत्न कर रहे थे, जो उनके गुरुकुल के आचार्य ने उस विराट वृक्ष के माध्यम से प्रकट किया था।...अन्तिम सत्य तो जीवन ही था।...उसी जीवन की खोज में भटक रहे हैं वसुदेव! कल सारी रात भटकते रहे हैं। श्मशान तक हो आए, जो जीवन का अन्तिम पड़ाव है।...देवकी को भी वही करना पड़ेगा। मृत्यु में से जीवन की खोज! जीवन के प्रति आस्था का त्याग नहीं करना होगा। कौन कह सकता है कि उनके नवजात शिशु अपनी मृत्यु से उसी जीवन को अंकुरित नहीं कर रहे, जो वह विराट वृक्ष कर रहा था...मृत्यु में से जीवन और कैसे प्रकट हो सकता है?...यदि मथुरा को ही नहीं, सारे भारतवर्ष को कंस और जरासन्ध के रूप में काल ने ग्रस लिया है, तो शव-साधना तो करनी ही होगी – ठीक कह रहे थे वसुदेव! शव-साधना की आवश्यकता है। शव को जीवित करना है।...एक सूमचे देश को, समग्र समाज को जीवित करना है...सम्भवतः सारी पृथ्वी ही जीवन-दान मांग रही है, तो फिर शव-साधना तो करनी ही होगी।...ठीक कहते हैं गर्गाचार्य, पलायन से काम नहीं चलेगा। केवल अपनी सन्तान की सुरक्षा की चिन्ता नहीं करनी होगी। समाज का सत्व जगाना है, तो तपस्या करनी होगी। त्याग नहीं, बलिदान का पर्व है यह। प्रसव में भी रक्त बहता है।...रणचंडी रक्त मांग रही है। रक्त द्वारा तर्पण करना होगा। जीवन की जड़ों को अपने रक्त से सींचना होगा।...यदि जगदम्बा के पुत्रों को इस कंस रूपी काल से बचाना है, तो अपने पुत्रों की बलि देनी होगी। वसुदेव और देवकी आत्महत्या कर लेंगे, तो क्या बिगड़ जाएगा कंस का? वे मथुरा से जीवित और सुरक्षित निकल भागेंगे, तो कंस समाप्त हो जाएगा क्या? यह राक्षसी आतंक निर्मूल हो जाएगा क्या? कौन करेगा, उसका सामना?

नहीं! वे पलायन नहीं, संघर्ष करेंगे। समर्पण नहीं करेंगे, बलि देंगे। आर्यपुत्र ने कहा था कि क्षत्रिय तब तक अपना खड्ग नहीं छोड़ता, जब तक उसकी भुजा ही न कट जाए। किन्तु यहां खड्ग छोड़ने की स्थिति है ही कहां? भुजा कट भी जाए, खड्ग हाथ से गिर भी जाए, तो भी युद्ध से मुंह नहीं मोड़ा जा सकता।

...दांतों से लड़ना होगा, नखों से लड़ना होगा।...अपने पुत्रों की बलि देकर, उस सूक्ष्म, अदृश्य सर्वनियन्ता पिता को घनीभूत होने को बाध्य करना होगा। करेंगे। वह घनीभूत होगा, आकार ग्रहण करेगा। प्रकट होगा। उसके साथ-साथ जीवन भी आकार ग्रहण करेगा; मृत्यु पराजित होगी। सत्व जागेगा; तमोगुण का अन्त होगा।

15

अकस्मात् ही राजवैद्य को अपने सामने खड़ा देख, वसुदेव का धैर्य चुक गया।

"...इसे प्रासाद में घुसने किसने दिया?" उन्होंने जैसे अपने-आपसे पूछा। आस-पास देखा – कोई नहीं था। तो द्वारपाल इत्यादि बन्दी हो गए होंगे। अन्यथा राजवैद्य इस प्रकार आ कर उनके सामने खड़ा नहीं हो सकता था।

"आर्य धर्माधिकारी! आज मेरे साथ राजकीय दंडधर भी नहीं हैं।" उसने कुछ अटपटे से स्वर में कहा।

वसुदेव समझ रहे थे, वह राजकीय शक्ति का प्रदर्शन भी करना चाहता था; किन्तु वसुदेव को अपने सामने खड़ा देख घबरा भी रहा था। इसीलिए न तो खुल कर हंस पा रहा था, न अपने उद्वेग को छिपा पा रहा था।

"मेरे घर में क्यों आए हो?"

"महाराज ने भेजा है। राजकुमारी देवकी का नाड़ी-परीक्षण करना है।" वह बोला, "हमारी सूचनाओं के अनुसार उनका दूसरा प्रसव अति निकट है। वे आसन्नप्रसवा हैं।"

वसुदेव मन-ही-मन चकित थे। उसकी सूचना एकदम सत्य थी। इतनी गोपनीयता बरतने पर भी किसी-न-किसी प्रकार सूचनाएं कंस तक पहुंच ही जाती थीं। कैसे? कौन पहुंचाता था ये सूचनाएं?

"हैं भी तो उससे क्या?" वसुदेव बोले, "कंस के राज्य में कोई सौभाग्यवती आसन्नप्रसवा भी नहीं हो सकती क्या?"

"नहीं! महाराज को उसमें कोई आपत्ति नहीं है।" वैद्य ने कहा, "हम तो केवल

इस समाचार की पुष्टि करना चाहते हैं।"

"और यदि मैं सहयोग न करूं तो?"

"तो आप जानते हैं कि महाराज बलप्रयोग भी कर सकते हैं।"

वसुदेव ने लक्ष्य किया कि वह अपने द्वारा बलप्रयोग की बात नहीं कर रहा था।

"महाराज तो यहां हैं नहीं। बलप्रयोग कौन करेगा?"

वैद्य घबरा गया, "महाराज के सैनिक तो हैं न!"

वसुदेव आगे बढ़े; और इससे पहले कि वैद्य कुछ समझ पाता, उन्होंने उसे अपनी भुजाओं में थाम अपने सिर से भी ऊपर उठा लिया। वह हवा में लटका हुआ, बुरी तरह से हाथ-पैर मार रहा था।

"अधिक मचलोगे तो पटक दूंगा।" वसुदेव ने धीरे से कहा।

उसका अंग संचालन कुछ कम हुआ।

"अब बताओ, मेरे द्वारपाल कहां हैं?"

"उन्हें राजकीय सेना ने बन्धक कर रखा है।"

"तो तुम भी कुछ देर तक बन्धक रहो।"

वसुदेव उसे उसी प्रकार उठाए हुए, अश्वशाला की ओर ले गए। एक कोठरी खोली और उसे भूमि पर पटक दिया।

"जब तक मेरे द्वारपाल मुक्त नहीं हो जाते, तब तक तुम यहीं बन्धक रहो।" उन्होंने बाहर निकल कर कपाट बन्द कर दिए।

* * *

वसुदेव स्वयं रथ-संचालन करते हुए अपने प्रासाद से बाहर निकले तो न उन्हें अपना कोई प्रहरी दिखाई दिया; न ही राजकीय सेना के सैनिक। वे समझ रह थे कि वे आस-पास ही होंगे; किन्तु सीधे-सीधे टकराना नहीं चाहते। पर यह जानना तो आवश्यक था कि उनके अपने द्वारपाल तथा दंडधर कहां थे।...

देवकी आसन्नप्रसवा थीं। किसी भी समय उनकी दूसरी सन्तान का जन्म हो

सकता था। ऐसे में बालक की सुरक्षा का प्रबन्ध अधिक आवश्यक था। उसमें तनिक भी विलम्ब हुआ तो उसका जीवित बचना कठिन हो जाएगा। वे रुक नहीं सकते थे।

उन्होंने मन को एकाग्र किया और रथ आगे बढ़ा दिया। द्वारपाल न सही; किन्तु वीरभद्र पीछे था। उसके साथ सैनिकों की दो विश्वसनीय टुकड़ियां थीं। तात देवक भी थे। देवकी के भाई भी थे। वसुदेव के लौटने तक वे सब लोग किसी भी प्रकार स्थिति को संभाल ही लेंगे।

राजपथ पर आ कर रथ की गति कुछ और तीव्र हो गई। आज वसुदेव देख ही नहीं रहे थे कि मार्ग में कौन था, कौन नहीं था।...सहसा उन्होंने अपने रथ को राजपथ से नीचे उतार लिया। यह कच्चा मार्ग था। यहां कदाचित् ही कभी कोई रथ चला हो। आगे उपवन थे और उसके पश्चात् निर्जन वन का खंड आरम्भ हो जाता था। नगर प्राचीर के भीतर ही मृगया का सुख लेना होता, तो राजा और राजपुरुष इसी वन में आया करते थे। वृक्षों के पीछे जा कर वसुदेव ने रथ रोक लिया। एक अश्व को खोला और उसकी नंगी पीठ पर आरूढ़ हो वन में घुस गए।

कुछ देर तक वे अश्व को अन्धाधुन्ध दौड़ाते रहे। और तब उन्होंने पलट कर देखा...कहीं कोई पीछा तो नहीं कर रहा।...नहीं! पीछे कोई नहीं था। कदाचित् वे अपने लक्ष्य में सफल रहे थे। अब वे निश्चिन्त थे। वन सघन हो चला था। दौड़ने के लिए अश्व को कोई मार्ग नहीं मिल रहा था। वृक्षों से लड़ते-भिड़ते वह धीरे-धीरे आगे बढ़ रहा था।...और फिर मार्ग एकदम अवरुद्ध हो गया। उन्होंने अश्व रोक दिया और नीचे उतर आए। वृक्षों की शाखाओं को हटाया तो सामने एक छोटा-सा कुटीर था।

"अश्वघोष!" उन्होंने धीरे से पुकारा, "मैं आया हूं, वसुदेव!"

एक युवा संन्यासी कुटीर से बाहर निकल आया, "प्रणाम स्वामी!"

"सब ठीक है?"

"अब तक तो कोई नहीं आया।" संन्यासी बोला, "सत्य तो यह है कि इस सघन वन में कोई दिखाई ही नहीं दिया।"

"तो फिर ठीक है।" वसुदेव बोले, "बालक का जन्म होते ही, मैं या वीरभद्र – दोनों में से कोई भी, उसे ले कर आएगा।"

"बस आप एक बार उसे मुझ तक पहुंचा दीजिए।" संन्यासी बोला, "मैं उसे ले कर सघन से सघन वन में चला जाऊंगा; और चलता ही जाऊंगा। जहां से सुविधा होगी, वहां से नगर-प्राचीर पार कर जाऊंगा। आवश्यक होने पर यमुना में उतर जाऊंगा।...यदि कुछ समय तक आपसे सम्पर्क न कर पाऊं, तो चिन्ता मत कीजिएगा।"

"नहीं! तुम अभी कुछ वर्षों तक सम्पर्क करने का प्रयत्न भी मत करना। अनुकूल समय आएगा, तो देखा जाएगा।" वसुदेव बोले, "हमारा सम्पर्क बालक के लिए घातक है। हम एक-दूसरे के सम्पर्क में रहे, तो बालक के लिए संकट बढ़ेगा।"

"तो ठीक है।" संन्यासी बोला, "मैं आपको यहीं मिलूंगा। दिन-रात, आठों प्रहर। और बालक को लेने के पश्चात् एक क्षण भी यहां नहीं रुकूंगा।"

"महाविष्णु हमारी सहायता करें।" वसुदेव ने कहा और लौट पड़े।

वे अत्यन्त सावधान थे। कहीं कोई शब्द न हो। कहीं कोई है तो नहीं। कोई उन्हें देख तो नहीं रहा।...पर वहां कोई नहीं था।

वे अपने अश्व को ले कर रथ तक आए। अश्व को रथ में जोत दिया और रथारूढ़ हो कर चल पड़े।

उनका मन आनन्दानुभूति में विभोर था। लग रहा था, जैसे वे कंस की कारा से मुक्त हो गए हैं। एक बार उनकी योजना सफल हो गई, तो फिर कंस कुछ नहीं कर पाएगा। वे स्वयं भी इसी प्रकार किसी दिशा में वन में विलुप्त हो जाने का प्रयत्न करेंगे। सफल हो गए तो कंस के विरुद्ध गुप्त सेना का गठन करेंगे।

वे राजमार्ग पर आ निकले थे...

और सहसा कुछ युद्धक रथों ने आ कर उनका मार्ग छेक लिया। उनमें से सैनिक उतर-उतर कर उनके रथ को घेर, व्यूह बना रहे थे...

वसुदेव समझ नहीं पाए कि वे लोग उन्हें खोजते हुए यहां तक आ गए थे; अथवा घात लगाए यहीं बैठे थे।...पर जो भी हो, वसुदेव अब रुक नहीं सकते थे। उन्हें इनके व्यूह को चीर कर अपने घर पहुंचना था, देवकी के पास। देवकी को इस समय उनकी बहुत आवश्यकता थी। जाने वे किस स्थिति में हों।...

वसुदेव ने खड्ग कोश से बाहर निकाल लिया।

सैनिकों का नायक सामने आ गया, "दो गुल्मों से अकेले ही युद्ध करेंगे धर्माधिकारी।"

"पूरी वाहिनी से अकेला ही लड़ूंगा।" वसुदेव ने कहा, "देखोगे?"

"रथ में बैठे-बैठे खड्ग किस काम का?" नायक हंसा, "या तो रथ से उतर आओ...।"

वसुदेव भी जानते थे कि रथारूढ़ योद्धा खड्ग का अधिक उपयोग नहीं कर सकता। या तो वे अश्वारूढ़ हों अथवा अपना शस्त्र बदलें।

अधिक समय नहीं था। वे अपने रथ में शस्त्रागार ले कर चले भी नहीं थे। पूरी तैयारी से आने का समय ही कहां मिला था, वह राजवैद्य आ गया था और उन्हें शीघ्रता में प्रस्थान करना पड़ा था। वैसे भी वे नहीं चाहते थे कि उनके रथ में अधिक शस्त्र देख कर कंस के गुप्तचरों को किसी प्रकार का सन्देह हो।...

वे रथ से उतर आए।

"तुम फंस गए वसुदेव!" नायक हंसा।

वसुदेव ने देखा, कंस के सैनिक वृत्त बना कर उनके चारों ओर घूम रहे थे। और सहसा ही राजमार्ग को छायादार बनाने वाले वृक्षों में छिपे धनुर्धारियों ने स्वयं को प्रकट कर दिया। बाणों की बौछार हुई और एकदम खुले में खड़े वसुदेव के शरीर में कई क्षत हो गए। उन्होंने देखा, उनका अपना रक्त उन्हें नहला रहा था।

"हम तुम्हारे प्राण भी ले सकते हैं वसुदेव!" नायक ने कहा, "किन्तु हमें उसकी आज्ञा नहीं है। अभी तो हमें केवल तुम्हारे रथ की तलाशी लेनी है।"

वसुदेव बड़ी कठिनाई से स्वयं को संभाले हुए थे। उनकी दोनों भुजाओं में बाण लगे थे। खड्ग अभी भी उनके हाथ में था; किन्तु उसका कोई विशेष उपयोग हो नहीं सकता था। कंस के सैनिक कूद कर उनके रथ में चढ़ गए थे। रथ में कुछ भी नहीं था, जाने वे उसमें से क्या खोज निकालना चाहते थे। वे या तो यह मान रहे थे कि उसमें देवकी छिपी थीं, या फिर वे वसुदेव के दूसरे पुत्र को उसमें खोज रहे थे।

"कुछ नहीं है।" रथ की तलाशी लेते एक सैनिक ने चिल्ला कर कहा।

"उतर आओ।" नायक ने आदेश दिया, "आर्य धर्माधिकारी को रथारूढ़ करा

दो। व्यर्थ ही भिड़ कर आहत हो गए। रक्त बहाना बहुत प्रीतिकर लगता है वसुदेव!" वह हंसा, "अब पलट कर पीछे भी देख लो।"

वसुदेव ने पलट कर देखा : वन में से ऊंची-ऊंची लपटें उठ रही थीं।

"यह क्या है?"

"कुछ नहीं! तुम्हारे संन्यासी की कुटिया जल रही है। पता नहीं संन्यासी का क्या हुआ। जीवित जला या मर कर जला।" नायक के चेहरे पर अत्यन्त क्रूर मुस्कान थी।

"ओह! तुम राक्षस।" वसुदेव का खड्ग वाला हाथ उठा; किन्तु कंस के सैनिक पर्याप्त सतर्क थे। उन्होंने झपटकर, रस्सी के अनेक फन्दों में उन्हें जकड़ दिया, जैसे कोई अजगर अपने आखेट को चारों ओर से कस कर बांध लेता है।

वसुदेव को लग रहा था कि उनका सारा रण-कौशल आज इन सैनिकों के सम्मुख व्यर्थ हो गया था।

* * *

वसुदेव की आंखें खुलीं तो वे अपने ही रथ में बंधे पड़े थे। और रथ उनके अपने प्रासाद के ही निकट खड़ा था। जाने कौन कब उन्हें यहां छोड़ गया था।

थोड़ी देर में वीरभद्र अपने कुछ सैनिकों के साथ आ गया। उन लोगों ने अपने स्वामी का रथ पहचान लिया था।

"यह सब कैसे हो गया स्वामी!" उसने बन्धन खोले, "आप कहां चले गए थे?...अरे आप तो आहत हैं। ये तो बाणों के क्षत हैं।"

"उसे छोड़ो।" वसुदेव आतुरता से बोले, "बताओ, देवकी कैसी हैं?"

"स्वामी! उन्हें कोई रोक नहीं पाया।" वीरभद्र का सिर झुक गया, "वे लोग रोती हुई महादेवी से आपका दूसरा पुत्र छीन कर ले गए। आर्य देवक उनके पीछे-पीछे गए। किन्तु वे कुमार सुषेण के प्राण बचा नहीं पाए। सब लोग आपकी प्रतीक्षा में बैठे हैं कि आप आएं तो कुमार के शरीर को जल समाधि दी जा सके।"

"और देवकी?"

"परिचारिकाओं से पता चला है कि देवी संज्ञाहीन-सी पड़ी हैं।" वह बोला, "न आंखें खोलती हैं, न किसी से बात करती हैं। तब से जल का एक घूंट भी नहीं पिया है।..."

"मुझे उनके पास ले चलो।"

16

देवकी के दूसरे पुत्र सुषेण की आत्मा की सद्गति के लिए प्रार्थना कर चुके तो गर्गाचार्य ने वसुदेव की ओर देखा : उनके शरीर पर अनेक स्थानों पर औषध का लेप कर पट्टियां बांधी गई थीं। उनका वर्ण कुछ पीला पड़ गया था, जैसे बहुत सारा रक्त बह जाने के पश्चात् होता है।

"तुमने बहुत संकट मोल लिया पुत्र!" गर्गाचार्य बोले, "हम लोग तुम्हारे लिए बहुत चिन्तित रहे।"

"मेरे लिए चिन्तित होने से क्या होगा आचार्य!" वसुदेव बहुत मन्द स्वर में बोले, "चिन्तित तो हमें धर्म के लिए होना चाहिए, न्याय के लिए होना चाहिए, यादवों के इस जनतान्त्रिक संघ की सुरक्षा और सम्मान के लिए होना चाहिए, जिसे एक राक्षस ने निगल लिया है। अब पाठशालाओं में हमारे बालकों को पढ़ाया जाएगा कि यादव – वृष्णि, अन्धक, भोज – सारे के सारे, इतने दुर्बल थे कि वे अपने संघ की रक्षा नहीं कर पाए। अतः महावीर कंस ने उसे अपने नियन्त्रण में ले लिया। राजद्रोहियों को दंड दिया और अपने मित्रों – बाणासुर, भौमासुर, कालयवन और जरासन्ध – की सहायता से मथुरा राज्य को एक शक्तिशाली राष्ट्र बना दिया।"

"यह भविष्य में होने वाला नहीं है, वर्तमान में हो रहा है।" गर्गाचार्य बोले, "वे चिन्ताएं होनी चाहिए, और हैं; किन्तु उन समस्याओं से जूझने के लिए तुम्हारी भी आवश्यकता है। इसलिए हमें तुम्हारी भी चिन्ता है।"

वसुदेव के चेहरे पर एक भयंकर विषाद पसर गया, "क्या करूं आचार्य! मैं तो बीसियों बार आत्महत्या की बात भी सोच चुका हूं। हां! उसके लिए प्रयत्न नहीं किया।"

"उस मृत्यु से क्या लाभ होगा पुत्र?"

"इस जीवन से भी क्या लाभ होगा आचार्य?"

"हमें धर्म के लिए जीना है। आवश्यकता पड़ने पर उसके लिए मृत्यु का वरण भी करना है। अपने संघर्ष में मूल्य चुकाना पड़े तो प्राणों से भी चुकाना है; किन्तु व्यर्थ ही अपने प्राणों को गंवाना तो नहीं है।"

"मैं आपका अभिप्राय समझ नहीं पा रहा हूं आचार्य!"

"पुत्र! जीवन निरर्थक नहीं है। उसका सदा एक लक्ष्य होता है। यदि काम और अर्थ भी उसके लक्ष्य हों, तो भी कोई हानि नहीं है।" आचार्य ने कहा, "किन्तु बिना धर्म का आचरण किए, बिना धर्म की रक्षा किए, हम अर्थ और काम का भोग भी सुविधा और सम्मान से नहीं कर सकते। इसलिए धर्म की रक्षा आवश्यक है। और वह तभी सम्भव होगा, जब तुम अपने प्राणों की रक्षा की भी चिन्ता करोगे।"

"वह मैंने कब नहीं की आचार्य?"

"कल। तुम्हारा इस प्रकार अकेले ही सैनिकों से भिड़ जाना, प्राणों पर संकट झेलना, उचित था क्या?"

"संकट झेले बिना तो सम्मानपूर्वक जीना असम्भव है आचार्य!"

"सत्य कह रहे हो पुत्र! संकट झेले बिना सम्मानपूर्वक जीना सम्भव नहीं है।" आचार्य ने कहा, "और क्षत्रिय का तो धर्म ही यही है कि वह अपने प्राणों पर संकट झेल कर अन्याय का विरोध करे, असहाय की रक्षा करे।"

"मैं भी तो वही कर रहा था आचार्य!"

आचार्य मुस्कुराए, "तुमने क्षत्रिय-धर्म का पूर्ण निर्वाह किया है। मैं कह सकता हूं कि आज मथुरा में यदि कोई क्षत्रिय है, तो वह केवल तुम हो। उसके लिए मैं तुम्हारी स्तुति करता हूं; किन्तु उसी के लिए मैं प्रभु से प्रार्थना करता हूं कि वह तुम्हारी रक्षा करें; किन्तु तुम भी अपनी रक्षा की चिन्ता करो।"

"वही तो कर रहा हूं आचार्य!"

"नहीं!" आचार्य मुस्कुराए, "तुम वह नहीं कर रहे हो। तुम युद्ध कर रहे हो; किन्तु अपनी रक्षा के लिए कुछ नहीं कर रहे हो।..."

वसुदेव ने कुछ नहीं कहा।

"तुम बहुत लड़ चुके पुत्र! बहुत सहन कर चुके।" गर्गाचार्य के चेहरे पर मधुर हास्य था, "क्या तुम अभी तक समझ नहीं पाए कि युद्ध को जय करने के लिए केवल बल, केवल साहस अथवा केवल शस्त्र-कौशल पर्याप्त नहीं होता?"

"बस यही तो समझ पाया हूं कि संख्या-बल ही एकमात्र बल है।" वसुदेव बोले, "और वही मेरे पास नहीं है।"

"संख्या-बल भी आवश्यक है; और वह हमारे पास नहीं है।" गर्गाचार्य बोले, "कई बार इन सब तत्त्वों की क्षतिपूर्ति हम दिव्यास्त्रों और देवास्त्रों से भी करते हैं। किन्तु हमारे पास वे भी नहीं हैं। ऐसे में दो साधन और हैं..."

सब की दृष्टि आचार्य की ओर उठ गई।

"एक है जिजीविषा और दूसरी है जिगीविषा।"

"मुझमें ये दोनों ही हैं आचार्य!"

"मैं जानता हूं पुत्र!" आचार्य बोले, "किन्तु जिगीविषा का आवश्यक तत्त्व है नीति! जिगीषु के मन में प्रभु नीति के रूप में प्रकट होते हैं। अब तक तुमने नीति का तनिक भी उपयोग नहीं किया है।..."

वसुदेव आचार्य को एकटक देखते रहे।

"नीति का आवश्यक तत्त्व है – गोपनीयता।" गर्गाचार्य ने कहा, "हमें उसका ध्यान रखना चाहिए। कभी-कभी तो बहुत निकट और अत्यन्त आत्मीय लोगों के द्वारा गोपनीयता का उल्लंघन हो जाता है; और बना-बनाया काम बिगड़ जाता है।"

"आप ठीक कह रहे हैं आचार्य!"

"तो पुत्र! यदि कंस जैसे शक्तिशाली और साधनसम्पन्न शासक से लड़ना है तो पहले अपनी युद्धनीति निश्चित् करो। बलिदान और आत्महत्या में अन्तर है। बलिदान बहुत दे चुके, अब युद्ध की नीति बदलो। अपनी सीमाओं को पहचानो। ...तुम्हें मरने के लिए नहीं, विजय के लिए लड़ना है। युद्धकुशल हो तो नीतिकुशल भी बनो। लड़ो, विजयी बनो; और यश प्राप्त करो।"

"आपका संकेत कुछ-कुछ मेरी समझ में आ रहा है।"

"सम्भव है, तुम्हें और कष्ट सहन करने पड़ें। आत्मीयजन तुम्हें छोड़ जाएं। समाज में कोई भी तुम्हारा मित्र न हो।" आचार्य बोले, "सम्भव है, यहां से उठा कर कारागार में डाल दिए जाओ।...सम्भव है कि पीड़ा से तुम कराह उठो; किन्तु अपना लक्ष्य स्मरण रखना।"

वसुदेव स्तब्ध भाव से आचार्य को देखते रहे; और फिर जैसे किसी निश्चय पर पहुंच कर बोले, "आपकी आज्ञा का अक्षरशः पालन होगा।"

"पुत्री देवकी!" आचार्य ने देवकी की ओर देखा, "तुम्हारे लिए यह समय और भी कष्टकारक हो सकता है; किन्तु साहस मत छोड़ना पुत्रि! क्योंकि साहस छोड़ने का अर्थ है स्वयं प्रभु को त्याग देना।"

देवकी ने चकित हो कर आचार्य की ओर देखा।

"साहस के रूप में तुम्हारे इस हृदय में निवास करने के लिए स्वयं प्रभु आ रहे हैं।"

देवकी स्तब्ध रह गईं : यह क्या कह दिया आचार्य ने!

17

रोहिणी की चेतना बहुत धीरे-धीरे लौट रही थी।...ऐसा बोध हो रहा था, जैसे किसी गहरी निद्रा से शनैः-शनैः जाग रही हों। उनकी चेतना कह रही थी कि उनका शरीर पत्थर के समान भारी और निस्पन्दता की स्थिति में था। हिलने-डुलने की भी क्षमता नहीं थी। शरीर का रक्त-संचार रुक गया था या उसमें प्राण ही नहीं रहे थे।... और दूसरी ओर लग रहा था कि शरीर में बहुत पीड़ा है। पोर-पोर दुःख रहा था। कहीं से गिर पड़ी थीं क्या या किसी ने बहुत मारा था...यह कैसी स्थिति थी कि जड़ता में भी पीड़ा का अनुभव हो रहा था।...कहीं पत्थर भी पीड़ा का अनुभव करता है?...मन हो रहा था कि आंखें मूंदे रखें और फिर से एक बार सो जाएं – एक लम्बी और गहरी नींद। न मस्तिष्क जागे, न हृदय चेते। न कोई बोध हो, न संवेदना। न किसी प्रकार की पीड़ा का अनुभव हो, न मुख से कराह निकले।

पर नींद नहीं आई। चेतना थी कि जैसे गहरे कुएं के तल से उठ कर धीरे-धीरे ऊपर उठ रही थी। आंखें बन्द थीं, किन्तु अनेक प्रकार की संवेदनाएं जाग रही थीं। अन्धकार छंट नहीं रहा था, या शायद बहुत मन्द गति से छंट रहा था। कालिमा के भी तो अनेक रूप होते हैं। गहरा काला, हल्का काला, काला, स्लेटी...आस-पास अनेक प्रकार की गतिविधियां थीं। उनकी कुछ ध्वनियां थीं। कुछ शब्द भी थे, जाने किस भाषा के थे। शायद उनका कोई अर्थ नहीं था।...

उन्होंने एक कराह सुनी।

पर यह कराह तो रोहिणी की नहीं थी।...कोई और कराहा था। कहां थीं वे।

धीरे-धीरे स्मृति लौट रही थी।...

आर्यपुत्र ने मथुरा आए कुछ गोपों के माध्यम से सन्देश भेजा था, "मथुरा आ जाओ। बहुत आवश्यक काम है।..."

वे गोकुल से मथुरा आ गई थीं।...मथुरा में उनका वह नगर-सा विस्तृत प्रासाद एक प्रकार से ख़ाली पड़ा था। एक देवकी को छोड़ उनकी सारी सपत्नियां अनुपस्थित थीं। कहां गईं?...गई हैं, अपने सगे सम्बन्धियों से मिलने गई हैं। आर्यपुत्र स्वयं भी नहीं जानते थे कि इस समय कौन कहां होगी...बच्चे? बच्चे भी अपनी माताओं के साथ गए थे।...सूना-सूना प्रासाद कैसे भायं-भायं कर रहा था। जहां सदा महिलाओं के बोलने-बतियाने की मधुर लहरियां अपने अस्तित्व का बोध कराती रहती थीं। ...शिशुओं की किलकारियां पक्षियों के कलरव-सी गुंजार करती थीं...वहां कैसा भयावह सन्नाटा पसर गया था, जैसे कोई उजड़ा ग्राम हो।...

देवर-देवरानियां मथुरा में ही थे; किन्तु अब इस प्रासाद में नहीं आतें थे। देवर अपने भाई-भाभी के प्रेम में नहीं, अपनी पत्नियों के मोह में, मथुरा में बैठे थे। कंस की बहनें यादवों की इस अलकापुरी को छोड़, और कहां जातीं!

आर्यपुत्र थे और थीं – देवकी! देवकी के पिता देवक भी कहीं नहीं गए थे। उन्हें कंस का भय नहीं था। उनके भाई कारागार में थे। उनकी प्राणों से प्यारी पुत्री और देवता जैसे जामाता कंस के अवरोध में थे। देवकी के छह पुत्रों का कंस ने वध कर दिया था और संसार में कहीं से विरोध का एक उसास भी नहीं उठा था।...कहां जाते देवक?

देवकी के गर्भ में सातवीं सन्तान थी और वे बड़े कष्ट में थीं।...

"मेरा यह पुत्र!" उन्होंने कहा था, "जाने क्या समझता है मेरे गर्भ को। एक क्षण भी टिक कर नहीं रहता। हर समय वही उछल-कूद। अखाड़ा बना रखा है मेरे गर्भ को।..."

"यह तो सुख की अनुभूति है देवकी! किसी भी मां को इससे आनन्द ही मिलेगा।"

"नहीं बहन! तुम नहीं समझ रहीं। यह तो जैसे अपने पैरों से ठोकरें मार रहा है। प्रहार कर रहा है। घट के समान फोड़ देगा यह मेरे गर्भ को।..."

"बलिष्ठ बालक लगता है।" रोहिणी ने कहा था।

"तो सारा बल मुझे ही क्यों दिखा रहा है।..." देवकी ज़ोर से कराही थीं।

"देखो रोहिणी!" वसुदेव ने कहा था, "देवकी बहुत कष्ट में है। उसका यह सातवां गर्भ उस पर भारी पड़ रहा है। नहीं कह सकता कि सन्तान जीवित रहेगी या मां। दोनों में से कोई बचेगा भी या नहीं।"

"तो दाई को बुलाइए। वैद्य को बुलाइए।" रोहिणी ने कहा, "इस प्रकार हाथ पर हाथ धरे बैठे रहने से क्या होगा। देवकी को तो बचाना ही होगा।"

"देवकी को ही नहीं, हम इस बालक को भी बचाना चाहते हैं।" वसुदेव बोले, "पर तुम चाहती हो कि इधर मैं वैद्य को बुलाऊं, उधर कंस को सूचना हो जाए। उसके सैनिक आ कर हमारे घर को घेर कर खड़े हो जाएं...नहीं रोहिणी।"

"तो, देवकी को इस प्रकार तड़प-तड़प कर मरने दें?"

"नहीं! हमारे पास एक मार्ग है...।"

"जो भी सोचा है, कुछ कीजिए तो...।"

"तो वचन दो कि जो कुछ कहूंगा, वही करोगी; और कोई प्रश्न नहीं पूछोगी।"

"वचन देती हूं।"

वसुदेव स्वयं जा कर रसोई से एक पात्र में कोई पेय पदार्थ ले आए।

"इसे पी लो।"

इच्छा तो हुई कि पूछें कि यह क्या है और उसे इस प्रकार उन्हें क्यों पिलाया जा रहा है; किन्तु अभी ही तो वचन दिया था।...

वे पी गईं।...वह कोई स्वादिष्ट पेय नहीं था।...जाने क्या था कि कंठ से नीचे उतरते ही उसने उन्हें एक मीठी नींद सुला दिया।...अब वह नींद टूट रही थी ...और न नींद का टूटना अच्छा लग रहा था, न उसका इस प्रकार उन्हें असमर्थ कर देना।...

पुनः किसी के कराहने का स्वर सुना।

रोहिणी ने अपनी आंखें खोल दीं। कब तक वे इस मायाजाल में लिपटी निष्क्रिय बनी रहतीं।

सामने वसुदेव खड़े थे।

"कैसी हो?" उन्होंने पूछा।

"ठीक तो नहीं हूं। पर मुझे हुआ क्या है; और यह कौन कराह रहा है?" रोहणी ने उठने का प्रयत्न किया; और उनके मुख से चीख़ निकल गई।

"संभल कर।" वसुदेव ने उन्हें सहारा दिया, "तुम रुग्ण नहीं हो। किन्तु कुछ समय के लिए असमर्थ अवश्य हो गई हो।"

"क्या हुआ है मुझे?" उन्होंने पूछा और तत्काल लक्ष्य किया कि उनके पेट में जैसे कुछ भर दिया गया है। बोझ है उसमें। दृष्टि उधर गई तो उदर का आकार भी कुछ बढ़ा हुआ लगा।

"क्या हुआ है मुझे?"

"कुछ नहीं! बस तुम गर्भवती हो।" वसुदेव ने मुस्कुराने का प्रयत्न किया, "देवकी के गर्भ को तुम्हारे गर्भ में संकर्षित कर दिया गया है।"

रोहिणी का पहली बार अपने पेट पर लगे टांकों की ओर ध्यान गया। उसे जैसे अत्यन्त सूक्ष्म और मृदु तांत से सी दिया गया था...

तब उन्होंने देखा : निकट ही देवकी भी लेटी थीं। वे भी बड़े कष्ट में दीख रही थीं। बीच-बीच में कराह रही थीं; किन्तु मुख पर मुस्कान थी।

"यह सब कैसे हुआ?" रोहिणी ने पूछा।

"पता नहीं।" देवकी ने उत्तर दिया, "मैं तो अचेत थी।"

रोहिणी ने वसुदेव की ओर देखा।

"मैं भी नहीं जानता।" वे बोले, "समझ लो महाविष्णु की कृपा है। उनकी योगमाया क्या नहीं कर सकती। तुमने वचन दिया था कि तुम कोई प्रश्न नहीं पूछोगी।"

"देवकी भी नहीं जानतीं?"

"नहीं।"

"तो कौन जानता है?"

"महाविष्णु ही जानें।"

* * *

देवकी और रोहिणी एक-दूसरी से ऐसे सटी बैठी थीं, जैसे दोनों एक-दूसरी में समा कर एक हो जाना चाहती हों।

"क्या यह सब केवल इसलिए किया कि तुम बहुत कष्ट में थीं?"

"नहीं! इसलिए कि अब मैं कंस द्वारा अपने पुत्रों का वध सहन नहीं कर सकती थी। बहुत हो चुका।"

"संकर्षण-क्रिया में भी तो उसका देहान्त हो सकता था।"

"हां! सम्भव था।" देवकी मुस्कुराईं, "किन्तु नहीं हुआ। वह जीवित है।"

"अब भी इस बात की क्या आश्वस्ति है कि इसके प्राण बच ही जाएंगे?" रोहिणी बोलीं, "...मेरा गर्भाशय संकर्षित भ्रूण को स्वीकार न कर पाए।...भ्रूण मेरे गर्भाशय को अपने अनुकूल न पाए...। या फिर प्रसव के समय कोई दुर्घटना घट जाए..."

"उसके जीवन की कोई आश्वस्ति नहीं है; किन्तु अब कंस मेरे एक जीवित पुत्र की हत्या नहीं कर पाएगा।" देवकी बोलीं, "नौ मास तक गर्भ में रख, इसका प्रसव मैं करूं, यह न मैं चाहती थी, न आर्यपुत्र और न ही गर्गाचार्य।"

"क्यों?"

"गर्भ के नौ महीने पूर्ण हो जाने और प्रसव की सूचना तो कंस को भी मिल ही जाती। फिर उसी कथा की सातवीं बार आवृत्ति होती।...सैनिक आते। हम सब घेर लिए जाते। बालक को उठा ले जाते और...।"

"ओह!..." रोहिणी के मुख से अजाने ही निकला, "तो यह सब किसी वैद्य ने...।"

"मैं नहीं जानती। मैं तो अचेत थी।"

"फिर भी।..." रोहिणी ने कहा।

"कह नहीं सकती, कितना योगदान किसी मानव का है; और कितना चमत्कार महाविष्णु का।" देवकी बोलीं, "किन्तु यह अभी जीवित है। शायद इसीलिए आर्यपुत्र कह रहे हैं कि यह सब चमत्कार योगमाया का है।"

"अभी तो जीवित है।" रोहिणी के मुखमंडल पर एक प्रकार का असमंजस था, "किन्तु यात्रा...।"

"आप डरें नहीं बहन!" देवकी ने कहा, "मेरे पुत्रों के लिए, मथुरा यम की नगरी है। यह यहां रहेगा तो किसी भी स्थिति में जीवित नहीं रहेगा – कंस इसे जीवित रहने नहीं देगा। इसलिए इसके जीवन-मरण की चिन्ता तो आप कीजिए ही नहीं। वैसे भी इसके जीवन के लिए आपने, अपने जीवन को दांव पर लगाया है। आपने भी मृत्यु का संकट झेला है, मृत्यु-समान कष्ट सहा है। यमराज के द्वार से लौट कर आई हैं आप। यदि प्रभु ने इसे जीवन दिया तो वह आपके पुण्य और प्रयत्न का ही फल होगा। अब आप ही इसकी जननी हैं। आप ही इसकी माता हैं। आप ही प्रसव करेंगी; और आप ही इसका पालन-पोषण करेंगी। यह सूचना किसी एक भी व्यक्ति को न हो कि यह मेरा सातवां गर्भ है।..."

वसुदेव आए। वे बहुत जल्दी में थे।

"तुम तैयार हो रोहिणी?"

"मुझे तैयार होने के लिए क्या करना है। रथ में बैठना ही तो है।" रोहिणी ने कहा, "किन्तु यह...।" उन्होंने अपने उदर पर हाथ रखा।

"ओह! तुम बालक की चिन्ता मत करो।" वसुदेव ने कहा, "...नहीं, शायद मैं कुछ अनुचित कह गया। बालक की ही तो चिन्ता हम सबको करनी है। इसे अपने प्राणों में छुपा कर ले जाओ। अपने प्राणपण से इसकी रक्षा करो। समझ लो एक प्रकार की शव-साधना करनी है तुम्हें। हम तुम्हें एक बालक का शरीर सौंप रहे हैं, तुम्हें इसमें प्राणों का संचार करना है। यदि तुम सफल हो गईं, तो समझ लो कि कंस की मृत्यु का सूत्रपात तुमने कर दिया। यह देवकी का सातवां पुत्र है।...यदि यह जीवित बच गया तो हम समझ लेंगे कि प्रभु का सन्देश आ गया है। हम देवकी का आठवां पुत्र भी कंस के चंगुल से सुरक्षित निकाल ले जाएंगे।"

"उसे भी मेरे पास पहुंचाएंगे?"

"नहीं! कदापि नहीं।" वसुदेव जल्दी से बोले, "यह तो घोषित रूप से तुम्हारा ही पुत्र होगा। तुम ही इसे जन्म दोगी। यह वसुदेव का पुत्र है, यह तो सबको ज्ञात ही होगा; किन्तु इतनी सावधानी अवश्य बरतना कि किसी को सन्देह भी न हो पाए कि यह देवकी-पुत्र भी है।..."

"तो?"

"यदि कहीं देवकी का आठवां पुत्र भी तुम्हारे पास पहुंचा तो कंस के लिए अनुमान के बहुत से मार्ग खुल जाएंगे।" वसुदेव रुके, "देवकी का सातवां पुत्र कंस को नहीं मिला तो निश्चित् रूप से वह हम पर सन्देह करेगा। सम्भावना है कि हमारी यह सीमित स्वतन्त्रता भी संकट में पड़ जाएगी। मैं कल्पना करता हूं कि हम मथुरा नगर में बन्दी न रह कर, कारागार के बन्दी हो सकते हैं।"

"फिर भी?"

"हां! फिर भी हमें यह जोखिम उठाना ही पड़ेगा। संकट उठाए बिना हमें, मथुरा को और यादवों को, कंस से मुक्ति नहीं मिल सकती। बलिदान के बिना सम्मानजनक जीवन नहीं मिलता।" वसुदेव बोले, "अब सब-कुछ तुम पर निर्भर है। तुम सफलतापूर्वक इसे मथुरा से निकाल कर ले जा सकती हो या नहीं।"

"यदि मथुरा की सीमा में ही प्रहरियों को सन्देह हो गया?"

"कैसा सन्देह?"

"मेरा उदर देख कर कोई सामान्य व्यक्ति भी इतना तो समझ ही सकता है कि कुछ अस्वाभाविक घटित हुआ है।"

"इसीलिए आवश्यक है कि एक बार तुम मथुरा की सीमा से सुरक्षित निकल जाओ।"

रोहिणी ने कुछ कहा नहीं, किन्तु वे पर्याप्त गम्भीर थीं; और उनके चेहरे पर चिन्ता की कुछ रेखाएं भी खिंच आई थीं।

"भयभीत हो?"

"नहीं! आशंकित हूं। देवकी का पुत्र..."

"नहीं! यह पुत्र आपका है।" देवकी ने कहा, "मैं ईश्वर और धर्म को साक्षी मान कर इसे आपको दे रही हूं। यदि ईश्वर ने इसे आयु दी और हमें कंस के कारागार से मुक्त होने का सौभाग्य दिया, तो भी यह पुत्र आपका ही रहेगा। मेरे भाग्य में विधाता ने पुत्र तो अनेक लिखे हैं किन्तु उन्हें आयु नहीं दी। आपका पुत्र बन कर कदाचित् यह जीवित रह सके।"

"मथुरा की सीमा तक मैं भी तुम्हारे साथ ही चलूंगा।" वसुदेव बोले, "यदि

किसी प्रकार का संकट आया तो मैं वहां उपस्थित रहूंगा; और यदि तुम सकुशल मथुरा से बाहर निकल गईं, तो मैं निश्चिन्त हो कर लौट सकूंगा।"

"तो आप अश्व पर न जा कर रथ में छिप कर रोहिणी दीदी के साथ ही क्यों नहीं निकल जाते।" देवकी ने परामर्श दिया, "यदि किसी ने न रोका तो आप मथुरा के इस बन्दीगृह से मुक्त हो जाएंगे; और यदि जांच-पड़ताल हुई और किसी को कोई सन्देह हुआ तो आप कह सकते हैं कि ये गर्भाशय के किसी रोग के उपचार के लिए ही मथुरा आई थीं। उपचार करा कर लौट रही हैं। किन्तु अब भी पूर्णतः स्वस्थ नहीं हैं।"

"एक विधि यह भी हो सकती है।" वसुदेव बोले, "किन्तु इसमें कुछ बातें विचार करने की हैं।"

"क्या?"

"इस समय सबसे आवश्यक है कि रोहिणी मथुरा की सीमा से सुरक्षित बाहर निकल जाए। मैं भी रथ में छुपकर निकलने का प्रयत्न करूंगा, तो उनके सन्देह में वृद्धि ही करूंगा। ऐसे में वे अधिक सतर्क होंगे, अधिक जांच-पड़ताल करेंगे; और हमारे पकड़े जाने की सम्भावना बढ़ जाएगी।..."

"अधिक सन्देह क्यों होगा?" रोहिणी ने पूछा।

"उन्हें आश्चर्य होगा कि वसुदेव अपनी पत्नी को विदा करने क्यों नहीं आए? रोहिणी घर से ही अकेली क्यों विदा कर दी गई? वसुदेव बाहर अश्व पर दिखाई देगा, जो उनके सामने ही वापस मथुरा में लौट आएगा, तो बहुत सम्भावना है कि वे रथ की तलाशी ही न लें। रोहिणी पर अधिक ध्यान ही न दें। रही उपचार की चर्चा, तो वे पूछ सकते हैं कि किस वैद्य ने उपचार किया है।..."

"रथ की तलाशी न लें – यह कैसे सम्भव है?" देवकी ने कहा, "उन्हें सन्देह हो सकता है कि आप मुझे रथ में छुपा कर भेज रहे हैं।"

वसुदेव मौन हो गए। थोड़ी देर में उन्होंने अपनी आंखें देवकी के चेहरे पर टिका दीं, "तुम ठीक कह रही हो देवकी! ऐसा तो सम्भव ही नहीं है कि वे आवृत्त रथ की तलाशी न लें। उससे बचने का एक ही उपाय है कि रोहिणी को खुले रथ में भेजा जाए। रोहिणी उन्हें दूर से दिखाई देनी चाहिए। हम दोनों भी साथ चलें, किन्तु दूसरे रथ पर। उस रथ को हम रोक दें ;और रोहिणी के रथ को जाने

दें। सैनिक अधिकारी देख लें कि मैं और तुम वापस मथुरा की सीमाओं में लौट रहे हैं; और अकेली रोहिणी गोकुल जा रही है...।"

"कदाचित् यही सबसे उचित मार्ग है।"

* * *

मथुरा के सिंहद्वार की ओर दौड़ते हुए वसुदेव के दोनों रथ रुक गए। दोनों ही रथ खुले हुए थे और उनमें बैठे यात्रियों को दूर से ही देखा जा सकता था। कहीं कोई आवरण अथवा यवनिका नहीं थी।

वसुदेव अपने रथ से अकेले उतरे। देवकी रथ में ही बैठी रहीं। वे सिंहद्वार पर नियुक्त सैनिक अधिकारी के निकट चले गए, "कैसे हो महादेव प्रसाद?"

"आपकी कृपा है अमात्य?" उसने कहा, "आर्य यात्रा पर जा रहे हैं क्या?"

"जाने दोगे?" वसुदेव हंसे, "तुम्हारी अनुमति हो तो मैं भी अपनी पत्नी रोहिणी के साथ अपने गोकुल का एक चक्कर लगा आऊं। अपने गोधन को अपनी आंखों से देख आऊं।"

महादेव प्रसाद का चेहरा गम्भीर हो गया, "अमात्य! यदि बात मेरी अनुमति मात्र की है, तो आपके लिए कभी कोई बाधा नहीं रही। शासन तो महाराज कंस का है; और आदेश भी उनका ही है।"

"तो तुम जानते ही हो महादेव! मैं और देवकी मथुरा के बन्दी हैं।" वसुदेव बोले, "हम नहीं जा रहे। रोहिणी हमसे मिलने आई थी। वह अपने गोकुल लौट रही है। हम तो उसे मथुरा की सीमा तक विदा करने आए हैं।"

महादेवप्रसाद कुछ आश्वस्त हुआ, "आपकी स्थिति हमसे देखी नहीं जाती आर्य! किन्तु हम स्वयं को, आपसे भी अधिक विवश पाते हैं।"

"रोहिणी के रथ को जाने की अनुमति दे दो, तो तुम्हारी विवशता के विषय में भी जानना चाहूंगा।"

"आर्या रोहिणी का रथ जाने दो।" महादेवप्रसाद ने द्वार पर खड़े सैनिक को आदेश दिया। सैनिक ने सिंहद्वार का एक कपाट खोल दिया।

रोहिणी ने अपने रथ पर खड़े-खड़े वसुदेव को हाथ जोड़ कर प्रणाम किया

और अश्वों की वल्गा थाम ली। वसुदेव ने उनके साथ कोई सारथि भी नहीं भेजा था। सारथि होता तो उससे कुछ भी गुप्त नहीं रखा जा सकता था।

वसुदेव ने अपनी भावनाओं को प्रकट नहीं होने दिया; किन्तु देवकी की आंखों में अश्रु आ गए। वसुदेव समझ नहीं पाए कि वे पुत्र के जीवित मथुरा से निकल जाने की प्रसन्नता में आंखों में आ गए अश्रु थे; अथवा अपने पुत्र को विदा करने के अवसाद के...

वसुदेव महादेवप्रसाद की ओर मुड़े, "हां मित्र! तुम्हारी विवशता क्या है?"

महादेवप्रसाद ने स्नेहपूर्वक उनकी ओर देखा, "यह जानते हुए भी कि आप जैसे देवपुरुष पर कैसा संकट है, मैं आपके लिए कुछ नहीं कर सकता; क्योंकि मुझे अपनी चाकरी ही नहीं, अपने प्राणों का भी भय है। अपनी पत्नी और अपने बच्चों के प्राणों का भय है। आप विवश हैं; किन्तु कोई पाप तो नहीं कर रहे। मैं विवश हो कर पाप कर रहा हूं।"

वसुदेव ने देखा : महादेवप्रसाद की आंखों में अश्रु थे।

वसुदेव ने उसका कन्धा थपथपाया, "शोक न करो मित्र! तुम्हारा स्नेह ही मेरा सम्बल है। मथुरा के इस राक्षसी और नारकीय परिवेश में भी तुम जैसे मित्र हैं, यही मेरे लिए बहुत बड़ा आश्वासन है।"

"आप मुझे क्षमा कर देंगे न अमात्य?" महादेवप्रसाद ने हाथ जोड़ दिए।

"तुम पुण्यात्मा हो महादेवप्रसाद!" वसुदेव ने कहा, "तुम्हें क्षमा मांगने की कोई आवश्यकता नहीं है। वसुदेव के लिए तो आज उसके भाई भी अश्रु प्रकट करने से डरते हैं। तुम तो मेरे लिए साक्षात् कृपालु महादेव ही हो।"

महादेवप्रसाद खड़ा अपने अश्रु पोंछता रहा; और वसुदेव अपने रथ में लौट आए।...

घोड़ों की रास अपने हाथ में लेने के पश्चात् वसुदेव ने देवकी की ओर देखा, "तुम्हें विश्राम की बहुत आवश्यकता है। घर ही चलते हैं।"

"तो आप और कहां जाना चाहते हैं?"

"मैं गुरुदेव को प्रणाम करने जाना चाहता था।"

"क्यों? कोई विशेष बात?"

"प्रभु की कृपा से एक असम्भव कार्य आज सम्भव हो गया है।" वसुदेव बोले, "क्या गुरु के प्रति कृतज्ञता ज्ञापित नहीं करनी चाहिए?"

"मुझे घर पहुंचा कर चले जाइए।"

* * *

वसुदेव ने आश्रम में पहुंच गर्गाचार्य को साष्टांग प्रणाम किया।

आचार्य ने आशीर्वाद की मुद्रा में अपना दाहिना हाथ उठा दिया; और द्वार पर खड़े शिष्य को पुकारा, "रुद्रदत्त!"

रुद्रदत्त ने भीतर प्रवेश कर प्रणाम किया।

"वृष्णिश्रेष्ठ के सत्कार के लिए कुछ फल लाओ पुत्र! और देखो, जब तक ये यहां हैं, कोई व्यक्ति भीतर न आए। हम एकान्त में कुछ चर्चा करना चाहते हैं।"

"जो आज्ञा गुरुदेव!" रुद्रदत्त चला गया।

आचार्य ने वसुदेव की ओर देखा।

"गुरुदेव, आपकी कृपा से...।"

गर्गाचार्य ने उन्हें आगे कुछ नहीं कहने दिया। हाथ उठा कर रोक दिया, "जो होता है, प्रभु की कृपा से होता है। मैं क्या हूं। उनके हाथ का यन्त्र मात्र। तुम यह बताओ कि सब-कुछ ठीक-ठाक सम्पन्न हो गया?"

"सब-कुछ अपेक्षानुसार सम्पन्न हुआ।" वसुदेव बोले, "कोई बाधा नहीं आई।"

"देवकी स्वस्थ है?"

"दुर्बल है, किन्तु ठीक है।"

"औषध का लेप करते रहो। दो दिनों में पूर्णतः स्वस्थ हो जाएगी।" वे बोले, "और रोहिणी?"

"उसे हम मथुरा की सीमा पार करा चुके हैं। आशा है सकुशल गोकुल पहुंच गई होगी।"

"तुम्हारे कुछ अति विश्वस्त सैनिक गोपनीय ढंग से रोहिणी के निकट होने चाहिए।" वे बोले, "इतने गोपनीय कि रोहिणी भी न जान पाए कि वे कौन हैं।"

"वे रहेंगे।"

"सिंहद्वार पर कौन था?"

"महादेवप्रसाद।"

गर्गाचार्य की आंखें आकाश की ओर उठ गईं। वसुदेव ने स्पष्ट रूप से देखा, उनमें कृतज्ञता के अश्रु भर आए थे।

"तुम्हारी तपस्या और बलिदान ने प्रभु को बाध्य कर दिया है। अब स्थितियां मनुष्य के हाथ से निकल चुकीं। प्रभु को हस्तक्षेप के लिए बाध्य होना पड़ा है।" आचार्य के नेत्र मुंद गए। मुख-मंडल पर आह्लाद छा गया। और सहसा वे उस आह्लाद के आवेश में बोले, "स्वयं वे ही थे। महादेवप्रसाद न होता, तो वे स्वयं खड़े होते। रोहिणी रथ हांकने में असमर्थ होती तो प्रभु स्वयं रथ हांकते। महाविष्णु! महाविष्णु!!"

"आचार्य!"

गर्गाचार्य ने नेत्र खोले।

"एक जिज्ञासा है।"

"बोलो पुत्र!"

"वे कौन थीं, जिन्होंने यह चमत्कार किया?"

"अब भी नहीं पहचाना पुत्र!" आचार्य ज़ोर से हंसे, "योगमाया थीं। योगमाया। मैंने कहा न कि यह महाविष्णु का हस्तक्षेप है।"

18

नन्द ने कुछ हड़बड़ी में घर में प्रवेश किया और द्वार पर से ही टेर लगाई, "अरी यशोदा! कहां है तू? जल्दी आ जा।"

"क्या हो गया?" यशोदा ने तनिक भी विलम्ब नहीं किया, "क्या बात है? कुछ व्याकुल से लग रहे हैं आप?"

"कुछ पता भी है, भाभी अपने गोकुल में लौट आई हैं; और उनका स्वास्थ्य भी कुछ ठीक नहीं है।"

यशोदा का स्वर भी चिन्तित हो उठा, "किसी ने कुछ बताया ही नहीं। नहीं तो कोई पथिक भी ग्राम में प्रवेश करता है, तो कोई न कोई बता ही जाता है।"

"रात को कुछ विलम्ब से पहुंची लगती हैं। सब सो गए होंगे। तुम जानती तो हो, अपने लोग जब सो जाते हैं तो चाहे नगाड़े बजाते रहो, किसी के कान पर जूं नहीं रेंगती।" नन्द बोले, "बेचारे दिन-भर खटते हैं, तो शरीर चूर हो जाता है। ऐसे में सोया मानुस मृतक् समान होता है। न किसी की आंख खुली, न किसी ने बताया। मेरे पास तो भाभी का अपना चरवाहा आया था। उसी ने बताया।"

"तो फिर चलो।" यशोदा ने कहा और द्वार से बाहर निकल, कपाट भिड़ा दिए।

रोहिणी के द्वार पर आ, नन्द रुक गए, "जा! भीतर जा कर देख। स्थिति देखभाल कर मुझे बुला लेना। तब तक मैं यहीं ठाढ़ा हूं।"

यशोदा ने कुछ नहीं कहा। भीतर चली गईं। आंगन में कोई नहीं था। उन्होंने एक बार हल्के स्वर में पुकारा, "दीदी!"

"आ जाओ यशोदा!" रोहिणी का स्वर सुनाई दिया और यशोदा कोठरी में चली गईं।

कोठरी में बहुत प्रकाश नहीं था; किन्तु यशोदा को देखने में कठिनाई नहीं हुई : रोहिणी सामने चारपाई पर लेटी थीं। उन्होंने उठने का कोई प्रयत्न नहीं किया, "आ जा, बहना! यहीं आ जा।"

यशोदा को चिन्ता हुई : क्या बात है। दीदी इस प्रकार लेटी क्यों हैं?

"कुछ मन्दी हो दीदी! या यात्रा की थकान-भर है?"

"दोनों नहीं हैं। और दोनों ही हैं।" रोहिणी ने कहा, "नियरे आ जा!"

यशोदा जा कर चारपाई के निकट खड़ी हो गईं।

"देख!" और रोहिणी ने चादर हटाई।

यशोदा स्तब्ध खड़ी रह गईं : रोहिणी का उदर उभरा हुआ था – कुछ-कुछ वर्तुलाकार, जैसे छह-सात मास का गर्भ हो और उस पर अनेक टांके लगे थे। टांकों में अभी रक्त की गन्ध थी।

"यह क्या दीदी!"

"देखो!" रोहिणी ने चादर कुछ और सरका दी।

यशोदा चारपाई से सट कर बैठ गईं, "तुम गर्भवती हो दीदी! यह तो मैं जानती ही नहीं थी।...और यह सब क्या है। पेट चीरा गया लगता है। अभी टांकों में से रक्त रिस रहा है।"

"पहले गर्भ दीखता ही कहां था कि तुम जान पातीं। मथुरा जाते हुए यात्रा में कोई झटका लग गया लगता है। गर्भपात का भय उत्पन्न हो गया। तो यह सब करवाना पड़ा।" रोहिणी ने बहुत मन्द और दुर्बल स्वर में कहा, "मैं मथुरा में रुक नहीं सकती थी। न आराम पूरा हुआ, न उपचार। रथ दौड़ाती लौट आई।..." रोहिणी के मुख से कराह निकल गई।

"बहुत कष्ट है?"

"है तो।" रोहिणी ने मुस्कुराने का प्रयत्न किया, "रथ दौड़ाती किसी प्रकार, भोर से कुछ पहले यहां आ पहुंची। जब चरवाहा आया तो उसे बाहर से ही तुम्हारी ओर भेज दिया।"

"बहुत दुर्बल हो गई हो दीदी।" यशोदा ने चिन्ता जताई, "जिस अवस्था में

लोगाई बिस्तर से नहीं हिलती, उस अवस्था में यात्रा ही नहीं की, रथ भी हांक लाईं।"

"करना ही पड़ा...।"

"हां! परिस्थिति ही ऐसी थी।" यशोदा ने कुछ उल्लास से कहा, "पर तुम चिन्ता मत करो, मैं अभी क्षण-भर में सारा ग्राम इकट्ठा कर देती हूं।...सेवा-सुश्रूषा में कोई कमी नहीं होगी। थोड़े ही दिनों में भली-चंगी हो जाओगी। टांकों पर लगाने की दवा लाई हो या महर से कहूं किसी वैद्य को बुलाएं। शल्यकार तो यहां कोई नहीं होगा।"

"अरे नहीं पगली!" रोहिणी ने यशोदा का हाथ पकड़ कर हल्के से स्वर में कहा, "अभी मैं किसी को कुछ बताना नहीं चाहती।"

"ठीक कहती हो दीदी!" यशोदा ने कहा, "लोगों की नजर भी बहुत जल्दी लगती है।"

"सबसे अधिक तो उस कंस की नज़र लगी हुई है।..."

"हां! पर जेठ जी को तुम्हारी कुशलता की सूचना तो भिजवानी होगी न।"

"हां! देवर से कहूंगी, कुछ करें।"

"उसकी चिन्ता न करो।" यशोदा ने रोहिणी को चादर ओढ़ा दी, "प्रतिदिन कोई न कोई मथुरा जाता ही रहता है। तुमको विश्राम की आवश्यकता है।" वे रुकीं, "महर को बुला लूं न!"

"नन्द आए हुए हैं क्या?"

"हां! बाहर खड़े हैं।"

"अरे बुलाओ उन्हें। बाहर क्यों खड़ा कर रखा है।" रोहिणी ने कहा, "वे क्या कोई बाहरी मानुस हैं।"

यशोदा नन्द को बुला लाईं। नन्द ने सुना तो चिन्तित हो उठे।

"बहुत रक्त बहा है क्या? पीली पड़ गई हैं आप।"

"कोई बात नहीं। ठीक हो जाऊंगी।"

"मुझे तो कभी तुम्हारे गर्भ का पता ही नहीं चला दीदी!" यशोदा ने कहा, "नहीं तो मैं तुम्हें इस प्रकार अकेली रथ दौड़ाती हुई मथुरा न जाने देती।"

"जाना आवश्यक था। आर्यपुत्र को तो कंस ने मथुरा का बन्दी बना रखा है। वह उन्हें मथुरा के द्वार से बाहर निकलने ही नहीं देता। ऐसे में मुझे ही जाना पड़ेगा न।"

"तो तुम अब प्रसव तक वहीं रुक जातीं।"

"न मैं चाहती थी, न आर्यपुत्र कि प्रसव मथुरा में हो।"

"क्यों?" नन्द और यशोदा दोनों ने ही आश्चर्य से पूछा।

"वह दुष्ट कंस मान लेता कि यह भी देवकी-पुत्र है, तो इसकी भी हत्या कर डालता।"

"तुम बहुत बातें कर रही हो यशोदा!" सहसा नन्द ने कहा, "भाभी थक जाएंगी। इन्हें विश्राम करने दो।"

"कुछ भोजन इत्यादि बना दूं।" यशोदा बोलीं, "और दीदी को नहलाने का भी प्रबन्ध कर दूं।"

वे रसोई में चली गईं।

"सेवा के लिए किसी को भेज दूं भाभी?" नन्द ने पूछा।

"आप बुरा तो नहीं मानेंगे?"

"ऐसा आप क्या कह देंगी, जिसका बुरा मान जाऊंगा।" नन्द हंसे, "आपका आदेश सिर-माथे पर। आप कह कर तो देखें।"

"मैं चाहती हूं देवर जी! कि प्रसव तक किसी को किसी बात की हवा तक न लगे।" रोहिणी ने कहा, "इसीलिए न आप किसी को बताएं, न कोई मेरे पास आए। बस आप जानते हैं और यशोदा जानती हैं।"

"आपके चरवाहे और ग्वाले? आपकी गौवें?"

"मेरे चरवाहों और ग्वालों को भी कह दें कि मैं स्वस्थ नहीं हूं।" रोहिणी ने कहा, "वे लोग मेरे पास न आएं। जो आदेश लेना हो, वह आपसे ही लें।"

"पर इस स्थिति में आप अकेली कैसे..."

"यही कह रही हूं।" रोहिणी ने कहा, "कष्ट तो होगा; किन्तु यदि दिन में एक-दो बार यशोदा ही आ जाया करें...औषध का लेप...मेरी सहायता करनी होगी।"

"मैं समझ गया।" नन्द सहर्ष बोले, "आप ठीक कह रही हैं। हम ऐसा ही करेंगे।"

"यशोदा को बुरा तो नहीं लगेगा?"

"यशोदा ऐसी स्त्री नहीं है। वाणी की जैसी भी हो, मन की बहुत भली है। वह आपकी सेवा कर प्रसन्न होगी।"

"यही तो नहीं चाहती मैं।"

"क्या?"

"सेवा।" रोहिणी बोलीं, "वे मेरी सेवा नहीं, एक बहन के समान सहायत्ता करें। मेरी परम सखी बन कर मेरे रहस्य को गोपनीय रखें। आप लोगों के प्रयत्न से ही इस शिशु को जीवन-दान मिल सकता है। नहीं तो इसे आप कंसरूपी काल का ग्रास ही मानें।"

"वही सब होगा भाभी! जो आप चाहती हैं।" नन्द बोले, "पर भय किसका है। यह मथुरा नहीं है। यहां गोकुल में किसका भय? किस बात से आशंकित हैं आप? यहां किसी प्रकार का कोई संकट नहीं है।"

"आप बहुत सात्त्विक पुरुष हैं नन्द जी! बहुत भले मनुष्य हैं। आपने कभी किसी का बुरा नहीं चेता। इसीलिए आप उन बातों की कल्पना भी नहीं करते।" रोहिणी धीरे से हंसीं, "आप कंस को नहीं जानते, इसी से आप हमारे संकट को भी नहीं जानते। कंस ने देवकी के छह पुत्रों की हत्या कर दी है। जानते हैं न आप? वह राक्षस न आर्यपुत्र और न देवकी को मथुरा से निकलने देता है; और न उनके नवजात पुत्रों को जीने देता है।"

"पर यह बालक तो देवकी-पुत्र नहीं है।"

"यह बात आप जानते हैं। मैं जानती हूं। देवकी और आर्यपुत्र जानते हैं। किन्तु कंस को सन्देह करने से कौन रोक सकता है।" रोहिणी का स्वर और भी गम्भीर

हो गया था, "यदि वह निश्चय कर ले कि वह वसुदेव के पुत्रों को ही जीवित नहीं रहने देगा, उनकी मां चाहे कोई भी हो, तो?"

नन्द चुपचाप रोहिणी को देखते रहे।

"कंस के मन में आ जाए तो वह अपने गुप्तचर भेजेगा। अपने सैनिक भेजेगा।" रोहिणी बोलीं, "वह टोह लेगा। सूचना चाहेगा। सूचना मिलने पर वह जन्म से पहले या जन्म के पश्चात् इसकी हत्या करना चाहेगा। मुझे अपने पुत्र को किसी भी मूल्य पर जीवित रखना है। यदि आप स्वयं को मेरी रक्षा में असमर्थ पाएं, तो मैं कहीं अन्यत्र चली जाऊंगी...।"

"अरे नहीं भाभी।" नन्द का स्वर कुछ दृढ़ हो गया, "हम अपने प्राण दे देंगे; किन्तु आपके पुत्र पर आंच नहीं आने देंगे। वसुदेव का पुत्र और गोकुल में सुरक्षित न रहे – यह कैसे सम्भव है।"

यशोदा रसोई से निकल आई, "इस समय का तो प्रबन्ध कर दिया है। पर आप सामान्य भोजन न करें। गर्भवती हैं, दुर्बल हैं, इसलिए सावधानी आवश्यक है। आप ऐसा कुछ न खाएं, जो भारी पड़े। घर से मैं कुछ बना कर भेज दूंगी।"

"तुम तो बड़ी समझदार हो मेरी नन्हीं बहना।" रोहिणी ने यशोदा का मुखड़ा अपनी हथेलियों में ले लिया, "तुम जो कहोगी, करूंगी। जो दोगी, खाऊंगी। बस मेरी एक बात का ध्यान रखना।"

"क्या दीदी!"

"मेरे प्रसव से पहले किसी को भनक भी न पड़े कि मैं गर्भवती हूं और गर्भपात की सम्भावना झेल चुकी हूं।" रोहिणी ने कहा, "कारण देवर जी से पूछ लेना।"

यशोदा के मुखड़े पर कुछ आश्चर्य झलका, "तो हम गोदभराई की भी चर्चा न करें? आने वाले के स्वागत में गीत भी न गाएं?"

"बालक को जन्म ले लेने दो। सकुशल प्रसव हो जाए, फिर जो मन में आए करना। मेरा नहीं, अपना पुत्र मान कर करना।" रोहिणी ने कहा, "पर तब तक अपने होंठ सिए रखो।"

"ऐसा ही होगा भाभी!" नन्द ने कहा, "आप तनिक भी चिन्ता न करें। मैं यशोदा को भी समझा दूंगा।"

* * *

"क्या बात है? आज रानी का मुखड़ा सदा के समान खिला-खिला नहीं है। कुछ उदास हो?"

"नहीं तो।" यशोदा ने अपना चेहरा दूसरी ओर फेर लिया।

"नहीं क्या। अरे ऐसी उदास नन्दरानी को देख कर सारा गोकुल रो देगा।" नन्द ने कुछ बलपूर्वक कहा, "तुम्हारे चेहरे का उल्लास खो गया है। देवी रोहिणी के दुःख से दुखी हो? या भय समा गया है मन में?"

"हां! वह भी है।" यशोदा अनमनी ही बनी रहीं।

"बात क्या है?"

"हमारे आंगन में लल्ला कब खेलेगा?" नन्द को यशोदा के हृदय का चीत्कार सुनाई दिया, "हमारे विवाह को इतने वर्ष हो गए। प्रौढ़ावस्था आ गई। मेरी सारी सखी-सहेलियों की गोद हरी हुई। एक मैं ही बांझ रह गई।"

नन्द को जैसे ज़ोर का झटका लगा। यशोदा ने आज तक उनसे अपनी यह पीड़ा इस प्रकार नहीं कही थी।...यह अस्वाभाविक तो नहीं। यशोदा की इस कामना का विरोध अथवा प्रतिकार तो नहीं किया जा सकता था। उन्हें सान्त्वना की आवश्यकता थी।

नन्द ने स्वयं को संभाला, "तो भाभी की गोद में पुत्र आने की सम्भावना देख कर तुम्हारा मन भी ललचा गया?"

"इसमें लालच की क्या बात है?" यशोदा का स्वर कुछ और आक्रामक हो गया, "किस स्त्री का मन नहीं होता कि वह मां बने। सन्तान को जन्म दे।" वे रुकीं, "तुम्हारा मन नहीं चाहता कि पिता बनो, अपनी गोद में अपने बालक को खेलाओ। कब तक गैया के बछड़े ही चराते रहोगे?"

"चाहता क्यों नहीं। पर यह सब तो प्रभु की इच्छा पर निर्भर है।" नन्द ने अपनी भावनाओं को प्रकट नहीं होने दिया, "अपने हाथ में क्या है। वे देंगे तो खेलाएंगे भी और खिलाएंगे भी।"

"है तो प्रभु की ही इच्छा। पर मेरी अवस्था भी पक चली है। तुम भी अब वह बांके जवान नहीं रहे।" यशोदा का स्वर उतार पर था, "रोहिणी दीदी जब पहली

बार हमारे घर आई थीं, तब से अब तक देवी देवकी के छह पुत्र जन्म ले चुके। अब तो दीदी की गोद में भी लल्ला आने वाला है। भगवान् न जाने किस कारण हमसे रुष्ट हैं।"

"भगवान् हमसे रुष्ट हैं!" नन्द ने गम्भीर स्वर में कहा, "जिन देवकी के भाग्य से ईर्ष्या कर रही हो, उनके छह के छह पुत्र उस राक्षस कंस ने मार डाले हैं। हमने अपना पुत्र अपनी गोद में खेलाया नहीं तो कोई आफत नहीं आ पड़ी। मुझे वसुदेव के समान अपने हाथों से अपने पुत्रों के मृत शरीर को जल-समाधि भी नहीं देनी पड़ी। किसके भाग्य से ईर्ष्या करूं – उन वसुदेव के भाग्य से, जिनके पुत्र जन्म लेते ही मार दिए जाते हैं या जिनकी पत्नी अपने गर्भ को छिपाए, भय से कांप रही है कि किसी भी क्षण कंस के सैनिक आ, उसे बांध कर ले जाएंगे। मुझे तो नहीं लगता कि भगवान् मुझसे रुष्ट हैं। इतना कुछ तो दिया है भगवान् ने।"

"क्या दिया है? सूना आंगन। बिलखता हिया।" यशोदा कुछ चिढ़ कर बोलीं, "इतने वर्षों में एक बार भी तो शिशु की किलकारी नहीं गूंजी इस घर में। न थाली बजी, न सोहर गाए गए।"

नन्द हंस पड़े, "कहो तो भाभी से वचन मांग लूं कि उनका लल्ला हमारे ही आंगन में खेलेगा। उनके प्रसव के समय यह भी घोषणा कर सकते हैं कि तुम्हारा प्रसव हुआ है। तुमको शिशु मिल जाएगा और भाभी कंस के भय से मुक्त हो जाएंगी।"

"सारा जीवन ऐसे घामड़ ही रहोगे क्या।" यशोदा सचमुच ही आपे से बाहर होने को थीं, "कोई किसी दूसरे को अपना बालक दे देता है? या किसी और का जाया बालक कोई अपना मान कर पाल लेता है?"

"मुझे तो लगता है कि तुम अपने आपसे, मुझसे, अपने भाग्य से और भगवान् से पूर्णतः निराश हो चुकी हो।" नन्द के स्वर में तनिक-सी भी निराशा नहीं थी, "भगवान् की लीला में क्यों हस्तक्षेप करना चाहती हो। तुम्हारी गोद आज तक हरी नहीं हुई तो उसका भी कोई प्रयोजन होगा।" वे रुके, "अच्छा, अपना रोना फिर रो लेंगे, अभी तो भगवान् से प्रार्थना करो कि वह भाभी और उनके बालक की रक्षा करे।"

"ठीक है। ठीक है। अपने दुर्भाग्य का रोना रोने से तो अच्छा है कि हम किसी

के सुख से सुखी हो लें।" यशोदा ने अपनी हथेलियों से अपना चेहरा पोंछा और सायास अपना अवसाद खरौंच डाला, "भाभी के बालक की ही चिन्ता करो। मैं उसे भाभी से मांग लाया करूंगी। हमारे आंगन में ऊधम मचाएगा तो मेरा हिया भी खिला रहेगा। मन बहला रहेगा।"

"तुम कितनी भली हो यशोदा!" नन्द का मन किसी सात्विक आह्लाद से आपूर्त हो उठा, "दूसरे का सुख देख कर अपना दुःख भूल जाती हो।"

"अरे चलो चलो।" यशोदा ने डांटा, "अब दीदी भी कोई और हो गईं क्या।"

19

वसुदेव देख रहे थे कि कंस के नेत्रों में रक्त उतर आया था। पर यह उनके लिए अनपेक्षित नहीं था। वे जानते थे कि कुछ ऐसा ही होना था; और जो होना था, उन्हें उसका सामना करना ही था।

"कहां है देवकी का सातवां पुत्र?"

"अभी तो राजवैद्य के गणित से भी उसके जन्म में दो मास शेष हैं कंस!"

आज भरी राजसभा में वसुदेव ने कंस को केवल 'कंस' कहा था, 'महाराज कंस' भी नहीं।...न उनके चेहरे पर किसी प्रकार का भय था, न उनके स्वर में कोई थरथराहट थी।

लगा, कंस आपे से बाहर हो रहा है, "तुम्हें अपने प्राणों का भय नहीं है वसुदेव?"

वसुदेव खड़े मुस्कुराते रहे, जैसे कह रहे हों, "तुम मुझे मार नहीं सकते। साहस है तो मार कर दिखाओ।"

उनकी वह मुस्कान कंस का कलेजा चीर गई। अपनी पीड़ा के हाथों वह संयत नहीं रह पाया। अगले ही क्षण उसका खड्ग उसके हाथ में था; और वह सिंहासन से उठ खड़ा हुआ था, "बोलो! चुप रहने से तुम्हारी मृत्यु टल नहीं सकती।"

वसुदेव अब भी भयभीत नहीं दिखे।

"तो तुम भयभीत नहीं हो?"

"अब भय में जीने का अभ्यास हो गया है।" वसुदेव बोले, "और मैं तुमसे भयभीत नहीं हूं। तुम शस्त्रयुद्ध में कभी मुझसे जीत नहीं पाए। चाहो तो आज भी मुझे शस्त्र दे कर देख लो।"

कंस के मुख से शब्द नहीं फूटा; उसका खड्ग वाला हाथ ऊपर उठा।

सारी सभा में सिहरन दौड़ गई। इससे पहले कि कोई और अपने स्थान से उठता या कोई निवेदन करता, मागध भविष्यवक्ता दौड़ कर कंस के सम्मुख अपने घुटनों पर जा बैठा, "महाराज! ऐसा अनर्थ न करें। आज हम जानते हैं कि आपका सम्भावित हत्यारा कौन है और कहां है। आपने यदि इस व्यक्ति का वध कर दिया तो आपका काल हमारी दृष्टि से ओझल हो जाएगा। फिर हम अन्धकार में टक्करें मारते रहेंगे। जाने वह कौन-सा रूप धर कर आए। इस व्यक्ति का जीवित रहना आवश्यक है। हमारे सम्मुख रहना आवश्यक है।"

कंस का उठा हुआ हाथ शिथिल हो कर नीचे आ गया। खड्ग अपने कोश में चला गया। कंस सिंहासन पर बैठ गया।

भविष्यवक्ता भी अपने स्थान पर लौट गया।

"वसुदेव! देवकी का सातवां पुत्र कहां है?" कंस दो क्षण मौन रह कर पुनः बोला, "बता दो नहीं तो तुम दोनों मृत्युदंड पाओगे। अपने प्राणों का भय चाहे तुम्हें न हो; किन्तु मैं जानता हूं कि अपने हठ के कारण तुम देवकी के प्राण लेना नहीं चाहोगे।"

"तुम जानते हो कंस! तुम मुझे मार नहीं सकते।" वसुदेव बोले, "देवकी के आठवें पुत्र को जन्म लेना है। मैं मर गया तो वह सम्भव नहीं है। इसीलिए मेरा जीवित रहना उतना ही निश्चित् है, जितना तुम्हारा मरना। कोई अपने काल का वध नहीं कर सकता; इसलिए तुम मेरा वध भी नहीं कर सकते।"

"यह तुम कैसे कह सकते हो, जबकि मेरे एक संकेत पर तुम्हारा शीश भूमि पर लोटने लगेगा?" कंस, वसुदेव को डराने का प्रयत्न कर रहा था; किन्तु कोई भी देख सकता था कि स्वयं उसके अपने चेहरे पर भय की एक खुरदुरी परत जम चुकी थी।

"यह मैं नहीं कह रहा। तुम्हारे भविष्यवक्ता कह रहे हैं। आकाशवाणी कह रही है। देवर्षि नारद कह रहे हैं।"

"सब कपोल कल्पना है। मिथ्या प्रचारतन्त्र है तुम्हारा।" कंस ने अपना साहस बटोरा, "मुझे भयभीत करने के लिए तुम लोगों ने ऐसी बातों का प्रचार कर रखा है। झूठ है यह। असत्य है।"

"तो फिर क्यों विश्वास करते हो इसका? क्यों मेरे पुत्रों का वध कर रहे हो? क्यों देवकी के सातवें पुत्र को खोज रहे हो? क्यों मुझे और देवकी को बन्दी बना रखा है? क्यों हमें मथुरा से चले जाने नहीं देते? क्यों हमसे मुक्ति नहीं पा लेते?"

"वह सोचना मेरा काम है। तुमसे जो पूछा जाए उसका उत्तर दो।" कंस बोला, "देवकी का सातवां पुत्र कहां है?"

"देवकी के प्रसव में अभी दो मास शेष हैं।"

"पर मेरे वैद्य का कहना है कि उसका प्रसव हो चुका है।"

"तुम्हारा वैद्य तुम्हारे कान में क्या कहता है, वह महत्त्वपूर्ण नहीं है।" वसुदेव की वाणी में विद्युत की कड़क थी, "उसे सार्वजनिक रूप से वैद्यों की सभा में यह बात कहने दो।"

कंस ने राजवैद्य की ओर देखा।

राजवैद्य उठ कर अपने स्थान पर खड़ा हो गया। उसने कंस की दिशा में हाथ जोड़ दिए, "महाराज! मैंने देवी देवकी का नाड़ी-परीक्षण किया है। मैं केवल इतना ही कह सकता हूं कि इस समय वे गर्भवती नहीं हैं।"

"पर तुमने ही हमें बताया था कि वे गर्भवती है।" कंस ने कड़क कर कहा।

"हां महाराज! उस समय का सत्य वही था। आज का सत्य यही है कि वे गर्भवती नहीं हैं।"

"तुम्हारे इस सत्य का अर्थ क्या हुआ?" कंस ने उस पर अग्निवर्षक दृष्टि डाली, "यही तो कि उसका प्रसव हो चुका है।"

"गर्भाशय में भ्रूण नहीं होने का अर्थ प्रसव भी हो सकता है, जो आप कह रहे हैं; और गर्भपात भी हो सकता है, जैसा आर्य वसुदेव कह रहे हैं।" राजवैद्य ने हाथ जोड़ दिए।

"तू स्वयं क्या कहता है मूर्ख?"

"मेरा विज्ञान तो इतना ही कह सकता है महाराज! कि इस समय वे गर्भवती नहीं हैं।" राजवैद्य ने साहस बटोरा, "वैसे मेरी गणना से भ्रूण को अभी सात मास का ही होना था। ऐसे में अभी से प्रसव हो जाए, तो गर्भपात की पूरी सम्भावना है।"

"सात मास का गर्भ क्या कभी जीवित बालक के रूप में जन्म नहीं ले सकता?" कंस का क्रोध उसके रोम-रोम से फूट रहा था।

"सम्भाव्य तो है महाराज, किन्तु उसकी सम्भावना कम है।"

कंस ने सिंहासन के हत्थे पर अपने हाथ से ज़ोर का प्रहार किया, "तू मुझे पागल कर देगा वैद्य! मुझे वैद्यक भी पढ़ाएगा और व्याकरण भी।" उसने घूम कर मागध भविष्यवक्ता की ओर देखा, "तुम क्या कहते हो राजज्योतिषी?"

"महाराज मेरी विद्या कहती है कि मां और पुत्र का योग नहीं है। अर्थात् पुत्र को जन्म दे कर भी मां पुत्रवती नहीं रहेगी। इसका तो एक ही अर्थ हो सकता है महाराज! कि पुत्र जीवित नहीं रहेगा।"

"पुत्र की आयु की गणना करो।"

"मां की पत्रिका से पुत्र की आयु की गणना हमारे शास्त्र में सम्भव नहीं है महाराज!" वह बोला, "वैसे देवकी की पत्रिका में तीन जीवित सन्तानें हैं। पर वे कौन-सी होंगी, यह कहना सम्भव नहीं है। उनमें से एक कन्या भी है। अभी तक उन्होंने किसी कन्या को जन्म नहीं दिया है। इसलिए अनुमानतः वे भविष्य में जन्म लेने वाली सन्तानें ही हैं।"

"व्यर्थ की विद्या है तुम सबकी।" वह वसुदेव की ओर मुड़ा, "बताओ वसुदेव! अन्तिम बार पूछ रहा हूं। नहीं बताओगे तो चाहे तुम्हारा वध न भी करूं; किन्तु तुम दोनों आजीवन कारागार में सड़ोगे।"

"जैसी प्रभु की इच्छा।" वसुदेव का स्वर दृढ़ था, "वैसे तुम भी स्वयं को प्रभु समझते हो; किन्तु मैं तुम्हारी नहीं ईश्वर की इच्छा के विषय में कह रहा हूं। यदि उन्होंने हमारे लिए कारागार ही नियत किया है तो वही सही।"

"तुम आज निरन्तर झूठ बोल रहे हो। मिथ्याभाषण कर रहे हो तुम।" कंस आपे से बाहर हो गया, "तुम तो सत्य बोलने के लिए प्रसिद्ध थे। वचन-पालन तुम्हारा धर्म था। धर्म तुमको अपने प्राणों से भी अधिक प्रिय था। इसीलिए मैं तुम्हारा विश्वास करता रहा। आज तक तुमको कारागार में नहीं डाला। उन्मुक्त घूमने दिया तुम दोनों को मैंने।"

"बड़ी कृपा की तुमने। पर मैं तो सदा कारागार में ही रहा।" वसुदेव बोले,

"बन्द नहीं तो खुले कारागार में। मैं मथुरा छोड़ कर कहीं जा नहीं सकता। मथुरा की प्राचीर कारागार नहीं तो क्या है?"

"तुम नहीं जानते कि कारागार क्या होता है।" कंस का क्रोध रुदन करता-सा लगा, "यदि तुमने सत्य नहीं बताया तो तुम दोनों – तुम और देवकी – वास्तविक कारागार में फेंक दिए जाओगे। सड़ोगे वहां। सूर्य का प्रकाश देखने को भी तरस जाओगे।"

"हरि इच्छा।" वसुदेव पूर्णतः शान्त थे।

"तो ले जाओ इस मिथ्याभाषी को। डाल दो कारागार में। इसके साथ इसकी पत्नी देवकी को भी वहीं पहुंचा दो।" उसने अपने सैनिकों की ओर देखा, "यदि कभी इसके आठवें पुत्र का जन्म होता है तो कारागार में ही होने दो। मैं देखना चाहता हूं कि यह अपने पुत्र को कारागार में से कहां ले जाता है।"

कंस की आंखें मानों उबल-उबल कर उसके कोटरों से बाहर आने को मचल रही थीं।

20

देवक को अकस्मात् अपने सामने खड़ा देख देवकी चौंकीं, "प्रणाम पिताजी!"

"सुखी रहो बिटिया!" देवक का स्वर थरथरा रहा था, "मैं यादवों की राजसभा से आ रहा हूं।"

और सहसा देवकी की समझ में आया कि पिता क्या कहना चाह रहे हैं।

"आर्यपुत्र कहां हैं?"

देवक मौन रहे।

"आर्यपुत्र कहां हैं?" देवकी ने पुनः पूछा, "वे आपके साथ ही तो राजसभा में गए थे।"

"वही बताने का साहस जुटा रहा हूं।" देवक ने धीरे से कहा, "गए तो हम साथ ही थे; किन्तु वसुदेव मेरे साथ लौट नहीं सके।"

"कहां गए हैं वे?"

"कंस ने उन्हें लौटने नहीं दिया।" देवक ने जैसे संभल-संभल कर कहा, "वह उनसे पूछ रहा था कि देवकी का सातवां पुत्र कहां है।"

देवकी ने धैर्यपूर्वक अपने पिता की ओर देखा और फिर दृढ़ स्वर में कहा, "पिताजी! मैं जानती थी कि वह यह सब पूछेगा ही। मैं यह भी जानती थी कि वह इस बात का विश्वास नहीं करेगा कि मेरा गर्भपात हो गया है।...मैं यह भी जानती थी कि अपने अनुकूल उत्तर न पा कर वह रुष्ट भी होगा। किन्तु अब मैं यह जानना चाहती हूं कि आर्यपुत्र कहां हैं? क्या कंस ने उनको बन्दी कर लिया है?"

"पुत्री! कंस के सैनिक मेरे साथ ही आए हैं। वे बाहर खड़े हैं। वे तुमको

भी बन्दी कर, उस कारागार में ले जाना चाहते हैं, जहां वसुदेव को ले जाया गया है।" तो पिता ने सब-कुछ बता दिया था। सीधे-सीधे कहने का उनका साहस नहीं हुआ था; किन्तु उन्होंने कुछ छिपाया भी नहीं था।

"सैनिक बाहर क्यों खड़े हैं?"

"मैंने ही उन्हें रोक रखा है।" देवक धीरे से बोले, "मैं चाहता हूं कि तुम्हारी सुरक्षा का कुछ प्रबन्ध हो जाए।"

"कैसी सुरक्षा?"

"तुम किसी गुप्त मार्ग से यहां से छिप कर निकाल जाओ। मथुरा में हमारे इतने परिवार हैं, तुम थोड़े-थोड़े समय के लिए विभिन्न स्थानों पर अज्ञातवास कर सकती हो। तब तक हम वसुदेव को मुक्त कराने का कोई मार्ग खोज निकालेंगे।..." देवक कुछ रुक कर बोले, "मुझे लगता है कि गर्गाचार्य, अक्रूर तथा प्रद्योत शायद हमारी सहायता करें।"

देवकी ने एक मुस्कान से पिता का प्रस्ताव टाल दिया, "मैं जानती हूं कि यह सम्भव नहीं है। आप ग़लत लोगों से आशा लगाए बैठे हैं। यदि ऐसा कुछ हो सकता तो आज तक हम लोग क्या मथुरा के नगरद्धार ही नहीं, कंस के राज्य से बाहर ही न निकल गए होते। ऐसा कुछ हो सकता तो हम क्या अपने छह-छह नवजात शिशुओं को कंस के काल-दंड से बचा न लेते। ऐसा कुछ सम्भव होता तो आपके भाई महाराज उग्रसेन क्या आज तक कारागार में ही पड़े होते।..."

"कंसा के साथ चली जाओगी तो कोई सन्देह भी नहीं करेगा।" देवक ने जैसे देवकी की बात सुनी ही नहीं। वे अपनी ही धुन में नई से नई योजनाएं बना रहे थे।

देवकी के चेहरे पर एक वक्र मुस्कान प्रकट हुई, "कितने भोले हैं आप तात! क्या आप नहीं जानते कि कंसा आरम्भ से ही ऐसे किसी अवसर की प्रतीक्षा में है, जब वह मुझे पकड़ कर सीधे कंस के कारागार में फेंक आए?"

"समझता तो मैं भी हूं; किन्तु मैं तुम्हें सीधे-सीधे कंस के हाथों में नहीं सौंपना चाहता।"

"सीधे न सही। तिर्यक मार्ग से भी मैं वहीं पहुंचूंगी।"

"तो क्या करना चाहती हो तुम?"

"मैं अपने पति के पास जाना चाहती हूं।"

"चाहे वे कंस के कारागार में ही क्यों न हों?" देवक का कंठ रुद्ध हो रहा था।

"तब तो तत्काल।"

"कारण जान सकता हूं?" देवक बोले, "तुम्हारा स्वास्थ्य भी ठीक नहीं है।"

"मैं अपने पति को उस दुष्ट राक्षस के हाथों में अकेला नहीं रहने देना चाहती।" देवकी ने कहा, "कंस का वध देवकी के पुत्र के हाथों होना है, तो मुझे सदा अपने पति के साथ रहना चाहिए।"

"मुझे तो अब इस भविष्यवाणी में भी सन्देह होने लगा है।" देवक ने अत्यन्त निराश स्वर में कहा, "अभी तक एक भी लक्षण ऐसा नहीं है, जिससे कोई ऐसी सम्भावना जागती हो।"

"पहले मैं भी यही मानती थी किन्तु..."

"किन्तु अब क्या हो गया है देवकी!"

देवकी ने आस-पास देखा : उसके पिता के अतिरिक्त कोई था तो नहीं।.. .नहीं कोई नहीं था।...

"देवकी के विवाह के समय ही कंस खड्ग उठाता है; किन्तु वह देवकी को मार नहीं सकता। देवकी का पति कंस को चुनौती देता है; और कंस उसका वध नहीं कर पाता। देवकी का सातवां पुत्र यह आशा जगाता है कि आठवां भी आएगा।"

"कहां है सातवां पुत्र?"

"योगमाया ले गई। महाविष्णु की योगमाया ले गई।" देवकी ज़ोर से हंसीं, "उचित अवसर पर प्रकट हो जाएगा।"

देवक ने कुछ ऐसी दृष्टि से देखा, जैसे चिन्तित हों कि इस अमानवीय दुःख के आघात को न सह पाने के कारण वे विक्षिप्त तो नहीं हो गईं।

"आठवां भी आएगा और कंस उसका कुछ नहीं बिगाड़ पाएगा।" देवकी के उत्साह में कहीं कोई कमी नहीं थी।

"चाहे उसका जन्म कंस के कारागार में ही क्यों न हो?"

"हां तात! उसका जन्म चाहे कंस के कारागार में हो। चाहे कंस के प्रासाद में हो। चाहे कंस की आंखों के सामने हो। वह जो आ रहा है, कारागार के द्वार तो क्या, उसे दुर्ग की प्राचीरें भी स्वयं ही मार्ग दे देंगी।" देवकी का मुख तेज बरसा रहा था, "मेरा मन कहता है कि वह कंस के हाथों में भी पड़ जाए तो वह कंस की भुजाएं तोड़ कर मुक्त हो जाएगा।"

देवकी का चेहरा देख कर देवक चुप रह गए। उनकी विचित्र स्थिति हो रही थी। उनका मन अपनी पुत्री के लिए कांप रहा था; और दूसरी ओर अपनी पुत्री का तेज देख कर उनकी वाणी अवरुद्ध हुई जा रही थी। उसका साहस देख उनको रोमांच हो रहा था। वे समझ नहीं पा रहे थे कि यह उसका साहस था या मात्र मूर्खता। वह किसी अनजाने सत्य का साक्षात्कार कर रही थी या वह मात्र उसका भ्रम था। कोई अलौकिक सत्ता उसको बल दे रही थी; या कष्टों का सामना न कर पाने के कारण वह किसी मानसिक रोग का ग्रास बन रही थी।...

"देवकी! वास्तविकता के संसार में लौटो, इस प्रकार की कल्पनाओं से कोई लाभ नहीं होगा पुत्री!"

"वास्तविकता क्या है तात?"...किसी ने द्वार खटखटाया।

कंका ने कक्ष में प्रवेश किया, "तात! महाराज के सैनिक उतावले हो रहे हैं। अब हमारे पास अपने सैनिक भी नहीं हैं कि हम उन्हें थोड़ी देर को भी अटका सकें। सम्भव है कि वे कपाट तोड़ने का प्रयत्न करें।...हम उन्हें रोक नहीं पाएंगे।"

"उन्हें आने दो। मैं प्रस्तुत हूं।" देवकी ने कहा, "रक्तपात करने की कोई आवश्यकता नहीं है। उसका समय नहीं आया है। जब समय आएगा तो मैं स्वयं अपने पुत्र को आदेश दूंगी कि वह शस्त्र उठाए।"

"उन्हें रोको कंका! किसी भी प्रकार थोड़ी देर रोको।" देवक ने आतुरता से कहा, "देवकी! पुत्री! स्वयं को संभालो। यह समय आवेश में आने का नहीं है। वास्तविकता के संसार में लौटो।"

"वास्तविकता क्या है तात! और वास्तविकता का संसार क्या है।" देवकी ने कहा, "सृष्टि की एक मात्र वास्तविकता कंस ही तो नहीं है। यह संसार कंस ने नहीं बनाया है। इसके नियम कंस ने नहीं बनाए हैं। जो प्रभु के बनाए असहाय

जीवों को शस्त्र से मारता है, वह स्वयं भी शस्त्र से मारा जाता है। राक्षसों से भयभीत नहीं होना है। उनका सामना करना है। मेरे पति कंस से भयभीत नहीं हैं। मैं कंस से भयभीत नहीं हूं। यह सत्य है कि कंस का वध देवकी-पुत्र ही करेगा। आपके प्रद्योत, चंडसेन, चंडभद्र, अक्रूर आदि किसी काम नहीं आएंगे।"

"तुम्हें इतना विश्वास कैसे है?"

"क्योंकि आज तक कंस न देवकी को मार पाया है, न वसुदेव को।"

कंस के सैनिकों का कोलाहल कपाट के एकदम निकट आ गया था। देवकी ने आगे बढ़ सांकल हटा, कपाट खोल दिए, "क्या है? क्यों कोलाहल कर रहे हो?"

देवकी का यह रूप देख कर सैनिकों की जैसे घिग्गी बंध गई।

"यह वृष्णिश्रेष्ठ आर्य वसुदेव का प्रासाद है।" देवकी ने कहा, "यहां की एक मर्यादा है। यहां राक्षसों के समान उत्पात् करने की अनुमति नहीं है। शस्त्र हमारे पास भी हैं; और उनका दक्षतापूर्वक प्रयोग करना भी हमें आता है।"

"देवि! हमें स्वामी का आदेश है कि हम आपको बन्दी बना कर आर्य वसुदेव के पास कारागार में ले जाएं।" अन्ततः नायक ने साहस कर कहा।

"नायक! तुमने अपने स्वामी को पहचाना ही कहां है।" देवकी ने उसकी ओर देखा, "कौन है स्वामी – जो हाट से अन्न क्रय करने के लिए तुम्हारी वृत्ति देता है; अथवा जो धरती फोड़ कर अन्न के रूप में स्वयं प्रकट होता है, ताकि तुम्हारा पेट भर सके? कौन है स्वामी?"

नायक मौन खड़ा रहा।

"जाओ! अपने स्वामी से कहो कि आकाश से मेघ बन कर बरसे, ताकि खेतों की प्यास बुझे। उससे कहो कि जल बन कर धरती के नीचे विद्यमान रहे ताकि हम कुआं खोद कर अपने पीने के लिए जल प्राप्त कर सकें। करेगा तुम्हारा स्वामी यह सब?"

"देवी हमारे साथ चलें।" नायक इतना ही कह पाया।

"चल रही हूं; किन्तु तुम्हारे स्वामी के आदेश पर नहीं, अपने स्वामी के निर्देश पर।" देवकी ने उनकी ओर देखा, "तुम भी अपना भ्रमजाल तोड़ो और अपने स्वामी को पहचानो मूर्खो।"

21

कंस के राजवैद्य और मागध भविष्यवक्ता मदिरा के दो-दो चषक पी चुके तो कुछ खुले।

"जाने किस अभागी घड़ी में मैंने महाराज को यह सूचना दे दी कि देवकी की आठवीं सन्तान उनका वध करने वाली है।" भविष्यवक्ता मलयदूत ने तीसरी बार चषक भरा।

"न तुमने यह भविष्यवाणी की होती मूर्ख! न मेरी जान इस सांसत में फंसती। वर्षों हो गए, इस समस्या का समाधान ही नहीं हो रहा। हर क्षण प्राण सूली पर टंगे रहते हैं। कहना ही था तो कह देते कि देवकी का पहला पुत्र महाराज का हत्यारा होगा। यह आठवें तक लटकाने की क्या आवश्यकता थी।" राजवैद्य ने कहा, "अब तुम कोई ऐसी भविष्यवाणी नहीं कर सकते कि देवकी के पुत्रों से अब महाराज को कोई संकट नहीं है? वे दुष्ट ग्रह टल गए हैं, जो उनके लिए घातक थे। अब महाराज अमर हैं। उनको कोई नहीं मार सकता।"

"झूठी भविष्यवाणी कर दूं?"

"कर दो। इस झंझट से तो मुक्ति पाओगे। मैं भी सुख और चैन की नींद सो सकूंगा।" वैद्य ने कहा।

"दुखी तो मैं भी बहुत हूं। अब तुम ही बताओ कि कोई भविष्यवक्ता ईश्वर तो नहीं है। महाराज के मस्तक में जो भी प्रश्न आएं, उन सबका उत्तर मैं कैसे दे सकता हूं।"

"अच्छा मान लो, भविष्यवक्ता महाराज! यदि कल महाराज यह पूछें कि उनकी

किसी रानी के मन में किसी परपुरुष के प्रति आकर्षण है क्या? तो क्या करोगे?"

"पर ऐसा क्यों पूछेंगे वे?"

"महाराज की खोपड़ी में कब क्या समा जाए, इसके विषय में क्या कहा जा सकता है।" वैद्य बोला, "मुझे तो लगता है कि उनके मस्तिष्क के कई तन्तु कुछ दूषित हैं। फिर महाराज कान के कच्चे हैं। क्रूर तो हैं ही। नहीं तो कोई किसी की मात्र एक भविष्यवाणी पर अपनी ही बहन के नवजात पुत्रों का इस प्रकार वध करता है? कोई मनुष्य तो नहीं कर सकता।"

"तुम कहना क्या चाहते हो?" भविष्यवक्ता ने पुनः अपना चषक भरा।

"यह कि तुम्हारी ये भविष्यवाणियां तुम्हारे जी का जंजाल बन सकती हैं।" वैद्य ने कहा।

"कैसे?"

"ऐसा ही कोई प्रश्न पूछ लें, जैसा मैंने अभी पूछा है।"

भविष्यवक्ता स्तब्ध-सा बैठा, राजवैद्य को देखता रहा।

"बोलो, क्या करोगे?" राजवैद्य की मदिरा बोलने लगी थी, "मैं महाराज के मन में ऐसा कोई सन्देह डाल दूं तो तुम्हारी तो रातों की निद्रा गई।"

राजवैद्य का अट्टहास सारे भवन में गूंज रहा था। उसे देख कर लगता था कि वह परम आनन्द की स्थिति में है। भविष्यवक्ता के चेहरे की चिन्ता को देख-देख कर उसका नशा निखरता जा रहा था। उसके मन में फुलझड़ियां छूट रही थीं; और वह सुख के सोपान चढ़ता जा रहा था।

"बोलो, क्या करोगे भविष्यवक्ता महोदय?" राजवैद्य उसे चिढ़ा रहा था, "और यह मैं कर दूंगा। कल ही कर दूंगा। तुम्हारी भविष्यवाणियों का स्वाद चखा दूंगा तुमको। सारी मथुरा ही क्या, सारे यादवों का जीवन तुमने यातनामय कर रखा है। आर्य वसुदेव के पुत्रों की हत्या। राम राम...!"

"ऐ ऐसा कुछ मत करना।" भविष्यवक्ता के कंठ से अत्यन्त भयभीत स्वर निकला, "न विनोद में करना और न ही सुरा के प्रभाव में। अपने महाराज को तो तुम जानते ही हो। वे मेरा पीछा नहीं छोड़ेंगे, जब तक...जब तक मैं किसी भद्र पुरुष का नाम ही न बता दूं। और मैं व्यर्थ ही किसी को फंसाना नहीं चाहता।"

"तुम चाहो न चाहो, वे तो किसी न किसी का शीश काटना चाहेंगे।" वैद्य बोला, "नहीं बताओगे, तो तुम्हारा ही शीश काट देंगे।"

वैद्य ने फिर से ठहाका लगाया। वह पूरी तरह से मदिरा के चंगुल में था।

"यदि तुम ऐसा कुछ करोगे और महाराज मुझसे पूछेंगे तो...तो..." भविष्यवक्ता की सुरा भी रंग पकड़ने लगी थी।

"तो क्या कर लोगे?"

"तो मैं तुम्हारा ही नाम बता दूंगा।" भविष्यवक्ता बोला, "यह भी कह सकता हूं कि महारानी के गर्भ में जो सन्तान है, वह तुम्हारी ही है। तुमने कोई औषध खिला कर उन्हें अपने वश में कर लिया है।"

निमिष-भर में वैद्य का सारा मद् उतर गया।

"ऐसा मत करना मेरे भाई!" उसने हाथ जोड़ दिए, "तुम शायद नहीं जानते कि हमारे महाराज कितने निम्न कोटि के जीव हैं। भयंकर विषैला नाग भी किसी को दंश करने से पहले क्षण-भर सोचता होगा; किन्तु महाराज कंस के लिए, किसी की हत्या, सुख का कारण है। व्यसन है उनका। सच पूछो तो यह विकृत मस्तिष्क व्यक्ति, हत्या-व्यवसायी है। उसे मनुष्य की हत्या करने के लिए मच्छर मारने से भी कम विचार करना पड़ता है।"

पर भविष्यवक्ता को मदिरा सातवें आसमान पर उठा कर ले गई थी। "तू साला कहता था कि तू महाराज के कान में यह प्रश्न डाल देगा।" भविष्यवक्ता बोला, "डाल अब महाराज के कान में। मैं उनके मस्तिष्क में डाल दूंगा।"

वैद्य अपना सिर पकड़ कर बैठा रहा : जाने किस बुरी घड़ी में वह ऐसी चर्चा आरम्भ कर बैठा था।...पर भविष्यवक्ता था कि हंसता ही जा रहा था और वैद्य को उसकी हंसी विष के समान लग रही थी।

जब उसके लिए सहन करना कठिन हो गया तो बोला, "तू अपनी एक भविष्यवाणी से इतनी हत्याएं करवा रहा है। अब दूसरी भविष्यवाणी करेगा।"

"करूंगा। करूंगा।" भविष्यवक्ता बच्चों के समान दोहराता जा रहा था।

"तो तू किसी यादव वीर के खड्ग से कटेगा या फिर मेरे ही दिए विष से मरेगा।"

22

कंस अपने शयनकक्ष में जा चुका था। उसकी दोनों रानियां शृंगारमंडित हो उसके सम्मुख आई थीं और उसे लुभाने का भरसक प्रयत्न कर रही थीं; किन्तु आज जाने क्या बात थी कि उसके भीतर का रीछ जाग ही नहीं रहा था। उसकी आंखें उनके रूप पर पड़तीं; किन्तु न उसे देखतीं न उस पर मुग्ध होतीं। उसका हाथ उनके अंगों को छूता तो न उन्हें स्पर्श करता, न रस लेता, न थामता, न नोचता-खसोटता। वह जहां रखा जाता, वहीं का वहीं रह जाता। वहीं सो जाता। वह तो जैसे कोई अचेत-सा घायल पशु था, जिसका बहुत सारा रक्त बह चुका था, और बहुत प्रयासपूर्वक वह स्वयं को अचेत होने से बचाए हुए था। वह चल ही नहीं पा रहा था। पग-पग पर अचेत हो कर ढह जाता था। जागता था और फिर से अचेत हो जाता था।

"क्या बात है आर्यपुत्र?" अस्ति ने पूछा, "आज न मेरा रूप नाथ को लुभा पा रहा है, न मेरी मादकता आपमें उन्माद जगाने में सफल हो रही है।"

"हां!" प्राप्ति ने कहा, "न आपका शरीर तप रहा है, न आपका रक्त उफन रहा है। बहुत ठंडे हो गए हैं आप।"

कंस ने उनकी ओर देखा भर, कहा कुछ भी नहीं।

"थोड़ी मदिरा लाऊं?" अस्ति ने पूछा।

"मदिरा मेरे इन अंगों से अधिक मादक है क्या?" प्राप्ति ने अपना निर्वस्त्र और कसा हुआ मांसल शरीर कंस पर जैसे उंडेल ही दिया – सारा का सारा।

किन्तु उसका ताप कंस को पिघला नहीं सका। बहुत प्रयत्न कर वह थोड़ा-सा

हंसा, "नहीं सुश्रोणि! मेरी प्राणवल्लभे! तुम्हारे अंगों से अधिक मादक संसार में कोई मदिरा नहीं है। तुम तो अपने-आप में ही पूरी मधुशाला हो; किन्तु आज मैं एक सूचना की प्रतीक्षा में हूं। यदि वह सूचना मुझे मिल गई तो अग्नि तप उठेगी मेरे तन में। मेरा सोया उन्माद ही नहीं जागेगा, तुम लोगों की शिराओं में भी तप्त और तरल इस्पात उफनने लगेगा।...एक सूचना की आवश्यकता है, बस एक सूचना।"

"यह कैसी सूचना है नाथ?"

"देवकी का सातवां पुत्र कहां है।"

"पर देवकी का तो गर्भपात हो गया।" प्राप्ति ने कहा।

"असत्य है यह। मैं नहीं मानता।" कंस पर्यंक से उठ कर खड़ा हो गया, "मिथ्यातन्त्र है यह उस वसुदेव का! मैं समझता था कि वह अत्यन्त धार्मिक है, चरित्रवान है, वचन का पक्का है; किन्तु पाखंडी है वह। कुचक्री और षड्यन्त्रकारी है। पापी कहीं का। पुत्र को कहीं भेज दिया है; और मुझसे कह रहा है कि देवकी का गर्भपात हो गया है। मेरी सूचनाओं के अनुसार प्रसव के सारे प्रमाण हैं।"

"कंसा ने क्या सूचना दी है।"

"नहीं बता पाई वह भी कुछ। कंका और कंसवती ने भी मुंह नहीं खोला। पता नहीं वे लोग जानती ही नहीं हैं या बताना नहीं चाहतीं। ससुराल बहुत प्रिय हो गया है। भाई का कोई महत्त्व ही नहीं है।" कंस दांत पीस रहा था, "मन चाहता है कि इन तीनों के भी शीश काट कर नगरद्वार पर टांग दूं।"

"तो देवकी का ही शीश काट कर नगरद्वार की शोभा क्यों नहीं बढ़ाते?"

"देवकी!" कंस ने अपना पैर पटका, "नारद ने कहा है कि मैं देवकी को मार ही नहीं सकता।"

"क्यों नहीं मार सकते?"

"नारद कहता है कि देवकी का पुत्र मेरा वध करेगा – यह विधि का विधान है। यदि मैंने देवकी का वध करने का प्रयत्न किया तो मेरे खड्ग को स्वयं विधाता थाम लेंगे।"

"झूठ बोलता है नारद। आज तक विधाता कभी प्रकट नहीं हुआ, इस धरती पर। किसी ने देखा भी है उसे?" अस्ति बोली, "मेरे पिता ने जब, जिसका वध

करना चाहा कर दिया। उनका खड्ग थामने तो आज तक कोई विधाता नहीं आया। आपका खड्ग थामने वाला यह नया विधाता कहां से उत्पन्न हो गया है?"

"नारद कहता है..."

"मैं तो कहती हूं कि आप नारद को ही सूली पर टांग दें। न रहेगा बांस, न बजेगी बांसुरी।" प्राप्ति झपट कर बोली, "वही है सारी विपदाओं का मूल।"

"तुम क्या समझती हो कि मैंने कभी यह नहीं चाहा।" कंस का स्वर उदास हो गया।

"तो किया क्यों नहीं?"

"नारद का प्रभाव ही कुछ ऐसा है कि उसके प्रकट होते ही मन में द्रोह का भाव रह ही नहीं जाता।" कंस ने कहा, "मुझे ऐसा लगता है कि वह व्यक्ति कहीं और है; और जो मेरे सामने खड़ा है, वह उसकी छाया मात्र है। उस छाया को अपने खड्ग से काटने से नारद का वध नहीं होगा। वह तो मरेगा नहीं और मेरी हेठी होगी, वह अलग।" कंस ने अपना निष्कर्ष सुना दिया, "जल और छाया को खड्ग से मूर्ख लोग ही काटते हैं।"

"आपको ऐसा क्यों लगता है?" अस्ति विरोध के स्वर में बोली, "कहीं ऐसा तो नहीं कि उसने कोई तन्त्र-मन्त्र कर रखा हो। यदि ऐसा है तो आप मगध से पिताजी का कोई तान्त्रिक बुला लीजिए। वह नारद के सारे तन्त्र-जाल को काट कर फेंक देगा।"

"तुम्हारा वह एक भविष्यवक्ता ही पर्याप्त है।" कंस कुछ चिढ़ कर बोला, "उसी ने यह सारा प्रकरण आरम्भ किया था। अब तान्त्रिक भी आ गया तो मैं राजसभा में बैठ कर शासन करने के स्थान पर, श्मशान में बैठा रात-भर तान्त्रिक क्रियाएं करता दिखाई पडूंगा।"

"मेरी समझ में तो यह नहीं आता कि विधाता कहां से प्रकट हो कर आपका खड्ग पकड़ लेगा।" प्राप्ति ने कहा, "यह विधाता आख़िर है क्या?"

"विधाता कोई हाड़-मांस का अस्तित्व नहीं है, जो आकाश से टपक कर मेरा हाथ पकड़ लेगा।" कंस बोला, "हाड़-मांस के शरीरों से कंस को कोई भय नहीं है। आ जाए विधाता हाड-मांस के शरीर में मेरे सामने, चीर कर रख दूंगा।"

"तो फिर भय किससे है?"

"नारद कहता है कि विधाता तो अपनी इच्छाओं को पूर्ण करने के लिए मिट्टी के कणों को भी सजीव कर देता है।" कंस ने कहा, "वह मिट्टी, जल, अग्नि, आकाश और वायु – सबको सजीव कर देता है। सबको हाथ-पैर दे देता है। सबको दांत और नाख़ून दे देता है। सबको खड्ग और बाण दे देता है। सबको वेग और दाहकता दे देता है।...विधाता के इन रूपों से कोई कैसे लड़ सकता है।"

"मैं ऐसी बकवास में विश्वास नहीं करती।" प्राप्ति कंस पर लद गई, "इन सबने मिल कर अपनी बातों से आपकी हताशा को जगा दिया है। आपको केवल थोड़ी ऊष्मा की आवश्यकता है, और वह मैं आपको भरपूर दे सकती हूं।"

"विश्वास तो मैं भी नहीं करता; किन्तु नारद की बात को मैं हंसी में नहीं उड़ा सकता।" कंस ने प्राप्ति को एक ओर हटा दिया। वह दांत पीस रहा था, "मैं सोचता हूं कि यदि मेरा खड्ग उठा और सामने खड़े व्यक्ति के दो टुकड़े नहीं हो सके, तो फिर मेरी सत्ता को कौन स्वीकार करेगा।" उसकी हताशा स्वयं को अनावृत करती जा रही थी, "मैंने देवकी को उसके विवाह के समय ही क्यों मार नहीं दिया? मैं वसुदेव की बातों में क्यों आ गया? अब मेरा साहस ही नहीं होता कि मैं देवकी के वध का प्रयत्न करूं। आज वसुदेव का शीश काटने उठा था कि तुम्हारे उस मागध भविष्यवक्ता ने मुझे रोक दिया।"

"उसने वसुदेव से पैसे खा लिए हैं क्या?" अस्ति ने जैसे अपने-आपसे पूछा।

"खा भी लिए तो क्या हो गया।" प्राप्ति ने कहा, "आपने भविष्यवक्ता का ही वध क्यों नहीं कर दिया?"

"वह मगध से आया है। तुम्हारे पिता का राज-ज्योतिषी है।" कंस का कंठ जैसे अटक रहा था, "वही तो सारी सूचनाएं देता आया है मुझे। उसी को मार दिया तो सूचनाओं के सारे स्रोत सूख जाएंगे।"

"आप भी!" प्राप्ति ने जैसे मक्खी उड़ाई, "हमारे पिताजी तो ऐसे दो-चार राज-ज्योतिषियों को प्रति-सप्ताह मारते ही रहते हैं।"

"और देवकी का क्या समाचार है?" अस्ति ने चर्चा का विषय बदल दिया, "मैंने सुना है कि सैनिक उसे पकड़ने गए तो उसने उनसे बचने का तनिक भी

प्रयत्न नहीं किया। वह स्वेच्छा से उनके साथ वसुदेव के पास कारागार में चली गई।"

"ठीक सुना है तुमने।" कंस जैसे अपनी कल्पना में सब-कुछ देख रहा था, "मैं समझ नहीं पाता कि ये लोग मृत्यु से भयभीत क्यों नहीं हैं? यमराज का आतंक तो जैसे समाप्त ही हो गया है।"

"वे आपकी दुर्बलता को समझ गए हैं।" प्राप्ति ने कहा।

"दुर्बलता नहीं है मुझमें।" कंस ने चिल्ला कर कहा।

"न सही दुर्बलता, कोमलता ही सही, दया ही सही।" प्राप्ति बोली, "बात तो एक ही है न! देवकी जानती है कि आप उसे अपनी छोटी बहन मानते हैं, इसलिए उसकी हत्या नहीं कर पाएंगे।"

"मूर्ख हो तुम।" कंस रुष्ट हो गया, "उसे छोटी बहन मानता हूं, इसीलिए उसके छह नवजात पुत्रों की हत्या कर सकता हूं। उसे और उसके पति को पहले नगर में और अब कारागार में बन्दी कर सकता हूं।...स्वयं को बहुत बुद्धिमान मत समझो।"

"आप तो रुष्ट ही हो गए।"

"मूर्खता की बात करोगी, मुझ पर झूठे आरोप लगाओगी; और फिर भी रुष्ट नहीं हूंगा मैं?" कंस जैसे हांफ रहा था, "मेरी पत्नी हो कर मेरी पीड़ा नहीं समझती हो। मेरी सहायता करने के स्थान पर मेरी कठिनाइयां और बढ़ा रही हो।"

"आपकी पीड़ा तो मैं क्षण-भर में दूर कर दूं।" प्राप्ति इठलाई, "मुझे एक बार अपनी बांहों में तो ले कर देखिए।"

"तुम ठहरो तो।" अस्ति बोली, "हमें अबोध जान कर क्षमा करें नाथ! पर क्या पीड़ा है आपकी?"

"वस्तुतः हमने अपने शैशव से ही अपने पिता को इतना समर्थ देखा है कि ...।" कंस की भंगिमा देख कर प्राप्ति के स्वर में भी सहम जाने का भाव अंकुरित हो रहा था, "फिर अपने पति को परम स्वतन्त्र, सर्वशक्तिसम्पन्न राजा के रूप में देखा। कभी यह कल्पना ही नहीं की कि ऐसे समर्थ लोगों को कोई पीड़ा भी हो सकती है।...हमें बताइए...।"

"मुझे देवकी का साहस समझ में नहीं आता। मुझे कुछ भी समझ में नहीं आता।" कंस स्वयं को संभाल कर कुछ धीरे-धीरे बोला, "उसके विवाह के दिन जब मैंने प्रहार करने के लिए खड्ग उठाया था, तो कैसे कांप गई थी वह। मुझे आज तक उसका चेहरा स्मरण है। स्मरण नहीं, मेरी स्मृति पर अंकित है उसका वह पीला पड़ गया, सहमी हुई कुरंगी का-सा चेहरा। उसे संभाला न गया होता; और मैं खड्ग हटा न लेता तो वह अचेत हो कर वहीं गिर पड़ी होती।" उसने अपने सिर पर घूंसा मारा, "पर, अब क्या हो गया है। वह सिंहनी हो गई है। कहती है कि साहस हो तो वध करो मेरा। डरती नहीं। दया की भिक्षा नहीं मांगती। उसकी आंखों से आत्मविश्वास की चिनगारियां फूटती हैं। शक्ति का प्रतिरूप हो गई है वह। वसुदेव न अपने लिए दया मांगता है, न अपनी पत्नी और पुत्रों के प्राणों के लिए। केवल एक ही बात कहता है कि मैं उसका वध नहीं कर सकता। ओह! मैं क्यों नहीं कर सकता उसका वध!" कंस ने पर्यंक की पाटी पर ज़ोर से अपना हाथ पटका, "और अब उसका सातवां पुत्र भी, मेरी आंखों के नीचे से जाने कहां अदृश्य हो गया है।..."

"आपको कठिन लगता है तो प्रद्योत से कहिए, चंडसेन से कहिए, किसी से कहिए कि वह वसुदेव का शीश काट लाए।" अस्ति ने कहा।

"प्रचंडसेन!" कंस किसी विक्षिप्त व्यक्ति के समान अट्टहास कर उठा, "मैं अपने कांपते हाथों से भी खड्ग चला सकता हूं। चंडसेन से कहूंगा कि वसुदेव का शीश लाओ, तो मेरा अनुमान है कि वह या तो मेरा शीश काटने का प्रयत्न करेगा अथवा अपना ही शीश काट लेगा। नहीं! रानी नहीं! वसुदेव और देवकी के सन्दर्भ में मैं किसी यदुवंशी योद्धा पर विश्वास नहीं कर सकता, चाहे वह प्रद्योत हो, चंडसेन हो या कोई और हो...।"

"तो मागध शूर वीरों से कहिए, काट लाएं उन दोनों के सिर।" प्राप्ति बोली, "वे भयभीत नहीं हैं आपके वसुदेव से; और भय से पीली पड़ी उस चम्पा की कली देवकी से।"

"ओह, तुम नहीं जानती हो। तुम नहीं समझती हो।" कंस खौंखिया कर बोला, "आज मागध भी मेरे अधीन हैं और माथुर भी। पर यदि मैंने ऐसा कोई आदेश दे दिया और मागधों ने वसुदेव को क्षति पहुंचाने का प्रयत्न किया तो मथुरा की

यादव सेना पूरी तरह विद्रोह करने पर आ जाएगी; और उनका नेतृत्व करेगा, यही मेरा आज्ञाकारी और निष्ठावान सेनापति चंडसेन। मागधों और माथुरों में युद्ध छिड़ जाएगा। मेरे हाथ से दोनों ही सेनाएं जाएंगी। क्या तुम चाहती हो कि ऐसी स्थिति आए और ये दोनों सेनाएं मेरे विरुद्ध लामबन्द हो जाएं? नहीं रानी, नहीं! मुझे ऐसे मूर्खतापूर्ण परामर्श मत दो। तुम काम-युद्ध के चक्रव्यूह रचने में दक्ष हो, वही करो। व्यर्थ सैनिक मामलों में टांग मत अड़ाओ।"

प्राप्ति का चेहरा अपमान से लाल हो गया। लगा वह कोई प्रबल आक्रमण करने ही वाली है कि तभी द्वार पर कुछ हलचल की ध्वनि हुई। कंस का ध्यान उस ओर चला गया।

"यह क्या है...।"

"क्या है?"

दोनों रानियों ने एक साथ पूछा।

"लगता है मेरा गूढ़पुरुष आया है।"

कंस ने परिचारिका के द्वार खटखटाने की प्रतीक्षा नहीं की। वह उठा और अपना उत्तरीय संभालता हुआ द्वार तक जा पहुंचा। उसने परिचारिका अथवा द्वार पर खड़े सैनिकों को द्वार खोलने का आदेश भी नहीं दिया। स्वयं अपने हाथों से कपाट धकेलता हुआ बाहर निकल गया।

सामने उसका प्रमुख गूढ़पुरुष – चन्द्रहास – द्वारपालों से उलझ रहा था। वह तत्काल महाराज के दर्शन करने की आवश्यकता बता रहा था; और द्वारपाल असमय महाराज को कष्ट देने में अपनी असमर्थता जता रहे थे।

कंस ने कपाट खोले ही थे कि चन्द्रहास की दृष्टि उस पर पड़ी।

"महाराज की जय हो।" वह हाथ जोड़ कर घुटनों के बल बैठ गया।

कंस ने अपने हाथ के संकेत से द्वारपालों और परिचारिका को दूर हट जाने का संकेत किया। उसके चेहरे पर प्रसन्नता का भाव था। द्वारपाल आश्वस्त थे कि महाराज रात के इस प्रहर में भी गूढ़पुरुष के आने से रुष्ट नहीं थे। अतः उनके लिए भी कोई संकट नहीं था।

"बोलो! क्या समाचार लाए हो।" कंस ने उसे उठने का संकेत किया।

"महाराज! सारे नन्दगांव में कहीं रोहिणी के प्रसव की सूचना नहीं है। न उसके पास कोई बालक होने का समाचार कहीं से मिला है।"

"वह गर्भवती है क्या?"

"मुझे ऐसा भी कोई समाचार नहीं मिला है महाराज!" वह बोला।

"तुम उससे मिले?"

"मैंने बहुत समय तक प्रतीक्षा की; किन्तु वह अपने घर से बाहर नहीं निकली प्रभु!"

"कोई अपने घर से बाहर न निकले तो हम उससे मिलते नहीं क्या?" कंस बोला, "तुम उसके घर के भीतर गए क्या?"

"छुप कर जाने का अवसर ही नहीं मिला महाराज! जब-जब जाने का प्रयत्न किया, वहां यशोदा या नन्द बीच में अड़ जाते थे।"

"वे वहां सारी रात बैठे रहते थे?"

"नहीं महाराज! वहां...सारी रात...।"

"सारी रात क्या?"

"वहां सर्प बहुत हो गए हैं। आस-पास वन है न!" चन्द्रहास बोला, "रात को वन में चलना-फिरना संकटपूर्ण है प्रभु!"

"मैं पूछ रहा हूं कि क्या नन्द और यशोदा वहां सारी रात बैठे रहते थे?"

"ओह, नहीं। सारी रात तो नहीं कह सकता महाराज! किन्तु जब-जब मैं वहां गया, मुझे वहां भयंकर सर्प दिखाई दिए।"

"नन्दगांव के किसी गोकुल में सर्प-दंश से किसी गाय के मरने का समाचार आया?"

"नहीं!"

"तो वे सारे सर्प तुम्हें ही दंश करने को आए थे। एक बछड़ा तक तो मरा नहीं और तुम सर्पों से भयभीत हो कर मथुरा भागे आए।" कंस की आंखें लाल होती जा रही थीं।

चन्द्रहास क्या कहता। वह सर्वथा मौन था। उसकी आंखों के सामने वह अविश्वसनीय दृश्य घूम गया...

* * *

सूर्यास्त के पश्चात् चन्द्रहास बड़ी देर तक वृक्षों के बीच छुपा बैठा रहा था। अन्धकार क्रमशः गहराता गया था। और आस-पास की सारी आकृतियां अन्धकार के साथ एकाकार हो गई थीं।

सामने वसुदेव का गोकुल था। उसके मध्य बने साधारण से भवन में रोहिणी रहती थीं। शेष घरों की तुलना में यह भवन कुछ नागर था। ग्राम-खेड़ों में बने साधारण भवनों से कुछ भिन्न। चन्द्रहास कब से भवन के भीतर घुसने की योजना बना रहा था; किन्तु वह जानता था कि नन्द और यशोदा अभी भवन के भीतर ही थे। जाने वे इतनी देर तक वहां क्या कर रहे थे।...अन्ततः वे भी कपाट भिड़ा कर चले गए। अब आस-पास कोई नहीं था। घर के भीतर से किसी प्रकार की कोई ध्वनि भी नहीं आ रही थी। शायद रोहिणी भी सो गई थीं।...यही समय था जब वह भीतर घुसने का प्रयत्न कर सकता था।...

वह दबे पांव द्वार की ओर बढ़ा। कपाट खुले न हुए, तो वह दीवार भी टाप सकता था।

वह अभी द्वार से कुछ पग दूर ही था कि उसने देखा कि कपाटों के नीचे से एक सर्प बाहर निकला। साधारण सर्प नहीं था वह। नाग ही नहीं, वह तो शेषनाग लग रहा था। इस अंधेरे में भी उसका वर्ण देखने में कोई कठिनाई नहीं थी। हिम के समान श्वेत रंग था उसका। लगता था जैसे उसकी त्वचा के नीचे दीपक जल रहे हों। वह स्वतःप्रकाशित था। अच्छा था कि उसका रंग काला नहीं था। अन्यथा इस अन्धकार में उसे देखना भी कठिन होता और चन्द्रहास स्वयं ही उसके चंगुल में जा फंसता।...

चन्द्रहास ने अपने जीवन में कभी ऐसा सर्प नहीं देखा था।...एक ओर उसका मन उसके रूप-रंग पर चकित हो रहा था; और दूसरी ओर वह विचार कर रहा था कि यदि ऐसा सर्प घर के भीतर से आ रहा था तो घर के भीतर रहने वाले लोग जीवित कैसे हो सकते थे?...शायद यही कारण है कि घर के भीतर से किसी

प्रकार का कोई स्वर नहीं आ रहा। कोई हल्की-सी आहट भी नहीं है।...तो क्या करे चन्द्रहास? यहीं दुबका बैठा रहे; और इस अद्भुत सर्प को चला जाने दे... या घर में घुसने का प्रयत्न करे? देखे कि वहां कौन-कौन है। कोई जीवित भी है या नहीं।...यदि यह सर्प उसके मार्ग में आए तो चन्द्रहास उसे मार दे। उसके पास शस्त्र भी है। वैसे सर्प को मारने के लिए शस्त्र की क्या आवश्यकता है? किसी लाठी से, किसी ईंट-पत्थर से उसका फन कुचला जा सकता है...

पर चन्द्रहास ने देखा कि वह सर्प वृक्षों और झाड़ियों की ओर न बढ़ कर वहीं कुंडली मार कर द्वार के सम्मुख बैठ गया, जैसे रात-भर वहीं बैठ कर चौकसी करने का संकल्प किए हुए हो।...तो क्या करे चन्द्रहास?...भिड़ जाए उस सर्प से?

सहसा सर्प ने उसे पुकारा, "चन्द्रहास!"

चन्द्रहास के पैरों तले की भूमि खिसक गई...सर्प न केवल उसे देख रहा था। वह उसका नाम भी जानता था और वह बोल भी सकता था।...सर्प भी कभी मनुष्य के समान बातें करते हैं क्या? यह सब तो कथा-कहानियों में ही होता है।...

उसने स्वयं को चिकोटी काटी। कहीं वह बैठा-बैठा सो तो नहीं गया?...नहीं! वह सोया नहीं था। वह जाग रहा था, सचेत था, सजग था।...

"मैं बोल नहीं रहा हूं चन्द्रहास!" सर्प ने कहा, "तुम मनुष्यों के साथ यही कठिनाई है। तुम लोग बोले बिना संवाद नहीं कर सकते। मेरे साथ ऐसा नहीं है। देखो, मेरा मुख एकदम बन्द है। मैं संवाद के लिए वाणी का प्रयोग नहीं करता। मैं उसके बिना भी अपने मन की बात तुम्हारे मन तक पहुंचा सकता हूं।"

चन्द्रहास स्तब्ध-सा बैठा रहा। लगता था, सर्प ने अपनी दृष्टि से ही उसे कीलित कर दिया था। वह स्वयं को हिलने-डुलने में सर्वथा असमर्थ पा रहा था।

"तुम सारा दिन नन्दगांव में खोजते फिरे हो कि यहां किसी बालक का जन्म हुआ है क्या? या कोई शिशु मथुरा से लाया गया है क्या? क्यों जानना चाहते हो? इसीलिए न कि अपने स्वामी कंस को यह सूचना दे सको। कितने नीच हो तुम। अपनी आजीविका के लिए ऐसा अधर्म कर रहे हो। यदि किसी के घर में सन्तान ने जन्म लिया हो तो उसका वध कर देना चाहिए क्या? मैं तुम्हारे पुत्र को डस दूं और उसकी मृत्यु हो जाए तो तुम्हें कैसा लगेगा? यह कैसी आजीविका है तुम्हारी? न देश के लिए कुछ कर रहे हो, न मानवता के लिए, न भारतवर्ष के लिए, न

यादवों के लिए...केवल अपने पेट के लिए एक हत्यारे की चाकरी कर रहे हो।" लगा जैसे सर्प हंसा हो, "चलो, मैं तुम्हारी सहायता कर देता हूं। मैं बता देता हूं कि मेरा जन्म हुआ है। मैंने जन्म लिया है। सुना तुमने चन्द्रहास! मैंने जन्म लिया है। जाओ, बता दो कंस को। उससे कहना कि साहस हो तो आए और मेरा वध करे।" सर्प ने रुक कर उसकी ओर देखा, "तुम्हें कुछ सत्य और बता दूं। कंस मुझे मार नहीं सकता। मैंने इसलिए तो जन्म नहीं लिया कि कंस मुझे मार सके। तुम कंस को मेरे विषय में बताओगे तो वह तुम्हारा विश्वास नहीं करेगा। तुम्हें विक्षिप्त मान कर तुम्हारा वध कर देगा।...डरो नहीं, मैं तुम्हें दंश नहीं करूंगा। चाहूं तो कर सकता हूं; किन्तु दंश की आवश्यकता नहीं है। तुम्हें कस कर जकड़ लूंगा और पीस डालूंगा।...पर मैं वह भी नहीं करूंगा। तुम मेरे द्वारा यमलोक नहीं जाओगे। किन्तु मैं तुम्हें न भी मारूं तो तुम अब जीवित नहीं रहोगे। मुझे देख लेने का फल जीवन की पूर्णता है। तुम्हारा जीवन अब समाप्ति की ओर है।"

सर्प क्षण-भर रुक कर बोला, "जाओ। मैंने तुमको मुक्त किया। अब तुम चल-फिर सकते हो। पर यदि यहीं रुके रहे अथवा इस भवन की ओर बढ़े तो तुम जीवित तो रहोगे; किन्तु चलने-फिरने और बोलने योग्य नहीं रहोगे। मेरे ही समान धरती पर मौन-मूक घिसट सकोगे। वह भी अधिक दिन नहीं, क्योंकि मरना तो तुम्हें है ही।..."

❋ ❋ ❋

"तुम यह पता लगाने गए थे कि रोहिणी के पास देवकी का सातवां पुत्र है या नहीं और तुम यह सूचना लाए हो कि गोकुल में सर्पों की संख्या बहुत हो गई है।" कंस उसकी आंखों के आर-पार देख रहा था।

क्या कहता चन्द्रहास! टुकुर-टुकुर कंस की ओर देखता रहा। यदि वह सच-सच बता दे तो क्या उसका स्वामी उसका विश्वास करेगा?

"क्या सूचना लाए हो चन्द्रहास?" कंस ने पुनः पूछा, "क्या तुम रोहिणी से मिले?"

"नहीं।"

"क्यों?"

"कैसे मिलता। वहां एकान्त नहीं हुआ।" चन्द्रहास समझ नहीं पा रहा था कि वह क्या कह रहा है।

"एकान्त! एकान्त का क्या करना था तुम्हें। तुम अभिसार करने नहीं गए थे कि एकान्त खोज रहे थे।" कंस का स्वर ऊंचा उठा, "तुम कह सकते थे कि महाराज कंस ने तुम्हें भेजा है; और तुम्हारे पास राजकीय अधिकार है कि तुम किसी के घर में घुस कर उसकी तलाशी ले सको।"

"किसको कहता? उस सांप को?" चन्द्रहास के मुख से निकला और वह संभल गया, "महाराज! कोई था ही नहीं, जिसको मैं ऐसा कुछ कहता।"

"जब कोई था ही नहीं तो तुम्हें वसुदेव के गोकुल में जाने से किसने रोका था?" कंस का धैर्य चुक गया था, "तुम गए क्यों नहीं?"

"महाराज! वह सर्प..." चन्द्रहास के मुख से शब्द ही नहीं निकल रहे थे।

"सर्प क्या?"

"वहां सर्प का जन्म हुआ है।" चन्द्रहास अन्ततः बोला, "उसने मुझसे स्वयं कहा है कि उसने जन्म लिया है..."

चन्द्रहास को पता ही नहीं चला कि कब कंस ने अपनी भुजा बढ़ा कर दीवार पर टंगा शूल लिया और उसके वक्ष के आर-पार कर दिया।

दर से द्वारपालों ने देखा कि गूढ़पुरुषों का प्रमुख धरती पर गिर पड़ा है; और उसके वक्ष में एक शूल गड़ा है। वे दौड़ते हुए आए।

"ले जाओ इसे।" कंस बोला, "प्रातः इसे श्मशान में डोमों के सामने फेंक आना।"

द्वारपाल खड़े देखते रह गए; और कंस अपने शयनकक्ष में अपनी रानियों के पास लौट गया।

23

वसुदेव आ कर देवकी के निकट बैठ गए।

देवकी ने उनकी ओर देखा, "क्या सोच रहे हैं?"

"सोचना बन्द कर दिया है मैंने।" वसुदेव बोले, "जब तक मानता था कि निर्णय मेरे मस्तिष्क को करना है; और कर्म मेरे शरीर को करना है, तब तक बहुत सोचता था। तब 'मैं' कर्ता था।"

"अब निर्णय किसको करना है?"

"निर्णय तो सारे हो चुके।" वसुदेव बोले, "तुम्हें नहीं लगता कि जो कुछ घटित हो रहा है, वह दैवीय विधान है। पहले भी मैं यह जानता था कि यह दैवीय विधान है; किन्तु जानना चाहता था कि ऐसा विधान क्यों है?"

"कोई समाधान मिला?"

"नहीं! समाधान तो नहीं मिला; किन्तु अपना मार्ग मिल गया।"

"कैसा मार्ग?"

"यह समझ में आया कि निर्णय तो प्रकृति ने कर दिया; किन्तु उस निर्णय को कर्म रूप में परिणत करना मेरा दायित्व है। प्रकृति ने यह कार्य मुझे सौंपा है। प्रकृति के आदेश का पालन मुझे करना ही होगा। कहना यह चाहिए कि प्रकृति अपने निर्णय का पालन मुझसे करवाएगी।"

"अर्थात् आप किसी के माध्यम हैं। यन्त्र हैं। निर्णय किसी और का है; और वह आपसे काम करवा रहा है।"

"हां!" वसुदेव बोले, "काम वह करवा रहा है, तो करते चलो। उसमें सोचना क्या है। 'यन्त्र' का काम सोचना नहीं है।"

"अब? अब तो आपने सोचना भी बन्द कर दिया है।"

"सातवां पुत्र सुरक्षित निकल गया। कंस की पकड़ में नहीं आया। तभी मैं समझ पाया कि निर्णय ही उसका नहीं है, अब तो कर्म भी उसी का है।" वसुदेव की आंखों में अश्रु भर आए, "यह क्या मेरे वश का था? यह क्या मैंने किया? वही कर रहा है। वही करता है। तो अब सोचना क्या?" वसुदेव ने अपने अश्रु पोंछे, "उसके समान दयालु कौन है। करता स्वयं है और यश हमको देता है।"

"यश का अर्थ क्या?" देवकी हंस रही थीं।

"ठीक हंस रही हो प्रिये! यश का अर्थ क्या? यश की सार्थकता क्या?" वसुदेव भी हंस पड़े, "किसी दूसरे की सम्पत्ति पर अपना नाम लिखना। उसके कारण स्वयं को दूसरों से महान् मानना। अपने लिए महत्त्व मांगना। दूसरों को साधारण और स्वयं को विशिष्ट मानना।"

"अन्य लोगों को स्वयं से कुछ हीन मानना।" देवकी ने जोड़ा।

"एकदम ठीक।" वसुदेव बोले, "पहले सोचा करता था कि कंस दुष्ट है, राक्षस है। मुझे उससे लड़ना होगा। स्वयं को, अपने परिवार को, अपने समाज को, इस भारत भूमि को उससे, उसके श्वसुर जरासन्ध से बचाना होगा। यह मेरा धर्म है। दायित्व है। यह कार्य मुझे करना है।"

"बस इतना ही सोचते थे।" देवकी ने कहा, "मैं तो यह भी सोचती थी कि विधाता कितना क्रूर है। हमसे रुष्ट है। हम निर्दोषों को अकारण ही दंडित कर रहा है।"

"अब?"

"अब सोचती हूं कि मैं क्या हूं? मैं कौन हूं? मैं किसलिए हूं?"

"सोच कर क्या पाया?"

"पाया कि मैं नहीं हूं।" देवकी की आंखें श्रद्धा से बन्द हो गईं, "मैं नहीं हूं। वही है। वही प्रसव करता है। वही जन्म लेता है। वही पीड़ा सहता है।...इसीलिए अब सोचना क्या? आत्मा के रूप में मैंने ही कामना की होगी कि मैं कंस के पापों

को प्रकट करने का दायित्व वहन करूंगी। तब शायद आत्मा जानती थी कि इसका अर्थ क्या है, किन्तु जीवात्मा को ज्ञात नहीं था। जब उस कामना का अर्थ स्पष्ट हो कर सामने आया तो जीवात्मा बहुत रोई थी; किन्तु आत्मा तो शान्त थी। इस दुःख-सुख से परे थी। जब तक यह समझ नहीं आया तब तक बहुत रोई। बहुत शिकायतें पालीं। आपसे भी रुष्ट थी। अपने पिता से भी रुष्ट थी। अपने भाई-बहनों से भी रुष्ट थी। मन होता था कि कोई कंस का वध कर दे। अब समझ में आता है कि किसी को क्या आवश्यकता थी कि कंस का वध करे। कंस तो अपना वध स्वयं ही कर रहा था। वह पग-पग करता, उसी ओर तो बढ़ रहा था। वह अपने एक-एक कृत्य से अपने जीवन की डोर का एक-एक तन्तु काटता जा रहा था। वह मेरे पुत्रों का वध नहीं कर रहा था, आत्महत्या कर रहा था।"

बाहर कुछ भारी पगों का आहट हुई। पगध्वनि आ कर उनकी कोठरी के द्वार पर रुक गई।

देवकी ने उस ओर देखा भी नहीं। वसुदेव ने दृष्टि उठा कर देखा : प्रहरियों का नायक अपने साथियों के साथ अपने दैनिक नियमित निरीक्षण पर था। यह टोली मागध सैनिकों की थी।

"क्या खिचड़ी पक रही है?" नायक का स्वर पर्याप्त आपत्तिजनक था।

"खाओगे?" वसुदेव ने हंस कर पूछा।

"बड़े प्रसन्न दिखाई पड़ रहे हो।" वसुदेव की हंसी ने नायक का हृदय चीर कर रख दिया। उसका उफनता रक्त उसकी वाणी में आ समाया, "षड्यन्त्रकारी कहीं के। एक बार महाराज से अनुमति मिल जाए तो तुम्हारे ये बहुत दिखने वाले दांत मैं ही तोड़ूंगा।"

"तो जाओ, महाराज से आज्ञा ले आओ।" वसुदेव मुस्कुराए, "बहुत पीड़ा है इन दांतों में। विश्वास करो, तुम्हें काटूंगा नहीं।"

"ठीक है। ठीक है। हंस लो कुछ दिन और।" वंह दांत पीसता हुआ बोला, "मैं ही आ कर तुम्हारे आठवें पुत्र को उठा कर ले जाऊंगा।"

"सुनो।" वसुदेव पूरी गम्भीरता से बोले, "अपने महाराज से कहना कि अपने गणक और भविष्यवक्ता से गणना करवा लें कि अब जिसका जन्म होगा, वह मेरा सातवां पुत्र होगा या आठवां।"

"क्यों?"

"सातवें का तो गर्भपात हो गया। उसका जन्म तो हुआ ही नहीं। वह गणना में आएगा भी या नहीं।" वसुदेव बोले, "ऐसा न हो कि तुम्हारे महाराज इसे सातवां मान लें; और वह आठवां हो। या वे इसे आठवां मान लें; और यह सातवां ही हो। यदि गणना में भूल हुई तो तुम्हारे महाराज भ्रम में ही अपने प्राणों से हाथ धो बैठेंगे।" वे रुके, "सोच लो, तब तुम्हारे दांत कौन तोड़ेगा।"

"महाराज के प्राणों की नहीं, तुम अपने प्राणों की चिन्ता करो।"

वसुदेव ने उसे देखा, "बहुत वीर हो तुम?"

"कोई सन्देह है?"

"तो अकेले भीतर आ जाओ, अपने खड्ग सहित। फिर देखते हैं कि किसका शव बाहर जाता है।" वसुदेव बोले, "अकेले में भय लगता है, तो सारा गुल्म साथ ले आओ; किन्तु तब एक खड्ग मुझे भी दे दो। परखनी है अपनी वीरता?"

"जानते हो कि तुम्हें मारने का महाराज का आदेश नहीं है, तो अपने आपको सिंह समझने लगे।"

नायक अपने सैनिकों को ले कर चला गया।

"यह क्या कर रहे थे आप?" देवकी ने पूछा।

"लीला।"

"लीलाधर तो अपनी लीला कर ही रहा है, अब आप भी।"

"देवकी!" वसुदेव बोले, "कभी-कभी तो मेरा क्षत्रिय स्वभाव जागता है; और मैं सोचता हूं कि मुझे इस प्रकार असहाय हो कर, कंस का बन्दी बने, चुपचाप बैठे नहीं रहना चाहिए।..."

"इन परिस्थितियों में आप कर ही क्या सकते हैं?"

"मैं इन सैनिकों से भिड़ सकता हूं। बाहर से कुछ सहायता प्राप्त करने का प्रयत्न कर सकता हूं। मार सकता हूं। मर सकता हूं।" वे बोले, "मेरा विश्वास करो, सौ-पचास से तो मैं अकेला ही एक खड्ग के भरोसे भिड़ सकता हूं।...कुछ सैनिक मिलें, शस्त्र मिलें और व्यूह रच सकूं; तो सम्भवतः मैं कंस को मार कर

अथवा उसे भगाकर, शायद मथुरा पर अधिकार भी कर सकता हूं। पर..."

"पर क्या?"

"पर यह खेल न केवल मथुरा का है, न मात्र कंस का। यह रोग बहुत दूर तक फैला हुआ है।...जरासन्ध-मंडल! चारों ओर चांडालों का राक्षसी राज्य है; और वे लोग संगठित हैं।...उससे टकराना तब ही सम्भव है, जब उतना बड़ा संगठन खड़ा किया जा सके।" वसुदेव क्षुब्ध हो उठे, "बहुत विलम्ब कर दिया यादवों ने। बहुत विलम्ब कर दिया। उधर भीष्म राज्य से उदासीन हो बैठे...और जरासन्ध, भौमासुर, कालयवन जैसे राक्षसों की शक्ति बढ़ती चली गई। इसीलिए किसी का साहस नहीं हुआ कि कंस के विरुद्ध एक शब्द भी बोले। और मैं वसुदेव, शूर-पुत्र वृष्णिश्रेष्ठ, वसुदेव एक-एक कर अपने पुत्रों को मरते देखता रहा; और आज यहां असहाय-सा कंस के कारागार में पड़ा हूं।..."

देवकी अपने वीर पति की पीड़ा देखती रहीं; और फिर मुस्कुराईं, "तो यन्त्र भी इतना कुछ सोचता है।"

"हां! फिर सोचता हूं कि यह सब उसकी इच्छा के बिना तो नहीं हो रहा, जिसने यह सृष्टि रची है।"

"आपका विश्वास नहीं डोलता...?"

"विश्वास डोलने दूं तो मानना पड़ेगा कि यह सृष्टि जरासन्ध ने रची है, जो सम्भव नहीं है।" वसुदेव बोले, "सोचता हूं कि कृषक अपने खेत को हल की फाल से पूर्णतः छील डालता है। नीचे की मिट्टी ऊपर और ऊपर की मिट्टी नीचे की ओर डालता है। सैकड़ों छोटे-बड़े पौधों को सड़ा-गला कर हरी खाद बना उसमें झोंक देता है। कितना पानी बहाता है। कैसे-कैसे बीज डालता है, तब कहीं जा कर एक अच्छा खेत तैयार होता है। धरती के गर्भ से अन्न उपजता है। और भूखों को अन्न मिलता है।..." मुझे लगता है देवकी! वह लीलाधर भी खेत ही तैयार कर रहा है।..."

"आपका मन यह प्रश्न नहीं पूछता कि खाद बनने के लिए हम ही क्यों? हमारे ही बच्चे क्यों?" देवकी के स्वर में आवेश था।

"नहीं! ऐसे प्रश्न नहीं पूछता मैं।"

"क्यों?"

"जिसमें खाद बनने की क्षमता होगी, वे ही खाद के रूप में धरती को पुष्ट करेंगे। अच्छा बीज ही स्वयं को गला कर अच्छा अंकुर प्रस्फुटित करेगा। कंकड़-पत्थर तो धरती और भी अनुर्वरा कर देंगे। धन्य हैं वे, जिन्हें वह अपने आदेश से किसी कार्य में नियुक्त करता है...और..." वे मौन हो गए।

"और क्या आर्यपुत्र?"

"और कभी-कभी मुझे लगता है...मैं सोचता नहीं हूं देवकी! मुझे लगता है।" वसुदेव बोले, "मुझे बोध होता है कि मैं यह हूं ही नहीं। मैं कुछ और हूं। मैं अपने-आपको पहचानता नहीं हूं। मैं अपनी वास्तविकता को विस्मृत कर भ्रमों के एक संसार में प्रवेश कर गया हूं। किन्हीं और लोकों का वासी हूं, जाने भटक कर यहां कैसे आ गया।...किन्तु आभास होता रहता है कि मैं तो यह नहीं था। मैं तो यह नहीं हूं। मैं यह नहीं रहूंगा। मैं तो कुछ और हूं। मैं वह हूं, जो कभी मरता नहीं है। मैं वह हूं, जिसे कोई मार नहीं सकता। इसीलिए मैंने कितनी ही बार कंस को चुनौती दी कि वह मुझे मारे। पर उसने कभी साहस ही नहीं किया।"

"उपनिषद् कहते हैं कि जीवात्मा, वस्तुतः आत्मा की छाया है।" देवकी ने कहा, "और आत्मा तो शाश्वत है, वह स्वयं परमात्मा है। हम सब आत्मा ही तो हैं।"

"इसीलिए मैं अनुभव करता हूं कि शोक मेरी मूल प्रवृत्ति नहीं है। दुःख मेरी प्रकृति नहीं है। मैं तो आनन्द का सहवासी हूं। तो फिर यह कंस मुझे दुखी क्यों देखना चाहता है।" वे बोले, "वह चाहता है, मैं रोऊं, गिड़गिड़ाऊं। पर वह मेरा स्वभाव नहीं है। जाने क्यों मुझे इस शरीररूपी पिंजरे में बन्द कर दिया गया है; और कंस उस पिंजरे को इस कारागार में बन्द कर प्रसन्न है। मुझे बोध होता है कि न तो यह पिंजरा मुझे बांध पाएगा, न यह कारागार।...इस कारागार में बहुत अत्याचार हुए हैं। मानवता को बहुत कष्ट दिया है, इस कारागार ने। इस कारागार को अब नष्ट होना है। यह पिंजरा इसीलिए यहां ला कर बन्द किया गया है कि वह इस कारागार को ध्वस्त करे। यह कारागार टूटने वाला है देवकी! यह कारागार टूटने वाला है। उन सबकी मुक्ति के लिए इसे टूटना होगा, जो यहां बन्द हैं।"

"आप ठीक कहते हैं।" देवकी ने कहा, "रोने-धोने से तो अच्छा है कि हम उत्साह, साहस और आनन्द बनाए रखें।"

"कभी-कभी मुझे लगता है कि मेरी इन भुजाओं में अनन्त शक्ति है। जिस क्षण चाहूं, इस कारागार की दीवारों को ढाह कर बाहर निकल जाऊं। चाहूं तो इसकी छत को फोड़ कर उड़ कर आकाश तक चला जाऊं; पर कोई मुझे रोके हुए है। कहता है, 'धैर्य रख! टूटेंगी ये प्राचीरें टूटेंगी। किन्तु तोड़ने वाला बाहर से आएगा।'"

उन्होंने देवकी के चेहरे को देखा तो पाया कि वह उत्साह से कुछ दिव्य-सा हो चला था।

24

"कैसी हो दीदी!" यशोदा ने रोहिणी के निकट आते हुए पूछा।

"ठीक हूं।" रोहिणी ने कहा, "रात तुमने मुझे दूध क्या पिलाया, जैसे कोई औषधि पिला दी हो। मैं तो ऐसी सोई कि मुझे यह भी पता नहीं लगा कि तुम दोनों कब गए। मैंने तो अन्दर से सांकल भी नहीं लगाया। तुम लोग कपाट भिड़ा गए, वैसे ही भिड़े रहे। प्रातः पक्षियों के कलरव ने जगाया तो उठ कर यह सब देखा।"

"तुम थकी हुई थीं दीदी! नींद भी आ रही थी। वैसे भी इन दिनों तुम्हें विश्राम की आवश्यकता है। पीड़ा यदि कृपालु हो जाए, कुछ समय के लिए सोने की अनुमति दे दे, तो सो लिया करो।" यशोदा ने कहा, "हम नहीं चाहते थे कि तुम्हारी नींद उघड़े, इसीलिए बिना कोई खटका किए, धीरे से निकल गए। रसोई समेट गई थी मैं। ग्वाले से पहले ही कह दिया था कि दूध देने आए तो तुम्हें न जगाए, चुपके से कपाट सरका कर दूध रख जाए।"

"देखा मैंने।" रोहिणी बोलीं, "तुम कितनी अच्छी हो यशोदा! सारे काम ऐसे सुचारु ढंग से करती हो कि मन होता है कि तुम्हें अपने कंठ से लगा लूं।"

"तो लगा लो न दीदी! तुम्हारी छोटी बहन ही तो हूं।" यशोदा ने रुंधे कंठ से कहा, "हमारा तो सामर्थ्य ही क्या है, कि तुम्हारे लिए कुछ कर सकें। भगवान् ने जाने क्यों तुम्हारे लिए यह विपदा भेजी है। शायद हमारी परीक्षा लेने के लिए ही कि हम कोई सेवा करने योग्य हैं भी या नहीं।"

"चुप पगली!" रोहिणी ने यशोदा को अपनी भुजाओं में समेट लिया, "तुम सचमुच की किसी जन्म की मेरी बहन हो। नहीं तो कोई किसी से इतना प्यार करता है क्या!"

बाहर कुछ खटका हुआ।

"लेट जाओ दीदी!" यशोदा ने कुछ घबरा कर कहा और रोहिणी को चादर ओढ़ा दी।

"क्या हुआ री!"

"कुछ नहीं दीदी! आजकल हमारे ग्राम में कुछ लोग पूछ-ताछ करते घूम रहे हैं कि क्या यहां किसी बालक का जन्म हुआ है; अथवा किसी के घर में कोई नवजात शिशु है या कोई लोगाई गर्भवती है।" यशोदा ने कहा।

"मैंने तो पहले दिन ही बता दिया था कि कंस ऐसी पूछ-ताछ करेगा ही।"

"इसीलिए तो तुम्हें लेटा दिया है।"

"पूछने वाला कोई राजपुरुष था क्या?"

"जाने कौन था।" यशोदा बोलीं, "छछून्दर जैसा चेहरा था। गोपियां आई थीं बताने। मैंने कह दिया कि कोई पूछे तो कह देना कि इन दिनों तो सारे ब्रज में सर्प ही जन्म लेते हैं। वन है तो सर्प ही जन्म लेंगे।"

"तो क्या कहा उस व्यक्ति ने?"

"बोला, तो कोई नवजात सर्प ही दिखा दो।"

"गोपी ने क्या कहा?" रोहिणी कुछ व्याकुल हो उठी थीं।

"क्या कहती गोपी। बोली, 'एक तो तेरी मैया ने ही जना है तुझे। चाहे तो दर्पण में अपना मुखड़ा देख ले। न हो तो जमना जी में मैं दिखा दूं।'"

"बड़ी नटखट हैं तुम्हारी गोपियां।"

"वे तो हैं ही।" यशोदा बोलीं, "पर वह छछून्दर भी बहुत ढीठ था। बोला, 'जमना जी में क्यों दिखाती है। अपना मुखड़ा इधर कर। उसी में देख लूं। वह किसी दर्पण से कम उजला है क्या।'"

"तो क्या बोली गोपी?" रोहिणी भी इस चर्चा में रस लेने लगी थीं।

"गोपी ने कहा, 'मेरा मुखड़ा देखा है तुमने। ब्रज के वे नेवले नहीं देखे, जो कब से तुझे ढूंढ़ रहे हैं। कहे तो एक आध को टेर लूं।'"

"अच्छा!" रोहिणी गम्भीर हो उठीं, "मथुरा में वसुदेव जी को सूचना भेजी क्या?"

"इस विषय में तो महर स्वयं ही तुमसे बात करने को कह रहे थे।"

"आज आए नहीं देवर मेरे।"

"आएंगे। वन की ओर गए हैं।" यशोदा ने कहा, "कभी-कभी चरवाहों और ग्वालों को देखना पड़ता है। वन भी जाना पड़ता है।"

"मुखिया हैं तो मुखिया का काम तो करना ही पड़ेगा।"

"अच्छा दीदी! मैं तनिक रसोई देख लूं।"

यशोदा रसोई में गईं और उधर से नन्द आ गए।

"कैसी हैं भाभी!"

"भगवान् की कृपा है।" रोहिणी ने कहा, "यशोदा कह रही थी कि मथुरा के कुछ लोग इधर नवजात शिशुओं के विषय में कुछ खोज-खबर ले रहे थे।"

"हां! कुछ लोग आए तो थे, किन्तु किसी का जन्म हुआ हो तो कोई सूचना दे।" नन्द बोले, "हां! बेचारी काशिका पर मुसीबत का पहाड़ टूट पड़ा।"

"क्यों उसे क्या हुआ?"

"पिछले दिनों काशिका का प्रसव हुआ था। बालक अब मास-भर का होने को भी आया; किन्तु वे बौड़म उसके पीछे ही पड़ गए कि वह शिशु उसका नहीं, देवकी का पुत्र है।"

"तो?" रोहिणी ने चिन्तित स्वर में पूछा।

"वह बेचारी पूछती ही रही कि कौन देवकी; किन्तु वे तो उसके शिशु को मथुरा ले जाने पर ही तुल गए। सारे नन्दग्राम के हस्तक्षेप से उसकी मुक्ति हुई।" नन्द ने कहा, "सबने साक्षी दी कि वे जानते हैं कि काशिका नौ मास की गर्भवती थी। वह दाई वहां थी, जिसने प्रसव कराया था। उन गोपियों ने साक्षी दी, जो उस समय वहां उपस्थित थीं। बड़ी कठिनाई से बेचारी अपने पुत्र को बचा पाई।"

"बड़ी कृपा हुई प्रभु की कि वह शिशु उन राक्षसों से बच गया," रोहिणी ने जैसे अपने आपसे कहा, "नहीं तो वे उसे मथुरा ले जाते और जीवित नहीं छोड़ते।"

"मैं भी अब इस बात की गम्भीरता को समझ पाया हूं।" नन्द बोले, "यह तो चरम सीमा है दुष्टता की। और फिर कंस स्वयं को हम सब का राजा कहता है। दुष्ट! पापी! शिशुओं का हत्यारा!"

"आर्यपुत्र को मेरी कुशलता का समाचार भेजा?"

"भाभी! इतना ही कहलवाया था कि यहां सब कुशल-मंगल है; किन्तु वह इतना भी नहीं कह पाया..."

"क्यों?"

"वह यह समाचार लाया है कि मथुरा में कुशल नहीं है।"

रोहिणी ने नन्द की ओर चिन्ताभरी दृष्टि से देखा।

"कंस ने आर्य वसुदेव और महादेवी देवकी को कारागार में डाल दिया है।" नन्द धीरे से बोले, "वे अब पहले के समान स्वतन्त्र नागरिक नहीं हैं।"

रोहिणी मौन रह गईं : यह तो होना ही था।...कंस को जब देवकी का सातवां पुत्र नहीं मिला होगा तो उसका क्रोध सातवें आकाश पर जा पहुंचा होगा। उसने आर्यपुत्र का वध नहीं किया तो उसे कुछ न कुछ तो करना ही था।

"स्वतन्त्र वे पहले भी कब थे।"

"फिर भी घर में, आंगन में, नगर में, स्वतन्त्रतापूर्वक घूम-फिर तो सकते थे। अपने मित्रों और सम्बन्धियों से मिल तो सकते थे।" नन्द ने कहा, "अब तो एक कोठरी में शलाकाओं के पीछे बन्द हो गए। हमारे ग्राम से जो व्यक्ति गया था, वह तो यह भी पता नहीं लगा पाया कि वे किस कारागार में हैं। उन्हें देख पाना या उनसे मिलना तो बहुत दूर की बात है। हम तो यह भी नहीं जानते कि उनके हाथ-पैर खुले हैं या उन्हें हथकड़ी-बेड़ी डाल दी गई है।" उन्होंने रुक कर रोहिणी की ओर देखा, "भाभी, भगवान् इन दुष्टों का नाश क्यों नहीं करता?"

"उसी का प्रबन्ध हो रहा है देवर जी!" रोहिणी ने आकाश की ओर देखते हुए कहा, "मुझे लगता है, भगवान् उसी की भूमिका बांध रहे हैं।"

नन्द ने उस दृष्टि से रोहिणी को देखा, जिसमें रोहिणी के प्रति विश्वास नहीं था।

"मथुरा का सबसे सात्त्विक पुरुष इस प्रकार सताया जा रहा हो और सारे संसार में कहीं एक आह भी न उठे तो कैसे विश्वास हो कि भगवान् दुष्टों को मारने की भूमिका बना रहे हैं।"

"आपके हृदय से आह उठ रही है न! ऐसे ही कुछ और लोग भी होंगे।" रोहिणी ने कहा, "हां! वे लोग कहीं संगठित होते दिखाई नहीं पड़ रहे। कहीं संघर्ष अंकुरित होता नहीं दीख रहा। कहीं सेनाओं का निर्माण नहीं हो रहा।"

नन्द ने कुछ नहीं कहा, किन्तु उनका मन बहुत उद्विग्न था।...कंस ने वसुदेव और देवकी के छह पुत्रों का वध कर दिया था। सातवां जीवित नहीं है, तो भी वह उसको खोज रहा है। खोजने में सफल नहीं हुआ तो अब उन दोनों को कारागार में डाल दिया। वृष्णिश्रेष्ठ को कारागार में डाल दिया।...और कहीं से विरोध का कोई स्वर नहीं उठ रहा है। कहीं कोई विद्रोह, कोई प्रतिकार नहीं। वसुदेव के सम्बन्धी, संगी-साथी, राज्य के सारे मन्त्री और सेनापति...कोई भी तो नहीं बोल रहा। किसी कुलवृद्ध ने भुजा उठाना तो दूर, भृकुटी तक टेढ़ी नहीं की।...कोई कुलवृद्ध है ही कहां! जब इस कुलांगार ने अपने पिता महाराज उग्रसेन को कारागार में डाला था, तब कोई नहीं बोला तो आज कोई कहां से बोलेगा...ये शुभ लक्षण नहीं हैं।

"क्या सोच रहे हैं नन्दराय?" रोहिणी मुस्कुरा रही थीं।

"सोच रहा हूं भाभी! कि इस राज्य में इतना अन्याय हो रहा है और प्रजा कहीं राजा का विरोध नहीं कर रही...।"

"प्रजा का धर्म राजा का विरोध तो नहीं है।" रोहिणी ने कहा।

"प्रजा विरोध नहीं करेगी, तो कंस के राज्य में जीवित कैसे रहेगी।" नन्द की चिन्ता बढ़ती ही जा रही रही थी।

"वस्तुतः लोग एक भ्रम में जी रहे हैं कि कंस उनका राजा है।"

"तो कंस हमारा राजा नहीं है?" नन्द चकित थे।

"नहीं! वह एक दस्यु है।" रोहिणी ने कहा, "जिसने महाराज उग्रसेन से ही नहीं, सारे यादवों से उनका राज्य छीन लिया है। उनके अधिकारों का अपहरण कर लिया है।"

"तो हम लोगों को यह समझ में क्यों नहीं आता कि वह राजा नहीं, दस्यु है?" नन्द श्रद्धाभरी दृष्टि से रोहिणी को देख रहे थे, जैसे वे स्वयं ज्ञान की देवी, सरस्वती हों।

"यह प्रजा की जड़ता है नन्द महर! प्रजा मानती आई है कि जो राजसभा में सिंहासन पर बैठा है, वही उनका राजा है।" रोहिणी ने कहा।

"तो क्या वह राजा नहीं होता?"

"महर! आपको आपके लोग, हम सब, 'महर' मानते और कहते हैं। क्यों? इसीलिए न कि आप सबकी सुविधा-असुविधा का ध्यान रखते हैं। सबकी आजीविका की चिन्ता करते हैं। सबकी रक्षा का प्रबन्ध करते हैं। इसीलिए यहां के प्रधान हैं आप। इसीलिए मुखिया हैं आप। राजा वह होता है, जो अपनी सन्तान के समान प्रजा की रक्षा करता है।" रोहिणी ने कहा, "वह नहीं, जो सारा धन अपने लिए चाहता है, सारा सुख अपने लिए चाहता है। तनिक-सा विरोध होने पर दूसरों के प्राण ले लेता है। जो शत्रुओं से तो अपनी प्रजा की रक्षा नहीं ही करता, स्वयं भी प्रजा का भक्षक बन जाता है। कंस राजा नहीं है, नन्द महर! वह एक दस्यु है, जिसने आपकी राजसभा, आपके सिंहासन, आपकी सेना और आपके राजकोष पर बलात् अधिकार कर लिया है। सब-कुछ हड़प लिया है उसने। हमें इन सबको मुक्त कराना होगा। तभी यहां न्याय का राज्य होगा। तभी प्रजा सुख से जी सकेगी।"

"उसके लिए क्या करना होगा भाभी?"

"सबसे पहले तो प्रजा की चेतना को कंस के कारागार से मुक्त करना होगा।" रोहिणी ने कहा, "प्रजा का यह भ्रम दूर करना है कि कंस उनका राजा है।"

"राजा कंस नहीं है तो यादवों का राजा कौन है?" नन्द कुछ सम्भ्रम में थे।

"कोई वन में रह कर प्रजा को लूटे, उसे पीड़ित करे, तो वह क्या है?"

"वह दस्यु है।"

"और वही दस्यु वन से निकल कर राजप्रासाद में आ जाए, तो वह राजा हो जाएगा क्या?" रोहिणी ने कहा, "इसी भ्रम को तो मिटाना है। राजप्रासाद में रहने, राजसभा में सिंहासन पर बैठने तथा सेना पर नियन्त्रण कर लेने से तो कोई राजा नहीं होता।"

"तो?"

"अपनी रक्षा के लिए सेना किसने बनाई?"

"हमने।"

"उनके वेतन के लिए धन किसने दिया?"

"हमने।"

"उनके सेनापति और राजा के लिए प्रासाद किसने बनाया?"

"हमने।"

"अब कंस नामक एक व्यक्ति ने प्रजा के द्वारा निर्वाचित राजा उग्रसेन को बन्दी कर कारागार में डाल दिया, और स्वयं उस सिंहासन पर बैठ गया तो वह राजा हो जाएगा?"

"नहीं!"

"सेना उसकी हो जाएगी?"

"नहीं!"

"आदेश उसका चलेगा?"

"नहीं।"

"पर ऐसा हो गया है।" रोहिणी ने कहा, "तो अब क्या हो?"

नन्द चिन्तित से खड़े रह गए। फिर धीरे से बोले, "मुझे लगता है कि हमें उस सेना से लड़ना होगा जो राजा नहीं, एक दस्यु की आज्ञा का पालन कर रही है।"

"पर वह सेना तो हमारी है।" रोहिणी बोलीं, "हम अपनी ही सेना से लड़ेंगे क्या?"

"नहीं।"

"हमको अपने सैनिकों का वध नहीं करना है; किन्तु यह समझना है कि इस समय हमारी सेना एक दस्यु का यन्त्र बनी हुई है।" रोहिणी ने कहा, "और यदि हम अपनी सेना से लड़ने का निश्चय कर भी लें, तो लड़ नहीं पाएंगे।"

"क्यों?"

"क्योंकि कंस जिस दस्युदल का सदस्य है, उसका नेता जरासन्ध है।" रोहिणी ने कहा, "वह अपने दल-बल के साथ कंस की सहायता को आएगा।"

"इसका अर्थ है कि प्रजा को राजा की सेना पर नहीं, समाज की शक्ति पर भरोसा करना चाहिए।" सहसा नन्द ने कहा।

"आप ठीक कह रहे हैं देवर जी!" रोहिणी बोलीं, "सत्ता समाज के हाथों में होनी चाहिए, सिंहासन के पायों में नहीं। सिंहासन का अपहरण कभी भी हो सकता है; किन्तु समाज की बुद्धि का अपहरण कभी नहीं हो सकता। मुझे पूरा विश्वास है कि यदि आज हमारा समाज पहल करे तो सारे सेनापति और मन्त्री राजा का साथ छोड़ देंगे। वे बेचारे तो लोभ, भय अथवा मूढ़ता के कारण राजा का साथ दे रहे हैं।...मैं चाहूंगी कि मेरा लल्ला बड़ा हो कर शक्तिशाली बने। अपनी रक्षा के लिए राजा पर नहीं, अपनी भुजाओं पर निर्भर रहे। और इस बात को समझे कि राजा और दस्यु में बहुत अन्तर होता है।"

"मैं समझ गया भाभी!" नन्द के स्वर में कुछ उत्साह जागा, "ब्रज के गोपों को राजा की सेना पर नहीं, अपने बल पर निर्भर रहना चाहिए।"

25

रोहिणी के भवन में समारोह का वातावरण था।

यशोदा ने लल्ला को नहला-धुला कर नए कपड़े पहनाए थे। बालक का पहला परिधान मथुरा से, यदुवंशियों के कुलगुरु गर्गाचार्य ने भेजा था। शिशु का नाम प्रस्तावित हुआ था – 'राम'।

"नाम कैसा लगा दीदी!" यशोदा ने पूछा, "आपको कर्णप्रिय लगा?"

"कर्णप्रिय तो बहुत है।" रोहिणी ने कहा, "पर मैं अपने पुत्र का नाम इतना मृदुल नहीं रखना चाहती।"

"तो क्या नाम रखना चाहती हैं आप?"

"बलराम।"

"सुन्दर नाम है। हमारा लल्ला भगवान् की कृपा से हृष्ट-पुष्ट भी है।" यशोदा ने कहा।

"चल अब रहने दे।" नन्द ने टोका, "नज़र लगा कर रहेगी क्या। बाहर किसी को मत कह देना यह सब।"

"मेरी नज़र नहीं लगती इसको। लो दिठौना लगा देती हूं।" यशोदा ने बलराम को काजल का टीका लगा दिया, "और पागल मत समझो मोहे।"

"इन सब लोगों को बुला कर आपने अच्छा नहीं किया।" राजपुरुष का आत्मविश्वास कुछ डोलता दिखाई दिया।

"मैंने किसी को नहीं बुलाया।" रोहिणी का स्वर तीखा था, "आप ही अपने छह अश्वों के रथ का आकर्षण दिखा कर इन सबको निमन्त्रण देते आए थे।"

नन्द उनके निकट आ गए थे। यशोदा कुछ पीछे थीं।

"क्या बात है भाभी?"

"ये महापुरुष मथुरा से आए हैं। स्वयं को कंस का राजपुरुष बता रहे हैं।" रोहिणी ने कहा, "मुझसे मेरे परिवार के विषय में कुछ बातें करना चाहते हैं।"

नन्द ने दृष्टि उठा कर राजपुरुष की ओर देखा।

"आप इन लोगों के बल पर कोई उपद्रव करेंगे तो मैं आज लौट जाऊंगा; किन्तु अगली बार सैनिकों के अनेक गुल्म आएंगे। तब मैं देखूंगा कि आप मुझे कैसे रोकते हैं।" वह जाने के लिए मुड़ा।

"रुकिए राजपुरुष महोदय! यहां कोई उपद्रव नहीं हो रहा।" नन्द ने मधुर स्वर में कहा, "जहां तक मेरा सम्बन्ध है, मैं तो केवल ग्राम-प्रमुख होने के दायित्व का निर्वाह कर रहा हूं। भाभी यहां अकेली हैं। उनका ध्यान रखना मेरा नैतिक और प्रशासनिक दायित्व है। आप किस बात से इस प्रकार भड़क रहे हैं। अकारण तो हमारी गउएं भी दुलत्तियां नहीं झाड़तीं।"

"आप अपने साथ लोगों की भीड़ ले कर क्यों आए हैं?" राजपुरुष ने रोष जताया।

"अब बाहर चल। अपनी इन गोपियों को संभाल।" नन्द ने कहा, "कैसी उमड़-उमड़ कर आई हैं।"

"तुम्हें तो किसी का हंसना-बोलना ही अच्छा नहीं लगता।" यशोदा ने उलाहना दिया, "बालक का जन्म हुआ है तो सारा ग्राम एकत्रित होगा ही। ये एकत्रित नहीं होंगी तो सोहर तुम गाओगे क्या?"

बलराम को ले कर यशोदा बाहर आंगन में आ गईं।

गोपियां चारों ओर से झपट पड़ीं, "हमें भी दिखाओ। हमें भी दिखाओ।"

"यह लो। कभी बालक न देखा तुम लोगों ने?"

"बालक तो बहुत देखे, पर वृष्णियों का राजकुमार नन्दग्राम में जन्म लेगा,

यह कभी न सोचा था।" गंगा चाची ने आगे बढ़ कर बलराम को यशोदा के हाथों से ले लिया।

शेष गोपियां भी उस पर झुक आईं।

"रोहिणी का लल्ला स्वस्थ है। कोई नज़र मत लगैयो।" चाची ने जैसे घोषणा की, "भगवान् से प्रार्थना करो कि वे राजा कंस को बुद्धि दें; और हमारे वसुदेव मुक्त हों। वे अपने पुत्र को देखने हमारे ग्राम आएं तो हम पुत्र-जन्म की बधाई गा कर न्यौछावर में उनसे गैया मांगें।"

"बधाई तो हम आज भी गाएंगी।" वृद्धा लक्ष्मी ने कहा, "हमने प्रसव नहीं कराया तो उसमें हमारा दोष थोड़ी है, देवी ने हमें बुलाया ही नहीं। सोचा होगा, गांव-गंवई की दाई को क्या बुलाना।"

"बधाई गाओ मौसी! और न्यौछावर भी मांगो। ज़रूर मांगो।" चन्द्रिका भाभी ने उसे झकझोरा, "छोड़ना मत। नहीं तो सबको यही बान पड़ जाएगी; और सब नन्दरानी को बुला लिया करेंगे। तुम्हारा तो धन्धा ही चौपट हो जाएगो।"

"हाय दैया!" लक्ष्मी ने यशोदा को आ पकड़ा, "नन्दरानी! महर से परिवाद करूंगी मैं। तुम सबके कारज कर दिया करोगी तो मुझ वृद्धा का पालन कैसे होगा री!"

यशोदा ज़ोर से हंसीं, "मौसी! जो होना था सो हो गया। अब तो तुम बधाई गाओ। तुम्हारी गैया पक्की। देवी रोहिणी ने न दी तो मैं दूंगी।"

"अरे वाह! बड़े ठाठ हैं लक्ष्मी मौसी के।" कादम्बिनी बोली, "मौसी तुम तो एक बधाई, अपनी नन्दरानी के लिए भी गा दो।"

"आय रहा है। आय रहा है। अपनी यशोदा रानी का भी समय आय रहा है।" लक्ष्मी ने कहा, "तुम समझती हो, बहुत दूर है क्या। कोई दूर-वूर नहीं है। आ गया समय अब।"

"ऐं!" गोपियों ने आश्चर्य से यशोदा की ओर देखा, "नन्दरानी हमें तो पता ही नहीं चला।"

"पता लगने का समय आएगा तो पता लग जाएगा।" लक्ष्मी ने कहा, "पर

अब दूर न समझो। भगवान् हम सबकी प्रार्थना को ठुकरा नहीं सकते। न नन्दरानी की गोद ख़ाली रहेगी, न उनका आंगन सूना रहेगा।"

"बताओ नन्दरानी! बताओ।" गोपियों ने यशोदा को घेर लिया।

"क्या बताऊं!" यशोदा सकुचाई-सी बोलीं, "मुझे स्वयं पता नहीं है। लक्ष्मी मौसी ने जाने क्या फुलझड़ी छोड़ दी है।"

"गाओ री गाओ।" गंगा चाची ने ललकारा, "पहली बधाई बलराम के लिए और दूसरी नन्दरानी के आने वाले लला के लिए। लक्ष्मी की कोई सूचना झूठी नहीं होती।"

26

रोहिणी ने उस व्यक्ति को पहले कभी नहीं देखा था। वह शोभनीय वेशभूषा में था। रथ पर आया था; और रथ रोक कर उनके द्वार पर खड़ा हो गया था।

"कौन हैं आप?" रोहिणी को पूछना ही पड़ा था।

"देवि! मैं दिवावर्द्धन हूं। महाराज कंस की राजपरिषद् का सदस्य हूं।"

"वह तो दिख ही रहा है कि राजपुरुष हैं।" रोहिणी का स्वर कुछ व्यंग्यात्मक हो गया था, "राजसी वेशभूषा है। रथ पर आए हैं। राजपुरुष ही होंगे। कोई साधारण व्यक्ति तो इस प्रकार यात्रा करता नहीं।"

"देवी ने ठीक ही समझा। महाराज कंस की बहुत कृपा है मुझ पर।"

"आप जानते ही होंगे कि महाराज की मेरे श्वसुरकुल पर भी बहुत कृपा है।" रोहिणी अपना रोष रोक नहीं पा रही थीं, "कहिए, इस बीहड़ वन में आने का कष्ट कैसे किया?"

"भीतर आने को भी नहीं कहेंगी?" वह व्यक्ति धृष्ट मुस्कान के साथ बोला।

"आप भी जानते ही होंगे कि मथुरा के राजपुरुषों के साथ हमारे सम्बन्ध आजकल कोई इतने मधुर तो नहीं हैं कि उन्हें अपने घर में बुला कर उनका आदर-सत्कार किया जाए।" रोहिणी का स्वर मृदुल नहीं हुआ था।

"मैं आपके परिवार के हितैषी के रूप में आया हूं।"

"कहिए, क्या हित करने आए हैं आप?"

"क्या द्वार पर खड़े रह कर इस प्रकार की पारिवारिक बातें करना उचित

होगा?" वह बोला, "मैं समझता हूं देवि! कि हमारी चर्चा, एक अत्यन्त गोपनीय विषय है।"

"गोपनीय कैसे है?" रोहिणी ने कहा, "आप जिस प्रकार छह अश्वों के रथ पर आए हैं, उससे तो अब तक सारा ब्रज जान गया होगा कि मथुरा से कोई राजपुरुष आया है। आप देखेंगे कि किसी को बुलाने की आवश्यकता नहीं होगी, थोड़ी ही देर में सारे ब्रज से लोग मेरे गोकुल में एकत्रित हो जाएंगे।"

"फिर भी।" उसने आग्रह किया, "माना कि मेरा आना गोपनीय नहीं है; किन्तु हमारी चर्चा गोपनीय विषयों के सन्दर्भ में है।"

"गोपनीय ही सही।" रोहिणी बलपूर्वक बोलीं, "किन्तु मैं पूर्ण एकान्त में आपसे कोई चर्चा नहीं करूंगी। अच्छा हो कि आप भी इस प्रकार का कोई आग्रह न करें।"

"तो आप चाहती हैं कि मैं सारे नन्दगांव के सामने आपके परिवार के सारे रहस्य उधेड़ कर रख दूं।" वह वक्रता से मुस्कुराया।

"मैं नहीं जानती कि आप किन रहस्यों की चर्चा कर रहे हैं।" रोहिणी ने कहा, "जहां तक मैं जानती हूं, यह कोई रहस्य नहीं है कि आपके महाराज कंस ने हमारे छह पुत्रों का वध कर दिया है।"

"आप कदाचित् देवकी-पुत्रों की चर्चा कर रही हैं।"

"वे वृष्णिश्रेष्ठ आर्य वसुदेव के पुत्र थे। उनकी पत्नी होने के नाते वे मेरे भी पुत्र थे।" रोहिणी ने तेजस्विनी वाणी में कहा, "उनका प्रसव देवकी ने किया तो इसका यह अर्थ नहीं है कि वे मेरे पुत्र नहीं थे।"

"मैं भी इसी सन्दर्भ में आपसे कुछ बातें करना चाहता हूं।" वह बोला।

"अवश्य कीजिए किन्तु इस एकान्त में नहीं।"

"न ये बातें सार्वजनिक हैं और न उनका सार्वजनिक होना उचित है।" राजपुरुष ने मुस्कुरा कर कहा।

"जानती हूं।" रोहिणी पूर्णतः दृढ़ थीं, "किन्तु किसी राजपुरुष से एकान्त में यह चर्चा भी शोभनीय नहीं हैं।"

नन्द और यशोदा आते दिखाई दिए। उनके पीछे-पीछे नन्दगांव के अनेक लोग थे। एक भीड़ थी, जो अनायास ही सागर की लहरों के समान उमड़ आई थी।

"मैं नहीं लाया। उन्हें उनकी उत्सुकता और जिज्ञासा ले आई है।" नन्द हंसे, "ये सब तो हमारी गलियों-वीथियों में खेलने वाले लड़के-बाले हैं। किसी के हाथ में गैया हांकने वाली लठिया भी नहीं है। आप किससे भयभीत हैं? अपने मन के कलुष से?"

"क्या कहना चाहते हैं आप?"

"हमारे युवा आए होते, दंगल में प्रवीण हमारे मल्ल आए होते, तब आपको कोई आपत्ति होती तो मैं समझ पाता। यमुना के घाट से लौटती गोपियों को देख कर तो आप नहीं घबराएंगे?" नन्द बोले, "हमें अपने सैनिकों की धमकी मत दीजिए। हमारे लठैत कभी-कभी खड्ग और शूल भी उठा लेते हैं; और इस वन में वे आपके गुल्मों को ही नहीं पूरी वाहिनी को थका मारेंगे।" नन्द ने राजपुरुष की ओर देखा, "महाराज कंस को नहीं, किन्तु आपकी धमकी को चुनौती देता हूं कि जब चाहें वृन्दावन में अपने सैनिक उतार कर हमारी परीक्षा ले लें; किन्तु हम अकारण उपद्रव नहीं करते।"

राजपुरुष भी समझ रहा था कि नन्द उसकी धमकी से तनिक भी भयभीत नहीं थे। उन्हें और डराने-धमकाने का अर्थ होता, उनके सौजन्य को नष्ट कर, उन्हें उत्तेजित करना। उनकी धमकी में सार था। ऐसा न होता तो कंस पहली बार ही अपनी वाहिनी भेजता। अकेले दित्रावर्द्धन को अपनी चतुराई का प्रयोग करने क्यों भेजता।

"आप महाराज कंस की शक्ति से भयभीत नहीं हैं?" उसने टोह लेने का प्रयत्न किया।

"अपने ही राजा की शक्ति से कोई आतंकित क्यों होगा।" नन्द बोले, "वह तो प्रजा की रक्षा के लिए है। हां! मुझे आपके संवाद का यह नागरिक ढंग प्रीतिकर नहीं लगा। हम तो ग्रामवासी हैं। प्रेम से आप हमें अपना दास बना सकते हैं; किन्तु यदि आप चाहते हैं कि हम आपकी शक्ति से आतंकित हो कर, भयभीत मूषक का-सा व्यवहार करें, तो हम आपको बता देना चाहते हैं कि हम मथुरा के नागरिकों से कुछ भिन्न प्रकार की धातु के प्राणी हैं।"

"तो क्या मैं आपकी उप्रस्थिति में देवी रोहिणी से कुछ वार्तालाप कर सकता हूं? आप आश्वासन देते हैं कि कोई उपद्रव नहीं होगा?"

नन्द ने रोहिणी की ओर देखा। रोहिणी ने सहमति का संकेत कर दिया।

यशोदा ने अपने पति का आज एक नया ही रूप देखा था। वे राजपुरुष से इस प्रकार बातें कर रहे थे, जैसे नन्दगांव, गोकुलों का समूह न हो कर, गोपों का कोई सैनिक स्कन्धावार हो। खोजने पर भी उनके अपने घर में एक खड्ग नहीं मिलेगा और वे किसी अजेय गोप सेना की चर्चा कर रहे थे।

"कहिए, आप क्या कहना चाह रहे थे।" नन्द ने कहा।

"मैं चाहता हूं कि आपके लोगों की यह भीड़ यहां से कुछ दूर चली जाए; और हम लोग भवन के भीतर बैठ कर शान्ति से बात करें।"

"तो आप अपने सारथि को कहिए कि रथ को यहां से कुछ दूर हांक ले जाए।" नन्द बोले, "हमारे बालक अपने आप दूर चले जाएंगे।"

दिवावर्द्धन सारथि को निर्देश दे कर आ गया। नन्द उसे भीतर ले आए। यशोदा ने उन सबके बैठने की व्यवस्था कर दी।

यशोदा भी उनके साथ बैठीं तो दिवावर्द्धन ने आपत्ति की, "तुम्हारा यहां बैठना अनावश्यक है।"

रोहिणी की प्रतिक्रिया बहुत उग्र थी, "आप कौन होते हैं यह निर्णय करने वाले कि कौन यहां बैठेगा और कौन नहीं। यशोदा मेरी बहन हैं। वे परिवार की वैसी ही सदस्य हैं, जैसी मैं हूं।...और आप...और आप..." उनका चेहरा तमतमा आया, "आपने यशोदा को 'तुम' कहने का साहस कैसे किया! सम्मानपूर्वक बात कीजिए।"

दिवावर्द्धन स्तब्ध रह गया। वह अब तक यशोदा को एक साधारण गोपी ही मान रहा था, जो रोहिणी की सेवा करती थी।

"हां! कहिए, जो कुछ कहने आप मथुरा से आए हैं।" नन्द ने उनके मध्य घनीभूत हो आए मौन को तोड़ते हुए कहा।

दिवावर्द्धन समझ नहीं पा रहा था कि बात कहां से आरम्भ करे...

कोठरी से बलराम के रोने का स्वर आया। वह जाग गया था।

रोहिणी उठीं। पर यशोदा ने उन्हें रोक दिया, "तुम बैठो दीदी! मैं लल्ला को देखती हूं।"

दिवावर्द्धन से अदेखा नहीं रहा कि रोहिणी ने यशोदा द्वारा उन्हें 'तुम' कहने पर किसी प्रकार की कोई आपत्ति नहीं की थी।

यशोदा उठ कर चली गईं और दिवावर्द्धन ने धीरे से बात आरम्भ की, "देवी रोहिणी! हमारे महाराज को सन्देह है कि आपका यह पुत्र आपका पुत्र न हो कर, देवकी-पुत्र है।"

यशोदा बलराम को ले कर वहीं आ गई थीं।

रोहिणी स्तब्ध-सी दिवावर्द्धन को देखती रह गईं। यशोदा का मुख भी आश्चर्य से खुल-सा गया।

इतनी देर में नन्द, कंस का सारा खेल समझ गए थे।

"इस सन्देह का कोई कारण?" वे बोले, "देवी देवकी मथुरा में बन्दी हैं। महाराज के वैद्यों की देख-रेख में हैं। वे महाराज की सारी सुरक्षा-व्यवस्था को धता बता कर कब यहां आईं और कब सारे गोकुल से छिपा कर अपना पुत्र, देवी रोहिणी को दे कर लौट गईं?"

दिवावर्द्धन ने कुछ नहीं कहा।

"यदि ऐसा सम्भव हो पाया," नन्द पुनः बोले, "तो महाराज को चाहिए कि अपनी सेना के सारे नायकों को सूली पर चढ़ा दें। ऐसे अयोग्य सेना-नायकों का महाराज कंस की सेना में क्या काम।"

"दीदी का प्रसव, यहां नन्दगांव में, उनके अपने गोकुल में हमारी साक्षी में हुआ है।" यशोदा ने कुछ आवेश में कहा, "मैंने स्वयं अपने इन हाथों से बलराम की नाल काटी है।"

बलराम फिर कुनमुनाया। यशोदा ने उसे एक हिलोरा दिया, "मैंने उसे नहलाया। गर्गाचार्य ने मथुरा से उसके लिए वस्त्र भेजे। नन्दगांव की सारी स्त्रियों ने सोहर गाए। जन्मोत्सव मनाया। हम सब झूठे हो गए और मथुरा में बैठे महाराज कंस के स्वप्न सत्य हो गए।"

"देखो राजपुरुष!" नन्द ने बहुत शान्त स्वर में कहा, "मथुरा राज्य की सारी प्रजा जानती है कि तुम्हारे महाराज ने अपने किसी भविष्यवक्ता के कहने पर देवी देवकी के छह पुत्रों का वध कर दिया है। यह पाप पर्याप्त नहीं है कि वे अब

नए बहाने बना कर देवी रोहिणी के पुत्र का भी वध करना चाहता है।" वे रुके, "अपने महाराज से कहना कि क्रूरता और अत्याचार की भी कोई सीमा होती है। जो हुआ, उसे तो प्रजा स्तब्ध-सी देखती रह गई; किन्तु अब यह क्रम समाप्त ही हो जाए, तो अच्छा है। सबका हित इसी में है कि महाराज अपने पंजे और न फैलाएं। नहीं तो..."

"नहीं तो?" दिवावर्द्धन ने भी आंखें दिखाईं।

"प्रजा का धैर्य समाप्त हो जाएगा।"

वे दोनों मौन हो गए।

रोहिणी अब तक भीतर ही भीतर खौल रही थीं। सहसा ही वे फट पड़ीं, "मेरी भी बात सुनते जाओ राजपुरुष!"

दिवावर्द्धन ने उनकी ओर देखा।

"स्त्री जब सन्तान को जन्म देती है, तो प्रसव के विषय में कोई सन्देह नहीं होता; न यह सन्देह होता है कि जननी कौन है। शिशु की माता कौन है, इस पर आज तक सन्देह नहीं किया गया। यदि कहीं कभी सन्देह होता है, तो पिता के विषय में होता है। समझते हो मेरी बात?"

"समझता हूं।"

"तुम्हारे पिता क विषय में कोई नहीं जानता। केवल तुम्हारी माता ही जानती हैं।" रोहिणी ने कहा, "केवल तुम्हारी माता की साक्षी पर ही तुम्हें, तुम्हारे पिता का पुत्र माना जाता है। किन्तु तुम्हारी माता कौन है, इसकी साक्षी सारा समाज देगा। जाबाला तक नहीं जानती थी कि सत्यकाम का पिता कौन है; किन्तु सारा संसार जानता है कि सत्यकाम की माता जाबाला थी।"

दिवावर्द्धन का चेहरा बता रहा था कि वह बुरी तरह बौखला गया है, "इसमें मेरी माता और मेरे पिता का प्रश्न कहां से आ गया?"

"जब दूसरों के माता-पिता को ले कर प्रश्न उठाओगे तो लोग तुम्हारे माता-पिता के विषय में भी चर्चा करेंगे। किन्तु मेरा लक्ष्य वह नहीं है।" रोहिणी ने कहा, "मैं तो केवल इतना कहना चाहती हूं कि तुम्हारे महाराज को यह सन्देह तो हुआ कि

बलराम मेरा नहीं, देवकी का पुत्र है; किन्तु उन्हें अपने विषय में यह सन्देह क्यों नहीं हुआ कि वे उग्रसेन के पुत्र नहीं हैं?"

"क्या?" जैसे सारा परिवेश चकित रह गया था।

"जा कर पूछो अपने महाराज से कि क्या वे सत्य ही महाराज उग्रसेन के औरस पुत्र हैं?" रोहिणी का स्वर तप्त लोहे के समान दिवावर्द्धन के कानों को जला रहा था।

"पिता के विषय में कोई सन्देह करे तो करे, मां के विषय में कोई सन्देह कैसे कर सकता है?"

बलराम के कंठ से फिर स्वर फूटा, "मांऽऽऽ।"

रोहिणी ने उसे यशोदा की गोद से ले लिया, "मत रो मेरे लाल! कोई तेरा बाल भी बांका नहीं कर सकता। तेरी मां सारी सृष्टि से लड़ जाएगी, कंस तो चीज़ ही क्या है।" उन्होंने दिवावर्द्धन की ओर देखा, "जाओ राजपुरुष! इससे पूर्व कि मैं कोई अनर्थ कर बैठूं। तुम चले जाओ।"

दिवावर्द्धन उठ कर जाने के लिए मुड़ा।

"और हां! अपने राजा से उनके जनक का नाम अवश्य पूछना।" रोहिणी ने कहा, "उनका नहीं, जिन्होंने यह जानते हुए भी कि वह उनकी औरस सन्तान नहीं है, क्षेत्रज मानकर, उसका पालन-पोषण किया। उन देवतुल्य महाराज उग्रसेन को हम सब जानते हैं। उसका नाम पूछना, जिसने उसकी माता के भ्रम का लाभ उठाया था। अब जाओ तुम...।"

27

यशोदा उठने लगीं तो पूछा, "दीदी! लल्ला को भी अपने गैल ले जाऊं?"

"ले जाओ।" रोहिणी ने कहा, "ऐसे क्यों पूछती हो, जैसे वह केवल मेरा ही हो; तुम्हारा न हो।"

"नहीं! ऐसी तो कोई बात न है; पर पीछे तुम्हें सूना-सूना न लगे न।" यशोदा बोलीं, "मैं भी तो इसी लोभ में ले जा रही हूं कि घर जा कर मन उदास न हो। तुम्हारे पास बैठती हूं तो संसार भूल जाती हूं। तुम्हारी बातों में मन ऐसा रमता है कि और किसी बात का चेत ही नहीं रहता। अब घर जाऊंगी तो सब सूना-सूना रहेगा। भैया साथ होंगे, तो इनके साथ बतिया लूंगी। खेल लूंगी। कुछ काज भी कर लूंगी।..."

"ऐ हे। तुम तो ऐसे कह रही हो, जैसे मेरे देवर तुम्हारा मन नहीं लगाते।" रोहिणी हंसीं, "ऊब गईं क्या हमारे देवर से?"

यशोदा हंस पड़ीं, "तुम्हारे देवर से कोई शिकायत नहीं है। वैसे वे घर में टिकते ही कहां हैं। जब होते हैं तो बेचारे अपनी ओर से सारी चाकरी बजाते हैं। पर कभी-कभी मन बहुत उदास हो जाता है।...अब भैया से खेल-बतिया कर घर लौटूंगी तो इनका ठुमुकना आंखों के सामने नाचता रहेगा। इनकी तोतली बातें मन को खींचती रहेंगी।..."

"बोलता तो अभी यह चार-छह शब्द भी कठिनाई से है; किन्तु अपना मनभावन तो सारा कुछ जानता है।" रोहिणी ने हंस कर कहा, "दूध चाहिए, तो अंचरा खींचना आ गया है। नींद आई है, तो गोद में घुस कर अंखियां मीच लेता है।...पानी चाहिए

तो पा...पा...चिल्ला कर नाक में दम कर देता है। इतनी ज़ोर से ध्वनि करता है कि गैया भी क्या रम्भाएंगी।..."

"अब नज़र न लगाओ हमारे भैया को।" यशोदा ने कहा, "भगवान् की दया से हृष्ट-पुष्ट हैं। माता-पिता पर ही तो जाएगा बालक। हाथ-पैर भी अच्छे निकले हैं। कंठ भी कुछ खुला है।...मेरी मानो तो एक बघनखा पहना दो इनको।"

"पहना दूंगी वह भी।"

"न हो तो मैं ही पहना दूंगी।" यशोदा बोलीं, "बावरी हूं, मैं भी। तुम्हें कहती रहती हूं। स्वयं ही क्यों नहीं करती।"

"तुम पहना देना।" रोहिणी बोलीं, "...घर में पैर नहीं टिकता लला का। हर घड़ी बाहर जाना है। कपाट बन्द कर दो, तो ऐसे पीटता है, जैसे तोड़ ही डालेगा। गोशाला में घुस जाता है तो बाहर निकलने का नाम नहीं लेता। मेरा मन कांपता ही रहता है कि कोई गाय सींग मार देगी। कोई दुलत्ती झाड़ देगी। पर इसको तनिक भी भय नहीं लगता।"

"क्यों लगे भय। वीर माता-पिता की सन्तान हैं।" यशोदा बोलीं और हंस पड़ीं, "मैया री! मैं तो वह दृश्य नहीं भूलती।...ये आंगन में रेंग रहे हैं और कहां से जाने वह सर्प आ निकला सरकता-सरकता...।"

"हां री! ग्राम है। आस-पास वृक्ष ही वृक्ष हैं। वन भी दूर नहीं हैं। पर मैंने कभी आस-पास कोई सर्प नहीं देखा।" रोहिणी बोलीं, "उस दिन तो वह आंगन में ही आ निकला।"

"सच्ची कहती हूं दीदी! मेरे तो प्राण ही निकल गए।" यशोदा ने उस दृश्य को स्मरण करते हुए, जैसे अपना कलेजा थाम लिया, "मैं दूर थी और सर्प इनके एकदम निकट। मेरे तो मुख से वाणी ही न फूटी। मैं भागी। पर कहां। इन्होंने सर्प को एक धौल जमा दिया। और वह बेचारा सिर झुकाए, धरती से चिपका इनकी मार खाता रहा, जैसे कोई पालतू जानवर, अपनी किसी भूल पर अपने स्वामी से पिटता है। मैंने लपक कर इन्हें उठाया और दसियों बार इनकी हथेलियों को देखा-परखा। कहीं उस दुष्ट ने दंश तो नहीं कर दिया।..."

"स्मरण है मुझे।" रोहिणी बोलीं, "और फिर तुमने पुकार-पुकार कर सारा गोकुल

इकट्ठा कर लिया। वह तो नन्द महर ने देखा कि बलराम तो पूर्णतः सुरक्षित हैं, वह सर्प बेचारा ही इनकी मार से घायल हो गया है।"

"तुम भी वही कहती हो दीदी!" यशोदा ने जैसे उपालम्भ दिया, "ग्वाल-बाल तो हैं ही मूरख। उड़ा दिया कि इतने से बच्चे ने मार-मार कर सांप को घायल कर दिया।"

"तो तुम क्या कहती हो बहना!"

"मैं क्या कहती हूं। अरे वह पापी कहीं से घायल हो गया था। भाग सकता नहीं था। तो बचने के लिए एकान्त खोजता आंगन में आ घुसा !..."

"अच्छा चल तेरी ही रही।" रोहिणी बोलीं, "अब इसे ले तो जा रही है, पर ध्यान रखना, बहुत दौड़ाता है। थका मारता है। एक क्षण चैन से नहीं रहता। आंखें हटीं नहीं कि लल्ला चल दिए। फिर खोजते फिरो कि कहां गए।"

"चिन्ता न करो दीदी! मैं पूरा ध्यान रखूंगी।"

"मुझे इसकी नहीं, तेरी चिन्ता है।" रोहिणी बोलीं, "अपनी इस अवस्था में तुम्हें बहुत भाग-दौड़ नहीं करनी चाहिए, मेरी नन्हीं बहना। संभल कर रहना चाहिए।"

"क्यों मुझे क्या हुआ है।" यशोदा ने कहा, "भली-चंगी हूं। अच्छे-अच्छों से तगड़ी हूं।"

"भगवान् करें तुम तगड़ी ही बनी रहो।" रोहिणी बोलीं, "पर फिर भी गर्भवती को संभल कर ही रहना चाहिए। और तुम्हारा अभी पहला ही प्रसव है। बहुत सावधानी चाहिए, मेरी गुइयां।"

"तो मैं चलूं।"

"तनिक रुक जातीं। देवर आते ही होंगे, तुम्हें खोजते-खोजते।"

"अपनी गरज को आते हैं। अकेले घर में मन जो नहीं लगता।" यशोदा हंसीं, "आएंगे, तो उधर ही पलटा देना।"

"रुक जा बावरी।" रोहिणी ने कुछ लाड़ से डांटा, "बात समझाकर।"

"क्या नहीं समझी मैं दीदी!"

"लल्ला तुम्हारे साथ पैयां-पैयां तो जाएंगे नहीं। गोद में ले जाना पड़ेगा इतनी दूर।"

"गोद में ही ले जाऊंगी दीदी!" यशोदा ने हंस कर कहा, "भला मैं नहीं जानती कि भैया वहां तक चल कर नहीं जा पाएंगे। अंगुली पकड़ कर आंगन में दो-चार डग चलना और बात है। अब सारी डगर चलने से तो रहे। बड़े हो लेने दो, फिर इसी डगर पर कूदते-फांदते चलेंगे। पकड़ भी न पाओगी तुम इन्हें।"

"तुम तो भैया के प्रेम में एकदम ही बावरी हो गई हो।" रोहिणी बोलीं, "छोटा है तो क्या हुआ। भारी है बलराम। काठी अच्छी है। भारी तो होगा ही। अब तुम इतना भार उठा कर चल नहीं पाओगी। इस अवस्था में हठ उचित नहीं है। हठ करोगी, अधिक बोझ उठाओगी, तो हानि को निमन्त्रित करोगी। भगवान् ने इतनी प्रतीक्षा के पश्चात् शुभ अवसर दिया है, तो संभल कर ही चलो।"

"थक जाऊंगी तो भैया को गोद से उतार दूंगी।..."

"गोद से उतारोगी तो चिल्लाएगा। धरती पर लोट जाएगा। पैर पटकेगा।" रोहिणी बोलीं, "देवर को आ जाने दो। उनके पास बहली होगी ही, न भी हो तो वे भैया को गोद में उठा लेंगे।"

"और मेरा भैया को गोद में लिए रहने का सुख?"

"बावली है एकदम।" रोहिणी बोलीं, "घर पहुंच कर गोद में लिए बैठी रहना। ...और आ रहा है वह।"

"कौन?"

"जो तेरी गोद में जम कर बैठ जाएगा; और भैया को तुम्हारी गोद में देखेगा तो लड़ेगा।"

"क्यों? वह तुम्हारी गोद में न बैठेगा?"

"ठीक है। ठीक है।" रोहिणी हंस पड़ीं।

28

देवकी का मन कैसा तो मगन हो रहा था। इस प्रकार के आनन्द का अनुभव उन्होंने पहले कभी नहीं किया था।...

वे कंस के कारागार की एक कोठरी में बन्दी थीं; फिर भी जाने क्यों लग रहा था कि उनके चारों ओर दीवारें नहीं थीं। वे किसी अत्यन्त विस्तृत और उन्मुक्त स्थान पर बैठी थीं। कभी लगता था कि वे मेघों पर बैठी हैं; और मेघ खुले आकाश में भ्रमण कर रहे हैं। कभी लगता था कि वे स्वयं ही मेघ हैं और पवन के पंख लगा कर वे सारे ब्रह्मांड में उड़ती फिर रही हैं। फिर लगता वे स्वयं ही आकाश भी हैं। सूर्य, चन्द्रमा, ग्रह, नक्षत्र सब उनके खिलौने हैं। सब उनकी प्रसन्नता के लिए हैं। वे सब उनके चारों ओर घूम रहे हैं; और हाथ जोड़े उनकी आज्ञा का पालन करने की प्रतीक्षा में हैं।...इस कोठरी में तो वे खेल-खेल में आ बैठी हैं; जैसे कोई बच्चा लुक्का-छिपी खेलता हुआ अपने मित्रों को भ्रम में रखने के लिए, घर के किसी अज्ञात कोने में आ छिपा हो।...आत्मा का मनोरंजन तो उससे भी अधिक लीलामय है। स्वेच्छा से आ कर शरीर-रूपी इस पिंजरे में बन्द हो कर बैठ गई है; और स्वयं को बन्दिनी कहने लगी है। सातों समुद्रों के वक्ष पर उन्मुक्त भ्रमण करने वाले एक विराट जलपोत ने, शरीररूपी इस सांकल से स्वयं को बांध लिया है, और स्वयं को लंगर का बन्दी मानने लगा है।...

अगले ही क्षण लगता कि वे समुद्र की लहरों पर आसन जमाए बैठी हैं। लहरें उनको झूला झुला रही हैं। कभी वे अपनी पेंग बढ़ाती हुई जल के पहाड़ पर जा बैठती हैं; और कभी किसी जलप्रपात पर आरूढ़ हो कर वे सागर के तल पर आ

जाती हैं। फिर आभास होता कि वे स्वयं ही समुद्र हैं। ये लहरें तो उनके अपने हाथ-पैर हैं। इन्हें जहां तक फैलाना चाहें, फैला सकती हैं।

चाहें तो अभी चन्द्रमा को अपनी मुट्ठी में बांधकर, उसे खींच कर धरती पर ला सकती हैं; और चाहें तो अपनी मुट्ठी खोल कर तारों का चूर्ण सारे आकाश पर फैलाकर, उसका शृंगार कर सकती हैं। ये वन, नदियां और पर्वत उनकी दृष्टि के आनन्द के लिए थे।...वे सारी सृष्टि के केन्द्र में थीं; और सारी सृष्टि उनकी इच्छा मात्र से बन और बिगड़ रही थी...

क्षीरसागर जैसे उनकी गोद में मचल रहा था। शेषनाग को वे अपनी हथेलियों में उठा लेती थीं और वह विराट नाग, गौर वर्ण का एक नन्हा-सा बालक बन कर किस मधुर ढंग से उनकी ओर देख कर पुकारता था, "मां!"

एक और शिशु भी था – सांवला सा। अत्यन्त नटखट। चुलबुला, जैसे पारा। एक स्थान पर टिकना ही नहीं जानता था, जैसे ऊर्जा का सागर हो। लहरों-सा थिरकता आता था; और जब तक कोई पकड़े-पकड़े, वह हाथों से फिसल कर कहीं दूर चला जाता था। क्षीर सागर तो उसके आंगन जैसा था।...यह तो स्वयं शेषशायी नारायण ही थे, किन्तु कैसे बालक बने उपद्रव कर रहे थे। मन होता था, उसे पकड़ कर अपने हृदय में रख लें। पर वह पकड़ में कहां आता था। पवन के नटखट झोंके-सा आता था और उस गौर बालक को परे धकेल कर कहता था, "चल भाग। ये तेरी नहीं, मेरी मां हैं।"

गौर बालक क्रोध में पैर पटकता था, "तेरी मां हैं तो क्या मेरी मां नहीं हो सकतीं!"

"जा तुझे दूसरी मां दी।" सांवला हंसता था।

गौर बालक दांत पीस कर कहता था, "दूसरी क्यों? ये ही क्यों नहीं?"

सांवला हंसता था। धींगामस्ती करता था; और हंसता ही जाता था, "क्योंकि ये मेरी हैं।"

"मेरी भी हैं।"

"इस जन्म में नहीं! तेरी नहीं हैं। मेरी हैं।"

"मेरी क्यों नहीं?"

"मेरी इच्छा।"

जाने कितनी देर तक देवकी उनकी क्रीड़ा देखती रहीं। दोनों एक-दूसरे को धकियाते हुए, धींगामस्ती करते, उनकी ओर बढ़ते थे। उनकी गोद में बैठने को मचलते थे; किन्तु बैठता एक भी नहीं था। पास आते थे; और फिर दूर निकल जाते थे...जैसे पवन के उन्मुक्त झोंके, जैसे समुद्र की अठखेलियां करती लहरें, जैसे मेघों में मचलती चपलाएं, जैसे पर्वत से उतरते, झपटते, सरपट दौड़ते झरने...

"क्या बात है देवकी?"

"आज समझ पाई हूं कि संसार का सारा आनन्द तो मेरे भीतर है।"

"आनन्द तुम्हारे भीतर है या तुम ही आनन्दस्वरूपा हो?" वसुदेव हंस पड़े।

"मैं आनन्दस्वरूपा हूं। मैं ही यह सब-कुछ हूं। सर्वत्र हूं, सर्व-व्यापक हूं। व्योमातीत हूं, निरन्तर हूं।"

"कंस सुनेगा तो भय से ही मर जाएगा।" वसुदेव हंस रहे थे।

"अहमेकमिदम सर्वं व्योमातीतं निरन्तरम्। पश्यामि कथं आत्मानं प्रत्यक्षं वा तिरोहितम्।।"

वसुदेव उनकी ओर देखते रहे : उनके लिए भी यह देवकी का कोई नया-सा रूप था।

"कंस को तो मरना ही होगा।" देवकी बोलीं, "क्योंकि वह समझता नहीं कि मेरा न कभी जन्म हुआ, न मेरी मृत्यु होगी। मैं कभी भी यह शरीर नहीं थी।"

"तो तुम कौन हो देवकी?" वसुदेव पूर्णतः गम्भीर थे।

"मैं अपने स्वभाव से निराकार सर्वव्यापी आत्मा हूं।"

वसुदेव देख रहे थे : देवकी सचमुच वह देवकी नहीं थीं। वे तो कुछ और ही हो गई थीं।

"देवकी! दत्तात्रेय ने कहा है कि पंचभूतात्मक विश्व मृगमरीचिका है। भ्रम है। मैं किसको नमस्कार करूं? क्योंकि एक मैं ही तो निरंजन हूं।"

"उन्हें सत्य का बोध हुआ। उन्होंने उसे वाणी दी।" देवकी बोलीं, "मुझे स्वयं अपने-आप पर आश्चर्य होता है कि मैं इतनी दुखी किस बात से थी? वह सारा

दुःख तो एक दुःस्वप्न था। जाने मैंने उसे कैसे सत्य मान लिया। कैसे सत्य मान लिया उस नारकीय संसार को!"

"वह दुःख नहीं था, तपस्या थी; और तपस्या के बिना माया का भ्रम दूर नहीं होता।" वसुदेव बोले, "माया का भ्रम हट जाए तो फिर आनन्द स्वयं ही उद्घाटित हो जाता है।"

"शायद कुछ ऐसा ही है।" देवकी ने कहा, "मेरे कान बांसुरी की ऐसी मीठी टेर सुन रहे हैं, जैसी मैंने कभी नहीं सुनी। मुझे लग रहा है कि मेरे भीतर अलौकिक पुष्पों की बगिया महक रही है। दसों दिशाओं में सुगन्ध ही सुगन्ध है। मैं जैसे अपनी ही वाणी पर मुग्ध हो रही हूं।...यह क्या है आर्यपुत्र! सागर, वन, पर्वत, नदियां – सब मेरे भीतर हैं। मैं यह शरीर मात्र नहीं हूं, मैं विराट हूं, विराट अस्तित्व।"

बाहर कुछ लोगों के आने की पदचाप सुनाई दी। आने वाले बहुत शीघ्रता में थे। कोई बोल नहीं रहा था, सब जैसे भाग रहे थे।

"क्या हो गया है इनको?" वसुदेव जैसे अपने-आपसे पूछ रहे थे; किन्तु उत्तर कौन देता!

आरक्षी आ कर उनके द्वार के आस-पास खड़े हो गए तो देवकी और वसुदेव को समझने में कठिनाई नहीं हुई कि कोई बड़ा अधिकारी कारागार के निरीक्षण के लिए आ रहा है।...और फिर एक द्वारपाल ने आ कर उनकी कोठरी का ताला खोल दिया।...कुछ सशस्त्र सैनिक आ कर कोठरी की दीवारों से लग कर खड़े हो गए।

प्रद्योत और प्रलम्ब के साथ कंस ने प्रवेश किया।

वसुदेव एक ही दृष्टि में पहचान गए कि वह बहुत घबराया हुआ था; किन्तु अपने भय को छिपाने के लिए वह बहुत आक्रामक मुखौटा धारण किए हुए था।

"कैसी हो देवकी?" उसने प्रश्न अवश्य पूछा; किन्तु उसमें जिज्ञासा का तनिक-सा भी भाव नहीं था।

"मैं पूर्णतः स्वस्थ और प्रसन्न हूं...।" देवकी के स्वर के माधुर्य को सुन कर कंस चौंक उठा। उस स्वर में न क्रोध था, न घृणा, न पीड़ा।

"तनिक भी उद्विग्न नहीं हो?" कंस कुपित हुआ, "विचलित नहीं हो? आशंकित

भी नहीं हो? भय नहीं है तुम्हें कि तुम अपने आठवें पुत्र को जन्म दोगी; और मैं उसे अपना सम्भावित हत्यारा घोषित कर राजद्रोह के अपराध में मृत्युदंड दूंगा।"

वसुदेव कहना चाहते थे, "अधर्म, अन्याय और पाप का विरोध, राजद्रोह कब से होने लगा कंस?"

किन्तु वे बोले नहीं। वे भी देवकी का उत्तर सुनना चाहते थे। देवकी आज कुछ और ही हो गई थीं...

"अस्तित्व और अनस्तित्व में कोई विशेष अन्तर नहीं है भाई!" देवकी अपने मीठे और कोमल स्वर में बोलीं, "यह भ्रम मात्र है। जो है, वह दिखाई नहीं देता; और जो दिखाई देता है, वह है नहीं..."

कंस का शरीर थरथरा कर रह गया।

"समझ सको तो समझने का प्रयत्न करो।" देवकी पुनः बोलीं, "जो है, उसका अभाव नहीं हो सकता; और जो नहीं है, उसका भाव नहीं हो सकता।"

प्रद्योत कुछ आगे बढ़ कर कंस के निकट आ गया, "यह तो भय के मारे विक्षिप्त हो चुकी।"

"आदेश हो तो अभी मैं इसके अस्तित्व-अनस्तित्व को एक कर दूं।" प्रलम्ब ने अपना खड्ग निकाल लिया था।

उसके साथ ही सैनिक भी अपने शस्त्रों को साध प्रहारक मुद्रा में आ गए थे।

वसुदेव स्फूर्ति से कूद कर उनके मध्य आ गए थे...किन्तु देवकी ने सहज भाव से अपनी भुजा बढ़ा कर उन्हें एक ओर कर दिया, "मेरे मन में तुम्हारे प्रति करुणा के सिवाय और कुछ नहीं है भाई! क्योंकि तुम नहीं जानते कि आततायी, शत्रु के शस्त्र से नहीं, अपने पाप से मारा जाता है।"

"क्या बक रही हो।" कंस की वाणी भय से कांप रही थी, "मेरे एक संकेत पर मेरे ये मित्र तुम्हारा शीश काट कर तुम्हारे पति को भेंट कर देंगे।"

देवकी हंस पड़ीं, "तुम्हें अपने मित्रों के खड्ग दिखाई पड़ रहे हैं; किन्तु तुम उस धरती को नहीं देख रहे, जो तुम्हारे रक्त की पिपासा से अपनी जिह्वा लपलपा रही है। सत्य खड्ग नहीं हैं, सत्य तो यह धरती ही है। शायद आज तक तुम्हें किसी ने नहीं बताया कि पापियों का रक्तपान कर धरती पवित्र होती है।" देवकी

उसके निकट चली गई, "कहो अपने मित्रों से कि वे मेरी हत्या का प्रयत्न कर देखें।...रक्त तो अब वही बहेगा, जिसे धरती पीना चाहती है। मुंड उसी का कटेगा, जिसे चामुंडा धारण करना चाहती है। मार कंस! मुझे मार!..." देवकी का स्वर गर्जना से भर उठा था।

कंस स्तब्ध रह गया।...यह क्या हुआ देवकी को? यह वह देवकी नहीं थी, जिसे कंस जानता था। वह डरी सहमी, कांपती हुई, अश्रु बहाती, भीरु देवकी नहीं थी।...कौन थी यह? कहीं यह स्वयं चामुंडा ही तो नहीं?...प्रद्योत कह रहा है कि वह दुखों से विक्षिप्त हो गई है; किन्तु वह विक्षिप्त नहीं है। कंस विक्षिप्त लोगों की आंखें भली प्रकार पहचानता है। देवकी विक्षिप्त नहीं है। पहले उसका स्वर कैसा मधुर था। वह स्वर देवकी का नहीं था।...और अन्त में उसका स्वर कितना प्रचंड था। वह स्वर भी देवकी का नहीं था।...किसका था वह स्वर? कंस को लगा, वह पागल हो जाएगा।...यह कोई अभिचार था? कोई तान्त्रिक प्रयोग? किसी प्रेत का प्रवेश हुआ था देवकी के शरीर में? किसका प्रेत था वह? कौन कंस को डरा रहा था? कहीं वह प्रेत यह तो नहीं चाहता कि कंस अपने आवेश में देवकी का वध कर डाले...देवकी की आठवीं सन्तान के जन्म से पहले देवकी का वध!...तो फिर वह भविष्यवाणी झूठी हो जाएगी। कंस की मृत्यु अदृश्य हो जाएगी। कौन खोजेगा, उस मृत्यु को?

"मैं तुम्हें मारने नहीं आया देवकी!" कंस ने निर्भीक दिखने का नाटक किया, "मेरी तुमसे कोई शत्रुता नहीं है। मैं केवल अपनी मृत्यु का शत्रु हूं। उसी को खोज रहा हूं।"

"अपने जीवन में तो अपनी मृत्यु को कोई नहीं खोज पाया।" देवकी का मधुर कोमल स्वर लौट आया था, "और मरने के बाद अपनी मृत्यु को खोजना नहीं पड़ता। इसलिए मृत्यु को मत खोजो, वही तुम्हें खोज लेगी। जिसका जो काम है, उसे करने दो।...और मृत्यु को खोजने कहां जाना है, वह तो तुम्हारे इसी शरीर के भीतर है। तुम्हारे इस शरीर के जन्म के साथ ही उसका भी जन्म हुआ था। तुम आज तक उसकी अनदेखी करते आए हो। किन्तु उसकी दृष्टि एक क्षण के लिए भी तुमसे नहीं हटी है। वह तुम्हें देख रही है।..."

"महाराज! महाराज!" प्रलम्ब ने कंस को झकझोरा, "यह स्त्री आपको पागल

कर देगी। इसकी बातें मत सुनिए। या तो इसका वध करने का आदेश कीजिए या फिर यहां से चलिए।"

"जाओ कंस जाओ।" देवकी हंस पड़ीं, "अपने बचे-खुचे दो-चार दिन अपने ढंग से जी लो। आकंठ मदिरा पी लो; और मदिरा पीते-पीते ही मर जाओ।...जाओ, मरने से पहले अपनी पत्नियों को उन स्त्रियों के नाम बता दो, जिनका तुमने आखेट किया है। जाओ, अपने पुत्रों को बताओ कि वृद्धावस्था में अपने पिता को कैसे बन्दी किया जाता है। किन्तु तुम्हारी तो वृद्धावस्था आने वाली ही नहीं है। वृद्धावस्था से पहले तो तुम्हारी मृत्यु ही तुम्हें आ दबोचेगी...।"

प्रद्योत और प्रलम्ब दोनों ही देख रहे थे कि कंस की ऊर्जा क्षीण होती जा रही है। न वह देवकी की बातों का कोई उत्तर दे पा रहा है और न उसके हाथ-पैर बांध कर उसके मुंह पर पट्टी बांधने के लिए कह रहा है; न ही उसके वध का आदेश दे रहा है। वह देवकी की वाणी से पराजित होता जा रहा था।

"चलें महाराज! अब चलें यहां से।" प्रलम्ब ने कंस की भुजा पकड़ कर उसे बाहर की ओर घसीटा।

कंस ने जैसे स्वयं को उसके सहारे ही छोड़ दिया था। दूसरी ओर से प्रद्योत ने पकड़ा।...वे दोनों उसे बाहर ले चले, जैसे किसी असहाय रोगी को कोई ले जाता है; किन्तु तभी कंस सजग हो गया।...उसके सैनिक, आरक्षी, उसे इस अवस्था में देख कर क्या सोचेंगे! उसने अपनी भुजाएं छुड़ा लीं और जैसे अपने पैरों पर खड़ा हो गया।

"वसुदेव! बहुत शीघ्र तुम कंस के क्रोध का सामना करोगे।" उसने दांत पीस कर कहा।

वसुदेव बन्द होते हुए सीखचों के पास आ गए और मुस्कुरा कर बोले, "और आज तक मैं किसके क्रोध का सामना कर रहा हूं?"

किन्तु कंस दूर जा चुका था, उसने या तो वसुदेव का स्वर सुना नहीं या न सुनने का अभिनय किया।

वसुदेव शान्त थे; किन्तु कहे बिना नहीं रह सके, "और तुम बहुत शीघ्र महाविष्णु के क्रोध का सामना करोगे।"

देवकी मुस्कुराईं, "यदि महाविष्णु भी क्रोध करने लगे, तो उनमें और साधारण मनुष्य में अन्तर ही क्या रह जाएगा?"

"क्रोध का नहीं, तो न्याय का सामना तो करना पड़ेगा।"

"न क्रोध, न न्याय! वे तो केवल करुणा ही करते हैं।" देवकी का मन कह रहा था, "किन्तु कंस को अपने कर्मों का फल तो भुगतना ही होगा।"

* * *

कंस को सारी रात नींद नहीं आई।

क्या सत्य ही देवकी के गर्भ में कोई अलौकिक सन्तान आ गई है? नहीं तो देवकी इतनी बदल कैसे गई? वह कंस से डरती नहीं। वह अपनी मृत्यु से भयभीत नहीं है। अपनी सन्तान के वध की सम्भावना से प्रताड़ित नहीं है। कौन उसे इतना निर्भीक बना रहा है?...और महावीर कंस, आत्मविश्वासी कंस, सर्वशक्तिमान कंस की टांगें क्यों कांपने लगी थीं?...

कंस तब गालव ऋषि के आश्रम का ब्रह्मचारी था। ऋषि ने बताया था कि 'सत्व' की वृद्धि होने पर रजोगुण और तमोगुण की शक्ति क्षीण होने लगती है।...कदाचित् उसी सन्दर्भ में उन्होंने कहा था कि मनुष्य का हृदय सत्व से आपूर्त हो जाए तो उसमें ईश्वर प्रकट होता है।...क्या गालव ऋषि ऐसी ही किसी स्थिति का वर्णन कर रहे थे। देवकी के हृदय में सत्व की वृद्धि हो गई है, इसलिए उसमें ईश्वर प्रकट हो गया है या ईश्वर अथवा उसका कोई प्रतिनिधि सन्तान के रूप में देवकी के गर्भ में आ गया है, इसलिए देवकी इतनी निर्भीक हो गई है।...पर कंस किसी ईश्वर को नहीं मानता। ईश्वर तो केवल भयभीत हृदय की कल्पना है, उसकी बाध्यता है।...गालव ऋषि की बातें कंस को न तब स्वीकार्य थीं, न अब स्वीकार्य हैं। तब भी उसने अपने मित्रों – भौम और बाण – से उनकी चर्चा की थी और उन्हें हास्यास्पद पाया था। आज भी उसे ये चर्चाएं उतनी ही हास्यास्पद लगती हैं। किन्तु देवकी? देवकी ऐसी कैसे हो गई – इसका उत्तर कौन देगा? और जब तक कंस को उसके इन प्रश्नों का उत्तर नहीं मिलेगा, वह सो कैसे पाएगा, उसे निद्रा कैसे आएगी? वह मथुरा के राजप्रासाद में, अपने शयन-कक्ष में, इस कोमल पर्यंक पर करवटें

बदल रहा है; और उधर वसुदेव और देवकी उस कारागार में आनन्द की नींद सो रहे होंगे।...

"परिचारिके!"

घबराई हुई परिचारिका दौड़ती हुई आई, "महाराज!"

"महाराज की बच्ची! चषक ख़ाली है; और तू उधर अपने जार से चिपकी सो रही है।"

परिचारिका कुछ नहीं बोली। उसने पात्र से चषक में मैरेय ढाल दी। महाराज की ऐसी बातों का क्या बुरा मानना।...आजकल वे प्रायः प्रत्येक रात्रि को अनिद्रा के कशा से पिटते हुए इस प्रकार की अभद्र भाषा का प्रयोग करते हैं। विक्षिप्तों के समान व्यवहार करते हैं।

दूसरे कक्ष से निकल कर अस्ति आ गई, "महाराज अशान्त क्यों हैं?"

परिचारिका क्या कहती। बोली, "महारानी! आपका विरह उन्हें व्याकुल कर रहा है।"

"तू कैसे जानती है?"

"प्रियतमा के आलिंगन में बंधे बिना किसी रसिक पुरुष को निद्रा आ सकती है क्या?"

"कामशास्त्र की पंडिता! कहीं तेरा कहा सत्य होता तो मैं तेरा मुख मोतियों से भर देती।" अस्ति ने कहा, "कदाचित् तू नहीं जानती कि वे आजकल मेरी सौत के आलिंगन में पड़े कष्ट पाते रहते हैं।"

"कौन-सी सौत महारानी?" परिचारिका बोली, "मैंने तो उनके कक्ष में किसी और कामिनी को नहीं देखा।"

"अनिद्रा।" अस्ति ने कहा, "तू उसे कैसे जानेगी।"

29

मथुरा के कारागार में सन्ध्या का सन्नाटा उतर आया था।

आज तक कभी ऐसा नहीं हुआ कि कोई एक-अकेला द्वारपाल पहरे पर हो; किन्तु आज कुछ विचित्र ही स्थिति थी। द्वारपाल देवादित्य सर्वथा अकेला था। व्याकुलता के चंगुल में भिंचा-सा वह एक सिरे से दूसरे सिरे तक दसियों चक्कर काट चुका था; किन्तु उद्विग्नता थी कि कम ही नहीं हो रही थी। दृष्टि बाहर से आने वाले मार्ग से चिपक कर रह गई थी।...मन की व्याकुलता, उसके चेहरे पर सांप के समान कुंडली मार कर बैठ गई थी।...

उसका प्रहर कब से समाप्त हो चुका था; किन्तु उसका स्थान लेने के लिए कोई दूसरा आरक्षी आया ही नहीं था। काम से भागने की सबको जल्दी होती है, पहुंचने की किसी को नहीं...वह सोच रहा था...जानते हैं न कि वहां कोई असहाय अपने दायित्व और सैनिक आदेश में बंधा खड़ा होगा, जो किसी का कुछ नहीं बिगाड़ सकता। जब से सैनिक अधिकार मागधों को मिले हैं, मथुरा के सैनिकों की तो दुर्दशा ही हो गई है।...मेघ मंडरा रहे थे। बिजली कौंद रही थी। हृदय कांप कर रह जाता था; किन्तु धरती-आकाश कैसे प्रकाशित हो जाते थे। उसने आज तक प्रकाश का ऐसा भयावह रूप नहीं देखा था। वह इस भयंकर प्रकृति का सौन्दर्य निहारे या भय से कांपते हुए अपने हृदय को संभाले! सौन्दर्य और भयंकरता का ऐसा मिश्रण उसने पहले कभी नहीं देखा था। पर कुछ तो दिव्य था ही। ऐसा पहले तो कभी नहीं हुआ।...मेघ न केवल घिर-घिर कर आते जा रहे थे, धारासार बरस भी रहे थे। लगता था, सारी मथुरा नगरी आज जलमग्न हो जाएगी। क्या यह प्रलय का क्षण था?...

पर वह क्या करे...उसका स्थान लेने को कोई आरक्षी आ ही नहीं रहा था। आज सैनिक अधिकारियों को भी जाने क्या हो गया था। प्रहरियों पर चौकसी करने का भी किसी को कोई चेत नहीं था। जाने, सब मिल कर कहां सो-मर गए थे।

सहसा दूर से कोई आता दिखाई दिया। निकट आने पर उसने देखा, वह सोमदत्त था। उसका सहकर्मी, दूसरा द्वारपाल।

"कहां बिला गए थे तुम! तुम्हारा प्रहर कब से आरम्भ हो गया है; और अब आ रहे हो तुम। तुम सबको अपना घर-द्वार बहुत प्यारा है। एक मुझे ही अनाथ मान रखा है तुम लोगों ने, जिसका कहीं कोई न हो। मुझे घर नहीं जाना क्या?" देवादित्य का हृदय जैसे फूट पड़ा, "मुझे अधिकारियों को सूचना देनी पड़ेगी। तुम लोगों से ड्योढ़ा-दोगुना काम करता हूं मैं। समझे विलम्बाधीश।"

सोमदत्त ने मुस्कुराने का प्रयत्न किया, "जानते तो हो, प्रातःकाल से ही भयंकर और अनवरत वर्षा हो रही है भैया! यमुना मैया नगर को लील जाने को बढ़ी चली आ रही हैं। राजप्रासाद में भी बाढ़ आ गई है। ऐसी उथल-पुथल मची हुई है कि क्या कहूं। सब जगह पानी के साथ सांप-बिच्छू तैर रहे हैं। लगता है इन्द्रदेव आज धरती के सारे सांप बिच्छुओं को वर्षा के कशा से मार-मारकर, उनकी बिलों से बाहर निकाल लाए हैं। उनके घरों को उजाड़ दिया है। सारे विषधर यमपुर जाएंगे, किन्तु उससे पहले हमें नष्ट कर जाएंगे। राजमार्गों को तो छोड़ो, गलियों-वीथियों में और घरों में भी पानी प्रवेश कर गया है।"

"तो?" देवादित्य का रोष कम नहीं हुआ था।

"तो क्या!" सोमदत्त बोला, "परिवार को किसी सुरक्षित स्थान पर पहुंचा कर ही तो आता। अब मुझसे झगड़ा कर समय नष्ट मत करो। महाराज कंस की बहुत सेवा कर ली। जाओ और अपने परिवार की सुध लो।"

"अरे कहीं मेरी कुटिया डूब ही न गई हो। वह तो थी ही यमुना तट पर।" देवादित्य अचकचा कर बोला।

"डूब गई। अरे कहीं बह न गई हो। जहां थी, वहां से दो-चार कोस दूर तक देख लेना।" सोमदत्त बोला, "शीघ्र जाओ। मुझे तो लगता है कि पाप का घड़ा भर गया है। महाराज का प्रासाद तो सरोवर बन ही गया है, रात-भर पानी बरसता रहा तो यह कारागार भी डूबा ही समझो। पहली सीढ़ी तक तो पानी आ ही गया

है। सारे बन्दी इस प्रलय में डूब मरेंगे। मुझसे भी यह रात कैसे कटेगी...।"

"कैसे कटेगी का क्या अर्थ। काटनी पड़ेगी। सैनिक दायित्व है, कोई हंसी-ठट्ठा नहीं है।" देवादित्य बोला, "कहीं अंधेरा होते ही भाग जाने की तो नहीं सोच रहे यहां से हटे तो चाकरी भी यमुना जी में बह जाएगी।"

"चाकरी गई भाड़ में, प्राण तो बचेंगे।" सोमदत्त ने कहा, "परिवार गंवा कर चाकरी बचाई तो क्या कमाया।"

"जो मन में आए, करो।"

* * *

भाद्र मास के कृष्ण पक्ष की अष्टमी का दिन था। नन्द समझ रहे थे कि वर्षा होने के लक्षण थे। वर्षा होगी और ज़ोर की होगी। भाद्र मास की वर्षा थी। झड़ी लग जाए तो चाहे तीन दिन तक न थमे। चरवाहों को प्रातः ही कह दिया था कि समय से घर लौट आएं। वर्षा होने लगे, तो गौवों के साथ खुले वन में न रहें।

मध्याह्न तक कुछ बूंदाबांदी भी हो गई थी। सन्ध्या समय तक नियमित वर्षा आरम्भ हो गई। नन्द प्रसन्न थे कि गौवें समय से गोशाला में लौट आई थीं; नही तो ध्यान उधर ही लगा रहता। इधर यशोदा भी अब उतनी भाग-दौड़ नहीं कर सकती थीं। अपनी इस अवस्था में उन्हें भाग-दौड़ करनी भी नहीं चाहिए थी। उनका वर्षा में भीगना भी अच्छा नहीं था। ठीक है, समय से सारा काम हो गया। वे लोग निश्चिन्त भाव से सो सकते थे। वर्षा होती है तो होती रहे।

आधी रात को अकस्मात् ही यशोदा को लगा कि प्रसव-वेदना आरम्भ हो गई है। इस वेदना के विषय में कुलवृद्धाओं से भी सुना था और अपनी सखियों से भी। रोहिणी का प्रसव देखा भी था; किन्तु यह कल्पना भी नहीं की थी कि यह इतनी भयावह होती है। यह तो मृत्यु के गर्भ से जन्म का उदित होने जैसा कुछ था...

यशोदा के कराहने के शब्द से नन्द की नींद टूटी।

"क्या बात है?"

"मैं मर जाऊंगी।" यशोदा ने अपने दांत भींचे।

नन्द ने उनके चेहरे को देखा : अत्यन्त धैर्यवान यशोदा पीड़ा के आरम्भ में ही ऐसी निढाल हो जाएंगी, यह उनकी कल्पना में भी नहीं था।

"किसी को बुलाऊं?" नन्द ने पूछा।

"कोई आ कर मेरे स्थान पर प्रसव कर देगा, अथवा प्रसव मैं करूंगी और पीड़ा कोई और झेलेगा?"

"जब यह सब जानती हो तो यह क्यों कहती हो कि मर जाओगी। तुम मर जाओगी तो प्रसव कोई और करेगा क्या?" नन्द ने अपने परिहास से उनका कष्ट कुछ कम करने का प्रयत्न किया।

यशोदा ने हंसने का प्रयत्न किया; किन्तु हंस नहीं सकीं। पीड़ा की ऐसी लहर उठी कि उन्होंने अपने ही दांतों से अपने अधर काट लिए। उनके अधरों पर रक्त देख कर नन्द घबरा गए।

"मैं सोचता हूं, किसी को बुला ही लूं।" वे धीरे से बोले।

"सोचते ही रहोगे या कुछ करोगे भी?" यशोदा ने बड़ी कठिनाई से कहा।

नन्द को उनके स्वर में अपने लिए भर्त्सना की ध्वनि सुनाई पड़ी। यशोदा सचमुच बहुत कष्ट में थीं और वे बहुत दक्ष प्रबन्धक सिद्ध नहीं हुए थे। कोई और होता तो पहले से ही सब-कुछ सोच-समझ कर रखता। कह-सुन रखा होता तो वे अब तक झपट कर वैद्य अथवा दाई को ले ही आए होते। रोहिणी भाभी को सूचना दे चुके होते। पर वे क्या जानते थे कि यह सब आज ही होना है। रात को सोने के समय तक तो कोई लक्षण ही नहीं था। यह भी उनकी कल्पना में नहीं था कि स्वस्थ और हृष्ट-पुष्ट यशोदा को प्रसव में इस प्रकार का कोई कष्ट होगा; और उन्हें वैद्यों तथा दाइयों की आवश्यकता पड़ेगी। साधारण स्त्रियां भी कुछ पीड़ा सह कर, कुछ हाथ-पैर पटककर, थोड़ा-सा चीत्कार कर, सन्तान को जन्म दे लेती हैं।...

पर इस समय यशोदा कुछ अधिक ही कष्ट में दिखाई दे रही थीं। नन्द को वैद्य और दाई, दोनों को ही बुला लेना चाहिए। वे जो भी सहायता कर सकें, करें। रोहिणी भाभी तो कुछ दूर हैं...पर यशोदा को अकेली कैसे छोड़ जाएं? पीछे कोई तो हो, जो आवश्यकता होने पर उन्हें एक घूंट पानी पिला सके। ऐसा न हो कि

अकेली यशोदा वेदना में पर्यंक की पाटी से मार कर अपना सिर ही फोड़ लें। यह उनके लिए भी घातक होगा और जन्म लेने वाली सन्तान के लिए भी।

तो नन्द वृद्धा लक्ष्मी को ही उसकी कुटिया से बुला लें। बहुत कुशल है या नहीं, यह तो भगवान् ही जानें; किन्तु वह दाई तो है। गोकुल में प्रसव इत्यादि कराती रही है। कुछ तो सहायता करेगी ही। यशोदा के पास बैठ तो सकती ही है। उनकी पीड़ा न भी हर सकें, उनके हाथ-पैर सहला कर, उन्हें थोड़ी सान्त्वना तो दे सकती है। आवश्यकता पड़ने पर उनकी छोटी-मोटी सहायता कर सकती है।...

यशोदा को लग रहा था कि उनकी ऊर्जा कम होती जा रही है; और कष्ट बढ़ता जा रहा है। वे यह सहन नहीं कर पाएंगी।...उनका हृदय जैसे डूबने लगा था...शरीर स्वेद से नहाने लगा था...लगता था वे ठंडी पड़ती जा रही थीं।...

"यशोदा! मैं लक्ष्मी को बुलाने जा रहा हूं।..."

यशोदा ने नन्द की ओर एक अवश और दीन दृष्टि से देखा और असाधारण रूप से क्षीण स्वर में कहा, "मत जाओ।...तुम्हारे लौटने तक मैं कदाचित् मर ही जाऊंगी। अन्तिम समय में मुझे इस प्रकार अकेली मत छोड़ो।..."

बाहर आकाश पर चपला ज़ोर से चमकी और मेघों का भयंकर गर्जन हुआ।

नन्द ने सब-कुछ देखा और सुना, किन्तु उसका अनुभव तनिक भी नहीं किया। उनकी ज्ञानेन्द्रियां जैसे निस्पन्द हो गई थीं...यशोदा का स्वर डूब रहा था। कहीं सत्य ही तो कोई अनिष्ट नहीं होने वाला। प्रसव में स्त्रियों के प्राण भी चले जाते हैं। ...नहीं चाहिए उन्हें ऐसी सन्तान। उन्हें अपनी यशोदा का जीवन चाहिए...

वे द्वार की ओर झपटे...किन्तु सहसा उनके पग रुक गए।...यशोदा अभी जीवित है। लौटेंगे और वे उनको छोड़ कर जा चुकी हुईं तो?...वे ठीक ही तो कह रही हैं, अन्तिम समय में नन्द को उनके पास रहना चाहिए। और कुछ नहीं भी कर सकेंगे तो उनका हाथ थामे बैठे रहेंगे। उनके शरीर की पीड़ा का हरण नहीं कर सकेंगे तो भी उनकी आत्मा पर बोझ तो नहीं रहेगा।

पर क्या वे अपनी पत्नी को क्रमशः मृत्यु के मुख में जाते हुए चुपचाप देखते रहें, और कुछ न करें? उनका हाथ थामने-भर से नन्द के प्रयत्नों की इति हो जाएगी? ...यशोदा तो प्रायः अचेत हो चुकी थीं। उन्हें तो यह भी पता नहीं चलेगा कि कोई उनके पास है भी या नहीं।...

उन्होंने कक्ष के कपाट खोले। वरांडे में पानी की भयंकर बौछार थी, जैसे इन्द्र का ऐरावत अपनी विशाल सूंड में सारा सागर भरकर राक्षसी क्रोध से उसे उनके द्वार पर ही बरसा रहा हो। नहीं, वह जल बरसा नहीं रहा था। वह तो जैसे जल पटक रहा था। शरीर पर वर्षा की बूंद नहीं पड़ती थीं, कशा का आघात होता था। जल की बूंदें किसी का अंग-भंग भी कर सकती हैं, यह नन्द को आज ही समझ में आया था...पर वे वर्षा से डर कर घर में ही नहीं बैठे रह सकते थे। जल ही तो था, कोई अग्नि के भभूके तो नहीं थे....वे वरांडे को पार कर ड्योढ़ी में आए। बाहरी कपाट खोला। वे स्तब्ध खड़े रह गए...आकाश से ऐरावत ही पानी नहीं बरसा रहा था; यमुना मैया भी जैसे उनके द्वार पर ही आ गई थीं। घर के सामने का सारा क्षेत्र यमुना मैया ने लील लिया था। गोशाला में भी पानी भर गया था। जाने गऊवों की क्या स्थिति थी...उनका घर पर्याप्त ऊंचाई पर था। उन्हें स्मरण नहीं आता कि आज तक यमुना ने अपनी मर्यादा कभी इस प्रकार भंग की हो। प्लावन की स्थिति में भी वह अपनी वेला की मर्यादा का अतिक्रमण नहीं करती थी। तो आज ऐसा क्या हो गया...

नन्द ने अपना पग आगे बढ़ाया। पानी गहरा था। पहले ही डग में पानी उनके घुटनों तक आ गया था।...जाने अगले डग में वह कहां तक पहुंचे।

और तब नन्द की दृष्टि पानी में तैरते एक सर्प पर पड़ी। उनके पैर लौट कर अपने भवन की देहरी पर आ गए।...उन्होंने मुड़ कर देखा...वह सर्प अब दिखाई नहीं पड़ रहा था। पता नहीं वह पानी के प्रवाह के साथ ही कहीं बह गया था, अथवा उनको भयभीत कर अपनी बिल में लौट गया था...। बिल में तो क्या लौटा होगा। उसकी बिल में भी तो पानी भर गया होगा। तभी तो वह वहां से निकल कर किसी नए आश्रय की खोज में उनके द्वार तक आया होगा।...तभी उन्हें फिर से एक सर्प दिखाई दिया। पता नहीं, यह वही था अथवा कोई और। कैसी स्फूर्ति से उनको दंश मारने के लिए आगे बढ़ रहा था...अथवा नहीं...कदाचित् वह अपने प्राण बचाने के लिए हाथ-पैर मार रहा था...।

नन्द का हृदय कांप गया। जाने कालिय-नाग की कितनी सन्तानें इस समय मृत्यु की सन्देशवाहक बन कर चारों ओर फैल गई थीं। अभी यमुना का जल उनके द्वार के बाहर ही था। सम्भव है थोड़ी देर में, यह उनके आंगन में भी प्रवेश कर जाए। बाढ़ के पानी के लिए कुछ भी सम्भव था। वह न किसी की देहरी की चिन्ता

करता है, न किसी के द्वार की। और वर्षा तो अभी निरन्तर हो ही रही थी।... धारासार! जैसे वर्षा न हो, जलप्रपात हो...।

नन्द लौट कर अपने कक्ष में यशोदा के पास आ गए।...वे बाहर नहीं जा सकते थे।...बाहर नहीं जा सकते, और अपनी पत्नी को किसी वैद्य की सहायता के अभाव में मरते हुए देख सकते थे?...वे चल कर नहीं जा सकते थे, तो तैर कर तो जा ही सकते थे।...हां! वे तैर कर जा सकते थे; पर वैद्य अथवा दायी को तैरा कर ला तो नहीं सकते थे। नौकाएं यमुना-तट पर थीं; और यमुना का तट जाने कहां था। उनकी अपनी नौका होती, उनके पास अपने घर पर होती, तो वे वैद्य को नाव में ला सकते थे।...किन्तु वे गोपाल थे, मछुवारे नहीं कि उनके घर में अपनी नौका बंधी होती। गऊएं नौकाओं पर चढ़ कर चरने के लिए नहीं जातीं। क्या करना था, उन्हें नौकाओं का!...नौका होती भी तो वैद्य इस प्रलय जैसे प्लावन और वर्षा में उनके साथ नाव में आ जाता? वैद्य की पत्नी नन्द को ही जल में डुबो न देती।...

सहसा यशोदा के शरीर में कम्पन हुआ। वे मानो अपनी अचेतावस्था में ऐंठीं और कराहीं। नन्द ने देखा....प्रसव हो रहा था। उनकी सन्तान जन्म ले रही थी।

वे आगे बढ़ आए। ऐसे में वे यशोदा की क्या सहायता कर सकते थे?

उन्होंने बरबस ही सन्तान को अपने हाथों में उठा लिया। यशोदा कदाचित् पूर्णतः अचेत हो चुकी थीं। उन्हें पता भी नहीं लगा था कि उन्होंने एक सन्तान को जन्म दिया है।...

नन्द ने नवजात शिशु की ओर देखा। वह एक अत्यन्त दुर्बल-सी कन्या थी। जीवित थी; किन्तु शरीर में किसी प्रकार की कोई प्रत्यक्ष गतिविधि नहीं थी।...क्या वह जीवित रह पाएगी? और यशोदा? उन्होंने यशोदा की नाड़ी देखी। नहीं! नाड़ी तो चल रही थी। हृदय के स्पन्दन का भी प्रमाण था। वे अभी जीवित थीं। मां और पुत्री – दोनों ही जीवित थीं। पर क्या दोनों जीवित रह पाएंगी? उन्हें तो दोनों में से एक के भी जीवित रहने के लक्षण नहीं दिख रहे थे।...

तो क्या करें वे? अपनी पुत्री को अपने हाथों में लिए खड़े रहें; और पत्नी और पुत्री को मृत्यु से संघर्ष करते हुए देखते रहें?...

तभी बाहर किसी ने ज़ोर से कपाट थपथपाए। सांकल बजाया और बजाता

ही चला गया। सांकल इस प्रकार बजाया गया था कि मेघों के गर्जन और वर्षा के फूत्कार के होते हुए भी वे स्पष्ट सुन रहे थे कि कोई सांकल बजा रहा था। ...इस वर्षा और बाढ़ में आधी रात को यह कौन आ गया?

नन्द स्वयं बाहर जा नहीं पाए थे, बाहर से किसी के आने की वे कल्पना भी नहीं कर पा रहे थे; और यहां कोई उनके द्वार पर आ, उनके कपाट थपथपा रहा था, सांकल बजा रहा था। कहीं ये सारी ध्वनियां यमुना के जल से ही तो उत्पन्न नहीं हो रही थीं? स्वयं यमुना मैया ही तो उनका कपाट नहीं थपथपा रहीं? आज तो कुछ भी सम्भव था। पर यमुना को न कपाट खटखटाने की आवश्यकता थी, न कपाट खुलवाने की। मैया जब चाहें, सारे कपाटों को लांघ कर गोकुल के किसी भी घर में प्रवेश कर सकती थीं।...

उन्होंने कन्या को यशोदा के निकट लेटा दिया। कन्या ने न तो एक भी बार अपनी आंखें खोली थीं, न मुंह। वह रोई तक नहीं थी।

वे द्वार की ओर बढ़ रहे थे और किसी आतुर हाथ द्वारा कपाटों का थपथपाया जाना और सांकल का निर्ममतापूर्वक बजाया जाना निरन्तर सुन रहे थे। लगता था कि सांकल की मार से कपाट ही टूट जाएंगे।

"रुक जाओ। आ गया हूं।" उन्होंने सांकल खोलते हुए कहा।

"नन्द, द्वार खोलो।" किसी अत्यन्त व्याकुल कंठ ने अधैर्य से कहा।

नन्द स्वर तो नहीं पहचान पाए; किन्तु उस स्वर की पीड़ा ने उन्हें अपना परिचय दे दिया था।...और उनका मन था कि पूछता ही जा रहा था कि अपनी ऐसी विकट स्थिति में भी जब नन्द घर से बाहर नहीं निकल पाए हैं, तो यह कौन और कैसा दुखियारा है जो उनके द्वार तक आ पहुंचा है।

कपाट खुले : उनके सम्मुख वसुदेव खड़े थे।

लम्बे ऊंचे बलिष्ठ वसुदेव। अस्तव्यस्त केश और श्मश्रु, जल से भीगे हुए। उनके सिर पर एक मंजूषा थी। वे अत्यन्त निढाल दिख रहे थे। इतने निढाल कि नन्द स्वयं को सर्वथा भूल कर उनको सहारा देने के लिए, आगे बढ़े।

"मैं ठीक हूं।" वसुदेव बोले, "बस, बहुत थक गया हूं।"

जल के थपेड़ों के समान नन्द के मन में प्रश्नों के भी थपेड़े थे। न वहां कोई

रथ था, न नौका! वे कल्पना ही नहीं कर सकते थे कि इस समय कोई यमुना में तैर और वर्षा को झेल कर उनके द्वार तक पहुंच जाएगा।...और फिर वह भी कौन? स्वयं वसुदेव। वृष्णिवंश के स्वामी वसुदेव। उनसे मित्रों, नहीं! भाइयों के समान स्नेह रखने वाले वसुदेव। कंस के कारागार में बन्दी वसुदेव।...

"आप?"

"भीतर चलो।" वसुदेव बोले, "इस समय घर में कौन-कौन है?"

"मैं हूं। यशोदा है। पता नहीं यशोदा भी है या नहीं। एक छोटी बच्ची...।" नन्द वसुदेव को सहारा दिए हुए, जितनी जल्दी हो सकता था, भीतर लिए जा रहे थे।

"अच्छा है कि कोई नहीं है।" वसुदेव बोले, "सुनो नन्द! मेरे पास समय बहुत कम है।"

नन्द ने उनकी ओर देखा।

"देवकी ने अपनी आठवीं सन्तान को जन्म दिया है।" वे लोग वरांडे में आ गए थे, "वह सन्तान, जिसकी हम वर्षों से प्रतीक्षा कर रहे थे - देवकी का आठवां पुत्र!" वसुदेव ने अपने सिर से मंजूषा उतारी।

मंजूषा का ढक्कन खुला और नन्द की दृष्टि जैसे चिपक कर रह गई। मंजूषा में लेटा शिशु आकर्षक और मनोहर ही नहीं, इतना सजीव था कि दृष्टि उसपर से हटती ही नहीं थी। वह किसी नवजात शिशु के समान आंखें मूंदे शान्त नहीं पड़ा था। वह तो अपने चंचल नेत्रों से उनकी ओर देख कर अत्यन्त नटखट ढंग से मुस्कुरा रहा था, जैसे कह रहा हो, 'देखो, कैसा छकाया।' ऐसा लग ही नहीं रहा था कि एक नवजात शिशु इस जलप्लावन में वर्षा और झंझावात को झेल कर, यमुना को पारकर, मथुरा से यहां तक की यात्रा कर आया था।

नन्द को लगा कि उनके मन की सारी उद्विग्नता जाती रही थी।

"पर आप यहां आ कैसे गए?" नन्द अपनी जिज्ञासा को रोक नहीं पाए।

"वह सब बताने का समय नहीं है। मुझे तत्काल वापस लौटना है।" वसुदेव बोले, "ध्यान से सुनो। इस शिशु की रक्षा करनी होगी। चाहे कितना भी संकट झेलना पड़े, किन्तु इसे जीवित रखना ही है; क्योंकि इसके जीवित रहने पर ही

मेरा, तुम्हारा, यादवों का, यादवों के इस जनतान्त्रिक संघ का और धर्म तथा न्याय का अस्तित्व सम्भव है। इसे मेरा नहीं, अपना पुत्र बना कर इसका पालन-पोषण करना। तुम्हारा व्रज यह स्थान छोड़ कर कहीं और चला जाए, तो भी चिन्ता नहीं करना। यह राजकुमार नहीं, ग्वाला बने, चरवाहा बने, गोप बने, जो भी बने; बनने देना। अच्छा है, गोप बन जाए, ताकि कंस को सन्देह भी न हो कि यह देवकी का पुत्र है। इसे कोई सुविधा न मिले। निर्धनता में पले, कष्ट सहे; किन्तु कंस को सन्देह न हो कि यह देवकी का पुत्र है। उसे ज्ञात हुआ कि यह देवकी-पुत्र है, तो न यह बचेगा, न मैं, और न तुम। इसे बलराम और रोहिणी से भी दूर ही रखना। वे भी न जानने पाएं कि यह कौन है। यह तुम्हारा और यशोदा का पुत्र है। नन्द गोप की सन्तान।...स्वयं इसे भी मालूम न हो कि यह तुम्हारा पुत्र नहीं है।" सहसा वे रुके, "यशोदा कहां है?"

नन्द ने हाथ बढ़ा कर शिशु को अपनी भुजाओं में उठा लिया। उनके सारे शरीर में जैसे विद्युत की लहर दौड़ गई। ऐसी आनन्ददायक सिहरन का अनुभव उन्होंने कभी नहीं किया था। बालक था कि आनन्द का स्रोत था। उससे जैसे आनन्द की लहरियां निःसृत हो रही थीं।

"आइए।" वे वसुदेव को अपने कक्ष में ले आए।

वसुदेव ने देखा : यशोदा अचेत पड़ी थीं; और उनके साथ ही एक नवजात शिशु लेटा था। सम्भवतः अभी-अभी ही प्रसव हुआ था। शिशु को अभी नहलाया तक नहीं गया था।

वसुदेव ने पलट कर नन्द की ओर देखा।

"अभी प्रसव हुआ है। इस जल-प्लावन में किसी वैद्य को कहां से लाता। यशोदा अचेत हो गई है; और यह बच्ची तो कदाचित् जीवित ही नहीं है। है भी, तो इसके अधिक देर तक जीवित रहने के लक्षण नहीं हैं।"

वसुदेव की आंखों में अश्रु आ गए। उन्होंने आकाश की ओर देखा, "प्रभु तेरी माया। योगमाया। तूने सारा प्रबन्ध कर दिया। मैंने कहां कुछ किया। तुमने किया। तुमने किया। तुम ही करते हो। तुम ही करते हो।"

लगा वे कृतज्ञता ही नहीं, भक्ति के आवेश में झूम-झूम कर नाचने लगेंगे।

वे नन्द की ओर मुड़े, "यह तो बहुत ही सुन्दर संयोग है कि यशोदा ने भी अभी ही सन्तान को जन्म दिया है। तुम प्रातः लोगों को बता सकते हो कि यशोदा ने जुड़वां बच्चों को जन्म दिया है। किसी को किसी प्रकार का कोई सन्देह नहीं होगा।"

"कन्या तो कदाचित् जीवित ही नहीं है।" नन्द बोले।

वसुदेव ने आगे बढ़ कर कन्या को देखा। उसका स्पर्श किया। उसका श्वास देखा। उसकी नाड़ी देखी।

"सम्भव है कि अभी जीवित हो। पर हां! बहुत देर जीवित नहीं रहेगी।" वसुदेव बोले, "और यशोदा को तो स्वस्थ होना ही होगा, नहीं तो कृष्ण को कौन पालेगा।"

"कृष्ण कौन?" नन्द ने पूछा।

वसुदेव ने अपने बालक की ओर संकेत किया, "काला भी है और आकर्षक भी। इसी से इसका नाम कृष्ण रख दिया है।"

"काला! अरे नहीं। सांवला कहिए। यह तो मेघवर्ण है।"

नन्द ने बालक को यशोदा के पास लेटा दिया। कन्या को उठा कर वसुदेव की ओर बढ़ाया, "इसे आप ले जाइए, वृष्णिश्रेष्ठ!"

"क्यों?" वसुदेव चकित थे।

"आप कंस के कारागार में लौटेंगे। कंस को समाचार मिलेगा कि महादेवी ने आठवीं सन्तान को जन्म दिया है। वह नवजात शिशु के विषय में पूछेगा। आप पिछली बार के समान यह तो नहीं कह सकेंगे कि गर्भपात हो गया है। गर्भपात का भी तो प्रमाण देना होगा। यह कन्या आपके पास होनी चाहिए। उसे दिखा दीजिएगा कि महादेवी ने इस कन्या को जन्म दिया है।"

"जानते भी हो, वह इसे मार डालेगा।" वसुदेव ने कहा।

"उसे आपका नवजात शिशु नहीं मिला तो वह आपको और महादेवी को मार डालेगा। इतने पर ही सन्तुष्ट हो कर वह शान्त नहीं बैठ जाएगा। वह आपके पुत्र की खोज करेगा। खोजेगा तो पा भी लेगा।" नन्द बोले, "और यह कन्या यहां रह भी गई तो कदाचित् ही जीवित रह पाए। यह तो अभी से मृतप्राय लग रही

है। ले जाइए आर्य! इसके जीवित रहने की बहुत सम्भावना नहीं है। इसका शरीर भी यदि आपको, कृष्ण को और मुझे बचा लेता है, तो इसने अपने जन्म का उद्देश्य पूर्ण किया। शायद योगमाया की यही इच्छा है। नहीं तो वर्षों से निःसन्तान यशोदा की गोद में आज इस घड़ी में ही यह क्यों आ जाती। आपने ठीक ही कहा, प्रभु स्वयं ही तो सब-कुछ कर रहे हैं। उधर कृष्ण का जन्म और इधर उसके कवच रूप में इस कन्या का प्रकट होना...सबको अपने स्थानों पर कीलित कर देने वाली यह वर्षा! फिर भी आपको यहां तक आ जाने का सामर्थ्य देना। योगमाया। ओह योगमाया! वह स्वयं सब-कुछ कर रही है वृष्णिश्रेष्ठ! आप ले जाइए, इस कन्या को ले जाइए।"

"पर यह यशोदा की सन्तान है। उसे पूछे बिना तुम इसे मुझे दे कैसे सकते हो; और यह जानते हुए कि वहां मृत्यु इसकी प्रतीक्षा कर रही है?"

"यशोदा तो स्वयं भी बचेगी अथवा नहीं, पता नहीं। बच गई तो इस दुर्बल मृतप्राय कन्या का पालन कर पाएगी या नहीं, मालूम नहीं। यह यहां मर जाएगी और इसके मोह में हम सब भी मारे जाएंगे। आप इसे ले जाइए। प्रभु इसे जीवित रखना चाहेगा, तो वहां भी जीवित रख लेगा।" नन्द ने कन्या वसुदेव की मंजूषा में लेटा दी, "और यदि इसके बलिदान से ही मथुरा और यादवों की रक्षा होनी है, तो वही हो।"

"मैं चलता हूं।" सहसा वसुदेव बोले, "इससे पहले कि वर्षा रुक जाए और कंस के प्रहरी कारागार में लौट आएं। मुझे वापस पहुंच जाना चाहिए।"

"पर आप इस जलप्लावन में लौटेंगे कैसे?" नन्द ने कहा, "थोड़ी देर रुक जाइए। वर्षा का बल कुछ कम हो, तो चले जाइएगा?"

"नहीं। यह जल ही मेरा कवच है। यही मुझे यहां ले आया है; और यही ले जाएगा।" वसुदेव ने पुनः आकाश की ओर देखा, "आकाश से वर्षा का होना कोई चमत्कार नहीं है। वह तो प्रकृति का सहज क्रम है। फिर भी आज इस प्रकार वर्षा का होना, ईश्वर का सन्देश है। हमें उसको समझना चाहिए।"

"पर आप कारागार से निकल कैसे आए?" नन्द के मुख से अनायास ही निकल गया, "प्रहरियों ने आपको आने कैसे दिया?"

वसुदेव बहुत जल्दी में थे, फिर भी नन्द के प्रश्न का उत्तर देने के लिए रुक

गए, "मथुरा में भी भयंकर वर्षा हो रही है। यमुना में अभूतपूर्व बाढ़ आई है। साधारण पथों और वीथियों में ही नहीं, प्रासादों और अट्टालिकाओं में भी यमुना का जल घुस आया है। जल के साथ महाकाल के दूत के समान सर्प और अनेक भयंकर जीव-जन्तु स्थान-स्थान पर तैरते दिखाई दे रहे हैं। इस समय यमुना कंस से भी अधिक भयंकर हो गई है। कारागार के प्रहरी अपने परिवारों की सुरक्षा के लिए चिन्तित हो कर भाग गए हैं। पता नहीं वे जान-बूझ कर कारागार के द्वार खुले छोड़ गए अथवा घबराहट में उन्हें ताले लगाने का ध्यान नहीं रहा। योगमाया ही जाने!"

वसुदेव बाहर निकल आए।

"भवन तो तुमने पहले से कहीं अधिक पक्का और खुला बना लिया है। तुम्हारा व्रज स्थायी रूप से यहीं बस गया है क्या?" वसुदेव ने कहा; किन्तु उत्तर सुनने के लिए, वे रुकने की मुद्रा में नहीं थे। उन्होंने संभाल कर मंजूषा को सिर पर रख लिया।

"अरे इसे सिर पर क्यों उठाते हैं। यह मेरी कन्या है। आपके सिर पर पैर धरे, यह उचित नहीं है।" नन्द बोले।

"कन्या तो देवी होती है, पुत्री वह किसी की भी हो। और यह तो योगमाया है।" वसुदेव ने कहा, "वैसे भी कृष्ण को मैं ऐसे ही लाया था। इसे भी ऐसे ही ले जाऊंगा।"

"मार्ग में इस पर वर्षा की बौछार पड़ेगी।" नन्द के वक्ष में पिता का हृदय बिलबिलाया।

"सिर पर नहीं उठाऊंगा तो इसे यमुना का जल बहा कर ले जाएगा।" वसुदेव बोले, "वह वर्षा से अधिक हानिकारक है। मंजूषा का ढक्कन जितना बचा सकेगा, इसे बचाएगा।"

वसुदेव बाहर निकल आए।

नन्द देख रहे थे कि वसुदेव को वर्षा की कोई चिन्ता नहीं थी। वे तो ऐसे चल रहे थे, जैसे वर्षा हो ही न रही हो। वे द्रुतगति से चलते हुए बाहरी द्वार तक आए। उन्होंने इतनी भी प्रतीक्षा नहीं की कि नन्द आ कर कपाट खोलें। उन्होंने स्वयं कपाट खोले और निर्द्वन्द्व भाव से बढ़ी हुई यमुना के जल में उतर गए। उनका एक हाथ अपने सिर पर रखी मंजूषा को संभाले हुए था, और दूसरे से वे जल

को काटने का प्रयत्न कर रहे थे। नन्द समझ नहीं पा रहे थे कि वसुदेव पानी में चल रहे थे अथवा तैर रहे थे। तैराक तो वे थे; किन्तु खड़ी लगाने का उन्हें इतना अभ्यास था, यह नन्द नहीं जानते थे।

वे अपने इस मित्र को निहारते रहे। कितना कष्ट सहा है इस वसुदेव और उनकी पत्नी देवकी ने। वर्षों हो गए कंस के अत्याचार सहते हुए...और आज कैसा दुस्साहस किया है वसुदेव ने। न कंस से डरे और न प्रकृति के इस अति भयंकर रूप से...

सहसा उन्होंने देखा कि वसुदेव अकस्मात् ही जैसे जल के भीतर चले गए, अथवा जल की कोई लहर ऊंची उठ गई। वसुदेव के शरीर का कोई अंग दिखाई नहीं दे रहा था; किन्तु मंजूषा अब भी जल के ऊपर दिखाई दे रही थी। उसे उन्होंने जल से ऊपर ही रखा था।

वसुदेव जैसा योद्धा भी संसार में कभी-कभी ही उत्पन्न होता है – नन्द ने सोचा।

वे भीतर चले आए। यशोदा की स्थिति कुछ विशेष सुधरी नहीं थी। यदि यशोदा की इस स्थिति में उसे यह बताया जाएगा कि उसने एक मृत अथवा मृतप्राय कन्या को जन्म दिया था तो उसे क्या प्रसन्नता होगी। अब यदि उसकी चेतना लौटेगी तो वह कृष्ण को देखेगी। कृष्ण की एक मुस्कान उसका सारा श्रम हर लेगी।

यदि यशोदा को दोनों नवजात शिशु दिए जाते और उसे यह ज्ञात हो जाता कि कृष्ण उसका अपना पुत्र नहीं है, तो क्या वह अपनी पुत्री के रहते हुए, मन से कृष्ण का पालन-पोषण कर पाती। उसके भाग्य में कृष्ण को जन्म देना तो नहीं लिखा था; किन्तु उसका पालन-पोषण लिखा था। कृष्ण का पालन-पोषण।...तो वह उसी को पाले।...

30

वसुदेव समझ नहीं पा रहे थे कि वे स्वयं कितना चल रहे थे, कितना तैर रहे थे; और कितना पानी का बहाव उन्हें धकेल कर अपनी मनोवांछित दिशा में लिए जा रहा था। वे अपनी गति के प्रति सचेत थे; किन्तु इस तथ्य से भी अनभिज्ञ नहीं थे कि अब थकान उन पर भारी पड़ती जा रही थी। बहुत सम्भव था कि यमुना की किसी लहर का वेग उन्हें अपने साथ ही बहा कर ले जाए।...क्लान्ति भी कैसी थी कि इस जलप्लावन में भी, जहां मृत्यु उनके सम्मुख खड़ी थी, उन्हें निद्रा घेर रही थी। इच्छा होती थी कि इन सारे संकटों को भूल कर वे चुपचाप शान्ति की नींद सो जाएं...

सहसा वे सजग हुए : वे जा कहां रहे हैं?

वे अपने गोकुल की ओर जा रहे थे। वहां रोहिणी रह रही थीं। वहां बलराम था। एक वर्ष से अधिक का हो चुका होगा।...डगमग-डगमग, झूमता-झामता अपने पैरों पर चलने लगा होगा। चलता न भी हो तो खड़ा तो हो ही जाता होगा। सम्भवतः तुतला कर कुछ टूटे-फूटे शब्द भी बोलता होगा। 'मां' तो कहता ही होगा, सम्भव है 'पिता' का भी टूटा-फूटा उच्चारण करना सीख गया हो...रोहिणी ने सिखा दिया हो। देवकी के आठ-आठ पुत्रों ने जन्म लिया है; किन्तु वे किसी एक को भी उठते, बैठते, रेंगते अथवा चलते हुए देखना तो दूर, उन्हें करवट बदलते हुए भी नहीं देख पाए थे।...आज वे रोहिणी के घर जाएंगे। अपनी पत्नी और पुत्र को देखेंगे। उनकी गृहस्थी देखेंगे और थोड़ा विश्राम भी कर लेंगे। एक बार मथुरा लौट गए तो यह सब-कुछ भी सम्भव नहीं होगा।...

पर वे मथुरा लौटना ही क्यों चाहते हैं? अब, जब वे कारागार ही नहीं, मथुरा

से भी बाहर निकल आए हैं, तो वे पुनः उसी कारागार में लौटना क्यों चाहते हैं? वे यहीं रह जाएं और देवकी को किसी प्रकार मुक्त कराने का प्रयत्न करें।...वह सब तो होता ही रहेगा। इस समय वे कितने थके हुए हैं। निद्रा की उन्हें कितनी आवश्यकता है। क्यों न वे रोहिणी के घर में थोड़ी देर आराम से सो जाएं?

मुंह पर यमुना के जल का एक प्रबल थपेड़ा पड़ा : चुपचाप सो जाएं? विश्राम कर लें? गृहस्थी देख लें? उस सारी साधना का क्या होगा, जो उन्होंने देवकी के साथ मिल कर की है। सारे परिवार ने की है। सारी मथुरा कर रही है।...कंस से उनका निरन्तर युद्ध चल रहा था। कंस ने उनकी छह सन्तानों का वध किया था। उन छह को कंस ने उनसे और देवकी से बलात् छीन लिया था।...क्या कर सके वे? सारी मथुरा मानती है कि अपने उन छह पुत्रों को उन्होंने स्वयं अपने हाथों से कंस को सौंपा था, ताकि कंस देवकी का वध न करे; और देवकी अपने आठवें पुत्र को जन्म दे सके।...सच ही मानती है मथुरा! उसमें असत्य भी क्या है! देवकी का आठवां पुत्र...वर्षों से, वे ही नहीं, सारी मथुरा, सारे यादव – वृष्णि, अन्धक, भोज, सात्वत – सब ही तो देवकी के आठवें पुत्र के जन्म की प्रतीक्षा कर रहे थे। कंस के ज्योतिषियों की भविष्यवाणी और कंस का भय, माथुरों के लिए एक प्रकार की आश्वस्ति का काम कर रहा था। कंस देवकी के आठवें पुत्र से जितना अधिक भयभीत होता जाता था, माथुर उसकी प्रतीक्षा उतनी ही तीव्रता से करने लगते थे।

अब उसी आठवीं सन्तान का जन्म हो गया था; और कैसी विचित्र लीला थी ईश्वर की कि वे उसे सुरक्षित रूप से नन्द को सौंप आए थे।...कृष्ण इस समय अवश्य सुरक्षित था; किन्तु वे यह विश्वास कैसे कर सकते थे कि कंस और उसके ससुर, जरासन्ध के जीवित रहते हुए कृष्ण सुरक्षित रहेगा। क्या कंस यह विश्वास कर लेगा कि देवकी ने इस कन्या को जन्म दिया है?...उसका वध यह मृतप्राय कन्या करेगी क्या?...वसुदेव का ध्यान उस कन्या की ओर चला गया। वह उनके सिर पर उस मंजूषा में सुरक्षित थी।...पर क्या वह मथुरा तक जीवित पहुंच भी पाएगी?...वसुदेव का मन अपने ही प्रश्न से डर गया।...यदि यह कन्या, कंस के हाथों तक जीवित न पहुंची, तो कंस जाने कैसा उत्पात् करे। वह कभी भी यह नहीं मानेगा कि देवकी ने कन्या को जन्म दिया; और कन्या की मृत्यु हो गई ...वह तो यही कहेगा कि वसुदेव ने कोई षड्यन्त्र रचा है; और देवकी की आठवीं

सन्तान को कहीं छुपा दिया है। इस कन्या को वह किसी और की मृत सन्तान मानेगा। सम्भव है, वह देवकी का वध करने पर उतारू हो जाए। सम्भव है कि वह स्वयं उनका वध कर दे अथवा अपने वधिकों को उनके वध का आदेश दे दे...

और वसुदेव ने जैसे पहली बार अनुभव किया कि इस समय उनका हृदय न तो अपने वध के विचार से भयभीत हुआ, न आशंकित। न देवकी की मृत्यु की कल्पना से उनका अस्तित्व कांपा। उन्हें लगा, उनका मन किसी प्रबल आधार को पा कर स्थिर हो गया था...देवकी अपने आठवें पुत्र को जन्म दे चुकी थीं; और कृष्ण कंस के कारागार से ही नहीं, उसकी नगरी से भी बाहर नन्द के पास पहुंच गया था। नन्द उसकी रक्षा अपने प्राण दे कर भी करेगा। जो कृष्ण को बचाने के लिए अपनी सन्तान, यह जानते हुए भी उन्हें दे सकता है कि कंस उसकी हत्या कर देगा, उसके संरक्षण में वे कृष्ण को असुरक्षित नहीं मान सकते।

किन्तु उनका कारागार में सुरक्षित पहुंचना आवश्यक था। यदि वे यमुना की लहरों के साथ बह गए और कंस को देवकी के आठवें प्रसव की सूचना मिलने तक वापस कारागार में नहीं पहुंचे, तो उसे प्रमाण मिल जाएगा कि वे कारागार से बाहर निकल गए थे। उसका अर्थ था कि वे अपने आठवें पुत्र को किसी सुरक्षित स्थान पर पहुंचा आए थे।...वह कृष्ण की खोज करेगा तो उसे नन्द तक पहुंचने में बहुत कठिनाई नहीं होगी।...ऐसे में उनकी आज तक सहन की गई यह सारी पीड़ा, अपमान की यह सारी यातना...सब व्यर्थ जाएगी। कंस यदि कृष्ण को पाने में समर्थ हो गया, तो फिर यादवों की यह सारी प्रतीक्षा अर्थहीन हो जाएगी। यादवों का यह जनतन्त्र नष्ट हो जाएगा। कंस के राज्य में धर्म और न्याय के लिए कोई स्थान नहीं है। मथुरा में भी जरासन्ध का राक्षसी राज्य हो जाएगा और कंस का तनिक-सा भी विरोध करने वाला व्यक्ति जीवित नहीं बच पाएगा।...अब तक कृष्ण को जन्म देने के लिए उनका जीवित रहना आवश्यक था, अब कृष्ण की सुरक्षा के लिए उनका कंस के कारागार में बन्द रहना आवश्यक है...

वसुदेव को लगा कि वे किसी निद्रा से जाग उठे हैं। उन्होंने अपनी तन्द्रा, शिथिलता और क्लान्ति को झटक कर परे कर दिया है। यह मानना उनकी भूल थी कि उनका लक्ष्य पूरा हो गया है। वस्तुतः अब तो वास्तविक युद्ध आरम्भ हुआ है। अब तक तो कंस ने उनका वध किया है, जिनकी मृत्यु होनी ही थी। वह तो

अब जन्मा है, जिसके हाथों कंस की मृत्यु होनी है। अब तक उन्होंने कुछ नहीं खोया। वास्तविक वंचना तो कृष्ण से वंचित होने में है...

पर अपनी सन्तान को बचाने के लिए वे नन्द और यशोदा की सन्तान की बलि कैसे दे सकते हैं?...वसुदेव को लगा कि उनके मन में जैसे धिक्कार का-सा भाव उठा। यह कैसा स्वार्थ? यदि नन्द उनका इतना निष्ठावान सहयोगी है, तो उसका यह अर्थ तो नहीं कि वे उसकी सन्तान के साथ ऐसा व्यवहार करें। नन्द उनकी सन्तान की रक्षा करेगा तो उन्हें भी तो उसकी सन्तान की रक्षा करनी चाहिए।...

पर क्या वे सचमुच अपनी सन्तान की रक्षा के लिए नन्द की सन्तान की बलि दे रहे हैं? क्या नन्द कृष्ण की रक्षा इसलिए कर रहा है, क्योंकि वह वसुदेव का पुत्र है; और वसुदेव उसका जीवन चाहते हैं? यदि ऐसा होता तो वह अपनी सन्तान उनको क्यों सौंप देता? क्या कृष्ण केवल उनकी सन्तान है, और कुछ नहीं है? क्या वह सारे यादवों की एक मात्र आशा नहीं है?...नन्द किसलिए अपनी कन्या की बलि दे रहा है? इसीलिए तो, कि कृष्ण के प्राणों की रक्षा हो; और संसार को कंस से मुक्ति मिले।...पर क्या यह नहीं हो सकता कि कृष्ण की भी रक्षा हो जाए और यह कन्या भी बच जाए?...यदि ऐसा हो सकता तो नन्द ने वैसा ही कुछ किया होता। वह यह भी तो बता सकता था कि यशोदा ने जुड़वां बच्चों को जन्म दिया है।...किन्तु कदाचित् उसे यह विश्वास हो चुका है कि यह कन्या किसी भी अवस्था में जीवित नहीं बचेगी। वह तो जैसे प्रकृति की लीला में कृष्ण के प्राणों को बचाने का निमित्त बनने आई थी। कृष्ण यशोदा का पुत्र बन कर पल सके, उसके लिए यह आवश्यक था कि यशोदा के गर्भ में भी सन्तान आए, वही इस कन्या ने किया।...कृष्ण की सुरक्षा के लिए आवश्यक है कि कंस को यह विश्वास हो कि देवकी की आठवीं सन्तान मर चुकी है, उसके लिए यह कन्या अपनी देह छोड़ गई है।...यह योजना तो स्वयं ईश्वर की बनाई हुई लगती है। योगमाया! वसुदेव को इसमें क्या करना है? वे न तो इसे कार्यान्वित करने के लिए अपनी ओर से कुछ कर सकते हैं, और न ही इसका स्वरूप बदल सकते हैं।...तो फिर वे किस बात के लिए चिन्तित हैं। यदि प्रकृति को इस कन्या से कोई और कार्य करवाना होगा तो वह उसके प्राणों की रक्षा भी कर लेगी।...सम्भव है कि कंस के मन में दया जाग जाए। वह इस कन्या की हत्या न करे। उसका वध तो देवकी के आठवें

पुत्र के हाथों होना था, पुत्री के हाथों नहीं।...तो फिर वह इस कन्या का वध क्यों करेगा?...और वसुदेव के मन में जैसे नगाड़े बजने लगे...नारद ने कहा था देवकी के आठवें गर्भ की सन्तान...पुत्र और पुत्री की बात तो किसी ने कही ही नहीं। ...उस मागध भविष्यवक्ता ने भी तो आठवें गर्भ की ही बात की थी...

वसुदेव को लगा कि उनके मन में एक नया उत्साह भर आया है। वे अब केवल वसुदेव नहीं रह गए थे। वे तो ईश्वर की किसी योजना को पूर्ण करने का एक उपकरण थे। उस उपकरण को जो कार्य करना था, वही वे करके लौट रहे थे। आगे भी जो प्रभु चाहेंगे, वही होगा...उपकरण चिन्ता नहीं करता।

* * *

"आज यमुना मैया को क्या हो गया है? कहां से इतना जल आ गया है?"

"यमुना को कुछ नहीं हुआ है।" जैसे जल ने कहा, "मैं ही इसमें उतर आया हूं।"

"तुम क्या जल हो?"

"ठीक-ठीक जल तो नहीं हूं; किन्तु तुम मुझे जल ही समझ लो।"

"कौन हो तुम, जो यमुना में उतर आए हो; और यमुना अपने तटों को फांद कर नगरों-ग्रामों में घुस आई है...जैसे किसी छोटे से ताल में अनेक भयंकर घड़ियाल घुस आए हों, और ताल का जल, ताल से बाहर निकल, धरती पर चारों ओर बिखर जाने को बाध्य हो गया हो।"

"तुम ठीक समझ रहे हो।"

"किन्तु तुम हो कौन? कोई पर्वत हो? कोई समुद्र हो?"

"समुद्र हूं।"

"नदियां जा कर सागर में मिलती हैं, यह तो हम सब जानते हैं।" वसुदेव के मन ने कहा, "किन्तु सागर आ कर नदी में मिले, यह तो मैं पहली बार ही सुन रहा हूं।"

"किन्तु सत्य सुन रहे हो। कभी-कभी ऐसा भी होता है।"

"तुम हो कौन?"

"मैं क्षीर सागर हूं।"

"क्षीर सागर? यमुना में?"

"हां।"

"पर क्यों?"

"मेरे स्वामी को धरती पर मेरी आवश्यकता थी।"

"तुम्हारे स्वामी को? महाविष्णु को?"

"हां।"

"पर क्यों?"

"जान जाओगे।"

वसुदेव समझ नहीं पाए कि यमुना हंसी थी अथवा क्षीरसागर हंसा था। बस वह एक मधुर हंसी थी।

वसुदेव की तन्द्रा टूटी। वे शायद सो गए थे और कोई स्वप्न देख रहे थे। किन्तु जल में तैरते हुए कोई सो कैसे सकता है? वे क्या जानें। जागते हुए तो न कभी उन्होंने जल से संवाद किया था, न क्षीर सागर ने उनसे चर्चा की थी। स्वप्नों में ही होता है, यह सब...पर वे तो जाग रहे हैं। पानी में तैर रहे हैं।

कारागार के द्वार तक पहुंचने तक, वसुदेव एक प्रकार के उन्माद का-सा अनुभव करते रहे। उन्हें न तैरने की थकान का अधिक अनुभव हुआ और न ही समय के प्रसार का कोई आभास हुआ। उन्होंने लक्ष्य ही नहीं किया कि अब तक कितना समय बीत चुका था।...

कारागार के द्वार पर पहुंचे तो यमुना की लहरें अभी पूर्ववत् शेषनाग के समान अपने सहस्रों फनों से फूत्कार कर रही थीं।...सूर्योदय निकट था; किन्तु कहीं कोई गतिविधि दिखाई नहीं दे रही थी। न कोई देवालय की ओर आता-जाता दिखाई दिया; और न कहीं से हवन, यज्ञ अथवा मन्त्रोच्चार का स्वर सुनाई दिया। शासन के प्रतिनिधियों का भी कोई अस्तित्व कहीं नहीं था। आज यह सब कंस के शासन के कारण नहीं, प्रकृति के कारण था। यमुना के जल का पूर्ण तथा एकछत्र साम्राज्य

था। वर्षा का प्रकोप कुछ मन्द हुआ था; किन्तु जल-तत्त्व ने अब भी सर्वत्र अपना प्रभुत्व जमा रखा था।

वसुदेव निकट आए। द्वार के कपाट उसी प्रकार भिड़े हुए थे, जैसे वे छोड़ गए थे। अर्गला में ताला लटक तो रहा था; किन्तु वह बन्द नहीं था। द्वार-रक्षक से जल्दी में भागते हुए वह इस प्रकार खुला रह गया था; और वसुदेव भी उसे इसी प्रकार छोड़ गए थे। इसका अर्थ था कि न तो अभी वह द्वार-रक्षक ही लौटा था और न ही कोई अन्य सैनिक अथवा अधिकारी यहां आया था। कंस तो इस जलप्लावन में अपना प्रासाद छोड़ कर क्या ही आता।...हां! एक अन्तर अवश्य था। जब वे गए थे तो बाढ़ का जल कारागार की पहली सीढ़ी तक ही पहुंचा था; और अब वह उसकी अन्तिम सीढ़ी तक चढ़ आया था। बहुत सम्भव है कि उनकी अनुपस्थिति में वह कारागार में प्रवेश भी कर गया हो और अब उतार पर हो।

उन्होंने कारागार में प्रवेश किया। अपनी कोठरी तक आए।...मार्ग में कहीं कोई नहीं था। उग्रसेन और अन्य बन्दियों की कोठरियां आगे थीं। पानी यहां तक नहीं आया था तो आगे क्या गया होगा।...

उन्हें आते देख कर देवकी उठ खड़ी हुईं। वे फटी-फटी आंखों से उनकी ओर देख रही थीं।

"तुम सोईं नहीं?" वसुदेव ने अपने सिर से मंजूषा उतारते हुए कहा।

"आप कृष्ण को वापस ले आए? क्या गोकुल तक नहीं पहुंच सके?"

"नहीं। नन्द को सौंप आया हूं कृष्ण।" वसुदेव बोले, "यह तो यशोदा की कन्या है।"

"तो इस बेचारी को क्यों ले आए इस कारागार में?"

"यह हठ कर स्वयं ही आ गई है।"

"क्या?"

"देवकी की आठवीं सन्तान के रूप मे कंस के सम्मुख भी तो कोई नवजात शिशु प्रस्तुत करना है।" वसुदेव ने मंजूषा देवकी के सम्मुख रख दी, "कन्या को संभाल लो। मैं यह मंजूषा द्वारपाल की कोठरी में वापस रख आता हूं। अपने भीगे वस्त्र भी बदल लूं, अन्यथा वह जान जाएगा कि मैं यमुना में तैर कर कहीं गया था।"

देवकी का मन जैसे जड़ हो गया था, किन्तु उनका शरीर किसी यन्त्र के समान अपना कार्य करता जा रहा था, "पर क्या अपनी सन्तान की रक्षा के लिए किसी दूसरे की सन्तान परोस देंगे उस हत्यारे के सम्मुख?"

वसुदेव के किसी उत्तर से पूर्व ही देवकी ने मंजूषा का आवरण हटा कर कन्या को अपने हाथों में उठा लिया था। उन्होंने कन्या का निरीक्षण किया और बोलीं, "रूप तो अलौकिक है; किन्तु यह जीवित तो नहीं लगती। क्या मार्ग में ही प्राणान्त हो गया?"

"यह तो कोई वैद्य ही बता सकता था कि जब मैं वहां से ले कर चला था तो यह जीवित थी अथवा नहीं।" वसुदेव बोले, "किन्तु नन्द का विचार था कि यह लम्बी आयु ले कर नहीं आई है, अतः इसे कंस को सौंप देने में कोई हानि नहीं है।"

देवकी का चेहरा कठोर पड़ गया, "आता ही होगा वह राक्षस।"

कारागार के बाहर के कपाटों के खुलने का शब्द हुआ।

"लो आ गया वह।" वसुदेव बोले।

पगध्वनि उग्रतर होती जा रही थी। कई लोगों के निकट आने का शब्द था।

वे लोग उनके कक्ष के सम्मुख आए तो वसुदेव ने देखा कि कंस उनमें नहीं था। ये तो कंस के वे सैनिक थे जो कारागार का समाचार उसे देते थे। वे लोग राजवैद्य को देवकी के परीक्षण के लिए लाए थे।

वैद्य ने देवकी की गोद में शिशु को देखा तो बोला, "प्रसव तो हो चुका। अब मेरा क्या काम है।"

सैनिकों ने आश्चर्य से एक-दूसरे को देखा; और फिर उनका नायक कुछ अचकचा कर बोला, "हमें सूचना नहीं थी कि प्रसव हो चुका है।"

"प्रमाद तुम्हारे सैनिक करते हैं; और कष्ट मुझे दिया जाता है। इस आंधी-पानी में तुम लोग मुझे यहां घसीट लाए हो, जबकि मेरा यहां कोई काम नहीं है।" वैद्य पर्याप्त रुष्ट प्रतीत हो रहा था, "अब जाओ महाराज को सूचना दो कि देवकी की आठवीं सन्तान ने जन्म ले लिया है।"

"जाओ! जा कर द्वारपालों से पूछो कि उन्होंने यह सूचना महाराज तक क्यों

नहीं भेजी।" नायक ने अपने अधीनस्थ अधिकारी को आदेश दिया, और स्वयं वैद्य की ओर मुड़ा, "आइए वैद्यराज! आपको आपके निवास तक पहुंचा आएं।"

वैद्य के हाव-भाव से स्पष्ट था कि उसे इस कष्ट कर वेला में यहां व्यर्थ लाया जाना बहुत अखर रहा था। पर उसने कुछ कहा नहीं। चुपचाप उनके साथ लौट गया।

नायक ने बाहर आ, द्वारपाल की ओर देखा, "सूचना क्यों नहीं दी गई?"

"कौन-सी सूचना?" सोमदत्त ने बौखला कर पूछा।

"हम किस सूचना की प्रतीक्षा कर रहे हैं मूर्ख?"

"तुझे इतना भी पता नहीं है कि देवकी के प्रसव की सूचना महाराज तक तत्काल पहुंचाई जानी थी।" अधीनस्थ अधिकारी ने उसे डांटा।

सोमदत्त समझ गया कि उससे प्रमाद हो गया है। वह घर से लौटा तो द्वार पर आ कर खड़े हो जाने मात्र से ही सन्तुष्ट हो गया था। भीतर तो वह गया ही नहीं।

"आप लोग कैसे आए हैं?" उसने कुछ तमक कर नायक से पूछा।

"नाव से।"

"मेरे पास कौन-सा जलपोत और सैनिकों का गुल्म था कि मैं महाराज तक सूचना भेजता?" द्वारपाल आवेशपूर्ण स्वर में बोला, "किसे भेजता, अपने भूत को?"

"शेष लोग कहां हैं?" नायक ने पूछा।

"गए हैं अपने-अपने घरों को।"

"क्यों?"

"आपको नहीं मालूम?" द्वारपाल कुछ वक्र हो कर बोला, "देखने गए हैं कि उनके बाल-बच्चे घर में हैं अथवा यमुना मैया उन्हें बहा कर यम के घर पहुंचा चुकी हैं।"

"बिना अपने अधिकारी की अनुमति के, अपने कर्मस्थल को इस प्रकार छोड़ जाना, सैनिक को शोभा नहीं देता।" नायक बोला, "मैं महाराज को इसकी सूचना दूंगा।"

"अवश्य दीजिए।" द्वारपाल का स्वर कुछ और कटु हो गया था, "मैं भी महाराज से निवेदन करूंगा कि प्रलय के इस प्लावन में हम तो यहां अपने धर्म का निर्वाह करते रहे और हमारे अधिकारियों ने हमारे परिवारों की तनिक भी चिन्ता नहीं की। अपने ही परिवारों को राजकीय नौकाओं में बैठा कर सुरक्षित स्थानों पर पहुंचाते रहे।"

"मुंह बहुत खुल गया है तुम्हारा।" नायक ने कहा, "तुम क्या समझते हो कि हमें ज्ञात नहीं है कि तुमने क्या किया है।"

"क्या किया है?"

"तुम अपना कर्मस्थल छोड़ कर गए हो; और वह भी कारागार के ताले खुले छोड़कर।"

"हां! छोड़ गया था।" सोमदत्त तनिक भी भयभीत नहीं लग रहा था।

"क्यों?"

"ताकि यदि बाढ़ का पानी उनकी कोठरियों में प्रवेश करने लगे, जल में तैरते सर्प उन्हें डसने लगें, तो वे किसी प्रकार अपने प्राण बचा सकें।"

"तुम्हें महाराज के शत्रु, इन बन्दियों से इतनी सहानुभूति क्यों है? अपने प्राणों का भय क्यों नहीं है?"

"अपने ही नहीं, आपके प्राणों की भी चिन्ता है।"

"क्या कहना चाहते हो?"

"कारागार में बन्दियों का प्राणान्त हो जाता, तो महाराज आपसे पूछते कि जलप्लावन से उनकी रक्षा क्यों नहीं की गई?" सोमदत्त बोला, "उनको यहां रोके रखना मेरा दायित्व है; और उनका जीवन बनाए रखना आपका दायित्व है। वे बन्दी अवश्य हैं; किन्तु महाराज के सम्बन्धी भी हैं। एक कोठरी में उनके पिता हैं और एक में उनकी बहन और बहनोई।"

अधिकारी चुपचाप खड़ा सोमदत्त को देखता रहा। फिर बोला, "मुझे धमका रहे हो।"

"नहीं, वस्तुस्थिति बता रहा हूं।"

"वस्तुस्थिति!" अधिकारी का मुख कुछ कसैला हो गया, "क्या जानते हो वस्तुस्थिति। अपने परिवार के बाहर कुछ जानते भी हो। महाराज कंस के हाथी अपने थान से बंधे-बंधे डूब गए हैं। उन्हें बचाने तुम गए थे? जहां महाराज प्रतिदिन अपने मल्लों के साथ व्यायाम करते थे, मल्लयुद्ध का अभ्यास करते थे, वे अखाड़े मटियामेट हो गए हैं। उन्हें बचाने तुम गए थे? राज-मल्ल चाणूर को महाराज द्वारा उपहार में दिया गया वह राजप्रासाद-सा विशाल भवन यमुना मैया अपने साथ बहा कर ले गई हैं। उसे बचाने गए थे तुम?" अधिकारी कुछ अधिक ही रुष्ट था, "चले हैं महाराज के सम्बन्धियों को बचाने।"

अधिकारी चला गया; किन्तु दो ही क्षणों में वह लौट आया, "अच्छा! अब अपना मुंह बन्द ही रखना।"

* * *

कंस के अंगरक्षकों ने आ कर द्वार खोला और थोड़ी-थोड़ी दूरी पर सन्नद्ध खड़े हो गए। प्रलम्ब और प्रद्योत पहले आए; और तब आया कंस। उसने द्वार पर ही रुक कर, पहले कक्ष का निरीक्षण किया और फिर उसकी दृष्टि देवकी की गोद में निस्पन्द सोए शिशु पर टिक गई।

"तो आठवीं सन्तान ने भी जन्म ले ही लिया?" कंस की बांछें खिली हुई थीं, "इसे कहीं छिपा नहीं सके?"

देवकी ने कोई उत्तर नहीं दिया। वसुदेव चुपचाप आगे बढ़े और देवकी से कन्या को ले कर कंस की दिशा में मुड़े...प्रद्योत ने उनके हाथों से कन्या को ले लिया। वसुदेव ने किसी प्रकार का कोई प्रतिरोध नहीं किया।

कंस के व्यग्र हाथों ने आगे बढ़ कर कन्या को थाम लिया। उसने उसे ध्यान से देखा और उसके मुख का स्वाद जैसे कसैला हो गया।

"कन्या?" उसने वसुदेव की ओर देखा।

वसुदेव ने केवल सिर हिला दिया, कुछ कहा नहीं।

"मेरा वध करने के लिए कन्या जन्म लेगी?" उसने वसुदेव की ओर देखा, "यह कैसे सम्भव है?"

"मैंने तो कभी ऐसी कोई घोषणा नहीं की।" वसुदेव ने कहा।

"क्यों? भगवती दुर्गा ने महिषासुर का वध नहीं किया था?" देवकी ने तेजस्वी स्वर में कहा।

"तो भगवती दुर्गा ने जन्म लिया है, तुम्हारी पुत्री बन कर?"

"सम्भव नहीं है क्या?" देवकी ने कहा।

"यह वध करेगी मेरा?" कंस चिल्लाया।

"हमसे यह सब क्यों पूछ रहे हो?"

"तो किससे पूछूं?" कंस तिलमिलाया भी और तमतमाया भी।

"अपने भविष्यवक्ताओं से पूछो, जो ऐसी सूचनाओं से तुम्हारे कान भरते रहते हैं।" वसुदेव बोले, "वैसे तुम्हारे उस मागध भविष्यवक्ता ने यह भी कहा था कि देवकी के भाग्य में तीन जीवित सन्तानें हैं, जिनमें से एक कन्या है।..."

"तुम कहना चाहते हो कि यह वही कन्या है।" कंस की कठोर दृष्टि वसुदेव पर जा टिकी, "नहीं वसुदेव! तुमने शिशु बदल दिया है।"

वसुदेव मुस्कुराए। वे जानते थे कि कंस इसी निष्कर्ष पर पहुंचेगा।

"हां! तुमने मेरे लिए कारागार के द्वार उन्मुक्त कर दिए थे। तुमने इस वर्षा से मेरी और मेरे शिशु की रक्षा का प्रबन्ध कर दिया था। तुमने मेरी यात्रा के लिए एक बड़ी-सी सुरक्षित नौका का प्रबन्ध कर दिया था। अतः मैं उस नाव में बैठ कर अपने पुत्र को मगध पहुंचा आया; और वहीं के हाट से इस कन्या को क्रय कर लाया।" वसुदेव मुस्कुरा रहे थे, "जरासन्ध के राज्य के सिवाय शिशुओं का क्रय-विक्रय और होता ही कहां है।"

"तुम कारागार के बाहर नहीं गए थे?" कंस ने उनकी मुस्कान की उपेक्षा की।

"अनेक कपाटों में बन्द और असंख्य सैनिकों से रक्षित कारागार में से कोई बाहर जा सकता है, तो मैं गया था।" वसुदेव बोले, "जा कर अपने पिता की कोठरी भी देख लो, कहीं वे भी तो अन्यत्र पधार नहीं गए। या सम्भव है, बाढ़ से त्रस्त अपनी प्रजा के दुःख को देखकर, उन्हें सान्त्वना दे कर लौट आए हों। आप मुझे

कोई कारण बता सकते हैं, महाराज कंस! कि जो आपके यमपुर जैसे इस कारागार से छूट कर बाहर निकलने में समर्थ हो जाएगा, वह लौट कर स्वेच्छा से इसी कोठरी में मरने क्यों आ जाएगा?"

"मिथ्याभाषी!" कंस ने दांत पीसे, "तुम बताओ देवकी! देखो, अपने भाई से झूठ मत बोलना।"

कंस देवकी की ओर बढ़ गया।

"अपनी सन्तानों के हत्यारे को भी यदि कोई अपना भाई मान सकता है, तो मैं तुम्हें अपना भाई मानूंगी और तुमसे झूठ नहीं बोलूंगी।" देवकी ने कहा।

"रात को बहुत वर्षा हुई है। कारागार के रक्षक अपने स्थानों पर सन्नद्ध नहीं रहे होंगे। अवश्य ही तुम्हें बाहर निकलने का अवसर मिल गया होगा।" कंस बोला, "तुम्हारे चेहरों पर वैसी दीनता और आतंक भी नहीं है, जैसा कि अपनी सन्तान को मृत्यु को सौंपने पर हो सकता है।"

"हम निश्चिन्त हैं। इसलिए नहीं कि यह हमारी सन्तान नहीं है।" वसुदेव बोले, "निश्चिन्त हम इसलिए हैं कि तुम इसकी हत्या नहीं कर सकते।"

"क्यों? यह भगवती दुर्गा का अवतार है; अथवा यह योगमाया है?" कंस का चेहरा क्रूर हो गया था।

"इसलिए कि इसके प्राण पहले ही इसका शरीर छोड़ चुके हैं।" वसुदेव ने शान्त स्वर में कहा।

कंस ने चौंक कर कन्या के चेहरे को देखा। उसकी बन्द आंखें कुछ भी नहीं बता रही थीं। उसके श्वास को परखा। उसकी नाड़ी का परीक्षण किया...

उसका चेहरा विकृत हो गया। उसे लगा कि उस कन्या का शरीर चाहे उसके हाथों में था; किन्तु वह उसके हाथों से निकल कर ऊपर कहीं आकाश में स्थित हो कर उसका मुंह चिढ़ा रही है।...मार, मुझे मार। कर मेरी हत्या।...तू क्या करेगा मेरी हत्या। अब तेरी हत्या होगी। तेरी हत्या करने वाले का जन्म हो चुका है। वह सुरक्षित है। पल रहा है। बड़ा हो रहा है।...

"कहां है तुम्हारा पुत्र? गोकुल में रोहिणी के पास?" कंस क्रोध से विक्षिप्त हो रहा था।

"रोहिणी के पास उसका अपना पुत्र है।" वसुदेव बोले, "देवकी-पुत्र नहीं।"

क्रोध में कंस ने कन्या को भूमि पर पटक दिया, "प्रद्योत! इन दोनों पाखंडियों के हाथ-पैरों में हथकड़ी-बेड़ी डाल दो। कारागार के कपाट इनके लिए पर्याप्त नहीं हैं।"

31

वसुदेव आंखों से ओझल हो गए तो नन्द भीतर चले आए।

यशोदा अब भी उसी प्रकार अचेत पड़ी थीं। उनके साथ ही लेटा हुआ कृष्ण, शान्त भाव से सो रहा था। बीच-बीच में वह अपनी आंखें खोल लेता था; और फिर पहले के ही समान सो जाता था। वह शायद अपनी पलकें ही झपकता था। वह रोया एक बार भी नहीं था। नन्द उसे देखते रहे।...कैसा मनमोहक रूप था। मन होता था कि उसे देखते ही रहें...किन्तु यशोदा थीं कि पलकें भी नहीं हिला रही थीं। पता नहीं वे किस अवस्था में थीं। नन्द कोई वैद्य तो थे नहीं कि उनकी नाड़ी देखते और समझ जाते कि वे अस्वस्थ थीं अथवा स्वस्थ। निद्रा में थीं अथवा अचेत थीं। चिन्ता का कोई कारण था अथवा नहीं था।...

और सहसा नन्द को लगा कि उन्हें कुछ करना चाहिए। कहीं ऐसा न हो कि वे अपने आलस्य और प्रमाद के कारण अपनी यशोदा को ही खो बैठें...पर वे कर ही क्या सकते थे? वर्षा वैसे ही हो रही थी। यमुना उनके द्वार पर अब भी थपकियां दे रही थी।...वे कहीं जा नहीं सकते थे। कोई उनके घर आ नहीं सकता था।...वे चौंक पड़े...कोई नहीं आ सकता? तो फिर वसुदेव कैसे आ गए?...यदि वसुदेव मथुरा से यहां आ सकते हैं; और लौट कर जा भी सकते हैं, तो नन्द क्यों कहीं आ-जा नहीं सकते? वे तो एक ही सर्प को देख कर भयभीत हो गए थे; और वसुदेव थे कि उन्होंने मथुरा से यहां तक की यात्रा ही नागों की छाया में की थी। क्या उनके आस-पास सर्प नहीं रहे होंगे? किन्तु उन्होंने तो उनसे तो कोई भय नहीं माना। यही माना होगा कि नाग उनकी और कृष्ण की रक्षा कर रहे हैं। ...पर नन्द अभी कहीं नहीं जाएंगे। वे घर पर ही उषा के आने की प्रतीक्षा करेंगे।

सम्भव है कि तब तक वर्षा भी थम जाए और यमुना भी शान्त हो जाए।...वे इस समय यशोदा और कृष्ण को इस प्रकार अकेले छोड़ कर कहीं नहीं जाएंगे।...

* * *

नन्द को लगा कि जैसे कोई बहुत दूर से उनको बुला रहा है।...उन्होंने अपने सिर को कुछ झटक कर स्वयं को सचेत किया। हां! वे यशोदा के पास बैठे थे; और कदाचित् बैठे-बैठे ही कुछ ऊंघ भी गए थे। जाने कितनी देर सोते रहे।...

उन्होंने गवाक्ष की ओर देखा।...कदाचित् वर्षा रुक गई थी। रात्रि समाप्त हो चुकी थी। उषा के प्रकट होने का पर्याप्त प्रमाण दिखाई दे रहा था। शायद बाहर जीवन की गतिविधि आरम्भ भी हो गई थी। गोपों की गतिविधि तो मुंह-अंधेरे ही आरम्भ हो जाती है। आज तो कुछ विलम्ब हो गया लगता था। विलम्ब तो होना ही था। आज की उषा कोई साधारण उषा नहीं थी। कल की वर्षा से सबको ही कठिनाई हुई होगी। जब उनके अपने घर के द्वार तक यमुना का जल आ गया तो जाने अन्य लोगों के साथ क्या हुआ होगा।...उन कठिनाइयों से निबट कर ही तो कोई आज अपने घर से निकलेगा।...

बाहर का द्वार फिर खटका था और कोई उनको पुकार भी रहा था।...पर उनकी दृष्टि एक साथ ही यशोदा और कृष्ण पर पड़ी।...इस कृष्ण में ऐसा क्या था कि आंखें मूंदे निश्चिन्त और निष्क्रिय सोए इस सांवले से बालक पर दृष्टि पड़ते ही जैसे सारे शरीर में रोमांच हो जाता था और आंखों में अश्रु आ जाते थे? मन था कि उमड़-उमड़ कर उसके आस-पास मंडराने लगता था। किसी का तो मुख देख कर मन मुग्ध होता था, इसके तो चरणों में ही लोटने को मचलने लगता था। ...कहीं ऐसा तो नहीं कि नन्द को एक लम्बी प्रतीक्षा के पश्चात् अपने घर में एक शिशु देख कर यह असाधारण अनुभूति हो रही हो? नहीं, ऐसा नहीं है। उन्होंने लम्बी प्रतीक्षा अवश्य की है; किन्तु अभी उनकी ज्ञानेन्द्रियां इतनी शिथिल नहीं हुई हैं कि वे अपने चारों ओर किसी भ्रमलोक का निर्माण कर लें।.

यशोदा और कृष्ण...वे दोनों ही शान्त सो रहे थे। कृष्ण कैसे तो यशोदा के इतना निकट था कि जैसे उससे चिपक ही गया हो। पर सद्यःजात शिशु अपने प्रयत्न से तो अपनी मां से चिपक नहीं सकता। वह न तो खिसक सकता है, न

पलट सकता है।...तो नन्द ने ही उसे वहां लेटा दिया था, या फिर यशोदा ने ही किसी समय उसे अपने साथ चिपका लिया था।...

नन्द सहसा चौंके।...यशोदा सो ही रही हैं न! कहीं?...

उन्होंने निकट जा कर ध्यान से देखा।...नहीं! सो ही रही हैं। श्वास तो नियमित ही था; और नाड़ी की गति भी ठीक ही थी।...वे कुछ आश्वस्त हुए।

तभी बाहर के द्वार का कुंडा और भी ज़ोर से खटका और पुकारने वाले का स्वर भी ऊंचा हो गया।

नन्द बाहर आए। द्वार खोला। यमुना का जल कुछ पीछे हट गया था, किन्तु उनके द्वार के सामने की मिट्टी अभी गीली थी। दो एक प्रहर तो पानी अवश्य ही वहां खड़ा रहा होगा।...

द्वार पर उनका चरवाहा मंगल खड़ा था।

"यहां का जल उतर गया है, पर मेरे द्वार पर तो अब भी कुछ-कुछ खड़ा ही है। रात को तो कई घर आधे-पौने पानी में डूब ही गए थे। जाने इस बार यमुना मैया इतनी रुष्ट क्यों हैं।" वह बोला, "गोशाला की ओर देख लीजिए कि क्या स्थिति है और फिर एंक चक्कर गोकुल का भी लगा लीजिए।"

"उसे बाद में देखेंगे।" नन्द बोले, "पहले जा कर ग्राम में समाचार दे दो कि रात यशोदा ने एक पुत्र को जन्म दिया है।..."

"पुत्र-जन्म!" मंगल के चेहरे पर आह्लाद छा गया, "यह तो बहुत ही शुभ समाचार है नन्द राय।"

"इसीलिए तो कह रहा हूं कि ग्राम में यह सूचना दे; और कुछ महिलाओं को शीघ्र भेज।" और सहसा नन्द को कुछ स्मरण हो आया, "क्या कहा तूने? ग्राम में यमुना-जल अभी भी भरा हुआ है?"

"नहीं, इस समय तो मुझे कहीं जल दिखाई नहीं दिया, पर अनेक स्थानों पर कीचड़ हो गया है।" मंगल अब ग्राम की विपत्ति के प्रति उतना गम्भीर नहीं लग रहा था।

"उसकी चिन्ता नहीं है।" नन्द बोले, "ग्राम को सूचित कर और फिर गोशाला की ओर ध्यान दे।"

मंगल को भेज कर नन्द भीतर चले आए। उन्होंने द्वार खुला छोड़ दिया था। बाहरी द्वार दिन में तो वैसे भी खुला ही रहता था और इस समय तो उन्होंने स्वयं ही एक प्रकार से गोकुल की सारी ही स्त्रियों को निमन्त्रण भेज दिया था। नन्दराय के घर पुत्र-जन्म का समाचार सुन कर कौन-सी स्त्री है, जो अपने ही घर में बैठी रहेगी। वे जानते थे कि थोड़ी ही देर में उनका आंगन गोपियों से भर जाएगा। ...पर क्या पता, कल रात किसके साथ कैसी बीती थी। किसके घर में कितना पानी घुस आया था।...उन्होंने तो स्वयं भी सर्प देखे थे। सम्भव है कि अन्य घरों में भी जल के साथ सर्प घुस आए हों। गोप लोग कोई नाग जाति के समान तो थे नहीं कि सर्पों से भी मैत्री कर लेते, उनका विष निकाल लेते, अथवा उन्हें पाल लेते। ...और सर्प ही क्यों, ग्राम में अन्य जीव-जन्तुओं का भी प्रकोप हो सकता है। ग्राम की शुद्धि आवश्यक थी। गोशालाओं को भी देखना होगा। गोधन की रक्षा भी उतनी ही आवश्यक थी। गऊवों की सुरक्षा न हुई तो फिर गोप किसके काम के?...और रोहिणी भाभी किस स्थिति में थीं।...उनके ग्वाले और चरवाहे भी तो पहुंचे होंगे। अभी समाचार आ जाएगा।...और उन्हें कृष्ण का समाचार भी देना है।...

नन्द को रोमांच हो गया।...कैसी विचित्र स्थिति है। वसुदेव अपना पुत्र ले कर उनके घर आए, अपनी पत्नी के पास नहीं गए। उन्होंने अपनी पत्नी और दूसरे पुत्र को भी नहीं देखा।...और अब नन्द भी उन्हें नहीं बताएंगे कि कृष्ण देवकी-पुत्र है। वसुदेव के विषय में भी उन्हें कुछ नहीं बताएंगे। वे कृष्ण को यशोदा के पुत्र के रूप में ही जान पाएंगी।...यदि उन्हें तनिक-सा भी आभास हो जाए कि कृष्ण वसुदेव का पुत्र है, तो कृष्ण के प्रति उनका व्यवहार ही बदल जाएगा।...ऐसे में यह गोपनीय कैसे रह पाएगा कि कृष्ण कौन है।...

उन्होंने भीतर आ कर कृष्ण को अपनी भुजाओं में उठा लिया। कृष्ण अभी तक उसी वस्त्र में लिपटा हुआ था, जिसमें वसुदेव उसे छोड़ गए थे। यह उचित नहीं था। गोकुल की मूर्ख गोपियां तक पहचान लेंगी कि यह वस्त्र मथुरा जैसे नगरों में ही उपलब्ध हो सकता था। नन्द ने तत्काल कृष्ण को अपने एक उत्तरीय में लपेटा। उस वस्त्र पर तो किसी की दृष्टि ही नहीं पड़नी चाहिए।

बाहर कुछ कोलाहल हो रहा था, जिसका अर्थ था कि कुछ लोग आ रहे थे। स्वर महिलाओं के ही थे। उन्हें ही आना चाहिए था। अरे, लगता था कि वे लोग तो कुछ गाने-बजाने की तैयारी में थीं।...

नन्द बाहर निकल आए। उन्हें देखते ही महिलाओं ने ऊंचे स्वर में बधाई गानी आरम्भ कर दी। उन्हें देख कर लगता ही नहीं था कि पिछली रात की भयंकर वर्षा से उन्हें किसी प्रकार की भी कोई असुविधा हुई है। वे तो पूरी मौज में थीं।

"ठहरो। अभी ठहरो।" नन्द ने हाथ उठा कर उन्हें रुकने का संकेत किया, "चाची, पहले भीतर जा कर यशोदा और शिशु को तो संभालो। फिर बधाई भी गा लेना।"

गंगा चाची ने सबको रोक दिया, "क्या बात है, सब ठीक तो है न? तुम कुछ चिन्तित लग रहे हो नन्द राय!"

"हां सब ठीक है; किन्तु यशोदा स्वस्थ नहीं दीखती।"

"क्यों? यशोदा तो हम सबमें से अधिक हृष्ट-पुष्ट है।" गंगा चाची ने संकेत से वृद्धा लक्ष्मी को अपने साथ लिया और भीतर चली गईं।

महिलाएं एक-दूसरे की ओर देखती हुई मन्द स्वर में मनमानी चर्चा करती रहीं।

थोड़ी देर में चाची लौटीं, "तू चल पद्मा। थोड़ा पानी गर्म कर। यशोदा कुछ मन्द अवश्य है; किन्तु चिन्ता की कोई ऐसी बात नहीं है। सब ठीक ही है।"

नन्द बाहर आंगन में आ गए, ताकि महिलाएं सुविधा से अपना काम कर सकें। उन्होंने उन्हें कुछ भी तो नहीं बताया था। अब वे यशोदा को देखेंगी। कृष्ण को देखेंगी। असंख्य प्रश्न उठेंगे, उनके मन में। वे बहुत कुछ जानना चाहेंगी। नन्द क्या बताएंगे उन्हें और कैसे बताएंगे?

पद्मा को यशोदा के पास छोड़ कर गंगा चाची फिर से लौटीं। इस बार उनकी भुजाओं में कृष्ण था, जिसे उन्होंने वक्ष से लगा रखा था।

"नन्दराय! यशोदा को स्वच्छ कर वस्त्र बदल दिए हैं। तुम भी यशोदा से मिल सकते हो।" उन्होंने कहा, "वह सचमुच बहुत दुर्बल हो गई है। कह रही थी, चाची! यदि मैं न बची तो मेरे ललना को तुम सब मिल कर पाल लेना।...तुम्हें रात्रि को ही हमें बुलाना चाहिए था नन्दराय।..."

"चाची! रात को...।"

"हां! रात को बहुत पानी था।" चाची ने स्वयं ही उत्तर सुझा दिया, "उस समय तो आना-जाना बहुत कठिन था। हमारे द्वार पर तो अभी भी घुटनों-घुटनों पानी है। तुम्हारा घर कुछ ऊंचाई पर है न! तो पानी कुछ उतर गया है। हम लोग पुत्र-जन्म का संवाद सुन कर रुक नहीं पाईं, नहीं तो क्या घर छोड़ कर आने की स्थिति थी। मैंने सुना है कि कुछ लोगों ने रात किसी वृक्ष पर बिताई है।..."

"अरे गंगा चाची! ललना हमें भी तो दिखाओ।" भीड़ में से चन्द्रिका भाभी बोली, "वृक्षों पर बसेरा फिर कभी कर लेना।"

"वहीं खड़ी रह अभी। धैर्य तो है ही नहीं।" चाची ने डांट दिया, "मैं कह रही थी नन्दराय! यशोदा शिशु को दूध पिला भी पाएगी कि किसी और को सौंप दूं?"

"क्यों यशोदा बहुत दुर्बल है?"

"मुझे तो ऐसी ही दीख रही है; किन्तु कितनी बार तो मरती-मरती मां भी शिशु को दूध पिलाने बैठती है तो जी उठती है। कहो तो एक बार प्रयत्न करके देखूं।"

और तभी कृष्ण ने आंखें खोलीं। ज़ोर से एक बार रोया और हाथ का अंगूठा मुंह में डालने का प्रयत्न करने लगा। मुट्ठी होंठों से टकरा कर रह गई। अंगूठा मुंह में नहीं जा सका।

महिलाओं में सिहरन-सी दौड़ गई...ललना रो रहा था। भूखा है क्या?...

"देख तो कैसा उच्च स्वर है।" चाची बोलीं, "स्वस्थ बालक है। तभी तो यशोदा को ऐसा कष्ट हुआ। पर भूखा है। अभी एक बार भी दूध नहीं पिलाया?"

नन्द ने अनायास ही अस्वीकार में सिर हिला दिया।

अब चाची रोक नहीं पाई। गोपियों की भीड़ निकट घिर आई थी। बालक को देखने को सभी उत्सुक थीं।...

"कैसा मनोहर मुखड़ा है।"

"आंखें तो देखो, कैसे बिटर-बिटर देख रहा है। यह तो हमारा कमलनयन है।"

"अरे भूखा है बेचारा। अंगूठा चूसना चाहता है।"

"अंगूठा चूसना चाहता है? अरे यह तो वटपत्रशायी नारायण ही है। प्रलयकाल

के जल-सा यमुना का जल उतर गया है न, तो अब शेषशायी विष्णु अपना शिशु रूप प्रकट कर रहे हैं।"

"नारायण ही तो है।" नन्द सोच रहे थे, "जल पर अपना घर बना कर आया है।...रात वे सोच रहे थे कि वसुदेव कैसे तैर कर आए होंगे? अब उन्हें लगता है कि जिसके सिर पर नारायण जैसा यह शिशु था, उसे जल से क्या भय रहा होगा। हां! शेषशायी भी है। रात, जल में जिस प्रकार सर्प तैर रहे थे, उससे तो यही लगता है कि यह उनके शरीर पर लेटा हुआ ही आया है।"

"ला चाची! मैं अपना स्तनपान करा दूं।" कृतिका बोली, "मुझे पर्याप्त दूध आता है। अपने ललना को भी भूखा नहीं रखूंगी।"

"अरी तनिक ठहर तू।" चाची ने डांटा, "बहुत उमड़ मत तू। जानती हूं कितना दूध आता है। मटकी भर-भर कर तू अपना ही तो दूध बेच आती है मथुरा में। गैया का दूध तो अपने गोप के लिए बचा लेती है।"

"तुम तो लड़ने लगीं चाची।"

"और नहीं तो क्या। दूध हर मां के वक्ष में होता है। कोई निराली नहीं है तू। यशोदा से पूछ तो लें। उसने प्रसव का कष्ट सहा है तो उसका वक्ष भी तो शीतल होना चाहिए।"

"ठीक है। ठीक है। यशोदा ही पिलाए।" वर्षा बोली, "पर नन्दरानी को कष्ट हो अथवा उन्हें दूध न उतरे तो मैं भी हूं यहां। कोई कष्ट नहीं होगा नन्दनन्दन को।"

"कैसा सलोना है न! इच्छा होती है हृदय में रख लूं। इसका नाम तो श्यामसुन्दर होना चाहिए।" कादम्बिनी बोली, "जाया तो यशोदा ने ही है, पर बालक तो सबके सम्मिलित ही होते हैं। हम सब-कुछ नहीं होतीं क्या इसकी? हम सब भी तो प्रार्थनाएं करती रही हैं। हमारा पुत्र नहीं है यह? यशोदा का ही पूत है? ला दे गंगा बहना, मुझे दे। मैं भी तो अपने कलेजे से लगा लूं।"

"यशोदा जब तक स्वस्थ होगी, हम सब ही तो पालेंगी इसे। इतना उमड़ क्यों रही है।"

नन्द भीतर चले आए। वे देख रहे थे, गोपियां मुग्ध ही नहीं हो रही थीं, जैसे

बौरा ही गई थीं। यशोदा का अस्वस्थ होना तो उनके लिए एक बहाना ही हो गया था। नन्द तो कृष्ण की केवल दो ही माताओं – देवकी और यशोदा – के विषय में सोच रह थे। यहां तो वह एक झलक मात्र में ही सारे गोकुल का पुत्र हो गया था। कमलनयन...श्यामसुन्दर...वटपत्रशायी नारायण...शेषशायी विष्णु...सब-कुछ ही हो गया था। साधारण बालक नहीं था यह कृष्ण। यह अति विशिष्ट है। ईश्वर ने उसे किसी विशेष प्रयोजन से ही नन्द के पास भेजा है।...

यशोदा अब भी वैसे ही आंखें मूंदे चुपचाप लेटी थीं। पर पहले से कुछ स्वस्थ लग रही थीं।

"कैसी हो यशोदा!"

"ठीक हूं।"

"क्या कह दिया तुमने गंगा चाची को कि वे सब मिल कर ललना का पालन पोषण करें।" नन्द मुस्कुराए, "और वहां सब-की-सब उस पर अपना अधिकार जमाने को तैयार बैठी हैं।"

यशोदा ने मुस्कुराने का दुर्बल-सा प्रयत्न किया, "बच्चे का बहुत काम होता है। उसे नहलाना-धुलाना। दूध पिलाना। सुलाना। उसके कपड़े धोना।...इसलिए कह दिया।"

"ठीक है। चिन्ता मत करो। सब हो जाएगा।" नन्द बोले, "अभी रोहिणी भाभी आएंगी तो वे अपना अधिकार नहीं मांगेंगी।"

"उनको सूचना भेज दी क्या?"

"मैंने तो नहीं भेजी पर सूचना तो पहुंच ही जाएगी।"

"अब उसे ले भी आओ। चाची कहां ले गई उसे।" यशोदा चिन्तित स्वर में बोलीं, "हवा न लग जाए उसे। रात इतनी वर्षा हुई है।..." सहसा यशोदा को जैसे कुछ स्मरण हो आया, "रात किसी को बुला तो नहीं पाए? मेरी तो जैसे चेतना ही लुप्त हो गई थी। कुछ स्मरण ही नहीं है मुझे।"

"नहीं किसी को नहीं बुला पाया।" नन्द बोले। कहना तो वे यह भी चाहते थे कि कोई स्वयं ही आ गया, पर यशोदा को वे वसुदेव अथवा कृष्ण के विषय में कुछ बताने का साहस नहीं कर सकते थे। वह साहस नहीं संकट हो जाता।

...जिस भी स्थिति में थी, वह कन्या यशोदा की अपनी तनया थी। कृष्ण चाहे जग-मोहन ही क्यों न हो, देवकी का पुत्र था। इस स्थिति में यशोदा को यह सब ज्ञात हो गया तो अनर्थ ही हो जाएगा।

"तो प्रसव किसने कराया?"

"माता जगदम्बा ने।" नन्द बोले।

गंगा चाची आ गईं, "ले स्तनपान कराने का प्रयत्न कर। भूखा है। भूखी तो वे भी हैं। जो बाहर बैठी हैं।"

"किस बात की भूखी हैं वे चाची!"

"रात वर्षा के कारण भोजन नहीं कर पाईं क्या?" नन्द ने कहा।

"अरे नहीं नन्द राय! तुम भी...।" चाची ने वह वाक्य अधूरा ही छोड़ दिया, "कहती हैं यशोदा दूध न पिला सके तो वे दूध पिला देंगी। मैंने कहा, बालक स्वस्थ है। स्वयं ही दूध खींच लेगा। यशोदा को प्रयत्न नहीं करना पड़ेगा।"

चाची ने कृष्ण को यशोदा के निकट लेटा दिया, "थोड़ा कष्ट हो, तो भी पिला।"

"दूध ही क्यों, प्राण भी खींच ले मेरे तो कोई उलाहना न दूंगी चाची।" यशोदा ने कहा, "मैं तो इसे एक बार देख कर ही जैसे निहाल हुई जाती हूं।"

चाची चली गईं।

"किसी को सहायता के लिए बुलाऊं?"

"क्यों? अकेले मेरे पास खड़े होते भय लगता है क्या?"

नन्द हंस कर रह गए। वे न तो इसे यशोदा का विनोद मान रहे थे, न उपालम्भ और न ही प्रेम-प्रदर्शन। वे किसी भी बात में उलझना नहीं चाहते थे।...पहले ही उनके मन पर बड़ा बोझ था।...वसुदेव सूर्योदय से पूर्व मथुरा के कारागार में पहुंच गए होंगे क्या? वहां किसी को सन्देह तो नहीं हुआ होगा कि वे अपना पुत्र, नन्द के पास छोड़ आए हैं? और उनकी पुत्री का क्या हुआ होगा? वह मथुरा पहुंचने तक जीवित भी थी अथवा उससे पहले ही देह त्याग चुकी थी? हो सकता है जीवित रही हो और कंस ने कन्या को मारना उचित न समझा हो। ऐसे में वह देवकी के पास होगी। यदि ऐसा है, तो वह कारागार में ही पलेगी क्या?...अब इन सारे

प्रश्नों के उत्तर यहां कौन देगा।...पर वे निरन्तर यह अनुभव कर रहे थे कि सौ प्रश्नों का एक ही प्रश्न उनके मन को विचलित किए हुए था, कृष्ण के यहां होने का समाचार कंस तक पहुंच तो नहीं गया?

"तुम प्रसन्न नहीं दीखते।" यशोदा ने कहा, "क्या पुत्रजन्म से प्रसन्न नहीं हो? पुत्री चाहते थे?"

नन्द सिहर उठे...नन्द की पुत्री! यशोदा की पुत्री? क्या उसे चाहते थे नन्द? उसके लिए उदास थे नन्द?

"नहीं री!" नन्द मुस्कुराने का प्रयत्न करते हुए, जा कर यशोदा के निकट पलंग पर उनसे लग कर बैठ गए, "पुत्र-जन्म की प्रसन्नता किसे नहीं होगी; और हमने तो बड़ी लम्बी बाट जोही है इसकी। फिर देख तो सही, इसका रूप देख। लगता है कोई देवता ही आ गया है हमारा पुत्र बन कर।"

"तो फिर इतने गुमसुम क्यों हो?"

"मुझे तो तेरी चिन्ता सता रही है।" नन्द बोले, "बहुत कष्ट पाया है तूने प्रसव में। तू तो अचेत हो गई। तुझे पता ही नहीं चला कि तू कैसे यमराज के घर से लौट कर आई है। मैं बैठा असहाय-सा देखता रहा। कुछ कर सकता नहीं था। बस हाथ जोड़ता रहा, प्रभु से प्रार्थना करता रहा। यह तो भगवान् की ही लीला है कि कैसे तो तू बच गई और कैसे तो यह छोरा जीता रहा।"

"अब तो दोनों जीवित हैं न!"

"हां हैं तो।"

"तो अब काहे को मुंह बिसोरते घूम रहे हो।" यशोदा हंसीं, "अब जाओ, कुछ गाने-बजाने का शगुन करवाओ। रोहिणी दीदी को समाचार भेजो। विवाह के इतने वर्षों बाद पुत्र का जन्म हुआ है। धन्य हुआ है, यशोदा का मातृत्व। देखो दान में कृपणता मत करना। और न किसी से झगड़ा करना। प्रभु ने हमारी झोली भरी है, तो अपनी मुट्ठी भी कुछ ढीली कर देनी चाहिए।" यशोदा रुकीं, "और हां! लक्ष्मी दाई को एक गैया दे देना।"

"उसने क्या किया है?"

"उसी ने तो किया है सब-कुछ।" यशोदा मुस्कुराईं, "ललना के आने की पहली

घोषणा उसी ने तो की थी। वह तो सचमुच की लक्ष्मी मैया है। जो कह दिया वह सत्य हो गया।"

"अच्छा।" नन्द ने अनमने से कहा, "पी रहा है?"

"पी तो रहा है, पर शायद दूध पर्याप्त नहीं है।" यशोदा ने कहा, "चिन्ता मत करो। धीरे धीरे बढ़ जाएगा। दूध नहीं आया तो कलेजा चीर कर अपना रक्त पिला दूंगी अपने लाल को।"

"उसकी चिन्ता मत कर। कोई धाय रख लेंगे।"

"हां! धाय भी रख सकते हैं और ग्राम में इतनी तो स्त्रियां हैं, जिनके छोटे बच्चे हैं।..." यशोदा मुग्ध भाव से कृष्ण को देख रही थीं।

* * *

रोहिणी ने बलराम को गोद से उतारा और बोलीं, "बधाई हो यशोदा!"

"बधाई आपको दीदी! आपकी ही प्रार्थनाओं से भगवान् ने भैया के साथ खेलने के लिए यह छोटा मुन्ना भेजा है।"

नन्द आए, "किसने सूचना दी भाभी?"

"आपका चरवाहा मंगल ही आया था।" रोहिणी की आंखें कृष्ण पर टिकी हुई थीं, "आधा रास्ता तो भैया उसी की गोद चढ़ कर आए हैं। चलने को तैयार ही नहीं थे। मार्ग में इतना जल है कि मैंने बहली घर पर ही छोड़ दी। कीचड़ में से रथ का आना तो असम्भव ही था।"

नन्द ने बलराम को पलंग पर बैठा दिया, "छोटे भैया को देखोगे?"

यशोदा ने कृष्ण को उसकी गोद में लेटा दिया, "देखो भैया, तुम दाऊ हो इसके। यह छोटा भाई है तुम्हारा, कृष्ण। खेलोगे इसके साथ?"

"बाहर ले जाऊं?" बलराम खेलने को एकदम तैयार था।

"अरे नहीं!" रोहिणी ने कृष्ण की ओर बढ़ता बलराम का हाथ पकड़ लिया, "अभी यह बहुत छोटा है। थोड़ा बड़ा हो ले। फिर यह तुम्हें खेलने के लिए बुलाने आया करेगा।"

"अभी क्यों नहीं खेलता?" बलराम बहुत उत्सुक था।

"छोटा है न! रात ही तो बैकुंठ से चल कर पृथ्वी पर आया है। आकाश से धरती तक वर्षा ही वर्षा थी। सारी रात सो नहीं पाया बेचारा। बहुत थक गया है।" रोहिणी ने कहा, "देखो, अभी सो रहा है न!"

"हां!" बलराम ने कहा।

"बड़ा हो जाए, फिर दोनों भाई अखाड़े में कुश्ती लड़ना। लाठी चलाना। खड्ग चलाना।..." नन्द ने कहा।

"लो सेना तैयार हो गई।" यशोदा हंसीं।

रोहिणी ने ध्यान से यशोदा को देखा, "बहुत दुर्बल लग रही हो। रंग पीला पड़ गया है। पर कल तक तो कोई लक्षण ही नहीं थे, नहीं तो मैं ही रात रुक जाती।"

"यह एकदम एकान्त में आना चाहता था।" नन्द ने कृष्ण को देखा, "तभी तो बिना किसी चेतावनी के आया; और रात इतनी वर्षा हुई कि आप तो दूर थीं, मैं यहां पड़ौस से वृद्धा लक्ष्मी को भी नहीं बुला पाया। पूरा छलिया है यह।"

नन्द के स्वर की पुलक को रोहिणी ने भी लक्ष्य किया और यशोदा ने भी।

"जैसी प्रभु की इच्छा।" रोहिणी ने कहा।

तभी पद्मा दौड़ती हुई-सी आई, "सुनो! सुनो!! सुनन्दा बहन भी आ गई हैं। नेग तैयार रखे नन्दरानी!"

"सुनन्दा कौन?" रोहिणी ने पूछा।

"महर की छोटी बहन हैं।"

"वर्षों बाद एक भतीजा हुआ है, नेग लेने भी नहीं आएंगी।" रोहिणी भी हंस पड़ीं।

32

कंस सारा दिन उद्विग्न रहा।

रात्रि के समय वह अपने शयनकक्ष में आया, तो उसकी दोनों पत्नियां वहीं थीं।

"क्या बात है नाथ! आप प्रसन्न नहीं लग रहे।" अस्ति ने कहा।

"मेरा मन किसी प्रकार मान नहीं रहा कि देवकी ने उस कन्या को जन्म दिया था।"

"यदि देवकी ने पुत्र को जन्म दिया था, तो वह कारागार के बन्द तालों में से कहां निकल गया?" प्राप्ति ने पूछा।

"बन्द तालों में से कैसे निकल सकता है। प्रश्न यह है कि वसुदेव के निकलने के लिए किसने ताला खोल दिया?" अस्ति ने प्रश्न किया।

"प्रश्न मत करो। कुछ बता सको तो बताओ।" कंस अपने उद्वेग में टहलता रहा।

अन्ततः ऊब कर वह मन्त्रणागृह में जा बैठा।

"गुप्तवाहिनी के नायक को बुलाओ।" उसने आदेश दिया, "मिल जाए तो बाहुक को भी आने का आदेश दो।"

नायक आया तो कंस चिन्तित मुद्रा में बैठा था।

"मुझे बताओ कि रात्रि के समय कारागार का द्वार खुला रह गया था या नहीं?"

नायक कुछ झिझका। तत्काल उत्तर नहीं दे पाया। वह कौन-सा कारागार के

कपाटों को थामे बैठा था। रात्रि को तो लोगों को अपना ही चेत नहीं रहा था। कारागार के कपाटों की चिन्ता कौन करता।

वह कुछ संभल कर बोला, "मेरी सूचना के अनुसार, कारागार का बाहरी द्वार केवल रात्रि के समय ही बन्द किया जाता है। वह भी तब, जब आरक्षीदल बाहर होता है। वे लोग द्वार के भीतर होते हैं तो बाहरी द्वार बन्द नहीं किया जाता। वैसे भी इतने समय से हम देख रहे हैं कि न तो निवर्तमान महाराज उग्रसेन ने कभी कारागार से भागने का प्रयत्न किया है, न आर्य वसुदेव ने। उनकी कोठरियों में ताले लगे हों तो बाहरी द्वार खुला भी रहे, तो कोई हानि नहीं है।"

कंस ने कुछ रोष से उसे देखा, "मुझे इतिहास मत सुनाओ। केवल यह बताओ कि कल रात की क्या स्थिति थी। क्या कल रात उनकी कोठरियों में और बाहरी द्वार पर ताले लगे हुए थे? क्या सारा समय, वहां आरक्षी दल उपस्थित था? वसुदेव और देवकी को वहां अकेले तो नहीं छोड़ा गया था?"

नायक कुछ घबराया-सा दीखा, "सब-कुछ बहुत स्पष्ट नहीं है महाराज! किन्तु मेरा अनुमान है कि कारागार के भीतर के आरक्षी, बाहर वालों से यह कह कर कि वे लोग अपने परिवार की स्थिति देख कर, शीघ्र लौट आएंगे, अपना स्थान छोड़ कर गए थे। किन्तु वे लोग शीघ्र नहीं लौट पाए। उसी समय अपने परिवारों के लिए चिन्तित हो कर, बाहर के आरक्षी भी अपना स्थान छोड़ कर गए थे; इसलिए सम्भावना है कि मध्य में कोई ऐसी संक्षिप्त-सी अवधि भी रही होगी, जब वहां न भीतर का आरक्षी दल था, न बाहर का। कपाटों की स्थिति के विषय में इस समय कुछ कहना मेरे लिए कठिन है।"

"क्या उस समय उनके ताले खुले हुए थे?" बाहुक ने पहली बार हस्तक्षेप किया।

"इस बात से क्या लेना-देना कि ताले खुले हुए थे या नहीं?" कंस कुछ खीज कर बोला, "यदि आरक्षीदल वहां नहीं था तो वसुदेव ताले तोड़ भी सकता है।"

"तो यह जानना होगा कि प्रातः क्या ताले टूटे हुए मिले?" बाहुक ने अपने वक्तव्य का संशोधन कर लिया।

"नहीं ताले टूटे हुए नहीं मिले।" नायक ने निश्चित् स्वर में कहा, "उनकी

कोठरी और बाहरी द्वार के ताले आज भी वे ही पुराने वाले हैं। यदि ताले तोड़ दिए गए होते, तो वे ही ताले पुनः काम में नहीं लाए जा सकते थे।"

"मैं यह सोच रहा हूं कि यदि आरक्षीदल वहां नहीं था और ताले खुले हुए थे तो वसुदेव और देवकी ने कारागार से भागने का प्रयत्न क्यों नहीं किया?" कंस ने जैसे स्वगत ही कहा, "और यदि ताले बन्द थे, तो वसुदेव ने ताले तोड़कर, मुक्त होने और मेरे पिता को मुक्त करने का प्रयत्न क्यों नहीं किया? अवसर होते हुए भी उसने कारागार में बने रहने का निर्णय क्यों लिया?"

बाहुक के पास उस प्रश्न का सहज समाधान था, "सम्भवतः या तो उन्हें यह ज्ञान ही नहीं था कि आरक्षीदल वहां नहीं है। भीतर के आरक्षी न देख कर उन्होंने मान लिया होगा कि वे लोग बाहर होंगे। या फिर उनमें ताले तोड़ने और भागने का प्रयत्न करने का साहस ही नहीं बचा है; अथवा उनको अपना कोई ऐसा सहायक दिखाई नहीं पड़ता है, जो महाराज कंस की इच्छा का विरोध कर उनको शरण दे। या फिर यह भी सम्भव है कि वे भाग कर बाहर गए हों; और बाहर वर्षा और बाढ़ की भयंकरता देख कर पुनः लौट आए हों। सम्भवतः उनके पास सबसे सुरक्षित स्थान यही है। कारागार में हैं तो क्या हुआ, जीवित तो हैं, बाहर बाढ़ में वे जीवित भी रह पाते?"

"मूर्ख हो तुम।" कंस ने उसे झिड़क दिया।

बाहुक ने असहाय दृष्टि से देखा और मरे से स्वर में पूछ ही लिया, "क्यों सम्राट्!"

"रात्रि के समय, देवकी ने अपनी आठवीं सन्तान को जन्म दिया। सम्भव है कि प्रसव के पश्चात् देवकी इतनी दुर्बल हो गई हो कि उस वर्षा-झंझावात में वह कहीं आने-जाने योग्य ही नहीं रही हो।"

बाहुक अपनी असहायता से कुछ उबर चुका था, "महाराज! यदि देवकी कहीं आ-जा नहीं सकती थी, तो वसुदेव तो सद्यःजात शिशु को ले कर जा सकता था। या आपका विचार है कि वह कन्या भी इतनी दुर्बल थी कि उसे कहीं ले जाया नहीं जा सकता था।...वैसे भी जैसे उसका कारागार में ही देहान्त हो गया है, यदि कहीं वह रात में भीगी होती. तो कहां बच पाती!"

इस बार बात का सूत्र नायक ने पकड़ा, "यह भी तो सम्भव है महाराज! कि

प्रसव, रात्रि के अन्तिम प्रहर में हुआ हो। प्रसव वेदना की स्थिति में वसुदेव अपनी पत्नी को कहां ले जाते। और जब प्रसव हो गया तो उन्हें इतना समय ही नहीं मिला कि वे बाहर निकल पाते। तब तक आरक्षी दल वापस अपने स्थान पर पहुंच गया होगा।"

"ऐसा क्यों सम्भव नहीं है कि देवकी ने अपने आठवें पुत्र को जन्म दिया है। वसुदेव उसे ले कर कारागार से बाहर निकला है; और उसे किसी सुरक्षित स्थान पर पहुंचाकर, किसी और की कन्या ले कर, लौट आया है।" कंस के स्वर में चीत्कार था।

"नहीं महाराज! यदि वसुदेव बाहर निकल ही गया था, तो पहली बात तो यह है कि वे दोनों क्यों नहीं गए? और जो बाहर निकल गया, वह लौट कर वापस क्यों आ गया? मुक्त हो जाने के पश्चात् कोई कारागार में क्यों लौटेगा?" बाहुक ने अपने तर्क प्रस्तुत किए।

"तुम लोग इतनी-सी बात क्यों सोच नहीं पाते कि वसुदेव और देवकी कारागार से इसलिए नहीं भागे कि वे मुझे विश्वास दिलाना चाहते हैं कि देवकी ने इसी कन्या को जन्म दिया था। और मैं यह मान लूं कि यह कन्या मेरा वध नहीं कर सकती। मैं यहां निश्चिन्त हो जाऊं कि अब देवकी की आठवीं सन्तान जीवित नहीं है; और उधर वसुदेव का पुत्र सुरक्षित स्थान पर पलता रहे।" कंस का स्वर ऊंचा हो गया था।

बाहुक ने कंस की ओर देखा : कंस की उत्तेजना उसकी समझ में आ रही थी। कंस को क्रोध दिलाने में संकट भी था।...पर वह कंस को अपनी बुद्धिमत्ता और स्वामी-भक्ति दोनों का ही विश्वास दिलाना चाहता था, "पर महाराज! यदि वसुदेव, देवकी के साथ या अकेला ही अपने पुत्र के साथ कारागार से बाहर निकल गया था, तो आपको केवल यह विश्वास दिलाने के लिए कि देवकी की आठवीं सन्तान यह कन्या ही है – वह अपने और देवकी के प्राणों को पुनः संकट में क्यों डालेगा?"

"यदि वह कारागार में न मिलता तो मैं उसकी खोज करवाता, उसे देवकी के आठवें पुत्र के साथ ढूंढ़ निकालता और ऐसे में देवकी का आठवां पुत्र जीवित नहीं बचता।"

"पर महाराज! क्या अपने उस नवजात शिशु की रक्षा के लिए, वे दोनों अपने प्राण देने को तत्पर हैं? अपने प्राणों से भी अधिक प्रिय कोई होता है क्या?"

"हां! उनको अपनी सन्तान अपने प्राणों से भी प्रिय हो सकती है।...देवकी ने आठवां प्रसव किया है; किन्तु उसके पास उसकी एक भी जीवित सन्तान नहीं है।"

"तो महाराज! जिस देवकी-पुत्र के वध के लिए आपने इतना प्रयत्न किया, वह अभी जीवित है?" बाहुक ने जैसे बड़ी शालीनता से अपने हथियार डाल दिए थे।

"गुप्तचर और आरक्षीदल जो चाहे कहें, मैं यही मानता हूं कि वसुदेव, देवकी के आठवें पुत्र को किसी सुरक्षित स्थान पर पहुंचा आया है।...वह बालक अभी जीवित है।"

"तो?" सारे वातावरण में एक प्रश्न व्याप्त हो गया।

"गुप्तचरों ने यह भी बताया है कि अपने गोकुल के साथ रहने वाली वसुदेव की पत्नी रोहिणी के पास अपना एक पुत्र है..." कंस का स्वर चिन्तित होता जा रहा था।

"महाराज मानते हैं कि वह देवकी की आठवीं सन्तान है?" बाहुक ने कुछ अचकचा कर पूछा।

"नहीं! उसके जन्म के पश्चात् स्वयं दिवावर्द्धन उसे रोहिणी की गोद में देख कर आया था।" कंस बोला, "वह देखने में तो कुछ और भी बड़ा लगता है; किन्तु लोग कहते हैं कि वह डेढ़ वर्ष का है। वह भाद्र की अष्टमी को जन्मा बालक नहीं हो सकता। वह देवकी-पुत्र नहीं, रोहिणी-पुत्र ही है। किन्तु यह सूचना मिली है कि नन्द की अपनी पत्नी यशोदा के पास भी एक पुत्र है – कृष्ण। उसका जन्म अष्टमी की रात्रि को ही हुआ है।"

"तो क्या वह देवकी-पुत्र हो सकता है महाराज?" बाहुक ने अपना मत देने से, प्रश्न करना ही सुरक्षित माना।

"किन्तु महाराज! यशोदा भी गर्भवती थी; और उसने भी अष्टमी की रात्रि को प्रसव किया है। इसके पर्याप्त प्रमाण उपलब्ध हैं।..."

"उसका प्रसव हो गया है? अब वह गर्भवती नहीं है?" कंस ने पूछा।

"नहीं।"

"नन्द के विवाह को कितने ही वर्ष हो गए, आज तक तो उसकी कोई सन्तान हुई नहीं।" कंस बोला, "अब ऐसा क्या हो गया कि उसने भी उसी रात्रि को एक पुत्र को जन्म दिया है, जिस रात्रि को देवकी ने प्रसव किया है।"

नायक भी कुछ उत्तेजित हो उठा था, "किन्तु महाराज! यशोदा के प्रसव के विश्वसनीय प्रमाण हैं।...और फिर उस रात्रि को वर्षा और बाढ़ के कारण, नन्द किसी वैद्य या धाय को तो छोड़िए, किसी पड़ौसिन को भी सहायता के लिए नहीं बुला सके। ऐसे में वसुदेव अपना पुत्र ले कर कैसे वहां तक पहुंच जाएंगे। क्या वसुदेव ऐसे तैराक हैं, जो उस उफनती यमुना को पार कर वहां पहुंच जाएंगे?"

कंस जैसे किसी सोच में पड़ गया, "इधर तो वसुदेव को अवसर नहीं मिला होगा, किन्तु किसी समय वह मथुरा के सर्वश्रेष्ठ तैराकों में था। और जिसने अपने सात-सात पुत्रों को मरते देखा है, वह आग की नदी में भी तैर सकता है, जल की धारा की तो बात ही क्या।"

"तो नन्दनन्दन क्या देवकी-पुत्र ही है?" बाहुक जैसे अपना आश्चर्य प्रकट कर रहा था।

"है या नहीं।" कंस के स्वर में दृढ़ता आ गई, "उस बालक को जीवित नहीं रहना चाहिए। मेरा विचार है कि हमारा प्रयत्न यह होना चाहिए कि पिछले दस दिनों में जन्मे सारे शिशुओं का किसी न किसी प्रकार वध कर दिया जाए।"

"महाराज का विचार सर्वोत्तम है।" बाहुक ने कहा, "किन्तु महाराज! यह भी तो सम्भव है कि वसुदेव ने अपना पुत्र महाराज के राज्य से बाहर पहुंचा दिया हो।"

"यदि हम यह मान लें कि वसुदेव कारागार से बाहर निकलने में सफल हुए थे," नायक ने कहा, "तो उसे किसी भी प्रकार दो प्रहरों से अधिक का समय नहीं मिला होगा। इतनी देर में वह राज्य की सीमा को पार कर, लौट भी आया हो, यह किसी भी मनुष्य के लिए असम्भव है। और फिर हमारी सीमाओं के प्रहरी अचेत नहीं हैं।"

"नहीं! यह सम्भव है।" बाहुक ने कहा।

"कैसे?" कंस ने पूछा।

"सम्भव है कि वसुदेव अपने पुत्र को किसी ऐसे व्यक्ति को सौंप आया हो, जो उसे हमारे राज्य की सीमा के बाहर ले गया हो। वसुदेव तो मथुरा लौट आया; किन्तु वह दूसरा व्यक्ति चलता गया होगा। सम्भव है कि उस व्यक्ति ने देवकी का पुत्र किसी तीसरे व्यक्ति को सौंप दिया हो।..."

"मूर्ख हो तुम!" कंस फुफकारा, "एक के पश्चात् दूसरा व्यक्ति आगे बढ़ता जाएगा और उस नवजात शिशु को कूप का जल पिलाता जाएगा। बालक को मां का दूध नहीं चाहिए? वह मनुष्य की सन्तान है या काठ का घोड़ा, जिसे न पेट भरने के लिए कोई खाद्य पदार्थ चाहिए, न विश्राम के लिए समय।"

बाहुक और नायक दोनों ही ठिठक गए, "तो?"

"तो तुम्हारा सिर।" उद्विग्न कंस बिना कोई संकेत दिए वहां से उठ गया।

* * *

कंस को चिन्ता का बिच्छू निरन्तर डस रहा था। एक अज्ञात, अदृश्य और निराकार-सा भय उसे मथता जा रहा था। जब नहीं संभाल सका तो अपने मित्रों, सुहृदों तथा मन्त्रियों की बैठक बुला ली।

सब लोग बैठे उसकी ओर देख रहे थे और वह था कि अपनी चिन्ताओं में डूबा टहलता जा रहा था।

"क्या यह सम्भव हो सकता है? पर यह कैसे सम्भव हो सकता है?"

"क्या महाराज?" उसके भाई कंक ने साहस कर पूछा; अन्यथा शेष लोग इस मुद्रा में बैठे थे कि जो कुछ कंस कहेगा, सुन लेंगे। झंझट में कोई क्यों पड़े!

"क्या सचमुच वसुदेव कारागार से बाहर निकल पाया होगा?" कंस बोला, "यदि ऐसा हुआ है तो उसके लिए कारागार के कपाट किसने खोले? ताले किसने खोले? किसने उसके लिए नौका का प्रबन्ध किया? कौन उस नौका को उस महाभयंकर यमुना में से खे कर निकाल ले गया? कौन? कौन?"

किसी ने कुछ नहीं कहा।

"मैं जिन्हें अपना आत्मीय मानता हूं, जिन पर विश्वास करता हूं उनमें से कौन मेरा शत्रु है? कौन मेरा शत्रु है? कौन है वह नाग, जिसे मैं अपने हाथों से दूध पिला रहा हूं? अपने को बहुत सुरक्षित मानने वाला कंस क्या षड्यन्त्रकारियों से घिरा है? षड्यन्त्र! षड्यन्त्र!!"

लग रहा था कि वह आवेश में अपना सिर किसी दीवार से दे मारेगा; या फिर अपने सामने बैठे लोगों की हत्या कर बैठेगा।

"क्या यह सम्भव नहीं है महाराज! कि ऐसा कुछ हुआ ही न हो; और देवकी ने उस कन्या को ही जन्म दिया हो।" प्रलम्ब ने साहस कर कहा।

कंस अपने मागध ज्योतिषी की ओर पलटा, "क्या कहा था तुमने – आठवां पुत्र या पुत्री? कौन काल है मेरा?"

ज्योतिषी कांप गया, "महाराज! मैंने तो केवल 'आठवें गर्भ की सन्तान' कहा था।"

कंस का क्रोध कुछ और बढ़ गया, "तुम्हारा ज्योतिष इतना भी नहीं बता सकता कि आठवें गर्भ से कन्या जन्म लेगी या बालक?"

ज्योतिषी सावधान हो गया, "महाराज! हमारा ज्ञान तो केवल इतना ही बता सकता है कि जो ग्रह सन्तान दे रहा है, वह प्रसन्न है तो कन्या जन्म लेगी; और यदि वह ग्रह अधिक प्रसन्न है तो पुत्र आएगा। अब ग्रहों की प्रसन्नता को ठीक-ठीक नापने का कोई मापक यन्त्र तो है नहीं। हम तो अपने अनुमान और अनुभव पर ही चलते हैं।"

कंस अपने क्रोध को संभाल कर तर्क करने की मुद्रा में आ गया, "चलो! तुम्हारी बात मान ली। तुम यह नहीं बता सकते कि आठवें गर्भ से बालक जन्म लेगा या बालिका।"

"हां महाराज!"

"पर यह तो तुमने ही कहा था न कि आठवीं सन्तान मेरा वध करेगी?"

"हां महाराज!"

"तो क्यों नहीं किया उसने मेरा वध?" कंस चिल्लाया, "क्यों मर गई वह मेरे हाथों?"

"यदि आपने उसका वध न कर दिया होता तो वह आपकी मृत्यु का कारण बन सकती थी।"

"तुमने यह तो नहीं कहा था कि या तो उसे मैं मारूंगा या वह मुझे मारेगी।"

"नहीं! यह नहीं कहा था महाराज!"

"तुमने कहा कि देवकी की आठवीं सन्तान मुझे मारेगी; और यहां मैंने ही उसकी हत्या कर दी, तो तुम्हारी भविष्यवाणी असत्य हुई न!"

"हां महाराज!" वह तत्काल पलट गया, "नहीं महाराज!"

"अधूरे ज्ञान की विषाक्त सन्तान!" कंस ने घूर कर उसे देखा, "यदि तूने अपनी झूठी भविष्यवाणी के कारण मेरे हाथों देवकी की आठ सन्तानों की हत्या करवा दी है, तो मैं तेरे परिवार के आठ सदस्यों को सूली पर चढ़ाऊंगा।"

"नहीं महाराज!" लगा राज-ज्योतिषी अचेत हो कर गिर पड़ेगा, "आपने मेरी भविष्यवाणी पर नहीं, नारद के कहने पर राजकुमारी देवकी की सन्तानों की हत्या की थी।"

"तूने नारद का समर्थन नहीं किया था? तूने मेरे हत्यारे की जननी के रूप में देवकी की पहचान नहीं की थी?"

"की थी।" अब तक भविष्यवक्ता कुछ संभल गया था, "इसका अर्थ है कि मैं और नारद दोनों झूठे नहीं हो सकते। वसुदेव ने अवश्य ही अपनी आठवीं सन्तान को कहीं छिपा दिया है।...यदि आपके हाथों उस कन्या का वध हो गया है, तो निश्चित् रूप से वह देवकी की आठवीं सन्तान नहीं थी।"

लगा, कंस को उसका तर्क भा गया। वह क्षण-भर कुछ प्रसन्न दिखा; और फिर वह वैसा ही विक्षिप्त हो उठा, "तो देवकी का आठवां पुत्र कहां गया?"

"एक बात और भी हो सकती है महाराज!" कंक ने कहा, "देवकी की सातवीं सन्तान का तो कुछ पता ही नहीं चला। सम्भव है कि यह कन्या देवकी की सातवीं सन्तान हो। कहीं हम लोगों की गणना में ही तो दोष नहीं रह गया।..."

कंस के लिए जैसे एक नई चिन्ता आरम्भ हो गई।

"महाराज! इसमें अनेक बातें विचारणीय हैं।" प्रलम्ब ने धीरे से कहा।

"क्या?" कंस जैसे नींद से जागा।

"पहली बात तो यह कि क्या भविष्यवाणी में कहीं भूल हुई है। दूसरी बात, कहीं गणना में भूल हुई है।" वह धीरे से बोला, "और तीसरी बात कि क्या सत्य ही किसी ने वसुदेव के लिए कारागार के कपाट खोल दिए थे।"

"किसी ने कपाट ही खोले होंगे।" भविष्यवक्ता उछल कर बोला।

"चुप रहो तुम!" प्रद्योत ने उसे डांटा। कोई भी देख सकता था कि उसकी आंखों में रक्त झलमला रहा था, "मुंह खोलने से पहले उन शब्दों का अर्थ भी समझ लिया करो। जानते हो तुम किन लोगों पर आरोप लगा रहे हो? सारी सुरक्षा व्यवस्था, दंडधर आरक्षी और सैनिक, महाराज के अत्यन्त विश्वसनीय सेनाधिकारी, मागध सेना के सैनिक और अधिकारी, गुप्तचर व्यवस्था – महाराज के लिए अपना रक्त बहाने वाले इन सब वीरों की निष्ठा पर कालिख पोत रहे हो तुम। ये सब विश्वासघाती हैं; और एक तुम मिष्टान्न खा-खा कर स्थूलकाय होते जाने वाले आलसी, तुम निष्ठावान और विश्वसनीय हो?"

"नहीं! मैंने यह तो नहीं कहा।" उसकी घिग्घी बंध गई।

"और क्या कहा है तुमने?" प्रद्योत का क्रोध शान्त नहीं हुआ था, "तुम्हारा सारा ज्ञान अपने अनुमान और अनुभव पर आधृत है। तुम्हारा अनुभव है ही कितना; और अनुमान के विषय में तो कहा ही क्या जाए। तुम्हारे कहने पर महाराज की बहन राजकुमारी देवकी की आठ सन्तानों का वध हुआ; और अब तुम चाहते हो कि तुम्हारे अनुमान पर सारी सशस्त्र सेना को सूली पर चढ़ा दिया जाए।"

"महाराज!" भविष्यवक्ता ने कंस से परिवाद किया।

"तुम सोच-समझ कर ही अपनी चोंच खोलो।" कंस ने कुछ रोष में कहा, "जो पूछा जाए, उसी का उत्तर दो। सब जगह अपनी टांग मत अड़ाओ। और यह स्मरण रखो कि तुम्हारी भविष्यवाणी असत्य सिद्ध हुई तो सूली तुम्हें भी दी जा सकती है।"

"वैसे भी यदि सैनिक अधिकारी यह जान गए कि तुम उनके विरुद्ध महाराज के कान भरते हो, तो किसी दिन तुम्हारा शव भी मथुरा की किसी अंधेरी गली में पाया जाएगा।" अक्रूर ने पहली बार अपना मत प्रकट किया।

भविष्यवक्ता ने कंस की ओर देखा तो; किन्तु कुछ बोला नहीं।

कंस का ध्यान कहीं और ही था। सहसा जैसे वह अपने विचारों के आकाशीय संजाल से उतर कर धरती पर आया, "मैं सोचता हूं कि यदि देवकी की आठवीं सन्तान वह कन्या ही थी और वह अपने प्राण त्याग चुकी है, तो अब वसुदेव और देवकी को कारागार में बन्द रखने का क्या लाभ?..."

सब लोग चौकन्ने हो गए – जाने कंस के मन में क्या था।

"क्यों न उन दोनों को कारागार से मुक्त कर दिया जाए?" कंस ने कहा।

चारों ओर एक सन्नाटा व्याप गया। किसी ने कुछ नहीं कहा।

"कोई टिप्पणी नहीं। कोई प्रतिक्रिया नहीं। इतनी बड़ी बात के विषय में कोई परामर्श नहीं है?" कंस फिर से क्रुद्ध हो उठा था। गोबर भरा है, तुम सबकी खोपड़ियों में या संवेदनाशून्य काठ के बने हो तुम लोग? प्राण नहीं हैं तुम लोगों में।"

"नहीं महाराज! एसी कोई बात नहीं है।" प्रलम्ब ने शान्त स्वर में कहा, "किन्तु इतनी बड़ी बात पर तत्काल प्रतिक्रिया देना इतना सरल भी नहीं है।...इस पर बहुत सोच-विचार करना होगा।"

"जैसे आर्य प्रलम्ब ने कहा है, यह महत्त्वपूर्ण प्रस्ताव है। बड़ी बात है। इस विषय में तत्काल किसी निष्कर्ष पर कूद पड़ना उचित नहीं है।" अक्रूर ने समर्थन कर दिया।

"यदि उन्हें मुक्त कर दिया जाए तो सम्भव है कि वे इसे महाराज की कृपा मान कर उनके प्रति अपना विरोध भूल जाएं; और महाराज के प्रति उनके हृदय में सद्भावना जाग उठे।" न्यग्रोध ने कहा।

कंक ने उत्तेजना में अपने छोटे भाई की ओर देखा, "मूर्ख है तू। क्या समझा है तूने उन्हें। वे भूल जाएंगे कि उनकी आठ-आठ सन्तानों का वध किया गया है। एक बार वे कारागार से मुक्त हो गए तो वे महाराज के विरुद्ध प्रजा में घृणा का प्रचार करेंगे। आन्दोलन करेंगे। प्रजा को संगठित करेंगे। सम्भव हुआ तो अपनी सेना बनाने का प्रयत्न करेंगे। तू समझता क्यों नहीं कि वसुदेव कैसा विकट योद्धा है; और वृष्णियों, शूरों, अन्धकों, भोजों, सात्वतों – सभी जातियों के यादवों में उसके प्रति कितनी श्रद्धा है।"

"मैं इस दृष्टि से नहीं कह रहा।" कंस ने कहा, "मेरी कल्पना कहती है कि वे कारागार से मुक्त होंगे तो अपनी आठवीं सन्तान को देखना चाहेंगे, उससे मिलना चाहेंगे। वे उसके पास जाएंगे। यदि सावधानी से उनकी चौकसी की जाए तो हम उनके माध्यम से उनकी आठवीं सन्तान तक भी पहुंच सकते हैं।"

"यदि उनकी आठवीं सन्तान जीवित हो तो।" अक्रूर ने कुछ उदासीनता से कहा।

"तुम्हें ऐसा क्यों लगता है कि वह जीवित नहीं है?" कंस की भृकुटि तन गई।

"वह प्रलय की रात्रि थी महाराज! उस रात तो यदि वसुदेव को मुक्त भी कर दिया जाता तो वे कहीं नहीं जा सकते थे।" अक्रूर ने कहा, "और यदि उनको मुक्त कर दिया गया था, तो फिर आपकी सारी सुरक्षा-व्यवस्था पर बहुत बड़ा प्रश्नचिह्न लग जाता है। आप देवकी की आठवीं सन्तान को खोजने से पहले अपनी रक्षा-व्यवस्था के उस छिद्र को खोजिए, जिसमें से हो कर वसुदेव बाहर निकल गए थे।"

"पता नहीं, मैंने उनकी चौकसी चाणूर अथवा मुष्टिक को क्यों नहीं सौंपी।" कंस ने अपने आपसे कहा।

"अच्छा किया, ऐसा नहीं किया।" प्रद्योत ने कुछ घृणा से कहा, "उन्हें तो नगर की कोई साधारण-सी गणिका अथवा मैरेय का एक पात्र भी बहका कर कहीं ले जाता; और अपनी मनमानी करवा लेता। उनसे तो हमारा साधारण-सा दंडधर भी अधिक निष्ठावान और विश्वसनीय है।"

कंस को अपने मित्रों के विषय में की गई यह टिप्पणी प्रीतिकर तो नहीं लगी; किन्तु वह प्रद्योत का विरोध नहीं करना चाहता था।

"तो तुम लोगों का परामर्श क्या है – वसुदेव को कारागार में रखा जाए अथवा मुक्त कर दिया जाए?" वह दोटूक उत्तर मांग रहा था।

और वहां उपस्थित लोगों में से कोई भी ऐसा नहीं था, जो इस प्रकार के निर्णय का दायित्व लेना चाहता, या ले सकने का साहस करता।

"बोलो! बन्द रखूं या छोड़ दूं?" कंस का धैर्य चुकता जा रहा था।

"मेरा विचार है महाराज!" अन्ततः प्रलम्ब बोला, "यह गम्भीर विषय है। इसमें

इस प्रकार की त्वरा न करें। आप स्वयं भी इस पर कुछ देर विचार करें और हमें भी थोड़ा समय दें।"

"तब तक शगुन और मुहूर्त का विचार भी हो जाएगा।" राज-ज्योतिषी ने कहा।

"ज्योतिषी जी महाराज!" प्रद्योत का कठोर स्वर सुनाई दिया, "आप मौन ही रहें तो कृपा होगी। जब आपने राजकुमारी देवकी की आठवीं सन्तान के विषय में भविष्यवाणी की थी, तब ही आपको महाराज को यह भी बता देना चाहिए था कि वह उनके हाथ नहीं आएगी।"

"मैं...मैं...।" ज्योतिषी कुछ उगलने को बहुत व्याकुल था।

"बहुत मैं-मैं मत करो।" प्रलम्ब ने उसे डांटा, "तुमने यह भविष्यवाणी की थी कि देवकी की आठवीं सन्तान महाराज का काल होगी। यह नहीं कहा था कि महाराज के हाथों राजकुमारी की आठ सन्तानों की हत्या होगी।...क्यों विश्वास करें हम तुम्हारा।"

ज्योतिषी विष का घूंट पी कर रह गया।

33

"आर्य धर्माधिकारी! प्रणाम करता हूं।"

वसुदेव ने दृष्टि उठा कर ही नहीं, कुछ चकित हो कर देखा : यहां कारागार में उनको धर्माधिकारी पुकारने वाला कौन हो सकता है।...यहां तो वे मात्र कंस के भयंकर शत्रु के रूप में ही जाने जाते थे। प्रत्येक दंडधर, आरक्षी और सैनिक जानता था कि वसुदेव का जितना अधिक अपमान वह करेगा, उतना ही कंस उससे प्रसन्न होगा। अपने राजा की दृष्टि में आने के लिए, पदोन्नति पाने के लिए, अपने शत्रु से प्रतिशोध लेने के लिए...कितने ही प्रकार के लाभों के लिए, केवल एक ही काम करना पड़ता था – वसुदेव और देवकी की उपेक्षा, उनका अपमान, उनकी प्रताड़ना!...बस कंस को सूचना मिलनी चाहिए कि किसी ने वसुदेव को पीड़ा पहुंचाई है, कंस का मन खिल उठता था। वह तत्काल उस व्यक्ति को किसी न किसी रूप में पुरस्कृत करने का प्रयत्न करता था। पुरस्कृत न भी करता तो उसके प्रति अपनी प्रसन्नता तो जता ही देता था।...और यहां एक व्यक्ति उसी कंस के कारागार में आ कर वसुदेव को आर्य धर्माधिकारी कह कर सम्बोधित ही नहीं कर रहा, उन्हें प्रणाम भी कर रहा है। कहीं यह कोई धोखा तो नहीं, कोई भ्रम? कोई मायाजाल?? कोई षड्यन्त्र???...

"कौन हो भाई?" वसुदेव के उठ खड़े होने में बेड़ियां बाधक हो रही थीं।

"मैं मथुरावासी आर्य चतुर्भुज का पुत्र चक्रधारी हूं।" वह बोला, "मथुराधिपति महाराज कंस की सेना में सेवा करने को बाध्य हूं।"

वसुदेव के मन में कहीं कोई एक पुराना-सा चित्र उभरा...हां! चतुर्भुज से कभी उनका व्यवहार रहा था। भलामानुस था।

"कैसे हैं तुम्हारे पिता?"

"वे तो दिवंगत हो गए।"

"ओह! मुझे ज्ञात नहीं था।"

"आप अपने संकटों के भंवर में ऐसे फंसे हुए हैं। आपको ये सारी सूचनाएं कहां मिलती होंगी।" वह बोला, "और आर्य! जब उनका देहान्त हुआ, आप इस कारागार में थे। यहां बाहर का कोई समाचार पहुंचता ही कहां है।"

"ठीक कह रहे हो भाई!" वसुदेव उठ कर धीरे-धीरे जंगले तक आ गए थे, "तुम कह रहे हो कि तुम बाध्य हो कर चाकरी कर रहे हो?"

"हां आर्य!"

"बाध्य क्यों हो?"

"जब चाकरी आरम्भ की थी तो गौरव के भाव से की थी। अपनी आजीविका के लिए कुछ तो करना ही था। सोचा, क्यों न कोई ऐसा कार्य किया जाए, जिससे अपने पूर्वजों का नाम भी गौरवान्वित हो। अतः अपने प्राणों पर संकट झेल कर भी, अपने देश और समाज की, दुष्टों से रक्षा करने के लिए, यह क्षत्रिय कर्म स्वीकार किया।"

"यह सब तो तुमने स्वेच्छा से किया।" वसुदेव बोले, "तो फिर तुम बाध्य क्यों हो?"

"तब क्या जानता था कि हमारे धर्माधिकारी को बन्दी कर कारागार में डाल दिया जाएगा; और मेरा दायित्व यह देखना होगा कि वे कारागार से कहीं भाग न जाएं।" चक्रधारी ने कहा, "स्थितियां तनिक भी मेरे अनुकूल होतीं, तो मैं आपके ये लोहे के सीखचे अभी खोल देता।"

"और ये हमारे नवीन आभूषण – हथकड़ी बेड़ियां?"

"ओह तात!" उसकी हथेलियों ने वसुदेव की हथकड़ी का स्पर्श किया। वसुदेव ने देखा, उसकी आंखों में अश्रु आ गए थे।

"दुखी मत होओ मित्र!" वसुदेव ने हंस कर कहा, "तुम्हारे किसी संगी साथी ने देख-सुन लिया तो सूचना ऊपर तक पहुंच जाएगी। मेरा तो कंस कुछ बिगाड़ नहीं पाएगा, तुम पर ही गाज गिरेगी।"

"नहीं! आज ऐसा कुछ नहीं होगा।" उसने हंसने का प्रयत्न किया, "आज पूरा का पूरा गुल्म हम माथुर सैनिकों का ही है। हमारा नायक भी मथुरावासी ही है।"

"कहां हैं वे सब?"

"बाहर हैं द्वार पर।" वह बोला, "आपके सामने आने में संकोच है उनको। आपको इस प्रकार शलाकाओं के पीछे बन्द वे देखना नहीं चाहते; और वे आपको इनसे मुक्त नहीं कर सकते। आपके सामने आ कर आपको प्रणाम न करें, यह हो नहीं सकता; और कंस के भय से वे आपको प्रणाम कर नहीं सकते।"

"तो आज एक भी मागध सैनिक नहीं है?"

"नहीं आर्य!"

"यह कैसे हो गया?"

"आज महाराज के प्रासाद के प्रांगण में मुष्टिक और चाणूर का नागरिक अभिनन्दन है।" चक्रधारी बोला, "सारे मागध सैनिक वहां उपस्थित रहेंगे।"

"वे दुष्ट...?"

"दुष्ट ही नहीं तात! वे राक्षस हैं।" चक्रधारी हंसा, "महाराज के मित्र हैं। मल्ल कहलाते हैं। असहाय और निरीह लोगों को सताना उनका व्यसन है। कोई सुन्दर स्त्री या बाला उनके दृष्टिक्षेत्र में आ जाए, तो उसका अपहरण और बलात्कार अवश्यम्भावी हो जाता है।" वह बोला, "न कोई परिवाद कर सकता है; और न कोई प्रतिकार हो सकता है। स्त्री-आखेट आजकल मथुरा में सर्वाधिक लोकप्रिय क्रीड़ा है।"

"किन्तु उनका नागरिक अभिनन्दन...।" वसुदेव समझ नहीं पा रहे थे, "ऐसे लोगों का नागरिक अभिनन्दन...।"

"न नगर कर रहा है, न नागरिक। कर तो प्रशासन ही रहा है, महाराज के आदेश से। आजकल ऐसा ही होता है आर्य धर्माधिकारी!" चक्रधारी का स्वर अवसाद में डूब गया, "महाराज उग्रसेन और धर्माधिकारी वसुदेव जैसे सात्त्विक पुरुष कारागार में बन्द होते हैं; और मुष्टिक और चाणूर जैसे राक्षसों का अभिनन्दन होता है। मेरी समझ में तो प्रभु की यह लीला आती नहीं।"

"प्रभु की लीला सहज ही कहां समझ में आती है।" वसुदेव मुस्कुराए।

"आपने गर्गाचार्य के विषय में वह समाचार सुना या नहीं?" सहसा उसने विषय बदल दिया।

"कौन-सा समाचार?"

"उनके आश्रम में कुछ मागध सैनिक जा घुसे थे। सुरा में धुत्त थे। पता नहीं संयोग से जा घुसे थे, या सुरा उन्हें धकेल ले गई थी; या किसी योजना के अधीन सायास भेजे गए थे।" चक्रधारी बोला, "उन्होंने आचार्य को अपमानित करने का प्रयत्न किया। आश्रम में भारी उत्पात् किया। वह तो आस-पास के ग्रामों से बहुत सारे लोग एकत्रित हो गए, अन्यथा वे लोग आचार्य को बन्दी कर मथुरा ले जाना चाहते थे।"

"किस आरोप में?"

"आरोप का क्या है, कोई आरोप लगा दीजिए। प्रशासन कुछ भी कर सकता है।" वह बोला, "कह दिया कि मथुरा में हुई एक हत्या का षड्यन्त्र उनके आश्रम में रचा गया था।"

"कोई प्रमाण?"

"प्रमाण!" वह हंसा, "कह दिया कि प्रमाण न्यायाधिकरण में प्रस्तुत किया जाएगा।"

"इस सीमा तक।" वसुदेव चकित थे।

"किसी वेश्या अथवा किसी अत्यन्त असहाय स्त्री को ला कर खड़ा कर देंगे। वह कह देगी कि गर्गाचार्य ने उसका शीलहरण किया है। बलात्कार भी कह सकती है।...ये दुष्ट क्या नहीं कर सकते।"

"तो आचार्य कहां हैं? किस स्थिति में हैं?" वसुदेव ने पूछा।

"वे अपना आश्रम त्याग, अन्यत्र कहीं चले गए हैं।" वह बोला, "जाने कहां गए हैं। उनके शुभचिन्तक उन्हें वहां से निकाल ले गए हैं। अच्छा है कि कहीं अज्ञातवास कर लें। इस दुष्ट के राज्य में कौन-सा सुख है।"

"तो अब उस आश्रम में कौन है?"

"अब कोई नहीं है। आचार्य के चले जाने पर अन्य कुछ आचार्यों और

ब्रह्मचारियों ने प्रयत्न किया था कि वे लोग गर्गाचार्य की अनुपस्थिति में भी जैसे-तैसे आश्रम को चलाए रखें। किन्तु वह सम्भव नहीं हुआ।"

"क्यों?"

"शासकीय आदेश आ गया कि वहां बटुकों को उपनिषदों के स्थान पर कंस, जरासन्ध, कालयवन, भौमासुर, बाणासुर, प्रलम्बासुर तथा प्रद्योत इत्यादि की जीवनियां पढ़ाई जाएं। उन्हें महान् आत्माओं के रूप में चित्रित किया जाए।" वह बोला, "त्याग के स्थान पर भोग सिखाया जाए; और ब्रह्मचिन्तन के स्थान पर कामशास्त्र का अध्ययन कराया जाए।"

वसुदेव ने अपनी हथेलियों से अपने कान बन्द कर लिए।

"आप सौभाग्यशाली हैं आर्य! कि अपने कान तो बन्द कर सकते हैं।" वह बोला, "मैं जब अपने पुत्र को राजकीय पाठशाला से पढ़ कर आया गया पाठ कंठस्थ करते सुनता हूं, तो अपने हाथों से कान बन्द करने के स्थान पर अपनी छाती पीटता हूं।"

"कैसा पाठ?"

"यही कि ईश्वर का कोई अस्तित्व नहीं है।" वह बोला, "स्त्री और पुरुष के देह-मिलन से ही सन्तान उत्पन्न होती है। उससे परे न कोई शक्ति है और न किसी शक्ति का हस्तक्षेप है। हमारे पास यह एक ही जीवन है, जो इसलिए है कि हम अपनी इन्द्रियों से संसार के सुख का भोग कर सकें। बुद्धिमान वही है, जो इस जीवन के क्षण-क्षण का भोग करता है; और आर्ष ग्रन्थों को पढ़ कर न अपना समय नष्ट करता है, न अपना जीवन निष्फल व्यतीत करता है।..."

"हे भगवान्!"

"उन्हें बताया जाता है कि शरीर की पवित्रता का कोई अर्थ नहीं है।" चक्रधारी जैसे आज सब-कुछ उगल देना चाहता था, "लम्पटता और व्यभिचार ही जीवन का सत्य हैं। विवाहेतर सम्बन्धों में स्त्री को जो सुख मिलता है, वह अपने पति से कभी मिल ही नहीं सकता।"

"और लोग यह सब पढ़ रहे हैं, इसका विरोध नहीं करते?"

"बालकों को क्या पता कि सत्य क्या है। वे तो उसी को सत्य मानते हैं, जो कुछ उन्हें पढ़ाया जा रहा है।"

"और हमारे ऋषि और आचार्य?"

"वे पाठशालाओं में पढ़ाने नहीं जाते।" चक्रधारी बोला, "और बुद्धिजीवी लोग ही कौन से सच्चरित्र हैं। वे भी अपनी बुद्धि का दुरुपयोग कर, अधिक से अधिक धन और भोग प्राप्त करने में लगे हैं। वे सोचते हैं कि सच्चरित्रता उन्हें क्या देगी। उससे तो अच्छा है कि प्रशासन को प्रसन्न कर कोई वृत्ति प्राप्त की जाए। कोई पुरस्कार प्राप्त किया जाए। कोई लम्बा हाथ मारा जाए।..." वह रुका, "आज गए होंगे सब वहां मुष्टिक और चाणूर की स्तुति गाने। सस्वर उनका यश गा रहे होंगे। उनकी महानताओं का बखान हो रहा होगा।..."

"कौन है इन सबका सूत्रधार?" वसुदेव जैसे अपने आपसे पूछ रहे थे।

"वही। महाराज कंस का मन्त्री – अर्जुनसिंह। उसी को सूझता है यह सब। वह कोई साधारण राक्षस है! वह राक्षसों का राक्षस है। न आंखों से कुछ सूझता है, न पैरों से चला जाता है। कुछ खा सकता नहीं। खा ले तो पचा नहीं सकता। आज मरा कि कल मरा। यमदूत उसे घेर कर बैठे हैं। पर वह जाने से पहले संसार की सारी नैतिकता समाप्त कर के ही रहेगा। इस देश की सारी सात्त्विक परम्पराओं को नष्ट करेगा। जाने समाज को मटियामेट कर क्या मिलने वाला है, उस राक्षस को।"

"और अक्रूर, सत्राजित, सत्यक, चंडसेन आदि क्या कर रहे हैं, वहां राजसभा में बैठ कर?" वसुदेव आवेश में थे, "उनका कोई नैतिक दायित्व है या नहीं?"

"यह तो वे ही जानें आर्य धर्माधिकारी!" चक्रधारी बोला, "हम तो प्रतिदिन उन्हें महाराज कंस की हां में हां मिला कर उनकी जयजयकार करते ही सुनते हैं।"

"वे लोग कंस से भयभीत हैं क्या?" वसुदेव ने पूछा, "उन्हें कंस का विरोध करते हुए तो मैंने भी नहीं देखा, किन्तु तब यह सब तो नहीं था। कंस मेरे नवजात पुत्रों की हत्या कर रहा था। उसे मेरे प्रति कंस की व्यक्तिगत शत्रुता मानकर, वे लोग मौन रह सकते थे; किन्तु यह तो सारे समाज से द्रोह है। देश और देश की

संस्कृति, चिन्तन और परम्परा से द्रोह है। अपने पूर्वजों की इस बहुमूल्य थाती का सर्वनाश होते हुए कोई देख कैसे सकता है; और कोई उसको नष्ट कैसे कर सकता है?"

"मैं भी इसे समझ नहीं पाता आर्य! वे सब समाज के सम्भ्रान्त और सुविज्ञ लोग हैं, उच्च शिक्षा-प्राप्त और उच्चाधिकारी हैं, जो अपने देश को इस प्रकार नष्ट कर रहे हैं। वे ही लोभी और देशद्रोही हैं। वे ही बिके हुए हैं। साधारण जन तो यह सब देख-देख कर दुखी है। किन्तु वह स्वयं को सर्वथा असहाय पाता है।"

"यही अनुचित है। साधारण जन को असहाय नहीं होना चाहिए...।"

"वह बेचारा तो बिना जाने बूझे, बिना सोचे समझे, स्वयं को असहाय मान कर, उच्च वर्ग का अनुकरण मात्र कर रहा है...वह अपने भ्रम में उसे अपना नेता मानता है...।"

दूर से कुछ लोगों की पगध्वनि के साथ उनके बोलने-बतियाने का स्वर आ रहा था...

"चलता हूं आर्य!" चक्रधारी ने हड़बड़ी में हाथ जोड़े और भाग गया।

वसुदेव वहीं खड़े देखते रहे : कौन लोग आए हैं? यदि वे मागध आरक्षी ही थे, तो वे अपने दैनिक निरीक्षण पर आए होंगे। और यदि कोई और है...चक्रधारी आज कितनी सूचनाएं दे गया था। प्रश्नों से उनकी बुद्धि व्यथित हो उठी थी... लोग अपने ही देश, धर्म और संस्कृति के शत्रु क्यों हो जाते हैं? यह आत्मघाती प्रवृति क्यों? केवल लोभ और भय के कारण?...जब देश के भीतर ही उसके इतने शत्रु हों तो बाहर से किसी आक्रमण की आवश्यकता ही क्या है?...हे प्रभु! यह तेरी कैसी लीला है?...

पगध्वनियां निकट आ गई थीं।...ये आरक्षियों जैसी चाल नहीं थी।...

अब वसुदेव उन्हें देख पा रहे थे।...

मागध सैनिक कुछ लोगों को घेर कर घसीटते हुए ला रहे थे। बन्दियों के हाथ उनकी पीठ की ओर बंधे हुए थे। उनमें से कुछ के माथे पर रक्त की रेखाएं भी थीं, जैसे उन्हें दंड अथवा शूल के घाव लगे हों। घसीटे जाने के कारण धूल-मिट्टी और रक्त मिल कर एक विचित्र-सा काला कीच बनाए हुए थे।...बीच-बीच में कोई

सैनिक उन पर अपना कशा भी फटकार देता था।...स्पष्टतः सैनिक उन बन्दियों से पर्याप्त रुष्ट थे और उनको कष्ट देने का कोई अवसर अपने हाथ से नहीं जाने देना चाहते थे।...

और सहसा जैसे उन बन्दियों को कोई दौरा पड़ गया...उन्होंने 'ॐ नमः शिवाय' का आवेशपूर्ण जाप करना आरम्भ कर दिया। इधर उन्होंने जाप आरम्भ किया और उधर सैनिक अपना रहा-सहा धैर्य और विवेक त्याग कर, विक्षिप्त हो उठे। उन्होंने लगातार अपने कोड़े फटकारने आरम्भ कर दिए, "चुप रहो जारज सन्तानो! मौन हो जाओ। सावधान, यदि कोई स्वर निकला तो।"

वसुदेव समझ नहीं पाए कि सैनिक इस जाप से क्यों उद्विग्न हो रहे हैं। बन्दी लोग यदि महादेव शिव के नाम का जाप कर रहे हैं तो उसमें सैनिकों को क्या आपत्ति हो सकती है?...पर वे किससे पूछते...

सैनिक उन बन्दियों को ले कर आगे बढ़ गए। कदाचित् वे उन्हें कारागार के अन्त में बनी संकरी और कष्टदायक कोठरियों में पशुओं के समान ठूंसने जा रहे थे।

वसुदेव ने देखा, चक्रधारी फिर से लौट आया था।

"देखा आपने?"

"पर कुछ समझ में नहीं आया।"

"कुछ दिन पहले नगर के प्रमुख शिवालय पर प्रशासन ने यह कह कर अपना आधिपत्य स्थापित कर लिया कि मन्दिर के प्रबन्धक, मन्दिर की आय में से राजा का कर नहीं चुका रहे...।"

"राजा का कर?" वसुदेव चकित थे, "राजा मन्दिर को अनुदान देता है, या उससे कर लेता है।"

"लोग कर का विरोध कर रहे थे कि महाराज ने घोषणा की कि शिवाला तोड़ कर वहां एक हाट बनाया जाएगा। उससे प्रजा को क्रय की सुविधा होगी, व्यापारियों को व्यवसाय का अवसर उपलब्ध होगा; और राजा को कर मिलेगा।"

"राजा ने अपने कर के लिए महादेव का मन्दिर तोड़ दिया?" वसुदेव की आंखें फटी की फटी रह गईं।

"मन्दिर तो तोड़ ही दिया। विरोध करने वालों को बन्दीगृह में डाल दिया; और अब 'ॐ नमः शिवाय' का जाप भी अपराध घोषित हो गया है।" चक्रधारी बोला, "वे आ रहे हैं शायद।"

अगले ही क्षण वह वहां नहीं था।

वसुदेव ठगे से खड़े रह गए।

उनकी समझ में कुछ नहीं आ रहा था कि यह सब क्या हो रहा है...कालयवन अपनी अनास्था के कारण शिवालय तोड़ता। मथुरावासियों को अपना शत्रु मान कर उनके बलभंजन के लिए, उनको अपमानित करने के लिए, उनका आत्मबल तोड़ने के लिए, उनके देवस्थानों को ध्वस्त करता; तो वे उसका कारण और लक्ष्य समझ सकते थे।...किन्तु कंस तो स्वयं मथुरावासी है, माहेश्वर है। वह महादेव के मन्दिर का अपमान क्यों कर रहा है? कालयवन को प्रसन्न करने के लिए?...किन्तु अपनी प्रजा को प्रताड़ित कर, कालयवन को प्रसन्न कर उसे क्या मिलेगा?...राजा प्रजा के मन पर राज्य न करे, तो उनकी भूमि पर भी राज्य नहीं कर पाता।

सब लोग चले गए और वसुदेव उन सीखचों को पकड़े वहीं खड़े रह गए।

"क्या सोच रहे हैं।" देवकी ने उनके कन्धे पर हाथ रखा, "वे सब लोग तो चले गए।"

"हां! चले गए।" वसुदेव बोले, "मैं सोच रहा हूं कि इस पृथ्वी पर सात्त्विकता का कोई भी अंश बच पाएगा क्या? हमारी परम्परा में जो कुछ श्रेष्ठ है, वह सब नष्ट हो जाएगा क्या? चारों ओर शत्रु ही शत्रु हैं; और धर्म के पक्ष में लड़ने वाला कोई नहीं है।...दसों दिशाओं में विरोधी शक्तियां सिर उठा रही हैं।...सिर उठा चुकी हैं। इस देश, इस संस्कृति, इस धर्म का कुछ शेष भी बचेगा क्या; अथवा सब-कुछ नष्ट हो जाएगा?"

"आप कर भी क्या सकते हैं।" देवकी ने सान्त्वना दी, "आप तो कारागार में बन्दी हैं।"

"तो फिर कौन करेगा? कौन करेगा?" उन्होंने देवकी की ओर देखा। उनकी आंखों में चुनौती और वाणी में आवेश था, "यही पूछ रहा हूं मैं उससे – मैं करूंगा? वह मुझसे करवाएगा?? अथवा वह स्वयं करेगा???"

34

कंस ऊहापोह में था। यदि यह स्त्री उन्मादिनी थी तो अपने उन्माद में किए गए, किसी कृत्य के लिए वह अपराधिनी नहीं हो सकती थी। किन्तु इस समय उसमें उन्माद का कोई लक्षण नहीं था। वह सहज, सामान्य और स्वाभाविक स्थिति में थी। मानसिक रूप से भी स्वस्थ लग रही थी; और शरीर तो उसका स्वस्थ था ही। स्वास्थ्य, जो यौवन का पर्याय था। रंग-रूप सुन्दर था, अपनी अवस्था से काफ़ी कम दिखाई दे रही थी। अभी तक उसने किसी सन्तान को जन्म नहीं दिया था, इसलिए शरीर में यौवन का कसाव था। अंगों में सुघड़ता थी। गोलाइयां आकर्षक थीं और नयनों में निमन्त्रण था।...यदि यह स्त्री अपराधिनी है, तो भी कंस उसे दंडित नहीं कर सकता। ऐसी चित्ताकर्षक स्त्री को किसी बालक की हत्या के आरोप में मृत्युदंड देने का क्या लाभ? वह मर जाएगी तो वह मृत बालक जीवित तो हो नहीं उठेगा। इस सुन्दर युवती का शव किसके काम आएगा? जो मर गया, उसे कंस जीवित नहीं कर सकता था, किन्तु इस स्त्री को मरने से वह बचा सकता था।...उसके यौवन का सुख उठा सकता था।...पर वह विवाहिता थी। उसे घर जाने दिया तो वह मुक्त मानी जाएगी। प्रजा के मन में रोष जागेगा कि राजा ने एक अपराधिनी को दंडित नहीं किया।...कंस व्यर्थ ही प्रजा का रोष आमन्त्रित क्यों करे।

कंस ने अपने निकट खड़ी त्रिवक्रा को देखा, "अभी जाओ। अंगराग का लेप बाद में हो जाएगा।"

त्रिवक्रा भी समझ रही थी। वह कंस को भली प्रकार जानती थी। अंगराग के बहाने वह त्रिवक्रा को अपने निकट रख, उसका आनन निहारना चाहता था, उसका स्पर्श करना चाहता था; किन्तु इस समय जो स्त्री वहां लाई गई थी, उसका शरीर

आकर्षक था, मोहक था, कामोत्तेजक था। त्रिवक्रा का हट जाना ही उचित था।

वह प्रणाम कर चली गई।

"पूतना!" कंस ने कहा, "यही नाम है न तुम्हारा?"

"जी महाराज!"

"तुम्हें बालकों से घृणा है?"

"नहीं महाराज! मैं तो बालकों से प्रेम करती हूं। मुझे बालक अच्छे लगते हैं। मैं चाहती हूं कि मेरी भी सन्तान हो। मैं भी उसे गोद में ले कर अपने वक्ष से लगा कर उन्हें स्तनपान कराऊं।..." पूतना बोली, "पर मेरी सन्तान होती नहीं। और दूसरे किसी का बालक मेरे वक्ष से दूध पीता नहीं।"

"तुम्हारा पति क्या करता है?"

"महाराज की सेना में ही खंगधर है।"

"तुम्हें विश्वास है कि वह पूर्ण पुरुष है?" कंस ने मुग्ध दृष्टि से उसकी ओर देखा, "इसलिए पूछ रहा हूं, क्योंकि तुम तो मुझे सर्वगुणसम्पन्ना नारी लग रही हो। यदि सन्तान नहीं होती तो तुम्हारे पुरुष में ही कोई दोष होगा।"

"मैं क्या जानूं, महाराज! मैं वैद्य तो हूं नहीं।"

कंस की इच्छा हुई कि कहे कि वह एक नहीं अनेक वैद्यों से यह बात कहलवा देगा। पर बोला नहीं।

"मेरा विचार है कि तुमने उस बालक का वध नहीं किया है। सम्भवतः वह कोई दुर्बल बालक था, इसलिए किसी प्रकार की छीना-झपटी में उसके प्राण निकल गए। वैसे भी मृत्यु तो अपने समय से ही आती है। उसके लिए महाकाल के सिवाय और कोई कारण हो ही कैसे सकता है; किन्तु सुन्दरी! यदि मैं तुमको बिना दंड दिए मुक्त कर दूं तो मेरा न्याय तो कलंकित होगा ही, तुमको भी लोग क्षमा नहीं करेंगे। तुम जानती ही हो कि मथुरा की प्रजा आजकल कितनी उद्दंड होती जा रही है। वे लोग तुम्हें जीवित नहीं छोड़ेंगे। उसके पश्चात् चाहे मुझे तुम्हारे हत्यारे को मृत्युदंड ही क्यों न देना पड़े, किन्तु मैं तुम्हारे प्राणों की रक्षा नहीं कर पाऊंगा। अतः यद्यपि मैं तुम्हें कारागार में नहीं भेज रहा, किन्तु मैं तुम्हें मुक्त भी नहीं कर रहा। तुम मेरे अवरोध में रहोगी।..."

"आपके प्रासाद में?" पूतना को लगा कि उसे तो उस बालक की तथाकथित हत्या के लिए एक प्रकार से पुरस्कृत किया जा रहा है।

"नहीं मेरे अवरोध में।"

"इसका क्या अर्थ हुआ?"

"इसका अर्थ है कि तुम बन्दिनी नहीं हो; किन्तु मैं तुम्हारा संरक्षक हूं।" कंस बोला, "तुम प्रजा से दूर रहोगी; किन्तु मैं तुम्हारे निकट रहूंगा और तुम मेरे पास रहोगी।..."

"महाराज की जैसी इच्छा।" पूतना ने हाथ जोड़ दिए।

* * *

पूतना को कंस का बुलावा मिला तो वह समझ नहीं पाई कि वह प्रसन्न है अथवा भयभीत। उस दिन राजा की आंखों में उसके लिए कुछ मधुर भाव थे, पर था तो वह राजा ही; और पूतना उसके सम्मुख एक बालक की हत्या की अपराधिनी के रूप में लाई गई थी। जाने आज क्या बात है।...सम्भव है कि राजा ने उसे दंड देने का मन बना लिया हो।...किन्तु उपाय क्या था। जाना तो उसे पड़ेगा ही। राजा के आदेश को टाला नहीं जा सकता। स्वयं चल कर नहीं जाएगी तो आरक्षी घसीट कर ले जाएंगे।...

उसे जिस कक्ष में कंस के सम्मुख उपस्थित किया गया, वहां कंस अकेला ही था। सैनिक, आरक्षी, दंडधर, परिचारक, दासियां...कोई भी तो नहीं था वहां। जैसे वह किसी राजा के सम्मुख अपराधिनी के रूप में प्रस्तुत नहीं की जा रही थी, स्वयं अपने किसी परिचित के घर लाई गई थी।

पूतना को वहां तक पहुंचा कर उसके साथ आई दासियां भी लौट गईं।

पूतना ने हाथ जोड़ कर बिना एक भी शब्द कहे, राजा को प्रणाम किया।

"बैठो पूतना।" कंस ने मधुर स्वर में कहा, जैसे पूतना उसकी कोई आत्मीया हो।

पूतना ने आश्चर्य से राजा की ओर देखा। तब उसने पहली बार देखा कि राजा राजसभा के वेश में नहीं, अपने विश्राम के क्षणों के वस्त्रों में था। उसके हाथ

में चषक था, जिसमें निश्चित् रूप से मदिरा रही होगी। उसकी आंखों में न तो दूरी थी और न ही अहंकार। वे राजा की आंखें नहीं थीं। किसी मधुर क्षण में याचक पुरुष की आंखें अपनी आकांक्षित स्त्री की ओर देखते हुए ऐसी ही हो सकती थीं।

"पूतना!"

"महाराज!"

कंस उसे प्रशंसापूरित दृष्टि से देखता रहा। पूतना ने आंखें झुका लीं। पर यह तब भी स्पष्ट था कि अपने शरीर पर राजा की उस दृष्टि की छुवन उसे सुखद लग रही थी।

"मैंने बहुत सोचा है पूतना! और मैं इस निष्कर्ष पर पहुंचा हूं कि तुमने कोई अपराध नहीं किया है। अपराध तो समाज ने किया है, जिसने तुम्हें एक ऐसे पुरुष की पत्नी बना दिया, जो तुम्हें एक सन्तान भी नहीं दे सका। सन्तान की इच्छा न तो अस्वाभाविक है और न ही अनैतिक।"

"जी महाराज!" पूतना को लगा कि पहली बार किसी ने उसके मन की बात समझी है।

"तुम्हें सन्तान मिलनी ही चाहिए। स्त्री मां न बन सके, तो फिर उसके स्त्रीत्व की सार्थकता ही क्या?" कंस ने चषक में से एक घूंट भरा और अत्यन्त मुग्ध दृष्टि से पूतना की ओर देखा, "सोचो धरती के एक खंड पर कंकड़-पत्थरों का ढेर लगा दिया जाए, उस पर गोबर फेंक दिया जाए, उस पर खर-पतवार उगने दिए जाएं; और दूसरी ओर उसी भूखंड पर क्यारियां बना कर उनमें पुष्प खिलाए जाएं। अच्छे फलदार वृक्ष उगाए जाएं। उसमें से जल की कुल्याएं बहाई जाएं। उसे एक सुन्दर उद्यान बनाया जाए।...दोनों में से अधिक श्रेयस्कर क्या है?"

"बन्ध्या भूमि किस काम की महाराज! उद्यान बनना ही श्रेयस्कर है।" पूतना ने कहा।

"पर भूखंड का स्वामी न अच्छा कृषक हो और न अच्छा उद्यानकर्मी तो उस धरती को तो बन्ध्या रहना ही पड़ेगा न।"

"वह उस धरती का दुर्भाग्य ही होगा।"

कंस ने मुस्कुरा कर अपनी भुजाएं फैला दीं, "तो आओ प्रिये! हम दोनों ही

अपने जीवन को उद्यान बनाएं। यह शरीर इसलिए नहीं मिला है कि इसको तपाया जाए और उसे उस एक व्यक्ति के नाम पर आरक्षित कर दिया जाए, जो उसे कोई सुख न दे सकता हो।"

पूतना ने अपने किसी स्वप्न में भी नहीं सोचा था कि राजा की सेना में एक साधारण खंगधर सैनिक की पत्नी कभी राजा की प्रिया भी हो सकती है।...पर आज उसे विश्वास करना ही होगा। राजा स्वयं अपनी भुजाएं फैला कर उसे अपनी अंकशायिनी होने का निमन्त्रण दे रहा था। आज वह राजा की प्रिया है, तो कल उसकी रानी भी हो सकती है। आज वह निःसन्तान है तो कल वह सन्तानवती भी हो सकती है। राजा ठीक ही तो कह रहे हैं। धरती तो वही होती है, उसका स्वामी उसे बंजर भी बना सकता है और एक सुन्दर उद्यान में भी बदल सकता है।...दोष धरती में नहीं स्वामी की बुद्धि और क्षमता में है।...

उसकी शिराओं का रक्त कैसे तो खौलने लगा था। मन पिघल कर बह निकला था। उसका मन इस शरीर में टिक नहीं पा रहा था; और शरीर था कि इस ताप को सह नहीं पा रहा था।...सहसा उसे लगा कि कंस के मन की वह नहीं जानती, पर वह स्वयं ही उसे अपने वक्ष में समा लेने को व्यग्र हो रही थी। उसे इस शरीर से सुख चाहिए था और वह सुख उसके सम्मुख सागर के समान लहरा रहा था, पूर्णिमा की रात उठने वाली उत्ताल तरंगों के समान भुजाएं पसार-पसार कर उसे पुकार रहा था। वह अब और नहीं रुक सकती थी।...

आवेश समाप्त हो गया। तन और मन दोनों ही जैसे शिथिल और क्लान्त हो गए थे। अवरोह की स्थिति में एक प्रकार का अवसाद और ग्लानि उसे चारों ओर से घेर रही थी।...उसे जैसे पहली बार बोध हुआ कि वह एक ऐसे पुरुष के इतने निकट संसर्ग में है, जो उसका पति नहीं है।...यह उसने क्या किया?

कंस ने पुनः चुम्बन के लिए अधर बढ़ाए; किन्तु पूतना ने अनायास ही मुंह फेर लिया...

"क्या हुआ?" कंस ने पूछा।

पूतना मौन रही।

"क्या हुआ?" कंस ने पुनः पूछा।

"मुझे लग रहा है कि मैंने कुछ बहुत अनैतिक कर दिया है।..."

कंस हंसा, "कोई बहुत स्वादिष्ट पदार्थ खाया जाए और जिह्वा तथा मन को उससे सुख प्राप्त हो तो इसमें अनैतिक क्या है?"

"पर जो हमने किया, वह उससे भिन्न है।" पूतना बोली, "शरीर का सुख प्राप्त करना तो अनैतिक नहीं है; किन्तु यह सुख मुझे अपने पति से मिलना चाहिए।"

"देखो रानी!" कंस ने अपनी बलिष्ठ भुजाओं में थाम बलात् उसका मुख अपनी ओर फेर लिया, "प्यास लगे तो जल पिया जाता है, यह नहीं देखा जाता कि कूप किसका है।...एक बात भलीभांति समझ लो।" वह बलपूर्वक बोला, "यह जो एक जीवन हमें मिला है, यह इसलिए नहीं मिला कि उसे व्यर्थ के उन नियमों, परम्पराओं, रूढ़ियों, आडम्बरों और पाखंडों में नष्ट किया जाए, जिन्हें तुम नैतिकता कहती हो। यह इसलिए मिला है कि उसे जितने सुख से जिया जाना सम्भव है, जिया जाए। जितना सुख प्राप्त किया जा सके, किया जाए। मैंने इसलिए उग्रसेन को कारागार में डाल दिया है, क्योंकि मुझे राजा बन कर सत्ता का सुख भोगना था। यदि मैं उनकी मृत्यु की प्रतीक्षा करता और तब सिंहासन पर बैठता। उस स्थिति में तुम जैसी सुन्दरी सामने होती और मेरे शरीर में यौवन का वेग ही नहीं होता तो मैं क्या सुख भोगता।"

"पर यह पाप है।"

कंस हंसा, "पाप क्या होता है?"

जिज्ञासा जागी तो पूतना में तर्क का साहस भी आ गया, "क्या आप नहीं मानते माहराज! कि हमें अपने कर्मों का फल मिलता है?"

"मिलता है न।" कंस हंसा, "मैंने और तुमने मिल कर एक कर्म किया, उसका फल हमें मिला। हम दोनों सुखी हुए।"

"पर मेरा पति?"

"कोई स्त्री उससे प्रेम करती हो तो वह उससे सुख प्राप्त करे।"

"नहीं! ये अच्छे विचार नहीं हैं। इससे तो हम नरक में जाएंगे। या फिर अगले जन्म में हम इसका दुष्परिणाम भोगेंगे।"

"सुनो।" कंस इस बार हंसा नहीं, "न दूसरा जन्म होता है और न मैं स्वर्ग और नरक को मानता हूं। इसलिए न मैं नरक की यातनाओं से डरता हूं और

न दूसरे जन्म में सुखों की कामना में अपना यह जीवन नष्ट करना चाहता हूं। मेरी बात मानो। इन तापसों और चिन्तकों के ढकोसलों में अपना जीवन नष्ट मत करो। सुख जहां से मिले प्राप्त करो। अपने पति से मिले, उससे प्राप्त करो। मुझसे मिले तो मुझसे प्राप्त करो।"

"तो मैं अपने पति के पास लौट जाऊं?"

"नहीं! तुम मुझे प्रिय हो तो मैं तुम्हें किसी और के पास जाने ही कैसे दूंगा। तुम मेरे सुख का माध्यम हो। इसलिए तुम मेरे पास रहोगी।" कंस बोला, "मैं अपना सुख कैसे छोड़ सकता हूं।"

"दूसरे की पत्नी को बलात् अपने पास रखेंगे?"

"पत्नी किसी की हो, मेरा सुख मेरे पास रहेगा।"

"और वह अपनी पत्नी वापस लेना चाहे तो?"

"बलप्रयोग करे।"

"आपसे न्याय मांगे तो?"

"राजा की इच्छा ही न्याय है।" कंस बोला, "राजा के सुख में बाधा डालना मथुरा में अपराध माना जाता है।"

"और यदि वह सत्य ही बलप्रयोग करे?"

"तो कंस के बल से टकराए और अपने प्राण गंवाए।"

पूतना चुप हो गई। वह कुछ सोच रही थी।

कंस ने उसे पुनः अपनी भुजाओं में भर लिया, "मेरी बात ध्यान से सुनो सुन्दरि! तुम अब मेरा सुख हो, इसलिए किसी का तुम पर कोई अधिकार नहीं है। मैं मानता हूं कि तुम भी सन्तान को जन्म दोगी और उसे अपने स्तनों से दूध पिलाने का सुख प्राप्त करोगी।...पर तब तक की प्रतीक्षा करने का क्या लाभ। वह तो अपने समय से होगा। पर मैं उससे भी पहले ही तुम्हारे सुख की व्यवस्था करना चाहता हूं।..."

"वह क्या है?"

"मैं तुमको यह स्वतन्त्रता दे रहा हूं कि तुम यमुना पार जा कर गोकुल तथा

ब्रज के अन्य ग्रामों-खेड़ों का भ्रमण करो। पिछले दस-बीस दिनों में इस क्षेत्र में बहुत से शिशुओं का जन्म हुआ है। तुम उन शिशुओं को बलात् उठा कर स्तनपान कराओ। उन्हें गोद में उठाने का, वक्ष से लगाने का, स्तनपान कराने का सुख भोगो।"

पूतना ने उसकी ओर देखा, "कैसा असम्भव-सा प्रस्ताव कर रहे हैं महाराज! मेरे स्तनों में दूध ही नहीं है। मैं क्या पिलाऊंगी। जिस शिशु को गोद में लूंगी, वही दूध पीना चाहेगा और मेरे वक्ष में से दूध नहीं उतरेगा। वह दूध नहीं पिएगा, चिल्लाएगा। मेरे मन में वितृष्णा जागेगी। मुझे क्रोध आएगा। मैं नहीं जानती कि मैं आवेश में क्या कर दूंगी। सम्भवतः उस शिशु की मेरे हाथों मृत्यु ही हो जाएगी। मैं पुनः आपके सामने एक शिशु की हत्या के अपराध में उपस्थित की जाऊंगी।"

"मुझे सूचना मिली है कि गोकुल में नन्द के घर में एक अत्यन्त सुन्दर बालक ने जन्म लिया है। मुझे यह भी सूचना मिली है कि नन्द की पत्नी यशोदा स्वस्थ नहीं है। वह अपने पुत्र को दूध पिला नहीं पा रही। कदाचित् उसके वक्ष में भी दूध नहीं है। इससे मुझे सन्देह होता है कि यशोदा ने उसे जन्म ही नहीं दिया है। वह यशोदा का पुत्र ही नहीं है।"

"तो?"

"सम्भव है कि वह देवकी का पुत्र हो।" कंस ने रुक कर उसकी ओर देखा, "सुना गया है कि वह असाधरण रूप से सुन्दर और आकर्षक शिशु है। गोकुल की प्रत्येक स्त्री उसे अपना पुत्र मानने लगी है। वे सब उसे पालना चाहती हैं, उसे अपने वक्ष से दूध पिलाना चाहती हैं।....क्या तुम नहीं चाहोगी कि ऐसे बालक को तुम भी दूध पिलाओ?"

"मैं समझी नहीं माहराज!"

"देखो रानी! मैं चाहता हूं कि तुम एक धाय के रूप में वहां जाओ। तुम उन्हें कहो कि तुम व्यवसाय से धात्रेयी हो और तुम नन्द के घर में कृष्ण की पयःप्रस्रविणी बन कर रहना चाहती हो। उसी सन्दर्भ में तुम कृष्ण को गोद में ले कर दूध पिलाने का प्रयत्न करो। जितना सुख मिले, प्राप्त करो और जब दूध न आए, कृष्ण दूध न पिए, तुम्हें क्रोध आने लगे और उस आवेश में तुम स्वयं का संभाल न पाओ तो उसका वध कर दो।..."

"मेरे हाथों कृष्ण का वध हो जाएगा, तो वे ग्रामीण वहीं मुझे पीट-पीट कर

मार डालेंगे। वे नगरवासी तो हैं नहीं कि मुझे पकड़ कर आपके सम्मुख प्रस्तुत करेंगे; और आप मुझे कारागार में न डाल कर अपने पर्यंक पर स्थान देंगे।"

कंस की आंखों में क्रोध प्रकट हुआ, "उनका साहस कि वे तुम्हें हाथ लगाएं। मैं तुम्हारे साथ अंगरक्षकों की पूरी वाहिनी भेजूंगा।"

"तो आपके अंगरक्षक ही जा कर उस शिशु की हत्या क्यों नहीं कर आते?" पूतना ने उसकी आंखों में देखा।

कंस ने तत्काल कोई उत्तर नहीं दिया। वह अपने स्थान से उठ खड़ा हुआ और कक्ष में टहलने लगा।

"वस्तुतः मैं अभी यह घोषित ही नहीं करना चाहता कि मुझे कृष्ण के देवकी-पुत्र होने का सन्देह है। अब तक देवकी के छह पुत्रों और एक कन्या की हत्या करने का परिणाम मैं देख रहा हूं। मथुरा में मेरा विरोध बढ़ रहा है और लोग वसुदेव के पक्ष में हो रहे हैं।" उसने रुक कर पूतना को देखा, "यह मत समझना कि मैं वसुदेव अथवा मथुरा के यादवों से डर गया हूं। मेरी अपनी भुजाओं में इतना बल है और महाराज जरासन्ध की इतनी सैनिक सहायता प्राप्त है कि मैं एक-एक मथुरावासी की हत्या कर सकता हूं।...किन्तु वह मुझे अनावश्यक लगता है। यदि तुम कृष्ण को दूध पिलाओ और वह मर जाए तो अपनी प्रजा के साथ अनावश्यक झगड़े से मैं बच जाऊंगा। एक अजाने छोटे से ग्राम में, किसी एक साधारण गोप के बालक के अज्ञात कारणों से मर जाने से, नगरों में विप्लव नहीं होते रानी!"

"अज्ञात कारणों से?"

"हां!" कंस बोला, "तुम पयःप्रस्रविणी धात्रेयी बन कर जाओगी तो कोई तुम्हें उस शिशु तक जाने से नहीं रोक पाएगा। जब कृष्ण तुम्हारे पयोधरों से दूध प्राप्त नहीं कर सकेगा और तुम आवेशग्रस्त हो कर उसका कंठ दबाओगी तो यशोदा तथा अन्य उपस्थित स्त्रियां तुम्हें रोक लेंगी। इसलिए उसका कंठ दबाने की आवश्यकता नहीं है। अपने पयोधरों पर कालकूट विष लगा कर जाओ। वह तुम्हारे वक्ष से अधर लगाते ही क्रमशः संज्ञाहीन होता जाएगा। तुम उसे अपने वक्ष से लगाए रखना। उसके केश सहलाना। उसके कपोलों से खेलना। महिलाएं समझेंगी कि वह दूध पी रहा है; और सोता जा रहा है। इच्छा भर उससे प्रेम कर लेना और फिर यह कह कर उसे लेटा आना कि वह सो गया है। उनके घर से बाहर

निकल यथाशीघ्र वहां से दूर चली आना। मेरा रथ तुम्हारी प्रतीक्षा में रहेगा। इससे पहले कि उन्हें ज्ञात हो कि कृष्ण जीवित नहीं है, तुम मेरे प्रासाद में सुरक्षित पहुंच जाओगी। कौन जानेगा कि दूध पिलाने वाली कौन थी और कृष्ण की मृत्यु किस कारण हुई है। वे यही मान कर धैर्य धारण कर लेंगे कि वह किन्हीं अज्ञात कारणों से मृत्यु को प्राप्त हो गया है।..."

पूतना सोचती रही। उसका मन बार-बार कह रहा था कि यह उचित नहीं है। उससे किसी के बालक की हत्या हो गई, यह तो ठीक है; किन्तु वह हत्यारिणी नहीं है। वह किसी का वध करने क्यों जाए?

"महाराज! यह उचित नहीं है।"

"उचित-अनुचित मैं नहीं जानता।" कंस बोला, "तुम्हें यह करना है।"

"और यदि न करना चाहूं तो?"

"तो तेरा पति कारागार में होगा।" कंस बोला, "तू मेरे पर्यंक पर काम-क्रीड़ा में अपने प्राण गंवाएगी या हत्यारिणी के रूप में पत्थरों की चोट खा कर मथुरा के किसी मार्ग पर मारी जाएगी।"

पूतना कुछ नहीं बोली। वह अपनी असहायता समझ रही थी। उसे इस थोड़ी देर के काम-सुख का मूल्य अपने अथवा अपने पति के प्राणों से चुकाना होगा। वह क्या जानती थी कि कुछ क्षणों के थोड़े से सुख की लालसा, उसे जीवन के इस मोड़ पर ला कर खड़ा कर देगी।...

35

पूतना ने देखा, एक बैलगाड़ी आ रही थी। हांकने वाला अकेला ही लग रहा था। बैलगाड़ी में शायद गऊओं के लिए हरा चारा भरा हुआ था। वह मार्ग में इस प्रकार खड़ी हो गई कि गाड़ी वाला उसे सुविधा से देख सके।

"सुनो गाड़ीवाले!"

गाड़ीवान ने सजी-संवरी नारी देखी तो चहक कर बोला, "कहां जाएगी गोरी?"

पूतना ने हेला का पूरा अभिनय किया, "तेरे घर जाने को नाहीं ठाढ़ी मैं यहां। नन्द महर का घर कौन-सा है?"

"मेरे घर तू क्यों जाएगी। वहां तो वह बैठी है निगोड़ी, मेरा रक्त पीने को।" गाड़ीवान मुस्कुराया, "गाड़ी पर आ जाए तो मैं ही पहुंचाए दूं।"

"मैं न आती तेरी गाड़ी पे। ऐसे बुला रहा है, जैसे सात घोड़ों वाला रथ हो।"

"नाहीं तो सूधी चली जा। जहां गांव की गोरियों का जमघट दीखे, उसे ही नन्द बाबा का घर मान लेना।"

उसे मुंह चिढ़ा कर पूतना आगे बढ़ गई। वन की ओर से चरवाहे गायों को चरा कर लौट रहे थे। दूसरी ओर से अनेक गोपियां सिर पर मटकियां उठाए आ-जा रही थीं। कुछ दही बेच कर लौट रही थीं। कुछ यमुना से पानी भर कर आ रही थीं। पूतना को इस भीड़ से बचना था।

* * *

यशोदा दही मथ रही थीं।

गंगा चाची दूध की बाल्टी ले कर आई और पास खड़ी हो गई। तभी पद्मा भी कपाट ठेल कर आंगन में घुस आई। निकट जा कर पद्मा ने मथानी पकड़ ली, "क्या कर रही हो नन्दरानी, थक जाओगी। अभी मन्द हो। अभी से इतना परिश्रम मत किया करो। उठो।" उसने गंगा चाची की ओर देखा, "तुम भी क्या करती हो चाची! तनिक भी नहीं टोकतीं। तुम्हारा धर्म इनको समझाना नहीं है क्या?"

उसने यशोदा को भुजा पकड़ कर खड़ा कर दिया; और एक प्रकार से ठेल कर चारपाई पर लेटा दिया।

"कहा क्यों नहीं मैंने।" गंगा चाची उलाहने के स्वर में बोलीं, "पर कोई माने भी तो। अब तेरी तरह मैं बलात् तो ठेल नहीं सकती। उतना बल न है मुझ में।"

तभी हंसती खिलखिलाती, हाथ में मटकियां पकड़े दो-तीन गोपियां हुल्लड़-सा मचाती घर में घुस आईं, "कान्हा कहां है?"

"पलने में है। क्यों?"

गोपियां जैसे छलांगें मारती पलने के निकट चली गईं, "सो क्यों रहा है?"

"गैया चराने गया था। थक गया तो सो रहा है।" पद्मा बोली, "उसको पानी भरने भी तो नहीं जाना है न!"

"धत्! इतना छोटा शिशु भी गाय चराता है क्या?" एक गोपी ने अपना ज्ञान बघारा।

"चराता है।" पद्मा बोली, "तुम कहीं नैन मटक्का कर रही होंगी, इसीलिए तुमने देखा नहीं होगा।"

"तुम क्या कर आईं।" गंगा चाची ने पूछा, "मटकियां तो तुम सबकी ख़ाली हैं। पानी क्या जमना जी को ही पिला आईं।"

"कर क्या आईं।" पद्मा ने टिप्पणी की, "दही बेचने गई थीं। कुछ खा आईं, कुछ सैयां को खिला आईं।...चलो भागो अब यहां से।"

गोपियां हुल्लड़ मचाती हुई बाहर भाग गईं।

पूतना ने इधर-उधर देखा। चारों गोपियां बाहर भाग गई थीं। भीतर अब पद्मा, गंगा चाची और यशोदा ही थीं। अच्छा अवसर था। इससे पहले कि कोई और आ जाता, उसे अपना काम कर डालना चाहिए था।

बाहर भागते हुए गोपियां कपाट खुले छोड़ गई थीं। पूतना ने देखा : झूले में कृष्ण सोया हुआ था। पास ही एक शैया पर यशोदा लेटी थीं। पद्मा और गंगा जैसे बैठी सुस्ता रही थीं।

"तेरे कान्हा ने तो पद्मा पर जादू कर रखा है।" गंगा चाची ने कहा, "घर में पैर ही न टिकता इसका।"

"तो चाची तुम ही क्यों भोर होते ही दौड़ी आती हो?" पद्मा ने तत्काल कहा, "कान्हा के लिए ही तो...या नन्द महर के लिए?"

"देख ले। पिटेगी तू।" चाची ने क्रोध का नाटक किया।

पद्मा ने अपने अट्टहास से सारा परिवेश सुगन्धित कर दिया।

पूतना ने आंगन में प्रवेश किया तो सबकी दृष्टि उसकी ओर उठ गई। पूतना आ कर झूले के पास रुक गई। वह कृष्ण को निहार रही थी : कैसा सुन्दर बालक है।

"कौन है री तू?" गंगा ने झपट कर पूछा, "बिना पूछे घुसी चली आ रही है।"

"तेरे लल्ला की धाय हूं।" पूतना ने अत्यन्त दीनता से कहा।

यशोदा हंस पड़ीं, "पहले कम थीं कि तू एक और आ गई। कहां से आई है?"

"कहीं से भी आई हो, नहीं चाहिए धाय हमें।" पद्मा ने कहा।

"धाय न मान, गाय मान।" पूतना बोली, "दूध पिला दूंगी लला को।"

"चल हट निगोड़ी।" पद्मा ने डांटा, "न धाय चाहिए, न गाय।"

पूतना ने कृष्ण को उठा लिया।

"क्या कर रही है री तू मुंहझौंसी?" पद्मा ने डांटा।

"अरी तो इतना उफन क्यों रही है।" पूतना ने धैर्य से कहा, "लल्ला को जी-भर कर देख तो लेने दे। बड़ी आस ले कर आई हूं।"

पद्मा जैसे उससे कृष्ण को छीन लेने को झपटी। यशोदा को यह अच्छा नहीं लगा। संकेत से उसे मना किया।...गांव की कौन-सी गोपी थी, जिसने आ कर कृष्ण को गोद में नहीं लिया, किसने उसे हृदय से नहीं लगाया, किसने लाड़ नहीं लड़ाया।

पूतना कृष्ण को अपनी भुजाओं में लिए हुए यशोदा के निकट, दीवार का सहारा ले कर, भूमि पर ही बैठ गई। उसने अपने आंचल से कृष्ण को ढक लिया था।

पद्मा को यह सब तनिक भी नहीं भाया। वह क्रोध से उफनती हुई उसे देखती रही। नन्दरानी ने उसे रोक जो दिया था, नहीं तो वह इसका झोंटा पकड़, द्वार के बाहर पटक आती।

पद्मा ने अपने शरीर को तो रोक रखा था; किन्तु जिह्वा नहीं टली, "नहीं मानती तू?"

और अन्ततः जब वह स्वयं को रोक नहीं पाई, तो अपने स्थान से उठ ही खड़ी नहीं हुई, उसकी ओर बढ़ी भी।

पूतना ने अपने हाथ के संकेत से उसे रोका, "तू इतनी मरखनी क्यों है री! चैन से उसे दूध तो पीने दे। और देख, चिल्ला मत, लल्ला जाग जाएगा।"

पद्मा अपनी चिबुक पर अंगुली धरे सोचती रह गई – क्या करे और क्या न करे?

पूतना आंचल की ओट से कृष्ण को अत्यन्त दुलार से देखती रही।...वह उसे इतना प्यारा लग रहा था कि मन होता था कि उसे अपने कलेजे में रख ले। उसे देख कर जैसे आंखें अपनी सार्थकता पा जाती थीं। ऐसी मोहनी मूरत तो उसने कभी देखी भी नहीं थी।...और कुछ नहीं सूझा तो उसने कृष्ण को अपने वक्ष में भींच लिया। कितना सुख था, उसे अपने वक्ष से लगा लेने में। और कैसा सात्त्विक सुख। कंस की काम-क्रीड़ा में ऐसा सुख कहां था।...पर उसके स्तनों में दूध नहीं उतर रहा था। बालक दूध पाने के लिए स्तन से मुंह लगाए, निरन्तर प्रयास कर रहा था। पर दूध को नहीं आना था, नहीं आया। कृष्ण का प्रयत्न पूतना के लिए, कष्टदायक होता जा रहा था। उसकी अपनी निराशा भी उसका रक्त पी रही थी। ...उसकी आंखों में क्रूरता उतर रही थी।...कृष्ण की आंखों में नटखट भाव था और अधरों पर चंचल मुस्कान, जैसे कोई क्रीड़ा कर रहा हो।...

पूतना स्वयं को समझा रही थी...दूध नहीं पिला सकी तो क्या...कृष्ण को गोद में लेने भर का अनुभव अमृत पीने के सुख से कम था क्या?...कितनी तृप्ति थी इसमें। जीवन जैसे सार्थक हो गया हो।...क्यों हत्या करेगी वह इस बालक की?

क्यों वह कंस के आदेश का पालन कर ऐसा पाप करेगी?...इस अमृतदायी बालक के जीवन की तुलना में, उसका अथवा उसके पति का जीवन क्या अर्थ रखता है? वे नहीं रहेंगे, तो संसार की क्या हानि हो जाएगी? किन्तु यह बालक तो सारे संसार में अमृत बरसाएगा। जिसने पूतना जैसी अभागी के स्तनों को अपने अधरों से छू कर उसका जीवन सार्थक कर दिया, उस जनम-जनम की प्यासी को पूर्णतः तृप्त कर दिया। वह उसके प्राण क्यों लेगी? उस पापिष्टा के मन को कैसा तो निर्मल कर दिया।...उसने तो अपना सर्वस्व पा लिया।

उसने अपना स्तन हटा लेना चाहा। वह कृष्ण के मुख में अपने स्तन का विष नहीं जाने देगी।...

...किन्तु पूतना के चेहरे पर व्याकुलता के लक्षण प्रकट होने लगे थे। वह कृष्ण को अपने वक्ष से दूर करना चाहती थी; किन्तु कृष्ण ही नहीं छोड़ रहा था। नयनों में कैसी तो करुणा थी और उसका प्रयत्न कठोर होता जा रहा था।

...व्याकुलता का स्थान क्रमशः कष्ट और पीड़ा ने ले लिया था। पूतना का चेहरा पीड़ा के कारण विकृत होता जा रहा था। उसके हाथ शिथिल होते जा रहे थे। सम्भव था कि कृष्ण उसके हाथ से छूट जाता; किन्तु पद्मा की दृष्टि उसी पर लगी हुई थी। वह दौड़ी।

यशोदा ने चकित भाव से पद्मा को देखा। पद्मा ने अब तक कृष्ण को थाम लिया था।...लगा पूतना क्रमशः अचेत होती जा रही थी।

पद्मा ने कृष्ण को अपने वक्ष से लगा रखा था और उसका मुख आश्चर्य से खुला हुआ था।

"देख तो चाची! इसे क्या हो गया।"

गंगा दौड़ी। उसने पूतना का निरीक्षण किया। पद्मा, कृष्ण को अपने कलेजे से चिपकाए, आ कर यशोदा के निकट खड़ी हो गई। उसका हृदय अब भी धक्-धक् कर रहा था।

"क्या हुआ चाची?" यशोदा ने पूछा।

"यह तो कान्हा को अपने प्राण ही पिला गई।" गंगा ने पूतना का हाथ छोड़ दिया।

36

कंस का मन ऐंठ-ऐंठ कर रह गया। लगा, जैसे कोई उसकी अंतड़ियों को पकड़ कर निचोड़ रहा था।...वह सूचना किसी भयंकर रोग के समान उसके उदर में ही नहीं सारे शरीर में व्याप गई थी...वसुदेव और देवकी कारागार में पूर्णतः शान्ति से दिन व्यतीत कर रहे थे, उन्हें किसी प्रकार का कोई कष्ट नहीं था, वे किसी प्रकार का परिवाद नहीं कर रहे थे, पीड़ा से चीत्कार नहीं कर रहे थे। वे कंस की दया नहीं चाहते थे, क्षमा नहीं चाहते थे।...वे स्वच्छन्दता नहीं मांगते थे, स्वच्छता नहीं मांगते थे, अच्छा भोजन नहीं मांगते थे, नए वस्त्र नहीं मांगते थे।

कंस को यह सब कैसे अच्छा लग सकता था। वह तो उन्हें रोते और तड़पते हुए देखना चाहता था। घुटनों पर गिर कर गिड़गिड़ाते देखना चाहता था। वसुदेव विक्षिप्त हो कर दीवारों से सिर मारते, देवकी अपनी छाती पीट-पीट कर रोती, तो कंस को कितना अच्छा लगता। किन्तु वह सब हो नहीं रहा था। तो फिर उन्हें कारागार में बन्द करने का क्या लाभ? हथकड़ी-बेड़ी का क्या उपयोग? उसकी इच्छा होती थी कि वह उन्हें कारागार से मुक्त कर दे। उन्हें अपने सामने रखे, जैसे बिल्ली चूहे को रखती है। वे मानें कि वे स्वतन्त्र हैं। वे उसके पंजे से निकल भागने का प्रयत्न करें...और तब वह बिल्ली के समान झपट्टा मार कर उन्हें पकड़ ले। पंजे से वे घायल भी हों; छीन-झपट में आहत और अपमानित भी हों। उनके शरीर से रक्त रिसता रहे; और उनका मन अपमान से कराहता रहे।...

किन्तु उसका कोई भी मन्त्री उसे वसुदेव-देवकी को कारागार से मुक्त करने का परामर्श नहीं दे रहा था। अपने गुप्तचरों पर तो उसे कोई विश्वास ही नहीं रहा था। जब सारी सावधानी के बाद भी वसुदेव जैसा अकेला और असहाय व्यक्ति

अपने पुत्र को कारागार से बाहर निकाल कर कहीं छुपा कर आ सकता है, तो गुप्तचर किस काम के।

तो फिर किसी से भी परामर्श लेने का क्या अर्थ?

"प्रद्योत!" उसने आदेश दिया, "वसुदेव और देवकी को कारागार से मुक्त कर दो।..."

प्रद्योत ने उसे आगे कुछ कहने का अवसर ही नहीं दिया, "महाराज! मन्त्री प्रलम्ब इस प्रकार के आदेश से सहमत नहीं होंगे।"

"मन्त्री का काम मन्त्रणा देना है, आदेश देना नहीं। आदेश राजा देता है; और राजा मैं हूं।" कंस का स्वर ऊंचा हो गया, "इतना अधिकार तो मैंने कभी अपने पिता को भी नहीं दिया कि वे मुझे आदेश दें। प्रलम्ब में ऐसी कौन-सी विशेषता है।...जाओ! आदेश का पालन करो।"

प्रद्योत ने हाथ जोड़ दिए; किन्तु वह गया नहीं, "हमारे गुप्तचरों की सूचना है महाराज! कि प्रजा में गुपचुप षड्‌यन्त्रों का कुछ आभास है। बहुत सम्भव है कि वह वसुदेव के सहायकों की ओर से हो। यदि वसुदेव कारागार से बाहर आ गए, तो उनके सहायक उसे अपनी विजय मानेंगे। उनका उत्साह और साहस बढ़ जाएगा। प्रजा में आपकी साख कम हो जाएगी।..."

"प्रलाप बन्द करो।" कंस ने उसे डपट दिया था, "तुम्हारे गुप्तचर इतना तो पता लगा नहीं सके कि देवकी की सातवीं और आठवीं सन्तानें कहां गईं; और अब वे षड्‌यन्त्रों का भय दिखा कर मेरी आज्ञाओं का उल्लंघन करना चाहते हैं।"

"मैंने अपने धर्म का निर्वाह किया...।"

"बहुत अच्छा किया। अब जाओ, आज्ञा का पालन करो। वह भी तुम्हारा धर्म ही है।" कंस ने कहा, "मैं चाहता हूं कि न केवल वसुदेव मथुरा के मुक्त नागरिक हों, वे अपना पुराना सम्मान भी प्राप्त करें। वे कल से राजसभा में सभासद के रूप में उपस्थित हों।"

"आज ही से क्यों नहीं महाराज!" अक्रूर ने धीरे से पूछा।

"आज कारागार से छूटेंगे तो वैद्य से अपने घावों का उपचार कराएंगे। नापित से अपने केशों और श्मश्रु का शृंगार कराएंगे। अपने घर की झाड़पोंछ करेंगे।" वह

रुका, "आज ही से राजसभा में उपस्थित होने का आदेश कुछ कठोर लगता है मुझे। कल से उपस्थित हों।"

* * *

वसुदेव को कुछ आश्चर्य तो हुआ; किन्तु वे जानते थे कि अभी प्रसन्नता का कोई कारण नहीं है। जाने कंस के मन में क्या है। कंस का मस्तिष्क प्रहारक शस्त्रों का आगार था और उसका मन कारागार। उसके मस्तिष्क में अनेक प्रकार के सांप, बिच्छू और अनेक विषाक्त जीव रेंगते रहते थे, जिन्हें सदा ही किसी न किसी आखेट की अपेक्षा रहती थी। उसके मन में सहस्रों हिंस्र योजनाएं बन्दी थीं। उसका मन किसी न किसी का रक्तपान करता ही रहना चाहता था।...

कारागार में थे तो वे जानते थे कि वे कारागार में हैं। कारागार की दीवारें और शलाकाओं वाले वे कपाट उन्हें दिखाई देते थे। उन पर लटकते वे बड़े-बड़े ताले उनसे कोई छल-कपट नहीं करते थे।...और कारागार से बाहर होने का अर्थ था कि कंस उन्हें एक वृहदाकार किन्तु अदृश्य कारागार में बन्दी करने की तैयारी कर रहा था। कारागार की दीवारें अब भी होंगी; किन्तु वे अदृश्य होंगी। उन्हें लगेगा कि कपाट कहीं नहीं हैं, क्योंकि दीवारें नहीं हैं; किन्तु कपाट भी होंगे, जो दिखाई नहीं देंगे।...बहुत सम्भव है कि उनकी गतिविधि पर दृष्टि रखने के लिए वह उन्हें खुला छोड़ना चाहता हो। उनसे सहानुभूति रखने वालों, उनके साथियों, उनके सहायकों, उनके गुप्त सहयोगियों को खोज निकालना चाहता हो।...वसुदेव को बहुत सावधान रहना है। उन्हें स्वयं को बन्दी ही बनाए रखना होगा। उनके खुलते ही उनके बहुत सारे रहस्य भी खुल जाएंगे।...

कंस को अपने गुप्तचरों से प्रत्येक क्षण की सूचना मिल रही थी। उसकी आशा और आकांक्षा के अनुसार न तो वसुदेव ने अपने आवास में पहुंचकर, अपने वैद्य को बुलाया, न नापित को। पिछले कितने ही समय से गर्गाचार्य का भी कोई पता नहीं था। उनका अपना कोई ठौर-ठिकाना तो था नहीं। न ही कंस ने कभी उनकी खोज-ख़बर लेने का प्रयत्न किया था। जाने वे कहां चले गए थे। कंस तो प्रसन्न ही था कि वे कहीं चले गए। वह कहां चाहता था कि उनकी छाया मथुरा पर पड़े। ...तो वे भी वसुदेव से भेंट करने नहीं आए। वसुदेव ने कोई दूसरा पुरोहित भी नहीं खोजा। अतः कोई पूजन-आराधन नहीं हुआ। कोई हवन-यज्ञ भी नहीं हुआ।

आवास में प्रवेश और निवास से पहले उसकी शुद्धि भी नहीं कराई गई।...

बस एक देवक ही थे, जो अपनी पुत्री और जामाता से मिलने आए थे। उनको आना ही था।...गुप्तचरों ने सूचना दी थी कि जब वे वसुदेव के प्रासाद से बाहर निकले तो उनकी आंखें सूजी-सूजी लग रही थीं, जैसे बहुत रोए हों। रोना तो था ही। पुत्री उनके कन्धे से लग कर रोई होगी, तो उनके आंसू कैसे रुके रहे होंगे।

कंस भी किसी के लिए रुका नहीं रह सकता था। उसने स्वयं ही वैद्य, नापित, पुरोहित...सब भेज दिए।

वसुदेव जानते थे कि जो आए थे, वे वैद्य, नापित और पुरोहित तो थे; किन्तु वे कंस के गुप्तचर भी थे।...पर क्या करते। उनके अपने सेवक-परिचारक, दास-दासियां, कर्मचारी-सैनिक तो अब थे ही नहीं। उनके प्रायः परिजन भी अब मथुरा में नहीं थे।...सेवकों-सहायकों की भी कुछ व्यवस्था करनी ही थी...पर यदि कंस ने उन्हें अपने भवन में कुछ दिन रहने दिया तो...जाने कब वे पुनः कारागार में पहुंच जाएं।...जब तक कंस जीवित था और मथुरा का शासक था, तब तक तो वसुदेव को कारागार को ही अपना आवास समझना चाहिए।...यह भवन तो उनका अस्थायी निवास था – डेरा! यहां भी वे कभी-कभी कुछ समय व्यतीत किया करेंगे।...

• • •

राजसभा में उपस्थित होना वसुदेव के लिए तनिक भी सुख कर नहीं था। क्या करेंगे, वे राजसभा में? उनका क्या काम था वहां? यहां किस प्रशासन को उनके परामर्श की आवश्यकता थी? जिस सभा में न केवल अधर्म का राज्य हो, वरन् प्रतिक्षण धर्म की हत्या की जा रही हो; जहां प्रजा के हित के लिए कुछ न किया जाता हो, और प्रजा के अहित के लिए सब-कुछ किया जाता हो – वहां उनका क्या काम था?...और अब क्या वे धर्माधिकारी हैं? कंस के राज्य में वे किसी भी प्रकार के अधिकारी हैं? जो व्यक्ति स्वयं अपने छह-छह पुत्रों के राजा के द्वारा वध किए जाने पर न्याय नहीं मांग सकता, उलटे सपत्नीक कारागार में डाल दिया जाता हो, वह राजसभा में जा कर क्या करेगा?

पर जाना तो होगा। और वे गए।

अक्रूर ने पूछा, "आर्य वसुदेव! आप अपने इस शत्रु की राजसभा में कैसे-आ गए? आप कैसे इतना कुछ सहन कर लेते हैं? आप इस दुष्ट का सामना कैसे करेंगे?"

क्या कहते वसुदेव? कैसे सहन कर लेते हैं?

"सब-कुछ सह कर भी जो टूटा नहीं, वह विषपायी क्षत्रिय किसी का भी सामना कर सकता है।"

"पर इतना अपमान सहकर...।"

"किसी की असहायता उसका अपमान नहीं होता।" वसुदेव बोले, "मैं आज भी निष्पाप हूं। पाप को मिटाने का दम भरता हूं। मैं किस बात पर लज्जित होऊं? लज्जित वह हो, जिसने पाप किया है। देखना यह है कि कंस कैसे मेरा सामना करता है।" वसुदेव रुके, "और यहां सम्मान किसका है आर्य अक्रूर? कंस आपका जितना सम्मान करता है, उससे परिचित हूं मैं। आप इस राक्षस को सहन ही नहीं कर रहे, कभी-कभी उसकी प्रशंसा भी कर लेते हैं। कैसे कर लेते हैं?"

किन्तु अक्रूर ने कोई उत्तर नहीं दिया।

कंस आया। उसने जैसे वसुदेव को देखा ही नहीं।

"सभासदो! महावीर और बुद्धिमान यादवो! आपके पूर्वजों ने अपने साहस, शौर्य और परिश्रम से यह साम्राज्य खड़ा किया था। इसकी सुरक्षा के लिए आप सबने और आपके पूर्वजों ने अपना रक्त बहाया है। फिर भी आज हमारा राज्य पतनोन्मुखी क्यों है? क्यों हमें मागधों का सहारा लेना पड़ता है? क्यों हमारा राज्य दुर्बल कहलाता है?"

"पर हम दुर्बल कहां हैं महाराज!" चंडसेन ने कुछ आश्चर्य से पूछा।

"दुर्बल हैं। दुर्बल माने जाते हैं। इस पृथ्वी पर की प्रत्येक राजसभा में चर्चा है कि कंस अपने सम्भावित हत्यारे को खोज नहीं पा रहा है। कंस का अपनी प्रजा पर पूर्ण नियन्त्रण नहीं है। कंस की प्रजा उससे प्रेम नहीं करती, उसका सम्मान नहीं करती। कंस की सेना और गुप्तचर, एक अकेले वसुदेव के सम्मुख असहाय हैं। इस पापी वसुदेव के कारण आज सारे संसार में हमारा सिर लज्जा से झुक जाता है। यह कंसद्रोही ही नहीं, राज्यद्रोही भी है। यादवद्रोही है यह। यह हम सब

का शत्रु है। निर्लज्ज! फिर भी स्वयं को हम सबका आत्मीय मानकर, हम सबके बराबर मान कर, यह राजसभा में चला आया है।..."

अब वसुदेव की समझ में आया कि उन्हें कारागार से मुक्त करने के पीछे कंस की क्या योजना थी।...वह उन्हें इस प्रकार अपमानित और आहत करता रहना चाहता है। यह दृश्य वह कारागार में उपस्थित नहीं कर सकता था। करता तो वहां दर्शक कहां थे...

"कोई पूछे इससे कि यह इस शक्तिशाली यादव राज्य को ध्वस्त करने पर क्यों लगा है। क्यों मेरे शत्रुओं को सुरक्षित छिपाए हुए है? क्यों मेरे वध का षड्यन्त्र करने वालों को मेरे सामने प्रस्तुत नहीं करता? इस पापी से कोई पूछे...।"

"रुक जाओ कंस!"

सबने देखा : कंस को ललकारने वाला व्यक्ति वसुदेव नहीं, कोई और था। वृद्ध अन्धक किसी के लिए भी अपरिचित नहीं थे ; किन्तु उन्होंने आज तक कभी अपने राजा को इस प्रकार ललकारा नहीं था। आज वृद्ध अन्धक राजसभा में कंस के सम्मुख निर्भीक खड़े थे और उसे 'महाराज' न कहकर, 'कंस' कह रहे थे।

कंस ने अन्धक की ओर देखा।

"तुम भूल गए हो कंस! कि तुमने वसुदेव के छह-छह नवजात पुत्रों की अकारण हत्या की है। वसुदेव तुम्हारे अपराधी नहीं हैं, तुम वसुदेव के अपराधी हो।" अन्धक आवेश में बोल रहे थे, "और आज तुम्हारा सारा रुदन यह है कि वसुदेव अपने दो और पुत्रों को – यदि वे जीवित हैं – तुम्हारे या तुम्हारे बधिकों के सम्मुख परोस क्यों नहीं देते, ताकि तुम उनका वध कर सको। तुम्हें लज्जा नहीं आती कि तुम किसी के पुत्रों का वध करना चाहते हो और उसे यह अधिकार भी नहीं देते कि वह उनकी रक्षा करने का प्रयत्न करे। मैं तुम्हें धिक्कारता हूं। तुम राजा नहीं, अपनी प्रजा के व्याध हो।...और मैं धिक्कारता हूं, इन यादवों को जो तुम्हारे जैसे पापी के सभासद हो कर, पाप के साक्षी ही नहीं, प्रकारान्तर से उसके समर्थक बने खड़े हैं।"

"निकालो इस पागल बूढ़े को बाहर!" कंस की आंखें क्रोध से उसके माथे पर उग आई थीं।

"कौन निकालेगा?" अन्धक ने कोश से अपना खड्ग निकाल लिया।

यह इतना अप्रत्याशित था कि सभा स्तब्ध रह गई। कोई सैनिक आगे नहीं बढ़ा।

"वैसे उसकी कोई आवश्यकता भी नहीं है।" अन्धक ने कहा, "मैं स्वयं ही इस घृणित सभा में रुकना नहीं चाहता।"

अन्धक सभा से बाहर चले गए।

कंस थोड़ी देर अपने आपको तौलता रहा और फिर वह भी बिना कुछ कहे, सिंहासन से उठा और अपने अंगरक्षकों से घिरा हुआ, सभा से निकल गया।

"यह सब क्या था आर्य वसुदेव!" बाहर निकलते-निकलते अक्रूर, वसुदेव के निकट रुक गया, "आपने किसी बात का कोई उत्तर ही नहीं दिया।"

"इसमें उत्तर देने को क्या था?"

"क्यों? उसने आप पर इतने आरोप लगाए।"

"एक छोटा बालक अपने हाथ में कोई तीक्ष्ण शूल ले कर खेल-खेल में तुमको चुभाए, तो तुम क्या करोगे?"

"मैं उसे रोकूंगा।"

"अर्थात् उसे शूल चुभोने नहीं दोगे।"

"जी!"

"उस पर वह रोने लगे और किसी चौराहे पर खड़ा हो कर चिल्लाने लगे कि देखो, अक्रूर मुझे शूल चुभोने का खेल खेलने नहीं देता, तो तुम क्या उत्तर दोगे?"

"इसमें उत्तर देने को है ही क्या?"

"तो कंस की बात इससे भिन्न कहां है। उसमें ही उत्तर देने को क्या है?"

"किन्तु कंस बालक नहीं है।"

"हां! वह बालक नहीं है। बालक अपने अज्ञान में ऐसी मांग करता है; और कंस अपनी अहंकारजन्य मूढ़ता में ऐसी राक्षसी मांग कर रहा है।"

"पर कोई इस प्रकार की नृशंस मांग कर कैसे सकता है?"

"जिनका स्वार्थ, लोभ और अहंकार, मदान्धता की सीमा तक जा पहुंचता है, वे राक्षस ऐसी मांग भी कर सकते हैं।" वसुदेव बोले, "वे मानते हैं कि दूसरों की हत्याएं करना उनका नैसर्गिक अधिकार है।"

"पर आपके दो पुत्र अभी जीवित हैं क्या?" अक्रूर ने अपना स्वर कुछ धीमा कर लिया।

वसुदेव उसकी ओर देख कर हंसे, "कंस तो मेरा साला है। उसका मुझसे परिहास का सम्बन्ध है। आप किस सम्बन्ध से यह परिहास कर रहे हैं आर्य अक्रूर?"

अक्रूर किंकर्तव्यविमूढ़-सा खड़ा रह गया; और जब सचेत हुआ तो सिर झुका कर बाहर निकल गया।

37

प्रद्योत खड़ा देखता रहा और कंस टहलता रहा। अन्ततः वह आ कर प्रद्योत के सम्मुख रुक गया, "तुम्हारे इस अन्धक का मैं क्या करूं?"

प्रद्योत की समझ में नहीं आया कि वह क्या उत्तर दे; किन्तु कुछ तो कहना ही था, अन्यथा कंस का क्रोध आकाश को छूने लगता।

"जो आपकी इच्छा हो महाराज!" प्रद्योत क्षण-भर के लिए रुका, "यदि आप चाहें तो बन्दी कर कारागार में भी डाल सकते हैं।"

"नहीं!" कंस चीत्कार कर उठा, "पहले ही बहुत लोग बन्दी हो चुके हैं। वसुदेव को मुक्त किया है तो अब अन्धक को बन्दी कर लूं। क्या चाहते हो तुम कि मैं अपने लिए सैकड़ों विरोधी और उत्पन्न कर लूं?"

प्रद्योत चुप रहा किन्तु कंस जैसे अपने-आप से कहता चला गया, "मन्त्री होते हैं कि अपने राजा को मन्त्रणा दे कर उसे कठिनाइयों से मुक्त करते हैं; और एक मेरे मन्त्री हैं कि अपनी मन्त्रणाओं से कठिनाइयों के ढेर लगाते जाते हैं। इनकी मानूं तो मथुरा में मेरे शत्रु ही शत्रु हों।"

"ऐसी कोई बात नहीं है महाराज!" प्रद्योत को कहना ही पड़ा, "मैंने तो इसीलिए कहा कि कहीं आपको यह न लगे कि मैं अपने पितामह को बचाने का प्रयत्न कर रहा हूं।"

"तुम्हारे पितामह हैं, इसीलिए तो तुमसे कहा कि उन्हें संभाल कर रखो। कहीं मेरा खड्ग चल गया तो।..."

"जब महाराज राजा हो कर उनको नियन्त्रित नहीं कर सकते, तो मैं तो उनका

पौत्र हूं महाराज!" प्रद्योत कुछ रुआंसा हो कर बोला, "वे किसी की सुनते हैं क्या। अब मैं आपको कैसे बताऊं कि अपने कुलवृद्धों को नियन्त्रित करना कितना कठिन होता है।..."

कंस के मन में आया कि उसे डांट दे। वह देखता नहीं कि कंस ने इस समस्या का कैसे समाधान किया है। उसने अपने पिता को कारागार में डाला है या नहीं ...किन्तु इस बात को वह अपनी जिह्वा पर कैसे लाता! इससे तो उसे अपयश ही मिला है। आज तक किसी का समर्थन तो मिला नहीं।...

"जैसे भी हो, यह परिवार का धर्म है कि वह अपने वृद्धों की संकटों से रक्षा करे।" कंस ने कहा, "यदि वह राजसभा में फिर उत्पात् करेगा तो मैं कब तक स्वयं को रोके रख सकता हूं। जब वह कारागार में जाएगा, तो तुम लोगों को कलंक नहीं लगेगा? कष्ट नहीं होगा, तुम्हारे परिवार को?"

"मैं प्रयत्न करूंगा महाराज!"

"नन्द आया क्या?"

"हां महाराज! वह अपने संगी-साथियों के साथ आया है।"

"कहां रुका है?"

"यमुना के तट पर उसने अपना डेरा लगाया है।"

"राज्य का अतिथि बनना स्वीकार नहीं किया?"

"नहीं महाराज!"

"वसुदेव के भवन में भी नहीं ठहरा?"

"नहीं।"

"कर जमा करा दिया?"

"हां महाराज! कर तो जमा करा दिया है।"

"कोई आनाकानी नहीं की?"

"इतना तो कहा कि बाढ़ के कारण बहुत हानि हुई है; किन्तु न तो आपसे मिलने की प्रार्थना की, न कर न देने की धमकी दी।"

"वसुदेव से मिलने गया?"

"नहीं! वसुदेव से मिलने का तो कोई प्रयत्न नहीं किया; किन्तु सूचना है कि कदाचित् आज वसुदेव उससे मिलने जाएं।"

कंस उसे देखता रहा, "ध्यान रहे, मुझे उनके वार्तालाप का पूरा विवरण चाहिए। एक शब्द भी छूटना नहीं चाहिए। किसी प्रकार का प्रमाद न हो, नहीं तो इस बार मैं किसी को भी क्षमा नहीं करूंगा।"

* * *

नन्द चकित थे कि अभी तक वसुदेव का कोई सन्देश क्यों नहीं आया। जब कभी भी वे मथुरा आते थे, वसुदेव का निमन्त्रण उन्हें तत्काल मिलता था। उनका आग्रह होता था कि नन्द राज्य के अतिथि न हो कर उनके भवन में ही रहें। किन्तु इस बार कहीं कोई सुगबुग ही नहीं थी।

नन्द ने अपनी ओर से भी कोई प्रयत्न नहीं किया। यह सूचना तो गोकुल में ही मिल गई थी कि कंस ने वसुदेव और देवकी को कारागार से मुक्त कर दिया था; किन्तु शेष स्थितियों का उनको कोई पता नहीं था।...कहीं ऐसा न हो कि वे वसुदेव से सम्पर्क करने का प्रयत्न करें और उनसे कुछ ऐसा हो जाए, जो वसुदेव के लिए कोई कठिनाई उत्पन्न कर दे।...

सन्ध्या समय वसुदेव स्वयं ही उनके पास आ गए।

नन्द उन्हें देख कर चकित हुए। उनका स्वास्थ्य ठीक ही लग रहा था। हृष्ट-पुष्ट थे। हां! मुखमंडल पर अवस्था के लक्षण कुछ गहरे हो गए लगते थे। देख कर लगता था, वह कोई साधारण व्यक्ति नहीं था – जीवन के आंवा में तपा हुआ पक्का घड़ा था। तेजस्विता भी कुछ कम नहीं हुई थी। चेहरे के गठन पर मन की दृढ़ता पहले से कुछ अधिक हठी हो कर दिखाई पड़ रही थी।...

"मेरा यह मित्र तनिक भी दुर्बल नहीं हुआ है।" नन्द ने मन ही मन कहा, "जीवन की क्रूरता उसे तोड़ नहीं पाई।"

"कैसे हो मित्र?" वसुदेव ने उन्हें कंठ से लगा लिया।

"आर्य! आपकी कृपा है।" नन्द बोले, "मथुरा के राजा का कर देने आया था, और आपके दर्शन भी हो गए।"

"कैसा है तुम्हारा ब्रज?" वसुदेव ने पूछा, "पिछली अष्टमी में आई बाढ़ ने बहुत अधिक हानि तो नहीं की?"

नन्द सावधान हो गए। वसुदेव ने न तो रोहिणी और बलराम का नाम लिया था, न कृष्ण के विषय में ही पूछा था। मन तो उनका व्याकुल होगा, उन सबके विषय में जानने के लिए। किस पिता का नहीं होता?...किन्तु पूछ नहीं रहे हैं तो कोई न कोई कारण होगा। सम्भव है, कंस के गुप्तचर आस-पास हों। सम्भव है, वे लोग उनकी बातें सुन रहे हों।...ठीक है। नन्द भी सावधान रहेंगे।...

"वह तो प्रलय की ही रात थी आर्य!" नन्द ने कहा, "जल-प्लावन और क्या होता है? मथुरा में तो पक्के भवन हैं, प्रासाद हैं, अट्टालिकाएं हैं। वे सब तो बाढ़ के पानी को रोक सकते हैं, उससे टक्कर ले सकते हैं। पर ब्रज हो या हमारा गोकुल – पक्के भवन तो कुछ कम ही हैं। अधिकांश कुटीर हैं। ईंटों के घर हैं भी तो, गारे की चिनाई वाले। किन्तु यमुना मैया तो उस रात सचमुच यम की बहन हो गई थीं...।"

"कुछ भवन बह गए क्या?"

"नहीं! बहे तो नहीं; किन्तु कचिया गए। अब धीरे-धीरे ढह जाएंगे।"

"इससे पहले कि वे ढह जाएं, उनका जीर्णोद्धार नहीं हो सकता?"

"वही कर रहे हैं आर्य!" नन्द बोले, "अधिक भय तो गोवंश का था, किन्तु आपके पुण्य से उनकी अधिक हानि नहीं हुई। अब, जब बाढ़ का पानी उतर रहा है, हम देख रहे हैं कि मैया हमारे लिए कितनी उपजाऊ मिट्टी छोड़ कर गई हैं और कितने सांप-बिच्छू। सांप-बिच्छू पानी के साथ चले जाएं और उपजाऊ मिट्टी पीछे रह जाए, तो हमारा तो भला ही होगा।"

"हां! देखो जलप्लावन में भी कोई न कोई लाभ तो है ही।" वसुदेव बोले, "रोहिणी से कभी भेंट होती है या नहीं?"

"भाभी कभी-कभी अपने लल्ला के साथ आ जाती हैं। यशोदा से बहुत प्रेम है उनको।"

"बलराम कैसा है?"

"अच्छे हैं। मनमौजी जीव हैं। गाय-बछड़ों से भी उलझते रहते हैं और

वृक्षों-झाड़ियों से भी।" नन्द बोले, "भाभी सोच रही थीं कि हमारे साथ मथुरा आएं और आपके दर्शन कर जाएं; किन्तु आप जानते ही हैं कि पशुधन का ही कितना काम होता है। और फिर चरवाहों तथा ग्वालों को संभालना क्या आसान है। गृहस्थी का भी झंझट होता है। फिर हमारे बलराम जी!" वे रुके, "महादेवी की आठवीं सन्तान तो कन्या थी न!"

"हां! वह बेचारी भी बची नहीं।"

"क्या उसका भी वध कर दिया गया?"

वसुदेव समझ रहे थे, नन्द उनसे ठीक-ठीक सूचना लेना चाह रहे थे।

"नहीं! कंस की नहीं चली; कन्या ही उसे अंगूठा दिखा गई।"

"मैं समझा नहीं।"

"इससे पहले कि कंस उसका वध करता, वह स्वयं ही देह त्याग गई।"

"ओह!"

"न त्यागती तो कंस उसका वध कर देता। जीना तो उसके भाग्य में था ही नहीं।" वसुदेव ने कहा और उनकी आंखों में अश्रु आ गए।

"धैर्य धारण करें आर्य!" नन्द ने कहा, "भाग्य के लिखे को कौन टाल सकता है।"

वसुदेव ने अपने अश्रु पोंछ लिए, "मैंने सुना है कि ब्रज में आजकल बड़ा उत्पात् हो रहा है।"

"कोई विशेष तो नहीं।"

"सुना है, एक स्त्री तुम्हारे पुत्र को दूध पिलाने गई थी और तुम्हारे उस नन्हें से पुत्र ने उसे मार डाला।"

नन्द ज़ोर से हंसे, "आप भी किन लोगों की बातों में आ गए। वह बच्चा, जो अभी ढंग से करवट भी नहीं बदलता, वह किसी को क्या मारेगा।"

"तो तुम्हारे पुत्र ने उसे नहीं मारा?"

"वह कोई मक्खी तो थी नहीं आर्य! कि बच्चे ने करवट बदली और वह दब कर मर गई।"

"तो पूतना कैसे मर गई?" वसुदेव ने पूछा, "जानते हो न कि उसका नाम पूतना था और वह शिशुओं के वध के लिए ख्यात् थी।"

"अच्छा! वह पूतना थी!" नन्द बोले, "कैसे मारती होगी शिशुओं को। मुझे तो लगता है कि वह स्वयं ही रोगिनी थी। अकस्मात् ही उसकी हृदय गति बन्द हो गई। या फिर मस्तिष्क की कोई नस-नाड़ी फट गई होगी। इतना बड़ा शरीर है, उसमें इतनी सारी प्रक्रियाएं चलती रहती हैं। किसी बहाने सांस रुक गई; और वह परलोक सिधार गई।"

"तो तुम पूतना को मारने का यश अपने पुत्र को नहीं देना चाहते?" वसुदेव मुस्कुरा रहे थे।

"इसको कोई मारना कहते हैं। लल्ला तो बस दूध पी रहे थे।" नन्द बोले, "हां! माखन रोटी खा कर कुछ बड़े हो लें। अखाड़े में कुछ स्वेद बहा लें। शस्त्र-परिचालन सीख लें। फिर कोई शत्रु आए तो उसे ललकार कर सम्मुख युद्ध में मारें तो हम उसे मारना भी कहें।"

"ठीक कहते हो भाई।" वसुदेव हंसे, "रोहिणी को कहना कि वह भी बलराम को दूध पिलाए, माखन-रोटी खिलाए; पर साथ ही अखाड़े की मिट्टी से भी परिचय कराए। उसे क्षत्रिय बनाए। अधर्म से लड़ना है उसे।"

"कह दूंगा; किन्तु आर्य बलदाऊ को अखाड़े में तो मैं ही ले कर जाऊंगा न!"

"यह बलदाऊ कौन है?"

"अरे बलराम भैया!" नन्द हंस पड़े, "वह ऐसा है न कि हम अपने कान्हा को सिखाते हैं कि बलराम तुम्हारे दाऊ हैं। तो हमें भी बलदाऊ कहने की ही बान पड़ गई है।"

सहसा वसुदेव का स्वर एकदम धीमा हो गया, "यदि यहां तुम्हारा काम हो गया हो तो जल्दी ब्रज लौट जाओ नन्द। कंस तुम्हें यहां अटकाए रखने का प्रयत्न करेगा और उसके लोग ब्रज में उत्पात् करेंगे। वहां कोई सुरक्षित नहीं है। शीघ्र लौट जाओ।"

वे खांसने लगे, "यह मेरे कंठ को क्या हो गया कि स्वर ही नहीं फूट रहा।"

वे खांसते चले गए।

"अरे जल लाओ भाई।" नन्द ने अपने साथियों की ओर मुड़ कर कहा।

जल आया। वसुदेव ने पिया; और वे सहज भाव से बातें करने लगे।

"मन तो मेरा भी होता है कि अपने गोधन को देखूं। उनकी सेवा करूं।" वे बोले, "पर देखो प्रभु की क्या इच्छा है।"

"अब क्या है।" नन्द बोले, "अब तो आपके प्रति महाराज कंस का रोष भी समाप्त हो गया है। उनसे अनुमति ले कर आ जाइए। बलराम को देखने का भी मन करता होगा।"

"देखो, मैं गोकुल जाता हूं या बलराम मथुरा आता है।" वसुदेव उठ खड़े हुए।

नन्द उन्हें विदा करने बाहर तक आए।

* * *

कंस ने अपने गुप्तचर से सारा वृत्तान्त सुना और बिना एक भी शब्द कहे, उसे विदा कर दिया।

तब उसके सामने वासना प्रस्तुत की गई। यह उसके गुप्तचर विभाग की नई उपलब्धि थी। मगध से आई थी। मथुरा में अभी उसे कोई भी नहीं जानता था। कंस ने उसकी पहली नियुक्ति वसुदेव के घर में दासी के रूप में की थी।

"तुम क्या सूचना लाई हो?"

"महाराज!..."

"वह बाद में।" कंस ने उसकी बात काट दी, "पहले यह बताओ कि वसुदेव ने तुम्हें लुभाने का कोई प्रयत्न किया या नहीं?"

"नहीं महाराज! वे मेरी ओर से पूर्णतः उदासीन हैं।" वासना ने कहा, "वे पूर्णतः साधु पुरुष हैं।"

"तुमने अपना नाम वासना बताया, तो भी?"

"वहां तो मैंने अपना नाम पूजा बताया है महाराज! वासना तो मैं आपकी हूं।"

"जानता हूं। जिसे पटाना चाहिए, उसे पटा नहीं पा रही; और मेरी लिए वासना बनने के चक्कर में है।" कंस बोला, "बता क्या समाचार लाई है।"

"नन्द से मिल कर वसुदेव लौटे तो देवकी ने इतना ही पूछा, 'मिल आए अपने मित्र से?'"

"तो क्या बताया, वसुदेव ने?" कंस ने पूछा।

"कहा, 'हां! मिल आया। कह रहा था बाढ़ के कारण वहां के भवन कचिया गए हैं।' 'तो पक्का करवा दे।' 'करवाएगा ही। उसके लिए उसे मेरे या तुम्हारे आदेश की आवश्यकता नहीं है।'"

"और?" कंस ने पूछा।

"और कुछ भी नहीं।"

"झूठ बोलती है तू!" कंस रोष से भर उठा, "उसने बलराम के विषय में भी नहीं पूछा?"

"देवकी ने नहीं पूछा। वसुदेव ने एक-आध वाक्य कहा कि बलराम बड़ा हो रहा है। तो देवकी ने अपनी अरुचि दिखा दी।"

"क्या कहा?" कंस की उत्कंठा जाग उठी।

"कहा, उसकी सौतों के बच्चे तो पलते और बड़े होते ही हैं। उसके ही बच्चे जीवित नहीं रहते।" वासना ने बताया।

कंस मौन रह गया।

38

रात को देवकी सोने के लिए लेटीं तो एक सुखद अनुभूति उनको चारों ओर से लपेटे हुए थी, जैसे शीत ऋतु में गुनगुनी धूप हो, या पौष की रात्रि में ऊनी रज़ाई हो, या ग्रीष्म में पुरवाई का कोई मादक झोंका...

दिन-भर वासना अपना काम छोड़ कर उनके चारों ओर मंडराती रही थी। उन्हें बताती रही थी कि गोकुल में यशोदा का लाड़ला कितना नटखट हो गया है। वहां के लोग उसे कितना प्रेम करते हैं।...देवकी थीं कि बार-बार अपनी अरुचि प्रकट करती थीं, "तू अपना काम कर। मेरा सिर मत खा।"

"महादेवी! सारा गोकुल उसके पीछे पागल है; और आप उसके विषय में कुछ सुनना भी नहीं चाहतीं?"

"गोकुल पागल है तो होता रहे।" देवकी कुछ कठोर स्वर में बोलीं, "मुझे किसी के बालक से क्या?"

"महादेवी! उसकी कथाएं इतनी मनोहर हैं कि...।" वह बोली, "गोप-गोपियां लट्टू हैं उस पर। वह छोरा नहीं आनन्द का पुंज है।"

"होता रहे।" देवकी कुछ और कठोर हुईं, "तू घर की परिचारिका है या कथावाचक।...अपना काम कर। कथा-कहानियां मत सुना।"

वासना ने नया पैंतरा फेंका, "मैं तो समझती थी कि आपको बालकों से कुछ माया-ममता होगी। पर आप तो एकदम निष्ठुर ऊसर हैं। तनिक भी नेह छोह नहीं।"

वासना ने ऐसी गाली दी थी कि कोई भी मां तड़प उठती, किन्तु देवकी ने स्वयं को संभाले रखा।

"हां! नहीं है, मुझे किसी से माया-ममता। नहीं है नेह-छोह।" देवकी ने और कठोर मुद्रा अपनाई, "जिनके बालक हैं, वे उनसे खेलें, उन पर मुग्ध हों। उनकी कथाएं सुनें-सुनाएं। मुझे क्या!"

"पर महादेवी! वह आपका बालक भी तो हो सकता है।..."

कहते ही वासना ने जीभ काट ली। समझ गई कि चूक हो गई। स्वयं को संभाला, "छोटे बालक तो सबके एक जैसे ही होते हैं। मां की ममता तो आपके मन में भी होगी।"

देवकी मन ही मन मुस्कुराईं, बहुत चालाक बनती है, यह कंस की दूतिका। देवकी के मन की बात उगलवाने के स्थान पर अपना ही मन प्रकट कर बैठी। मन की बात उसके मुख पर आ गई!...वे आरम्भ से ही समझ रही थीं कि वह उन्हें कृष्ण की मोहक कथाएं क्यों सुना रही है। वह चाहती है कि उनका मोह जाग उठे। किसी प्रकार वे कोई संकेत दे दें कि कृष्ण उनका ही पुत्र है; और वासना जा कर अपने राजा से कह सके कि देवकी के मन में कृष्ण के प्रति असाधारण मोह है। सम्भव है कि कृष्ण देवकी-पुत्र ही हो।

"नहीं है मेरे मन में ममता किसी के लिए।" देवकी बोलीं, "तू अब मेरा सिर मत खा। अपना काम कर।"

वसुदेव पहले ही बता चुके थे कि उनके घर में 'पूजा' के नाम से परिचारिका का काम करने वाली, अल्हड़-सी दीखने वाली यह युवती, कंस की गुप्तचर 'वासना' है। वह उनके मन का समाचार कंस तक पहुंचाने का माध्यम भी बन सकती है; और उनका संभला हुआ व्यवहार उसके माध्यम से कंस को बहका भी सकता है।

उसे झिड़क दिया था उन्होंने; किन्तु अब इस एकान्त में उनका कृष्ण उनके आस-पास आ कर अनेक लीलाएं कर रहा था। पूजा के द्वारा सुनाई गई वे घटनाएं कुछ और मोहक और स्पष्ट रूप धारण कर उनकी आंखों के सामने तिर रही थीं।

तीन वर्ष के कान्हा की बांह पकड़े पद्मा अपने घर में प्रवेश कर रही थी। उसके सिर पर ख़ाली मटकी थी। वह दही बेच कर लौटी थी। आंगन में एक गाय सानी खा रही थी और पद्मा का पति धर्मदत्त उसका दूध दुह रहा है। पद्मा कुछ आवेश में उसकी ओर बढ़ी।

"आज फिर गैया को चराने नहीं ले गए। सूखी सानी पर डाल दिया।"

"अरी तू समझती क्यों नहीं, वन में कैसे-कैसे पशु हैं। कोई एक आफत है।" धर्मदत्त बोला।

"आफत वन में नहीं, तेरे मन में है।" पद्मा चिल्लाई, "मैं उधर दही बेचने जाती हूं और तू खाट पर पड़ा सोता रहता है। आलसी है तू प्रथम कोटि का। शरीर को कष्ट देना नहीं चाहता। सारा ग्राम ले जाता है अपनी गउओं को चराने। एक तेरे ही लिए वन में आफत है।"

कान्हा को पद्मा का चिल्लाना और पति-पत्नी का यह झगड़ा कुछ अच्छा नहीं लगा। उसकी आंखों से अश्रु बहने लगे; किन्तु पद्मा का ध्यान उस ओर नहीं था। कान्हा की सुबकियों के स्वर से पद्मा का ध्यान पलटा।

"क्या हुआ कान्हा?"

"घर जाऊंगा।" कान्हा ने अपनी मुट्ठी से आंसू पोंछे।

"यह भी तो तेरा ही घर है रे।"

"नहीं! मैं मैया के पास जाऊंगा।" कान्हा ने कहा।

"तू समझता क्यों नहीं कान्हा! मैं भी तेरी मैया हूं। यशोदा के साथ हम सबने मिल कर पाला है तुझे।" उसने कान्हा को गोद में उठा लिया, "अब तू अकेली नन्दरानी का ही हो जाएगा?"

कान्हा वैसे ही रोता चला गया, "मैया मुझे मक्खन देती है।"

"तो मैं भी देती हूं न।" पद्मा ने कहा।

वे आंगन पार कर वरांडे में आए। पद्मा ने कान्हा को गोद से उतारकर, भूमि पर खड़ा कर दिया और छींके पर से मक्खन की मटकी उतारी। अपने हाथ से मक्खन निकाल कर कान्हा के मुख की ओर ले गई, "ले खा।"

धर्मदत्त दूध की बाल्टी ले कर उनके पास आ खड़ा हुआ, "आज मुझे तो रोटी सूखी ही निगलवा दी। पड़ौसी के छोरे के लिए मक्खन है तेरे पास, मेरे लिए ही नहीं है?"

पद्मा ने तीखी दृष्टि से उसे देखा, "यह कान्हा तुझे पड़ौसी का छोरा दीखता है? मैं इसकी मैया नहीं हूं?"

उसकी आंखों का भाव धर्मदत्त को डरा देने के लिए पर्याप्त था। बोला, "तू तो मेरी भी मैया है मेरी मां। मुझे तो इस छोरे का गोरखधन्धा ही कुछ समझ नहीं आता।"

"तो फिर चुप रहा कर। जिसे गोद में ले कर त्रिलोकी का सुख मिलता है, उसे पड़ौसी का छोरा कहता है दाढ़ीजार।" पद्मा ने उसे डांटा और फिर कान्हा की ओर उन्मुख हो गई, "ले खा कान्हा!" पद्मा ने कृष्ण के सम्मुख अपनी हथेली फैला दी, "ले अपने आप खा।"

कान्हा ने अपना मुख फेर लिया, "मटकी से खाऊंगा।"

पद्मा हंस पड़ी, "ले बाबा! तू मटकी में से खा।"

उसने मटकी कान्हा के सामने धर दी। कान्हा रोते-रोते हंस पड़ा। आंखों में अश्रु की बूंदें अब भी थीं; किन्तु अधरों पर हंसी आ विराजी थी। उसने मटकी अपने अधिकार में कर ली; और अपने हाथ से मटकी में से ले कर मक्खन खाने लगा।

सहसा कान्हा ने तृप्ति की एक दृष्टि पद्मा पर डाली, "तुम बहुत अच्छी हो पद्मा!"

"मुझे ऐसे मक्खन खिलाए तो मैं भी ऐसे ही कहूंगा, तू बहत अच्छी है पद्मा!" धर्मदत्त ने खीज कर कहा।

पद्मा ने उसे कठोर दृष्टि से देखा, "चुप रह तू।"

धर्मदत्त सहम-सा गया और पद्मा ने कान्हा से रुष्ट होने का अभिनय किया, "पद्मा नहीं। मैया बोल। बोल मैया।"

वह लगातार कान्हा को गुदगुदाती जा रही थी, "बोल मैया!"

कान्हा खिलखिला कर हंस पड़ा, "पद्मा मैया!"

पद्मा जैसे निहाल हो गई। उसने कान्हा को गोद में उठा कर चूम लिया और फिर उसे अपने वक्ष में भींच कर परम आनन्द की स्थिति में अपनी आंखें बन्द कर लीं।

"तू समझता क्यों नहीं बावरे, गोकुल की प्रत्येक मां का पुत्र है तू; और गोकुल का प्रत्येक घर तेरा ही घर है।"

कान्हा के अधरों पर अत्यन्त नटखट और क्रीड़ामयी मुस्कान उभर आई।

❋ ❋ ❋

मार्ग कच्चा था। पांच वर्षों का कान्हा, पद्मा की अंगुली पकड़ कर ठुमुक-ठुमुक चल रहा था। पास से गायों का झुंड निकल रहा था। सहसा कान्हा पद्मा का हाथ छोड़ कर भागने लगा। पद्मा उनके पीछे दौड़ी।

"ठहर कान्हा! तू गिर जाएगा। अरे गैया के पैरों में आ जाएगा। कितना नटखट है तू!"

कान्हा कुछ नहीं सुनता। उसके सधे हुए पैर पड़ते रहे। कोई लड़खड़ाहट नहीं थी। आगे से गंगा का पुत्र मनसुखा, आ रहा था। उसने पद्मा की विवशता और कान्हा की लीला देखी, तो अपनी बांहों में घेर उसे पकड़ लिया।

"इसे मैं अपने घर ले जाता हूं मौसी! हम थोड़ी देर खेलेंगे।" मनसुखा ने कहा।

"अच्छा।" पद्मा सहमत हो गई, "मैं यमुना से पानी लेने जा रही हूं। खेल के पश्चात् तू इसे नन्द महर के घर छोड़ आएगा?"

"हां! छोड़ आऊंगा।"

"संभाल कर जइयो। गोधूलि में गाएं लौटती हैं वन से।"

"चिन्ता मत करो मौसी। कोई गैया इसे नहीं मारती। यह गैया के पास जाता है तो गैया लात मारने के स्थान पर इसके हाथ चाटने लगती हैं।"

"अच्छा जा। ले जा।"

पद्मा वहीं खड़ी, उन्हें देखती रही। वे दोनों मनसुखा के घर की ओर जा रहे थे। मनसुखा ने कृष्ण का हाथ पकड़ रखा था। फिर मनसुखा ने अपना हाथ कृष्ण के कन्धे पर रख दिया। कृष्ण ने भी अपना हाथ उसकी कमर में डाल दिया। पद्मा मुस्कुराई, "यह कान्हा भी।"

❋ ❋ ❋

वे दोनों मनसुखा के घर के आंगन में खेल रहे थे। घर ख़ाली-सा लग रहा था।

"घर में गंगा मैया नहीं है?"

"नहीं! कोई भी नहीं है।"

"तो फिर मुझे माखन कौन देगा?" कान्हा ने पूछा।

"मेरी मैया तुझे तो मक्खन खिला देती है कान्हा! किन्तु मुझे नहीं देती।" मनसुखा ने परिवाद किया।

"क्यों? तुम्हारी गाय दूध नहीं देती क्या?"

"गाय तो दूध देती है। पर मैया कहती है कि मक्खन से मेरा पेट बिगड़ जाएगा।"

"तो उतना ही खा..."

"पर मां ने कुछ दिया ही नहीं।"

"चल हम अपने-आप खा लेते हैं।" कान्हा उसकी सहायता के लिए तैयार हो गया।

"ऊंचा है। मां जानबूझ कर छींका ऊपर बांधती है। उस तक मेरा हाथ नहीं जाता।"

"तू बैठ मैं तेरे कन्धे पर चढ़ता हूं।" कान्हा ने प्रस्ताव रखा।

मनसुखा चकित भाव से कान्हा को देखता रह गया : उसे यह सब क्यों नहीं सूझा। वह नीचे बैठ गया। कान्हा उसके कन्धे पर चढ़ गया।

"चल अब उठ कर खड़ा हो जा।"

मनसुखा उठ कर खड़ा हो गया। कान्हा का हाथ सहज ही मटकी तक जा पहुंचा। उसने मटकी उतार ली। उसके चेहरे पर आश्चर्य था।

"मनसुखा!"

मनसुखा ने मक्खन के लिए अपना हाथ आगे बढ़ा दिया। कान्हा ने उसकी हथेली पर एक चपत लगाई।

"क्या है कान्हा?"

"मटकी तो ख़ाली है रे!" कान्हा ने कहा।

"तो मैया ने ऊपर क्यों टांग दी?" मनसुखा चकित था।

"पता नहीं।" कान्हा गम्भीर हो उठा था।

* * *

सिर पर मटकी रखे, कान्हा की अंगुली थामे गंगा अपने घर के द्वार पर आई।

"चाची!"

"मैया बोल। नहीं तो बात नहीं करूंगी।" गंगा चाची ने धमकी दी।

कान्हा हंस पड़ा, "मैया! तू मनसुखा को मक्खन क्यों नहीं देती?"

आंगन में प्रवेश कर गंगा ने अपने सिर से मटकी उतारी।

"तुझे तो देती हूं न!"

"पर मनसुखा को क्यों नहीं देतीं? वह भी तो तेरा बेटा है।"

"किसने कहा, उसे नहीं देती? मनसुखा ने कहा है तुमसे?" गंगा चाची कुछ रुष्ट थी।

"पेट-भर तो नहीं देतीं।" कृष्ण का स्वर कोमल हो गया।

गंगा का स्वर गम्भीर हो गया, "उसे पेट-भर मक्खन खिलाऊंगी तो हाट में क्या बेचूंगी; और राजपुरुषों को कर के रूप में क्या दूंगी।"

"राजपुरुषों को मक्खन देना पड़ता है? वे क्या तुम्हारी गैया को घास खिलाते हैं?" कृष्ण ने चकित हो कर पूछा।

"न घास खिलाते हैं, न चराने ले जाते हैं फिर भी मक्खन ही क्यों, दूध भी देना पड़ता है।" गंगा ने बताया।

"दूध का क्या होता है मैया?" कान्हा मुस्कुराया।

"हम दूध नहीं देंगे तो कंस की रानियां नहाएंगी किसमें?"

"तुम कंस की रानियों के नहाने के लिए दूध भेजती हो?"

"कौन नहीं भेजता? नन्द महर को भी भेजना पड़ता है।" गंगा ने कहा।

कान्हा कुछ नहीं बोला। बस चकित दृष्टि से देखता रह गया।

* * *

चन्द्रिका के घर के पीछे की गली में रसोई की खिड़की खुली थी। खिड़की के निकट कान्हा, बलराम, मनसुखा, श्रीदामा, भानु, सुबल, अंश, विशाल, ऋषभ, तेजस्वी, देवप्रस्थ, मधुमंगल सब ही एकत्रित थे।

"कान्हा! फिर से सोच ले। यदि चन्द्रिका मौसी ने देख लिया तो हम सब भाग जाएंगे।" बलराम ने कहा, "फिर मत कहना कि तुम छोटे हो और भाग नहीं सकते। न तो कोई तुम्हें गोद में उठा कर भागेगा और न ही तुम्हारे साथ रुक कर कोई मार खाएगा।"

"चन्द्रिका मौसी की मार तो अलग, पकड़े गए तो मुझे अपनी मां की मार भी खानी पड़ेगी।" मनसुखा ने कहा।

"तो मेरी मां ही कहां छोड़ देंगी।" श्रीदामा बोला, "कान्हा के समान थोड़ी कि रोने का नाटक किया और मार से बच गए।"

"अच्छा! अच्छा! भाग जाना तुम सब।" कान्हा ने निश्चिन्त भाव से कहा।

"तो ठीक है। अब आ।"

मनसुखा भूमि पर बैठ गया। कान्हा उसके कन्धे पर चढ़ गया; और मनसुखा उठ कर खड़ा हो गया।

"मौसी तो सामने ही आंगन में बैठी हैं।" कान्हा ने कहा, "वे अवश्य ही देख लेंगी।"

"तो?" बलराम ने पूछा।

उधर गली में कहीं से दो गोपियां आ गईं।

"क्या कर रहे हो तुम लोग यहां?"

दूसरी गोपी कुछ ओर तेज पड़ी, "हां! कान्हा तो छोटा है, उसके खेलने के दिन हैं। तुम लोग तो ऊंट के समान ऊंचे हो गए। कोई काम क्यों नहीं करते?"

"मैं ऊंट की ही तो सवारी कर रहा हूं।" कान्हा ने मनसुखा की ओर संकेत किया, "यह मेरा ऊंट ही तो है।"

गोपी हंस पड़ी, "तो इस ऊंट को गाड़ी में जोत दे। हम भी मथुरा की सैर कर आएं।"

वे दोनों हंसती हुई चली गईं।

उनकी ओर से निश्चिन्त हो कर भानु बोला, "अब चन्द्रिका मौसी को घर से कैसे निकालें?"

"कान्हा जा कर मौसी से कहे कि उसका कन्दुक कहीं खो गया है। मौसी कन्दुक खोजने चल देगी।" श्रीदामा ने कहा।

"पर फिर वह कान्हा को नहीं छोड़ेगी।" बलराम ने कहा, "साथ ही ले जाएगी।"

"हां!" भानु ने सहमति दे दी।

"तो मनसुखा जाए।" कान्हा ने कहा, "मौसी उसे मारने दौड़ेंगी तो मैं घर में घुस कर रसोई के कपाट भीतर से बन्द कर लूंगा।"

"यह ठीक है।" बलराम ने सहमति दे दी।

मनसुखा ने जा कर चन्द्रिका के घर का अगला कपाट पीटा और पीटता ही चला गया। सारे लड़के मुंह दबा कर हंसते रहे।

चन्द्रिका ने द्वार खोला तो सामने मनसुखा को खड़े देखा।

"तू?"

"मौसी मैं कन्दुक से खेल रहा था। वह तुम्हारे आंगन में गिर गया है।"

"अच्छा है। अब मैं कन्दुक खोज कर उसे चूल्हे में डाल दूंगी।" चन्द्रिका बोली, "न रहेगा बांस न बजेगी बांसुरी।"

मनसुखा जैसे डर गया, "नहीं मौसी! मैं खोज लेता हूं।"

चन्द्रिका चिल्लाई, "ठहर तू। अभी मैं तेरा ही कन्दुक बना देती हूं। लुढ़कता हुआ अपनी मां की गोद तक पहुंच जाएगा।"

चन्द्रिका ने सचमुच एक छड़ी उठा ली और उसे मारने के लिए दौड़ी। मनसुखा उससे भी पहले भाग गया। वे दोनों कुछ दूर चले गए तो सारे लड़के घर में घुस गए; और सीधे रसोई में जा पहुंचे। कान्हा रसोई का कुंडा बाहर से बन्द कर, दौड़ता हुआ, आंगन के बाहर निकल गया।

पिछली गली में से कान्हा, चन्द्रिका की रसोई में घुस गया। बलराम ने उसकी बांह पकड़ कर भीतर खींच लिया। रसोई के कपाट भीतर से बन्द कर लिए।

रसोई का निरीक्षण किया। बाल्टी में दूध था। दो-एक मटकियों में दही भी था। कुछ मटकियां छींके पर टंगी थीं। मनसुखा, चन्द्रिका को बहकाकर, भागता-दौड़ता आ पहुंचा था। उसने खिड़की का कपाट खटखटाया।

"मौसी कहां है?" भानु ने पूछा।

"मेरी मां से मेरी शिकायत करने मेरे घर गई हैं।"

श्रीदामा ने दूध की बाल्टी उठा कर अपने सिर पर रख ली, "तो मैं तब तक यह दूध बेच आता हूं।"

भानु ने बाल्टी तिरछी कर दी। सारा दूध श्रीदामा पर आ गिरा। वह पूरी तरह से नहा गया।

सारे लड़के ज़ोर से हंस पड़े। कान्हा ने अपने अधरों पर अंगुली रख कर उन्हें मौन रहने का संकेत किया।

लड़के तो चुप हो गए; किन्तु श्रीदामा अपना क्रोध नहीं रोक सका। उसने न केवल क्रोध से भानु की ओर देखा, वरन् उसे दंडित करने के लिए दही की मटकी उस पर पटक दी।

"ठहरो! ठहरो! पहले मक्खन खा लो। फिर एक-दूसरे से निबट लेना।"

बलराम और मनसुखा एक-दूसरे की भुजाएं पकड़ कर आमने-सामने खड़े हो गए। उन पर भानु खड़ा हो गया। श्रीदामा ने ऊपर चढ़ने में कान्हा की सहायता की। कान्हा भानु के कन्धे पर बैठ गया तो भानु खड़ा हो गया। कान्हा ने ऊपर से मक्खन से भरी बड़ी मटकी उतार ली; और श्रीदामा की ओर बढ़ाई। इसी पकड़ने-पकड़ाने में सन्तुलन बिगड़ गया और सब एक साथ धरती पर आ पड़े। क्षण-भर को तो सब भौंचक रह गए; और फिर एक साथ ही सब ज़ोर से हंस पड़े।

कान्हा ने मुख पर अंगुली रख कर सबको चुप रहने का संकेत किया। सबने अपनी हथेलियों से मुख ढांप लिए। कृष्ण ने एक-एक कर सबको मक्खन दिया। ...और तभी बाहर, घर का कपाट खुलने और भिड़ाए जाने का शब्द हुआ।

"मौसी आ गई है।" कान्हा ने कहा, "अब जल्दी करो।"

चन्द्रिका सीधी रसोई तक आई। कुंडा खोला। किन्तु भीतर से बन्द होने के कारण कपाट नहीं खुले।

"कौन है भीतर?" चन्द्रिका ने पूछा।

कान्हा ने बिल्ली का स्वर निकाला, "म्याऊं!"

"अच्छा तो बिल्ली भी कपाट का आगल लगा लेती है।" चन्द्रिका बोली, "और पूछने पर अपना नाम-ठिकाना भी बताती है। ठहरो तुम लोग।"

"भागो।" कान्हा ने धीरे से कहा।

सारे लड़के भागने की आपा-धापी में खिड़की में फंस से गए।

"अरे एक-एक करके!"

• • •

कान्हा ने आज अपने मित्रों को अपने ही घर बुला लिया था। वह जानता था, घर में पर्याप्त मक्खन था। कहीं और जाने की आवश्यकता ही नहीं थी। वे लोग निश्चिन्त हो कर मक्खन खा रहे थे। आज किसका भय था। जिसका घर था, उसने स्वयं ही निमन्त्रित किया था।...वह स्वयं भी खा रहा था और मित्रों को आग्रह कर-करके खिला रहा था। मक्खन खाना ही महत्त्वपूर्ण नहीं था, उत्पात् मचाना भी उतना ही आनन्ददायक था। कान्हा अपने मित्रों के साथ हो और क्रीड़ा न हो, यह कैसे सम्भव था। अपनी क्रीड़ा में किसी को स्मरण ही नहीं रहता कि घर का कोई बड़ा किसी भी समय आ सकता है। एक-दूसरे के पीछे भागने-दौड़ने में दो-एक मटकियां उलट गईं और भूमि ने भी बहुत सारा दही-दूध चख लिया।...

यशोदा को बाहरी द्वार से ही कुछ आभास हो गया कि घर में कुछ उत्पात् हो रहा है।...होना ही था। कान्हा घर में अकेला था। पर अकेला वह रहता कहां था। रोहिणी का स्वास्थ्य कुछ ठीक नहीं था। उनका कुछ प्रबन्ध करना ही था। कान्हा को अपने साथ ले जातीं तो वह कोई काम करने तो देता नहीं। हठ करता। गउओं से खेलना है। वन जाना है। मित्रों के साथ खेलना है। फिर वहां बलराम भी था। दोनों मिल जाते तो रोहिणी दीदी तनिक भी विश्राम नहीं कर पातीं।... जाते-जाते पद्मा को कह गई थीं कि कान्हा घर में अकेला है। पद्मा तो कान्हा

को अपने साथ यमुना-तट पर ले जा रही थी। पर कान्हा ही नहीं माना तो जाते-जाते यशोदा, श्रीदामा से कह गईं कि वह कान्हा का ध्यान रखे और अपनी मैया से भी कह दे कि कान्हा घर में अकेला है।...पर लगता है कि कोई भी कान्हा को संभाल नहीं पाया।...

यशोदा ने देखा कि उनके आने की गन्ध पाते ही लड़के ताबड़तोड़ इधर-उधर से निकल गए थे। रसोई में झांक कर देखा : ख़ाली थी। हां! वह कान्हा के मित्रों की लीला की कथा अवश्य कह रही थी। छींके पर कुछ था नहीं। रसोई की एक भी मटकी अपने स्थान पर ढंग से रखी हुई नहीं थी। कोई टूट गई थी और जो टूटी नहीं थी, वह औंधी पड़ी थी। धरती माता ने पर्याप्त दूध-दही चखा था।

"कान्हा!" यशोदा ने पुकारा।

कपाट तनिक से हिले; किन्तु न तो कान्हा सामने आया और न उसका स्वर सुनाई पड़ा। कान्हा को घर में न देख सामान्यतः तो यशोदा घबरा जातीं; किन्तु रसोई का दृश्य कह रहा था कि कान्हा ही नहीं, उसकी सारी सेना भी यहीं कहीं आस-पास ही थी।

"कान्हा।" यशोदा ने पुनः पुकारा।

इस बार भी कपाट थोड़ा-सा हिला।

यशोदा की समझ में सारा खेल आ गया था। उन्होंने कपाट भिड़ाया और उसके पीछे से बांह पकड़ कर कान्हा को बाहर खींच लिया।

"फिर तुमने माखनचोरी की? लूट मचाई? मित्रों को बुला कर उन पर दही-माखन की वर्षा की?"

"नहीं मैया! मैं तो दरिद्रनारायण को भोग लगा रहा था।" कान्हा ने उत्तर दिया, "उन बेचारों के घर में नहीं है, तो उन्हें थोड़ा खिला देने में क्या अनुचित है मैया!"

यशोदा ने कान्हा का कान पकड़ लिया, "दरिद्रनारायण को भोग लगा रहा था। निर्धनों का पालन कर रहा था, जैसे तू ही तो संसार का पालनहार है न! मैंने प्रातः ही कह दिया था कि यह माखन मथुरा जाना है, इसे हाथ मत लगाना।"

"सारा माखन मथुरा चला जाता तो फिर उन्हें क्या खिलाता मैया?" कान्हा

ने बहुत धैर्य से कहा, "जिनकी गैया है, उनका कोई अधिकार नहीं, सारा मक्खन राजा और उसके मल्लों का है?"

"मथुरा की राजनीति मैं नहीं जानती।" यशोदा ने कहा, "तुझे जानती हूं। उनकी बात कर रहा है, जो भाग गए हैं, जैसे तूने स्वयं नहीं खाया।"

"मैंने नहीं खाया मैया! तेरी सौंह।" कान्हा सरलता की मूर्ति बना खड़ा था।

"और यह तेरे मुख पर क्या लगा है?" यशोदा ने अपनी अंगुली से कान्हा के मुख पर लगा मक्खन पोंछ कर उसके सामने कर दिया, "ढंग से माखन खाना भी नहीं आता; और छिपाना तो आता ही नहीं है।"

कान्हा सहम-सा गया।

"लगता है मैया! मेरे सखा मेरे मुख पर माखन लपटा गए।"

"तेरे मुख पर लपटा गए।" यशोदा बोलीं, "तब तेरे मुख के भीतर तो कुछ नहीं होगा।"

"नहीं है मैया! तेरी सौंह।"

"मेरी सौंह।" यशोदा ने धमकाया, "अच्छा खोल, मुख खोल।"

कान्हा ने मुख नहीं खोला। उसे और भी भींच लिया।

"खोल! मुख खोल।" यशोदा ने आग्रह किया।

कान्हा ने मुख नहीं खोला तो यशोदा ने अपने हाथ में कान्हा का मुखड़ा ले, उसके कपोलों को दबा कर बलात् मुख खोल दिया।

कान्हा के मुख में मक्खन की एक छोटी-सी गोली थी। यशोदा ध्यान से देख रही थीं कि मक्खन ही है न!...वह गोली घूमने-सी लगी। यशोदा समझ नहीं पाईं कि गोली घूम रही थी अथवा उनका अपना सिर चकरा रहा था। और क्षण-भर में वह गोली एक बड़े गोले में बदल गई। इतने बड़े गोले में कि जितना बड़ा कान्हा का मुख भी नहीं था।...

इससे पहले कि वे कुछ समझ पातीं, वह गोला असंख्य गोलों में बंट गया और वे सारे गोले इस प्रकार से घूम रहे थे, जैसे अन्तरिक्ष में ग्रह-नक्षत्र घूम रहे हों। पूरा ब्रह्मांड यशोदा के सम्मुख था। तो फिर कान्हा का मुख कहां था?

यशोदा स्तब्ध रह गईं। उन्हें मूर्च्छा आ रही थी। लगा, वे अचेत-सी होती जा रही हैं...

"यह क्या है कन्हैया?"

"मैंने तो तुझे पहले ही कहा था मैया! कि मैंने माखन नहीं खाया। तेरी सौंह! पर तू तो मेरा विश्वास ही नहीं करती।" कान्हा खड़ा हंस रहा था।

"तू मेरी बुद्धि में समाए तो मैं तेरा कुछ विश्वास भी करूं।" यशोदा अपना सिर पकड़ कर बैठ गईं।

* * *

रात को कान्हा सो गया तो यशोदा ने नन्द को उसके उत्पात की कथा सुनाई।

नन्द ध्यान से सुनते रहे; और फिर अचानक धमक कर बोले, "तुम कान्हा को घर पर अकेला छोड़ कर गई थीं?"

"तो क्या करती? रोहिणी दीदी के पास न जाती?"

नन्द अत्यन्त गम्भीर थे, "यह नहीं कह रहा हू। रोहिणी भाभी के पास गईं, अच्छा किया। उनकी सेवा की, और भी अच्छा किया; किन्तु कान्हा को तो अकेला छोड़ कर गई थीं न – असुरक्षित?"

"तो और क्या करती। अपनी चुनरी में बांध कर ले जाती!" यशोदा नन्द के व्यवहार से प्रसन्न नहीं थीं, "आस-पड़ौस में सबको कह कर तो गई थी।"

"यशोदा! यशोदा!" नन्द अधैर्य से बोले, "तुम मेरी बात समझती क्यों नहीं। कुछ भी हो जाए, कान्हा को अकेला नहीं छोड़ना है। उसकी सुरक्षा बहुत महत्त्वपूर्ण है।"

"क्या हो गया है तुमको?" यशोदा भी खीज उठीं, "कोई अपने बालक को असुरक्षित छोड़ता है क्या? और अब वह कोई इतना छोटा भी नहीं है। सारे गोकुल को अंगुलियों पर नचा रहा है। कोई घर उसके लिए पराया नहीं है।...और फिर यादवों का कौन-सा घर है, जहां बालक अकेले नहीं रहते। राजकुमार तो है नहीं कि उसके अंगरक्षक उसके साथ चलें।"

"ठीक कहती हो तुम।" नन्द बोले, "पर मैं तुमको कैसे समझाऊं कि कान्हा

को अकेला नहीं छोड़ना है।" और सहसा नन्द का स्वर कुछ शान्त हो गया, "न अकेला छोड़ोगी, न वह अपने सखाओं को बुलाएगा, न उत्पात् करेगा। उस पर दृष्टि रखा करो।"

"ठीक है। रखूंगी।" यशोदा ने कहा, "किन्तु यह तो बताओ कि कान्हा के मुख में माखन के ग्रह-नक्षत्रों के नाचने का क्या रहस्य है? मुझे वह सब क्या दिखाई दिया?"

"मैं क्या जानूं क्या दिखाई दिया।" नन्द ने सायास हंसने का प्रयत्न किया, "देखा तुमने; और पूछ मुझसे रही हो।"

"हां! देखा तो मैंने ही; किन्तु मेरी समझ में कुछ नहीं आया।"

"अब सो जाओ।" नन्द बोले, "कल वैद्य को बुलाऊंगा। वही नाड़ी परीक्षण करेगा और बताएगा कि तुम्हें अपने पुत्र के मुख में माखन ही नहीं, माखन की हांडी भी नहीं, पूरा ब्रह्मांड क्यों दिखाई देता है।...भगवान् की बड़ी कृपा है कि कोई गऊशाला दिखाई नहीं दी।"

यशोदा ने एक प्रखर दृष्टि नन्द पर डाली, "तुम इसे विनोद समझ रहे हो? यह कोई परिहास की बात है क्या? या सिद्ध करना चाहते हो कि मैं पगला गई हूं।"

"नहीं! यह परिहास नहीं है।" नन्द भी गम्भीर हो गए थे, "किन्तु मेरी समझ में कुछ आए तो मैं तुम्हें समझाऊं। एक ही बात कह सकता हूं, समझो न समझो, कान्हा साधारण बालक नहीं है। आनन्दकन्द है। उसके चारों ओर अलौकिक आनन्द की तरंगों का नृत्य हो रहा है। वह सबको नचाता है। तुम भी नाचो। उस आनन्द का अनुभव करो।"

"कुछ बता तो रहे नहीं, उलटे एक नया दर्शन बघारने लगे।" यशोदा ने मुंह बिचकाया, "स्वयं ही क्यों नहीं उस आनन्द का अनुभव करते। मुझसे लड़ते क्यों रहते हो?"

नन्द आवेश में कुछ कहने जा रहे थे कि सहसा रुक गए, "अब मैं तुम्हें क्या समझाऊं।"

39

यशोदा के हाथ में छड़ी थी और वे कान्हा को धमका रही थीं, "तूने फिर दूसरों के घर में घुस कर उनकी मटकी फोड़ी?"

"नहीं मैया!" कान्हा ने अपनी मोहिनी फेंकी, "दूसरों का घर कहां है। तुम ही कहती रहती हो कि वे दूसरों के घर हैं, पर वे सब तो कहती हैं कि वे मेरे ही घर हैं।"

"तेरे ही घर हैं।" यशोदा चिल्लाईं, "तू कितने घरों में रहेगा?"

"मैं कहां नहीं रहता।" कान्हा हंसा, "मैं तो सारी सृष्टि में व्याप्त हूं मैया! मैं नहीं रहता तो फिर कौन रहता है।"

यशोदा ने चकित हो कर कान्हा की ओर देखा : क्या कह रहा है यह उसका खिलौना-सा कान्हा।

कान्हा सारी सृष्टि का भोलापन अपने चेहरे पर लिए हुए मुस्कुरा पड़ा।

यशोदा मन ही मन कुढ़ रही थीं : कौन सिखाता रहता है, इसे यह सब? इस लड़के के पेट में कितनी लम्बी दाढ़ी है।...

"वे कहती हैं कि वे तुम्हारे ही घर हैं तो तू उनकी मटकियां फोड़ देगा?" यशोदा ने कान्हा को पुनः डांटा, "कोई अपने घर की मटकियां फोड़ता है?"

"मैया! वे मटकियां तो ख़ाली थीं। ये लोग बालकों को झूठे ही क्यों बहकाती हैं कि उनमें दूध है, दही है, मक्खन है?" कान्हा ने मां की आंखों में देखा, "झूठ का भंडा तो अन्ततः फूटेगा ही न!"

"पर तूने तो मथुरा जाती हुई गोपियों की मटकियां भी फोड़ीं। वे तो ख़ाली नहीं थीं।"

"तो वे मनसुखा के मुंह से दूध छीन कर कंस की रानियों के नहाने के लिए क्यों भेजती हैं?" कान्हा ने पलट कर कहा।

"तू अभी बालक है। समझता नहीं है।" यशोदा का स्वर उदास था, "कितने मनसुखा वंचित होते हैं, तो कंस के प्रासाद में एक सरोवर भरता है। तू हमारी बाध्यता नहीं समझ पाएगा कान्हा! तू नहीं जानता कि हम कितने बन्धनों में बंधे हुए हैं।"

कान्हा ज़ोर से हंसा, "मैं उन बन्धनों को ही तो तोड़ रहा हूं मैया! उसी के लिए आया हूं।"

यशोदा ठगी-सी खड़ी रह गईं। क्या कह रहा है यह छौना। निरर्थक ही शब्द-जाल रच रहा है या वह जानता है कि वह क्या कह रहा है?...

यशोदा ने आगे बढ़ कर कान्हा की बांह पकड़ ली, "ठहर तू। बड़ा आया मुक्तिदाता। त्राता। लोगों का भाग्यविधाता। समझता नहीं कि तेरे उत्पात् से गोकुल वालों को कंस के राजपुरुष बांध कर ले जाएंगे। और एक दिन गोकुल वाले तुझे बांध कर कंस को सौंप देंगे।"

यशोदा अपने ही कथन से डर गईं। क्यों ऐसे उत्पात् करता है कान्हा! उसे रोकना होगा। कंस से बचाना होगा...

वे कान्हा को खींचती हुई ज़मीन में गड़े ऊखल के पास ले गईं; और वहीं से रस्सी उठा कर कान्हा को ऊखल के साथ बांध दिया।

"मैं जा रही हूं गोशाला। लौट कर तेरे बन्धन खोलूंगी, सबके बन्धन खोलने वाले।" यशोदा ने उसे धमकाया, "संसार के बन्धन तोड़ने वाले! अब यहां से हिल कर तो दिखा।"

रुष्ट यशोदा आंगन के द्वार के कपाट भिड़ा कर बाहर निकल गईं। कान्हा मुस्कुराता रहा। देखा कि मैया तो जा चुकी थीं। घर में और कोई था नहीं। न कोई उसे रोकने वाला था और न ही मैया से शिकायत करने वाला। कान्हा ने अपना बल तौला और आगे बढ़ने का प्रयत्न किया। काम बहुत कठिन नहीं था। थोड़े

से प्रयत्न से ऊखल हिल गया। कान्हा ने उसे हिला ही नहीं दिया था, उसे अपने स्थान से खिसका भी दिया था।...कान्हा ने पलट कर देखा : ऊखल उसको रोक नहीं सकता था। वह तो स्वयं बेचारा उसके पीछे घिसट रहा था।

कान्हा चल पड़ा। ऊखल किसी आज्ञाकारी अनुचर के समान उसके पीछे-पीछे आ रहा था। आंगन पीछे रह गया। कपाट खुल गए और मुस्कुराता हुआ कान्हा बाहर निकल आया।

चलते-चलते वह गली-मुहल्ला दूर छोड़ आया। अब एक खुला मैदान था। कहीं बच्चे खेल रहे थे। कहीं गौवें चर रही थीं। कुछ बच्चे गायों की पीठ पर सवारी कर रहे थे। किसी को किसी का पता नहीं था। सब अपने में ही मस्त थे।

कान्हा ऊखल को घसीटता हुआ चला जा रहा था। न कोई लक्ष्य था, न कोई प्रयोजन। धरती नापने की होड़ थी या ऊखल को घर से दूर, क्षितिज पार फेंक आने की कामना।...

मैदान भी पीछे छूट गया। अब कुछ झाड़-झंखाड़ थे। कुछ आड़े-तिरछे, कुबड़े-सीधे, छोटे-बड़े वृक्ष थे। उनके बीच ही साथ-साथ उगे हुए अर्जुन के दो वृक्ष थे। उनके निकट पहुंच एक बार रुक कर कान्हा ने उनको देखा; और फिर वह उन दोनों के मध्य से निकल गया। आज्ञाकारी पालतू पशु के समान उसके पीछे-पीछे घिसटता हुआ ऊखल भी उन दोनों वृक्षों के निकट पहुंचा; पर सीधा नहीं चला, पलट गया। पलटा तो गले की हड्डी के समान उन दोनों के बीच फंस गया।

कान्हा का आगे बढ़ना रुक गया। पलट कर देखा कि क्या हुआ है। देखा, मैया का ऊखल अटक गया है। कान्हा ने कुछ बल लगाया। ऊखल था कि निकल नहीं रहा था; और कान्हा था कि ऊखल तक लौटना नहीं चाहता था। वहीं से दो-तीन झटके दिए।

ऊखल तो जहां अटका था अटका ही रहा; किन्तु पेड़ों ने अपना स्थान छोड़ दिया। कड़कड़ाहट की ध्वनि हुई और दोनों वृक्ष जड़ से उखड़ कर भूमि पर आ गिरे। कान्हा ने कुछ चकित हो कर पीछे की ओर देखा। कन्धे झटके, जैसे कुछ हुआ ही न हो। दो बड़े-बड़े वृक्ष गिरे हुए थे और कान्हा उन दोनों के बीच खड़ा हंस रहा था।

लोगों की भीड़ एकत्रित हो गई थी। दावानल के समान चारों ओर समाचार

फैलता जा रहा था; और जिस-जिस घर में सूचना पहुंची, घर के लोग उस स्थान की ओर दौड़ते चले आए।

नन्द भी अपने कुछ साथियों के साथ भागते-दौड़ते हुए वहां आ पहुंचे। आस-पास खेलते हुए बच्चे तो जैसे भूमि से चिपक ही गए थे। नन्द ने अपनी आंखों से देखा, वे दो बड़े अर्जुन के हरे-भरे वृक्ष भूमि पर गिरे पड़े थे। न वृक्ष सूखा था, न किसी ने उन्हें काटा था, न कोई आंधी-तूफान आया था। न उल्का टूट कर गिरी थी। ...पर दोनों वृक्ष टूटे पड़े थे...और थोड़ी दूर पर ऊखल से बंधा कान्हा कभी भयभीत-सा खड़ा दिखाई देता था...और कभी अपनी लीला पर मुस्कुराता-सा लगता था...

नन्द दौड़ कर कान्हा के पास गए। तत्काल रस्सी खोली, "तू ठीक तो है न कान्हा! तुझे किसने बांध दिया?"

"मैया ने।"

"क्यों?"

"मैया कहती है कि मैं दूसरों के घर माखन खाता हूं। दूसरों की मटकी फोड़ता हूं।"

"तो इतनी-सी बात के लिए वह तुझे बांध देगी।" नन्द क्रोध से खौल रहे थे, "अभी ये वृक्ष तुझ पर गिर पड़ते तो।"

मनसुखा पास ही खड़ा, कुछ कहने को कुलबुला रहा था। रुक नहीं सका तो बोला, "कान्हा ने ही तो ये वृक्ष उखाड़े हैं।"

"क्या बकता है।..." नन्द ने कान्हा को अपने शरीर से चिपका लिया, "इन बड़े-बड़े वृक्षों की एक शाखा तक तो तुझसे भी नहीं टूटेगी और इस कान्हा ने दोनों वृक्ष उखाड़ दिए।"

"सच कहता हूं काका!" मनसुखा दृढ़ स्वर में बोला, "मैंने स्वयं अपनी आंखों से देखा है। जब ये वृक्ष गिरे तो इनमें से दो राजपुरुष भी तो निकले थे, जाने कहां चले गए।"

"धूप से तेरा सिर घूम गया है मनसुखा!" नन्द का क्रोध कम नहीं हो रहा था, "जा घर जा और सिर पर ठंडा पानी डाल। कभी कह देता है कि कान्हा ने मटकियां फोड़ी हैं, कभी कह देता है कि उसने वृक्ष उखाड़े हैं।"

"मैं सच कह रहा हूं काका!"

"अच्छा! अब अपने सच के साथ चला जा मेरे सामने से।" नन्द बोले, "नहीं तो तू भी इन वृक्षों के समान भूमि पर पड़ा दिखाई देगा।"

कान्हा को लिए-लिए नन्द घर आए। आज जाने उन्हें क्या हो गया था। आते ही यशोदा पर बरस पड़े, "क्या करती रहती हो तुम?"

"क्या करती हूं?"

"इतने से बच्चे को ऊखल से बांध देती हो।"

"तो क्या हो गया?" यशोदा ने अबोध भाव से पूछा, "चौराहे के दीपस्तम्भ से तो नहीं बांधा। उत्पात् करेगा तो दंडित नहीं होगा क्या?"

"कंस इतना उत्पात् कर रहा है, उसे क्यों नहीं दंडित करतीं।" नन्द बोले, "बांध दो उसे भी किसी ऊखल से।"

"कंस मेरा पुत्र है या वह गोकुल के घरों में लोगों की मटकियां फोड़ रहा है?" यशोदा बोली, "तुम कुछ बौरा तो नहीं गए नन्द महर! अपने पुत्र को अनुशासित करना और राजा के अत्याचार का प्रतिरोध करना एक बात है क्या?"

"एक नहीं है।" नन्द अब भी क्रोध में थे, "किन्तु इस बात को क्यों नहीं समझती हो कि तुम संसार की भाग्यविधाता नहीं हो। नन्हें से कान्हा ने थोड़ा दूध-दही बहा दिया तो तुमने उसे ऊखल से बांध कर घर में अकेला छोड़ दिया। वह घर में बंधा रहता और कोई दुर्घटना हो जाती तो वह स्वयं को मुक्त भी नहीं कर पाता, न वह पड़ोस से किसी को अपनी सहायता के लिए बुला पाता। कंस भी किसी को बन्दीघर में डालता है तो उसकी रक्षा का प्रबन्ध करता है।"

"यह आज तुम बार-बार कंस को क्यों बीच में ले आते हो।" यशोदा खीज गईं, "मां-बेटे का सम्बन्ध क्या राजा और प्रजा का सम्बन्ध है। और मैं कंस के समान राक्षसी कब से हो गई?"

"जब से तुमने कान्हा को हथकड़ी-बेड़ी पहनाने का अधिकार अपने हाथ में ले लिया।"

"लो!" यशोदा ने अपनी हथेली से अपना मुख ढंक लिया, "और सुनो इनकी

बात। बालक को समझाने के लिए तनिक ऊखल से क्या बांध दिया, तो वह हथकड़ी-बेड़ी हो गई। मैं कंस हो गई। दैया री दैया! क्या हो गया है तुमको।"

"मुझ को कुछ नहीं हुआ है।" नन्द जैसे आपे में नहीं थे, "दो-दो विशाल अर्जुन वृक्ष गिर पड़े। भगवान् की कृपा है कि कान्हा बच गया। वृक्ष उसके ऊपर नहीं गिरे। नहीं तो हम दोनों सिर पर हाथ रखे रो रहे होते।"

यशोदा को नन्द का क्रोध समझ में नहीं आ रहा था।

"मैंने कान्हा को ऊखल से बांधा ताकि वह घर से बाहर न जाए।" वे बोलीं, "अब वृक्ष हमारे आंगन में तो नहीं गिरे। ऐसे में कान्हा वहां पहुंच जाए, जहां वृक्ष गिर रहे हों तो मैं क्या करूं?"

"पर तुमने ऊखल नहीं बांधा होता तो वृक्ष गिरते ही कैसे?" नन्द बोले, "ऊखल ही तो अड़ गया था दोनों वृक्षों के मध्य।"

यशोदा ने कुछ चकित भाव से नन्द की ओर देखा, "तुम सठिया गए हो नन्द महर! मैंने कान्हा को ऊखल से बांधा तो दो वृक्ष गिर गए। ऊखल को कान्हा खींच रहा था या इन्द्र का ऐरावत? हमारा कान्हा, मुष्टिक और चाणूर से भी अधिक शक्तिशाली हो गया है क्या? मल्ल भी खींचें तो वृक्षों को उखाड़ नहीं सकते। तुम्हें किसी ने बहका तो नहीं दिया कि कान्हा के खींचने से वृक्ष उखड़ गए?"

"वृक्ष अपने-आप तो उखड़ कर गिरते नहीं।" नन्द बोले।

"मिट्टी गीली हो जाए तो भारी वृक्ष अपने बोझ से ही गिर पड़ते हैं।" यशोदा मुस्कुराईं, "जैसे तुम इस समय अपनी ही बुद्धिमत्ता के बोझ तले दब कर बौरा गए हो।"

"अब तुमसे वितंडावाद कौन करे।" नन्द झल्ला गए।

"यह वितंडावाद है?"

"वादविवाद सही।" नन्द बोले, "पर मैं बातों में तुमसे जीत नहीं सकता। बस इतना ही कहता हूं कि कान्हा के साथ ऐसा व्यवहार मत किया करो।"

"अच्छा जी। अपने लल्ला को ऊखल से बांध दिया तो इतना क्रोध। कहीं आंगन के स्तम्भ से बांध दिया होता तो आकाश ही गिर पड़ता।" यशोदा बोलीं, "तुम कान्हा से यह क्यों नहीं पूछते कि वह घर से बाहर क्यों निकला? क्यों दूर वन के निकट

पहुंच गया? वह मां की बात क्यों नहीं मानता? उलटे मुझसे लड़ने की ठान बैठे हो। संसार की किस मां को इतना अधिकार नहीं होता! वह मेरा पुत्र नहीं है क्या?"

"नहीं! वह तुम्हारा पुत्र नहीं है।...तुम्हें उसे इस प्रकार बांधने का कोई अधिकार नहीं है।"

क्या सुन लिया यशोदा ने! जैसे आकाश फट पड़ा हो।...यशोदा का वर्ण पीला पड़ गया। जबड़े एक-दूसरे पर जम गए। बहुत प्रयत्न करने पर भी उनके मुख से शब्द नहीं निकले। पहले आंखों से अश्रु निकले। सारा मुख अश्रुओं से धुल गया तो कहीं जा कर मुख से शब्द फूटे, "मेरा पुत्र नहीं है वह? तो किसका पुत्र है – श्यामा गैया का?"

आवेश में नन्द के मुख से शब्द फिसल गए थे; किन्तु तत्काल ही उन्हें बोध हो गया कि वे एक भयंकर भूल कर बैठे थे। इस रहस्य को रहस्य बनाए रखने के लिए क्या नहीं किया उन्होंने...और आज स्वयं ही...कहीं यह असावधानी उनके जीवन की सबसे बड़ी भूल न हो जाए। कहीं यादवों के भाग्य से विधाता परिहास तो नहीं कर रहे...

"हां! नहीं है वह तुम्हारा बेटा।" वे स्थिति को संभालने के लिए शब्दों को चबा-चबा कर बोले, "वह मेरा पुत्र है। नन्द महर का। राजकुमार है वह। सारे गोपों का राजकुमार है।...तुम्हारा पुत्र होता तो तुम अपनी आंखों के सामने उसे पूतना राक्षसी की गोद में दे देतीं कि वह अपने स्तनों से उसे कालकूट पिलाए।"

और फिर वे रुके नहीं, "तुम समझ नहीं सकतीं कि मेरा मन उसके लिए कितना आशंकित रहता है। उसकी अंगुली में कांटा भी चुभता है तो मेरे हृदय से रक्तस्राव होने लगता है।...आज जब मैंने देखा कि दो विशाल अर्जुन वृक्ष जड़ों से उखड़ कर गिरे पड़े हैं और कान्हा उन दोनों के मध्य असहाय-सा खड़ा है। अपने उदर पर तुम्हारा बांधा दाम लिए, वह दामोदर न तो भाग सकता है, न उन भारी-भारी शाखाओं को परे हटा सकता है।...सोचो मेरे मन पर क्या बीती होगी। बड़ी मां बनी हो।"

"वहां और कोई नहीं था?" यशोदा का मन भी धक्-सा रह गया। अब उन्हें लगने लगा था कि नन्द का क्रोध अकारण नहीं था।

"भीड़ की भीड़ थी। मेला लगा हुआ था वहां।" नन्द बोले, "पर सब मुंह बाये

जड़ पाषाण से खड़े थे। काठ के उल्लू। किसी ने आगे बढ़ कर एक पत्ता तक तो तोड़ा नहीं, वे कान्हा को मुक्त कहां से कराते। खड़े-खड़े कथाएं सुना रहे थे कि अर्जुन वृक्षों से दो राजपुरुष प्रकट हुए थे। वे कान्हा को प्रणाम कर जाने कहां चले गए..."

"यही तो! यही तो।" यशोदा भी उत्तेजित हो उठीं, "सबको अपने बालक ही प्यारे हैं। दूसरे की सहायता कोई नहीं करता। किसी पर विपत्ति पड़ी हो, उनकी बला से। वे संकट के निकट नहीं आएंगे, उसे अपने मनोरंजन का साधन चाहे बना लें।"

"हम एक-दूसरे की सहायता करने वाले होते, तो हमारे वसुदेव और महादेवी क्या इतने असहाय होते?"

"हां! उनकी तो सारी सन्तानों की हत्या हो गई और कोई कुछ नहीं बोला।" यशोदा का मन कैसा तो हो आया था, "अब मैं कान्हा को कभी नहीं बांधूंगी। बांधूंगी तो अकेला नहीं छोडूंगी। उसकी चौकसी करती स्वयं घर में रहूंगी।"

"तुमसे कहा न तुम उसको नहीं बांधोगी, वह तुम्हारा पुत्र नहीं है।" नन्द ने अपना स्वर कोमल बना कर कुछ हास्य का पुट देते हुए कहा, "वह मेरा पुत्र है, नन्द महर का।"

"हां बाबा! वह तुम्हारा पुत्र है। तुमने गर्भ धारण किया था। तुमने प्रसव किया है। तुमने उसे स्तनपान कराया है।" यशोदा भी हंसीं, "मैं तो बस उसकी धाय मात्र हूं।"

यशोदा शान्त हो कर सो गईं; किन्तु नन्द को नींद नहीं आई। जिस दिन यशोदा को ज्ञात होगा कि वह सचमुच कान्हा की मां नहीं, धाय मात्र है, उस दिन उसके मन पर क्या बीतेगी।...नन्द के मन में एक अनाम-सा अपराध-बोध जाग रहा था।

40

सारा दिन गोकुल के गोप अपनी लाठियां-बर्छियां लिये महावन से लगते क्षेत्र में चौकसी करते रहे; किन्तु न तो वे अपने उन बछड़ों को ही ढूंढ़ पाए, जो भेड़िए घसीट कर ले गए थे, और न ही भेड़ियों के झुंडों का ही कुछ पता-ठिकाना खोज सके। सांझ हुई तो सारा गोकुल एक अजाने से भय से ग्रस्त हो गया...यदि रात को भेड़िए महावन से निकल, नन्दगांव में घुस आए तो? वे घरों में घुस आए तो बछड़ों को नहीं, बच्चों को उठा ले जाएंगे। रात के अन्धकार में, दस-दस, बीस-बीस के झुंडों में अपने घर में घुस आए, उन भेड़ियों से कैसे निबटा जाएगा?

प्रायः सारी रात ही वे लोग बारी-बारी जाग कर, प्रहरी बने घूमते रहते थे; और जो निद्रा के लोभ में अपने बिस्तरों पर लेटे भी, उन्हें नींद नहीं आई।

रात बीत गई तो प्रातः सब लोग नन्द महर के घर के सम्मुख एकत्रित हुए।

"अब हमारा क्या होगा महर? यदि यही क्रम रहा तो ये भेड़िए हमारी गउओं, बछड़ों और बच्चों को भी उठा ले जाएंगे।..."

"बच्चों के पश्चात् बड़ों की बारी आएगी।"

"और फिर बड़े भी कहां सुरक्षित रह पाएंगे।"

नन्द और उपनन्द गम्भीर मुद्रा में एक-दूसरे के सामने बैठे थे।

"हम सदा ही अपने शत्रुओं से अपनी रक्षा को तत्पर रहते हैं।" नन्द बोले, "तो क्या हम इन वन्य पशुओं से अपनी रक्षा नहीं कर सकते?"

"वे आमने-सामने युद्ध करें तो हम तैयार हैं।" सुमंगल अहीर ने कहा, "कठिनाई यह है नन्द बाबा! कि वे अकस्मात् ही किसी दिशा से आ धमकते हैं। फिर उनकी

सख्या का भी कुछ पता नहीं होता। वे किसी एक मनुष्य या पशु को घेर लेते हैं और दसों नहीं, बीसियों दिशाओं से उसे नोचने-खसोटने लगते हैं। जब तक वह संभलता है, वे उसके शरीर का आधा रक्त पी चुके होते हैं।..."

"और फिर वे रुकते भी तो नहीं हैं।" सत्यव्रत बोला, "झंझा के समान आते हैं और अन्धड़ के समान भाग जाते हैं।"

"तो तुम लोग उनका पीछा क्यों नहीं करते?" गंगा मौसी ने कहा, "बस गैया हांकने के लिए ही हो?"

"किया था मौसी। पीछा भी किया था।" सुमंगल ने हंस कर कहा, "पर वे बताते ही नहीं कि वे लोग गंगा मौसी के घर में नहीं रहते, महावन की किसी खोह में रहते हैं।"

"परिहास सूझ रहा है तुझे। मैं एक गम्भीर प्रस्ताव के रूप में अपनी बात कह रही हूं।"

"तुम ठीक कह रही हो मौसी।" नन्द ने बात संभाल ली, "किन्तु एक तो यह कि पशुओं को उनकी खोह तक जा कर पकड़ पाना मनुष्य के लिए बहुत कठिन है; और फिर यदि हम उन्हें पकड़ पाएं, उनमें से कुछ को मार भी डालें, तो भी हम उस प्राणी का जीवन नहीं लौटा सकते, जिसको वे उठा कर ले गए हैं।"

"उनकी संख्या का कुछ पता है तुमको गंगा मौसी?" उपनन्द ने कहा, "मेरा इतना जीवन हो गया है किन्तु मैंने कभी इतनी संख्या में ऐसे हिंस्र वृक नहीं देखे।"

"तो फिर समाधान क्या है?" मौसी ने तड़प कर कहा, "हम अपना व्रज यहां से हटा कर कहीं और ले जाएं?"

"यह कैसे सम्भव है?" नन्द ने कुछ बौराए से स्वर में कहा।

"वैसे इसमें कुछ असाधारण तो नहीं है नन्द महर!" सहसा उपनन्द ने कहा, "हम लोग अपने नगर बसाकर, उसे प्राचीर से घेरकर, कभी भी स्थायी रूप से कहीं रहे नहीं। हमारे व्रज तो सार्थ के समान चलते-फिरते ही रहते हैं। हमारी आजीविका ही हमें एक स्थान पर रहने नहीं देती। गोचर भूमि न मिले अथवा चारे की कमी हो जाए तो अपना स्थान बदल लेना हमारे लिए साधारण बात है।"

"ठीक कह रहे हो भाई!" नन्द का स्वर चिन्तित था, "किन्तु अब यहां रहते-रहते इस स्थान से मोह हो गया है। हम अपने शकटों में नहीं रहते। सभी ने कच्चे-पक्के भवन भी बना लिए हैं। उन सबको उखाड़ कर, साथ तो नहीं ले जा सकते न! अपना बसा-बसाया घर-बार छोड़ कर जाना कितना कठिन होता है..."

नन्द के मन में निरन्तर ऊहापोह चल रहा था।...वे कान्हा को ले कर कहीं भी कैसे चले जा सकते हैं। वसुदेव को सूचना कैसे दी जाएगी कि उनका पुत्र कहां है। यदि कोई सुसंयोग बना और वे अकस्मात् ही गोकुल में आ पाए, अथवा उन्होंने अपना कोई सन्देशवाहक भेजा तो वे कान्हा को ही नहीं देवी रोहिणी और बलराम को कहां खोजेंगे।...वसुदेव और देवकी पहले ही बहुत दुखी हैं। नन्द उन्हें और चिन्तित करना नहीं चाहते थे, उनकी समस्याओं में वृद्धि करना नहीं चाहते थे। उन्होंने तो सदा से चाहा था कि वसुदेव और देवकी को सदा कान्हा के विषय में सूचनाएं मिलती रहें।...बलराम और रोहिणी का दायित्व भी एक प्रकार से उन पर ही था।...

उपनन्द हंसे, "अपना घर-बार छोड़ना किसको अच्छा लगता है; किन्तु...आप ऐसा करें कि सारे व्रज की सभा कर लें और सबसे पूछ लें। एक ओर तो अब हमारे गोकुलों के निकट घास-पात तथा गोचर भूमि का भी अभाव होता जा रहा है और दूसरी ओर वन्य-पशुओं तथा राक्षसों का उत्पात् बढ़ता जा रहा है। हम नहीं जानते कि अकस्मात् ही इन हिंस्र वृकों की संख्या कैसे इतनी बढ़ गई है; लगता है कि महावन में उनकी वर्षा हुई है। और यदि संख्या बढ़ ही गई है तो वे महावन से निकल कर मनुष्यों के आवास तक आने का साहस कैसे करने लगे हैं। सम्भव है कि वन में उनके लिए भी पर्याप्त भोजन उपलब्ध न हो।...ऐसे में भी यदि सब लोग यहीं रहना चाहें तो रहें ; किन्तु फिर प्रतिदिन किसी न किसी परिवार के किसी बच्चे, या गाय के बछड़े इत्यादि की हानि को सहन करने के लिए तत्पर रहें।"

नन्द का मन कांप गया...वह बच्चा कान्हा भी तो हो सकता है।

किन्तु वे इन लोगों के मुखिया थे। उन्हें अपनी चिन्ता को छिपाना होगा। उन्हें साहस देने के लिए अपने चेहरे पर एक साहसी मुखौटा चिपकाए रखना होगा।

वे सायास हंसे, "इन कारणों से हम यह स्थान छोड़ दें तो कल ही यहां कोई और आ कर अपना आधिपत्य जमा लेगा। बने-बनाए घर-आंगन, वीथि-गलियां और डगर किसे बुरे लगते हैं। जब अपने लोग दूसरों को यहां सुख-चैन से बसता देखेंगे तो दुखी नहीं होंगे?"

"उजड़े खेड़े में भी कोई-न-कोई तो आ ही बसता है। उल्लू को भी तो कोई स्थान चाहिए ही।" उपनन्द ने कहा।

नन्द हंसे, "किन्तु तुम अपने ग्राम से इतने रुष्ट क्यों हो? क्यों उसे उल्लुओं को समर्पित करना चाहते हो?"

"नहीं! न तो रोष की कोई ऐसी बात है, न उल्लुओं से ही मेरा कोई विशेष प्रेम है।" उपनन्द बोले, "किन्तु गोप परिवारों और अपने गोधन की सुरक्षा का दायित्व भी तो हमारा ही है न! यदि हम यहां टिके रहे तो हमारे कंकाल, उल्लुओं को नन्दगांव से दूर नहीं रख पाएंगे।"

"मैं तो समझ रहा था कि हम लोग पहले से कहीं अधिक शक्तिशाली और सुरक्षित हो गए हैं।" नन्द बोले, "हमारे युवा जितना स्वेद अखाड़ों में बहा रहे हैं और जिस प्रकार वे लोग शस्त्र-परिचालन में दक्ष हो रहे हैं..."

"आप ठीक कह रहे हैं भैया!" उपनन्द ने उनकी बात काट दी, "उस दृष्टि से तो हम पहले से शक्तिशाली ही हुए हैं। किन्तु मल्लों को भी अपना शरीर बनाने के लिए गोरस की आवश्यकता है। और आप देख ही रहे हैं कि जल की कमी और वनस्पति के सूखने से हमारी गउवें उतना गोरस नहीं दे पा रही हैं। राजा तो अपना कर कम करेगा नहीं। हमें ही अपने बच्चों और युवाओं के मुख से गोरस छीनना पड़ेगा। दूसरी ओर हिंस्र पशुओं के कारण हमारे गोधन के लिए जितना संकट बढ़ा है, उसका निवारण मल्लों से नहीं हो सकता। जो भी हो, हम हैं तो गोपाल ही, आखेटक हम हैं नहीं; और सैन्यकर्मी तो हम बन नहीं सकते।"

"मैं तुम्हारी सारी बातों से सहमत हूं।" नन्द बोले, "किन्तु अपने घरों को छोड़ अपने छकड़ों के साथ एकदम नए स्थान पर जा बसना हमारे लिए सरल होगा क्या?"

उपनन्द हंस पड़े, "वस्तुतः यह प्रस्ताव रखते हुए मुझे पहले ही सोचना चाहिए था कि आपने अपने व्रज का स्थानान्तरण अपने जीवन में देखा ही नहीं है। सचमुच,

इस बार हमारा व्रज एक लम्बे समय तक एक ही स्थान पर बना रहा है। हम भूल ही गए कि हमारी परम्परा तो अपने गोधन और अपने छकड़ों के साथ चलते रहने और कहीं भी डेरा डाल अपने छकड़ों के मध्य अस्थायी रूप से टिक जाने की है। हम भवनों में कम और अपने छकड़ों में ही रहने के अभ्यस्त हुआ करते थे। किन्तु इस पीढ़ी ने वह सब कहां देखा है।"

"यही तो कह रहा हूं। अब लोगों ने अपने भवन बना लिए हैं...।"

"कौन से प्रासाद बना लिए हैं।" उपनन्द ने उनकी बात काट दी, "अरे गांव-गंवई के इन कच्चे-पक्के घरों का क्या है। सप्ताह-दो सप्ताह परिश्रम करेंगे, तो वहां भी अपने लिए घर बना लेंगे। एक स्थान से उखड़ कर दूसरे स्थान पर बसना, हमारे लिए कोई नई बात नहीं है। और वृन्दावन बहुत सुन्दर और सुविधाजनक स्थान है। गोचारण की अधिक सुविधा है। यमुना का जल अधिक सुलभ है। वन में हिंस्र पशु नहीं हैं। और एक बात भैया!..."

नन्द ने उत्सुकता से उनकी ओर देखा।

"सत्य यह है कि हम कंस की दृष्टि से कुछ ओझल भी हो जाएंगे। यहां आए दिन उसका कोई प्रतिनिधि, कोई सन्देशवाहक, कोई भेदिया आया ही रहता है। उसका कर भी दो; और उसके इन प्रतिनिधियों का सत्कार भी करो। वृन्दावन में इन सब से भी कुछ बचे ही रहेंगे।"

नन्द सुन रहे थे और विचार कर रहे थे...उपनन्द का कहना था कि वे लोग कंस की दृष्टि से ओझल हो जाएंगे और वे सोच रहे थे कि तब मथुरा और गोकुल के मध्य की यमुना भी नहीं रहेगी। वृन्दावन और मथुरा तो यमुना के एक ही तट पर हैं। हां! वे घने वन में कहीं छिप जाएं तो बात और है...

"तो तुमने सब दृष्टियों से विचार कर लिया है?"

"मैंने तो कर लिया है, अब आप अपने गोपों से पूछ लीजिए।"

"पूछना तो है ही; किन्तु मैं तो यह सोच रहा हूं कि मेरा कान्हा छकड़ों में कैसे रहेगा।" नन्द बोले, "वह बहुत छोटा था, जब एक बार एक शकट उलट गया था।..."

"स्मरण है मुझे।" उपनन्द बोले, "उसे भी हमने शकटासुर ही कहा था और

मैं आज भी मानता हूं कि वह हमारे किन्हीं शत्रुओं की ओर से किया गया षड्यन्त्र था। यह तो महाविष्णु की कृपा थी कि शकट दूसरी ओर जा गिरा। यदि कहीं वह कान्हा पर गिरा होता तो भयंकर दुर्घटना हो जाती।"

"मैं चाहे यह न मानूं कि उस नन्हे से कान्हा ने शकट को मार गिराया था; किन्तु यह तो मानता ही हूं कि उस संकट का निवारण हमने नहीं किया था; और मेरा कान्हा वैसे कितने ही संकटों में से स्वयं ही सुरक्षित निकल आया है।"

"महाविष्णु की कृपा है और क्या।" उपनन्द ने कहा, "अब आप नन्दगांव के गोपों से चर्चा कर लीजिए और मेरी मानिए तो जितनी जल्दी हो सके, यहां से निकल चलिए।"

"ठीक है। मैं चर्चा करता हूं।"

नन्द को रोहिणी और बलराम की भी चिन्ता थी। जाने देवी रोहिणी अपना गोकुल छोड़ना चाहें, न चाहें; किन्तु नन्द जानते हैं कि वे उनके ही भरोसे यहां बसने को आई थीं और अब वे उन्हें छोटे से बलराम के साथ भेड़ियों और राक्षसों से लड़ने को अकेली कैसे छोड़ जाएं...

* * *

कितना भी सामान बांध लेते किन्तु फिर भी कुछ-न-कुछ तो छूटना ही था। सबको ही लग रहा था कि उनका बहुत कुछ छूटा जा रहा है। पर अपने बच्चे सबको प्यारे थे। कौन अपनी गऊवों और उनके बछड़ों को भूखे भेड़ियों के सामने डालना चाहता था।...दोनों में से एक को चुनना अनिवार्य हो गया था...वृन्दावन में अपने बच्चों के साथ नए प्रकार का जीवन अथवा नन्दगांव में बच्चों से शून्य अपना पुराना घर?

एक प्रहर में ही छकड़े लद गए। आवश्यक वस्तुएं बटोरकर, घर ख़ाली कर दिए गए। गऊवों को आगे-आगे हांक दिया गया। उनकी रक्षा के लिए उनके आगे और दाएं-बाएं गोप युवा और किशोर अपने शस्त्रों के साथ चल रहे थे। गोपियां अपने बच्चों को संभाल कर गाड़ियों में बैठ गई थीं।...

और तब नन्द ने देखा कि कान्हा तो रूठा-सा सबसे दूर एक वृक्ष से लगा खड़ा है। कान्हा को छोड़, यशोदा गाड़ी में कैसे बैठ जातीं...

"अरे तुम कान्हा को ले कर गाड़ी में बैठती क्यों नहीं?" नन्द के स्वर में हल्की-सी खीज थी।

"कान्हा माने तब न!"

"तो क्या कहता है कान्हा?"

"वह अपने दाऊ के बिना नहीं जाएगा।"

नन्द समझ गए। वे स्वयं कान्हा के पास गए।

"कान्हा! बड़ी मां और दाऊ अपने घर पर हमारी प्रतीक्षा कर रहे होंगे पुत्र! वहां से वे लोग हमारे साथ चलेंगे।" नन्द बोले, "जल्दी कर। नहीं तो दाऊ रूठ जाएंगे।"

"और मेरी वंशी?"

"कहां है तेरी वंशी?" नन्द ने पूछा।

"घर में है, मैया ने लेने नहीं दी।"

"जा उठा ले।" नन्द बोले, "तेरी मैया तो...।"

कान्हा घर के भीतर दौड़ गया और नन्द यशोदा के पास आए, "तुम उसे उसकी वंशी क्यों नहीं लेने देतीं?"

"अरे वह बांस की पोरी। क्या-क्या ढोऊं यहां से! वहां बीसियों वंशियां बन जाएंगी वृन्दावन में।"

"बन तो जाएंगी; किन्तु बच्चे को इतनी-सी बात के लिए मना करने का क्या लाभ।" नन्द झींकते से बोले, "तुम भी बच्चे के साथ बच्चा ही बन जाती हो।"

कान्हा अपनी वंशी ले आया, पर वह मैया के साथ गाड़ी में बैठने के स्थान पर, अपने मित्रों के साथ सार्थ के आगे-आगे चलना चाहता था। यशोदा उसके लिए एकदम तैयार नहीं थीं; और कान्हा किसी की मानने वाला नहीं था। अन्ततः नन्द ने यशोदा को ही समझाया, "चलने दो। थक जाएगा तो अपने आप तुम्हारे पास आ जाएगा।"

वे लोग रोहिणी के गोकुल पर पहुंचे तो वे लोग तैयार मिले। उनके चरवाहे गऊंवों को ले कर आगे जा चुके थे और वे बलराम के साथ अपने रथ में बैठी

थीं। बहली में घर का सामान भरा था। बलराम ने कान्हा को आगे-आगे पैदल चलते देखा तो वह भी चलने को मचल गया। यह कैसे सम्भव था कि कान्हा तो छोटा होते हुए भी, सार्थ के आगे-आगे नेता-सा बना हुआ, पैदल चले और बलराम शिशुओं के समान मां की गोद में बैठा, रथ में यात्रा करे। अन्ततः बलराम रथ से उतर गया और नन्द ने यशोदा को रोहिणी के साथ रथ में बैठने को भेज दिया।

"आपका सारथि...?" नन्द ने पूछना चाहा।

"भरोसे का है।" रोहिणी ने कहा, "इसका नाम ही अश्वपति है। घोड़े उसका प्रत्येक संकेत समझते हैं। अपने कार्य में दक्ष है। कैसा भी ऊबड़-खाबड़ मार्ग हो, अधिक कष्ट नहीं होने देता।"

तब तक नन्द की स्मृति का धुंधलका छंट चुका था। उन्हें स्मरण हो आया कि उन्होंने इस व्यक्ति को कभी वसुदेव के साथ देखा था। इसका नाम वीरभद्र है; किन्तु या तो स्वयं रोहिणी ही नहीं जानतीं कि वह उनके पति द्वारा भेजा गया उनका अपना सैनिक है, या फिर वे इसे गोपनीय रखना चाहती हैं।...तो वसुदेव यहां भी यथासम्भव रोहिणी की सहायता कर रहे हैं।

वे लोग गोधूलि के भी पश्चात् वृन्दावन पहुंच पाए। थोड़ी ही देर में अन्धकार होने वाला था। उसके भी पहले ही उन्हें कुछ आवश्यक व्यवस्थाएं कर लेनी थीं।

गाड़ियों और शकटों को अर्द्धवृत्ताकार लगा दिया गया। पशुओं को जल पिला कर उस अर्द्धवृत्ताकार व्यूह की ओट में सुरक्षित कर दिया गया। खुले मैदान में भोजन पकाने की व्यवस्था की गई। नन्द महर का आदेश था कि आज प्रत्येक परिवार का पृथक् चूल्हा नहीं जलेगा। सामूहिक रूप से भोजन बने और पहले बालकों और वृद्धों को खिला दिया जाए। यात्रा से थके लोग शीघ्र ही सो जाएंगे; किन्तु रात्रि के समय सुरक्षा का भी कुछ प्रबन्ध करना ही था। प्रहरियों का काम संकट से लड़ना नहीं था। हां! किसी प्रकार का संकट हो तो वे लोगों को तत्काल जगा दें।

कान्हा इस नए स्थान पर आ कर बहुत प्रसन्न था। किन्तु उसे बंध कर मां के पास बैठना अच्छा नहीं लग रहा था। उसने बलराम की ओर देखा। बलराम ने आंखों के संकेत से समर्थन कर दिया।

"मैया! मैं नंदिनी को देख आऊं।" कान्हा उठा और चल दिया।

"अरे कान्हा! अकेला मत जा रे।" बलराम ने पुकारा, "मैया! कान्हा अकेला है।"

बलराम भी उठ कर भाग गया।

"देखी चतुराई इनकी।" रोहिणी ने मुस्कुरा कर कहा।

"अच्छा है, साथ रहें।" यशोदा ने कहा, "दीदी! एक बात तुमसे भी कहनी थी।"

"तो कह न!" रोहिणी ने कहा।

"देखो! वहां की बात और थी। वहां आपका गोकुल पहले से स्थापित था। आपकी भूमि थी। आपका गोधन था। तो आपका पृथक् रहना एक प्रकार की अनिवार्यता थी। अब यहां तो सब-कुछ नए सिरे से बनने वाला है।..." यशोदा रुक गई।

"हां! कहो न।"

"पेड़ कटेंगे। नई भूमि तैयार होगी। नए घर बनेंगे। मैं महर से कह दूंगी, हमारे घर दूर-दूर न बनें। या तो हम एक ही घर में रहें, या फिर साथ-साथ घर बनाएं, एक-दूसरे से लगे हुए। आपका साथ मिलेगा। ये दोनों भाई पास-पास रहेंगे। संग घूमेंगे, संग खेलेंगे। संग खाएंगे।"

"भला इसमें मुझे क्या आपत्ति हो सकती है।" रोहिणी ने कहा, "तुम जैसी बहन का आठों प्रहर का साथ रहेगा। देवर जी को भी मेरी सुध लेने के लिए दूर नहीं भागना पड़ेगा। गऊवें भी साथ रहेंगी। चरवाहों का कार्य भी सरल हो जाएगा।"

"चलो ठीक है।" यशोदा ने कहा, "नन्दगांव छोड़ने का एक सुख तो हुआ।"

41

कान्हा बाहर से आया था और बहुत उत्तेजित था।

"मैया! मैं कल से दाऊ के साथ खेलने नहीं जाऊंगा।"

"क्यों रे, एक ही तो दाऊ है तेरा, उससे भी रुष्ट रहता है।" यशोदा हंसीं, "क्या आज फिर दाऊ से कुछ मन-मुटाव हो गया?"

"दाऊ बहुत खिझाते हैं मुझे।" कान्हा ने उपालम्भ के स्वर में कहा, "पूछता हूं तो कुछ बताते नहीं। अपने खेल में मगन रहते हैं।"

"तो क्या हो गया? खेलने ही तो जाते हैं।" यशोदा हंसीं, "तू भी खेल में मगन हो जाया कर।"

"मैंने तो कह दिया कि मैं अपने बाबा से कह दूंगा सब-कुछ। खूब पीटेंगे तुम्हें।" कान्हा ने बताया।

"तो क्या कहा बलराम ने?" यशोदा को जैसे बालकों के झगड़े में रस आने लगा था।

"दाऊ क्या कहेंगे। बोले, 'मैं भी अपने पिताजी से कह दूंगा। वे तुम्हारे बाबा को पीटेंगे। तो मैंने उन्हें अंगूठा दिखा दिया। ठेंगा पीटेंगे। उनके पिताजी तो यहां हैं ही नहीं। मथुरा में हैं। जब तक मथुरा से यहां आएंगे, मेरे बाबा महासज कंस के पास नहीं पहुंच जाएंगे, न्याय मांगने।..."

नन्द का मन कांप कर रह गया...यह इतना-सा कान्हा क्या-क्या सीख रहा है। यह कंस से न्याय की अपेक्षा कर रहा है; और वह भी वसुदेव के विरुद्ध। इस बालक को ये सारी बातें कौन सिखाता है...पर वह भी क्या करे। वह तो यही

जानता है कि कोई अत्याचार करे तो न्याय राजा से ही मांगा जाता है। अब राजा ही न्याय करना छोड़, राक्षस हो जाए, तो इतना-सा बालक क्या करे...

"तब क्या कहा बलराम ने?" यशोदा अब भी हंस रही थीं।

"दाऊ को और कुछ नहीं सूझा तो बोले, नन्द बाबा तेरे लिए मुझे क्यों पीटेंगे। वे तो तेरे बाबा हैं ही नहीं।..."

नन्द स्तब्ध रह गए...बलराम कैसे जानता है यह सब? क्या वसुदेव ने रोहिणी को बता दिया और रोहिणी से बलराम को ज्ञात हो गया?...

"क्यों, वे तेरे बाबा क्यों नहीं हैं?" यशोदा अब भी हंस रही थीं; और नन्द की चिन्ता बढ़ती जा रही थी...यह कैसी बात हो रही है बालकों में...नन्द कान्हा के बाबा नहीं हैं। कहीं ऐसा तो नहीं कि नन्दगांव में इस प्रकार की चर्चा हो कि कान्हा, नन्द का पुत्र नहीं है?...

"दाऊ कहते हैं, तू तो नन्द बाबा और यशोदा मैया का पुत्र हो ही नहीं सकता। नन्द बाबा ऐसे गोरे हैं, यशोदा मैया भी कितनी गोरी-चिट्टी हैं। मैया तेरी जननी होतीं तो तू ऐसा काला कैसे होता?..."

नन्द का ध्यान आज तक नहीं गया था इस ओर। कृष्ण के रूप को उन्होंने इस दृष्टि से तो कभी देखा ही नहीं था। चलो अच्छा है। बात बालकों की कल्पना तक ही है। वसुदेव तो नन्द से भी अधिक गोरे हैं। देवकी यशोदा से कहीं अधिक गौरवर्णा हैं। कान्हा काला है तो कोई सन्देह नहीं करेगा कि वह वसुदेव-देवकी का पुत्र है। विधाता ने कहीं कान्हा की रक्षा के लिए ही तो, उसका यह वर्ण, उसका कवच बना कर नहीं भेजा। कंस को कहा भी जाए कि कृष्ण देवकीनन्दन है तो उसे विश्वास नहीं होगा। माखन सदृश्य गौरवर्णा महादेवी देवकी का ऐसा काला पुत्र कैसे हो सकता है? अच्छा है, कृष्ण बाहर धूप में अधिक से अधिक खेले। कुछ बड़ा हो कर गोधन के साथ वन में जाए। धूप में तपे, बरखा में भीगे। और काला हो जाए उसका वर्ण। वह देवकी भाभी से जितना भिन्न दिखाई दे, उतना ही अच्छा...उतना ही सुरक्षित...

उनका ध्यान फिर यशोदा की ओर चला गया...वे अब भी कान्हा से पूछ रही थीं, "तूने दाऊ से पूछा नहीं कि मैया मेरी जननी नहीं है तो मैं मैया को मिल कहां से गया? कान्हा किसी वृक्ष पर तो फला नहीं होगा कि मैया तोड़ लाई।"

नन्द को लगा कि कोई उनके कलेजे को गीले कपड़े के समान निचोड़ रहा है।...कहां से मिल गया यशोदा को कान्हा? कहां से??

"दाऊ कहते हैं, मैया ने तुझे जन्म नहीं दिया, हाट से मोल लिया है।" कृष्ण ने कहा, "मैया! क्या सचमुच हाट में बालक मिलते हैं? कोई मोल सकता है उनको?"

नन्द का ध्यान उनकी बातों से उचट गया...यशोदा ने कान्हा को जन्म नहीं दिया...यशोदा ने कान्हा को जन्म नहीं दिया...बलराम अपने भोलेपन में ऐसी बातें कह रहा है। यशोदा सुन रही है और हंस रही है।...कल जब उसे ज्ञात होगा कि उसने सचमुच ही कान्हा को जन्म नहीं दिया है तो क्या करेगी वह?...नन्द को बहुत चिन्ता है।...चिन्ता ही चिन्ता तो है...कभी कान्हा की और कभी यशोदा की। ...वे दोनों ही वह नहीं जानते, जो नन्द जानते हैं।...कितना अच्छा होता, यदि नन्द भी न जानते। वे भी उन लोगों के समान ही निश्चिन्त हो कर उनकी इस क्रीड़ा में सम्मिलित हो सकते...नन्द का ज्ञान, कैसा बोझ था उनके वक्ष पर...

"मैया तू भी तो मुझे ही मारना जानती है।" अब कान्हा बलराम के विरुद्ध नहीं, यशोदा के विरुद्ध अपना रोष व्यक्त कर रहा था, "दाऊ को बुला कर उसपर क्यों नहीं खीजती? क्यों नहीं ताड़ना करती उनकी?" कृष्ण का स्वर एकदम रुआंसा हो गया था।

नन्द देख रहे थे, यशोदा न कान्हा के दुःख से पीड़ित थी, न उसके रोष से क्रुद्ध। वह तो अपने पुत्र के इस भोलेपन पर ऐसी मुग्ध थी कि जैसे आनन्द-सागर में बह रही हों।...

"मैया! ओ मेरी मैया!" कान्हा ने क्रोध में यशोदा का पल्लू पकड़ कर खींचा, और यशोदा ने अपना हाथ बढ़ा कर, कान्हा को खींच कर, अपने वक्ष से लगा लिया। लगता था, उसको तीनों लोकों का राज्य मिल गया था...

* * *

"सुना है कि कान्हा आजकल अपने दाऊ से बहुत रुष्ट है।" रोहिणी हंस रही थीं।

आज आकाश पर कुछ बदली आई थी, दो चार बूंदें भी पड़ी थीं। बलराम तो प्रातः से ही गैया चराने के बहाने कान्हा को ले कर घर से निकल आया था। रोहिणी,

यशोदा के पास आ बैठी थीं। वे देखना चाहती थीं कि बलराम दिन-भर करता क्या है।

"बालक हैं। कुछ न कुछ करते ही रहते हैं।" यशोदा ने कहा, "परिवाद भी करता है और दाऊ के बिना रहा भी नहीं जाता है। दाऊ के समान लम्बा-ऊंचा भी होना है। दाऊ के समान बलवान भी होना है। दाऊ के साथ गैया चराने भी जाना है।..."

"मैं भी कहूं कि बलराम को वन जाने, गैया चराने, गलियों के चक्कर काटने में इतनी रुचि क्यों है?" रोहिणी बोलीं, "तो पता चला कि वहां कान्हा होगा। बित्ते-भर का कान्हा गाय चराएगा तो ताड़ जैसा बलराम पीछे कैसे रह सकता है। कान्हा को माखन चोरी करना है। उसका हाथ ऊंचाई तक नहीं पहुंचता, तो दाऊ उसकी सहायता करेंगे। आवश्यकता पड़ेगी तो कन्धे पर उठा लेंगे। स्वयं खिड़की पर चढ़ जाएंगे और उसका हाथ पकड़ कर उसे भी खींच लेंगे। दाऊ को अच्छा नहीं लगता कि नन्हा-सा कान्हा तो सब-कुछ कर ले और बड़के भैया कुछ भी न कर पाएं। ...ईर्ष्या होने लगती है उसे।"

"अच्छा है दीदी! कि ईर्ष्या होती है। इसी बहाने साथ तो रहते हैं।" यशोदा ने कहा, "बलराम साथ रहते हैं तो मुझे कान्हा की चिन्ता नहीं करनी पड़ती।"

रोहिणी कुछ गम्भीर हो गईं, "तुम्हें कान्हा की सुरक्षा की बहुत चिन्ता रहती है?"

"बालकों की किसे चिन्ता नहीं होती; पर आजकल नन्द महर बहुत ही उद्विग्न रहते हैं, कान्हा की रक्षा को ले कर। जाने क्या बात है। उनका वश चले तो कान्हा के साथ अंगरक्षकों की नियुक्ति कर दें।" यशोदा बोलीं, "किसी भी बात पर रुष्ट हो जाते हैं – कान्हा को अकेला क्यों छोड़ा? उसे वन की ओर क्यों जाने दिया? उसे वृक्ष पर क्यों चढ़ने दिया, उसे पोखर में क्यों घुसने दिया।..."

"उनकी चिन्ता ठीक ही है।" रोहिणी बोलीं, "जब तक कंस जीवित है और राजा बना बैठा है, तब तक न तो आर्य वसुदेव सुरक्षित हैं, न उनकी पत्नियां, न उनकी सन्तानें और न उनके मित्र तथा उनके परिवार।"

"पर हमसे उसकी क्या शत्रुता है।" यशोदा बोलीं, "हम अपने ब्रजों में अपनी

गऊवों के साथ रहते हैं। पशुपालन करते हैं। दूध, दही और माखन का व्यापार करते हैं। किसी से कुछ लेना नहीं, देना नहीं। समय से राजा का कर देते हैं।"

"किसी से लेना-देना क्यों नहीं।" रोहिणी ने कहा, "तुम्हारा सबसे बड़ा अपराध तो यह है कि तुम लोगों ने – देवर और तुमने – आर्य वसुदेव की पत्नी और पुत्र को सहारा दे रखा है। तुम लोग हमारी सहायता न करते तो क्या मैं यहां – परिवार और बलराम के पिता की सहायता के बिना, अकेली रह कर बलराम का पालन-पोषण कर लेती।"

"हमारा क्या सहारा दीदी!" यशोदा हंसीं, "आप अपने घर में रहती हैं। अपनी गऊवें पालती हैं। हम आपके लिए करते ही क्या हैं?"

"तुम बहुत भोली हो यशोदा! तुम नहीं जानतीं कि तुम लोग मेरा और मेरे पुत्र का कवच हो। अपने इस सारे क्षेत्र में देवर ने जिस प्रकार प्रजा को जागरूक कर रखा है, वह अद्‌भुत है। ये पग-पग पर अखाड़े अकारण ही तो नहीं हैं। सारे गोप लाठियां और शूल भांजते फिरते हैं – उनका भी तो कोई लक्ष्य होगा। उनका कोई प्रभाव भी होगा। आख़िर कंस के सैनिक यहां आ कर प्रतिदिन उत्पात् क्यों नहीं करते?" रोहिणी चिन्तित हो उठीं, "देवर ठीक ही कहते हैं। तुम्हें अपने लिए न सही, कान्हा के लिए बहुत सतर्क रहना चाहिए। यहां आए दिन निर्दोष-सा दीखने वाला कोई न कोई उत्पात् होता रहता है। कौन जानता है कि उन सबमें कितना हाथ कंस का, अथवा हमारे अन्य शत्रुओं का है।"

"किन्तु नन्द महर तो लड़ने-भिड़ने वाले व्यक्ति नहीं हैं। गोप-जीवन जीते हैं।" यशोदा ने कहा, "मैंने तो आज तक उन्हें कोई शस्त्र हाथ में लेते हुए भी नहीं देखा है।"

"पशु-पालक का जीवन जीते हैं; किन्तु संस्कार तो यादव क्षत्रियों के ही हैं न! और फिर सेनापति तो निःशस्त्र ही होते हैं।" रोहिणी बोलीं, "उनका महत्त्व यही है कि वे योद्धाओं की प्रेरणा होते हैं। उनके एक संकेत पर बड़ी-बड़ी सेनाएं तैयार हो जाती हैं।"

रोहिणी समझ रही थीं कि यशोदा की रुचि इन सब बातों में नहीं थी। वह तो सात्त्विक, निश्छल और निर्मल मन की सरल गोपी थी। अपने पति, पुत्र और गोधन के संसार में परम प्रसन्न थी। उसका यह सुखी संसार ही उसके लिए पर्याप्त

था। यही उसका स्वर्ग था...राज्य और राज्याकांक्षा का उसके जीवन में कहीं कोई स्थान नहीं था।

"आज दोनों राजकुमार कहां गए हैं?"

"कन्दुक-क्रीड़ा के लिए गए थे। यमुना-तट पर कहीं खेल रहे होंगे।..."

कपाट भड़भड़ाए और उनके बीच में से पद्मा आंगन में आ गिरी। ऐसा लगा कि जैसे वह अन्धड़ का कोई अत्यन्त प्रबल झोंका हो, जो रुद्ध कपाटों की शक्ति को पराजित कर आंगन में आ गया हो।

"क्या हो गया री तुझे?"

"नन्दरानी! नन्दरानी! वह कान्हा!"

"क्या हुआ री मेरे कान्हा को?" यशोदा का हृदय धक्-सा रह गया।

कुछ क्षणों तक तो पद्मा कुछ बोल भी नहीं सकी। अपने वक्ष पर हाथ रखे, अपने श्वास को संयत करने का प्रयत्न करती रही। उसका श्वास था कि रुक नहीं रहा था और यशोदा का श्वास था कि चल नहीं रहा था।...

अन्ततः पद्मा बोली, "सारे बालक कन्दुक से खेल रहे थे कि कन्दुक कालिय-दह में जा पड़ा। शेष बालक तो भागि आए; किन्तु कान्हा कन्दुक लाने के लिए दह में कूद पड़ा।..."

"हाय! मेरी दैया!" यशोदा ने अपनी छाती पीट ली।

42

मथुरा में वसुदेव के भवन के द्वार पर एक औघड़ साधु आ कर खड़ा हो गया।

पहले के समान अब न वहां द्वारपाल थे, न दंडधर, न आरक्षी, न किसी और प्रकार के सेवक। एक वासना ही थी, जो सारे घर पर अपनी दृष्टि गड़ाए रहती थी। वसुदेव और देवकी चाहें, न चाहें, वह उनके आस-पास बनी रहती थी। सन्ध्या समय उसे कंस को सारा विवरण जो देना था।

वही लपक कर आई, "क्या चाहिए बाबा?"

"साधु को क्या चाहिए।" साधु ने आकाश की ओर देखा, "पर माई तूने पूछा ही है तो तेरी उपेक्षा तो नहीं कर सकता न! चल, मैं भी पूछता हूं, जो मांगूंगा देगी?"

वासना चुप रही, जाने साधु क्या मांग बैठे।

"नहीं बोलती।" साधु बोला, "तो पूछती क्यों है कि क्या चाहिए। ला, दे समाधि दे। ला, प्रभु के दर्शन करा दे। चल, थोड़ी-सी वर्षा कर दे। बहुत उमस हो रही है मां! खेतों में हरियाली आएगी तो कृषकों के बच्चे तेरे गुण गाएंगे।"

"कुछ भोजन, कोई वस्त्र चाहिए तो बोलो बाबा!" अन्ततः वासना बोली, "यह जो कुछ तुम मांग रहे हो, यह सब मेरे वश का नहीं है। कोई छोटा-सा काम बोलो।"

"छोटा काम! तो फिर धरती में से घास बन कर उग आ। गौएं खाएंगी, तेरा यश गाएंगी। जल बन कर यमुना में बह जा..."

"यह कोई छोटा काम है।" वासना बोली, "वह बोलो, जो मेरे वश का हो।"

"वश का नहीं है, तो पूछती क्यों है?" औघड़ बिगड़ गया, "पूछती तो ऐसे है, जैसे प्रभु की योगमाया हो। जो चाहिए, क्षण-भर में प्रस्तुत कर देगी।"

"भूल हुई बाबा! यह जान लो कि मैं तो इस घर की एक साधारण दासी हूं।" वासना ने कहा।

"तो जा अपने स्वामी को बुला ला।"

"बाबा! मैं कहूं कि तुम अपने स्वामी को बुला लाओ, तो बुला लाओगे?"

"अब समझी तू।" औघड़ ज़ोर से हंसा, "बुलाने को तो मैं अपने स्वामी को बुला लाऊं, किन्तु तेरा उससे कोई काम नहीं है।...किन्तु मेरा काम शायद तेरा स्वामी कर दे। जा बुला ला, कहना प्रभु का एक दास आया है।"

वासना के मस्तिष्क में कोई तार झनझनायाः कहीं इस व्यक्ति का नाम 'प्रभुदास' तो नहीं? यह बनावटी साधु तो नहीं, जो इतनी ऊंची हांक रहा है? वसुदेव का कोई सहयोगी इस रूप में भी तो आ सकता है।...

किन्तु सूचना तो देनी ही थी। उसने जा कर वसुदेव को बताया, "कोई साधु आया है। कहता है कि अपने स्वामी से कह कि प्रभु का एक दास आया है।"

"साधु-संन्यासी भिक्षा लेने आते हैं, वे मुझसे भेंट-वार्ता करने नहीं आते। जा, जो कुछ मांगता है, घर में हो तो दे दे।"

"मांगता है समाधि! प्रभु के दर्शन! थोड़ी-सी वर्षा।" वासना बोली, "कभी कहता है, उग सकूं तो दूब बन कर धरती से उग आऊं। मैं यह सब तो नहीं कर सकती आर्य!"

वसुदेव के मन में भी कोई तार झनझनाया : सम्भव है, यह भिक्षुक न हो, कोई और हो। इन वाक्यों से कोई संकेत दे रहा हो।

वे बाहर आए।

साधु ने उन्हें देखते ही आकाश की ओर हाथ उठा दिए, "हां! सात्त्विक पुरुष लगते हो। प्रभु ने बड़ी कृपा की। उचित द्वार पर ला खड़ा कर दिया।"

वसुदेव को स्वर में हल्की-सी पहचान सुनाई दी। किन्तु निकट ही वासना खड़ी थी। उनका सावधान रहना आवश्यक था।

"बोलो बाबा! क्या सेवा करूं।" वसुदेव बोले, "वैसे तुम जानते ही होगे कि यह अभागे वसुदेव का आवास है। आजकल मेरा परिवार राजकोप से ग्रस्त है। इसीलिए वसुदेव के द्वार पर अब कोई नहीं आता। भिक्षुक तो दूर, गली का कोई कुत्ता भी इधर नहीं झांकता। राजा के शत्रु के घर आने का संकट कोई क्यों मोल ले। एक यह परिचारिका है हमारी – पूजा। जाने हमारे किस जन्म की सम्बन्धी है कि राजा के क्रोध का भय नहीं मानती और हमारी सेवा करती है। प्रभु इसका मंगल करें।"

"यह पूजा के रूप में वासना है।..."

वासना का हृदय धसक गया : यह साधु अन्तर्यामी है अथवा उसी के समान कोई गुप्तचर है...वह उसका रहस्य जानता है।...

साधु बोला, "पिछले अनेक जन्मों की संचित वासना है यह! तुम्हारी सेवा का पुण्य प्राप्त कर, यह मोक्ष प्राप्त करेगी। राजा इसका वध भी कर देगा तो यह सीधी स्वर्ग में जाएगी। पुण्य-स्वरूपा तुम्हारे घर में बैठी है।...तो बाबा! साधु भूखा है। भोजन कराओगे?"

सहसा वसुदेव के मस्तिष्क में प्रकाश हो गया : अरे यह तो वीरभद्र है। कैसा वेश धर कर आया है कि वे इतनी देर तक पहचान ही नहीं सके।

"जैसा रूखा-सूखा उपलब्ध है, उसे ग्रहण करें।" वसुदेव बोले, "भीतर पधारें महाराज!"

"जल्दी न मचा साधक!" साधु बोला, "द्वार बहुत हैं और लोगों के पास भोजन की भी कमी नहीं है; किन्तु प्रभु के इस दास ने संकल्प किया है कि उसी अन्न को ग्रहण करेगा, जिसे गृहस्वामिनी अपने पवित्र हाथों से पकाएगी और गृहस्वामी एकान्त में बैठा, अपने हाथों से परोसेगा।..."

वसुदेव तत्काल समझ गए। यह सारा नाटक इसीलिए था कि वह उनसे एकान्त में मिल सके और चर्चा कर सके। सम्भव है कोई महत्त्वपूर्ण समाचार लाया हो।

"पधारिए महाराज! मुझे सब स्वीकार है।"

"और देख पुत्री!" साधु ने वासना से कहा, "तेरे कपाल की रेखाएं कह रही हैं कि बहुत उत्सुक प्राणी है तू। यदि जानने की इतनी वासना तुझमें न होती, तो

शायद यह जन्म ही न लेना पड़ता। मुक्त हो गई होती तू। ज्ञान की पिपासा है तो ईश्वर को जान। ब्रह्मज्ञान प्राप्त कर पुत्री! सांसारिक जिज्ञासा में कुछ नहीं रखा। यह तो पाप की बेगार कराती है।...जा, स्वामिनी की सहायता अवश्य कर; किन्तु मेरे भोजन को हाथ मत लगाना, अन्यथा अगले जन्म में छछून्दर बन कर आएगी संसार में तू।..."

वासना डर गई। इस चाकरी में पाप की बेगार ही तो कर रही है। कंस की सेवा और वसुदेव की शत्रुता। अभी तक तो वसुदेव उसके द्वारा सुनाई गई कहानी पर विश्वास कर रहे हैं। उसे एक साधारण परिचारिका ही मानते हैं। जिस दिन जान जाएंगे कि वह कंस की गुप्तचर है, कितनी चोट पहुंचेगी उनको कि जिसको पुत्री के समान प्रेम किया, वह विश्वासघातिनी निकली।

* * *

देवकी ने भोजन तैयार कर लिया था।

एक समय था जब देवकी अपने मन से कभी रसोई में कोई काम करना चाहतीं तो दसियों दासियां उनकी सहायता के लिए नियुक्त होती थीं। काम तो दासियां ही करतीं, किन्तु निर्देशन-नियन्त्रण उनका होता था।...अब उन्हें स्वयं ही काम करने का कुछ-कुछ अभ्यास हो गया था। प्रायः सोचा करती थीं कि भगवती सीता भी तो जब वन में थीं तो सारी रसोई स्वयं ही संभाला करती थीं। किसी भी व्यक्ति के जीवन में परीक्षा के दिन आते हैं। वे भी जब से विवाह हुआ था किसी न किसी प्रकार की परीक्षा ही दे रही थीं। जाने विधाता ने उनके लिए क्या सोच रखा है। पर जिन कारणों से भी उन्हें रसोई संभालनी पड़ी हो, उन्हें इसका एक लाभ तो होगा ही। जब कभी उनके पुत्र – बलराम और कृष्ण – उनके पास आएंगे, वे अपने हाथों से भोजन बना कर उन्हें सामने बैठा कर खिलाएंगी।...

आज वीरभद्र के बहाने ही सही, उन्हें भोजन तैयार करना पड़ा था। वे जानती थीं, अवसर मिलते ही वसुदेव कहेंगे कि वे उस वासना के हाथों को भोजन कर ऊब चुके थे। अच्छा हुआ कि एक संन्यासी ने आ कर देवकी को भोजन बनाने को बाध्य किया और उन्हें भी देवकी के हाथ का बना हुआ स्वादिष्ट भोजन उपलब्ध करा दिया।

पूर्ण एकान्त था। वासना को बाहर भेज दिया गया था कि वह किसी को भी भीतर न आने दे। यहां तक कि आर्य देवक भी आएं तो उन्हें किसी दूर के कक्ष में बैठा दे और तब तक इधर न आने दे, जब तक संन्यासी का भोजन पूरा न हो जाए।

वसुदेव झरोखे से देख सकते थे कि वासना बाहर, वहां बैठी है। उसके अपने स्थान से हिलते ही वसुदेव को पता चल जाता; और वे सावधान हो जाते। वे लोग समझ रहे थे कि वासना को यह व्यवस्था तनिक भी नहीं भा रही थी; किन्तु वह कर क्या सकती थी।

वासना अपने स्थान पर बैठी कुढ़ रही थी। उसके मन में पहला भाव तो यही आया था कि वह कंस से परिवाद करेगी कि वसुदेव ने एक अपरिचित व्यक्ति से मिलने के समय उसे दूर बैठा दिया था और वह कुछ भी सुन नहीं पाई थी। इसका स्पष्ट अर्थ था कि वसुदेव उससे किसी प्रकार की गोपनीय चर्चा कर रहे थे; और वह गोपनीय चर्चा कंस के विरुद्ध षड्यन्त्र के सिवाय और क्या हो सकती थी। इस प्रकार वह वसुदेव को कोई कठिन दंड दिलवा पाएगी; और कदाचित् उसे कंस से किसी प्रकार का कोई पुरस्कार भी प्राप्त हो जाए।

किन्तु अगले ही क्षण उसने अपनी योजना बदल दी। वस्तुतः अपनी इस योजना से वह स्वयं ही डर गई थी।...कंस यह सुनेगा कि कोई अपरिचित व्यक्ति वसुदेव से मिलने आया था और उन दोनों का संवाद वासना सुन नहीं पाई तो वह प्रसन्न नहीं होगा। वह उसे वासना की अयोग्यता ही मानेगा। उसके लिए वसुदेव नहीं वासना ही दंडित होगी...

दंड!...वासना भयभीत थी...किसी युवती नारी को जब दंड देना हो और वह भी गोपनीय ढंग से; तो कंस के पास उसका एक ही माध्यम था। वह उस युवती को अपनी शैया पर घसीट लेता था।...वह उसे 'शैया-दंड' कहता था। मदिरा में धुत्त कंस की किसी युवा नारी शरीर से हिंस्र और क्रूर क्रीड़ा, कशा-दंड से भी अधिक भयंकर होती थी। कशा का घाव तो फिर समय के साथ धूमिल हो कर मिट जाता था; किन्तु कंस की 'शैया-क्रीड़ा' का घाव आजीवन नहीं भरता था।...और कहीं वह अधिक रुष्ट हो गया तो वह अपनी क्रीड़ा के पश्चात् उस युवती को मुष्टिक, चाणूर, तोषल या वैसे ही किसी मल्ल की शैया पर फेंक देता था।...फिर वह युवती किसी और के तो क्या, अपने भी किसी काम की नहीं रहती थी।

वासना ने सुना था कि कभी-कभी कंस किसी स्त्री को पुरस्कृत करने के लिए उसे राजा के साथ शयन का 'सौभाग्य' प्रदान करता था...

वासना ने वितृष्णा से अपनी आंखें बन्द कर लीं।

* * *

"बोलो वीरभद्र! क्या समाचार लाए हो।"

"तो आपने पहचान ही लिया।" वीरभद्र मुस्कुराया, "हम दोनों की परीक्षा हो गई। आपकी दृष्टि समर्थ है; और मेरी वेश-परिवर्तन कला अभी इतनी सधी हुई नहीं है।..."

"क्या समाचार है?" वसुदेव की इन बातों में कोई रुचि नहीं थी।

"स्वामी! बलराम और देवी रोहिणी सकुशल हैं। किन्तु पता नहीं क्यों कंस, नन्द के पुत्र कान्हा से प्रसन्न नहीं दीखता। कंस नहीं चाहता कि कान्हा स्वस्थ और शक्तिशाली बने। वह उसके विरुद्ध कुछ न कुछ तो करता ही रहता है। आपने शकट, पूतना, तृणावर्त इत्यादि की घटनाएं सुन ही ली होंगी। किन्तु अब एक नई बात हुई है।"

"क्या है वह?" देवकी भी पूर्ण तन्मयता से सब-कुछ सुन रही थीं।

"बालक क्रीड़ा के लिए जाते तो प्रतिदिन ही हैं; किन्तु इधर ताप और उमस के कारण वे कन्दुक-क्रीड़ा के लिए यमुना-तट पर चले गए।

* * *

मनसुखा ने कन्दुक पकड़ लिया।

"अरे क्या हुआ?" सबने एक साथ ही पूछा।

"कान्हा! मां ने कहा था कि कालिय-दह के निकट मत जाना।" मनसुखा ने कहा।

"तो मत जा न!" कान्हा ने कहा, "कन्दुक क्यों पकड़ लिया?"

"हम कालिय-दह के निकट ही तो खेल रहे हैं।" मनसुखा बोला, "कालिय नाग

किसी समय भी दह से निकल कर आ सकता है। वह न भी आए। हमारा कन्दुक ही दह में जा सकता है।"

"अरे तू कन्दुक तो फ़ेंक भाई! यह तो हर समय अपनी आशंकाओं से ही पीड़ित रहता है।"

"जाने तुम लोग इस प्रकार हठ क्यों करते हो।" मनसुखा चिढ़ कर बोला, "और कोई स्थान नहीं है क्या खेलने को। कालियदह के तट पर ही खेलना क्यों आवश्यक है?"

"तुम इतने उद्विग्न क्यों हो मनसुखा?"

"कन्दुक की ओर तो मेरा ध्यान ही नहीं जाता। मुझे तो केवल यही ध्यान आता रहता है कि हमसे थोड़ी ही दूर, उस जल के भीतर एक भयंकर नाग रहता है, जो किसी भी क्षण बाहर आ सकता है।"

"अरे तो हमारे समाज में नाग वह अकेला ही है क्या? और भी तो हैं, जो निरन्तर दूसरों को दंश करते रहते हैं। समाज में विष फैलाते रहते हैं।"

"हमें उनसे दूर ही रहना चाहिए न!" मनसुखा ने अपनी मां के शब्द दुहरा दिए।

"उनसे भयभीत हो कर दूर भागते रहना चाहिए? उनका सामना नहीं करना चाहिए?"

"अरे वह नाग है। सारा दह उसके विष से विषैला हो गया है। कोई उस जल को पिए तो ही मर जाए।"

"तुम उससे दूर भाग जाओगे तो दह का जल अमृत में नहीं बदल जाएगा, दह के तट की धरती भी विषैली हो जाएगी।"

"तुम यह क्यों नहीं कहते कान्हा! कि तुम कालिय को मार देना चाहते हो, इसीलिए जानबूझ कर यहां खेल रहे हो?" मधुमंगल ने कहा।

"अरे वह तो निर्बुद्धि जीव है। उसे क्या पता है कि उसके काटने से किसी को क्या हो जाता है, पर हम तो मनुष्य हैं। हमें ही कुछ समझदारी से काम करना चाहिए। हम क्यों उसके निकट जाते हैं?"

"बोलो कान्हा! दो उत्तर।"

"हमारा झगड़ा कराना चाहते हो?" कान्हा हंसा, "देखो अग्निदत्त! हम मनुष्य हैं, इसीलिए विधाता के सारे जीवों के साथ शान्ति से रहते हैं। वैसे भी हम गोपाल हैं। क्या हमने गऊ से कभी शत्रुता की? वह हमारी देखभाल करती है, हम उसकी देखभाल करते हैं। हम अश्वों के भी मित्र हैं। कुकुर भी हमारे समाज का अंग बन कर ही रहते हैं। हमारे पास कितने ही पक्षी भी हैं।"

"तो फिर हम नागों के ही शत्रु क्यों हैं?"

"हम तो कालिय-नाग को भी कुछ नहीं कह रहे। कन्दुक जा कर दह में गिर जाएगा तो हम कन्दुक को निकाल लाएंगे। दह तो सबका है। वह उस पर अपना एकाधिकार क्यों समझता है। जो सार्वजनिक सम्पत्ति को हड़पेगा, वह समाज का मित्र कैसे हो सकता है।"

सिर पर मटकी लिये हुए पद्मा उधर से आ निकली।

"अरे तुम लोग फिर कालियदह के निकट आ गए। नन्द राय से कह दूंगी। कान्हा तू ही इन सबको ले आया होगा।"

"आजकल सारी गोपियां स्वयं को कान्हा की मैया ही समझती हैं। सबको अधिकार मिल गया है उसे धमकाने का।" श्रीदामा ने कहा।

"इसे तो मैं अभी ठीक करता हूं।" मनसुखा ने कहा।

मनसुखा ने उसकी मटकी का निशाना लगा कर कन्दुक मारा। तब तक वह दो पग बढ़ा चुकी थी। लक्ष्य ठीक नहीं बैठा और कन्दुक जा कर दह में गिर गया।

सब स्तब्ध खड़े रह गए।

"जा कर बताती हूं मैं तेरी मैया को मनसुखा! कि तूने जानबूझ कर कन्दुक दह में फेंका है।" पद्मा अधिकारपूर्वक बोली, "चल कान्हा! तू मेरे साथ घर चल।"

इससे पहले कि पद्मा उसे पकड़ ले, कान्हा भाग कर दह के तट पर उगे हुए कदम्ब के वृक्ष पर चढ़ गया।

पद्मा चिल्लाई, "अरे तू क्या कर रहा है कान्हा?"

कान्हा ने उसकी बात का कोई उत्तर नहीं दिया और कदम्ब से दह में कूद पड़ा।

पद्मा दहल गई : यह क्या किया कान्हा ने!

ग्वालबाल जड़ काठ के समान खड़े रह गए।

पर पद्मा को जैसे कोई दौरा पड़ गया, "अरे दौड़ो। जा कर नन्द राय को सूचना दो। यशोदा को बताओ कोई जा कर कि कान्हा कालिय-दह में कूद गया है।"

पद्मा की जिह्वा ही नहीं, उसके पग भी चल पड़े। वह ग्राम की ओर भागी। ग्वालबाल भी बिना किसी योजना के चारों दिशाओं में सहायता की खोज में भाग गए।

* * *

देवकी ने जैसे अपने हाथों से अपना कलेजा थाम रखा था, "फिर क्या हुआ?"

"होना क्या था। नन्द, यशोदा, गोप और गोपियां भागते हुए आए। सब लोगों ने चिल्ला-चिल्ला कर कान्हा को पुकारा।...कान्हा कहीं भी दिखाई नहीं दे रहा था। कालियदह में एक प्रकार का सन्नाटा था; और तट के वृक्ष स्तब्ध खड़े थे। यशोदा सब से आगे भागती हुई आई थीं। वे कान्हा को पुकार कम रही थीं, रुदन अधिक कर रही थीं।...और नन्द यशोदा को पुकार रहे थे। किन्तु वे सबसे आगे थीं और दह के निकट थीं। तभी पीछे से नन्द ने आ कर उन्हें पकड़ लिया, नहीं तो वे दह में कूदने को पूरी तरह प्रस्तुत थीं।

यशोदा छूटने के लिए हाथ-पैर मार रही थीं।

"छोड़ो मुझे। मैं तुम लोगों के समान पाषाण-हृदया नहीं हूं। मैं स्वयं लड़ लूंगी कालिय से। वह नाग ही तो है, कोई यमराज तो नहीं है।"

नन्द समझा रहे थे, "कुछ तो धीरज रख यशोदा! हम अभी कुछ न कुछ प्रबन्ध करते हैं।"

यशोदा लड़ पड़ीं, "क्या प्रबन्ध करोगे? तट पर खड़े देखते रहोगे और निःश्वास छोड़ते रहोगे। छोड़ो मुझे। मुझे कान्हा के बिना नहीं जीना है।"

यशोदा ने झटके से अपनी बांह छुड़ा ली। नन्द ने लपक कर उन्हें पुनः पकड़ लिया। उनकी इस छीन-झपट के बीच ही कान्हा दह में से प्रकट हो गया। वह

कूद कर तट पर आ गया। उसके हाथ में कन्दुक था। यशोदा नन्द को झटक कर कान्हा के पास पहुंचीं, "कहां गया था तू?"

कान्हा ने अबोध बालक के समान हाथ बढ़ा कर कन्दुक दिखा दिया, "अपना कन्दुक लेने मैया! कन्दुक नहीं मिलता तो तुम मुझे दंडित करती न! इस बार ऊखल से नहीं बांधतीं, किसी वृक्ष से बांध देतीं।"

यशोदा हंस नहीं पाईं, "और कोई नहीं था कन्दुक लाने वाला। सब जगह तुझे ही जाना होता है?"

कान्हा हंसा, "श्रेष्ठ पुरुष जो-जो करता है, सामान्य जन भी वैसा ही करते हैं; जो कुछ वह प्रमाणित करता है, साधारण जन उसी का अनुसरण करते हैं। ...तो फिर मैं अपने मित्रों को कायरता का पाठ कैसे पढ़ा सकता था? मैं पाप से लड़ूंगा, तो ही तो वे भी लड़ पाएंगे।"

"तू पाप से लड़ने आया था या कन्दुक खेलने?" यशोदा अपने असहाय क्रोध से मुक्त नहीं हो पा रही थीं।

"पाप से लड़ना ही तो मेरी कन्दुक-क्रीड़ा है मैया।" कान्हा मुस्कुराता जा रहा था।

* * *

वसुदेव देख रहे थे कि वीरभद्र के इस सारे वर्णन को सुन कर देवकी उद्विग्न होती जा रही थीं। अभी तक तो वे सन्तुलित थीं; किन्तु सम्भव था कि वे स्वयं को संभाल न पाएं और कुछ ऐसा कह दें, जो वीरभद्र के सम्मुख कहना उचित न हो।

"कोई और समाचार भी है वीरभद्र!" वसुदेव ने विषय बदल दिया।

"और सब सामान्य ही है। देवी रोहिणी और बलराम भैया सानन्द हैं। एक बात और है...।" वीरभद्र ने कहा, "सारे व्रज-क्षेत्र में गोपाल लोग अखाड़ों की मिट्टी में श्रम कर अपना स्वेद बहा रहे हैं। लाठी और शूल इत्यादि का उनका अच्छा अभ्यास है। कहीं-कहीं खड्ग-परिचालन का भी प्रशिक्षण चल रहा है। नन्द इस सन्दर्भ में बहुत जागरूक व्यक्ति हैं। अब जिस क्षण हम चाहेंगे, थोड़े से श्रम से उन्हें अच्छी प्रशिक्षित सेना में परिणत कर सकते हैं।"

"क्या इसी कारण से कंस वहां खुला आक्रमण नहीं करना चाहता?"

"बहुत सम्भव है कि कुछ ऐसा ही हो।" वीरभद्र बोला, "वह उन गोपों से खुली शत्रुता मोल लेना नहीं चाहता। नहीं तो उस सारे क्षेत्र में धरती से उगने वाली दूब भी उसकी शत्रु हो जाएगी।"

"अच्छा है कि नन्द की ऐसी तैयारी है।" वसुदेव किसी गहरी चिन्ता में थे, "देखना है कि संघर्ष के लिए कौन-सा क्षण उपयुक्त है।"

"अच्छा! चलता हूं स्वामी!" वीरभद्र ने अपनी पोटली इत्यादि समेट ली।

"ठीक है। इसी प्रकार समाचार देते रहना।...किन्तु चलते हुए हम दोनों को आशीर्वाद देना न भूलना।..."

वीरभद्र ने चकित भाव से उनकी ओर देखा।

"वह पूजा अर्थात् वासना गिद्ध-दृष्टि से इधर ही देख रही है।" वे बोले, "यदि हमने तुम्हें प्रणाम नहीं किया और तुमने आशीर्वाद नहीं दिया, तो उसे सन्देह हो जाएगा।"

"जैसी आपकी आज्ञा स्वामी!" वीरभद्र उठ खड़ा हुआ।

* * *

सन्ध्या समय देवकी ने वासना को विदा कर दिया।

"जाइए, घर के सारे कपाट बन्द कर लीजिए।" वे वसुदेव से बोलीं, "मुझे आपसे एक बात करनी है।"

वसुदेव ने घर के सारे कपाट भीतर से बन्द कर लिए और वे निश्चिन्त हो गए कि अब घर में पूर्ण एकान्त था।

"बोलो।"

"मुझे अब और नहीं सुनना यह सब।" देवकी सहसा ही उत्तेजित हो कर बोलीं, "अब मैं अपने पुत्रों को किसी और के भरोसे नहीं छोड़ सकती। कितनी ही तो घटनाएं हो गईं, आज तक। यह तो महाविष्णु की कृपा है कि दोनों लड़के अभी तक सुरक्षित हैं। किन्तु अब नन्द उनकी रक्षा नहीं कर सकता। रोहिणी भी नहीं

कर सकतीं। बेचारी यशोदा तो एक घरेलू महिला है, वह कहां-कहां कृष्ण-बलराम की रक्षा करती फिरेगी।..."

"तो?" वसुदेव ने पूछा।

"अब मुझे स्वयं गोकुल जाना होगा।"

वसुदेव हंस पड़े, "तो अब तुम जा कर असुरों से लड़ोगी और अपने पुत्रों की रक्षा करोगी?"

"कर नहीं सकती?" देवकी का मुख आवेश में लाल हो आया।

"कर क्यों नहीं सकतीं।" वसुदेव गम्भीर हो गए, "मां अपनी सन्तान पर संकट देखती है तो वह महिषासुरमर्दनी बन जाती है। पर बात यह नहीं है।"

"तो क्या बात है?"

"बात यह है कि जिन पुत्रों को हमने इतने गोपनीय ढंग से कंस से बचा कर नन्द के पास भेजा, उनको अब तुम गोकुल जा कर मथुरा ले आओगी और घोषित रूप से कंस को बताओगी कि वे तुम्हारे पुत्र हैं; ताकि कंस को उनकी हत्या करने की सुविधा हो जाए।"

"तो इस गोपनीयता के चक्कर में अपने पुत्रों को वहां छोड़ दूं, जहां वे एकदम असुरक्षित हैं। वहां उनके प्राण चले गए तो?"

"उनके प्राण नहीं जाएंगे।" वसुदेव के स्वर में विश्वास की दृढ़ता थी।

"आप इतने विश्वास से कैसे कह रहे हैं?"

"ध्यान दो देवकी!" वसुदेव जैसे किसी कल्पना-लोक में जा बैठे थे, "जब तक शकटासुर, पूतना और तृणावर्त की घटनाएं हो रही थीं, तब तक मैं भी बहुत भयभीत था। मैं मानता था; और आज भी मानता हूं कि वे सब कंस के भेजे हुए भाड़े के हत्यारे थे। शुल्क ले कर हत्या करने वाले। किन्तु अब..."

"अब क्या हो गया है?"

"अब!" वसुदेव बोले, "कालिय नाग को कंस ने नहीं भेजा। कालिय कृष्ण के पास नहीं गया। कृष्ण ही कालिय के पास गया है। उसे ललकारा है और उसे घायल कर अपना कन्दुक ले कर वापस आया है।..."

"तो उससे क्या अन्तर पड़ गया।" देवकी उसी प्रकार उत्तेजित थीं, "जहां आस-पास इस प्रकार हिंस्र राक्षस और पशु हों; और इन बालकों की उचित देखभाल करने वाला, उनको रोक कर रखने वाला कोई न हो, वहां बालक तो असुरक्षित ही हुए न। यहां उन्हें मैं अपने कलेजे से लगा कर रखूंगी।"

"सुनो देवकी!" वसुदेव बोले, "मेरे मन में एक नई बात आ रही है।"

"क्या?"

"अपने शत्रु राक्षसों और हिंस्र पशुओं से स्वयं को बचाना कृष्ण के लिए एक अनिवार्यता थी; किन्तु कालियदमन उसकी बाध्यता नहीं थी। वह उसने स्वेच्छा से किया है। क्यों संकट मोला उसने?"

"बालक है। एक कन्दुक के लिए अपने प्राणों पर खेल गया...।"

"नहीं!" वसुदेव आह्लादक आवेश में बोले, "नहीं! वह अपनी शक्ति प्रकट कर रहा है। वह संकेत दे रहा है कि वह कौन है और क्या करने आया है।"

"क्या कहना चाहते हैं आप?"

"स्मरण करो उस भविष्यवाणी को।" वसुदेव बोले, "तुम्हारे आठवें गर्भ की सन्तान के विषय में कहा गया कि वह कंस का वध करेगी। कृष्ण तुम्हारे आठवें गर्भ की सन्तान है।..."

देवकी चुपचाप वसुदेव की ओर देखती रहीं।

"वह बता रहा है कि तारणहार आ गया है।"

वसुदेव की आंखें बन्द थीं। लगता था, जैसे उनकी समाधि लग गई हो। चेहरे पर परमानन्द का भाव था और बन्द आंखों से अश्रु प्रवाहित हो रहे थे। जाने उनको क्या उपलब्ध हो गया था।

"वह आ गया है।"

"कौन आ गया है?"

"कंस का काल। संसार का तारणहार। महाविष्णु का अवतार। वह संसार को बता रहा है कि वह आ गया है। वह अपने आने की घोषणा कर रहा है। उसका कोई कुछ नहीं बिगाड़ सकता। कंस जान भी जाए कि कृष्ण मेरा पुत्र है, तो भी

वह उसका कुछ नहीं बिगाड़ सकता। मैं कहता था न कि मुझे उस भविष्यवाणी पर विश्वास होता जा रहा है; क्योंकि कंस मेरे सातवें पुत्र को नहीं मार पाया। आठवें की रक्षा के लिए स्वयं भगवती योगमाया वर्षा के रूप में आ गईं। यमुना मैया मेरी रक्षा के लिए कवच बन गईं; और मेरी नौका बन कर मुझे तैरा कर नन्द के घर पहुंचा कर सुरक्षित वापस ले आईं। अब तो मैं पूर्ण निष्ठा से कह सकता हूं कि कृष्ण जान-बूझ कर वे लीलाएं कर रहा है कि संसार जान सके कि वह कौन है। जो पहचान सकता है, पहचान ले कि वह कौन है। जो अन्धा है, जो उसे पहचानता नहीं, पहचानना चाहता नहीं, या पहचान सकता नहीं, वह मूर्ख है। अविश्वासी और अविवेकी लोग उसे नहीं पहचानते, न पहचानें। पर वह बता रहा है कि वह आ गया है।"

43

आज बहुत दिनों के पश्चात् वसुदेव देवालय में आए थे।

वे एक ओर बैठे मन्त्र-जाप कर रहे थे। जिसकी भी दृष्टि उन पर पड़ती थी, वह चौंकता अवश्य था; किन्तु अभी तक किसी ने उनसे कुछ कहा नहीं था। वे लोगों के लिए कौतुक की वस्तु थे।...यह वह व्यक्ति है, जिससे कंस रुष्ट है। इसके छह पुत्र उसने मार दिए हैं। शेष दो का कुछ पता नहीं है।...कोई उन्हें अपने समाज का अंग मान कर उनसे चर्चा करने की बात सोच भी नहीं सकता था। वे उनसे डरे हुए नहीं थे; किन्तु उनके प्रति आत्मीयता दिखाना संकटपूर्ण हो सकता था। वे सब उनसे दूर-दूर थे। उन्हें देखने में कोई हानि नहीं थी; किन्तु उनके सम्पर्क में नहीं आना चाहिए था।

अन्त में वसुदेव अपने स्थान से उठे और देवालय के गर्भगृह के सम्मुख, वज्रासन में बैठ गए। लगा, उनके आस-पास के लोगों में एक प्रकार की व्याकुलता-सी फैल गई। उन्हें अपने इतने निकट देख कर अनेक लोगों को असुविधा होने लगी थी...कहीं महाराज कंस को सूचना मिल गई तो...किन्तु कुछ लोगों को उनका कौतूहल वसुदेव के निकट जाने को धकेल रहा था, "जा कर देख तो कंस का यह विद्रोही क्या करता है। वह तो तनिक भी भयभीत नहीं लग रहा। देख तो...।"

लग रहा था कि लोग उनसे दूरी बनाए रख कर उनके निकट आने का प्रयत्न कर रहे हैं।

पुरोहित ने देखा तो जैसे फुसफुसाते हुए बोला, "बहुत दिनों में आए आर्य!"

वसुदेव ने उसे आश्चर्य से देखा : कैसा मूर्खता भरा प्रश्न है। क्या वह नहीं जानता...

"महादेव की कृपा है कि आज भी आ सका।"

पुरोहित मौन रह गया।

वसुदेव ने महादेव को प्रणाम किया और सशब्द बोले, "हे महादेव! कैसी लीला है तुम्हारी। चारों ओर असुरों का राज्य हो रहा है। बाणासुर, भौमासुर, कालयवन, जरासन्ध और कंस...सब एक से एक राक्षस। दिन-प्रति-दिन उनकी शक्ति बढ़ रही है प्रभु! वे हमारी मातृभूमि को घेरते जा रहे हैं। देवालय और शिवालय टूट रहे हैं। मदिरालय बढ़ रहे हैं। क्या लीला है प्रभु! इस देवभूमि पर भी राक्षसों को राज्य हो जाएगा क्या? देवों का अस्तित्व समाप्त हो जाएगा? वैदिक परम्पराएं नष्ट हो जाएंगी? ऐसा मत करो प्रभु! बहुत सारे लोग मथुरा छोड़ गए हैं; किन्तु कौन-कौन-सा राज्य ख़ाली करेंगे हम? कहां जाएंगे? ऐसा मत करो प्रभु! इन राक्षसों को रोको। ...कब तुम्हारा डमरू बजेगा प्रभु! कब तुम्हारा त्रिशूल उठेगा, कब तुम्हारा तीसरा नेत्र खुलेगा, कब तांडव नृत्य होगा प्रभु! पापियों का नाश हो। हत्यारों का नाश हो। राक्षसों का नाश हो..."

देवालय में उपस्थित लोगों के कान खड़े हो गए। ऐसी प्रार्थना तो यहां कोई नहीं करता।...

"पापियों का नाश हो। हत्यारों का नाश हो। राक्षसों का नाश हो।" वसुदेव का स्वर ऊंचा होता जा रहा था, "पापियों का नाश हो। हत्यारों का नाश हो। राक्षसों का नाश हो।" और सहसा उनका स्वर अत्यधिक दीन ही नहीं, कुछ-कुछ रुदनशील भी हो गया, "यह देश देवों को दे दो प्रभु! यह देश देवों को दे दो प्रभु! यह देश देवों को दे दो!..."

वसुदेव ने अपना माथा भूमि पर टेक दिया।

पुरोहित ने हतप्रभ हो कर उनकी ओर देखा, "यह क्या आर्य! ऐसी राजनीतिक प्रार्थना भी कोई मन्दिर में करता है?"

"तो अपनी मातृभूमि के उद्धार के लिए प्रार्थना कहां की जाती है?"

"आप जो कुछ भी कह रहे हैं, वह प्रार्थना नहीं, राजद्रोह है।" पुरोहित ने कहा।

"पुरोहित जी!" वसुदेव बहुत शान्ति से सुखासन में बैठ गए, "यदि व्यक्ति पर विपदा आती है तो वह आर्त हो कर प्रभु से प्रार्थना करता है या नहीं?"

"करता है किन्तु यह...यह तो राजद्रोह है।"

"मातृभूमि पर विपदा आए तो उसके लिए प्रार्थना करने के लिए व्यक्ति कहां जाए?" वसुदेव ने पूछा।

"वह मैं नहीं जानता।" पुरोहित ने कहा, "किन्तु सांसारिक विषयों के लिए प्रार्थना करने के लिए देवालय तो कोई उचित स्थान नहीं है।...और फिर यह तो राजद्रोह है...।"

"राजद्रोह आपके मन से चिपक गया है। राजद्रोह की छिपकली आपके मस्तक पर चढ़ गई है। बहुत भयभीत हैं आप उससे।" वसुदेव मुस्कुराए, "आप मुझे बताएंगे कि अपनी मातृभूमि की उपासना क्या मां जगदम्बा की उपासना नहीं है?"

"मां जगदम्बा!..." पुरोहित व्याकुल था, "किन्तु यह तो राजनीति है आर्य! और देवालय...।"

"राष्ट्रीयता और अध्यात्म क्या दो पृथक् क्षेत्र हैं। देश की पूजा और प्रकृति की पूजा क्या आत्मविरोधी हैं।" वसुदेव बोले, "माता, मातृभूमि और जगदम्बा क्या पृथक्-पृथक् हैं?"

"नहीं आर्य! वे पृथक् नहीं हैं।" कुछ लोग वसुदेव के समर्थन में आ खड़े हुए थे, "देश की सेवा, देश के लोगों की सेवा ही तो है। लोगों की सेवा तो दरिद्रनारायण की सेवा है। उन्हीं में तो महादेव शिव बसते हैं। मातृभूमि की वन्दना तो करनी ही चाहिए।"

"मातृभूमि की वन्दना तो तभी हो सकेगी, "वसुदेव बोले, "जब मातृभूमि पर देवों का अधिकार होगा। राक्षस तो हमारी मातृभूमि का वध कर डालेंगे। उसे खंड-खंड कर डालेंगे।" वे पुनः शिवलिंग की ओर मुड़े, "प्रभु! कब तुम्हारा डमरू बजेगा, कब तुम्हारा त्रिशूल उठेगा, कब तुम्हारा तीसरा नेत्र खुलेगा, कब तांडव नृत्य होगा प्रभु! पापियों का नाश हो।...यह देश देवों को दे दो प्रभु!..."

"आर्य वसुदेव!" पुरोहित कुछ अधिकार से बोला, "मैं आपको अपने देवालय में ऐसी प्रार्थना नहीं करने दे सकता, जिसमें से राजद्रोह की गन्ध आती हो।"

"देवालय तेरे बाप का है?" भीड़ में से एक व्यक्ति आगे बढ़ आया, "यहां देवताओं की आराधना होती है, राजाओं की नहीं। तुझे राजद्रोह का इतना ही भय

है तो तू राजा के प्रासाद में चला जा। तू ईश्वर का पुजारी है या राजा का? बोल!"

"मैं तो राजद्रोह...।"

"राजद्रोह का बच्चा।" वह व्यक्ति क्रुद्ध हो उठा, "देशद्रोह की चिन्ता नहीं है, राजद्रोह का राग आलाप रहा है। देशद्रोह, ईश्वरद्रोह से भी बड़ा पाप है।...चला जा तू यहां से। हम दूसरे पुरोहित का प्रबन्ध कर लेंगे।"

भीड़ को जैसे उन्माद ने ग्रस लिया, "हम सब यही प्रार्थना करते हैं...पापियों का नाश हो। हत्यारों का नाश हो। राक्षसों का नाश हो। हे महादेव! यह देश देवों को दे दो प्रभु! यह देश देवों को दे दो प्रभु! यह देश देवों को दे दो।"

"तो मैं यहां नहीं रहूंगा।" पुरोहित उठ कर बाहर चला गया।

"आप उसकी चिन्ता न करें आर्य! हम सब यहां मातृभूमि की ही वन्दना करेंगे।" उस व्यक्ति ने कहा।

"यहीं क्यों। प्रत्येक देवालय में जगदम्बा के साथ हम अपनी मातृभूमि की वन्दना करेंगे। जो राजा स्वयं मातृभूमि की वन्दना नहीं करेगा, अथवा हमें मातृभूमि की वन्दना नहीं करने देगा, वह राक्षस है। हम उसके नाश की प्रार्थना करेंगे।"

44

वसुदेव लौटे तो प्रसन्न थे। वे समाज को अपना सन्देश देने में सफल हुए थे। वे जानते थे कि इसकी सूचना तत्काल ही कंस तक पहुंच जाएगी। पहुंच जाए, वे तो चाहते ही थे कि पहुंच जाए। राक्षसों से डर कर तो राक्षसत्व का प्रतिकार नहीं हो सकता।

किन्तु देंवकी कुछ अवसन्न बैठी थीं।

"क्या हुआ?"

देवकी ने दृष्टि उठा कर इधर-उधर देखा, "वह चली गई क्या?"

"कौन?"

"वह पूजा जो वासना है।"

"बात क्या है?"

"वही सुना रही थी कि वृन्दावन में कान्हा की प्रेम लीलाओं की बहुत चर्चा है।"

"तो क्या हो गया।" वसुदेव अत्यन्त शान्त थे, "मैं मानता हूं कि वह प्रेम का सन्देश देने आया है। वह सुन्दर है, मधुर है, आनन्द-स्वरूप है। उससे तो प्रत्येक जीव प्रेम करता है। वन के जीव-जन्तु, वृक्ष और लताएं।..."

"वे सब करें तो ठीक ही है; किन्तु यहां तो सुनने में आ रहा है कि वृन्दावन की गोपियां..."

"माताओं के समान पाला है उन्होंने उसे। वे उससे प्रेम नहीं करेंगी?" वसुदेव

बोले, "वृन्दावन में गउएं तक चाहती हैं कि कान्हा उनके निकट ही नहीं आए, अपने हाथों से उन्हें सहलाए, उनके वत्सों के समान उनके थनों से अपना मुख लगा कर उनका दूध पिए।"

"बैठ जाइए।" देवकी ने अत्यन्त धैर्य से कहा, "और मेरी पूरी बात सुन लीजिए।"

देवकी की गम्भीरता ने वसुदेव को कुछ चिन्तित कर दिया। वे बैठ गए, "क्या बात हो गई?"

"अपने पुत्र की लीलाएं सुन कर मैं भी बहुत प्रसन्न थी।" देवकी बोलीं, "किन्तु अब मैं क्या सुन रही हूं।"

"क्या सुन लिया?"

"गोपियां यमुना में नहा रही थीं और आपका यह सुपुत्र उनके वस्त्र उठा कर ले गया। एक ऊंचे वृक्ष पर जा चढ़ा।..."

"बन्दर है वह?" वसुदेव हंसे, "क्या करेगा, उन वस्त्रों का?"

"आपको हंसी सूझ रही है; और मैं उसके चरित्र को ले कर चिन्तित हूं। मैं पहले से ही जानती हूं कि गोप समाज की मर्यादाएं, बहुत शिथिल हैं – उच्छृंखलता की सीमा तक; किन्तु उनके मध्य पलने पर भी वह है तो हमारा पुत्र। वृष्णिश्रेष्ठ का पुत्र।" देवकी बोलीं, "लोग क्या कहेंगे और इसका विकास किस रूप में होगा।"

वसुदेव भी गम्भीर हो गए, "इसमें चरित्र की क्या बात है? क्या कर दिया उसने? अभी उसकी अवस्था ही क्या है कि हम सोचें कि उसके मनमें कामदेव उत्पात् कर रहे हैं; और वह पर-स्त्री-गमन की ओर बढ़ रहा है।"

"तो फिर क्या है यह सब।" देवकी रुष्ट ही रहीं, "वह उनके वस्त्र चुरा लेता है। उस निर्वस्त्र अवस्था में उन्हें अपने निकट आने को, और निकट आने को कहता है। यह व्यवहार..."

"तुम्हारी चिन्ता मैं समझ रहा हूं।" वसुदेव बोले, "किन्तु तुम जिस दृष्टि से इस सारे प्रसंग को देख रही हो, मैं उससे सहमत नहीं हूं।"

"क्यों?"

"तुम यह भी तो सोच सकती हो कि उसे देखते ही गोपियों को अपने तन-मन की सुध नहीं रहती और वे उसके निकट जाने को तड़पती हैं। वे उसे लुभाने का प्रयत्न करती हैं।"

"वे तड़पती रहें। मुझे चिन्ता अपने पुत्र के चरित्र की है, गोपियों के चरित्र की नहीं।"

"मैं गोपियों के चरित्र को दोष नहीं दे रहा।" वसुदेव ने कहा, "मैं तो केवल इतना ही कह रहा हूं कि पार्थिव मन पर चिन्मयतत्त्व की छाया भी पड़ती है, तो हमें अपनी सुध-बुध नहीं रह जाती। वह आनन्दस्वरूप है। वह धरती पर उतरता है तो सारी प्रकृति उत्सव मनाती है; क्योंकि वह प्रकृति का स्वामी है। अपने स्वामी को लुभाने का प्रयत्न कौन नहीं करता। चारों ओर आनन्द ही आनन्द होता है; और वह आनन्द लौकिक सुख अथवा इन्द्रियों का सुख नहीं होता।"

"वह अलौकिक है, चिन्मय है, ईश्वर है, प्रभु है, सांसारिक और सामाजिक नियमों से परे है?"

"हमारे तुम्हारे समान मानव होता तो नारी और प्रकृति में भेद करता। पुरुष का आकर्षण नारी है, प्रकृति नहीं; क्योंकि नारी में पुरुष के भावों की प्रतिध्वनि है। प्रकृति को पुरुष अपने भावों के सन्दर्भ में निष्क्रिय पाता है। साधारण कामुक मनुष्य होता तो एक समय में किसी एक गोपी के साथ नाच रहा होता। दूसरे क्षण किसी और गोपी को नचा रहा होता; किन्तु वह तो एक ही समय में सारी गोपियों के साथ होता है। प्रत्येक गोपी यही जानती और मानती है कि कान्हा उसका है और उसी के साथ है। प्रत्येक गोपी के साथ एक कान्हा होता है। गोपालों के साथ होता है तो प्रत्येक गोपाल देखता है कि कान्हा उसके हाथ से खा रहा है। पर तुम्हारा तो एक ही पुत्र है। नहीं रानी! यह तुम्हारा पुत्र नहीं, स्वयं अंशी अपने अंशों के साथ लीला कर रहा है। चिन्मय लीला।"

"यह रासलीला चिन्मय लीला है?"

"रसो वै सः। ब्रह्म रसमय है; और उस रसमय ब्रह्म के साथ तादात्म्य करना ही तो रास है।"

"किन्तु वस्त्रों की मर्यादा तो रखनी चाहिए न!"

"आवरण तो बाधा है – अज्ञान के रूप में हो, शरीर के रूप में हो, वस्त्र के

रूप में हो।" वसुदेव जैसे किसी और लोक में जा पहुंचे थे, "अंशी अपने अंश को पुकारता है। प्रभु शरीर को नहीं बुलाते, इन्द्रियों को नहीं पुकारते। आत्मा को आकृष्ट करते हैं। प्रभु का आह्वान होता है तो आत्मा वस्त्र ही नहीं शरीर को भी विस्मृत कर उसकी ओर भागती है।" वसुदेव जैसे पूर्णतः आत्मलीन हो गए थे, "उसका सुख तो वे ही जानते हैं, जिन्होंने प्रभु का आह्वान सुना हो।"

"तो वह प्रभु है?"

"मैं तो कब से कह रहा हूं कि प्रभु आ रहे हैं। अब कान्हा बता रहा है कि वह आ गया है।" वसुदेव बोले, "वह एक क्षण को आवरण छीन लेता है, और फिर आवृत्त कर देता है, ताकि आत्मा मोह के इस आवरण से छूटने को तड़पती रहे। उसके निकट जाने के लिए छटपटाती रहे। जो जितना छटपटाएगा, वह उतना ही पाएगा।"

"तो फिर लोग ऐसी-वैसी बातें क्यों करते हैं?" देवकी रुष्ट थीं।

"या तो देखने वाले की दृष्टि में दोष है; या उसका आकलन करने वाले का मन मैला है; या वर्णन करने वाले के शब्दों का चयन दूषित है। तुम अपनी दृष्टि, मन और शब्दों को पवित्र रखो।" वसुदेव बोले और पूर्णतः आत्मलीन हो गए।

45

वासना एक प्रकार से दौड़ती हुई आई, "आप जानती हैं महादेवी!..."

देवकी ने उसका प्रश्न नहीं सुना। पूछा, "तुम मुझे महादेवी किस कारण कहती हो? न मैं रानी, महारानी हूं; और न कुछ और। एक साधारण गृहिणी को कोई महादेवी कहता है क्या?"

"आप रानी-महारानी चाहे न हों; किन्तु उनसे अधिक महिमामयी हैं।" वासना को उत्तर देने में एक क्षण भी नहीं लगा, "मैं चाटुकारिता नहीं कर रही हूं, सत्य कह रही हूं।"

"यह तेरा सत्य होगा। ऐसा सत्य मत बोला कर, जो मुझे अच्छा न लगे।" देवकी ने कहा, "मैं साधारण स्त्री बन कर ही प्रसन्न हूं। रानी-महारानियों के चरित्र देख कर, मेरा मन वितृष्णा से भर उठता है। अब बोल, क्या कह रही थी।"

"आजकल मथुरा में आपकी सखी यशोदा के पुत्र की बहुत चर्चा है...।"

देवकी संभल गईं...आज फिर यह कोई षड्यन्त्र रचने की तैयारी में है...

"कौन यशोदा?"

"गोकुल के नन्द महर की पत्नी।"

"मैं तो उससे आज तक मिली भी नहीं।" देवकी बोलीं, "वह मेरी सखी कब से हो गई?"

"नन्द महर तो आपके पति आर्य वसुदेव के मित्र हैं न!"

"होंगे। मैं तो आज तक उनसे भी नहीं मिली।"

"पर, मथुरा में चर्चा तो कुछ ऐसी ही है।" वासना बोली, "यशोदा का पुत्र है न वह कृष्ण! वह बड़ा ही चमत्कारी जीव है।"

"ऐसा कौन-सा चमत्कार कर दिया उसने?" देवकी ने कुछ अनमने ढंग से पूछा।

"ऐसा कहा जा रहा है स्वामिनी! कि उनके ब्रज में इन्द्र की पूजा होती थी; किन्तु कृष्ण ने कहा कि उस इन्द्र की पूजा क्यों की जाए, जो हमारे किसी काम नहीं आता। उससे तो अच्छा है कि हम लोग गोवर्धन पर्वत की पूजा करें, जो हमारे गोधन की वृद्धि करता है। और ब्रज के गोप समाज ने कृष्ण की बात मान ली।"

"तो इसमें कौन-सा ऐसा चमत्कार हो गया कि तुम दौड़ी-दौड़ी मुझे समाचार देने चली आईं?"

"पहला चमत्कार तो यही है कि नन्हे से कृष्ण को, जिसे वे लोग कान्हा कहते हैं, ऐसी बात सूझे कि देवराज इन्द्र की पूजा का कोई लाभ नहीं है। दूसरा चमत्कार उस बालक का साहस है, जो देवराज का विरोध कर रहा है। तीसरा चमत्कार यह है कि पूरा का पूरा गोप समाज एक बालक की बात मान कर परम्परा से चली आती हुई देवराज की पूजा का त्याग कर दे और एक नए देवता 'गोवर्धन' को प्रतिष्ठित कर दे।...क्या ये सारे चमत्कार अद्‌भुत नहीं हैं, महादेवी?"

"हैं तो।" देवकी ने कहा, "पर तुम यह सब मुझे क्यों सुना रही हो?"

"मैं क्या सुना रही हू महादेवी! आज तो सारी मथुरा सुना रही है।" वासना ने कहा, "और आप जानती हैं, उसके पश्चात् क्या हुआ।"

"मैं कैसे जानूंगी; और मुझे जान कर करना भी क्या है।" देवकी ने उदासीनता से कहा।

"आपको कुछ न करना हो; किन्तु मेरा मन तो सुनाए बिना नहीं मानेगा।" वासना ने कहा, "महादेवी! सुनाए बिना मेरा भोजन नहीं पचेगा।"

"तो पचा ले अपना भोजन।" देवकी जैसे अन्यमनस्क होने का अभिनय कर रही थीं।

"लोगों ने गोवर्धन की एक देवता के समान पूजा की।" वासना ने कहा, "कहते हैं कि अपनी उपेक्षा देख कर इन्द्र बहुत क्रुद्ध हो गया; और उसने गोप समाज

से प्रतिशोध लेने के लिए इतनी वर्षा की कि सारा ब्रज डूबने-डूबने को हो गया। बाढ़ आ गई महादेवी! लोगों के घर उसमें डूब गए। उनके पास रहने को कोई स्थान नहीं था। उनकी गौवों के लिए कोई स्थान नहीं था।...

देवकी के कान खड़े होने लगे थे।

"यह कृष्ण का चमत्कार है कि सारा ब्रज डूब गया?" देवकी ने अन्यमनस्क भाव से पूछा, "अब वहां कोई नहीं है, केवल यमुना मैया बह रही है?"

"नहीं! यही तो चमत्कार है।" वासना दुगुने उत्साह से बोली, "वे सब कान्हा के पास गए कि तुम्हारे कहने पर ही हमने गोवर्धन की पूजा कर इन्द्र को रुष्ट किया है, अब हम को उसके रोष से बचाएगा कौन?"

"तो क्या कहा कृष्ण ने?" और देवकी ने अपने प्रश्न का उत्तर स्वयं ही दे दिया, "यही कहा होगा कि मेरे जन्म से पहले भी इन्द्र वर्षा करता था। यमुना में बाढ़ पहले भी आती थी।...या कहा होगा कि तुमको अपनी बुद्धि नहीं है। मेरी बात पर चलने से पहले सोच लेना चाहिए था कि तुम इन्द्र का विरोध कर रहे हो।"

"नहीं! यह नहीं कहा कृष्ण ने।" वासना बोली, "कृष्ण ने कहा, कि जिस गोवर्धन की पूजा हमने की है, वह गोवर्धन ही हमारी रक्षा करेगा।"

"तो गोवर्धन ने खड्ग धारण कर लिया? इन्द्र का वध कर दिया?"

"कैसी बातें करती हैं आप महादेवी!" वासना हंस पड़ी; और देवकी ने पहचाना कि यह हंसी पूर्णतः निश्छल थी। शायद वह कृष्ण के चमत्कार सुनाते-सुनाते स्वयं चमत्कृत हो गई थी।

"तो?"

"कहते हैं कि कृष्ण ने गोवर्धन को अपनी अंगुली पर उठा लिया और सारे गोप समाज को उनके गोधन के साथ बुला कर उसके नीचे खड़ा कर लिया। इन्द्र देखता का देखता रह गया। वह कुछ कर नहीं सका। कृष्ण ने सारे ब्रज को बचा लिया।..."

"तेरा कहना है कि कृष्ण ने गोवर्धन पर्वत उठा कर छतरी के समान सबके ऊपर तान लिया और सारे गोपाल, अपनी गौवों के साथ आ कर उसके नीचे खड़े हो गए?"

"हां! एकदम यही।" वासना परम प्रसन्न दीख रही थी।

देवकी सोच रही थीं कि यदि यह लड़की कहीं कृष्ण की चर्चा करती हुई कंस के सम्मुख भी इतनी ही प्रसन्न दिखाई दी तो वह इसको सूली पर टांग देगा।

"पूजा! यदि तुम बुरा न मानो तो एक बात कहूं।" देवकी बहुत शान्त स्वर में बोलीं।

"कहिए न! मैं क्यों बुरा मानूंगी।"

"तुम्हारी बात बहुत चमत्कारी है।" देवकी ने कहा, "किन्तु नासमझी की है।"

"क्यों महादेवी! क्यों?" वह चौंकी।

"इसलिए कि छतरी तान कर कोई आकाश से गिरती वर्षा से भीगने से तो बच सकता है; किन्तु नीचे से आती बाढ़ में डूबने से नहीं बच सकता।"

वासना ने विचार किया। देवकी ठीक ही तो कह रही थीं। यदि कृष्ण ने गोवर्धन को अपनी अंगुली पर उठा कर गोपालों के लिए एक छत बना दी तो किसी छत से, बाढ़ के पानी को तो नहीं रोका जा सकता।

"पर वे सब लोग तो यही कह रहे हैं।" वासना कुछ झेंप कर बोली, "इसका क्या अर्थ हुआ?"

"मैं क्या जानूं।" देवकी ने कहा, "यदि तुम कहतीं कि कृष्ण ने सारे गोपालों को लगा कर भूमि से खोद कर मिट्टी गोवर्धन पर चढ़ा कर उसे और ऊंचा कर दिया। इतनी ऊंची भूमि तैयार कर ली, जिस पर सारे गोपाल और सारी गौवें सुरक्षित रह सकते और वहां तक बाढ़ का पानी नहीं चढ़ सका, तो मैं समझती कि कृष्ण ने उन्हें एक व्यावहारिक सुझाव दिया। भीगने से तो कोई नहीं मरता, डूबने से मरता है। कृष्ण ने उन्हें डूबने से बचा लिया तो एक प्रकार से इन्द्र के क्रोध से बचा लिया।..."

वासना का मुख आश्चर्य से खुला रह गया। देवकी एकदम ठीक कह रही थीं।

"तो सब लोग ऐसी बात क्यों कह रहे हैं।" उसने अजाने ही पूछ लिया।

"तुम उन्हीं लोगों से क्यों नहीं पूछतीं मेरी बच्ची!" देवकी ने उसे पुचकारा,

"कोई क्या कह रहा है और क्यों कह रहा है, उसके लिए उत्तरदायी मैं कैसे हो सकती हूं?"

वासना न केवल झेंप गई, वरन् मन ही मन ग्लानि का अनुभव भी करने लगी। देवकी कितने सद्भाव से उसे 'मेरी बच्ची' कह रही थीं; और वह उनके सारे रहस्य जान कर कंस तक पहुंचाना चाहती थी। क्यों? अपनी आजीविका के लिए! वह लोगों के रक्त में डूबी रोटी खा रही थी...

"मेरी एक बात और सुन लो पूजा!" देवकी ने पुनः कहा, "मनुष्यों और देवताओं में मूल अन्तर यही होता है कि देवताओं में मनुष्यों के समान राग-द्वेष नहीं होता। यदि वे भी अपनी पूजा करवाने के लिए लोगों को डराते-धमकाते हैं, पूजा न करने से रुष्ट होते हैं; और मनुष्यों को दंडित करते हैं, तो वे देवता नहीं, राक्षस हैं।"

"किन्तु लोग तो यही कह रहे हैं।"

"लोग नासमझ हैं। वे लोग अपनी तुच्छ बुद्धि देवताओं पर आरोपित कर प्रकृति की घटनाओं की व्याख्या करते हैं।" देवकी ने कहा, "मनुष्य कभी भी प्रकृति के कोप का भाजन नहीं बनता। वह अपने किए का दंड भोगता है। शायद कृष्ण अपने समाज को प्रकृति के साथ सामंजस्य कर, जीना सिखा रहा है। जल का अपना महत्त्व है और पर्वत का अपना। पशुओं का अपना महत्त्व है और वनस्पति का अपना। मैं उसे नहीं जानती; किन्तु जो कुछ तुम बता रही हो, उससे लगता है कि वह उन्हें प्रकृति के साथ सामंजस्य करने का महत्त्व समझा रहा है, क्योंकि हम भी प्रकृति का अंग हैं। मनुष्य प्रकृति का स्वामी नहीं है, वह भी प्रकृति का ही एक रूप है। हमारा यह शरीर प्रकृति में से जन्म लेता है। प्रकृति से वायु, जल तथा भोजन प्राप्त कर अपना पोषण करता है; और जब उसका शरीर प्रकृति में से अपने अस्तित्व के साधन जुटाने में असमर्थ हो जाता है, तब वह मृत्यु को प्राप्त होता है; और शरीर पुनः उसी प्रकृति में जा मिलता है। हम प्रकृति के शत्रु बन कर जीवित नहीं रह सकते और न ही हम प्रकृति के स्वामी बन सकते हैं। हम प्रकृति की गोद में प्रकृति के नियमों के अनुसार, प्रकृति की इच्छा से जीवित रहते हैं। शायद तुम्हारा यह कृष्ण अपने लोगों को वही सिखा रहा है।"

46

कंस अपने सुहृदों, मन्त्रियों और गुप्तचरों के साथ मन्त्रणागृह में बैठा उनके लाए हुए समाचार सुन रहा था। कृष्ण द्वारा गोवर्धन धारण की कथा सुन कर वह भड़क उठा।

"देखो! एक तो मैं इन देवी-देवताओं की शक्ति में कोई विश्वास नहीं करता।" कंस ने कहा, "देवता मनुष्य को नहीं बनाते। मनुष्य ही देवताओं का निर्माण करता है। अब तुम लोग ग्वालों के इस छोकरे को देवता बनाने का प्रयत्न कर रहे हो। ...तुम कहते हो कि उसने गोवर्धन उठा लिया। उठाई वह वस्तु जाती है, जो अपने आधार पर टिकी होती है; किन्तु होती उससे पृथक् है। वह उसपर रखी हुई होती है। गोवर्धन पर्वत मिट्टी का कोई ऐसा ढूह नहीं है, जिसे कहीं से ला कर ब्रज की धरती पर रख दिया गया हो। वह धरती पर रखा हुआ नहीं है। वह स्वयं उठी हुई धरती है, उसे कोई धरती से पृथक् कर उठा कैसे सकता है, चाहे वह कोई देवता ही क्यों न हो? धरती को धरती से पृथक् नहीं किया जा सकता।"

"मैं केवल यह निवेदन कर रहा हूं कि गुप्तचर ब्रज से क्या सूचनाएं लाए हैं।" प्रलम्ब ने कहा, "या तो हम मान लें कि हमारे गुप्तचर झूठ बोल रहे हैं, या फिर ब्रज के गोप इतने चतुर हैं कि वे हमारे गुप्तचरों को मूर्ख बनाने में सफल हो जाते हैं।"

"यह सब वसुदेव का खेल है।" कंस बोला, "वह ब्रज में एक नया देवता गढ़ रहा है। ऐसा देवता, जिस पर लोगों को इन्द्र से भी अधिक विश्वास हो। उसके कहने पर वे लोग बिना कोई भय माने, मेरी सेनाओं से भिड़ जाएं। उन्हें मेरा और मेरी सेनाओं का भय न रहे। वे मानें कि देवशक्तियां उनकी ओर हैं। ऐसे में बेचारा कंस क्या कर लेगा।"

"पर हमारे गुप्तचर ऐसा नहीं मानते।" कंस के भाई न्यग्रोध ने कहा।

"गुप्तचर ऐसा नहीं मानते।" कंस और भी भड़क गया, "तो फिर लाओ एक भी ऐसा गुप्तचर, लाओ, मेरे सामने खड़ा करो उसे, जो यह कहे कि उसने अपनी आंखों से कृष्ण को गोवर्धन उठाते देखा है। देखा है किसी ने?"

"नहीं महाराज! वे सुन कर आए हैं।" बाहुक ने कहा।

"किन्तु यह सत्य है महाराज! कि ब्रज में असाधारण वर्षा हुई है।" अक्रूर ने कहा, "यमुना ने अनेक स्थानों पर अपना तटबन्ध तोड़ा है। ब्रज में बाढ़ आई है; किन्तु..."

"किन्तु वहां एक भी व्यक्ति नहीं मरा। एक भी पशु नहीं बहा। एक भी घर नहीं डूबा।..."

"नहीं महाराज! घर तो सारे के सारे डूबे हैं।"

"और इस तथ्य का लाभ वसुदेव ने यह उठाया कि कहानियां प्रचारित कर दीं कि कृष्ण ने अपनी अंगुली पर गोवर्धन को उठा लिया था। अब तक तो कृष्ण गोपालों को ही अपनी अंगुलियों पर नचा रहा था, अब गोवर्धन को भी नचाने लगा।"

"बात इतनी ही नहीं है महाराज!" बाहुक ने कहा, "वे लोग तो यहां तक कह रहे हैं कि स्वयं ब्रह्मा ने कृष्ण की परीक्षा ली और उससे पराजित हो कर, उसे राज-राजेन्द्र की उपाधि दी।"

"हां! वह ग्वालों का छोरा राज-राजेन्द्र है; और मथुरा के राजसिंहासन पर बैठा यह कंस भड़भूंजा है।" कंस चिल्लाया, "क्या अर्थ है, उस राज-राजेन्द्र का, जिसके पास अपने राज्य के रूप में एक खेत बराबर भूमि नहीं है। एक भी सैनिक नहीं है। कोई प्रासाद नहीं है।...और...और जो अपने पिता को मथुरा के कारागार से छुड़ा भी नहीं सकता...।"

"मथुरा के कारागार में तो आपके पिता हैं महाराज!" अक्रूर ने कहा।

कंस ने उसे घूर कर देखा, "मुझे लगता है कि तुम भी वहीं जाने की तैयारी में हो।"

"क्यों महाराज! मैंने ऐसा कौन-सा अपराध कर दिया?" अक्रूर इस समय न डरा हुआ लग रहा था, न सहमा हुआ, "सत्य यही है कि आपके पिता कारागार

में हैं; और आप उन्हें वहां से मुक्त नहीं कर पा रहे हैं। और कौन है मथुरा के कारागार में – वसुदेव?"

"हां! वसुदेव!"

"किन्तु उन्हें तो आपने वहां से मुक्त कर दिया है।"

"शलाकाओं के पीछे से मुक्त कर, उसे उसके अपने भवन में बन्दी कर दिया है।" कंस बोला, "मुक्त वह आज भी नहीं है।...और यदि उसके उस छोरे के ये ही लक्षण रहे तो वसुदेव फिर से कारागार में बन्द कर दिया जाएगा।"

"मेरी तो समझ में आया ही नहीं कि आपने उसे कारागार से मुक्त क्यों कर दिया।" कंस के छोटे भाई कंक ने कहा।

"और मेरी समझ में यह नहीं आया कि आप किस आधार पर यह मान रहे हैं कि कृष्ण वसुदेव का ही पुत्र है।" न्यग्रोध ने कहा।

"वही है देवकी का आठवां पुत्र।" कंस ने दांत पीस लिए, "वही है। बहुत प्रमाण जुट चुके। अब और प्रमाणों की आवश्यकता नहीं है। उसका जन्म उसी दिन हुआ है, जिस दिन देवकी ने सन्तान का प्रसव किया है। मेरा मन नहीं मानता कि देवकी के आठवें गर्भ की सन्तान एक मृतप्राय कन्या थी। वस्तुतः वह यशोदा की कन्या थी। आश्चर्य यही है कि वसुदेव कैसे नन्दग्राम जा कर अपने पुत्र को उस कन्या से बदल लाया।...या फिर नन्द की कन्या को कोई कारागार तक ले आया और कृष्ण को उससे बदल कर ले गया। मुझे एक बार कोई सूत्र मिल जाए कि यह सब कैसे हुआ, तो मैं उसके लिए उत्तरदायी व्यक्ति को सूली पर नहीं टांगूंगा...।"

"तो क्या करेंगे महाराज?"

"उसके शरीर को चीर कर, उसके खंड कर, मथुरा के मुख्य द्वार पर ध्वज-सा लहराऊंगा। उसके परिवार के लोगों को एक साथ सूली पर टांगूंगा।..." सहसा जैसे उसे कोई दौरा पड़ गया, "और यदि कृष्ण नहीं भी है देवकी का आठवां पुत्र, तो भी उसे मरना होगा। मैं अपने सामने किसी राज-राजेन्द्र को जीवित नहीं देखना चाहता। मैं सब समझता हूं। यह सब विप्लव की तैयारी है। वे लोग चाहते हैं कि प्रजा युद्ध के लिए तैयार होती रहे। कृष्ण उनका एक मात्र नेता बन जाए।"

"कृष्ण ही नहीं, वहां बलराम भी है।" कंक ने कहा, "वह देवकी का पुत्र न भी हो, तो भी वसुदेव का पुत्र तो है ही। वह भी कृष्ण के साथ है।"

"इसलिए भी कृष्ण को मरना होगा।" कंस बोला, "क्योंकि वह वसुदेव के पुत्र बलराम को अपना भाई मानता है। मुझे नन्द भी एक आंख नहीं सुहाता। वह मेरे राज्य में रहता है और वसुदेव को खुल्लमखुल्ला अपना मित्र मानता है। रोहिणी की सहायता करता है। बलराम को मल्ल बना रहा है।..."

वह रुक गया। उसने इधर-उधर देखा।

उसके अंगरक्षक आगे बढ़ आए, "महाराज!"

"महाराज के बच्चो! वह चाणूर कहां है? बुलाओ उसे। जाओ मुष्टिक को भी बुलाओ।"

"चाणूर और मुष्टिक का क्या काम है महाराज?" अक्रूर ने पूछा।

कंस ने अक्रूर की ओर देखा तो उसकी आंखें पूर्णतः रक्तिम थीं। अक्रूर समझ नहीं पाया कि उसमें कितना योगदान क्रोध का था और कितना मदिरा का।

"बलराम और कृष्ण से मल्लयुद्ध तुम करोगे क्या?"

"ओह! तो महाराज कृष्ण और बलराम के मल्लयुद्ध का प्रबन्ध कर रहे हैं।" प्रलम्ब ने कहा।

"यदि महाराज निर्णय कर ही चुके हैं तो सेना क्यों नहीं भेजते?" प्रद्योत ने कहा, "हम या तो दोनों को बांध लाएंगे या फिर वहीं दोनों के दो-दो टुकड़े कर आएंगे।"

"तुम सेना-नायक तो हो; किन्तु बहुत नासमझ हो प्रद्योत!" कंस ने बहुत शान्त स्वर में कहा, "किस अपराध में बांध लाओगे उन्हें तुम?"

"क्यों!" प्रद्योत हंसा, "कृष्ण यदि वसुदेव का पुत्र है तो वह महाराज के कारागार से भागा हुआ बन्दी ही तो है। जन्म लेते ही भाग गया था। वह मृत्युदंड पाया हुआ अपराधी है। आज तक न्याय से भागता फिरा है। हम उसे बांध कर दंडाधिकारी के सम्मुख प्रस्तुत करेंगे। दंडाधिकारी उसके मृत्युदंड की पुष्टि करेंगे।"

"तर्क तो पूर्णतः धर्मसंगत है।" कंस ने ताली बजाई, "तुम उतने मूर्ख भी नहीं

हो प्रद्योत! जितना मैं तुम्हें समझता था। तुम्हें तो कंस का सेना-नायक नहीं, धर्माधिकारी होना चाहिए।...अच्छा और यदि वृन्दावन के मल्लों ने तुम्हें उन्हें बन्दी करने नहीं दिया तो?"

"तो राजपुरुषों के कार्य में बाधा उपस्थित करने के आरोप में हम वहीं उनका अन्त कर देंगे।"

"प्रद्योत! तुम्हारी योजना चाहे मेरे मन को कितना भी प्रसन्न कर दे; किन्तु एक बात तुम समझ लो कि यह सब इतना सरल नहीं है।" कंस गम्भीर था, "मैं वर्षों से अपने क्रीत हत्यारे वृन्दावन में भेजता रहा हूं, विषधर भी भेजता रहा हूं; किन्तु आज तक सफलता प्राप्त नहीं कर पाया। जो भी गया, वह वहीं मारा गया। तुम क्या समझते हो कि मैंने सेना भेजने की योजना कभी नहीं बनाई? बनाई है, अनेक बार बनाई है।"

"तो फिर सेना भेजी क्यों नहीं?" बाहुक ने पूछा।

"मथुरा हमारा नगर है। प्राचीर है यहां। प्रत्येक कोने-नुक्कड़ पर चौकियां हैं हमारी। इसीलिए वसुदेव आजतक हमारे चंगुल से निकल नहीं पाया; और उसके वे पुत्र प्राचीर से बाहर होने के कारण आज तक जीवित ही नहीं, मुक्त भी हैं।" कंस बोला, "और वहां! वहां कोई प्राचीर नहीं है, उनको घेरने के लिए। वे अपने कुटीर छोड़ कर वन में निकल जाएंगे। वृक्षों की आड़ में छिप जाएंगे। नदी-नालों, ताल-तलैयों की सहायता लेंगे। गोवर्धन की खोहों में जा छिपेंगे। तुम नहीं जानते कि हमारे सैनिकों को वे कहां-कहां घेर सकते हैं। हमारे सैनिक खुले में होंगे और वे वायु में कहीं भी घुले होंगे। प्रकट होंगे, वार करेंगे और फिर वायु में विलीन हो जाएंगे।..."

"उनके पास ढंग के शस्त्र भी नहीं हैं महाराज! वे एक प्रशिक्षित सेना का सामना कैसे करेंगे।" बाहुक बोला।

"ठीक कहते हो; किन्तु अपनी भूमि में लड़ने के लिए शस्त्रों की आवश्यकता नहीं होती। वे हमारे सैनिकों को कहीं भी उलझा कर आग लगा सकते हैं। भूसे की कमी नहीं है वृन्दावन में।...और फिर सारी प्रजा का विद्रोह। कर नहीं मिला तो तुम्हारे सैनिकों का वेतन कहां से आएगा। नहीं प्रद्योत! सैनिक अभियान करना होता तो मैं इतने वर्ष प्रतीक्षा नहीं करता।..."

द्वारपाल ने मुष्टिक और चाणूर के आने की सूचना दी।

"आओ मुष्टिक। आओ चाणूर।" कंस ने अपने स्थान से उठ कर अपने मल्लों का स्वागत किया।

उन्होंने प्रणाम किया और कंस के हाथ का संकेत देख कर बैठ गए।

अक्रूर की आंखें घृणा में सिकुड़ गईं। इन दुष्ट मल्लों का आ कर सम्मानित व्यक्तियों के समान राजपुरुषों के मध्य बैठना, अक्रूर को कभी भी अच्छा नहीं लगा। गली के गुंडों का राजपुरुषों के समाज में क्या काम? किन्तु कंस को कौन समझाए। वह सदा ही उन्हें बुला लेता था और फिर उनको महत्त्व भी और लोगों से अधिक ही देता था। उनका मस्तिष्क तो फिर अहंकार से सड़ना ही था; और वह सड़ रहा था।

"महाराज!"

"मित्रो! मैं तुम्हारे लिए एक दंगल का प्रबन्ध कर रहा हूं।"

दोनों के चेहरे खिल गए, "इससे सुखद समाचार और क्या हो सकता है, महाराज!"

"किसके लिए काल का बुलावा आया है?" चाणूर ने पूछा।

"मैं सोच रहा हूं कि वृन्दावन के इस कृष्ण और बलराम को तुम दोनों से भिड़ा दिया जाए।" कंस ने उन लोगों की ओर देखा, "क्या विचार है तुम्हारा?"

"अति उत्तम।" मुष्टिक के दांत हंसते हुए बैल के समान बाहर निकल आए, "कब जाने का आदेश है?"

"तुम लोग वृन्दावन जाओगे?"

"हां! क्यों नहीं। घर में घुस कर मारेंगे हम उनको।"

"सुना है, गोपियां असाधारण रूप से मादक होती हैं।" चाणूर ने लार टपकाई, "घर में घुसेंगे तो...।"

अक्रूर अपनी वितृष्णा छिपा नहीं पाया।...यह क्या राजपुरुषों की सभा-समितियों में बोली जाने वाली भाषा थी।

कंस कुछ देर तक मौन बैठा रहा। सबकी दृष्टि उसके चेहरे पर टिकी थी।

"यह हो जाए तो मुझसे अधिक प्रसन्नता और किसे होगी।" वह बोला, "किन्तु अपने मित्रों के लिए मेरा मन भी डरता है।"

मल्लों ने उसकी ओर आश्चर्य से देखा।

"आज तक मैंने जिस किसी को भी गोकुल या वृन्दावन भेजा है, वह जीवित नहीं लौटा है।" कंस ने कहा, "मैं तुम लोगों को ऐसे संकट में नहीं डालना चाहता।"

"महाराज को हमारे सामर्थ्य पर सन्देह है?" चाणूर ने कुछ रूठे से स्वर में पूछा।

"नहीं! तनिक भी नहीं।" कंस ने तत्काल कहा, जैसे वह भयभीत हो कि विलम्ब होने पर चाणूर उससे रुष्ट हो जाएगा, "किन्तु मैं उन ग्वालों की दुष्टता से भी परिचित हूं। मल्ल अपने बल और कला-कौशल पर निर्भर रहता है और राजा को नीति, राजनीति तथा कूटनीति सबका सहारा लेना पड़ता है। मैं तुम दोनों के सन्दर्भ में किसी प्रकार का संकट मोल लेना नहीं चाहता।"

"तो?" मुष्टिक की आंखें उसकी ओर उठीं।

"मैं उन लोगों को मथुरा बुलाना चाहता हूं। ताकि उनकी कोई धूर्तता यहां न चले।"

"और यदि उन लोगों ने मथुरा आना अस्वीकार कर दिया?"

"बांध कर लाएंगे।" प्रद्योत ने कहा।

सारे परिवेश में एक मौन छा गया।

"लाएंगे तो बांध कर ही।" कंस मुस्कुरा रहा था, "किन्तु बन्धन किसी और प्रकार का होगा।"

"कैसा बन्धन?" अक्रूर से पूछे बिना नहीं रहा गया।

"उनका कोई प्रिय जाएगा उन्हें लाने के लिए।" कंस की आंखों में जाने कैसा मद् लहराया, "जैसे भी हो, उन्हें समझा-बुझा कर लाएगा।"

"वे न माने तो?"

"मानेंगे कैसे नहीं।" कंस ने अट्टहास किया, "वे गोकुल और वृन्दावन में चाहे मेरे सारे योद्धाओं का वध कर दें; किन्तु यदि उन्हें अपने माता-पिता को कारागार

से छुड़ाना है, तो उन्हें मथुरा आना ही होगा। या फिर कृष्ण यदि सचमुच विष्णु का अवतार है तो भेजे अपने गरुड़ को और वसुदेव और देवकी उसकी पीठ पर बैठ कर सुरक्षित बैकुंठ धाम चले जाएं। न हो तो सारे कारागार को ही गरुड़ अपनी पीठ पर लाद कर ले जाए।" वह पुनः हंसा, "जाओ, जा कर उससे कहो, हे महाविष्णु! तुम्हारे माता-पिता कारागार में सड़ जाएंगे। उन्हें मुक्त कराना है तो चलो मथुरा!"

कंस हंसता ही चला गया।

47

वसुदेव बाहर से आए तो कुछ प्रसन्न थे।

देवकी ने उनकी जिज्ञासा भरी दृष्टि से देखा तो बोले, "एक अच्छा समाचार लाया हूं। गर्गाचार्य अपने आश्रम में लौट आए हैं।"

"किसने बताया?"

"कई लोगों ने देखा है।"

"आप भी जाएंगे दर्शन करने?"

"सोच तो रहा हूं।" वसुदेव बोले, "वे अकारण तो नहीं लौटे होंगे। परिस्थितियों में कुछ तो अन्तर आया होगा। उनसे देश-विदेश के समाचार मिलेंगे।"

"किस देश का समाचार चाहिए आपको?"

"किसी एक राज्य का समाचार नहीं चाहिए।" वे ठहरे, "हां! हस्तिनापुर का समाचार तो चाहिए ही। वह हमारे लिए महत्त्वपूर्ण है। सुना था कि बहन कुन्ती हस्तिनापुर लौट आई हैं। पता नहीं उन्हें हमारे विषय में कुछ ज्ञात भी है या नहीं। वहां की सत्ता का प्रभाव कंस पर भी पड़ेगा। यदि भीष्म एक बार हमारा पक्ष लेने के लिए बलप्रयोग का आश्वासन दें, तो मैं मथुरा में भी परिवर्तन की बयार की आशा कर सकता हूं।"

"किन्तु कंस की शक्ति तो जरासन्ध है।" देवकी ने कहा, "भीष्म कंस को तो दबा सकते हैं; किन्तु जरासन्ध पर उनका क्या वश है?"

"वश तो हो सकता है।" वसुदेव बोले, "देखना तो केवल यह है कि वे उसमें

हस्तिनापुर का कोई लाभ देखते हैं या नहीं। संसार में धर्म की स्थापना, उनका लक्ष्य है या नहीं। मथुरा की राजनीति में हस्तक्षेप करना चाहते हैं या नहीं। कुन्ती के हस्तिनापुर में उपस्थित होने से वहां की राजनीति के समीकरण बदलते हैं या नहीं।"

"और कृष्ण के द्वारा गोवर्धन-धारण करने के विषय में क्या सुना?"

"सुना तो बहुत कुछ है; किन्तु...।"

"किन्तु समझ में नहीं आया?"

"सन्देश तो समझ में आ रहा है। बस प्रक्रिया समझ में नहीं आई।"

"सन्देश समझ में आ रहा है?"

"हां! स्पष्ट रूप से।"

"क्या है सन्देश?"

"वह बता रहा है कि वह आ गया है। परिवर्तन की घड़ी आ गई है, लोग अपने-अपने स्थान पर सन्नद्ध रहें।" वसुदेव बोले, "चेतावनी दे रहा है पापियों को। धर्म और न्याय के मार्ग पर चलने वालों को सान्त्वना दे रहा है।" वे रुके, "मैं जब उसके चमत्कारों के विषय में सुनता हूं तो पुलकित हो उठता हूं। कैसे उस भविष्यवाणी का एक-एक शब्द सत्य प्रमाणित होने जा रहा है।..."

"आपको एक क्षण के लिए भी नहीं लगता कि वह संकटों में घिरता जा रहा है।" देवकी का स्वर चिन्तित था, "आप क्या समझते हैं कि कंस और उसके मित्र कृष्ण को मनमानी करने देंगे?"

"उसे मनमानी करने से कोई नहीं रोक सकता।" वसुदेव के स्वर में असाधारण विश्वास था, वह मनमानी करने ही आया है।"

वासना आ गई, "आर्य! आपसे भेंट करने आर्य अक्रूर पधारे हैं।"

"बैठाओ उन्हें। मैं आ रहा हूं।"

वसुदेव अकेले नहीं गए, देवकी भी साथ गईं।

"तुम मेरे घर कैसे चले आए अक्रूर?" वसुदेव हंस रहे थे, "तुम्हें कंस से तनिक भी भय नहीं लगा?"

"नहीं! अब भय नहीं लगता।"

"कारण?"

"कंस स्वयं इतना भयभीत है कि उससे क्या भय मानना।"

"कंस भयभीत है?" देवकी ने चकित हो कर पूछा।

"हां! जब वह ज़ोर का अट्टहास कर हंसता है तो मैं समझ जाता हूं कि वह भयभीत है। भीतर ही भीतर उसकी आत्मा कांप रही है। मेरा अनुमान है कि वह रात-भर सो नहीं पाता होगा। स्वाद ले कर भोजन नहीं कर पाता होगा। खाया हुआ पचता नहीं होगा।" अक्रूर ने कहा, "किन्तु मैं आपको कंस के भय की सूचना देने नहीं आया हूं।"

"तो?"

"मैंने एक दिन राजसभा में आपसे पूछा था कि आपके दो पुत्र अभी जीवित हैं क्या?" अक्रूर ने स्मरण दिलाया, "और आपने उत्तर दिया था कि कंस तो आपका साला है। उसका आपसे परिहास का सम्बन्ध है। मैं किस सम्बन्ध से यह परिहास कर रहा हूं।"

"स्मरण है मुझे।" वसुदेव बोले।

"आज मैं आपको बताने आया हूं कि मैं ही नहीं, कंस भी जानता है कि रोहिणी-पुत्र बलराम ही महादेवी देवकी का सातवां पुत्र है; और नन्द के घर यशोदानन्दन के रूप में पलने वाला कान्हा ही आपका आठवां पुत्र है।"

अक्रूर ने वसुदेव की ओर देखा : किन्तु उनके मुखमंडल पर तनिक भी व्याकुलता नहीं थी। वे सहज भाव से बैठे मुस्कुरा रहे थे। देवकी उनकी ओर देख रही थीं कि वे क्या उत्तर देते हैं।

"कुछ कहना है आपको?" अक्रूर ने उन्हें उकसाया।

"हां! तुम्हारी सूचना पूर्णतः सत्य है। कृष्ण ने स्वयं ही घोषणा कर दी है कि वह कौन है। ऐसे में तुम्हें ही क्या, प्रत्येक बुद्धिमान व्यक्ति को समझ जाना चाहिए कि वह कौन है।" वसुदेव ने सीधे अक्रूर की आंखों में देखते हुए कहा, "तारणहार आ गया है अक्रूर!"

"अब आप उसके प्राणों के लिए भयभीत नहीं हैं?"

"नहीं! अब भय का क्या कारण! सत्य तो यह है कि अब मैं तुम्हारे और कंस के प्राणों के विषय में सोच रहा हूं।"

अक्रूर अवाक् बैठा रहा। फिर उसे लगा कि वह मन-ही-मन सचमुच बहुत भयभीत है। कुछ क्षणों में संभल कर उसने दूसरा पांसा फेंका, "एक सूचना और है।"

"क्या?"

"कंस की एक योजना है। वह कृष्ण और बलराम को मथुरा बुला रहा है।"

अक्रूर ने कल्पना की थी कि यह सूचना पाकर, देवकी ही नहीं, वसुदेव भी कांप उठेंगे; किन्तु वे दोनों तो पूर्णतः आश्वस्त बैठे थे।

"यदि कृष्ण मथुरा नहीं आएगा तो कंस का वध कैसे करेगा?" अन्ततः वसुदेव बोले, "कंस तो मरने के लिए वृन्दावन जाने से रहा।"

अक्रूर स्तब्ध रह गया।

"आप कैसे इतने निश्चिन्त हैं कि कृष्ण ही कंस का वध करेगा, कंस क्यों कृष्ण का वध नहीं करवा सकता?" अक्रूर को कहना ही पड़ा।

"क्योंकि कृष्ण ने कंस का वध करने के लिए जन्म लिया है, कंस के हाथों मरने के लिए नहीं।" वसुदेव बोले, "कंस, जिनका वध कर सकता था, कर चुका। अब मरने की बारी कंस की है।"

"आप एक आधारहीन भविष्यवाणी पर विश्वास किए बैठे हैं। यह नहीं जानते कि कंस क्या कर रहा है। उसकी योजनाएं क्या हैं। वह अब भी कृष्ण तथा बलराम का वध कर सकता है।"

"मैं हाथ पर हाथ धरे नहीं बैठा हूं।" वसुदेव ने कहा, "जो कुछ मुझे करना है, वह मैं कर रहा हूं।...और जहां तक कंस की बात है, मैं इतना ही कह सकता हूं कि वह कृष्ण और बलराम का वध कर सकता है तो कर ले।" वे रुके और पहले से अधिक आत्मविश्वास से ही नहीं, कुछ आवेश से भी बोले, "जब कृष्ण-बलराम अपनी मां के गर्भ में थे, कंस तब उनका वध नहीं कर सका। जब वे सद्यःजात शिशु थे, वह तब उनका वध नहीं कर सका। जब वे घुटनों के बल

रेंग रहे थे, वह तब उनका वध नहीं कर सका। अब वह उनका क्या वध करेगा, जिनकी भुजाएं राक्षसों के कंठ मरोड़ सकती हैं।"

"आपको पूर्ण विश्वास है?" अक्रूर का संशय मिट नहीं रहा था।

"अपने विश्वास का क्या प्रमाण दूं तुमको? कहो तो ये सारी बातें कल कंस की राजसभा में कह आऊं, जो तुमसे अभी कही हैं।"

अक्रूर का मन कांप उठा : यह वसुदेव जाने किस धातु का बना हुआ है।

"तो जब कृष्ण और बलराम मथुरा आएंगे, आप क्या करेंगे? उनका स्वागत करेंगे?"

"नहीं! अपने अंगरक्षकों, अपने सैनिकों, अपने आरक्षियों और अपने सहायकों के साथ उनकी सहायता करने जाऊंगा। उनके पक्ष से लडूंगा।" वसुदेव बोले, "आवश्यकता हुई तो कंस के मथुरावासी ही नहीं, मागध सैनिकों से भी भिड़ जाऊंगा। हमें अपना युद्ध अभी लड़ना है। कंस के पापों का दंड उसे देना है।...उसने मेरी मातृभूमि का बहुत रक्त पिया है।"

अक्रूर ने लक्ष्य किया कि उसका मुख आश्चर्य से खुला का खुला रह गया था। उसने स्वयं को संयत किया और बोला, "कहां हैं आपके अंगरक्षक, आरक्षी, सैनिक, सहायक और अनुचर इत्यादि...मुझे तो कोई दिखाई नहीं पड़ता।"

"श्वफल्कपुत्र अक्रूर!" वसुदेव बहुत सधे हुए स्वर में बोले, "इस सृष्टि में बहुत कुछ ऐसा भी है, जो तुम्हें दिखाई नहीं पड़ता। तुम्हारी दृष्टि ही सृष्टि की सीमा नहीं है। उचित समय पर तुम्हें बहुत कुछ ऐसा भी दिखाई देगा, जो तुमने पहले कभी नहीं देखा।..."

वसुदेव ने देखा : वासना भागती हुई उन लोगों की ओर आ रही थी। उसका मुख लाल था और वह हांफ रही थी।

वसुदेव के कुछ पूछने से पहले ही वह हांफती हुई कुछ अस्पष्ट स्वर में बोली, "स्वामी! महाराज कंस के सैनिकों ने हमारा महल चारों ओर से घेर लिया है।"

वसुदेव ने उसी दिशा में आंखें उठाईं तो देखा : स्वयं प्रद्योत अपने अनेक नायकों और सैनिकों के साथ उनकी ओर बढ़ रहा था।

"तुमने बताया नहीं अक्रूर! कि तुम अपने साथ पूरी सेना ले कर आए हो।"

"आप मेरा विश्वास करें, मैं अपने साथ किसी को नहीं लाया।"

"आर्य धर्माधिकारी!" प्रद्योत ने निकट आ कर कहा, "महाराज कंस के शासन और प्राणों के विरुद्ध षड्यन्त्र रचने और प्रजा में असन्तोष फैलाने के अपराध में मैं आपको बन्दी कर रहा हूं।...और देवि देवकी! आपको भी मेरे साथ चलना होगा। मैं समझता हूं कि आप मुझे बाध्य नहीं करेंगी कि मैं आपको बन्दी बना कर बलात् अपने साथ ले कर चलूं।"

"मैं तुम्हारे साथ नहीं जा रही सेनानायक प्रद्योत!" देवकी ने सतेज स्वर में कहा, "किन्तु मैं अपने पति को अकेला नहीं जाने दूंगी। जहां तक बन्दी होने का प्रश्न है, तुम्हें चाहे दिखाई न पड़ता हो; किन्तु मैं देख रही हूं कि तुम्हारे और तुम्हारे स्वामी के कंठ यमपाश में बंधे हुए हैं।"

"आज आपने खड्ग उठाने का कोई प्रयत्न नहीं किया आर्य धर्माधिकारी।" प्रद्योत ने कहा।

"हां! क्योंकि मैं नहीं चाहता कि मेरे पुत्र अब और मथुरा से दूर रहें।" वसुदेव बोले, "मैं स्वयं को कंस के कारागार में बन्द करवा रहा हूं, ताकि मेरे पुत्र आएं और कंस का वध कर हमें छुड़ा ले जाएं। हम बन्दी नहीं होंगे, तो वे किसे छुड़ाने आएंगे। और यदि किसी को छुड़ाना नहीं होगा तो वे मथुरा क्या करने आएंगे। यदि वे मथुरा आएंगे नहीं तो कंस का वध कैसे होगा। समझे सेनानायक प्रद्योत! मैं कारागार में नहीं जा रहा, अपने पुत्रों का कंस के वध के लिए मथुरा आने का आह्वान कर रहा हूं।"

"आपके प्रलाप से किसी का कुछ बनता-बिगड़ता नहीं है आर्य धर्माधिकारी! यदि आपको उससे कोई सुख मिलता हो तो आप जितनी सुखद और असम्भव कल्पनाएं करना चाहें, कर सकते हैं।"

वसुदेव हंस पड़े, "मेरा प्रलाप ही तुम्हारे इस क्रियाकलाप को तुम्हारे परिवार के विलाप में परिणत करेगा सेनानायक!"

48

कंस ने अक्रूर को बुला भेजा था। और अक्रूर का मन इसी उधेड़बुन में पगलाता जा रहा था कि कंस को उससे क्या काम हो सकता है?

"आइए, बैठिए आर्य अक्रूर!"

अक्रूर का हृदय दहल उठा, कंस की इस प्रकार की संवाद-शैली बहुत संकटपूर्ण थी। वह इस प्रकार तब ही बोलता था, जब उसे कोई बहुत ही क्रूर तथा घृणित आदेश देना होता था।

"त्रिवक्रा!" उसने पुकारा।

त्रिवक्रा प्रकट हो गई। अक्रूर उसे पहचानते थे। वह कंस की कदाचित् सुन्दरतम दासी थी; किन्तु ईश्वर ने उसके सौन्दर्य का गर्व खंडित करने के लिए उसे कुबड़ी बना दिया था। वह राजभवन के लिए उबटन और अंगराग इत्यादि तैयार करती थी।

"महाराज!"

वह आ कर खड़ी हो गई थी और अक्रूर की आंखें उसके मुखड़े से ही नहीं हट रही थीं। वे पहले से ही जानते थे कि यदि वह सामने आ जाए तो उनकी आंखें उसके आनन से इस प्रकार चिपक जाती थीं, जैसे भ्रमर पुष्प से चिपक जाता है।

कंस ने यह सब देख लिया था। वह मुस्कुराया, "त्रिवक्रा सुन्दर है न!"

"वरानना है।" अक्रूर ने बड़ी सावधानी से अपने शब्द चुने, "सौन्दर्य की धनी

है; किन्तु प्रभु ने रूप देने में कृपणता कर दी। कुबड़ी न होती तो जाने मथुरा में इसकी स्थिति क्या होती।"

"रानी होती या सर्वप्रमुख वारांगना होती। राजपुरुष और मंडलेश्वर उसके द्वार पर अपना मस्तक पटकते।" कंस ने अट्टहास किया, "दासी तो नहीं होती।"

ऐसी चर्चा त्रिवक्रा कई बार अपने कानों से सुन चुकी थी। कभी-कभी वह इससे उदासीन हो जाती थी और कभी भयभीत। कंस ने केवल राजपुरुषों और मंडलेश्वरों द्वारा मस्तक पटकने की बात कही थी। राजा द्वारा नहीं। वह जानती थी कि राजा का मन आ जाए तो वह मस्तक नहीं पटकता, वह उसे उठा लाता। बलात् अपनी शैया पर ला पटकता...

"दासी के लिए क्या आदेश है महाराज?"

"मैं आर्य अक्रूर को एक महत्त्वपूर्ण कार्य के लिए, यात्रा पर भेज रहा हूं।" कंस ने कहा, "सोचा, यदि यात्रा से पूर्व उन्हें तुम्हारे हाथों की सेवा प्राप्त हो जाए, तो वे धन्य हो जाएंगे। उनको उबटन मल कर स्नान करा दो...।"

"नहीं महाराज! उसकी आवश्यकता नहीं है।" अक्रूर ने कहा।

"संकोच न करें। आपके अन्तःपुर में इसकी भनक भी नहीं पहुंचेगी।" कंस बोला, "त्रिवक्रा के उबटन में ही सुगन्ध नहीं, उसकी अंगुलियों में भी चमत्कार है। आपकी आत्मा तक न महका दे तो मुझे धिक्कारने का पूरा अधिकार होगा आपको।"

"नहीं महाराज! आपकी इतनी ही कृपा बहुत है।"

"जैसी आपकी इच्छा।" वह त्रिवक्रा की ओर मुड़ा, "अच्छा जाओ, परिचारिका से कहो कि वह कुछ खान-पान की व्यवस्था करे।"

त्रिवक्रा चली गई।

"आर्य अक्रूर!" कंस ने कहा, "आप जानते हैं कि मुझे पूर्ण विश्वास हो गया है कि नन्द के घर पलने वाला कृष्ण ही देवकी के आठवें गर्भ की सन्तान है; और रोहिणी के पास बलराम तो है ही। आपको यह भी ज्ञात है कि मैंने उन्हें मथुरा बुलाने की योजना बनाई है।..."

"हां महाराज!" अक्रूर के हृदय की धड़कन बढ़ती जा रही थी।

"उन्हें मथुरा लाने का दायित्व मैं आपको सौंपना चाहता हूं।"

"मुझे! पर मुझे ही क्यों?" अक्रूर के मुख से अनायास ही निकल गया।

"आप अस्वीकार कर रहे हैं?"

कंस का स्वर सामान्य ही था। उसमें किसी प्रकार की कोई उत्तेजना नहीं थी ...किन्तु जाने क्यों अक्रूर को उसमें कड़कती बिजलियों की ध्वनि सुनाई पड़ रही थी।

"नहीं! नहीं! अस्वीकार क्यों करूंगा।" वह बोला, "मैं तो चकित हूं कि आपने मुझे इस योग्य कैसे समझा।"

"आप वसुदेव के मित्र माने जाते हैं।..."

"किन्तु वसुदेव तो ऐसा नहीं मानते।"

"मैंने भी तो यही कहा है कि माने जाते हैं। आप उनके मित्र हैं, ऐसा तो मैंने नहीं कहा।" कंस बोला, "मैं चाहता हूं कि आप एक मित्र के रूप में वृन्दावन जाएं और स्नेहपूर्वक बहका और बहला कर आप उन दोनों भाइयों को मथुरा ले आएं। उन्हें यह आभास नहीं होना चाहिए कि यहां मृत्यु उनकी प्रतीक्षा कर रही है। उन्हें यह भी ज्ञात नहीं होना चाहिए कि मैं जानता हूं कि कृष्ण वसुदेव का पुत्र है। उन्हें केवल यही कहा जाएगा कि उनकी वीरता, बल तथा शक्ति की चर्चा सुन कर महाराज कंस भी उनका शौर्य और सामर्थ्य देखना चाहते हैं। यदि महाराज उनकी मल्लविद्या से प्रभावित हुए, तो उनको पुरस्कार देंगे।" कंस ने रुक कर अक्रूर को देखा, "नन्द से कहिएगा कि महाराज उससे प्रसन्न हैं और उसे अपना धनुर्यज्ञ देखने के लिए आमन्त्रित कर रहे हैं। नन्द अपने साथ जितने अधिक गोपों को लाए, उतना ही अच्छा है। कृष्ण ने किसी प्रकार की चतुराई की तो मैं उन सारे गोपों के शव उसे भेंट कर सकूंगा।" वह रुका, "ला पाएंगे न!"

अक्रूर को तत्काल कोई उत्तर नहीं सूझा। क्या कहें? ऐसा आश्वासन कैसे दे दें? सम्भव है कृष्ण तथा बलराम निमन्त्रण अस्वीकार कर दें।...सम्भव है कि वे अक्रूर को ही, कंस का प्रतिनिधि मान कर, किसी प्रकार की क्षति पहुंचाना चाहें। वे राजन्य संस्कृति में पले हुए लोग तो हैं नहीं कि उन्हें राजा का दूत मान कर उन्हें अभय दें। उन्हें सुरक्षित मथुरा लौटने दें।...और यदि कंस का आदेश न मानें तो कंस उन्हें अपना विरोधी मान कर इसी क्षण उनका वध कर सकता है।

"मेरा विचार है कि मैं आपके इस विश्वास की रक्षा करने में सफल रहूंगा।" अन्ततः अक्रूर ने कहा, "क्या मेरे साथ कुछ आरक्षी भी जाएंगे?"

"नहीं! निमन्त्रण देने के लिए अपने साथ कोई दूत शस्त्रबल ले कर नहीं चलता।" कंस बोला, "शस्त्रबल साथ हो तो उससे वह मैत्रीपूर्ण वातावरण नहीं रहता। कई वर्ष पहले एक बार मैंने अपने एक दूत, दिवावर्द्धन, को शस्त्रबल के साथ भेजा था। परिणामतः वहां एक प्रकार के उपद्रव की स्थिति उत्पन्न हो गई। आप मैत्री का सन्देश ले कर ही जाएं। आप तनिक भी चिन्ता न करें। आपका कुटुम्ब यहां पूर्णतः सुरक्षित रहेगा।"

अक्रूर का माथा ठनक गया। क्या कह रहा था कंस!...उनका कुटुम्ब सुरक्षित रहेगा।...क्या अभिप्राय है उसका? चेतावनी दे रहा है वह! उनका कुटुम्ब मथुरा में है; और मथुरा में सबके प्राण कंस की कृपा पर निर्भर करते हैं। यदि अक्रूर ने तनिक भी आनाकानी की तो उसके कुटुम्ब के साथ भी वही व्यवहार हो सकता है, जो वसुदेव के परिवार के साथ हुआ।...

घर लौटते हुए अक्रूर बड़े असमंजस में थे। एक ओर कुआं था, दूसरी ओर खाई। जाने इस कंस ने उनकी ही बलि देने का निश्चय क्यों किया था। उसके पास एक से बढ़ कर एक, चतुर मन्त्री थे, गूढ़ पुरुष थे, योद्धा थे। वह चाहता तो अपनी सेना भेज सकता था। फिर उन्हें ही क्यों फंसा रहा था वह? क्या उसने उन्हें मृत्युदंड देने का यह मार्ग निकाला था।...न वे उसके आदेश का उल्लंघन कर सकते थे; और न कृष्ण तथा बलराम को इस प्रकार का निमन्त्रण देकर, अपनी मृत्यु को आमन्त्रित कर सकते थे। वृन्दावन में वे पूर्णतः उन गोपों की दया पर होंगे। वहां कौन उनकी रक्षा करेगा। और यह कौन नहीं जानता कि कंस कृष्ण को क्यों मथुरा बुला रहा है।...

यदि वे चले गए। वृन्दावन में सुरक्षित भी रहे। कृष्ण अथवा उसके गोपों ने उनका वध नही भी किया तो क्या कृष्ण-बलराम, उनके साथ मथुरा आएंगे? क्यों आएंगे?...और यदि अक्रूर उन्हें मथुरा न ला सके तो कंस, उन्हें जीवित नहीं छोड़ेगा।..और यदि कृष्ण-बलराम के हाथों जीवित बच गए और उन्हें अपने साथ लाने में सफल हो भी गए, तो वे यादव-द्रोही माने जाएंगे। आज बच भी गए तो भविष्य में उनके प्राण संकट में पड़ सकते हैं। यादव लोग उन्हें कभी क्षमा नहीं करेंगे। उनका भविष्य हर प्रकार से अन्धकारपूर्ण हो चला था...

अक्रूर घर लौट आए। क्या करें? चिन्तित मुद्रा में पर्यंक पर पड़े रहे। दासी भोजन के लिए बुलाने आई तो कहलवा दिया कि उन्हें भूख नहीं है। पत्नी ने सुना तो वह चिन्तित हो कर दौड़ी आई, "क्या बात है? भूख क्यों नहीं है? ऐसे कोपभवन में क्यों पड़े हो?"

"खा गया कंस मेरी भूख को; और अब मुझे भी खाने पर लगा हुआ है।"

"क्या हो गया?"

"मुझे वृन्दावन जाने को कह रहा है, कृष्ण तथा बलराम को मथुरा लाने के लिए।"

"आपने कहा नहीं कि जिसने केशी और तृणावर्व जैसे लोगों को मार डाला, वह आपको जीवित छोड़ेगा क्या?"

"कह दूं?"

"और क्या!"

"तो मुझे कंस ही मार डालेगा।"

"ओह हां!" पत्नी के चेहरे पर भी चिन्ता प्रकट हुई, "यह तो संकट की बात है।"

"संकट तो है ही।" अक्रूर ने कहा, "जब सिंह एक भेड़ का पेट फाड़ कर उसे खा रहा था, तब दूसरी भेड़ ने क्यों यह सोच लिया कि वह उसे नहीं खाएगा? जब समय था और हम मथुरा छोड़ कर सुरक्षित कहीं और जा सकते थे, तब तुम ही इस भवन और सम्पत्ति के मोह में फंसी रहीं।...हमें तो कुछ नहीं कह रहा न कंस! लो अब कह रहा है।"

"मैं क्या जानती थी!..."

"कौन जानता है। उस समय तो तुम ही सबसे अधिक जानती थीं।" अक्रूर आवेश में थे, "दूसरों के संकट को केवल उनका संकट मानने से यही होता है। हमने क्यों नहीं सोचा कि वसुदेव का वर्तमान हमारा भविष्य हो सकता है।...मैं तो कहता भी रहा। तुम ही नहीं मानीं, सर्वज्ञा कहीं की।"

"हां सारा दोष मेरा ही है।" पत्नी ने रो-रो कर अपना सिर पीटना आरम्भ कर दिया, "मैं ही पापिन हूं। खा जाना चाहती हूं अपने कुटुम्ब को।"

"बन्द करो अब यह नाटक!" अक्रूर ने डांटा, "तुम पापिन नहीं हो किन्तु मूर्ख हो; और मूर्खता का कोई उपचार नहीं है।"

वह उसी प्रकार रोती रही।

"अब जाओ यहां से।" अक्रूर आपे से बाहर हो गए थे, "कुछ सोचने-समझने दो। मेरा भेजा मत खाओ।"

वह रोती हुई चली गई और अक्रूर पुनः लेट गए।

...कंस की बात तो उन्हें माननी ही है। माननी पड़ेगी। तो वे उसे प्रसन्न कर, क्यों नहीं जाते। वे उसको यह वचन दे सकते हैं कि वे जाएंगे और कृष्ण तथा बलराम को ले कर ही आएंगे।...इससे अधिक तो वह कुछ नहीं मांग रहा।

...और वृन्दावन पहुंच कर वे अपना पैंतरा बदल सकते हैं।...वे नन्द, रोहिणी, कृष्ण और बलराम – सबको बता सकते हैं कि कंस कितना दुष्ट है। वह वसुदेव और देवकी को किस प्रकार सता रहा है। वसुदेव किस प्रकार असमय ही बूढ़े हो गए हैं। कृष्ण और बलराम को चाहिए कि वे मथुरा आ कर अपने माता-पिता को इन सारे संकटों से मुक्त करें। उन्हें इस नरक से निकालें और अपने साथ ले जाएं – कंस की पहुंच से दूर। उन्हें कृष्ण को कहना चाहिए कि अक्रूर का सारा परिवार कृष्ण का भक्त है। वे उन्हें महाविष्णु का अवतार मानते हैं। कौन नहीं जानता कि कृष्ण तो पृथ्वी पर धर्म की स्थापना के लिए अवतरित हुए हैं।..और यदि कृष्ण मथुरा नहीं जाना चाहते तो अक्रूर भी उस दुष्ट राक्षस के नगर में नहीं लौटेंगे...वे भी वृन्दावन में ही रह जाएंगे।...फिर देखा जाएगा...

49

नन्द सारी रात करवटें बदलते रहे। एक क्षण को भी उनकी आंख नहीं लगी। यशोदा की जब भी नींद टूटी, उन्होंने पूछा, "क्या बात है, नींद नहीं आ रही?"

"हां! जाने क्या हो गया है। आज तो नींद रूठ ही गई है।" नन्द ने यशोदा को किसी गम्भीर चिन्ता से बचाने के लिए कहा, "वार्द्धक्य जो आ गया है।"

"हां! आ तो गया है। सिर के सारे केश श्वेत हो गए हैं। चेहरे पर झुर्रियां पड़ गई हैं। कमर झुक गई है। मुंह में कोई दांत नहीं रहा।" यशोदा ने कुछ खीज कर कहा और करवट बदल ली, "पर कल तक तो ऐसा नहीं था।"

तीसरी बार उनकी नींद टूटी और पाया कि नन्द अब भी जाग ही रहे हैं तो वे करवट बदल कर सो नहीं सकीं।

"बात क्या है?" वे उठ कर बैठ गईं, "अब तक तो वृद्धावस्था भी समाप्त हो गई होगी, पर नींद क्यों नहीं आ रही?"

यशोदा ने दीपक जला कर उसकी बत्ती उकसायी और नन्द को देखा : उनके चेहरे पर चिन्ता की इतनी अधिक रेखाएं थीं कि कोई भी उनको स्पष्ट ही पढ़ सकता था।

"क्या बात है?"

नन्द अब तक मन ही मन बहुत तप चुके थे। वे प्रायः इस निष्कर्ष पर पहुंच चुके थे कि वे यशोदा से इस रहस्य को और नहीं छुपा सकते। उन्हें यशोदा को बता ही देना चाहिए, अन्यथा वे अपने अज्ञान में और भी कष्ट पाएंगी।

"भोर होने में और कितनी देर है?" नन्द ने पूछा।

"मैं पूछ रही हूं कि बात क्या है और तुम लगे हो भोर की खोज करने।" यशोदा कुछ खीज कर बोलीं, "सारी रात सोए नहीं हो। कोई तो बात है, जो मुझे बताना नहीं चाहते।"

"इसीलिए तो पूछ रहा हूं कि भोर हो गई या अभी और सोना है?"

"भोर हो या न हो। अब और नहीं सोना है। मुझे बताओ, बात क्या है?"

नन्द ने उनकी ओर देखा। वे जानते थे कि उनके मुख से निकले शब्दों को सुनते ही यशोदा का यह स्वस्थ और उल्लसित चेहरा कुम्हला जाएगा। उनका मन पीड़ा से चीत्कार कर उठेगा। पर बताना तो था ही। वे अब और नहीं छिपा सकते।

"एक समाचार है यशोदा! और वह सुखद नहीं है।"

"क्या?"

"लगता है कि हमारे अच्छे दिन बीत गए।" नन्द धीरे से बोले।

"ऐसा क्या हो गया कि हमारे अच्छे दिन ही बीत गए?" यशोदा ने विनोद की-सी मुद्रा बनाई।

"शायद तुमने सुना हो कि मथुरा से कंस के मन्त्री श्वफलकपुत्र अक्रूर, वृन्दावन आए हैं।"

"हां! सुना था, कोई राजपुरुष आए हैं। पहले भी आते रहे हैं। इसमें चिन्तित होने की क्या बात है?" यशोदा कुछ आवेश में बोलीं, "हमने राजा का कर तो पूरा चुका दिया है; और दूध-घी भी मथुरा जाता ही रहता है।"

"अक्रूर राजा का कर लेने नहीं आए हैं।" नन्द बोले, "वे मथुरा में होने वाले धनुर्यज्ञ में सम्मिलित होने के लिए, हम सबके साथ कान्हा और बलराम को आमन्त्रित करने आए हैं।"

"तो उसमें चिन्तित होने की क्या बात है?" यशोदा ने कहा, "चलेंगे न हम सब। देख आएंगे राजा का धनुर्यज्ञ। निमन्त्रण ही तो है, कोई दंड तो नहीं है।"

"कितनी भोली हो यशोदा तुम!" नन्द की पीड़ित और उनींदी आंखों में हल्की-सी विशदता आई, "इस निमन्त्रण का अर्थ यह नहीं है कि राजा अपनी प्रजा का मनोरंजन करना चाहता है। तुम्हारी भी इतनी अवस्था हो गई, कभी राजा ने हमें-तुम्हें अथवा

किसी भी गोप को इस प्रकार निमन्त्रित किया कि मैं रथ भेज रहा हूं, आओ और मथुरा में होने वाला उत्सव देख जाओ। यह निमन्त्रण नहीं, आदेश है।...आ जाओ, अन्यथा पकड़ मंगाए जाओगे।"

"तो?"

"तो यह कि कान्हा के अनेक अद्भुत कामों की सूचना राजा को मिल चुकी है। उसे बलराम की वीरता का भी ज्ञान है। अब वह उसी बहाने उन दोनों का मथुरा में बुला कर उस धनुर्यज्ञ में अपना बल दिखाने को कहेगा। बल किसके विरुद्ध दिखाया जाएगा? निश्चित् रूप से राजा के प्रशिक्षित मल्लों और योद्धाओं के विरुद्ध। वे मल्ल इन दोनों बालकों को मार डालेंगे। राजा इनके प्राण लेना चाहता है; और दिखाना यह चाहता है कि कान्हा और बलराम उस धनुर्यज्ञ में मल्लों से लड़ते हुए मारे गए।"

यशोदा चुपचाप नन्द को देखती रहीं और फिर बोलीं, "यह तुम भोर ही भोर में कैसी अशुभ बातें कर रहे हो? यदि राजा ने मेरे और रोहिणी के पुत्रों के बल और वीरता को जान, उन्हें मथुरा ले आने के लिए अक्रूर को भेजा है तो उसमें मरने-मारने की चर्चा कहां से आ गई। राजा अपनी बलवान प्रजा को पुरस्कृत करता है या उसके प्राण लेता है?"

"राजा तो वही करता है, जो तुम कह रही हो; पर कंस कैसा राजा है, तुम जानती ही हो।" नन्द बोले, "वह राक्षस, कान्हा और बलराम का वध करना चाहता है।"

"पर क्यों? क्या बिगाड़ा है मेरे लाल ने उसका। कान्हा तो कभी मथुरा गया भी नहीं।"

नन्द कुछ क्षणों तक यशोदा को चुपचाप देखते रहे। फिर धीरे से बोले, "तुम जानती हो कि बलराम रोहिणी भाभी का पुत्र है।"

"यह कोई पूछने की बात है।"

"और यह भी जानती हो कि रोहिणी भाभी वसुदेव की पत्नी हैं।"

"हां!"

"तो बलराम वसुदेव का पुत्र है?"

"हां!"

"और वसुदेव कंस के कारागार में बन्दी हैं।"

"पर अब तो उसने उन्हें कारागार से मुक्त कर दिया है न!"

"कर दिया था; किन्तु अब फिर से बन्दी कर लिया है।"

"क्यों?"

"शायद इसीलिए कि वे कंस के विरुद्ध अपने पुत्र की सहायता न कर पाएं।"

"ओह।" यशोदा मौन हो गईं।

"तो कंस वसुदेव के पुत्रों का वध करना चाहता है।" नन्द बोले।

"पर कंस का वध तो देवकी-पुत्र करेगा और बलराम रोहिणी-पुत्र है।"

"कंस को सन्देह है कि बलराम भी देवकी-पुत्र ही है, जिसे रोहिणी भाभी अपना पुत्र कह कर यहां पाल रही हैं।"

यशोदा नन्द को देखती रहीं। उनके नयनों में जैसे सहस्रों प्रश्न थे...

"तो क्या कंस का सन्देह सत्य है? बलराम भी देवकी-पुत्र ही है?" अन्ततः उन्होंने पूछा।

"पूरा ज्ञान तो नहीं है। इसलिए निश्चित् रूप से कुछ नहीं कह सकता। किन्तु थोड़ा सन्देह मुझे भी है।"

"कैसा सन्देह?"

"जब रोहिणी भाभी के गर्भवती होने का हमें पता चला था तो वे रात-भर की यात्रा कर मथुरा से आई थीं। उनका गर्भ सात मास का था। उसमें टांके भी लगे हुए थे – ऐसा तुमने ही मुझे बताया था।"

"हां!"

"क्या ऐसा सम्भव नहीं है कि रोहिणी भाभी तो गर्भवती थीं नहीं। महादेवी देवकी का ही गर्भ संकर्षित कर रोहिणी भाभी में आरोपित कर दिया गया हो।"

"ऐसा सम्भव तो है। नहीं! शायद ऐसा ही है।" यशोदा बोलीं, "तभी तो उन्होंने उसे गोपनीय रखा।"

"लगता है कि यही सत्य है।"

यशोदा स्तब्ध-सी बैठी नन्द को देखती रहीं। वे जैसे अपनी पलकें झपकना भी भूल गई थीं।

"तो तुमने इतने दिनों तक मुझसे यह छुपाए क्यों रखा?"

"सन्देह ही तो है। सत्य तो नहीं। और फिर यह आर्य वसुदेव का रहस्य है। उसे तो तुमने भी शेष लोगों से छुपाए रखा है।" नन्द का स्वर अत्यन्त गम्भीर हो गया, "यह तो कुछ भी नहीं है यशोदा! आर्य वसुदेव के रहस्य की रक्षा के लिए तो मुझे, तुमसे और भी बहुत कुछ छुपाना पड़ा है।..."

यशोदा ने चौंक कर उनकी ओर देखा।

नन्द धीरे से बोले, "इसलिए नहीं कि मुझे तुम पर विश्वास नहीं था, वरन् केवल इसलिए कि यदि तुम्हें वसुदेव के रहस्यों का ज्ञान हो जाता तो कदाचित् तुम इतना सहज व्यवहार न कर पातीं। किसी न किसी को सन्देह हो जाता; और आर्य वसुदेव के पुत्रों पर संकट आ जाता।"

"और क्या छुपा रखा है तुमने मुझसे?" कोई भयंकर आशंका यशोदा का कंठ दबा रही थी। उनका श्वास था कि रुकने-रुकने को हो रहा था।...सहसा एक विचार उन के मन में कौंधा, "तुम कह रहे थे कि अक्रूर कान्हा को भी मथुरा ले जाने आए हैं?"

"हां!"

"क्या कंस, कान्हा का भी वध करना चाहता है?"

"हां! मेरा ऐसा ही अनुमान है।"

"पर क्यों? वह तो वसुदेव का पुत्र नहीं है।"

"वह भी वसुदेव का ही पुत्र है। वह देवकीनन्दन है।" नन्द ने एक झटके में कह ही दिया।

यशोदा का मस्तक जैसे अजाने ही किसी स्तम्भ से टकरा कर सन्न रह गया था। वे यह भी नहीं जान पा रही थीं कि मस्तक से रक्त भी बह रहा था अथवा वह मात्र संवेदनशून्य ही हुआ था। उनके नयन फटे के फटे रह गए। श्वास भी जैसे थम गया था।

"तुम झूठ बोलते हो।" यशोदा के मुख से चीत्कार फूटा, "यह कैसे सम्भव है। उसे मैंने अपने गर्भ में रख कर पाला है। उसे मैंने जन्म दिया है। उसे मैंने अपने वक्ष से लगा कर दूध पिलाया है। उसे गोद में खेलाया है, झूले में झुलाया है। आग्रह कर-कर के उसे रोटी खिलाई है, गली में अपने मित्रों के साथ खेलते हुए मोहन को बुला कर माखन का गोला थमाया है।...और फिर उत्पात् करने पर कान्हा को समझाया है, डांटा है, भला-बुरा कहा है। आवश्यकता पड़ने पर दंडित करने के लिए ऊखल से बांध दिया है। वह देवकी का जाया होता तो मैं उसे ऊखल से बांध देती?"

"इसीलिए तो ऐसे प्रत्येक अवसर पर मैंने तुमसे कहा था कि वह तुम्हारा पुत्र नहीं है।"

"हां! तुमने कहा कि वह नन्द का पुत्र है, किन्तु यह तो नहीं कहा कि वह वसुदेव का पुत्र है, देवकीनन्दन है।..."

यशोदा की स्थिति देख कर नन्द डर गए। यशोदा कहीं उन्मादिनी ही न हो जाए। क्या वह इस सूचना का इतना बड़ा और ऐसा क्रूर आघात सह पाएंगी?

नन्द ने आगे बढ़ कर यशोदा को अपनी भुजाओं में थामने का प्रयत्न किया। यशोदा झटके से उनसे दूर हट गईं। उनके नेत्रों का ताप और क्रोध असह्य था। वे चीत्कार कर बोलीं, "कंस नहीं, तुम मेरे पुत्र को मुझसे छीन लेना चाहते हो। मैं जानती हूं, तुम वसुदेव से बहुत प्रेम करते हो। प्रेम नहीं करते, दास हो तुम उसके। तुम मेरा पुत्र उसे दे देना चाहते हो, ताकि वह उसकी बलि दे कर अपने आठवें पुत्र को बचा ले।..."

नन्द कुछ नहीं बोले।

"राक्षस हो तुम! कंस के ही समान।" और यशोदा चीत्कार कर रो पड़ीं।

नन्द धीरे-धीरे उनके निकट पहुंचे और फिर से उन्हें भुजाओं में थामने का प्रयत्न किया। इस बार यशोदा ने दूर हटने का प्रयत्न नहीं किया। उन्होंने अपने आवेश में नन्द के वक्ष पर हथेलियों और मुट्ठियों से अनेक प्रहार किए और फिर हताशा की स्थिति में श्लथ हो कर उनके वक्ष पर अपना मस्तक टेक दिया, "तुम मुझे इस प्रकार क्यों मार डालना चाहते हो? मैं आज तक क्यों न जान पाई कि तुम इतने दुष्ट हो।"

यशोदा रोती रहीं और नन्द उनकी पीठ थपकते रहे। वे कुछ नहीं बोले।

जब यशोदा के अश्रु चुक गए तो उन्होंने अपने नेत्र पोंछे और नन्द की ओर देखा, "मुझे बताओ कि सत्य क्या है?"

"सत्य यही है यशोदा! कि कान्हा देवकी-पुत्र है।"

"यह कैसे सम्भव है?" यशोदा के नेत्रों में नए सिरे से पीड़ा जाग उठी थी।

"मेरा विश्वास करो यशोदा! मैं तुम्हें सत्य ही बता रहा हूं।" नन्द ने बहुत धीरे से स्नेहसिक्त स्वर में कहा, "पर तुम स्वयं को संभालो। मैं चाहता हूं कि आर्य वसुदेव का यह रहस्य अब भी रहस्य ही बना रहे। अब तक इस रहस्य को मैं जानता हूं अथवा वसुदेव। देवकी भाभी भी जानती हैं अथवा नहीं, कह नहीं सकता। ...अब तुम भी जानती हो।"

"मैं अभी न जानती हूं और न मानती हूं।" यशोदा बोलीं, "जिसे मैंने नौ मास तक अपने गर्भ में रखा, जिसका मैंने प्रसव किया, वह देवकी का पुत्र कैसे हो सकता है?"

"जिसे तुमने गर्भ में पाला-पोसा था, जिसे तुमने जन्म दिया था, वह योगमाया थी। एक कन्या, जिसे कंस ने मार डाला।"

"यह तुम जानते हो और मैं नहीं जानती?"

"तुम कैसे जानतीं। तुम्हारा प्रथम प्रसव था। अवस्था कुछ पक गई थी। प्रसव-वेदना को तुम संभाल नहीं पाईं और अचेत हो गईं। जब चैतन्य हुईं, तब तुमने अपने वक्ष से चिपके कान्हा को ही देखा था।"

"तो? जिस पुत्र को मैंने स्वयं जन्म दिया हो, उसे मैं देवकी का पुत्र कैसे मान लूं?"

"तुम्हें स्मरण है यशोदा! जिस रात्रि तुम्हारे अनुसार तुमने कान्हा को जन्म दिया था, उस रात्रि प्रसव-वेदना से तुम अचेत हो गई थीं?"

"हो गई थी मैं अचेत। मर तो नहीं गई थी।" यशोदा बोलीं, "अचेत हो जाने का क्या अर्थ? प्रसव की अवधि में यदि कुछ समय के लिए मेरी चेतना लुप्त हो गई थी तो मेरी सन्तान किसी और की कैसे हो गई?"

"तुम अचेत हो गई थीं।...उसी समय वसुदेव आए थे। वे एक मंजूषा में छिपा कर कान्हा को लाए थे।"

"तुमने मुझे बताया था कि अष्टमी की रात को कैसी भयंकर वर्षा हुई थी। वर्षा इतनी भयंकर थी कि न कोई वैद्य आ सका, न कोई धात्री, न प्रसाविका, न कोई सगा सम्बन्धी और न ही कोई प्रतिवेशी। तो वसुदेव कैसे आ गए?"

"आए तो वसुदेव ही थे। यमुना पार कर, उफान पर आई यमुना को तैर कर। कान्हा की रक्षा भी आवश्यक थी; और उसके जन्म के रहस्य की गोपनीयता भी। सोचो, आर्य वसुदेव किस विश्वास से अपने प्राणों पर खेल कर हमारे पास आए थे; और अपने जीवन की धरोहर मुझे सौंप गए थे। इसी गोकुल में रोहिणी भाभी भी थीं – आर्य वसुदेव की अपनी पत्नी। पर वसुदेव कान्हा को उनके पास नहीं छोड़ सकते थे। उसके लिए उन्होंने हम पर ही भरोसा किया था। मैं आज तक जान नहीं पाया कि उन्होंने इस दायित्व के लिए मुझे कैसे चुन लिया। क्या केवल रोहिणी भाभी की देख-भाल के आधार पर उन्होंने हम दोनों को इस कार्य के लिए चुना अथवा कोई और कारण था, यह तो वे ही जानें या जानें महाविष्णु।...आर्य वसुदेव भी जानते थे और मैं भी कि यदि कंस को इस रहस्य की भनक भी पड़ गई तो कान्हा तो कान्हा, मैं भी जीवित नहीं बचूंगा। किन्तु उन्हें कान्हा अपने प्राणों से भी अधिक प्रिय था। वह तारणहार है। अपने माता-पिता को ही नहीं, सारी प्रजा को जरासन्ध और कंस जैसे पापियों से बचाने आया है।..."

"और अपनी पुत्री प्रिय नहीं थी तुम्हें?" यशोदा उपालंभ दिए बिना रह नहीं पाई, "इस प्रौढ़ावस्था में जा कर भगवान् ने एक सन्तान दी थी। न उससे पहले कभी मेरी कोख हरी हुई, न उसके पश्चात् दूसरी सन्तान का ही जन्म हुआ।"

"कान्हा प्रिय नहीं है तुम्हें?" नन्द ने पूछा।

"कान्हा प्रिय है मुझे, अपने प्राणों से भी अधिक! किन्तु उस कन्या का क्या दोष था? उसे क्यों त्याग दिया, तुमने?"

"तुम समझती हो कि भगवान् ने तुम्हें एक कन्या दी थी।" नन्द ने कहा, "देनी ही होती, तो हमारे विवाह के तत्काल पश्चात् क्यों नहीं दी? इस प्रौढ़ावस्था तक तड़पाया क्यों? और जब दी ही थी, तो उसी समय वसुदेव क्यों आ गए, तारनहार

की रक्षा की याचना ले कर? क्यों लगा मुझे कि न तुम्हारे जीवन का भरोसा था, न योगमाया के प्राणों का?"

"मैं चैतन्य होती, तो तुम कैसे सौंप पाते योगमाया को वसुदेव को, यह जानते हुए भी कि मथुरा पहुंच कर वह कंस के हाथों से नहीं बच पाएगी?" यशोदा बोलीं, "नहीं बचना था उसे तो फिर भगवान् ने मुझे जननी ही क्यों बनाया? वंध्या ही क्यों नहीं रहने दिया मुझे? क्यों मैंने गर्भ धारण किया? क्यों प्रसव किया? क्यों मेरी चेतना छीन ली? क्यों तुम्हें लगा कि योगमाया बचे न बचे, कृष्ण की रक्षा तो करनी ही है?"

"तुम भगवान् की लीला को समझ क्यों नहीं रही हो यशोदा? तुम गर्भ धारण न करतीं, योगमाया को जन्म न देतीं, तो कान्हा को स्तनपान कैसे करातीं? बिना प्रसव के भी कभी किसी स्त्री के स्तनों में दूध उतरा है? बिना गर्भ धारण किए, कान्हा को गोद में ले कर खेलातीं, तो कैसे सारे गोकुल, सारे नन्दगांव को पता नहीं चलता कि कान्हा, यशोदानन्दन नहीं, देवकी-पुत्र है? कान्हा की धाय बना कर भेजा था, भगवान् ने तुम्हें। और यह तब तक सम्भव नहीं होता, जब तक तुम योगमाया की जननी न बनतीं।"

"उस रात वसुदेव आए थे?" यशोदा ने नन्द की ओर अविश्वास से देखा, "सच-सच बताना। तुम्हें मेरी सौंह! कान्हा की सौंह!"

"तुम विश्वास नहीं करोगी, पर सत्य यही है कि आर्य वसुदेव यमुना में तैर कर यहां तक आए थे। सम्भव है उनको उस समय कोई नाव न मिल सकी हो। सम्भव है उन्होंने नाव में आना उचित न समझा हो। पर सत्य यही है कि वे यमुना में तैर कर आए थे।..."

"वे क्यों नहीं डूबे?"

"यह तो केवल प्रभु ही बता सकते हैं।" नन्द ने उत्तर दिया, "मनुष्य के रूप में तो मैं इतना ही जानता हूं कि कान्हा को जीवित रहना था, इसलिए प्रभु ने वसुदेव को साहस दिया और जल को उनका रक्षक बना कर भेजा।"

"ऐसा चमत्कार वसुदेव के साथ ही क्यों हुआ? हमारे साथ कभी क्यों नहीं हुआ??"

"क्यों? तुम्हें कभी नहीं लगा कि कान्हा के साथ प्रतिदिन ही कोई-न-कोई चमत्कार हो रहा था? उस कान्हा का ही तो चमत्कार था कि आर्य वसुदेव यहां तक आ पहुंचे।"

यशोदा तत्काल कुछ नहीं कह सकीं। वे इसे अस्वीकार नहीं कर सकती थीं। कान्हा ः । ही चमत्कारी।

"तुमने मेरी कन्या वसुदेव को क्यों दे दी?"

"वह मृतप्राय थी। तुम्हारी अपनी स्थिति भी ठीक नहीं थी। वह कन्या मैंने वसुदेव को दे दी, ताकि वे कंस को कह सकें कि देवकी ने उस कन्या को जन्म दिया था।"

"वे ले गए उसे ताकि कंस उसका वध कर सके?"

"वे नहीं ले गए, मैंने स्वयं वह कन्या उन्हें सौंपी थी, शेष सब लोगों के प्राण बचाने और कंस के अत्याचारों से मुक्ति पाने के लिए।" नन्द का स्वर कुछ दृढ़ हुआ, "कान्हा की रक्षा का यही उपाय था मेरे पास।"

"तो कंस ने उसे मार डाला?"

"नहीं! समाचार यह है कि कंस उसे उठा कर भूमि पर पटक देना चाहता था, किन्तु वह पहले ही उसके हाथों से निकल कर आकाश में जा बैठी।"

"इस का क्या अर्थ?" यशोदा ने पूछा।

"यदि ईश्वरीय चमत्कार मानना चाहो तो मान लो कि वह योगमाया थी, जो कंस के हाथ से निकल गई और उसे चेतावनी दे गई कि उसका अत्याचार समाप्त होने वाला है। उसका वध करने वाला जन्म ले चुका है..."

"और यदि मैं इस चमत्कार का विश्वास न करना चाहूं तो?"

"तो यह कि कंस द्वारा उसका वध होने से पहले ही उसके प्राण पखेरू उड़ चुके थे।"

"उस भयंकर वर्षा को झेल कर, यमुना की बाढ़ की यातना को सहन कर, वह सद्यःजात कन्या मरती नहीं तो क्या करती।" यशोदा ने जैसे अपने आपसे कहा, "यहां रही होती मेरे पास, तो मैं उसे अपने वक्ष से लगा कर रखती। शायद उसके प्राण बच जाते।"

"कान्हा भी वही सब झेल कर आया था। जिसे बचना होता है, वह बच ही जाता है।" नन्द ने कुछ सहज होने का प्रयत्न किया, "तुम कदाचित् भूल गई हो कि उसके पश्चात् तुम कितनी अस्वस्थ रही थीं। कान्हा था तो उसका मुख देख-देख कर तुमने जीवन पाया।" वे रुके, "क्या तुम्हें इस बात का पश्चात्ताप है कि तुम्हें अपनी उस कन्या के स्थान पर कान्हा मिला?"

यशोदा ने घायल नागिन के समान तड़प कर उनकी ओर देखा, "तुम इससे भी क्रूर प्रश्न नहीं कर सकते? कान्हा को पा कर मेरा जीवन सार्थक हुआ। मैंने तो कभी जाना ही नहीं कि कान्हा को मैंने जन्म नहीं दिया है। यह तो तुम आज बता रहे हो। मेरे मन में तो मात्र एक लोभ जागा है...कान्हा की एक बहन भी होती।"

नन्द अपने विचारों में डूबे मौन बैठे रहे।

"कुछ बोलते क्यों नहीं? तुम इतने चुप्पे तो कभी नहीं थे।"

"सोच रहा हूं कि तब तो वसुदेव को कन्या दे कर कान्हा को रख लिया था, अब अक्रूर को क्या दे कर कान्हा को अपने पास रख लूं।" नन्द की आंखों में अश्रु आ गए।

यशोदा उनके पास खिसक आईं। अपने हाथ से नन्द के अश्रु पोंछ कर बोलीं, "जिसने का हा को तब बचाया था, उसका अस्तित्व अब नहीं है क्या?"

"तो फिर यह सब क्या है?"

"कंस स्वयं अपनी मृत्यु को निमन्त्रण दे रहा है।"

"बहुत समझाया है मन को...पर मन है कि मानता ही नहीं। कान्हा मथुरा चला जाएगा, यह बात किसी भी प्रकार गले से नहीं उतरती।" नन्द बोले, "मैं तो पहले दिन से ही जानता था कि कान्हा वसुदेव का पुत्र है, तो भी उससे बिछुड़ना मेरे प्राण लिए ले रहा है, और तुम..." नन्द ने जैसे बहुत प्रयत्न कर यशोदा की ओर देखा, "कान्हा का कोई भाई-बहन होता तो उसके जाने के पश्चात् कुछ तो सहारा होता तुमको।"

"कान्हा का स्थानापन्न कोई नहीं हो सकता।" यशोदा का स्वर पर्याप्त दृढ़ हो आया था, "मैं तो एकदम दूसरी बात सोच रही हूं।"

"क्या?"

"विवाह के पश्चात् कई वर्षों तक हमारी कोई सन्तान नहीं हुई। उस कन्या के पश्चात् फिर कोई दूसरी सन्तान भी नहीं हुई।" यशोदा ने नन्द की ओर देखा, "तो फिर मैंने उस एक मृतप्राय कन्या को ही जन्म क्यों दिया?"

"क्या तुम सोच रही हो कि उस प्रसव के समय ऐसा कोई विकार हो गया कि फिर तुम गर्भ धारण ही नहीं कर सकीं?" नन्द बोले।

"नहीं! मैं सोचती हूं कि मेरे भाग्य में सन्तान को जन्म देना नहीं था। वह प्रसव तो इसलिए हुआ कि मैं कान्हा को अपने स्तनों से दूध पिला सकूं।" यशोदा के नयनों से अश्रुओं की धारा बह चली, "यह मत समझना कि मैं सन्तान न होने से दुखी हूं। मैं कान्हा की धाय बन कर ही परम सौभाग्यशालिनी हूं। जिस प्रभु ने देवकी को कान्हा की जननी बनने का सौभाग्य दिया, उसी ने कान्हा की धाय बनने के लिए मुझे चुना। देवकी ने तो उसके प्रसव का कष्ट सहा, मैंने उसके लालन-पालन का सुख पाया। कान्हा का पालन करना अपने-आप में इतना बड़ा सुख है कि कोई भी माता उसके लिए जन्म-जन्मान्तरों तक सन्तानविहीन रह सकती है।"

नन्द चकित हो कर यशोदा को देख रहे थे। यह तो कोई नई-सी यशोदा थी। इस यशोदा को तो उन्होंने पहले कभी नहीं देखा था।

"कान्हा को बता दिया है कि वह वासुदेव है, देवकीनन्दन है?" यशोदा ने पूछा।

"नहीं!"

"बताओगे?"

"सोचता हूं कि बता ही देना चाहिए। उसे ज्ञात होना चाहिए कि उस पर कितना बड़ा संकट आने वाला है; और उसका कारण क्या है।" नन्द बोले, "वैसे भी अब वसुदेव-देवकी को कारागार से छुड़ाने का उद्यम करने का समय आ गया है।"

"ठीक से बताना।" यशोदा बोलीं, "यह नहीं कि औचक ही बता दो और लल्ला विचलित हो जाए।"

"कर दी न फिर मां वाली बात।" नन्द बोले, "कान्हा क्या ऐसा बच्चा है कि ह इस सूचना का वेग भी न झेल पाए।"

"ठीक है, जैसा तुम उचित समझो।" यशोदा ने जैसे अपने-आपसे कहा, "मेरा ीवनधन तो अब मुझसे विलग हो ही रहा है।"

50

बलराम आ कर रोहिणी के सम्मुख बैठ गए। उनके श्वास की गति और उनकी आंखों की लाली को देख रोहिणी समझ गईं कि बलराम कुछ क्रोध में हैं।

"क्या बात है लल्ला! किसी से झगड़ा हो गया क्या?"

"हो नहीं गया, करना है।" बलराम ने कहा।

"किससे? मुझसे?"

"हां! तुमसे।" बलराम बोले, "मुझसे आज तक यह क्यों छिपा कर रखा कि कान्हा मेरा अपना भाई है।"

"किसने छिपाया?" रोहिणी कुछ लीलापूर्वक बोलीं, "वह तुम्हें दाऊ कहता तो है। वह सारे वृन्दावन में किसी और को भी दाऊ कहता है क्या?"

"हां! दाऊ तो कहता है; किन्तु उसके माता-पिता का नाम नन्द और यशोदा बताया न!"

"तो इसमें क्रोध करने की क्या बात है लल्ला!" रोहिणी गम्भीर हो उठीं, "यह तो मैं भी नहीं जानती थी। शायद स्वयं यशोदा भी नहीं जानती थी।"

"पर क्यों?"

"अब, जब सब-कुछ जान ही गए हो तो क्या पूछ रहे हो। तुम छोटे-छोटे बालकों को क्या बताएं कि हम लोग किस भय और आतंक में जी कर यहां तक पहुंचे हैं।" रोहिणी ने कहा, "तुम क्या समझते हो कि तुम्हारे छह भाई, जिन्हें कंस ने मार डाला, उन्हें हम नहीं बचाना चाहते थे? तुम इतना ही समझ लो कि मृत्यु

का झंझावात चल रहा था। उससे बचने के लिए तुम्हारे पिता ने अपने परिवार को तिनकों के समान विभिन्न दिशाओं में उड़ा दिया। जो कोई बच सके, बच जाए। तुम जानते तो हो कि हम मथुरा में अपना प्रासाद छोड़ कर, मथुरा से बाहर यहां अपने गोकुल में क्यों रह रहे हैं।"

"पर मैं कान्हा को चिढ़ाता रहा कि वह नन्द और यशोदा का पुत्र नहीं है।" बलराम ने कहा, "और देखो तो वह उनका पुत्र नहीं है।"

"अब पता लग गया न कि वह देवकी और वसुदेव का पुत्र है?"

"हां! पता लग गया।"

"अब अपने विषय में सोच!"

बलराम हैरान!

"अपने विषय में? अपने विषय में क्या सोचना है मैया!"

"तू किसका पुत्र है?"

चकित बलराम ने अपनी मां की ओर देखा : यह कैसा प्रश्न है...

"तुम्हारा पुत्र हूं। वृष्णिश्रेष्ठ आर्य वसुदेव का पुत्र हूं।..." और बलराम रुक गए, "या मेरे विषय में भी कोई रहस्य उद्‌घाटित होने वाला है?"

"रहस्य तो है।" रोहिणी ने कहा, "कान्हा को जन्म दिया है देवकी ने और पाला है यशोदा ने। किन्तु तुझे अपने गर्भ में धारण किया था देवकी ने। तू देवकी का सातवां गर्भ है। किन्तु तेरा प्रसव किया है मैंने। बता तेरी मैया कौन हुई?"

बलराम मूक रह गए। क्या कहते।

"बोलता क्यों नहीं? तेरे मन में भी संशय आ गया है क्या? कौन है तेरी माता?"

बलराम कुछ व्याकुल से हो उठे, "मैया! तुमने मुझे जन्म दिया है। तुमने मुझे दूध पिलाया है। तुमने मेरा पालन-पोषण किया है..."

"जन्म ही नहीं दिया।" रोहिणी ने बलराम की बात काट दी, "तुझे अपने गर्भ में भी रखा है।"

"हां मां!"

"तो समझ ले, तेरी दो माताएं नहीं हो सकतीं।"

बलराम चुपचाप रोहिणी को देखते रहे।

"बोलता क्यों नहीं?"

"तुम्हें यह भय क्यों है मैया कि कोई मुझे तुमसे छीन लेगा?"

"मुझसे प्रश्न मत पूछ।" रोहिणी का स्वर कठोर हो गया, "जो पूछ रही हूं, उसका उत्तर दे।"

"तुम ही मेरी एक मात्र मैया हो। मैं और किसी मां को नहीं जानता।"

बलराम ने कह तो दिया, किन्तु वे अनुभव कर रहे थे कि उनका स्वर उनके कंठ में फंस रहा था।

"तो चल कान्हा से भी मिल ले, फिर मथुरा जाने की तैयारी भी करनी है।"

* * *

बलराम ने कृष्ण को कन्धों से पकड़ लिया, "झूठे! धूर्त! छलिया!"

कृष्ण हंस पड़े, "क्या बात है दाऊ! आज मिलते ही इतना प्रेम कैसे उमड़ आया?"

"तूने आज तक मुझे यह भी नहीं बताया कि तू भी वासुदेव है। मेरा सहोदर है।"

"सहोदर तो नहीं हूं।" कृष्ण बोले, "मेरी जननी तो देवकी माता हैं।"

बलराम मौन रह गए। क्या कहते। कैसे बताते कि जननी तो उनकी भी देवकी ही थीं; किन्तु उनके भाग्य में संकर्षित होना लिखा था।

"तुम्हें दाऊ तो कहता ही रहा हूं।" कृष्ण ने उन्हें मौन देख कर कहा।

"उससे क्या। दाऊ तो तू किसी को भी कह सकता है।" बलराम ने कहा, "महर को सब लोग बाबा कहते हैं तो वे सबके बाबा तो नही हैं न!"

"पर आज तक किसी और को तो दाऊ नहीं कहा मैंने।"

"सच कह रहा है, किन्तु यह क्यों नहीं बताया कि मैं वस्तुतः तेरा दाऊ हूं?"

"मुझे स्वयं कहां मालूम था।" कृष्ण ने कहा, "जहां तक मैं जानता हूं, मैया भी नहीं जानती थीं कि वे मेरी जननी नहीं हैं।"

"कैसे हो सकता है यह।" बलराम सहमत नहीं हो पा रहे थे, "बड़ों को तो सब-कुछ ज्ञात होता है, बच्चों से छिपा लेते हैं सारे रहस्य।"

"सृष्टि का रहस्य तो बड़ों को भी ज्ञात नहीं है दाऊ!" कृष्ण हंसे, "नहीं तो बेचारे माया के भ्रम में क्यों इतना भटकते।"

"तो अब क्या सोचता है?"

"क्या सोचना है?"

"मथुरा जाने के विषय में?"

"जाएंगे।"

"हम कंस के बाप के नौकर हैं कि उसने आदेश भेजा तो हम उठ कर मथुरा चल दें।"

"अक्रूर आए हैं बुलाने।"

"अक्रूर की गर्दन मरोड़ कर फेंक देते हैं उसे, वृन्दावन के भेड़ियों के सामने।" बलराम बोले, "पहले भी तो इतने राक्षस मारे हैं। एक और सही।"

"दाऊ! अक्रूर राक्षस नहीं है। बेचारा एक राक्षस का दास है।" कृष्ण बोले, "मारना ही है तो राक्षस को मारेंगे। उसके दासों को मारने का तो कोई लाभ नहीं है।...वैसे मथुरा तो हमें जाना ही है – कंस बुलाए, न बुलाए।"

"क्यों?"

"हमारे माता-पिता मथुरा के कारागार में हैं। उन्हें छुड़ाना नहीं है क्या?" कृष्ण बोले, "और वे कहीं भी रहें, तब तक मुक्त नहीं होंगे, जब तक वह राक्षस कंस मारा नहीं जाएगा।"

"किन्तु अक्रूर का तो कहना है कि कंस हमें मारना चाहता है...।"

"ठीक कहा है अक्रूर ने!" कृष्ण बोले, "कंस हमें मारना चाहता है, और हम कंस को मारना चाहते हैं।"

"ऐसा क्यों है?"

"वह हमें मारे बिना हमारे माता-पिता को कारागार में बन्द नहीं रख सकता; और हम उसे मारे बिना अपने माता-पिता को कारागार से मुक्त नहीं करा सकते।" कृष्ण बोले, "अब बताओ, क्या करना है?"

"करना क्या है, कंस को मारना है।" बलराम ने कहा, "किन्तु कान्हा! अक्रूर ने हमें यह क्यों नहीं बताया कि कंस हमें ही नहीं, हमारे माता-पिता को भी मारना चाहता है।"

"अक्रूर डरता है।"

"किससे? कंस से?"

"हां! कंस के पास सेना है।"

"सेना से डरता है।" बलराम अट्टहास कर उठे, "पर मेरी मैया तो इस बात से डरती हैं कि वहां माता देवकी मुक्त हो गईं, तो वे मुझ को मैया से छीन लेंगी।"

"सबके अपने-अपने युद्ध हैं दाऊ!"

* * *

रोहिणी को देखते ही यशोदा जैसे जड़ से उखड़े हुए वृक्ष के समान टूट कर उनके कन्धे से जा लगीं।

"मैं जानती थी बहना! कि तेरी यही स्थिति होगी।" रोहिणी ने यशोदा को अपनी भुजाओं में संभाल लिया, "तुम नहीं जानती थीं। और देखो, मैं यहां बैठी हुई भी नहीं जानती थी कि कान्हा देवकी-पुत्र है। मैं गोकुल में बैठी थी और आर्यपुत्र आ कर कान्हा को महर को सौंप गए। मेरी ओर झांक कर भी नहीं देखा उन्होंने। महर ने भी अपने अधर ऐसे सी लिए कि हमें भनक तक नहीं लगी।"

"बता देते तो क्या मुझे कान्हा प्यारा नहीं लगता।" यशोदा रो पड़ीं, "तब क्या मैं उसे स्तनपान नहीं कराती, माखन-मिश्री नहीं खिलाती। तब क्या उसे अपने वक्ष से लगा कर नहीं रखती।"

रोहिणी ने उनके अश्रु पोंछे, "यह सब तो तुम करतीं; किन्तु तब तुम उसे ऊखल से नहीं बांध पातीं।"

"क्यों नहीं बांध पाती?" यशोदा उपालम्भ के से स्वर में बोलीं, "बालक उधम मचाते हैं तो माताएं क्या उन्हें ऊखल से नहीं बांधतीं? वे तो उनके हाथ-पैर भी बांध देती हैं।"

"तुमने अपना जाया माना तो ऊखल से बांध दिया। यदि कहीं जानतीं कि वह देवकी का जाया है, तो इतनी कठोर नहीं हो पातीं। कहीं-न-कहीं से किसी को भनक लग ही जाती कि तुम उसकी जननी नहीं हो, माता-भर हो।" रोहिणी बोलीं, "तो कान्हा इतना सुरक्षित रह पाता।"

"दीदी! देवकी से कहना कि मैंने उसे बहुत प्रेम से पाला है...।"

"एक बात सुनो मेरी बहना!" रोहिणी ने उन्हें बात पूरी नहीं करने दी, "हम दोनों ही देवकी की बात सोच रही हैं, कंस की नहीं। हमें क्यों नहीं लगता कि सारा संकट तो कंस की ओर से है। मैं आ कर इतने वर्ष यहां रही। क्यों? कंस के भय के ही तो कारण। मैं केवल बलराम के लिए चिन्तित थी, मैं क्या जानती थी कि कान्हा के लिए संकट और भी बड़ा है। इसीलिए तो नन्द महर ने अपने अधर इस प्रकार सिए रखे। सुनते रहे कि बलराम कान्हा को चिढ़ा रहा है कि नन्द और यशोदा तुम्हें हाट से मोल कर लाए हैं। फिर भी कुछ नहीं बोले।"

यशोदा ने अपने अश्रु पोंछ लिए, "कंस क्यों बुला रहा है?"

"तुम नहीं जानतीं मेरी भोली बहना!" रोहिणी के मन का उद्वेग उनके चेहरे पर आ गया, "जहां तक मैं समझती हूं कि इतने वर्षों तक जिस क्षण से हम डरते रहे, वह क्षण आ गया है। अब युद्ध की घड़ी है।..."

"आप इनके साथ मथुरा जाएंगी?"

"क्यों नहीं जाऊंगी। जिनकी रक्षा के लिए वर्षों अपने घर, अपने पति, अपने परिवार से दूर रही – अब, जब उन पर संकट आया है, तो मैं यहां कैसे रह सकती हूं।"

"नन्द महर भी जाएंगे।" यशोदा ने कहा, "किन्तु मैं...मैं..." यशोदा पुनः फफक पड़ीं, "मैं यहां मां योगमाया के मन्दिर में पड़ी, अपने पुत्र की सुरक्षा के लिए आमरण अनशन करूंगी।...मां योगमाया चाहे एक-दो प्रहरों के लिए ही सही, किन्तु मेरी पुत्री बन कर आई थीं। मैं अपनी उन दो प्रहरों की पुत्री से प्रार्थना करूंगी। यदि मेरे कान्हा पर कोई संकट आए तो विश्वास करो दीदी! मैं जीवित नहीं रहूंगी।"

* * *

"मैया! तुम साथ नहीं चलोगी?"

यशोदा की समझ में नहीं आ रहा था कि कान्हा के इस प्रश्न पर रोएं या हंसें। यह बालक इतना चतुर है; किन्तु मां के मन को तो नहीं समझता न!

"जब तू मथुरा से यहां आया था तो तेरी जननी साथ आई थी कि मैं तेरे साथ मथुरा जाऊंगी।" यशोदा ने मुख फेर लिया। वे नहीं चाहती थीं कि कान्हा उनकी आंखों में अश्रु देखे।

"तो तुझे लग रहा है मैया! कि मथुरा में एक स्त्री है देवकी, जो तुम्हारे कान्हा को तुमसे छीन रही है।" कृष्ण बोले, "तुम भूल गईं कि वहां कंस है, जो मुझे तुम सब से छीनना चाहता है; और मुझसे तुम सबको छीनना चाहता है। तुम्हें देवकी से भय है और कंस से नहीं? तुम्हारे मन में देवकी का विरोध है और कंस का नहीं?"

यशोदा स्वयं को रोक नहीं पाईं। खुल कर रो पड़ीं, "तू ऐसी बातें क्यों करता है कान्हा! कि मेरा मन कहीं टिक ही न पाए।"

"मैया! सब चल रहे हैं – बाबा, दाऊ, बड़ी मां, मेरे मित्र, ब्रज के सारे मल्ल और लठैत; और जाने कौन-कौन। बस तुम ही नहीं चल रहीं। तुम चलो तो हम साथ-साथ मथुरा में घूमेंगे। वह मेला भी देखेंगे, जो कंस कर रहा है।"

यशोदा ने अपने अश्रु ही नहीं पोंछ लिए, वे कुछ स्वस्थ भी हो गईं, "अब तू भी बहुत कुछ भूल रहा है कान्हा!"

"क्या मैया?"

"मथुरा बड़ा नगर है, तो वहां बड़ा हाट भी होगा। मेला है तो वहां बहुत सारा मनोरंजन भी होगा।" वे बोलीं, "किन्तु तू भूल रहा है, मेरे लाड़ले! वहां कंस है। उसकी सेना है। उसके मल्ल हैं। वे तुझे हाट में घूमने देंगे? वे तुझे मनोरंजन करने देंगे?" वे रुकीं, "और तू भूल रहा है पुत्र! कि वहां देवकी नाम की एक स्त्री है, जो इस समय कंस के कारागार में है। वर्षों से कारागार में रह कर उसने तेरी प्रतीक्षा की है। उसने तुझे पाने के लिए अपने छह-छह पुत्रों की हत्या होते देखी है। तू मथुरा जा रहा है, मेला देखने या उस देवकी को कारागार से मुक्त कराने?

लोग जानते नहीं हैं। जानते हैं तो समझते नहीं हैं कि महादेवी देवकी और आर्य वसुदेव ही कारागार में नहीं हैं। हम सब किसी न किसी प्रकार के कारागार में बन्दी हैं। जिस दिन तू देवकी और वसुदेव को कारागार से मुक्त कर देगा, उस दिन मथुरा राज्य का प्रत्येक नागरिक मुक्त होगा। मैं तुझे उन सबको मुक्त करने को भेज रही हूं पुत्र! ऐसा न होता तो क्या हम तुझे अक्रूर के साथ जाने देते!"

"तो क्या करतीं? राजा की आज्ञा की अवज्ञा करतीं?"

"या तो अक्रूर को ही मरवा देती, या तुझे ले कर कहीं भाग जाती।"

"हां मैया! ऐसा कुछ कर तो सकते थे। तो बाबा हम सबको ले कर मथुरा क्यों जा रहे हैं?"

"मथुरा की मुक्ति हेतु। तेरे हाथों कंस का वध कराने। कर पाएगा?"

"पर मैया! दाऊ मुझसे अधिक बलवान हैं।" कृष्ण हंसे, "यह सब तो वे ही कर लेंगे।"

"तुझे भय लगता हो तो हम कहीं भाग चलें। वन में छुप जाएं।"

"नहीं मैया! मुझे भय नहीं लगता। मैं तो दाऊ का मान रखने के लिए कह रहा हूं।"

"जो कुछ बलराम कर सकेगा, वह करेगा।" यशोदा बोलीं, "पर तू क्या करेगा? क्या करने आया है तू संसार में? तू यशोदा की गोद में खेलने के लिए ही तो नहीं आया। तू यशोदा के आंगन में रहने के लिए ही तो नहीं आया।" यशोदा के अश्रु पुनः उबल पड़े, "यदि मेरा पुत्र बन कर नहीं रहना था, तो मेरी गोद में आया ही क्यों तू?"

"मैया! गोद से उतर कर भी तो पुत्र, पुत्र ही रहता है। कुछ और तो नहीं हो जाता।"

"गोद से उतरता है, तो आंगन में तो रहता है।" यशोदा ने कहा, "मां को छोड़ कर, मथुरा तो नहीं चला जाता।"

कृष्ण हंसे। मैया पर अपनी मोहिनी डाली, "वे और ही पुत्र होते हैं मैया! जो आंगन में रहते हैं। वे यशोदा के पुत्र नहीं होते। कान्हा, आंगन में नहीं रहता, मन में रहता है। देख तो अपना मन!"

और यशोदा ने देखा कि उनके मन में ही नहीं, सब ओर कान्हा ही कान्हा तो था। और था ही कौन?

"जा पुत्र! जिस कार्य के लिए संसार में आया है, तू वही कर।" यशोदा बोलीं, "तेरी मैया ने अपना काम किया, तू अपना काम कर।"

51

प्रातः ही सारी तैयारी हो गई।

अक्रूर बहुत आतुर था। जितना विलम्ब हो रहा था, उतने ही वह व्याकुल होता जा रहा था।

"नन्द महर! इतना विलम्ब क्यों हो रहा है?"

"और मुझे यह पूछना है कि आप इतने व्याकुल क्यों हैं राजपुरुष?" नन्द ने सहज भाव से कहा, "आप हमें निमन्त्रित करने आए हैं। हमने आपका निमन्त्रण स्वीकार किया है। हम तैयार हो कर मेला देखने जा रहे हैं। मथुरा में दो-एक दिन रहना भी होगा, तो कुछ सामान साथ ले जाना होगा न! कुछ प्रबन्ध करना होगा न! या आपके महाराज कंस हम सबके ठहरने, खाने-पीने और विहार इत्यादि का प्रबन्ध करने वाले हैं।"

अपनी व्याकुलता में अक्रूर बहुत संयत नहीं रह पाया। बोला, "मैं केवल कृष्ण और बलराम को लेने आया था। सारे वृन्दावन को ले जाने में मेरी रुचि नहीं है।"

"इतना तो हम भी समझते हैं राजपुरुष!" नन्द बोले, "आप कृष्ण-बलराम को ले जाना चाहते हैं; किन्तु उनकी सुरक्षा का दायित्व लेने को तो आप उद्यत नहीं हैं।"

"वह सब मैं कैसे कर सकता हूं।" अक्रूर ने कहा, "मैं राजप्रतिनिधि हो कर आया हूं। निमन्त्रित करना मेरा काम था, वह मैंने किया। सुरक्षा-असुरक्षा की बात उसमें है ही कहां।"

नन्द अक्रूर के सम्मुख बैठ गए। उनके हाथ में उनकी लाठी थी। उसे एक

बार भूमि पर ठोका और बोले, "आप सच नहीं बोल रहे हैं तो मैं ही सच बोल देता हूं राजपुरुष!"

"बोलो।"

"आर्य वसुदेव और देवी देवकी के छह-छह पुत्रों का वध किया है आपके महाराज कंस ने!..."

अक्रूर देखता रह गया नन्द की ओर।

"क्यों कर पाया कंस वह सब?"

अक्रूर इस चर्चा से ही घबरा गया था। उसकी कोई इच्छा नहीं थी कि वह नन्द से इस विषय में कुछ कहे या सुने।

"मैं क्या जानूं।" उसने धीरे से कहा।

"मेरा प्रश्न है कि क्यों न जानें आप?" नन्द का स्वर कुछ सध गया, "जिस राजसभा में जा कर आप प्रतिदिन उपस्थिति देते हैं। उस सभा का राजा कौन-कौन से पाप कर रहा है, यह क्यों न जानें आप? यह जानना किसी और का कार्य है क्या? और क्यों न उस राजा से पूछें कि वह प्रजा का हत्यारा क्यों है? क्यों उससे प्रजा की ओर से आप प्रश्न नहीं कर सकते?"

"तो अब तुम मुझे एक सभासद का दायित्व सिखाओगे?" अक्रूर ने अपना रोष प्रकट किया।

"क्यों नहीं सिखा सकता?" नन्द का स्वर कुछ और कठोर हो गया, "आप राजकर्मचारी नहीं हैं। राजपुरुष हैं। आपका दायित्व राजा के प्रति ही नहीं, प्रजा के प्रति भी है।"

"क्यों?"

"क्योंकि राजा से जो धन प्राप्त कर आप विलासपूर्ण जीवन जी रहे हैं, वह प्रजा का धन है। जानते हैं कि नहीं कि वह प्रजा का धन है?"

"जानता हूं।"

"प्रजा ने यह मान कर कि राजा अपना दायित्व पूर्ण करेगा, उससे कभी नहीं पूछा। वह अपने विलास में कुकर्म करता रहा, तब भी नहीं पूछा। जब उसने शिशु-संहार आरम्भ किया, प्रजा ने तब भी उससे कुछ नहीं पूछा; किन्तु सावधान

तो वह हो गई। तब मुझे देवी रोहिणी ने बताया था कि जिसे हम अपनी सेना समझते थे, वह राजा की सेना थी। वह प्रजा की रक्षा के लिए नहीं, राजा की ओर से प्रजा पर अत्याचार करने के लिए संगठित एक बल था। इसलिए प्रजा को अपनी रक्षा करने के लिए स्वयं संगठित होना होगा। हम तब से ही संगठित हो रहे हैं।"

"ठीक है; किन्तु यह सब मुझे क्यों बता रहे हो?" अक्रूर झल्ला गया था।

"इसीलिए कि आप यह मान कर चल रहे हैं कि आप हमारे पुत्रों को ले जा रहे हैं, ताकि कंस उनका वध कर सके।" नन्द हंसे, "और हम अपने पुत्रों को भेज रहे हैं कि वे जा कर कंस का वध कर सकें। कंस ने बहुत अच्छा किया कि स्वयं ही अपने वध के लिए मंच बनवा दिया। उसे इच्छा-मृत्यु मिलेगी।...अपने भवन के किसी कक्ष में प्रजा की दृष्टि से बच कर मर जाना भी कोई मरना है। यहां मंच पर, सारी प्रजा के सामने अपमानजनक मृत्यु पाएगा, तो उसके कुछ पाप भी कटेंगे। प्रजा भली प्रकार देख सकेगी। मंच इतना ऊंचा तो होगा ही कि सबको सब-कुछ दिखाई पड़ सके। क्यों राजपुरुष?"

"तुम बौरा गए हो नन्द!" अक्रूर बोला, "तुम समझते हो कि ये दो किशोर जाएंगे और कंस का वध कर देंगे। तुम नहीं जानते कि कंस का सैन्य बल क्या अर्थ रखता है। तुम नहीं जानते कि बाणासुर, भौमासुर, कालयवन और जरासन्ध उसके मित्र और सहायक हैं। ये दो किशोर..."

"आपका क्षत्रिय धर्म यह सुन कर ही धराशायी हो गया कि कंस के मित्र बहुत शक्तिशाली हैं।" नन्द हंसे, "भय के मारे पत्थर हो गए। खड्ग तक नहीं उठाया आपने। पर हम भयभीत नहीं हैं। बिना लड़े मरने से, लड़ कर मरना उत्तम समझते हैं। कृष्ण और बलराम दो किशोर ही नहीं हैं, प्रजा का बल हैं। वे ईश्वरीय शक्ति हैं। कंस के भय से हम उन्हें अकेले नहीं भेज रहे हैं। हम साथ जा रहे हैं, उनके। यह हमारी गोप सेना, मल्लों की सेना है, ये लोग कृष्ण-बलराम के हाथ-पांव हैं। हम अपने हाथ-पांव कटा कर नहीं जा रहे। हम संघर्ष की तैयारी के साथ जा रहे हैं। आप चाहें तो अपने महाराज कंस को सूचित कर सकते हैं। वे चाहें तो मगध से अपने लिए अंगरक्षक मंगा लें; किन्तु इतना निश्चित् है कि हमारे कृष्ण और बलराम ही नहीं, देवी देवकी और आर्य वसुदेव भी स्वतन्त्र रूप से कंस के भय से मुक्त हो कर मथुरा में ही रहेंगे; और ससम्मान रहेंगे। सम्भव है कि हमारे इस प्रयत्न से मथुरा के क्षत्रियों की क्लीवता कुछ कम हो और उनका पौरुष जागे।"

52

गोपियां रोती रह गईं और कृष्ण तथा बलराम, अक्रूर के रथ पर आ बैठे।

कृष्ण यशोदा के चरण स्पर्श कर, प्रणाम करने लगे, तो यशोदा ने उन्हें अपने अंक में भर लिया, "कान्हा!"

"मैया!" कृष्ण ने मां को अपनी बांहों में थाम लिया, "तुम जानती हो मैया! कान्हा गोद में नहीं रहता। कान्हा आंगन में भी नहीं रहता।..."

"जानती हूं पुत्र! कान्हा केवल मन में रहता है।" यशोदा ने कहा, "किन्तु मैं अपने मन का क्या करूं पुत्र! तुझे रोक नहीं सकती। रोकना चाहती भी नहीं। देवी देवकी वहां वर्षों से तेरी प्रतीक्षा कर रही हैं। मैं तुझे उनके साथ बांटना भी नहीं चाहती। समूचा का समूचा सौंप रही हूं उन्हें। मां को उसका पुत्र मिलना ही चाहिए।"

कृष्ण ने सीधे यशोदा की आंखों में देखा, "देवकी मेरी जननी हैं; किन्तु मैया तो मेरी तुम ही हो न! मैं अपने माता-पिता को कारागार से छुड़ाऊंगा। उनके कष्ट भी दूर करूंगा। किन्तु मैया! तेरी गोद में खेला हूं, माता देवकी की गोद में खेलने योग्य अब रहा भी नहीं। उनके आंगन में भी नहीं रहूंगा। तूने मुझे स्तनपान कराया है मैया! माता देवकी के वक्ष से लग कर, उनके आठ पुत्रों में से किसी ने भी दूध नहीं पिया। अब कोई पिएगा भी नहीं।..."

"जानती हूं पुत्र!"

"तो मैया! मुझे अपने घर में मत रख, अपने मन में रख। मन सृष्टि का सबसे बड़ा संग्राम-क्षेत्र है। कान्हा वहीं रहता है।" कृष्ण ने कहा, "और इन गोपियों को

भी समझा देना मैया कि अंग-संग न श्रेयस्कर है, न अन्तिम उपलब्धि। अपना मन मुझे समर्पित करें। जो आराधिका अपना मन मुझे समर्पित करेगी, उसी की तो संसार मेरे साथ पूजा करेगा।"

"जानती हूं कान्हा!"

"तो मुझे हंस कर विदा कर मैया! जो जा रहा है, वह कान्हा का शरीर है। मन तो तेरे ही पास छोड़ कर जा रहा हूं मां!"

"अपना मन मेरे पास छोड़ कर जा रहा है; और मेरा मन अपने साथ लिए जा रहा है कान्हा! यह कैसी लीला है रे तेरी।"

"तेरा मन मेरे पास है मैया! हम विलग कहां हैं। अपनी आंखें बन्द करना, मैं तुम्हारे पास चला आऊंगा। तुम्हारे आंगन में ही नहीं, तुम्हारी गोद में भी मैया! मैं तुमसे दूर नहीं हूं।" वे रुके, "अब जाऊं?"

यशोदा ने उन्हें अपने वक्ष में भींच लिया और फिर अपने अश्रु छिपाने का विचार छोड़ कर उनके शीश पर अपना हाथ रख दिया। कुछ बोलीं नहीं। एक बार फिर से अपने कान्हा को देखा और घर के भीतर चली गईं।

रोहिणी रथ पर बैठने आईं तो अक्रूर ने उन्हें रोक दिया, "नहीं देवि! महाराज कंस का निमन्त्रण आपके लिए नहीं है।"

"निमन्त्रण तो सारी प्रजा को है।" रोहिणी बोलीं।

"किन्तु सारी प्रजा राजा के रथ पर नहीं जा रही। उनके पास अपने वाहन हैं।"

"ठीक है।" रोहिणी बोलीं, "मैं अपने रथ पर अथवा नन्द महर के किसी शकट पर आ जाऊंगी; किन्तु मैं अपने पुत्रों को अकेले नहीं जाने दूंगी।"

"बड़ी मां! आप अपने रथ पर, बाबा के साथ आ जाएं।" कृष्ण ने हंस कर कहा, "हम मार्ग में अक्रूर काका से कुछ संवाद करेंगे।"

रोहिणी अब तक कृष्ण की मुस्कान का अर्थ भली प्रकार समझने लगी थीं। मन का सारा विषाद धुल गया। सोचा, अच्छा हुआ कि अक्रूर ने उन्हें रोक दिया। अब वह निबट ले कान्हा से।

"तो मैं भी मां के साथ ही आऊंगा।"

बलराम रथ से उतरने लगे तो कृष्ण ने उनका हाथ पकड़ लिया, "दाऊ! आप मेरे साथ ही रहें। हम काका से कुछ बातें करेंगे न!"

अक्रूर का मन खटक गया : क्या बातें करनी हैं कृष्ण को। वह क्यों चाहता है कि उन दोनों लड़कों की जब अक्रूर से बातें हों तो निकट कोई न हो – उसकी अपनी बड़ी मां भी नहीं। अक्रूर के विवेक ने उन्हें झिड़का – क्यों रोक दिया रोहिणी को। व्यर्थ ही अड़ंगा लगा दिया। रथ कंस का है। घोड़े कंस के हैं। सारथि कंस का है। रोहिणी कोई साधारण गोपी या गोपांगना नहीं है। वसुदेव की पत्नी है। फिर अक्रूर को क्या सूझी कि उसे रोक दिया। अब निबटो कृष्ण से।...

रथ चला तो कृष्ण बोले, "काका! कल सारा समय तो आप मेरे गीत गाते रहे कि आप मुझे महाविष्णु के अवतार से कम नहीं समझते और आज...।"

अक्रूर क्या बताता कि नन्द से जो चर्चा हुई है, उसने उसे कितना उद्विग्न कर दिया था।...और कहीं यह बात भी उसकी चेतना पर छाई हुई थी कि अब वह अपना संकट पर्याप्त सीमा तक पार कर आया था, अतः निडर भी हो गया था।

बोला, "आज क्या हो गया पुत्र?"

"आज आप महाराज कंस के राजदूत बन गए और बड़ी मां को आपने रथ पर नहीं बैठने दिया। वे बेचारी गोपों के साधारण और असुविधाजनक छकड़ों में धचके खाती हुई, अपनी हड्डियों पर उनका आघात सहती हुई, मथुरा तक की यात्रा करेंगी।

अक्रूर को तनिक भी आभास नहीं था कि कृष्ण इस प्रकार की चर्चा करेंगे।

"आप बता रहे थे कि कंस के राज्य में मेरे माता-पिता बहुत कष्ट पा रहे हैं; किन्तु आपने भी तो अपने अधिकार में मेरी मां को इस यात्रा की सुविधा तक नहीं दी।" कृष्ण हंस रहे थे, "आप इतना भी धैर्य नहीं रख पाए कि मथुरा तक ही सही, अपने भावों को गोपनीय बनाए रखते। आप तो बहुत ही छिछले चरित्र के व्यक्ति निकले तात!"

अक्रूर की आत्मा कांप उठी : ये दोनों भाई यदि उन पर पिल पड़ें तो अक्रूर क्या करेंगे।

"नहीं कृष्ण! ऐसी बात नहीं है।" अक्रूर ने स्वयं को संभाला, "यदि इसी रथ में यात्रा करतीं देवी रोहिणी मथुरा पहुंचतीं तो वे भी कंस के अवरोध में पहुंच जातीं। तुम तो अपनी रक्षा कर लोगे...।"

"और महाविष्णु अपनी मां की रक्षा नहीं कर पाएंगे। बहुत भोले हैं काका आप भी!" कृष्ण हंसे, "अपनी रक्षा करने में तो बड़ी मां स्वयं ही समर्थ हैं। आप नहीं जानते कि वे दाऊ को किस प्रकार मथुरा से निकाल लाई थीं। कंस और उसके ससुर जरासन्ध भी नहीं रोक पाए थे उन्हें। और इस समय तो उनके दो-दो पुत्र उनके साथ हैं। आप नहीं जानते कि आपने किसका अपमान करने का दुस्साहस किया है।"

"मैंने सोचा कि इसी रथ में रोहिणी को देख कर कंस रुष्ट होगा।"

"क्या कर लेगा कंस या कोई भी अन्य राक्षस?"

अक्रूर को कोई उत्तर नहीं सूझ रहा था, "वस्तुतः मैं कंस से बहुत भयभीत हूं कृष्ण!"

"मैं जानता हूं कि आप केवल बातें बना रहे हैं।" कृष्ण ने कहा, "आप कंस से भयभीत हैं, तो चलिए मैं आपको अभय देता हूं। यह कृष्ण का वचन है कि कंस की ओर से आपको कभी कोई संकट नहीं आएगा। और अपने इस वचन का मैं मथुरा पहुंचते ही आपको प्रमाण दे दूंगा।...किन्तु आपको बता दूं कि आपने बड़ी मां का अपमान इसलिए नहीं किया था।"

"मैंने उनका अपमान कहां किया है कृष्ण!" अक्रूर ने बहुत दीन स्वर में कहा।

"झूठ बोल रहे हो तुम एकदम।" अकस्मात् ही बलराम ने गर्जन किया, "मेरा मन तो होता है कि मैं तुम्हें यहीं उठा कर रथ से नीचे फेंक दूं, सारथि का वध कर दूं; और इस रथ को लौटा कर वापस वृन्दावन चला जाऊं।"

अक्रूर ने बलराम का रूप देखा तो उसका मन कांप उठा। बलराम ने जो कुछ कहा था, वह सब-कुछ करने में वे समर्थ थे।

तो अक्रूर का संकट अभी समाप्त नहीं हुआ था। अभी उसकी ग्रीवा दोनों ओर के खड्गों के नीचे थी। प्रहार किसी भी ओर से हो सकता था।

कृष्ण ने अक्रूर का पीला पड़ता हुआ रंग देखा तो मधुर स्वर में बोले, "दाऊ

ऐसा करने में समर्थ तो हैं ; किन्तु वे करेंगे नहीं। आप भयभीत न हों। अब आप मुझसे सुन लीजिए कि आपने बड़ी मां के साथ ऐसा व्यवहार क्यों किया।"

"क्यों किया?" अक्रूर ने भयभीत स्वर में पूछा।

"आपने उन्हें वृन्दावन की गोपी मान लिया और स्वयं को मथुरा का राजपुरुष। जबकि आप भी जानते हैं कि ऐसा नहीं है और बड़ी मां के पति मथुरा के राजपुरुष के रूप में आपसे भी अधिक सम्मानित थे। अब वे राजपुरुष नहीं हैं; किन्तु इतना तो मैं निश्चित् रूप से आपको बता सकता हूं कि मथुरा में वे आज भी आपसे बहुत अधिक सम्मानित पुरुष में हैं – चाहे वे अपने प्रासाद में न रहते हों और कारागार में बन्दी ही हों। सम्मान पद् से नहीं होता, न राजा की कृपा से होता है। जब राजा का ही कोई सम्मान न हो तो उसके द्वारा नियुक्त राजपुरुषों का क्या सम्मान होगा। हां! राक्षस राजा के द्वारा नियुक्त किए जाने के कारण प्रजा आपको भी राक्षस मान सकती है। आप राक्षस कहलाना चाहेंगे काका?..."

"ऐसा नहीं है कृष्ण!"

"काका! आप फिर झूठ बोल रहे हैं। और झूठ बोलना अधर्म है। यह अधर्म वह व्यक्ति करता है, जो या तो भयभीत हो, या लोभग्रस्त हो।"

"पर मैं तो...।"

"आप में दोनों ही दुर्गुण हैं।" कृष्ण बोले, "आपको अभय मैं दे चुका हूं; अतः भयभीत होने की कोई आवश्यकता नहीं है। आपका लोभ कोई दूर कर नहीं सकता। वह अभिशाप के समान आपके साथ लगा ही रहेगा, और आपसे पाप करवाता ही रहेगा। आप अपने लोभ के पीछे भागेंगे और धर्म खडग ले कर सदा आपका पीछा करेगा।"

"मुझे शाप मत दो कृष्ण!"

"यह शाप नहीं है। थोड़ा-सा विश्लेषण मात्र है।" कृष्ण हंसे, "आप चाहें तो इसे चेतावनी भी मान सकते हैं।"

"कैसी चेतावनी?" अक्रूर कुछ उद्विग्न हो उठा था।

"राजशक्ति का मद् नहीं चढ़ने देना चाहिए; न राजा द्वारा दी गई सत्ता को वास्तविक मानना चाहिए।" कृष्ण बोले, "राजलक्ष्मी किसी की दासी नहीं है। आज

राजा कंस है, कल वसुदेव भी हो सकते हैं। फिर बड़ी मां मथुरा की रानी होंगी। महारानी भी हो सकती हैं। वे मेरी मां देवी देवकी से बड़ी हैं। उनका स्थान हमारे परिवार में मेरी मां से उच्चतर है।"

अक्रूर से कुछ कहते नहीं बना। हताश-सा हो कर बोला, "क्षमा करना कृष्ण! मुझसे भूल हो गई। जाने क्यों मैंने तुम्हारी बड़ी मां को इस रथ में आने से रोक दिया।"

"क्यों रोक दिया, यह तो मैंने आपको बता दिया है।" कृष्ण बोले, "अब एक और बात बता रहा हूं। इस स्थान पर यमुना का घाट स्नान करने की दृष्टि से बहुत सुविधाजनक है। आपने वृन्दावन में तो स्नान किया नहीं। राजपुरुषों के योग्य कोई व्यवस्था वहां थी भी नहीं। स्नान करना चाहेंगे?"

अक्रूर ने सारथि को संकेत किया।

...स्नान कर ही लें। कुछ गर्मी से मुक्त हो जाएंगे और कुछ कृष्ण की इन कंटीली बातों से।

"तुम लोग?" दोनों भाइयों से पूछते हुए, वह रथ से नीचे उतर आया।

"आप जाइए। हम प्रातः स्नान कर चुके हैं।" कृष्ण मुस्कुरा रहे थे, "और हम तो इन्हीं घाटों पर नहाते हुए, इतने बड़े हुए हैं।"

...अक्रूर रथ से उतर आया।

कृष्ण-बलराम को वह मथुरा ले ही जा रहा है। उनके मथुरा पहुंचते ही कंस की मनोकामना पूरी हो जाएगी। इधर कंस का कार्य पूरा हुआ और उधर अक्रूर का संकट समाप्त।...और यह कृष्ण जो उसे लगातार धमका रहा है, यह भी जान जाएगा कि राजनीतिक षड्यन्त्र क्या होते हैं। अबोध है, नहीं जानता कि मथुरा में उसकी स्थिति फन्दे में फंसे चूहे की-सी होगी। तब अक्रूर पूछेगा उससे कि वसुदेव मथुरा के राजा कब बनेंगे। सारी हेकड़ी भूल जाएगा।

अक्रूर ने यमुना को प्रणाम किया। उसमें पैर डालने और अपने शरीर का मल धोने के अपराध के लिए क्षमा मांगी; और तत्काल दो-चार डुबकियां लगा लीं। यमुना के शीतल जल से मन कुछ शान्त हुआ। शरीर को भी सुख मिला। इच्छा हुई कि स्नान के साथ तैरने का भी आनन्द लिया जाए। ये गोप इसी आनन्द में रहते हैं, तभी तो उन्हें कभी कोई चिन्ता नहीं व्यापती।

अक्रूर ने पुनः डुबकी लगाई। इस बार लगा, यमुना ने उसे जकड़ लिया है। या तो वह किसी भंवर में फंस गया है, या किसी ग्राह ने...उसे लगा कि वह निरन्तर नीचे की ओर धंसता चला जा रहा है, जैसे यमुना के तल पर पहुंच कर ही रुक पाएगा। किन्तु यह स्पष्ट था कि वह जल में डूब नहीं रहा था।...पर नहीं, वह उससे पहले ही रुक गया। ऐसा भी नहीं था कि श्वास उखड़ रहा हो। वह किसी प्रकार की किसी परेशानी में नहीं था। अभी वह काफ़ी समय तक जल में रह सकता था।

उसने अपनी आंखें खोल दीं।

वह स्तब्ध रह गया...सामने महाविष्णु शेष-शैया पर अधलेटे से थे। लक्ष्मी उनके चरण दबा रही थीं; और उनके पार्षद सेवा में हाथ जोड़े खड़े थे।...यह क्या? क्या वह यमुना से सीधे क्षीर सागर में आ गया था?...किन्तु यह कैसे सम्भव है?

अक्रूर की आंखें जल में भी जैसे फटती जा रही थीं...वे महाविष्णु थे या कृष्ण था? वह तो कृष्ण ही था।...और यह शेषनाग का रूप बलराम से मिलता-जुलता क्यों था?...क्यों लग रहा था कि वह बलराम ही था?...

अक्रूर घबरा कर जल के तल पर आ गया। यह क्या देख लिया उसने? ...पर कृष्ण और बलराम तो रथ के निकट ही टहल रहे थे।...तो जल में कौन था? कहीं ऐसा तो नहीं कि वह कृष्ण की बातों से इतना घबरा गया था कि यमुना में क्षीरसागर और कृष्ण में महाविष्णु देखने लग गया था?...उसका मन उससे छल तो नहीं कर रहा?...

'ओह!' अक्रूर ने अपने माथे पर हाथ मारा...जल में पड़ती कृष्ण तथा बलराम की परछाईं को तो उसने विष्णु नहीं मान लिया।...उद्विग्न मस्तिष्क के साथ ऐसा ही होता है। पिछले कितने ही दिनों से वह किसी-न-किसी प्रकार का उद्वेग पाल रहा था।...

"स्नान हो गया हो, तो चलें काका!" कृष्ण की मुस्कान अत्यन्त मधुर थी, "मथुरा में मातुल आपकी प्रतीक्षा कर रहे होंगे।"

अक्रूर ने कोई उत्तर नहीं दिया। आ कर रथ में बैठ गया। उसे लगा कि उसका मन अपने ऊहापोह में से कोई सुरक्षित मार्ग खोज रहा है।...यदि अक्रूर के मन ने उसके साथ कोई छल किया है और कृष्ण साधारण मानव ही है, तो उसे कंस

तक पहुंचाने में कोई पाप नहीं है। ऐसे में अक्रूर यही मानेगा कि उसने एक राजपुरुष के रूप में अपने राजा की आज्ञा मान कर अपने धर्म का निर्वाह ही किया है ...और यदि कृष्ण सत्य ही महाविष्णु का प्रतिनिधि है, तो वह अपनी रक्षा करने में समर्थ है। कंस उसका कुछ नहीं बिगाड़ सकता। सम्भव है कि नन्द का कथन ही सत्य प्रमाणित हो और कृष्ण कंस का वध कर दे। ऐसे में तो अक्रूर द्वारा कृष्ण और बलराम को मथुरा लाया जाना, एक प्रकार का पुण्य कर्म ही हो जाएगा। ...अक्रूर को न तो किसी प्रकार का भय मानना चाहिए और न मन में कोई अपराध-बोध ही रखना चाहिए।...

वह मथुरा में कृष्ण-बलराम को अपने आवास पर ले जाएगा। उनका आदर-सत्कार करेगा। इस प्रकार उनके मन का मैल धुल जाएगा। वे उससे प्रसन्न हो जाएंगे। कंस यदि कुछ पूछेगा तो अक्रूर कह देगा कि उसने कृष्ण-बलराम को बहका कर अपने अवरोध में रोक रखा है।...फिर वह निष्पक्ष भाव से उन दोनों पक्षों को अपना-अपना दांव खेलने देगा। फिर जो भी पक्ष विजयी हो।

"काका! आप किसी प्रकार का जप-यज्ञ कर रहे हैं?" कृष्ण ने कहा, "कुछ कह ही नहीं रहे। लगता है कि आपको हमारा व्यवहार कुछ आपत्तिजनक लगा है। सम्भव है कि आपको लगा हो कि हमने आपके साथ राजपुरुष जैसा व्यवहार नहीं किया।"

"नहीं, ऐसा तो कुछ नहीं है।" अक्रूर ने अकबका कर कहा, "मैं तो केवल इतना-भर सोच रहा था कि मथुरा पहुंच कर तुम दोनों के ठहरने की क्या व्यवस्था हो?"

"यह कार्य आप महाराज कंस को ही क्यों नहीं करने देते।" बलराम ने कुछ उखड़े से ढंग से कहा, "आप इतना बोझ अपने सिर पर क्यों लेते हैं।"

"कंस क्यों?"

"बुलाया तो उन्होंने ही है।" बलराम ने उत्तर दिया, "आप तो हमें लेने मात्र आए थे।"

"यदि तुम्हारे माता-पिता कारागार में न होते, तो मैं तुम्हें उन्हीं के पास ले जाता।" अक्रूर ने कहा, "किन्तु वे कारागार में हैं। तुम्हारे नाना देवक का प्रासाद भी ठीक ही होता; किन्तु वह आजकल उजड़ा पड़ा है। उनके बाद, तुम्हारा सबसे

निकट का सम्बन्धी मैं ही हूं। मेरा घर तुम्हारे लिए, अपने घर जैसा है। मेरे होते हुए, तुम लोग कंस के राजप्रासाद में क्यों ठहरोगे, जो तुम्हारे लिए कारागार ही होगा।"

"आप हमारी तनिक भी चिन्ता न करें काका।" कृष्ण ने कहा, "आपको लग रहा है कि हम दोनों ही आपके साथ आए हैं; किन्तु हमारे पीछे-पीछे, बड़ी मां और नन्द बाबा भी आ रहे हैं। वे लोग भी तो कहीं अपना डेरा डालेंगे। हम लोग उनके साथ ही ठहरेंगे।"

"पर कंस इसकी अनुमति नहीं देगा।" अक्रूर को कुछ घबराहट होने लगी थी।

"तो न दे।" कृष्ण ने कहा, "आज तक हमने जो कुछ भी किया है, वह कंस मामा से पूछे बिना ही किया है।"

"मुझे भय है कि कहीं वह बल-प्रयोग न करे।" अक्रूर को कहना ही पड़ा।

"तो करने दीजिए।" बलराम ने ज़ोर का अट्टहास किया।

53

नन्द ने मथुरा से बाहर के खुले क्षेत्र में यमुना तट पर अपना डेरा डाला था। वहां एक प्रकार का अस्थायी स्कन्धावार ही बस गया था। रोहिणी भी वहीं रुकी थीं। अक्रूर ने सारा प्रयत्न कर लिया किन्तु कृष्ण-बलराम नन्द और रोहिणी को छोड़ कर कहीं नहीं गए। अगले दिन धनुर्यज्ञ-स्थल पर मिलने का वचन दे कर उन्होंने अक्रूर को विदा कर दिया। बाध्य हो कर अक्रूर कंस को कृष्ण-बलराम के आने की सूचना देने चला गया।

रोहिणी के सारथि अश्वपाल ने उन्हें प्रणाम किया।

"क्या बात है अश्वपाल?"

"स्वामिनी!" वह बोला, "अब हम मथुरा आ ही गए हैं तो मैं आपको अपना परिचय भी दे दूं।"

रोहिणी ने चकित भाव से देखा, "परिचय? तुम मेरे सारथि अश्वपाल नहीं हो?"

"वह तो हूं ही। किन्तु स्वामिनी! मैं आर्य वसुदेव का पुराना सेना-नायक वीरभद्र भी हूं।" वह बोला, "उनके आदेश के अनुसार मैं आपकी सुरक्षा के लिए आपका सारथि बन कर आपके निकट रह रहा था।"

"ओह, तो स्वामी कारागार में से भी हमारी रक्षा का प्रबन्ध कर रहे थे।" रोहिणी चकित थीं, "तो अब?"

"गोप सेना के इस स्कन्धावार में आप सुरक्षित हैं। यदि आपकी अनुमति हो

तो मैं मथुरा में जा कर अपने साथियों से सम्पर्क साध लूं। सम्भव है कि कल हमें शस्त्र उठाने पड़ें।"

रोहिणी ने क्षण-भर में ही विचार कर लिया था, "जाओ। तुम भी अपने व्यूह की रचना कर लो।"

* * *

अगले दिन तीसरे प्रहर में कृष्ण और बलराम अपने मित्रों के साथ डेरे से निकले, "आओ सखा! उस दुष्ट कंस की नगरी देख आएं।"

बलराम ने रुक कर कृष्ण की ओर देखा, "मथुरा क्या कंस के बाप की है। मथुरा हमारी है। हमारी जन्मभूमि है। हमारी मातृभूमि है।"

कृष्ण हंस पड़े, "दाऊ! सोच-समझ कर।"

"क्या हुआ?"

"दाऊ! मथुरा सचमुच ही कंस के बाप की नगरी है – हमारे नाना महाराज उग्रसेन की।"

बलराम भौंचक से खड़े रह गए; फिर बोले, "फिर तो और भी आवश्यक है कि हम मथुरा पर राक्षसों के आधिपत्य का विरोध करें।"

"पहले नगर की शोभा तो देख लें।" कृष्ण निःशंक हो कर चले जा रहे थे।

वे नगर में अपनी इच्छित दिशा और स्थान से प्रवेश नहीं कर सकते थे। चारों ओर चौड़ी और गहरी खाई थी; और उसके पश्चात् एक ऊंचा और दृढ़ परकोटा। प्रवेश तो नगरद्वार से ही हो सकता था।

वे लोग गोपुर से तोरण की ओर आए।

नगरद्वार के दोनों ओर सशस्त्र सैनिक सन्नद्ध खड़े थे; किन्तु किसी ने उन्हें टोका नहीं। वस्तुतः सैनिक किसी से भी कुछ कह-सुन नहीं रहे थे। नगर में राजा ने धनुष-यज्ञ का आयोजन किया था। अपनी सारी प्रजा को आमन्त्रित किया था कि लोग आ कर इस अवसर पर होने वाले समारोहों में भाग लें, उनका सुख उठाएं। यह तो राजा का अपनी प्रजा के सम्मुख अपने वैभव और अपनी शक्ति का प्रदर्शन था। ऐसे में रोक-टोक कैसी। कृष्ण-बलराम देख रहे थे कि मथुरा के नागरिकों से

अधिक तो नगर के बाहर से आने वाले दर्शनार्थियों का रेला था। पथों और हाटों में विचित्र प्रकार की भीड़ थी।

अटारियों पर जाने क्यों महिलाएं लटकी पड़ रही थीं। वे हाटों और पथों की भीड़ को देखने को इतनी आकुल-व्याकुल थीं, या किसी विशेष व्यक्ति अथवा दृश्य को देखना चाहती थीं। यदि उन्हें कृष्ण-बलराम के आने का समाचार मिल गया था तो बहुत सम्भव था कि वे उन्हें ही देखने के लिए ही लटकी पड़ी थीं। किन्तु उनके आने का समाचार अभी कहां मिला होगा। अभी तो उन्होंने नगर में प्रवेश ही किया था। ऐसा कोई कौतुक तो किया ही नहीं था, जिसका कोई समाचार बनता और मथुरा की नागरियों तक पहुंचता।...

"मुझे लगता है कि मथुरा में लोगों को वस्त्रों, आभूषणों और खान-पान के अतिरिक्त किसी पदार्थ में रुचि ही नहीं है। सारे हाट इन्हीं पदार्थों से अटे पड़े हैं।" सुबल ने कहा।

"नगर है भाई! कोई तुम्हारा गोकुल या व्रज तो नहीं है।" श्रीदामा ने उसे डांट दिया, "यहां भी क्या दूध, दही और माखन ही दिखाई देगा।"

पर सुबल रुष्ट नहीं हुआ, ज़ोर से हंस पड़ा।

"क्या गंवारों के समान हंस रहा है।" श्रीदामा और भी रुष्ट हो गया।

"जो कुछ तुम कह रहे हो श्रीदामा! वे भी तो खाद्य पदार्थ ही हैं।" कृष्ण ने कहा, "और वह सब हम जैसे लोग अपने-अपने व्रज से भेजते हैं मथुरा वालों को।"

"कभी-कभी तो हमारी गोपियां स्वयं ही आ जाती हैं दही-माखन बेचने।" तेजस्वी ने कहा।

"सामने एक रजक की दुकान है।" बलराम एक विशिष्ट दिशा में देख रहे थे।

"पर हम तो धुले हुए कपड़े ही पहन कर आए हैं दाऊ!" अंश ने कहा, "हमें रजक का क्या करना?"

"मेरा विचार है, वह रंगाई का काम भी करता है। रंगकार भी है वह।" कृष्ण ने कहा, "चलो! हम उससे अपने प्रिय रंगों के कुछ वस्त्र ही ले लें।"

वे लोग आ कर दुकान पर शान्ति से खड़े हो गए।

रंगकार-रजक ने देखा, किशोरों का एक पूरा दल आ कर खड़ा हो गया है। ग्रामीण से लग रहे थे। आ गए होंगे आस-पास के किसी ग्राम से, कौतुक देखने। इनके ग्रामों में खेल-तमाशे भी गंवारों जैसे ही होते हैं। महाराज को भी जाने क्या सूझा कि सारी प्रजा को जुटा लिया। अब कौन निबटेगा यहां इन गंवारों से।...उसने एक उचटती-सी दृष्टि डाली...वेश-भूषा चाहे वही थी; किन्तु दो किशोर अपने रूप-रंग के कारण सारी भीड़ में भी आकर्षक लग रहे थे।

उसने अपनी दृष्टि हटा ली : इनका क्या है। खाने-पीने को अच्छा मिलता है। दिन-भर खेलते-कूदते रहते हैं। कोई चिन्ता नहीं, कोई आशंका नहीं, कोई संकट नहीं। मस्त रहते हैं। रंग-रूप से तो अच्छे हो जाते हैं; किन्तु मस्तिष्क में तो गोबर ही भरा होता है न!

"क्या है?" उसने अपने काम में व्यस्त दिखने का अभिनय करते हुए, बिना उनकी ओर देखे ही पूछा।

"हमें अपनी रुचि के कुछ वस्त्र चाहिए।" कृष्ण ने कहा, "रंग हमें प्रीतिकर लगने चाहिए।"

"जाओ, जाओ।" रजक ने बिना उनकी ओर देखे ही झिड़क दिया, "गांव-गंवई का धोबी समझ रखा है क्या! आ कर खड़े हो गए। वस्त्र चाहिए। रहते हो पर्वतों और वनों में। लूट-मार कर अपनी आजीविका चलाते हो। वहां क्या ऐसे ही वस्त्र पहनते हो?"

"वहां ऐसे वस्त्र मिलते नहीं।"

"बहुत उद्दंड हो गए हो, तभी तो ऐसी बातें कर रहे हो। अब तुम्हें राजा का धन लूटने की इच्छा हुई है। अरे मूर्खो! भाग जाओ। यदि अभी कुछ दिन और जीवित रहने की इच्छा है तो फिर इस प्रकार वस्त्र मत मांगना। नहीं तो...।"

"नहीं तो?"

"राजकर्मचारी, तुम्हारे समान उच्छृंखलों को बन्दी कर लेते हैं। मार डालते हैं; और जो कुछ उनके पास होता है, उसे छीन लेते हैं।" उसने पहली बार अपनी दृष्टि उठाई, "जानते भी हो, ये वस्त्र महाराज कंस के लिए हैं। इन पर तुम्हारी दृष्टि भी पड़ जाए तो ये मैले हो जाएंगे। अंटी में फूटी कौड़ी न हो; किन्तु महाराज के वस्त्र क्रय करेंगे।"

बलराम की आंखें लाल होने लगी थीं। कृष्ण उन्हें देख कर मुस्कुराए, "धैर्य रखिए दाऊ।"

"सुनो भद्र पुरुष!" कृष्ण ने रजक से कहा, "ग्रामीण हम हैं; किन्तु गंवार तुम हो। शालीनता से अपने ग्राहकों से बात भी नहीं कर सकते तुम। नगर में रहते हो; किन्तु नागरिक नहीं हो, दस्यु लगते हो। राजा राक्षस हो तो प्रजा दस्यु हो ही जाती है।"

"क्या?" रजक की आंखें उसके माथे पर चढ़ गईं, "क्या कहा?"

"वही, जो तुमने सुना।" कृष्ण बोले, "और अभी और सुनो। हम तुमसे वस्त्र क्रय करने नहीं आए। हमें तो जो वस्त्र प्रिय लगेंगे, हम चाहेंगे कि तुम उन्हें हमें भेंट में दे दो।"

"क्यों? तुममें ऐसी क्या विशेषता है कि मैं राजा के वस्त्र तुम्हें भेंट कर दूं?"

"क्योंकि राजा ने यह सारा धन प्रजा से ही लूटा है। जैसे वह प्रजा का रक्त पी रहा है, वैसे ही प्रजा का धन भी लूट रहा है।" कृष्ण बोले, "हमारा धन है, हमें लौटा दो।"

"क्या?" रजक का विचार-तत्त्व ध्वस्त हो गया। मस्तक में धुआं ही धुआं भर गया, "एकदम ही छुट्टे छोकरे हो। कोई बन्धन नहीं। राजा के वस्त्र लूट लेना चाहते हो। अभी शायद जानते नहीं हो कि महाराज के सैनिकों को तनिक भी भनक पड़ गई तो...।"

"तो क्या होगा?"

"जानते नहीं हो। मथुरा में खड़े हो। यहां के आरक्षियों को महाराज की ओर से ही पूरी छूट है कि जिसको चाहें लूट लें। जिसको चाहें, बन्दी कर कारागार में डाल दें। फिर इतना पीटेंगे कि हल्दी-चूना भी कुछ नहीं कर पाएगा। कहीं परिवाद भी नहीं कर पाओगे। तुम जानते नहीं हो, मथुरा के आरक्षियों को।..."

"सुन लिया। पर एक बात बताओ कि आरक्षी ही लुटेरे हो गए हैं, तो प्रजा की रक्षा कौन करता है?" कृष्ण ने बहुत मधुर ढंग से पूछा।

"प्रजा की रक्षा कोई नहीं करता। उसके लिए तो बस आकाश में बैठे प्रभु ही हैं।"

"तो आरक्षी किसके लिए हैं?"

"महाराज और उनके पक्षधर लोगों के लिए। उनके मित्रों के लिए, उनके सम्बन्धियों के लिए।" रजक बोला, "तुम जैसे दस्युओं के लिए नहीं। तुम अभी उन्हें जानते नहीं हो।"

"नहीं! हम उन्हें नहीं जानते।" कृष्ण मुस्कुराए, "किन्तु वे लोग भी हमें नहीं जानते। और तुम उन्हें जानते हो, इसीलिए आवश्यक है कि तुम हमें भी जान लो। जान-पहचान अच्छी रहती है।"

"तुम क्या राजा के साले लगते हो कि तुम्हें जान लूं।"

"नहीं। राजा, हमारे पिता का साला है।" कृष्ण मुस्कुराए, "मामा है हमारा।"

रजक का चेहरा क्रोध से लाल हो गया, "अपने जीवन से रूठ गए लगते हो। अभी बुलाता हूं सैनिकों को। दो क्षण भी नहीं लगेंगे और तुम्हें जीवित व्यक्ति से शव में बदल देंगे। और जो कुछ तुम्हारे पास है, सब लूट लेंगे।"

"तो यह व्यवहार है मथुरा वालों का।...इसे कहते हैं सभ्य नागरिकों को व्यवहार।"

"जी।" रजक गर्व से मुस्कुराया, "नानी याद आ जाएगी। सारी हेकड़ी भूल जाओगे।..."

कृष्ण मुस्कुराए, "तो फिर हम भी मथुरा वालों के समान ही व्यवहार करते हैं। तुम्हें शव में बदलते हैं, दो क्षण भी नहीं लगेंगे।...और फिर तुम्हारा सब-कुछ लूट लेते हैं। तब तो हम गंवार नहीं रहेंगे न!..."

"तुम्हारा यह साहस!" रजक पूरे ज़ोर से बोला।

"तुमने क्या कहा था, प्रजा की रक्षा कौन करता है? आकाश पर बैठे प्रभु!" कृष्ण बोले, "कंस को बता दो कि वह आकाश से पृथ्वी पर आ गया है।"

कृष्ण ने एक चांटा मारा और रजक के कंठ से चीख़ भी नहीं निकल पाई।

"उठाओ भाई! जिसे जो भाए।" कृष्ण बोले, "और जो किसी को नहीं चाहिए, उसे यहीं छोड़ दो। मथुरा में भी कुछ निर्धन लोग होंगे। उन्हें भी तो पहनने के लिए कुछ चाहिए।"

* * *

नगर के बीचोम्बीच बना वह उपवन बड़ा आकर्षक लग रहा था।

कृष्ण ठहर गए। निकट से जाते एक व्यक्ति को संकेत से रोका और पूछा, "क्यों भाई यह उपवन किसका है?"

उस व्यक्ति ने कृष्ण को देखा। लगा, वह कुछ प्रभावित भी हुआ। किन्तु वह बहुत व्यस्त था। अधिक समय नहीं था उसके पास।

बोला, "सुदामा माली का उपवन है। पुष्प और पुष्पों की मालाएं बेचता है। कुछ महंगी अवश्य हैं; किन्तु राजप्रासाद तक पहुंच है, मालाओं की भी और माली की भी।"

"उपवन में यह भवन भी उसी का है?"

"जब उपवन उसका है, तो भवन तुम्हारा होगा क्या?" उस व्यक्ति ने जैसे भागने की जल्दी में कहा, "छोटा-मोटा व्यक्ति नहीं है। पुष्पों का बड़ा व्यवसायी है। सम्पन्न है।"

व्यक्ति चला गया।

"क्यों दाऊ! करनी है वाटिका परिक्रमा?"

"चलो श्रीदामा! देखते हैं कि यह तुम्हारा नामराशि कौन है और कैसा है?"

कृष्ण ने आगे बढ़ कर कपाट की सांकल बजा दिया।

"आ रहा हूं भाई।"

सुदामा ने स्वयं कपाट खोले। कृष्ण-बलराम को देखा तो उसकी टकटकी बंध गई!

"ये ही होंगे।" उसने अपनें-आपसे कहा, "और कौन इतना सुन्दर हो सकता है।"

वह बहिर्मुखी हुआ और अत्यन्त शालीन ढंग से पूछा, "कौन हैं आर्य आप?"

"गोप हैं, या फिर गोपाल कह लो।" कृष्ण बोले, "वृन्दावन के नन्द बाबा के साथ कंस की नगरी देखने आए हैं।"

वह उन्हें देखता ही रह गया; और फिर जैसे स्वतः ही उसके हाथ जुड़ गए। उसकी सारी वृत्तियां एकाग्र हो गईं और ध्यान की-सी अवस्था में अपने नेत्र कृष्ण के मुखड़े पर टांगे, वह नीचे बैठता गया। उसने कृष्ण के चरणों का स्पर्श किया। कदाचित् वह अपना माथा उनके चरणों पर रखने जा रहा था कि कृष्ण ने उसे अपनी भुजाओं में उठा लिया, "यह क्या कर रहे हो भाई?"

"नारायण का-सा रूप है आपका।" वह बोला, "आप वही हैं, जिसकी प्रतीक्षा हम वर्षों से कर रहे हैं – हमारे तारणहार! आर्य वसुदेव और देवी देवकी ने अपने हृदय और अपनी सन्तानों का जो रक्त बहाया था, उससे महाविष्णु भी विचलित हो उठे। नहीं बैठे रह सके अपने बैकुंठ में। नहीं सोए रह सके शेषनाग की शैया पर। आना पड़ा उन्हें।..."

"क्या कह रहे हो सुदामा!"

"ठीक कह रहा हूं प्रभु! बलिदान व्यर्थ नहीं जाता।" वह बोला, "आप बैठिए तो।..."

उसने कृष्ण, बलराम तथा उनके मित्रों को आदर और आग्रह से बैठाया। उनके चरण धोए, उनके हाथ धुलाए; और फिर पुष्प-हारों, पान, चन्दन आदि सामग्री से उनकी विधिवत् पूजा की।

"प्रभु! आप दोनों के आगमन से मेरा जन्म सफल हो गया। मेरा कुल पवित्र हो गया। आज मैं पितर, ऋषि और देवताओं के ऋण से उऋण हो गया। आप संसार के अभ्युदय, उन्नति और निःश्रेयस-मोक्ष के लिए ही, इस पृथ्वी पर अपने ज्ञान, बल आदि अंशों के साथ अवतीर्ण हुए हैं।"

उसने उन दोनों को अत्यधिक सुन्दर पुष्पों के हार पहनाए।

"हमें तो बताया गया था कि तुम एक माली हो; किन्तु बोली तो तुम सन्तों की बोल रहे हो सुदामा!"

"सन्त नहीं हूं प्रभु! मैं आपका दास हूं।"

"तुम किसी भ्रम में तो नहीं हो भाई? मैं तो नन्द महर का पुत्र हूं। गोप हूं। वृन्दावन से आया हूं; और तुम मुझे क्या से क्या बना रहे हो।" कृष्ण हंस पड़े, "सोच-समझ लो। बाद में कहीं पछताना न पड़े।"

"पछताए तो वह, जो द्वार पर आए अपने प्रभु को न पहचाने। मुझे क्यों पछताना पड़ेगा?"

"क्योंकि हम कंस की मथुरा को ध्वस्त करने की योजना बना रहे हैं।"

"आप दोनों आज्ञा कीजिए कि मैं आपकी क्या सेवा करूं?"

"उस नगरी को ध्वस्त करने के लिए, जिसमें तुम रहते हो, जिसमें तुम्हारा व्यवसाय है, जिससे तुम्हारी आजीविका चलती है?"

"अपनी मातृभूमि को क्यों ध्वस्त करूंगा प्रभु?" वह बोला, "और आप भी उसकी हानि क्यों करेंगे, जिसमें आपके पिता का प्रासाद है।"

"तो फिर तुम मेरी सेवा कैसे करोगे?"

"आप कंस की मथुरा ध्वस्त करने आए हैं प्रभु! वसुदेव की मथुरा नहीं। उस कार्य में आपकी कोई सेवा कर सकूं...।"

"किन्तु तुम मेरी सेवा करना ही क्यों चाहते हो?"

"जीव पर आपका यह बहुत बड़ा अनुग्रह है; आपकी कृपा का प्रसाद है कि आप उसे आज्ञा दे कर किसी कार्य में नियुक्त करते हैं।"

"पर जीव तो इसे बोझ मानता है।"

"अभागा है, जो आपके दिए कार्य को बोझ मानता है।" उसने हाथ जोड़ दिए, "प्रभु काम तो वही है, जो आप करवाते हैं। शेष तो बेगार है, गधे और बैल का जीवन है। दंड है। आप आज्ञा करें प्रभु!"

"तुम ऐसा क्यों मानते हो सुदामा?"

"क्योंकि आप ही समस्त प्राणियों की आत्मा हैं।"

"तो फिर कंस की आत्मा भी मैं ही हूं।"

"आप ही हैं प्रभु!"

"तो फिर मैंने ही अपने भाइयों को क्यों मारा?"

"यह तो जीवात्मा का अज्ञान है प्रभु! उसी से अहंकार उपजा। हत्याएं तो उस अहंकार ने कीं। अब आप उस अहंकार का नाश करने ही तो आए हैं। आपका

अंश आत्मा, तो अनासक्त और निर्लिप्त है। वह किसी की हत्या कहां करता है।"

"तुम तो बहुत ज्ञानी हो सुदामा!"

"नहीं प्रभु! मैं तो केवल आपका भक्त हूं। मुझे वर दीजिए कि आपके चरणों में सर्वसुख-रूप मेरी अविचल भक्ति बनी रहे। आपके भक्तों से मेरा सौहार्द, मैत्री का सम्बन्ध हो; और समस्त प्राणियों के प्रति अहैतुक दया का भाव बना रहे।"

कृष्ण ने उसके वचनों की स्वीकृति रूप अपना हाथ उठा दिया, "यह तो मैंने उसी दिन दे दिया था सुदामा! जिस दिन वीरभद्र से ज्ञात हुआ था कि मथुरा का एक माली सुदामा, अपने प्राणों पर सारे संकट झेल कर, आर्य वसुदेव के कार्य के लिए, हर प्रकार की सहायता कर रहा है।"

सुदामा के हाथ जुड़े रहे। मुख से एक शब्द भी नहीं निकला।

वे लोग बाहर निकल आए। कृष्ण के मित्र जैसे किसी सम्मोहन में अपने अधर सिए और अपने पैर घसीटते हुए उनके पीछे-पीछे चले आए।

बाहर निकलते ही बोले, "तुमने हमें यह सब क्यों नहीं बताया कान्हा?"

"तुम्हें बताने के लिए ही तो मथुरा घुमा रहा हूं।" कृष्ण हंस रहे थे।

* * *

राज मार्ग पर पर्याप्त भीड़ थी।

उस युवती को चलने में कुछ कठिनाई अवश्य थी; किन्तु लोग बड़ी शालीनता से उसे मार्ग दे देते थे।

भानु ने उस ओर संकेत किया, "कान्हा! इसे देखना। यह, मथुरा के लोगों की करुणा है, उनकी शालीनता है, या किसी प्रकार का भय है?"

कृष्ण ने उसे देखा : वह वरानना थी; किन्तु शरीर से कुबड़ी थी।

वे कुछ और निकट आए। युवती के हाथ में चन्दन-लेप का पात्र था।

कृष्ण उसके सम्मुख खड़े हो गए। उसने रुक कर, मुख उठा कर अपना मार्ग छेकने वाले को देखा।

उसे लगा, उसके सहस्रों जन्मों के संचित पुण्यों के परिणामस्वरूप, यह ईश्वरीय रूप उसके सामने आ खड़ा हुआ था।

"मार्ग रुद्ध करने वाले! जानते भी हो किसका मार्ग छेक रहे हो।" उसका स्वर कोमल और मधुर था। भंगिमा में स्नेह-भाव था।

"धमका रही हो?" बलराम कुछ आगे बढ़े।

कृष्ण ने हाथ के संकेत से उन्हें रोक दिया, और बोले, "नहीं जानते। सचमुच नहीं जानते, वरानने। हम मथुरा के नागरिक नहीं हैं। वृन्दावन से, नन्द महर के साथ आए कुछ गंवार हैं हम। बताओ हम किस सुन्दरी का मार्ग छेक रहे हैं।"

"एक उबटन बेचने वाली का।" श्रीदामा ने कहा।

"नहीं!" वह मन्द-मन्द मुस्कुराई।

"वैसे हाथ में तो तुम्हारे चन्दन का लेप ही है।" कृष्ण बोले, "यह उत्तम चन्दन तथा अंगराग हमें भी दो। इस दान से तुम्हारा कल्याण होगा।"

"हूं तो मैं उबटन लगाने वाली सैरन्ध्री ही। लोग मुझे कुब्जा भी कह देते हैं, यद्यपि मेरा नाम त्रिवक्रा है।"

"बड़ा अत्याचार करते हैं कि त्रिवक्रा को कुब्जा कह देते हैं।" अंश हंस कर बोला, "त्रिवक्रा को तो त्रिवक्रा ही कहना चाहिए।"

"मैं महाराज कंस की प्रिय दासी हूं। उनके यहां चन्दन और अंगराग लगाने का काम करती हूं।"

"तो तुम तो मथुरा की राजकर्मचारी हो।..." श्रीदामा के स्वर में उपहास हंस रहा था।

"पुरुष होतीं तो हम तुम्हें राजपुरुष कहते।" देवप्रस्थ ने जोड़ा।

"तो अब कह लो। तुम्हें रोका है किसी ने।" वह कृष्ण की ओर मुड़ी, "वैसे तो यह उबटन राजप्रासाद के लिए है; किन्तु आप दोनों से बढ़ कर इसका और कोई उत्तम पात्र हो ही नहीं सकता।"

उसने वह अंगराग दोनों भाइयों की ओर बढ़ा दिया।

कृष्ण के सखा स्तब्ध रह गए। कुब्जा न तो क्रोधित हुई थी, न उसने उन्हें राजा का भय दिखाया था।

किन्तु कृष्ण मगन थे। उन्होंने वह चन्दन अपने वक्ष पर लगा कर, शेष बलराम की ओर बढ़ा दिया।

"तुम कहती हो त्रिवक्रा! कि तुम कंस की प्रिय दासी हो; किन्तु यह नहीं बताया कि कंस भी तुम्हारा प्रिय राजा है या नहीं।"

त्रिवक्रा का चेहरा जैसे पीला पड़ गया, "ऐसा क्यों पूछते हो प्रियदर्शन? क्यों इस अबला को संकट में डालना चाहते हो। यहां राजपथ पर मेरे मुख से कुछ निकल गया तो मेरे इस कवच के होते हुए भी कंस मेरा सर्वनाश कर देगा।"

"कौन-सा कवच?" कृष्ण ने पूछा।

"मेरे शरीर के तीन वक्र।" वह बोली।

"तुम्हारे शरीर के ये वक्र कंस के खड्ग को रोक लेंगे? या ये तुम्हें सूली पर चढ़ने से बचा लेंगे?"

"नहीं! ये मुझे कंस की काम-भुभुक्षा से बचाते रहे हैं।" वह बोली, "वह कहता रहा है, 'चन्द्रमुखी! तुम्हारा आनन देखता हूं तो मेरे तन में अग्नि भड़क उठती है; किन्तु तुम्हारे शरीर का आकार उस अग्नि पर जल की वर्षा कर देता है। तुम्हें मेरे हृदय और अन्तःपुर की पटरानी होना चाहिए था; किन्तु तुम्हारे शरीर का यह बांकापन...।"

"तो सुन्दरी तुम कंस की वेतनभोगी कर्मचारी हो, हृदय से उसकी दासी नहीं हो।" कृष्ण ने कहा।

त्रिवक्रा ने घबरा कर आस-पास देखा : कहीं कोई सुन तो नहीं रहा...

"घबराओ मत।" कृष्ण मुस्कुराए, "मैं उसके लिए कोई संकट खड़ा नहीं करूंगा, जिसने देवी देवकी को सूचना दी थी कि उनकी सेवा करने वाली दासी 'पूजा', कंस की गुप्तचर 'वासना' है।"

त्रिवक्रा का मुख आश्चर्य से खुल गया, "तुम कौन हो श्याम? कहीं तुम वासुदेव तो नहीं?"

"मैंने कहा था देवि! यह अंगराग हमें दे दो, तुम्हें इस दान का तत्काल लाभ होगा।" कृष्ण बोले, "तुमने अंगराग दे दिया। मेरे वचनानुसार अब तुम्हें उसका तत्काल लाभ होना चाहिए न!"

त्रिवक्रा कृष्ण को देखती ही रह गई।

कृष्ण ने अपने दाहिने चरण से कुब्जा के दोनों पैरों के पंजे दबा लिए और अपनी दो अंगुलियां उसकी ठोढ़ी से लगाईं। त्रिवक्रा की आंखें कृष्ण के नयनों में समा जाने का प्रयत्न कर रही थीं, जैसे उसकी आत्मा को कृष्ण अपनी ओर खींचते ही जा रहे हों। किन्तु कृष्ण की ऐसी मोहिनी थी कि त्रिवक्रा को कुछ स्मरण ही नहीं रहा। उसकी चेतना जाने किस लोक में जा बैठी थी।

तभी कृष्ण ने उसके शरीर को तनिक उचका दिया।

वह उचक़ना त्रिवक्रा के लिए वरदान हो गया। उसने देखा : उसके सारे अंग सीधे और समान हो गए थे। वक्रता का कहीं कोई पता नहीं था। वह एकदम सीधी खड़ी कृष्ण की आंखों में देख रही थी, "तुम वासुदेव ही हो न श्याम!"

"अब तुम मुझे कठिनाई में डालोगी।" कृष्ण बोले, "कंस के सैनिकों ने सुन लिया तो...।"

"तुम्हें कुछ नहीं होगा तारणहार!" त्रिवक्रा मुग्ध भाव से बोली, "किन्तु अब कंस की काम-ज्वाला से मुझे कौन बचाएगा? मेरा कवच तो तुमने नष्ट कर दिया।" वह अपने समृद्ध नितम्बों और पीन पयोधरों को देख रही थी।

"कंस का अन्त निकट है त्रिवक्रा! तुम जैसी सारी नारियां इस आतंक से शीघ्र ही मुक्त होंगी।"

त्रिवक्रा का चेहरा खिल उठा, "मेरे घर चलो मेरे तारणहार! मुझे एक बार अपने आतिथ्य का अवसर दो।"

"वचन देता हूं कि अपना लक्ष्य पूरा कर, एक बार तुम्हारे घर अवश्य आऊंगा।" कृष्ण ने कहा, "आवश्यकता पड़ी तो उससे पहले भी आ सकता हूं।"

"किन्तु अभी क्यों नहीं?"

"नहीं जानतीं?" कृष्ण के अधरों पर असाधारण माधुरी थी, "अभी मथुरा का पुण्य और धर्म कंस के कारागार में बन्दी है।"

"और वह राक्षस कंस अभी जीवित है।" बलराम के नेत्र लाल हो रहे थे।

"आज तुम कंस के सम्मुख जाओगी।" कृष्ण बोले, "तुम्हारा रूप देख कर उसका हृदय ऐसा पिघलेगा कि वह स्वयं को संभाल नहीं पाएगा। ऐसे में तुम्हें एक काम करना है।"

"क्या श्यामसुन्दर?"

"तुम्हें उसके पिघले हुए हृदय से सब-कुछ बाहर निकाल लेना है। उसका कोई रहस्य गोपनीय न रहे।"

"वचन देती हूं कि उससे वह भी उगलवा लूंगी, जो उसकी रानियां भी कभी जान न पाई होंगी।" वह बोली, "किन्तु क्या जानना चाहते हो प्रियदर्शन?"

"उसके मन में कल के लिए कौन-सी योजनाएं हैं।" कृष्ण बोले, "क्या करना चाहता है वह?"

"तुम्हारी इच्छा पूरी करूंगी।" वह बोली, "किन्तु अपना वचन मत भूलना।"

चलने को उद्यत कृष्ण के पग पुनः रुक गए, "एक सहायता और करो, हमें धनुर्यज्ञ स्थल का मार्ग बता दो।"

त्रिवक्रा ने अपनी तर्जनी से संकेत किया, "इस दिशा में चलते जाओ श्यामसलोने! जिस ओर सारी भीड़ जा रही होगी, वही धनुर्यज्ञ का स्थल है।"

* * *

वहां इन्द्रधनुष के समान एक अद्भुत धनुष था। उस धनुष में बहुत सारा धन लगाया गया था – कुछ उसे कठोर बनाने के लिए और कुछ सुन्दर बनाने के लिए। अनेक बहुमूल्य अलंकारों से उसे सज्जित किया गया था। उसकी पूजा हो रही थी। वेदी के चारों ओर बैठे अनेक पुरोहित पूजा में संलग्न थे।

सैनिक-व्यवस्था सजग और सावधान थी। सैनिक अपने शस्त्र लिए सन्नद्ध खड़े थे।

कृष्ण धनुष की ओर बढ़े। रक्षक उन्हें रोकते ही रह गए। पुरोहित जब तक समझ पाते कि वे क्या करना चाहते हैं, उन्होंने धनुष को उसके स्थान से उठा लिया था।

सैनिकों ने सोचा था कि कोई उत्सुक दर्शनार्थी होगा।...अनेक लोग प्रदर्शित पदार्थों को बहुत निकट से देखना चाहते हैं; और कुछ तो अपनी आंखों का काम भी अपने हाथों से करना चाहते हैं। स्पर्श के बिना जैसे वे किसी पदार्थ को देख ही नहीं पाते।

फिर भी दर्शनार्थियों को रोकना उनका काम था। वे इसी काम के लिए वहां नियुक्त किए गए थे। ऐसे में यदि कोई भी सामान्य पथिक आए और महाराज कंस के इस भव्य धनुष को छू जाए तो फिर सैनिकों की सार्थकता ही क्या और उनकी शासकीय सत्ता का अर्थ ही क्या।

जब तक सैनिक निकट आ कर कृष्ण को रोकते या पकड़ते, उन्होंने धनुष की प्रत्यंचा चढ़ाई और खींच कर बाण का लक्ष्य उन सैनिकों को ही बना डाला। सैनिकों के लिए यह सर्वथा अकल्पनीय था कि कोई दर्शक आए और धनुष को उन पर ही तान दे। उनकी सावधानी ने उनके पग रोक दिए।...उन्हें स्वयं को बचाना भी था और इस आगन्तुक को पकड़ना भी था। जाने वह कौन था और किस उद्देश्य से आया था।...

उन्होंने कृष्ण को घेर कर एक वर्तुलाकार व्यूह की रचना कर ली थी। अब उन्हें अपने इस घेरे को समेटते-भर जाना था और वह अपरिचित दर्शक उनकी मुट्ठी में होगा।...किन्तु उसके हाथ में धनुष था। धनुष भी साधारण नहीं था। उसकी प्रत्यंचा खिंची हुई थी और अपने लक्ष्य को वेधने के लिए, बाण उड़ने को तैयार था। वह किसी एक के तो प्राण ले ही सकता था।

उन्हें अपने नायक का संकेत मिला और उन्होंने सहसा ही कृष्ण पर एक साथ हल्ला बोल दिया; किन्तु कृष्ण भी असावधान नहीं थे। वे अकेले ही उन सबके साथ एक साथ ही लड़ रहे थे। कुछ ही क्षणों में उनके साथी भी सहायता के लिए आ गए थे। उनकी लाठियां सैनिकों के शस्त्रों पर भारी पड़ रही थीं। सैनिकों के खड्ग छोटे थे और गोपालों के लट्ठ बड़े थे। वे लोग अपनी लाठियों से उनकी ऐसी पिटाई कर रहे थे, जैसे सैनिक निःशस्त्र हों और उन गंवारों के हाथ में अलौकिक लौह-दंड हों।

सैनिक स्वयं को सन्तुलित कर अपनी और अपने साथियों की रक्षा कर रहे थे। आख़िर एक अलंकृत धनुष के लिए वे अपने प्राण तो नहीं दे सकते थे।

...और उतने में ही कृष्ण ने उन सबके सामने कोदंड को मध्य से तोड़ कर, उसके इस प्रकार दो खंड कर दिए, जैसे कोई मतवाला हाथी, ईख को तोड़ डालता है।

धनुष के टूटने से जोर का शब्द हुआ। जाने उसमें ऐसा क्या था कि दसों दिशाओं में एक प्रकार का प्रबल हिल्लोल उठा। आरक्षी दल में ऐसा झंझावात उठा, जैसे मथुरा के भवन डोल उठे हों, जैसे कोई भूडोल आया हो।

* * *

कंस अपने प्रासाद में था। कोलाहल ऐसा था कि उसे अपने प्रासाद की दीवारें हिलती लगीं।

वह बाहर निकल आया।

"यह क्या हो रहा है भूचाल आया है क्या?" उसका स्वर पर्याप्त भयभीत था।

"महाराज! भूचाल नहीं आया है। न ही आकाश में मेघ-गर्जना हुई है। धनुर्यज्ञ-स्थल की दिशा से ही यह भयंकर शब्द आया है।" मागध सेनापति ने कहा।

"तो मेरे प्रासाद की दीवारें क्यों कांप रही हैं?"

"आपके प्रासाद की दीवारें भूचाल नहीं हिला रहा; यह तो आपकी प्रजा का चीत्कार है।"

"तो यहां खड़े-खड़े दर्शन मत बघारो।" कंस चिल्लाया, "जाओ, जा कर देखो मूर्खो! कि क्या हुआ है। कोई दुर्घटना तो नहीं घट गई। यहां अपने खड्ग लिए, प्रदर्शनी के पुतलों के समान क्यों खड़े हो?"

"महाराज! इन खड्गों का ही प्रताप है कि आपकी प्रजा का चीत्कार इन प्राचीरों के बाहर बन्दी है। नहीं तो वह कब का इन प्राचीरों को फांद कर भीतर आ चुका होता।"

"प्रलाप बन्द करो। जाओ, जा कर देखो कि क्या हुआ है।"

"इस समय आपकी सुरक्षा और भी आवश्यक है।" मागध सेनानायक ने कहा, "हम चले गए तो शत्रु इस दिशा में भी बढ़ सकता है।"

कंस आपे से बाहर हो गया, "तुम समझते हो कि मैं तुम्हारे भरोसे ही जीवित और सुरक्षित हूं। मैं अपनी रक्षा स्वयं कर सकता हूं। खड्ग मेरे पास भी है।"

"खड्ग तो वसुदेव के पास भी है महाराज!"

कंस स्तब्ध खड़ा रह गया।

"और यह सूचना भी आ चुकी है कि अक्रूर, नन्द और उसके पुत्र को मथुरा ले आया है। उनके साथ बलराम भी है – जिसे देवकी का सातवां पुत्र माना जा रहा है।" सेनानायक ने कहा, "वे लोग इस समय नगर में ही हैं, और कहीं न कहीं से उत्पात् का समाचार आ रहा है। मैं किसी प्रकार का कोई संकट मोल लेना नहीं चाहता।"

"इसमें संकट की क्या बात है?"

"सम्भव है कि यह सारा कोलाहल इसीलिए उत्पन्न किया गया हो कि आप हम सब लोगों को उस दिशा में भेज दें; और वे लोग प्रासाद में घुस आएं। यह खेल-तमाशा नहीं, किसी चतुर सेनानायक की युद्ध-नीति हो सकती है।"

"जब इतना कुछ सोचता है तू!" कंस आकाश के समान फट पड़ा, "तो यहां खड़ा मूर्खों के समान अपनी आशंकाएं क्यों बघार रहा है। शत्रु की गतिविधि की सूचना हमें मिलनी चाहिए। तीव्रगामी अश्वारोहियों को भेजो, वे जा कर पता करें। कुछ वाहिनियां और भेजो, जो यज्ञस्थल के रक्षकों की सहायता कर सकें। यदि वे कृष्ण-बलराम वहां हों, तो हमारी वाहिनियां या तो उन्हें बांध लें अथवा उनका शिरोच्छेद कर दें। जो कार्य कल होना है, वह आज ही सम्पन्न हो जाए।"

सेनानायक चला गया। जाते हुए उसने कंस को प्रणाम भी नहीं किया।

उसने अपने सैनिकों को आवश्यक निर्देश दिए और दो वाहिनियां अपने साथ ले कर प्रस्थान कर गया।

* * *

यज्ञस्थल पर पहले से ही घमासान मचा हुआ था।

उस टूटे हुए धनुष के खंडों को ले कर कृष्ण और बलराम रक्षकों से भिड़े हुए थे। उनके सखा अपनी लाठियों से ही सैनिकों की कृपाणों का सामना कर रहे थे। यज्ञस्थल के रक्षक थे कि जैसे युद्ध का अभिनय मात्र कर रहे थे। उधर कृष्ण की भुजा उठती; और इधर सैनिक अपने शस्त्रों के साथ भूमि पर पड़ा होता।

कंस द्वारा भेजी गई वाहिनियां, बहुत समय से पहुंची थीं। यज्ञस्थल के रक्षकों को तो कृष्ण, बलराम और उनके सखा एक प्रकार से समाप्त कर ही चुके थे।

मागध सेना-नायक अपने सैनिकों के साथ उन पर टूट पड़ा। उसे मथुरा के सैनिकों पर वैसे ही कोई विश्वास नहीं था। वह तो कब से कह रहा था कि ये किस प्रकार के सैनिक थे, जो लड़ते कम और गिरते अधिक थे।...अब तो प्रमाण की भी कोई आवश्यकता नहीं रह गई थी। पांच-सात निहत्थे अखाड़ेबाज़ छोरों से पिट कर वे अपमानजनक मृत्यु प्राप्त कर चुके थे।

सेना-नायक ने संकेत किया।

उसकी वाहिनियों ने कृष्ण, बलराम तथा उनके सखाओं को घेर लिया। उन्होंने एक साथ आक्रमण किया।...नायक की भवें सिकुड़ कर एक हो गईं ...जाने कैसे वे सारे के सारे उनके वृत्त से बाहर थे और उसके अपने सैनिक ही अपने खड्गों सहित एक-दूसरे पर गिर पड़ रहे थे। इस समय उनका सारा प्रयत्न यही था कि वे किसी प्रकार अपने ही खड्ग से अपने सहयोगी को आहत न करें। और जिस समय वे अपने खड्गों से अपने साथियों को बचाने का प्रयत्न कर रहे थे, उस समय कृष्ण, बलराम और उनके सखा, बाहर से उन्हें लगातार पीड़ित कर रहे थे। कृष्ण के हाथ में वे धनुष-खंड अत्यन्त भयंकर शस्त्र बन गए थे। कभी वे वज्र के समान प्रहार कर सैनिकों की अस्थियां भंजन कर रहे थे, और कभी वे शूल बन कर उनके शरीर को काटने का कार्य कर रहे थे। कभी वे सैनिकों के खड्ग को रोकने के लिए ढाल बन जाते थे, और कभी वे उनको प्रत्यंचा पर चढ़े बाण के समान दूर फेंकने का कार्य कर रहे थे। बलराम के हाथ में उनका प्रिय हलाकार शस्त्र था। मागधों के लिए यह पूर्णतः नवीन शस्त्र था। वे अभी यही समझने का प्रयत्न कर रहे थे कि उसका प्रयोग किस-किस रूप में हो सकता है।

नायक ने मूर्च्छा आने से पहले-पहले देख लिया था कि उसके सारे सैनिक धराशायी हो चुके थे। यदि उनमें से कुछ जीवित भी हों और उनमें चेतना भी हो, तो भी धरती पर अचेत बन निस्पन्द पड़े रहना ही उनके लिए लाभकारी था।

कृष्ण और बलराम अपने मित्रों के साथ यज्ञमंडप के प्रधान द्वार से बाहर निकल आए और मथुरा नगर की शोभा देखने के लिए चल पड़े।

"हमें अपने डेरे पर अपने साथियों के पास लौट नहीं जाना चाहिए?" श्रीदामा ने पूछा, "अब तक पर्याप्त उत्पात् हो चुका है।"

"एक बार डेरे पर पहुंच गए तो बाबा फिर इधर देखने भी नहीं देंगे।" कृष्ण बोले।

"किन्तु इतनी देर में यह सूचना कंस को मिल जाएगी; और वह अपनी चतुरंगिणी सेना के साथ आ गया तो हम उनका सामना कैसे कर सकेंगे?"

"सूचना मिल नहीं जाएगी।" कृष्ण बोले, "सूचना मिल चुकी है। मैं तो चाहता हूं कि मथुरा के पशु-पक्षियों तक को सूचना मिल जाए कि हम मथुरा में आ गए हैं।"

"पर तुम कर क्या रहे हो कान्हा?"

"मथुरा को जगा रहा हूं।" कृष्ण ने कहा, "इस सोए ही नहीं, मृतप्राय नगर को जगा रहा हूं। यादवों के क्षत्रिय संस्कारों को कोंच रहा हूं। धर्म-चेतना की मूर्च्छा भंग कर रहा हूं। वीरता को ललकार रहा हूं। पुण्य को सूचित कर रहा हूं कि अब कोई कारागार में नहीं रहेगा। सात्त्विकता को पशु-बल से भयभीत कर बन्दी नहीं किया जा सकता।"

"कान्हा! क्यों न हम कारागार की ओर चलें?" बलराम ने कहा, "हमारे माता-पिता वहां बन्दी हैं।"

"एक रात और दाऊ!" कृष्ण बोले, "कल कंस का वध कर ही, हम कारागार की दीवारें तोड़ेंगे।"

बलराम सहज ही मान गए।

* * *

वे मथुरा के हाटों, पथों और वीथियों में विचरण करते रहे। किन्तु आश्चर्य की बात थी कि शासन की ओर से न कोई दंडधर, न आरक्षी और न ही कोई सैनिक उन्हें रोकने अथवा बन्दी करने आया। प्रशासन को जैसे सांप सूंघ गया था।...सब ओर भीड़ थी। उनके कहीं पहुंचने से पहले ही उनकी ख्याति वहां पहुंच जाती थी, जैसे वह उनके आगे-आगे चल रही हो। लोग उनको देखने को एकत्रित हो

रहे थे। स्त्रियां अटारियों पर झुकी पड़ रही थीं। अनेक स्थानों पर लोगों ने जयजयकार भी किया, तिलक किया, मालाएं पहनाईं।

"प्रजा में कंस का जो भय व्याप्त था, वह तो मारा गया दाऊ!" कृष्ण ने कहा, "अब वह अकेला ही है। कल या तो उसे हम मार डालेंगे; अथवा उसके अपने हृदय का भय ही उसका श्वास अवरुद्ध कर देगा।"

"और यदि उसने अपने मित्रों से रातों-रात उनकी सेनाएं मंगा लीं?" श्रीदामा ने कहा।

"यदि मथुरा के यादव निर्भीक हो जाएं, तो कोई सेना उनका कुछ नहीं बिगाड़ सकती।" कृष्ण बोले, "न्यायी जनता जब अपना भय त्याग देती है तो स्वयं अपने-आप में ही सर्वशक्तिमान होती है।"

सूर्यास्त के पश्चात् वे लोग अपने डेरे पर पहुंचे, जहां उनके शकट एक व्यूह बना कर खड़े किए गए थे।

उन्होंने देखा : नन्द कुछ चिन्तित थे। रोहिणी उनसे भी कुछ अधिक चिन्तित थीं।

"बहुत देर कर दी। मैं तो कब से तुम्हारे लिए खीर बना कर बैठी हुई हूं।"

"रखी है न! खा तो नहीं ली।"

"तुम लोगों को खिलाए बिना कैसे खाती!"

"तो लाओ मां! खिलाओ।" कृष्ण बैठ गए, "और बाबा! किसी को अक्रूर काका के घर भेजिए। अब मथुरा में जो भी जाए, छुप कर अन्धकार में जाए; और अपना परिचय गुप्त रखे।"

"अक्रूर से क्या काम है कान्हा?"

"यदि वे जानते हों और बताना उचित समझें तो बता दें कि कल के लिए कंस की क्या योजना है।" कृष्ण ने कहा, "एक व्यक्ति सुदामा माली के घर भी चला जाए और किसी समझदार व्यक्ति को त्रिवक्रा के घर भी भेज दीजिए।..."

"वहां तो तुम ही चले जाओ कान्हा!" बलराम बोले, "अपना कलेजा निकाल कर रख देगी तुम्हारे सामने।"

"मैं चाहता हूं कि अभी उसका कलेजा उसके वक्ष में ही सुरक्षित रहे।" कृष्ण हंसे, "बाबा! कंस के मन में क्या है, इसे उससे अधिक और कोई नहीं जान सकता। आज उसका रूप देख कर कंस स्वयं को रोक नहीं पाएगा। वह सब-कुछ उगल देगा उसके सामने। त्रिवक्रा ने अवश्य ही उससे सब-कुछ उगलवा लिया होगा। पर उसके पास मुझ तक सूचना भिजवाने का कोई साधन नहीं है। कोई जाएगा तो वह सब-कुछ बता देगी। तब हमारे लिए कुछ भी गोपनीय नहीं रह जाएगा।"

54

देवकी चौंक कर उठ बैठीं।

वसुदेव अपनी नींद पूरी कर चुके थे; किन्तु अभी लेटे ही हुए थे। उन्हें देवकी का इस प्रकार चिहुंक कर उठ बैठना कुछ विचित्र-सा लगा।

"क्या हुआ?"

"कृष्ण कहां गया?"

वसुदेव ने अपनी आंखें पूरी तरह विस्फारित कीं, "कृष्ण? कृष्ण हमारे पास था ही कब?"

"वह यहीं तो था मेरे पास...।" और वे रुक गईं, "तो मैंने स्वप्न देखा था क्या?"

"क्या देखा था?" वसुदेव ने पूछा।

"पर नहीं! वह सपना नहीं हो सकता।" देवकी ने कहा, "वह यहीं था, मेरे पास। मेरी नासिका में अभी तक उसकी वैजयन्ती माला के पुष्पों की गन्ध है। मेरे कानों में उसकी बांसुरी के स्वर हैं। उसने छुवा भी था मुझे!..."

"तो तुम्हारा कृष्ण वंशी बजाता है?" वसुदेव हंस पड़े, "तुम्हें किसने बताया कि वह वंशी बजाता है? यादवों का राजकुमार वंशी बजाता है। वह ग्वाला है या चरवाहा कि वंशी बजाता है। तुमने कब देखा कि वह वैजयन्ती माला धारण करता है?"

"मैंने उसे देखा है।"

"सपने में ही देखा है न!" वसुदेव बोले, "साक्षात् तो तुमने उसे उसी समय देखा था, जब एक मंजूषा में लेटा कर मैं उसे नन्द के घर छोड़ने गया था।"

"सत्य कह रहे हैं आप। तभी देखा था।" देवकी ने कहा, "किन्तु मैं भी सत्य कह रही हूं, वह सपना नहीं था। वह आया था। उसने मेरे अश्रु पोंछे। बोला, 'मत रो मां! मैं आ गया हूं। अब मैं तुम्हारे साथ ही रहूंगा।' मैंने कहा, 'पुत्र! तू यहां से चला जा। कंस को पता लग गया तो वह तुझे जीवित नहीं छोड़ेगा।'"

"तो क्या कहा उसने?"

"उसने कहा, 'मैं उसे जीवित छोड़ूंगा तब तो।' कैसी मधुर मुस्कान थी उसकी। मन हो रहा था कि उसका हाथ पकड़ कर यहीं बैठा लूं उसे। किन्तु विवेक कह रहा था कि उसे शीघ्र से शीघ्र विदा कर दूं। भेज दूं उसे यशोदा के पास, जहां वह आज तक सुरक्षित था।"

"तो फिर क्या किया तुमने? बैठा लिया या विदा कर दिया?"

"मैंने तो कुछ भी नहीं किया।" देवकी कुछ उद्विग्न हो उठीं, "उसने कहा, 'मां! मैं जा नहीं सकता।' 'क्यों?' मैंने पूछा, 'क्या कंस ने तुम्हें भी बन्दी कर यहां कारागार में डाल दिया है?' वह हंस कर बोला, 'नहीं मां! चिन्ता मत करो, कंस तो क्या, मुझे कोई भी बन्दी नहीं कर सकता।' 'तो फिर तुम जा क्यों नहीं सकते?' 'क्योंकि जाता तो वह है, जो आता है। मैं न आता हूं, न जाता हूं। मैं तो सदा रहता हूं।' 'सदा रहते हो तो दीखते क्यों नहीं?' मैंने पूछा। 'जो देखना चाहता है, उसे दीखता हूं मां! तुमने मुझे देख लिया न!'"

वसुदेव मौन बैठे रहे।

थोड़ी प्रतीक्षा कर देवकी ने पूछा, "आप अब भी इसे स्वप्न मानते हैं?"

"क्या कह सकता हूं।" वसुदेव कुछ आत्मलीन से थे। मन्द स्वर में बोले, "रात्रि वाला प्रहरी चुपके से बता गया है कि अक्रूर, कृष्ण-बलराम को वृन्दावन से ले आया है। वे मथुरा में हैं। उन्होंने कल सन्ध्या समय मथुरा में पर्याप्त उत्पात् किया है। आज जाने क्या होने वाला है। कंस अवश्य ही उनके चारों ओर किसी-न-किसी व्यूह की रचना कर रहा होगा।..."

"आप अपने पुत्रों के लिए भयभीत हैं?"

वसुदेव ने जैसे अपना अवसाद झटक दिया, "नहीं! भयभीत नहीं हूं मैं। तनिक भी भयभीत नहीं हूं। भय का कोई कारण नहीं है। सृष्टि ईश्वरीय विधान से चलती है, कंस की इच्छा से नहीं।"

"भय का कारण क्यों नहीं है?" देवकी ने कुछ चकित हो कर पूछा।

"कृष्ण अपनी इच्छा से मथुरा में आया है। वह अपना वध करवाने नहीं, दूसरों को त्राण देने आया है। कल नगर में दोनों भाइयों ने जितना भी उत्पात् किया है, वह इसीलिए किया है कि सारी मथुरा को ज्ञात हो जाए कि कृष्ण आ गया है।"

* * *

प्रातः सूर्योदय के साथ ही राजकर्मचारियों ने धनुर्यज्ञ-स्थल का परिशोधन किया। सैनिकों तथा आरक्षियों के शव हटाए गए, स्थल को स्वच्छ किया गया। रक्त और मांस के सारे चिह्न मिटाए गए। उसको अलंकृत करने के लिए पुनः सारा आयोजन किया गया।

कोटपाल ने आ कर कंस को सूचना दी, "महाराज! यज्ञस्थल स्वच्छ एवं परिशोधित हो गया है। उसका अलंकरण भी पूरा कर दिया गया है; किन्तु धनुष तो टूट चुका है स्वामी!"

"पुराने धनुष को जोड़ा नहीं जा सकता?"

"मुझे तो ऐसा नहीं लगता स्वामी! कि हमारे पास कोई ऐसा चतुर कलाकार है, जो उसे इस प्रकार जोड़ दे कि वह पहले जैसा ही कठोर हो सके।" कोटपाल ने कहा, "कोई जोड़ भी दे तो..."

"तो क्या?"

"एक बालक भी उसे तोड़ देगा और वह ग्वाला कृष्ण सारा यश लूट ले जाएगा कि उसने महाराज कंस का कोदंड तोड़ दिया।"

कंस ने प्रद्योत को बुलाया, "क्या हमारे पास धनुष-यज्ञ के लिए कोई भी ऐसा कठोर धनुष नहीं है, जिसे कृष्ण तोड़ न सके?"

"महाराज! हमारे शस्त्रागार में एक से बढ़ कर एक भारी और कठोर धनुष रखे हैं; किन्तु यज्ञ के अनुकूल उनका अलंकरण नहीं हुआ है।"

"कोई बात नहीं।" कंस बोला, "वह चाहे सुन्दर दिखाई न दे; किन्तु..." कंस ने उसे अपनी तर्जनी के संकेत से समझाया, "कृष्ण उसे तोड़ न पाए।"

"वह नहीं तोड़ पाएगा महाराज! निश्चिन्त रहें।" प्रद्योत ने कहा, "किन्तु इतना समय तो मुझे मिलना ही चाहिए कि उसे लीप-पोत कर यज्ञ-स्थल तक पहुंचाया जा सके।"

"तुम उसे तैयार करवाओ।" कंस बोला, "हम मल्लयुद्ध से समारोह का आरम्भ करवाते हैं। धनुष-यज्ञ की बारी बाद में आएगी। मल्लयुद्ध के लिए अखाड़े तो सज्जित हैं न?"

"हमारे कर्मचारी सूर्योदय से पूर्व ही वहां पहुंच गए थे। यथास्थान मंच रखवा दिए गए हैं। पुष्पमालाओं और झंडियों से सारा क्षेत्र सुसज्जित कर दिया गया है।" प्रद्योत ने कहा, "किन्तु महाराज! आपने अभी तक कृष्ण और बलराम को बन्दी करने का आदेश नहीं दिया है। उन्होंने कल नगर में पर्याप्त उत्पात् किया है। प्रशासन और राजसत्ता की छवि उससे कलुषित हुई है। प्रजा उसे राजा की अक्षमता मानती है।" उसने कंस की ओर देखा, "इससे पूर्व कि वे आज भी कोई उत्पात् करें, हमें उनको बन्दी कर लाने के लिए सैनिक भेजने चाहिए।"

"मुझे नहीं लगता कि उन्हें बन्दी कर लाने के लिए एक-दो वाहिनियां पर्याप्त हैं।" कंस ने कहा, "और दो उच्छृंखल छोकरों को पकड़ने के लिए, चतुरंगिणी सेना ले कर जाने से भी राजा का सम्मान नहीं बढ़ेगा; और..."

प्रद्योत ने उसकी ओर देखा।

"तुम जानते ही होगे, नन्द पूरा स्कन्धावार बनाए, यमुना तट पर पड़ा है।"

"वह ग्वाला क्या कर लेगा।"

"मैं व्यर्थ ही अपने सैनिक मरवाना नहीं चाहता।"

"तो महाराज!"

"उनके लिए दूसरा प्रबन्ध किया है मैंने।"

"जैसी महाराज की इच्छा।" प्रद्योत ने कहा, "किन्तु एक बात कहना चाहता हूं महाराज!"

"बोलो।"

"यह सारी भूल अक्रूर की है। जब वह उन दोनों को ले ही आया था तो उन्हें अपने साथ अपने घर ले जाना चाहिए था।" प्रद्योत ने कहा, "अपने घर में रखता। उनको खिलाता-पिलाता। उनका सत्कार करता। तब वे इस प्रकार मथुरा के पथों-वीथियों में उत्पात् करते तो न घूमते। उसने तो एक शत्रु का-सा व्यवहार किया है। मथुरा ला कर उन्हें खुला छोड़ दिया कि करो उत्पात्।"

कंस ने स्पष्ट सहमति प्रकट नहीं की; किन्तु विरोध भी नहीं किया, "एक बार यह धनुष-यज्ञ निबट जाए, उसके पश्चात् मैं इस अक्रूर को भी समझ लूंगा। जहां तक मैं समझता हूं, ये दोनों लड़के इस यज्ञ की अवधि में ही निबटा दिए जाएंगे।"

"महाराज की कामना पूरी हो।" प्रद्योत ने हाथ जोड़ कर प्रणाम किया।

* * *

"आज के लिए क्या विचार किया है कान्हा!" नन्द चिन्तित थे, "पता नहीं यशोदा क्यों हमारे साथ नहीं आई, नहीं तो मुझे तुम्हारी इतनी चिन्ता नहीं करनी पड़ती।"

"मैया नहीं हैं तो क्या हुआ।" कृष्ण हंसे, "बड़ी मां तो हैं न! मैया के भाग की भी चिन्ता बड़ी मां कर लेंगी।"

"चिन्ता तो मुझे है ही – तेरी भी और राम की भी। अपने भाग की भी, यशोदा के भाग की भी; और देवकी के भाग की भी।" रोहिणी ने कहा, "तुम लोग उन्हें भूल जाते हो, जो कारागार में बंधे बैठे हैं। हथकड़ी-बेड़ी खोल नहीं सकते, कारागार की शलाकाएं तोड़ नहीं सकते। तुम लोगों की चिन्ता उन्हें नहीं है क्या? रक्त के अश्रु बहा रही होगी देवकी!"

"अरे अब तो आप भी मैया के समान बोलने लगीं बड़ी मां! मथुरा में आते ही आपकी तेजस्विता को ग्रहण लग गया क्या?" कृष्ण मुस्कुराए, "किसी को नहीं भूला हूं मैं। किसी को भूलता भी नहीं हूं। उनके अश्रु भी पोंछ आया हूं।"

"पवन बन कर गया था क्या? न किसी ने जाते देखा, न आते। न किसी ने कारागार में घुसने से रोका, न निकलने से।" रोहिणी ने कुछ प्रसन्न दीखने का प्रयत्न किया।

"इस गपोड़ी को रहने दें मां!" बलराम बोले, "पर आप चिन्ता न करें। आज हम निपटारा कर ही देंगे, इस पार अथवा उस पार।"

रोहिणी कांप उठीं, "इस पार या उस पार का क्या अर्थ हुआ रे?"

"ओह, बड़ी मां!" कृष्ण बोले, "दाऊ के शब्दों पर मत जाइए। बस यह समझिए कि कंस का बेड़ा पार कर ही देंगे।"

"कान्हा!" नन्द कुछ अवरुद्ध कंठ से बोले, "मुझे न तुम्हारे अथवा बलराम के बल पर सन्देह है, न तुम लोगों के कौशल पर; किन्तु पुत्र! यह कंस की नगरी है। चारों ओर प्राचीर है, जिसे तुम्हारे जनक, वसुदेव कब से पार नहीं कर पाए। सैनिक चौकियां हैं। व्यूह हैं। चतुरंगिणी सेना है; और तुम्हारे पास कोई शस्त्र भी नहीं है। यह कोई बराबरी का जोड़ तो है नहीं पुत्र! मेरा मन बहुत आशंकित है।"

"बाबा! मैं स्वयं नहीं जानता कि कंस की क्या योजना है...।"

बलराम ने कृष्ण को रोक दिया, "क्या करना है, उसकी योजनाओं को जान कर। हमारी अपनी योजना है कि जो कोई भी शत्रु भाव से आए, उसकी ग्रीवा में एक गांठ लगा देंगे। इस काम से न मुझे कंस रोक सकता है, न उसकी चतुरंगिणी सेना। आए हैं तो पिताजी और छोटी मां को कारागार से छुड़ा कर ही दम लेंगे; और ऐसा प्रबन्ध कर देंगे कि फिर उनके जीवन में कभी कारागार जाने का अवसर न आए।"

"दाऊ का कहा हम अक्षरशः पूरा करेंगे। इसमें तो आप कोई संशय करें नहीं।" कृष्ण बोले, "अब कुछ बातें मेरी भी सुन लीजिए। मेरे मन में बहुत स्पष्ट है कि हमारा एक ही परिवार है। मैं नन्द बाबा और यशोदा मैया का पुत्र कान्हा हूं। किन्तु कंस के लिए, मैं वसुदेव और देवकी का आठवां पुत्र हूं। इसीलिए वह आपके और मेरे साथ एक-सा व्यवहार नहीं करेगा। वह आपको पृथक् रूप से बुलाएगा। आप उसकी प्रजा के एक प्रतिनिधि के रूप में जा कर उसे भेंट-उपहार देंगे। वह चाहेगा कि आपको वह अपने दर्शकों के मध्य सम्मान से बैठाए और मुझसे दूर कर दे। मुझ पर संकट आए तो आप वहां बैठे हों, जहां से आप मेरी सहायता न कर सकें। आपके साथ आए गोप अपने सत्कार से प्रसन्न हो कर पृथक् हो जाएं; और मैं और दाऊ उसकी नगरी में एकदम अकेले और असहाय हो जाएं। यह वह कैसे करेगा, यह अभी मुझे ज्ञात नहीं है; किन्तु सूचनाएं आ रही हैं। हमारे मित्र लोग सूचनाओं से हमारी सहायता करेंगे और कर रहे हैं। इसीलिए एक बात निश्चित् है कि आप कंस के बुलावे पर उसकी प्रजा के प्रतिनिधि के रूप में जाएं और

जो उपहार इत्यादि देने हों दे दें। जहां वह बैठाए, वहां बैठें और उसके समारोह का आनन्द लें।..."

"और तुम कान्हा?"

"मैं और दाऊ एक साथ रहेंगे।" कृष्ण ने कहा, "न उसके निमन्त्रण की प्रतीक्षा करेंगे, न उसके बताए हुए समय और मार्ग से जाएंगे। हमारे सारे गोपाल हमारे साथ नहीं होंगे; किन्तु ऐसे स्थानों पर रहेंगे, जहां से वे हमारी सहायता के लिए कूद सकें। विशेषकर यदि कंस के पक्ष से बड़ी संख्या में योद्धा आएं तो हमारे मल्ल उन्हें रोके रह सकें; और हम तक पहुंचने न दें।"

नन्द की आंखों में अश्रु आ गए, "पुत्र! हम तुम्हारे साथ नहीं होंगे, तो तुम्हारी सहायता कैसे करेंगे?"

"कंस हमें भ्रम में रखना चाहता है। हम उसे भ्रम में रखेंगे।" कृष्ण बोले, "आप उसकी दृष्टि में रहेंगे; किन्तु हमारी गोप सेना अदृश्य रहेगी। फिर जैसा अवसर आएगा, वैसा ही करेंगे।"

"इस समय क्या करना है?"

"आप जाने की तैयारी करें। अपने उपहारों के साथ उसके बुलावे की प्रतीक्षा करें।" कृष्ण बोले, "गोप सेना को मैं अज्ञात स्थान पर भेज रहा हूं, जहां से वह हमारी सहायता के लिए कूद पड़ेगी। मैं और दाऊ कहां जा रहे हैं, यह गोपनीय है।"

"मेरा मन नहीं मानता पुत्र!" नन्द की आंखें अश्रुपूर्ण थीं।

"नन्द महर!" रोहिणी ने पहली बार उनके वार्तालाप में हस्तक्षेप किया, "कान्हा को वही करने दीजिए, जो वह करना चाहता है। मैं इधर वर्षों से अपने पति से दूर हूं; किन्तु मैं उन्हें भली प्रकार जानती हूं। आज कान्हा एकदम उनके ही स्वर में बोल रहा है। इसे अपना युद्ध अपने ढंग से लड़ने दीजिए। बस बलराम उसके साथ रहे। दोनों भाई साथ होंगे तो मुझे तनिक भी चिन्ता नहीं होगी।"

नन्द ने अपने अश्रु पोंछ लिए, "आप कह रही हैं भाभी! तो मैं कान्हा को नहीं रोकूंगा।"

"यह हुई आप लोगों की योजना।" रोहिणी ने कहा, "अब मैं भी जा रही हूं, मथुरा में। मैं अकेली ही जाऊंगी।"

"आप कहां जाएंगी और वह भी अकेली?"

"मुझे आर्यपुत्र और देवकी के अपने घर आने से पहले घर को साफ-सुथरा करना है। बहुत दिनों से बन्द पड़ा है। उसे रहने योग्य तो बना लूं।"

"वहां तो कोई सेवक भी नहीं होगा, तो फिर आप...?"

"उसका प्रबन्ध हो जाएगा, आप मेरी चिन्ता न करें नन्द महर!"

* * *

कृष्ण और बलराम अपना मुंह-सिर लपेटे, स्वयं को पूर्णतः छिपाए और कुरूप वेश अपनाए हुए, त्रिवक्रा के घर में प्रविष्ट हुए।

त्रिवक्रा दस्यु जैसे दो लोगों को इस प्रकार अपने घर में प्रविष्ट होते देख, डर गई।

"कौन हो तुम लोग?"

"तुम्हारे शत्रु नहीं हैं।" कृष्ण ने कहा।

"पर मित्र भी नहीं लगते।" त्रिवक्रा बोली, "मित्र होते तो इस प्रकार क्यों आते?"

"अपने मित्रों को पहचानो सखि!" कृष्ण ने मुख पर लपेटा वस्त्र हटा दिया।

"ओह तुम प्रियदर्शन!" त्रिवक्रा चकित थी, "इस प्रकार क्यों आए?"

"ताकि कोई जान न सके कि हम तुम्हारे घर आए हैं। हमें तुम तक पहुंचने से कोई रोक न सके; किन्तु जब निकलेंगे तो सब देखेंगे कि हम तुम्हारे घर से गए हैं।"

"मैं इतना ही जान पाई हूं कृष्ण! कि कंस तुम्हें किसी शस्त्र से नहीं, पशुओं से मरवाने की योजना बनाए बैठा है।" त्रिवक्रा ने कहा, "मैंने बहुत हाव-भाव दिखाए, हेला का भी सहारा लिया; किन्तु उसके मुख से इससे अधिक और कुछ नहीं निकलवा पाई।"

"इतना ही पर्याप्त है।" कृष्ण मुस्कुरा रहे थे, "अब हमें अच्छे वस्त्र दो। चन्दन

और अंगराग दो। हमें महाराज कंस के धनुर्यज्ञ में जाना है। राजाओं, राजकुमारों, मंडलेश्वरों तथा राजपुरुषों की सभा में जाना है। हमारा वेश भी राजसी होना चाहिए।"

"मेरा सौभाग्य।" त्रिवक्रा अत्यधिक प्रसन्न थी, "ऐसा सौभाग्यशाली दिन तो मेरे जीवन में आज तक आया ही नहीं। तुम मुझसे मेरे प्राण भी मांग लो, तो आज्ञापालन में एक क्षण नहीं लगाऊंगी।"

कृष्ण तथा बलराम ने स्नान किया। नए वस्त्र धारण किए। चन्दन और अंगराग लगाया।

"तुम धनुर्यज्ञ देखने नहीं चलोगी?"

"तुम्हें संकटों से जूझते नहीं देख सकूंगी। प्राण निकल जाएंगे मेरे।" त्रिवक्रा ने कहा, "मैं अपने घर पर ही तुम्हारी प्रतीक्षा करूंगी।"

* * *

कृष्ण और बलराम निर्विघ्न यज्ञस्थल तक पहुंच गए। धनुर्यज्ञ वाला स्थल इस समय जन-शून्य जैसा ही था। कुछ थोड़े से राजकर्मचारी स्थान और धनुष का परिशोधन इत्यादि कर रहे थे। वे जानते थे कि राजा को वहां नहीं आना है, अतः उनमें किसी प्रकार का कोई उत्साह नहीं था। बंधे-बंधे से वहां बैठे समय के व्यतीत होने की प्रतीक्षा कर रहे थे।

"आपके महाराज कहां हैं?" कृष्ण ने पूछ ही लिया।

"महाराज मल्लयुद्ध देखेंगे।" मुखिया बोला, "जब उन गंवार गोपों ने धनुष ही तोड़ दिया तो यहां की शोभा ही क्या रही।"

उसने सिर उठा कर देखा। कुछ क्षण उनको निहारता रहा और फिर उसके चेहरे का वर्ण पीला पड़ गया, "तुम वही तो नहीं हो...।"

"वही हैं।" बलराम बोले, "और तूने हमें गंवार कहा...।"

कृष्ण आ कर मुखिया के सामने खड़े हो गए, "नहीं दाऊ! इसे क्षमा कर दो। यह एक अहंकारी राजा का मूर्ख कर्मचारी है।"

मुखिया कांप रहा था।

"डरो नहीं।" कृष्ण बोले, "हमें बता दो कि कंस कहां होगा।"

मुखिया ने मल्ल-स्थल का मार्ग बता दिया और फिर भयभीत स्वर में बोला, "वहां मत जाना। वहां मुष्टिक, चाणूर, कूट, शल और तोशल होंगे। वे तुम लोगों को जीवित नहीं छोड़ेंगे।"

"सूचना के लिए हम तुम्हारे आभारी हैं।" कृष्ण मुस्कुराए, "किन्तु तुम भी सावधान रहो कि तुम्हारे राजा को यह सूचना न मिल जाए कि तुमने हमें सचेत किया है।"

मुखिया पहली बार थोड़ा मुस्कुराया, "कल से तो सारा नगर ही सचेत हो उठा है। सारी प्रजा कह रही है कि राजा यदि यज्ञ-स्थल पर सार्वजनिक रूप से धनुष तोड़ने वाले अपने शत्रुओं को दंडित नहीं कर सका तो वह किसी का भी क्या बिगाड़ सकता है।"

"ठीक ही तो है।" बलराम बोले, "निर्भय हो कर जिओ।"

वे मुखिया के बताए हुए मार्ग पर चल पड़े।

"त्रिवक्रा ने कहा है कि वह हमें पशुओं से मरवाना चाहता है।" बलराम ने कहा, "और यह मुखिया कह रहा है कि वहां कंस के प्रधान मल्ल होंगे। कहीं इसका यह अर्थ तो नहीं कि लोग उसके मल्लों को ही पशु कहते हैं।"

"बहुत सम्भव है कि ऐसा ही हो; और न भी हो तो क्या।" कृष्ण बोले, "हमने भी तो अपना वृन्दावन सारे असुराकार पशुओं से मुक्त कराया ही था। कंस के पास उनसे भयंकर पशु तो नहीं होंगे। चलो दाऊ, देखते हैं कि वे निरे पशु ही हैं अथवा नर-पशु!"

मल्ल-स्थल निकट आ गया था। दूर से ही संकेत मिल रहे थे कि वहां कोई महत्त्वपूर्ण कार्य हो रहा है। जन-सूमह उस दिशा में बढ़ा जा रहा था। मार्ग के दोनों ओर राजकर्मचारी और सैनिक खड़े थे। रथों की संख्या भी कुछ अधिक ही थी। वे दोनों अभी मुख्य द्वार से कुछ पीछे ही थे कि बलराम रुक गए, "मुझे लगता है कि वे लोग नन्द बाबा को पुकार रहे हैं।"

कृष्ण भी पूर्णतः सचेत थे। बोले, "मैंने भी सुना है। हमें यहीं रुक जाना चाहिए। पहले देख लें कि वह बाबा को क्यों पुकार रहा है। उसके पश्चात् जैसा आवश्यक होगा, वैसा ही करेंगे।"

वे एक वृक्ष की छाया में रुक गए।

उन्होंने देखा कि नन्द बाबा तो अभी तक अपने शकटों के निकट ही थे; किन्तु उनके अनेक साथी इधर-उधर हो चुके थे। पुकारे जाने पर वे वहां से उठे और दही, पनीर और मक्खन के बर्तन लिए हुए दस-बारह गोप कंस के सामने पहुंचे। उन्होंने वे सारे भांड उसके सम्मुख रख, हाथ जोड़ कर प्रणाम किया।

"तुम्हारा पुत्र नहीं आया?"

"कौन-सा पुत्र?" नन्द ने पूछा।

"वही, जिसपर तुम सब लोगों को बहुत गर्व है – कृष्ण! कान्हा!"

"आपने ही तो घोषणा कर दी है कि वह आर्य वसुदेव का पुत्र है, तो वह मेरा पुत्र कहां रहा।"

"तुम तो यही कहते रहे हो न।"

"जब पहले दिन से उसका पालन-पोषण किया है, तो पिता तो उसका मैं ही हूं, जनक चाहे आर्य वसुदेव हों।"

"तो तुम यह स्वीकार करते हो कि वह देवकी के आठवें गर्भ की सन्तान है?"

"मेरा मानना न मानना क्या अर्थ रखता है महाराज!" नन्द ने दीन भाव से हाथ जोड़ दिए, "आपकी आज्ञा हो जाने के पश्चात् मैं कैसे कह सकता हूं कि मैं उसका जनक हूं। महाराज की आज्ञा ही सर्वोपरि है। वही परम सत्य है। आप इस सूर्य की ओर अंगुली उठा कर कह दें कि वह चन्द्रमा है, तो आपकी प्रजा का धर्म है कि वह मान जाए कि वह चन्द्रमा ही है।"

"तुम मेरा उपहास कर रहे हो नन्द!" कंस क्रुद्ध हो उठा।

"नहीं महाराज! मैं ऐसा दुस्साहस कैसे कर सकता हूं।" नन्द निर्भीक स्वर में बोले, "मैं तो अपनी राजभक्ति का प्रमाण दे रहा हूं।"

कृष्ण ने मुस्कुरा कर बलराम की ओर देखा। बलराम मुख खोले चकित भाव से नन्द को देख रहे थे, "अब बाबा डरते नहीं हैं एकदम।"

"तो कहां है कृष्ण?"

"कृष्ण और बलराम को तो आपके राजपुरुष आर्य अक्रूर अपने साथ अपने रथ में बैठा कर ले आए थे। उन्होंने देवी रोहिणी को भी उस रथ पर बैठने नहीं दिया।" नन्द बोले, "वे दोनों लड़के तो हमारे साथ आए ही नहीं। क्या वे अक्रूर के प्रासाद में अथवा आपके अतिथिगृह में नहीं हैं?"

"नहीं! वे तुम्हारे साथ तुम्हारे डेरे पर थे।"

"हां! हमारे साथ देवी रोहिणी थीं। सम्भव है वे अपनी माता से मिलने आए हों। देवि रोहिणी खीर बहुत अच्छी... ।"

"अच्छा जाओ अपने स्थान पर बैठो।" कंस अपने राजपुरुषों की ओर मुड़ा, "इसे ले जा कर वहां विशिष्ट जन के मध्य बैठा दो। धूर्त कहीं का।"

नन्द महर को राजा, मन्त्री, मंडलेश्वरों तथा राजपुरुषों से कुछ दूर विशिष्ट जन के मध्य बैठा दिया गया। कृष्ण ने दृष्टि घुमा कर देखा : उन्हें अनेक गोप मल्ल प्रजा में बैठे दिखाई दे रहे थे।

"अब चलें?" बलराम उतावले हो रहे थे।

"चलिए।"

"किधर से चलें?"

"तोरण से चलते हैं, प्रकट रूप से।" कृष्ण बोले, "अब छुप कर क्या जाना।"

वे दोनों आगे बढ़े और मुख्य द्वार के बीचों-बीच आ पहुंचे। कृष्ण चकित थे कि अब तक न तो कंस अथवा उसके साथियों ने कृष्ण को देख कर कोई विशेष प्रतिक्रिया प्रकट की थी और न ही किसी ने उन्हें पकड़ने अथवा उन पर आक्रमण करने का प्रयत्न किया था। जनसामान्य में कुछ हलचल अवश्य थी। कदाचित् यह वे लोग थे, जिन्होंने कल सन्ध्या समय उन्हें हाट इत्यादि में देखा था।

कंस ने उनकी ओर देखा। उसका चेहरा तमतमा गया। वह अक्रूर की ओर मुड़ा, "ये ही हैं?"

"हां महाराज! ये ही दोनों वसुदेव के पुत्र हैं।"

कंस ने कोटपाल की ओर देखा, "कल सायं इन्होंने ही मथुरा में उत्पात् किया था?"

"हां महाराज!"

कंस अपने सिंहासन से उठ खड़ा हुआ, "कुवलयापीड़!"

अक्रूर का मन कांप गया।

कुवलयापीड़ कंस का मदान्ध हाथी था। जब किसी भयंकर अपराधी को सार्वजनिक मृत्युदंड का आदेश होता था तो उसे खुले मैदान में कुवलयापीड़ अपने पैरों तले रौंदता था। उसे इस काम के लिए प्रशिक्षित किया गया था। लगता था कि वह हाथी अब एक प्रकार से हिंस्र हो चुका था। उसे लोगों को रौंद कर उनका भुरकस बनाने में आनन्द आता था।

"दाऊ! त्रिवक्रा ने ठीक सूचना दी थी। यह है वह पशु, जिसको हमारी सेवा करने के लिए तैयार किया गया है।"

"इसका क्या करना है?" बलराम ने पूछा।

"करना क्या है।" कृष्ण हंसे, "आंखमिचौनी खेलते हैं। बहुत दिनों से खेली भी नहीं है।"

"प्रद्योत!" कंस ने ऊंचे स्वर में पुकारा, "कुवलयापीड़ को कृष्ण के स्वागत के लिए प्रस्तुत किया जाए।...और देखो, कुवलयापीड़ कोई उत्पात् न करे। चारों ओर से घेर लो। आवश्यकता हो तो शूलों से वेध दो।"

कंस के सैनिकों ने एक वृत्त बना लिया था। उन सबों के हाथों में लम्बे-लम्बे शूल थे।

"दाउ! इनके हाथ तो अभी से कांप रहे हैं।" कृष्ण मुस्कुराए, "और चतुराई देखो, मामा यह नहीं बता रहा कि किसको शूलों से वेधना है। वह हमें घेर कर मारना चाहता है।"

बलराम ने कुछ नहीं कहा। उनकी दृष्टि सैनिकों के दूसरे वलय पर थी। वे सैनिक धनुष-बाण से सज्जित थे।...कृष्ण देख रहे थे कि चाहे रंगभूमि के बाहर ही सही, किन्तु एक वलय उनके अपने साथियों का भी था।

कुवलयापीड़ ने अपनी ऊपर उठी हुई सूंड में पुष्पों की एक लम्बी माला थाम रखी थी, जैसे कृष्ण को माला अर्पित करने की तैयारी हो।

महावत ने कुवलयापीड़ को हांक दिया था। कुवलयापीड़ भी अपना प्रिय खेल खेलने की व्यवस्था देख कर प्रसन्न था। वह बड़े उत्साह से आगे बढ़ रहा था।

"महाराज!" कृष्ण पुकार कर बोले, "खेल नियम के अनुसार होना चाहिए। आदेश दें कि यदि कृष्ण ढंग से स्वागत न करवा सके तो उसे शूलों से वेध दिया जाए; और कुवलयापीड़ ढंग से स्वागत न करे, बीच में ही भागने लगे, तो सैनिक उसे भी शूलों से वेध दें।"

कंस ने सायास अट्टहास किया, "तुम अपना पक्ष संभालो कृष्ण! कुवलयापीड़ अपना दायित्व अच्छी तरह समझता है।"

कृष्ण ने कमर कसी और अपनी घुंघराली अलकें समेट लीं। वे यथासम्भव कुवलयापीड़ से अधिकतम दूरी पर चले गए थे। सैनिक सावधान हो गए, कहीं कृष्ण उनके अवरोध से बाहर न निकल जाएं।

कुवलयापीड़ हुमक-हुमक कर उनकी ओर बढ़ रहा था। सहसा कृष्ण उसकी ओर दौड़े और उसके निकट आ कर स्वयं को अद्भुत कौशल से उछाल दिया। कुवलयापीड़ उनको ढूंढ़ रहा था; और वे उसकी पीठ पर जा पहुंचे थे।

महावत ने अकस्मात् उनको अपने निकट पा, जैसे घबरा कर अपने अंकुश से उन पर प्रहार करने का प्रयत्न किया। कृष्ण ने अपने हाथ से अंकुश को थामा और पैर की ठोकर से महावत को भूमि पर फेंक दिया। महावत सावधान था, अन्यथा क्षण-भर में ही वह कुवलयापीड़ के पैरों से कुचला जाता। कुवलयापीड़ भी समझ रहा था कि उसे अपने महावत को नहीं कुचलना है। पीठ पर बैठे कृष्ण ने जब अंकुश से उसे कोंचा तो उसकी समझ में आया कि उसका आखेट कहां है।

कुवलयापीड़ ने अपनी सूंड से कृष्ण को लपेटने का प्रयत्न किया; किन्तु वह सम्भव नहीं हुआ तो उसने धक्का मार कर उन्हें नीचे गिरा दिया। कृष्ण उसके सामने भूमि पर थे और वह अपना पैर उठा कर उन पर रखने जा रहा था। कृष्ण सर्प की-सी गति से सरक कर उसके पैरों के बीच में चले गए। वे उसके अगले और पिछले पैरों के मध्य थे; और उसकी सूंड वहां तक पहुंच नहीं पा रही थी। कुवलयापीड़ पीछे हटा और उसने अपने बड़े-बड़े नुकीले दांतों से उनको छेद डालने के लिए ज़ोर से भूमि पर आघात किया...किन्तु कृष्ण वहां से हट चुके थे; और कुवलयापीड़ के वे बड़े-बड़े दांत अपनी ही शक्ति के वेग में धरती में जा धंसे।

उन्हें खींच कर मिट्टी से निकालने में ही वह समझ गया था कि दांत हिल गए थे। रंगभूमि की धरती पीट-पीट कर कठोर की गई थी। शक्तिशाली कुवलयापीड़ ने उसी धरती पर अपना सिर पटक लिया था। वह अपनी पीड़ा को संभालने का प्रयत्न कर रहा था कि उसे आभास हुआ कि कृष्ण उसकी पूंछ से लटके ही नहीं थे, उसे उखाड़ लेने के लिए प्रयत्नशील थे।...उसके बड़े-बड़े दांतों से रक्त बह रहा था। वह पीड़ा से कराह रहा था; और अब उसकी पूंछ टूटने को हो रही थी। वह अपनी सूंड को अपनी पूंछ तक नहीं ले जा सकता था। कुवलयापीड़ क्रोध से पागल हो उठा।...और कृष्ण यही चाहते थे।

अब कुवलयापीड़ बिना सोचे-समझे आक्रमण कर रहा था। महावत उसकी पीठ पर था ही नहीं कि उसे संयत कर, कोई दिशा-निर्देश करता।...इस प्रकार के आक्रमण से बचने के लिए कृष्ण को केवल उस स्थान से हट जाना था, जहां कुवलयापीड़ आघात कर रहा था।...और सहसा कृष्ण क्षमता-भर अपने पूरे वेग से भागे।

कुवलयापीड़ प्रसन्न हो गया। वह उन्मुक्त भाव से उनका पीछा कर रहा था। हाथी के भय से सैनिक वलय टूट चुके थे। किसी को हाथी के पैरों तले कुचला जाना पसन्द नहीं था। जब सैनिक थे ही नहीं तो कौन किसको रोकता और कौन किसको मारता।...दौड़ते-दौड़ते सहसा कृष्ण भूमि पर गिर पड़े...देखने वालों का कलेजा मुंह को आ रहा था; और बलराम को क्रोध आ रहा था।...क्या कर रहा है यह कृष्ण! क्या आवश्यकता थी कुवलयापीड़ के आगे-आगे भागने की। वह हाथी इस समय इतना तो आहत हो चुका था कि कृष्ण किसी भी अन्य प्रकार से उसे पीड़ित कर सकता था। और कुछ नहीं तो उसपर आरूढ़ हो कर उसके अंकुश से उसे मार-मार कर उसके प्राण ले सकता था। पर यह सदा अपनी ही कोई चतुराई दिखाने के प्रयत्न में रहता है। अब यह कुवलयापीड़ के मार्ग में भूमि पर पड़ा है। उठ कर न भाग सका और हाथी ने उसे कुचल दिया तो?...और बलराम को पहली बार लगा कि वे व्याकुल हो उठे हैं और इस युद्ध में हस्तक्षेप करना चाहते हैं!

कुवलयापीड़ कृष्ण के सिर पर आ पहुंचा था और कृष्ण दो बार उठने का प्रयत्न कर पुनः गिर चुके थे। स्पष्ट लग रहा था कि उनमें अब उठने की भी शक्ति नहीं रह गई थी। कुवलयापीड़ ने अपनी सूंड में लपेट कर उन्हें उठा कर ज़ोर से भूमि पर पटकने का प्रयत्न किया; किन्तु कृष्ण उसकी सूंड का पकड़ से फिसल

कर फिर से धरती पर आ गए थे। इस बार कुवलयापीड़ ने अपने लम्बे तीखे दांतों को उनके शरीर में भोंक देने के लिए पूरे वेग से प्रहार किया।...किन्तु उसके दांत धरती से जा टकराए। कृष्ण लोट कर एक किनारे हो चुके थे।...कुवलयापीड़ के दांत उसकी सूंड के समान ही झूल रहे थे। कृष्ण ने स्फूर्ति से उठ कर उसका एक दांत पकड़ कर खींच लिया। दांत कृष्ण के हाथ में था और कुवलयापीड़ रक्त बहाता हुआ, पीड़ा से पागल हो कर चिंघाड़ रहा था।

महावत अपने हाथी की रक्षा में आ गया था। उसके हाथ में खड्ग था। उसने ज़ोर से प्रहार किया। कृष्ण पीछे हट गए थे; और उन्होंने कुवलयापीड़ का दांत महावत के पेट के आर-पार पहुंचा दिया था। उसके पश्चात् महावत नहीं उठा।

अब कृष्ण के हाथ में एक शस्त्र था। वे कुवलयापीड़ पर पीछे, दाएं, बाएं – तीन ओर से उसी के दांत से प्रहार कर रहे थे। उसका दांत अंकुश से भी अधिक पीड़ा देने वाला था। कुवलयापीड़ तड़प-तड़प कर उन पर झपटता था; किन्तु उसमें अब वह स्फूर्ति नहीं रह गई थी और न ही उतना बल ही दिखाई दे रहा था। रक्त के फव्वारे उसके शरीर से फूट रहे थे।...और कृष्ण का बल जैसे कई गुना हो गया था।...कुछ ही क्षणों में कुवलयापीड़ धरती पर आ गिरा; और कृष्ण कूद कर उसके ऊपर जा चढ़े।

• • •

देवक ने अकस्मात् ही रोहिणी को अपने द्वार पर खड़े देखा तो चकित रह गए, "तुम पुत्री!"

"हां तात! मैं भी अपने पुत्रों के साथ वृन्दावन से आ गई हूं। अब वहां किसके लिए रहती।"

"वे लोग...?" देवक बहुत कुछ पूछना चाह रहे थे; किन्तु उनकी समझ में नहीं आ रहा था कि कैसे पूछें।

"नन्द महर और उनके साथी तो नगर के बाहर एक उद्यान में टिके हैं।"

"कंस जानता है?"

"जानता ही होगा। उसी ने अक्रूर को वृन्दावन भेज कर सबको यहां बुलाया है।" रोहिणी ने कहा, "कृष्ण और बलराम..."

"वे दोनों सुरक्षित हैं?"

"महाविष्णु की कृपा है। आप जानते हैं न...।"

"कल प्रातः तक कुछ नहीं जानता था मैं; किन्तु अब तो मथुरा का प्रत्येक नागरिक जानता है कि देवकी के सातवें और आठवें पुत्र सुरक्षित हैं।..."

"आठवां देवकी का पुत्र है; किन्तु सातवां मेरा पुत्र बलराम है।"

देवक को रोहिणी के स्वर में एक विशेष प्रकार के आग्रह और अधिकार की खनक सुनाई दी।...ठीक है, यदि रोहिणी बलराम को अपना ही पुत्र मानती है; और शेष लोगों से उसकी मान्यता चाहती है, तो अनुचित ही क्या है। किसको ज्ञात नहीं है कि रोहिणी ने इतने वर्षों तक वृन्दावन में अपने गोकुल में रह कर बलराम को अकेले ही पाला है। तो वह उसी का पुत्र हुआ न! किन्तु देवक यह समझ नहीं पा रहे थे कि देवकी ने जो सातवां गर्भ धारण किया था, उसकी सन्तान का प्रसव रोहिणी ने कैसे किया। वसुदेव और देवकी के इतने निकट रहते हुए भी वे आज तक इस रहस्य को जान नहीं पाए।

"ठीक कह रही हो पुत्री!"

"बलराम और कृष्ण, अपनी किसी गोपनीय योजना के अनुसार नगर में गए हैं।" रोहिणी ने कहा, "मैं अपने घर नहीं गई, आपके पास चली आई। दो-एक सेवकों का प्रबन्ध कर दें, तो मैं जा कर अपना घर कुछ ठीक-ठाक कर लूं। आर्यपुत्र और देवकी जब अपने घर लौटेंगे, तो वह उनके टिकने योग्य तो हो।..."

"सेवकों का प्रबन्ध तो हो जाएगा..." देवक और कुछ कह नहीं पाए।

"क्या हुआ?"

"किन्तु तुम यह निश्चित् रूप से जानती हो बिटिया कि वे दोनों कारागार से मुक्त हो कर अपने घर आ रहे हैं? और यह कैसे जानती हो तुम?"

"मेरे पुत्र उन्हें मुक्त करा कर अपने घर लाएंगे। आज सारी मथुरा और सारे यादव कंस के बन्धन से मुक्त हो जाएंगे।"

"कैसे कह सकती हो?"

"क्योंकि मैं बलराम और कृष्ण को जानती हूं।" रोहिणी ने कहा, "वह एक

स्वतन्त्र और विस्तृत विषय है। उसपर फिर कभी बात कर लेंगे। इस समय तो मुझे केवल इतना ही कहना है कि अब भविष्य में घटनाएं किसी भी दिशा में मुड़ें, मुझे वृन्दावन नहीं जाना है। मैं स्थायी रूप से अपने घर लौट आई हूं। मैं जानती हूं कि अब कुछ भी हो, मेरा और मेरे पुत्रों का अज्ञातवास समाप्त हो गया है। अब किसी के लिए कोई गोपनीयता नहीं रह गई है, अतः जहां भी रहें, प्रकट रूप से रहना होगा। यदि कंस जीवित बचा भी रहा, जिसकी सम्भावना बहुत कम है, तो उसकी दृष्टि के सम्मुख रहना होगा। फिर साहसपूर्वक अपने ही घर में क्यों न रहा जाए?"

"ठीक कहती हो बिटिया!" देवक अब भी किसी असमंजस में थे, "किन्तु वसुदेव और देवकी, कंस के जीवन में उस कारागार से बाहर नहीं आ सकते।"

"जानती हूं; इसीलिए आपसे कह रही हूं कि कदाचित् कंस आज के पश्चात् जीवित नहीं रह पाएगा।"

"क्या हम कृष्ण-बलराम की कोई सहायता नहीं कर सकते?"

"यदि आपके पास किसी प्रकार का कोई सैन्य-बल है, तो उसे धनुर्यज्ञ के स्थल की ओर भेज दीजिए ताकि वे उचित अवसर और आवश्यकता देख कर बलराम तथा कृष्ण की सहायता करें। नहीं है, तो आप भी मेरे साथ चलिए; हम, देवकी के स्वागत की तैयारी करते हैं। बहुत कष्ट पाया है, मेरी उस छोटी बहन ने।"

"भीतर आ जाओ। मैं भी तुम्हारे साथ चलता हूं।"

"मेरा विचार है कि यदि आपके पास किसी भी प्रकार का कोई छोटा-बड़ा शस्त्र बचा है, तो उसे भी हम अपने साथ रख लें।"

"शायद तुम ठीक ही कह रही हो।"

55

कंस ने कुवलयापीड़ को गिरते देखा तो स्तब्ध रह गया। उसने मुड़ कर अपने पीछे खड़े मागध सेनापति को देखा। वह आगे बढ़ कर उसके निकट आ, उसका आदेश सुनने के लिए झुक गया।

"क्या सोच रहे हो?" कंस बोला, "इन कृष्ण-बलराम को घेर कर मार डालो।"

"सोच लीजिए।" मागध गम्भीर स्वर में बोला, "मैं तो क्षण-भर में आपकी आज्ञा का पालन कर दूंगा; फिर आपके सेनापति और मन्त्री बाधा खड़ी न करें। उनका मथुरा-प्रेम आहत न हो। प्रातः से वैसे ही बहुत कुछ हो चुका है।"

"अच्छा, प्रद्योत को भेजो।"

प्रद्योत आया, "आदेश करें महाराज!"

"कृष्ण ने कुवलयापीड़ को मार दिया है।"

"हां महाराज!"

"अब क्या विचार है, घेर कर मार डालो।"

"इस प्रकार, सब के सामने?" प्रद्योत के स्वर का कम्पन, कंस के कानों पर नगाड़े के समान बज रहा था, "सारा नगर एकत्रित है, महाराज! और नगर के बाहर से भी प्रजा आई हुई है। अनेक अतिथि राजा भी उपस्थित हैं। उनकी वाहिनियां भी निकट ही विद्यमान हैं। और महाराज!..." प्रद्योत का स्वर कुछ बदल-सा गया, "आपने लक्ष्य किया होगा, नन्द के साथ अनेक मल्ल भी हैं...मल्लों की सेना ही समझिए।...विप्लव हो जाएगा। कृष्ण को घेर कर ही मारना था तो धनुर्यज्ञ की घोषणा की क्या आवश्यकता थी। कहीं एकान्त में घेर कर ठिकाने लगा देते।"

"मागधों से कहूं?"

"उनसे पीछा छुड़ाना हो तो उन्हें ऐसा आदेश दे दें।" वह बोला, "उनकी ओर से ऐसा कुछ हुआ तो उनमें से एक भी जीवित नहीं बचेगा।"

कंस प्रद्योत की घबराहट पहचान रहा था। "तो?"

"मुष्टिक और चाणूर से ही कहें कि वे मल्लयुद्ध के लिए कृष्ण को ललकारें। ...वह आदेश फिर भी कुछ न्याय-संगत और धनुर्यज्ञ के अवसर के अनुकूल लगेगा।"

सहसा, दूर, भीड़ के एक कोने में कोलाहल मच गया। कंस का ध्यान तत्काल उधर चला गया। किन्तु उस हलचल का कृष्ण से कोई सम्बन्ध नहीं लगता था। कृष्ण-बलराम तो वहां से बहुत दूर खड़े थे।

तभी प्रलम्ब आ गया, "महाराज! इन मागध सैनिकों को राजप्रासाद में चले जाने का आदेश दे ही दीजिए। ये यहां रहे तो व्यर्थ का उपद्रव होता रहेगा।"

"यह कोलाहल कैसा है?" कंस ने पूछा।

वही मथुरावालों का मागधों से झगड़ा है।" प्रलम्ब ने कहा, "एक मागध सैनिक ने किसी को धक्का दे दिया। प्रजा-जन उससे भिड़ गए। सैनिक ने खड्ग निकाल लिया। मथुरा के सैनिक, मागधों के विरुद्ध, प्रजा की सहायता के लिए आ गए हैं। आज मथुरावासी कुछ अधिक ही उग्र हो गए हैं..."

"उनका इतना साहस कि वे मेरे सैनिक का विरोध करें।" कंस बोला, "ये चूहों की मौत मरेंगे।"

"नहीं महाराज! आज ये चूहे बहुत हिंस्र और साहसी हो गए हैं; अन्यथा मागध सैनिकों को देखते ही वे तितर-बितर हो जाया करते थे।"

"यह सब कैसे हो गया?" कंस चकित था।

"कदाचित् कृष्ण की उपस्थिति के कारण। उनका तारणहार आ गया है।" वह बोला, "लगता है कुवलयापीड़ के मरते ही, उनका भय भी मर गया है।"

"तुम्हें लगता है कि मागधों की अनुपस्थिति में मैं मथुरा के सैन्यदल पर भरोसा कर सकता हूं?" कंस के माथे पर चिन्ता की रेखाएं थीं, "तुम कह रहे हो कि वे उपद्रव करने पर उतारू हैं।"

"मागध यहां रहे तो माथुरों को उकसाते ही रहेंगे।" प्रलम्ब बोला, "उनकी उपस्थिति हमारा संकट कम नहीं कर रही, उसे बढ़ा ही रही है। मुझे तो आज नगर के लक्षण शुभ नहीं लग रहे।"

कंस ने वितृष्णा भरी दृष्टि से प्रलम्ब की ओर देखा और मुष्टिक को संकेत किया। मुष्टिक ने चाणूर की ओर देखा।

"महाराज!" चाणूर ने पुकार कर कहा, "आज मैंने अपने जीवन में पहली बार एक ऐसा मल्ल देखा है, जो बिना किसी शस्त्र के एक हाथी को पराजित कर सकता है; और वह भी कुवलयापीड़ जैसे हाथी को। मान लेना चाहिए कि उस मनुष्य में हाथी से भी अधिक बल है।"

"क्या चाहते हो?" कंस ने पूछा।

"कृष्ण के साथ मल्लयुद्ध की अनुमति दी जाए महाराज!"

"नहीं!" नन्द अपने स्थान पर उठ खड़े हुए, "यह अन्याय है महाराज! कृष्ण और बलराम अभी बालक हैं। आपके मल्ल उनसे बहुत अधिक शक्तिशाली हैं। यह कोई जोड़ नहीं है।"

"अरे जिसने कुवलयापीड़ को चित कर दिया, वह बालक है क्या। आ जा कृष्ण!" चाणूर ने सीधे कृष्ण से कहा, "कब तक मां के आंचल में छिपा बैठा रहेगा।"

"नहीं!" नन्द के साथ कुछ और लोग भी चिल्ला रहे थे।

अनेक सैनिक अधिकारी नन्द को बैठाने में लग गए; और कृष्ण-बलराम कूद कर अखाड़े में आ गए।

कंस के चेहरे पर एक प्रकार का सन्तोष व्याप गया। कृष्ण और बलराम स्वेच्छा से ही अखाड़े में आ गए थे। इसमें किसी को आपत्ति नहीं हो सकती थी। उन्हें घसीट कर लाना पड़ता तो कदाचित् प्रजा की ओर से ही नहीं, मथुरा के सैनिकों की ओर से भी प्रतिरोध हो सकता था।

"बहुत माखन खाया है लाला तुमने।" चाणूर कह रहा था, "अब थोड़ा स्वेद भी बहाओ।"

"और थोड़ा रक्त बह जाए तो?" कृष्ण ने कहा।

"आनन्द आ जाएगा।" चाणूर ने कृष्ण का हाथ पकड़ कर उन्हें अपनी ओर घसीटा।

कृष्ण को इस निर्ममता से घसीटा जाते देख बलराम अपना आपा खो बैठे। वे झपट कर उन दोनों के मध्य आ जाना चाहते ही थे कि मुष्टिक ने उन्हें पकड़ लिया।

"आ जा बालक। तेरे लिए मैं हूं न।"

बलराम ने स्वयं को छुड़ाया नहीं, बस स्वयं को मुष्टिक पर लाद दिया...मुष्टिक शायद इस स्थिति के लिए तैयार नहीं था। वह नीचे जा गिरा और बलराम, उसपर चढ़ बैठे।

कंस ने देखा : दर्शकों में हलचल मच गई थी। कुछ धक्का-मुक्का चल रहा था। शायद कुछ लोग आगे बढ़ने का प्रयत्न कर रहे थे।

"यह कौन लोग आगे बढ़ने का प्रयत्न कर रहे हैं?" कंस ने अपने मागध अंगरक्षक की ओर देखा।

"नन्द के ग्वाले ही लगते हैं।"

"प्रद्योत को बुलाओ।"

प्रद्योत आ गया, "महाराज!"

"कौन लोग आगे आना चाहते हैं?"

"नन्द के साथी ही लगते हैं।"

"अपने सैनिकों से कहो, उन्हें आगे आने दें।" कंस ने कहा, "उन्हें अपने अवरोध में रखें और जैसे ही कृष्ण-बलराम का वध होता है, उन्हें आगे धकेलते हुए अखाड़े तक ले आएं। सामने से हमारे मल्ल उन पर आक्रमण करें और पीछे से सैनिक टूट पड़ें। इनमें से एक भी जीवित न बचने पाए।"

प्रद्योत पूछना चाहता था कि यदि कृष्ण और बलराम ने कंस के मल्लों को मार दिया और नन्द की गोप सेना भी उनसे जा मिली, तब क्या कंस उनमें घिर नहीं जाएगा? वह क्यों चाहता है कि वह अपने सैनिकों से अधिक से अधिक दूर हो जाए और उन दोनों के मध्य में कृष्ण-बलराम अपने मल्लों के साथ व्यूहबद्ध

खड़े हों।...किन्तु कंस यह सब सुन सकेगा क्या?...मथुरा की प्रजा ही नहीं आज तो सैनिकों का रंग-ढंग भी पर्याप्त बदला हुआ था। कृष्ण-बलराम ने कल सन्ध्या समय नगर में जो उत्पात् किया था, उसका परिणाम बहुत मुखर हो कर बोल रहा था। लगता था उन्होंने सेना के खाने वाले दांत कल ही तोड़ दिए थे। आज तो सब-कुछ देखने-भर के लिए ही था। ऊंट किस करवट बैठेगा, यह तो भगवान् ही जानें।...

किन्तु उसने यह सब कहा नहीं। "जैसी महाराज की आज्ञा" कह कर वह लौट गया।

चाणूर की समझ में नहीं आया कि कृष्ण कैसे उसकी पकड़ से फिसल गया था। और जब तक वह उसको दूसरी बार पकड़ता, कृष्ण ने उछल कर अपने दोनों पैरों से, पूरे शरीर का बोझ और वेग डाल कर उसके घुटनों पर चोट की। चाणूर को लगा, उसके घुटने टूटने-टूटने को हो रहे हैं। उसने अपने दोनों हाथ बांध कर कृष्ण पर ज़ोर का प्रहार किया। उसने सोचा था कि उसके एक ही प्रहार से कृष्ण की कोमल हड्डियां न भी टूटीं तो झूल तो जाएंगी ही। किन्तु उस टकराहट से उसकी कलाइयों पर पड़े भार ने बताया कि कोमल दीखने वाला कृष्ण का शरीर, किस प्रकार सुगठित था। कृष्ण ने उसके पैरों में अपना पैर अड़ा कर उसे धक्का दे दिया था।

चाणूर उठा तो उसने कृष्ण के पंजों में अपने पंजे अड़ा कर, अपने माथे से कृष्ण के माथे पर ज़ोर की टक्कर मारी। उसी अवधि में कृष्ण ने उसकी भुजा पकड़ ली थी और वे उसे ज़ोर से घुमा रहे थे। चाणूर अपना सन्तुलन खो चुका था। स्वयं को रोकने में असफल वह जैसे कृष्ण के संकेत पर वृत्ताकार घूमता ही जा रहा था।

"अब समझ में आया कि पृथ्वी कैसे अपनी कक्षा में घूमती है।" कृष्ण हंसे, "तू भी वैसे ही घूमता रह।"

कृष्ण ने उसका हाथ छोड़ दिया था; और चाणूर किसी असन्तुलित मदान्ध के समान लड़खड़ाता हुआ, अखाड़े की मेड़ पर जा गिरा।

कंस ने अपने स्थान पर बैठे हुए दांत पीसे, "यह सांड केवल असहाय युवतियों से ही मल्लयुद्ध कर सकता है। एक कोमल किशोर भी नहीं संभलता इससे।"

जब तक चाणूर संभला, कृष्ण उसके वक्ष पर अपने घुटनों से कई आघात कर चुके थे। चाणूर किसी प्रकार डोलता हुआ उठा ही था कि कृष्ण ने उसे अपनी भुजाओं में थाम, अपने सिर से ऊपर उठा लिया।

दर्शकों की प्रसन्नता का अन्त नहीं था।...अरे कृष्ण तो चाणूर को अपने सिर से भी ऊपर उठा सकते हैं। ठीक ही सुना था। इन्होंने गोवर्धन पर्वत भी ऐसे ही उठा लिया होगा। यहां भी चाणूर नामक पर्वत को उठा कर घुमा रहे हैं।

प्रजा को जैसे हर्ष के उन्माद ने ग्रस लिया था। लोग उन्मुक्त कंठ से चिल्ला रहे थे।

कंस को लगा कि वह विक्षिप्त हो जाएगा। उसकी प्रजा, जो उसकी छाया का आभास पा कर भी कांप जाती थी, वह आज उसके सामने, उसके घोषित शत्रु से अपना तादात्म्य प्रकट कर रही थी। उसका समर्थन कर रही थी। उसकी विजय का उत्सव मना रही थी। पुकार-पुकार कर उसे प्रोत्साहित कर रही थी।

मुष्टिक ने बलराम को एक घूंसा मारा। वह किसी भी प्रकार से उनके हाथों से छूट कर चाणूर की सहायता के लिए उसके निकट पहुंचना चाहता था; किन्तु बलराम थे कि उसे छोड़ ही नहीं रहे थे। अपने घूंसे के परिणामस्वरूप स्वयं को मुक्त मान मुष्टिक हटना ही चाहता था कि बलराम ने एक तमाचा मार कर जैसे उसे वहीं कीलित कर दिया था।

कृष्ण ने चाणूर को कई चक्र घुमा लिया तो उसे भूमि पर पटक दिया, "धरती के बोझ! धरती माता को प्रणाम कर।"

वे पूरी शक्ति से उसके वक्ष पर कूदे और अपने घुटनों की चोट से उसके प्राणों को विदा कर दिया।

दर्शकों ने अपना हर्ष प्रकट करने के लिए असाधारण कोलाहल किया। किसी-किसी झुंड ने तो श्रीकृष्ण का जयघोष भी कर दिया।

मुष्टिक अपने स्थान पर खड़ा, जैसे अपनी आंखें मिचमिचा रहा था। उसे विश्वास ही नहीं हो रहा था कि कृष्ण जैसे कोमल किशोर ने चाणूर के प्राण ले लिए थे और प्रजा में अब कंस का कोई आतंक ही नहीं रह गया था।

तभी बलराम ने एक तमाचा और मारा और मुष्टिक का मुंड एक ओर लटक

गया। लगा, जैसे उसके रुंड और मुंड को जोड़ने वाली हड्डी ही टूट गई थी। वह कटे पेड़ के समान भूमि पर गिर पड़ा। उसके मुख से निरन्तर रक्त बह रहा था।

कंस का मन हुआ कि अपनी छाती पीट ले। उसके दोनों सिरमौर मल्ल, गोबी के कटे फूलों के समान धरती पर लुढ़क गए थे। प्रद्योत खड़ा था; किन्तु अपनी सेना को कोई आदेश नहीं दे रहा था। सैनिक थे कि कहीं दिखाई नहीं दे रहे थे; और प्रजा थी कि इसे अपनी विजय का उत्सव मान कर उन्मादिनी हो रही थी।

मुष्टिक गिरा तो कूट दौड़ता हुआ उसका स्थान लेने के लिए आ पहुंचा। बलराम ने दोनों हाथों से उसके मुख को पकड़ लिया और उसके माथे पर अपना माथा ठोक दिया। वह लहराता हुआ गिरने जा रहा था कि बलराम ने एक मुष्टि-प्रहार किया। कूट को कुछ करने का अवसर ही नहीं मिला। बलराम के दो ही प्रहारों से उसके प्राण निकल गए थे।

तोशल को विश्वास नहीं हुआ कि मथुरा के इन महारथियों की ऐसी दुर्गति भी हो सकती है। वह जैसे बलराम पर टूट पड़ने के लिए अखाड़े में कूदा। कृष्ण ने अपने पैर की एक ठोकर से उसका स्वागत किया, जैसे कन्दुक-क्रीड़ा कर रहे हों। तोशल गिरा तो कृष्ण ने उसकी एक टांग अपने पैर तले दबा कर दूसरी को अपने हाथों से पकड़ कर ऊपर उठाया। वे उसे उठाते ही चले गए। तोशल को कृष्ण ने तिनके के समान चीर डाला था।

कंस की समझ में नहीं आ रहा था कि इतने परिश्रम से तैयार किए गए उसके ये जगत्-प्रसिद्ध मल्ल, गुब्बारों के समान क्यों फूटते चले गए थे। जब मल्लों के नायक ही इस प्रकार मिट्टी के लौंदे प्रमाणित हुए थे तो वह शेष मल्लों से क्या अपेक्षा करता...वे सब उसकी आंखों के सामने ही भाग गए थे।

और जब कंस ने देखा कि कृष्ण-बलराम के अनेक मित्र अखाड़े में उतर आए थे और एक-दूसरे से मिल कर क्रीड़ा कर रहे थे, तो वह अपना आपा खो बैठा। वह अपने सिंहासन से उठ खड़ा हुआ और ज़ोर से चिल्लाया, "वाद्य बजाने बन्द करो, मूर्खो! इन दुष्ट छोकरों को मार-मार कर, नगर से बाहर निकाल दो। इन गोपों का सारा धन छीन लो; और नन्द को बन्दी कर लो। वसुदेव दुष्टों का सिरमौर है, उसे मार डालो।...और...और मेरा पिता उग्रसेन भी इन हत्यारों से मिला हुआ है, उसे भी जीवित मत छोड़ो।"

कंस का स्वर शून्य में गूंज रहा था। वह स्वयं भी नहीं जानता था कि वह किसको आदेश दे रहा है। प्रलम्ब वहां कहीं दिखाई नहीं दे रहा था। प्रद्योत अभी तक तो यहीं खड़ा था, अब जाने कहां खो गया था। कोई सैनिक अथवा कोई सेनानायक उसके आदेश का पालन करने का दायित्व लेता दिखाई नहीं पड़ रहा था। अपने क्रोध के झोंके में उसने अपने निकट खड़े मागध अंगरक्षक को धक्का दिया, "जाता क्यों नहीं जारज-पुत्र! बहरा हो गया है क्या?"

कंस ने स्वयं अपने अंगरक्षक को उस ऊंचे मंच से नीचे गिरते देखा; और उसने देखा कि कृष्ण ने एक विचित्र प्रकार की कलाबाज़ी खाई थी। वह उछल कर कंस के ऊंचे मंच पर चढ़ आया था।

अंगरक्षक को उसने स्वयं धक्का दे कर नीचे गिरा दिया था। उसका कोई सैनिक उसके निकट नहीं था। उसने गोप-सेना को घेरने के लक्ष्य से स्वयं ही उन सब को दूर भेज दिया था, जहां से कोई निकट आता दिखाई नहीं दे रहा था।

कंस ने अपना खड्ग उठा लिया। यद्यपि कृष्ण के पास कोई शस्त्र नहीं था, फिर भी कंस ने ढाल को नहीं छोड़ा। आज वह कृष्ण को उसी प्रकार चीर देगा, जैसे उसने तोशल को चीरा है।

कंस का खड्ग अभी चला भी नहीं था कि कृष्ण ने उसकी भुजा बलपूर्वक पकड़ ली; और उसे ज़ोर से झंझोड़ दिया। कंस समझ नहीं पाया कि क्या हुआ है। उसने केवल इतना देखा कि उसका मुकुट उसके सिर से खिसक कर, नीचे गिर पड़ा है और उसके केश खुल कर बिखर गए हैं। कृष्ण ने उसका हाथ छोड़ कर उसके खुले केश पकड़ लिए और उसे दो-तीन झटके दे कर गिरा दिया। विद्युत की-सी चपलता से वे उसके वक्ष पर कूद पड़े। उनके घुटनों के नीचे कंस की पसलियां चरमरा गई थीं। उसमें किसी प्रकार का कोई स्पन्दन नहीं रह गया था। उसके प्राण निकल चुके थे।

कृष्ण ने उसे देखा। उसके केशों से उसे पकड़ा और उस शव को घसीट कर वे नीचे ले आए, "इसने मेरी मां के केशों को पकड़ कर खींचा था। इसने उनका मस्तक काटने की धमकी दी थी। मुझे इसका मस्तक काटने की आवश्यकता ही नहीं है।"

चारों ओर भयंकर कोलाहल उठा। कृष्ण ने देखा कि बहुत सारे लोग क्रोध

में चिल्लाते हुए मंच पर आ गए थे। उनके हाथों में खड्ग थे। वे कृष्ण की ओर बढ़ रहे थे; किन्तु इससे पूर्व कि वे कृष्ण तक पहुंचते, कृष्ण के अनेक समर्थकों ने उन्हें घेर लिया था। वहां घमासान चल रहा था।

कृष्ण जानते थे कि वह अधिक देर नहीं चलेगा।

वे सब कंस के भाई थे – कंक, न्यग्रोध, सुनामा, शंकु, सुहु, राष्ट्रपाल, सृष्टि, तुष्टिमान। बलराम ने भी परिघ उठा लिया था। वह सारा असाधारण कोलाहल कुछ ही क्षणों में समाप्त भी हो गया। बलराम ने परिघ फेंक कर अपने हाथ झाड़ लिए।

"आओ दाऊ!" कृष्ण बोले, "अब यहां कुछ नहीं रखा। थोड़ी ही देर में कंस और उसके भाइयों की पत्नियां अपना सिर पीटती हुई यहां आ जाएंगी।"

56

कृष्ण और बलराम कारागार की ओर मुड़े तो उन्होंने लक्ष्य किया कि उनके साथ अपनी गोप-सेना तो थी ही, मथुरा के सैन्यबल के कुछ गुल्म भी उनके आगे-आगे 'कृष्ण-बलराम की जय' पुकारते हुए चल रहे थे। उनकी संख्या बहुत अधिक नहीं थी, न ही उनमें कोई उच्च अधिकारी सम्मिलित लगता था। मागध सैनिक कहीं दिखाई नहीं दे रहे थे। मथुरा के सैन्याधिकारी कदाचित् तटस्थ भाव से घटनाओं के प्रवाह को देख रहे थे। वे त्वरा में कुछ भी नहीं करना चाहते थे। सम्भवतः वे स्थितियों के स्थिर हो जाने की प्रतीक्षा कर रहे थे; या फिर वे किंकर्तव्यविमूढ़ हो गए थे।...और माथुर सैनिक किसी प्रकार के आदेश के लिए, अपने अधिकारियों की ओर देख रहे थे।

फिर भी कारागार तक पहुंचते-पहुंचते एक बड़ी भीड़ तो उनके साथ जुट ही गई थी।

कारागार के आरक्षियों ने उन लोगों को आते देखा, तो असमंजस में खड़े रह गए।

कृष्ण-बलराम के साथ आए गुल्मों में से एक का अधिकारी आगे बढ़ा, "ताले खोलो।"

"आप?..." आरक्षी ने कुछ पूछना चाहा।

"मैं महादेव प्रसाद।" अधिकारी बोला, "मुझे नहीं जानता तू? खोल ताला।"

आरक्षियों ने ताले तो खोले ही, कपाट भी खोल दिए।

"कंस और उसके भाइयों को यमदूत ले गए।" महादेव प्रसाद ने उनको सूचना

दी, "तुम्हें अपने सिर अपने कन्धों पर सुरक्षित चाहिए, तो जाओ, जा कर आर्य धर्माधिकारी के चरण छू कर उनसे क्षमा ही नहीं अपने प्राणों की भिक्षा भी मांगो।"

आरक्षी उनके आगे-आगे चले। दौड़ कर उन्होंने वसुदेव-देवकी की हथकड़ी-बेड़ियां उतार दीं। महादेवप्रसाद के सैनिक उनकी सुरक्षा की दृष्टि से उन्हें घेर कर खड़े हो गए।

वसुदेव और देवकी अपने पुत्रों को देख रहे थे। बलराम को तो उन्होंने उसके जन्म के समय भी नहीं देखा था। कृष्ण को सद्यःजात बालक के रूप में देखा था और अब आज उसे एक युवा के रूप में देख रहे थे। देवकी की स्थिति विचित्र थी...बलराम को तो नहीं, किन्तु कृष्ण के इस रूप को उन्होंने कितनी ही बार अपने स्वप्नों और दिवा-स्वप्नों में देखा था; पर नहीं, बलराम को क्यों नहीं देखा! बलराम को भी देखा है। शिशु कृष्ण जिस बालक को बार-बार उनकी गोद में से परे धकेल देता था, वह यह बलराम ही तो था – हृष्टपुष्ट, किन्तु भोला-भाला असहाय बड़ा-सा बालक!

कृष्ण और बलराम – दोनों ने आगे बढ़ कर अपने माता-पिता के चरण छुए।

देवकी और वसुदेव ने उन्हें अपने साथ लिपटा लिया। कैसे स्वागत करें वे अपने इन पुत्रों का, जिनका उन्होंने पालन-पोषण नहीं किया, बस प्रतीक्षा ही की है। उनके विषय में समाचार सुने हैं; किन्तु उनको कभी स्पर्श नहीं किया। अब उन सारे बीते वर्षों की क्षतिपूर्ति तो नहीं हो सकती। उनके हाथ अपने पुत्रों के शरीर पर फिरते रहे; और आंखों से अश्रु बहते रहे।

"कंस...?" वसुदेव कुछ पूछना चाह रहे थे।

"कंस और उसके भाई मारे गए आर्य धर्माधिकारी!" महादेवप्रसाद ने सूचना दी, "अब आपको कैसे बताएं कि आपके वीर पुत्रों ने क्या-क्या कर डाला है।"

"नन्द?"

"वहीं हैं। रंगभूमि में।..."

"पिताजी! हम तो वहां वृन्दावन में आनन्द में थे और आप दोनों यहां..." अन्ततः कृष्ण ने कहा, "पर हमें ज्ञात कहां था। मेरे लिए तो नन्द बाबा और यशोदा मैया ही मेरे माता-पिता थे।"

"वे ही तुम्हारे माता-पिता हैं पुत्र!" वसुदेव बोले, "हम कैसे उस अधिकार की मांग करें। हमने तो तुम दोनों को, बस भेज दिया, तो भेज दिया। उसके पश्चात् कुछ भी तो नहीं कर सके। उन्होंने ही तुम्हारी रक्षा की। अपने पुत्र के समान पाला। यशोदा तो शायद जानती भी नहीं थी कि वह तुम्हारी जननी नहीं है।..." सहसा वसुदेव का स्वर कुछ परिवर्तित हो गया, "कृष्ण! मैं नहीं जानता कि किन शब्दों में कहूं...।"

कृष्ण ने उनकी ओर देखा।

"जो दायित्व हमें सौंपा गया था पुत्र, वह हमने पूरा किया...तुम्हारे आने की भूमिका...।"

"मुझे तो आना ही था पिताजी! धरती बहुत कष्ट में थी।"

"हम अपनी पीड़ा सह नहीं सके। रो-रो कर तुम्हें बाध्य कर दिया..."

"आपने धरती की पीड़ा को अपने शरीर और मन पर झेला।" कृष्ण मुस्कुराए, "अब घर चलें?"

"और जो मैंने सहन किया?" देवकी पूछ रही थीं।

"संसार के इतिहास में उसकी कोई उपमा नहीं है मां! धरती आपकी कृतज्ञ रहेगी।"

"क्यों धरती क्यों कृतज्ञ रहेगी?"

"आपकी सहनशीलता ने उसके दुखों को काटने का मार्ग बनाया।"

बलराम का मन पिघल कर ऐसा हो चुका था कि उनका वश चलता तो वे देवकी को अपनी भुजाओं में उठा लेते। किन्तु संकोच कर गए। बस, हाथ ही पकड़ पाए, "आओ मां! धिक्कार है इस कृष्ण को...।"

"क्यों?" देवकी चकित थीं, "कृष्ण ने क्या किया?"

"सारी इसकी ही तो लीला है। बलराम जैसा पुत्र हो, और फिर भी माता कारागार में बन्द रहे...धिक्कार है।"

देवकी के मन की आंखों के सम्मुख वह असहाय-सा बालक आ खड़ा हुआ, जिसे शिशु कृष्ण उनकी गोद से धकेल देता था। उसके लिए देवकी का हृदय फटा-सा

जा रहा था...उन्हें लग रहा था कि अपनी माता को इस रूप में देख कर बलराम का हृदय भी विदीर्ण हो रहा है...।

वे बाहर निकले तो देखा, सैनिक जाने कहां से उनके लिए एक रथ भी ले आए थे।

"आइए, आर्य धर्माधिकारी! रथ में आसन ग्रहण करें।"

वसुदेव ने उसे पहचाना, "तुम चक्रधारी!"

"हां आर्य! आज मेरे पुण्यों का उदय हुआ है।" चक्रधारी ने कहा, "आज आप ही कारागार से मुक्त नहीं हुए हैं, हम सब भी स्वतन्त्र हो गए हैं।"

"तुम यह कैसे जानते हो चक्रधारी!" कृष्ण ने पूछा, "कि कंस के पक्ष के लोग फिर से सत्ता प्राप्त करने का प्रयत्न नहीं करेंगे?"

"वे तो प्रयत्न करेंगे ही; किन्तु कुछ प्रयत्न हमारी ओर से भी तो होगा।" वह मुस्कुरा रहा था।

"और यदि हम उन्हें रोक न पाए तो?"

"तो कट जाएंगे, किन्तु बंधेंगे नहीं।" वह दृढ़ स्वर में बोला।

अब बलराम स्वयं को रोक नहीं पाए। उन्होंने देवकी को अपनी भुजाओं में उठा ही लिया।

देवकी अपने इस दीर्घाकार शिशु को देख रही थीं, जिसका हृदय अपने माता-पिता की स्थिति पर रो रहा था, किन्तु वह अपने मुख से बहुत कम बोलता था।

बलराम ने देवकी को रथारूढ़ कराया।

कृष्ण ने सहारा दिया और वसुदेव रथ में बैठ गए।

* * *

कुछ परिचित ध्वनियों से रोहिणी को रथ के आने का आभास हुआ। वे बाहर निकल आईं। उनका अनुमान ठीक था। उनके पुत्र वसुदेव और देवकी को कारागार से मुक्त करा लाए थे। उनके साथ गोप सेना तो थी ही; मथुरा के सैनिक भी थे,

जैसे वसुदेव मथुरा के राजा घोषित हो चुके हों। सारा परिवेश 'कृष्ण-बलराम की जय' के उद्घोषों से गूंज रहा था।

किन्तु यह क्या? रोहिणी के हृदय का स्पन्दन जैसे थमता जा रहा था।...उनकी आंखों के सम्मुख बलराम ने देवकी को रथ में से अपनी भुजाओं में उठा लिया। वह शायद उसे उसी प्रकार गोद में उठाए-उठाए ही भीतर ले आता, जैसे कोई माता अपने नन्हें शिशु को अपने वक्ष से लगाए रखती है, कि कहीं धरती पर चलने से उसके पांव मैले न हो जाएं।...

तभी देवकी ने कहा, "मुझे भूमि पर उतार दो पुत्र! मैं इतनी दुर्बल नहीं हूं। चल लूंगी।..."

एक घबराए से बालक के समान बलराम ने बड़ी अटपटी शैली में देवकी को उनके पैरों पर खड़ा कर दिया।

सैनिक बाहर ही रुक गए। वे सब लोग भीतर आ गए।

रोहिणी के आगे बढ़ते पग थम गए।...वसुदेव और देवकी दोनों को ही उन्होंने सोलह वर्षों के पश्चात् देखा था।...सोलह वर्षों का अन्तराल...और फिर वे कारागार से छूट कर आ रहे थे।...इस समय शायद वे वसुदेव के चरण छू लेतीं! देवकी को अपने वक्ष से लगा लेतीं...किन्तु देवकी के प्रति बलराम की इस तरलता को देखकर, मन कैसा तो जड़ हो गया था। वे आगे नहीं बढ़ पाईं।

"अरे, रोहिणी! तुम यहां पहले से पहुंच गईं!" वसुदेव ने कुछ विस्मय से कहा।

"आपके स्वागत के लिए किसी को तो यहां होना चाहिए था न।" देवकी मुस्कुराईं; और वे आगे बढ़ कर रोहिणी के कंठ से लग गईं, "तुम्हारी अभ्यर्थना किन शब्दों में करूं दीदी! दोनों पुत्रों को भी पाल-पोस कर सुरक्षित यहां ले आईं; और हमारे स्वागत को घर भी खुलवा दिया।"

रोहिणी ने अपनी आंखें बन्द कर लीं। उनमें उमड़े हुए अश्रु ढुलक गए।

"अब रोने का युग समाप्त हुआ दीदी!" देवकी के अधरों पर मन्द-सी मुस्कान उभरी, "अपने पति का स्वागत नहीं करोगी!"

रोहिणी ने अपनें अश्रु पोंछे और हाथ जोड़ कर वसुदेव के सामने जा खड़ी

हुईं। वसुदेव ने अपनी लम्बी भुजा बढ़ा कर रोहिणी को अपने कंठ से लगा लिया, "आओ मेरी वीर वियोगिनी।"

देवक भी बाहर निकल आए थे। उन्होंने देवकी को अपनी भुजाओं में भर लिया, "ओह! मेरी दुःखिनी दुहिता!"

"दुःख समाप्त हुआ पिताजी! अब हमारे शत्रु रोएंगे। अपने इन वीर दौहित्रों से मिलिए।"

देवक ने श्रीकृष्ण की ओर देखा। मन हुआ कि उनके चरण छू लें; किन्तु तब तक दोनों भाई उनके चरणों में झुक गए थे। देवक ने भी अपनी भुजाएं फैला दीं; और उन्हें जैसे अपने में समेट लिया।

"आओ पुत्रो! अपने घर में आओ।" देवकी ने घर में प्रवेश करते हुए कहा, "तुम्हारी माता की आंखें तुम्हें देखने को वर्षों से तरस रही हैं।"

देवकी ने भीतर प्रवेश किया; कृष्ण उनके पीछे थे।

बलराम ने अपने पग आगे बढ़ाए ही थे कि रोहिणी ने उनकी भुजा थाम ली, "कहां जा रहा है? तू मेरा पुत्र है।"

वसुदेव ने भी रोहिणी के शब्द सुने और उनके हृदय की पीड़ा को पहचाना। कह तो रोहिणी ठीक ही रही थीं; किन्तु यह आधिपत्य का भाव तो सर्वनाशी हो सकता है।

देवकी ने पलट कर रोहिणी की ओर देखा, "बलराम तो क्या, कृष्ण भी तुम्हारा ही पुत्र है दीदी!"

"वह ठीक है..." रोहिणी का स्वर कांपा नहीं, "किन्तु बलराम मेरा पुत्र है। मैंने उसको जन्म दिया है। मैं उसकी जननी हूं।"

वसुदेव को लगा वे एक दोराहे पर खड़े हैं : बलराम किसका पुत्र है? उसकी जननी कौन है? देवकी ने गर्भ धारण किया था और रोहिणी ने प्रसव किया।... वे ही नहीं, बेचारा बलराम भी दोराहे पर खड़ा था। देवकी कक्ष के भीतर थीं और रोहिणी बाहर। वह देवकी के पीछे जा रहा था और रोहिणी ने उसकी भुजा थाम ली थी। उसका एक पग आगे बढ़ रहा था और दूसरा अपने स्थान पर जम गया था। कैसा असहाय और दीन-सा हो रहा था बलराम...किसका किस पर अधिकार

है और किसका नहीं है? किसका कुछ छिन रहा है और किसको कुछ प्राप्त हो रहा है? यह अधिकार का प्रश्न है अथवा आधिपत्य का?

"आप ठीक कह रही हैं दीदी!" देवकी के चेहरे पर विरोध का आभास तक नहीं था।

"अपने शब्द स्मरण रखना देवकी!"

"स्मरण हैं दीदी!" देवकी मुस्कुराई, "मैंने तब, आपको गोकुल के लिए विदा करते हुए भी, आपसे कहा था, आज फिर कह देती हूं कि बलराम आपका पुत्र है। आप ही उसकी जननी हैं; किन्तु उसके लिए ममता तो मेरे मन में भी हो सकती है न!"

"वह अब भी मेरे ही पास रहेगा।" रोहिणी का आनन कठोर भाव लिए हुए था।

"अवश्य।" देवकी ने कहा, "वह आपका है, आपके पास ही रहेगा।"

देवकी को वह अबोध शिशु स्मरण आ रहा था, जिसे कृष्ण उनकी गोद से धकेल देता था। अब उसे रोहिणी खींच रही थीं; और वह दीर्घाकार शिशु आज भी वैसा ही असहाय-सा उनकी ओर देख रहा था। पर देवकी क्या कर सकती थीं। माता तो वे उसकी थीं; किन्तु उसकी जननी नहीं थीं। रोहिणी ने उसे जन्म दिया था। इतने वर्षों तक अपने वक्ष से लगा कर उसकी रक्षा की थी। वह मथुरा में जन्म लेता तो कंस उसे जीवित नहीं छोड़ता। वे रोहिणी के पास रहे, उनका पुत्र बन कर रहे। जीवित तो था, उनकी आंखों के सम्मुख तो था। किन्तु वह कैसा तो रुआंसा-सा हो रहा था। मन हो रहा था कि उसका सिर सहला दें, कपोल थपथपा दें, उसकी पीठ पर हाथ फेर दें, उसे वक्ष से लगा कर आश्वस्त कर दें। किन्तु रोहिणी को यह सब अच्छा नहीं लगेगा। वे आशंकित हैं। उनकी आशंकाओं को पुष्ट नहीं करना चाहिए। सन्देह के इस अंकुर को यहीं, इसी क्षण कुचल देना चाहिए।...

वसुदेव स्पष्ट देख रहे थे कि बलराम का हृदय फट रहा था। देवकी के प्रति उनकी तरलता कारागार में ही दिखाई दे गई थी।...पुत्रों के इस प्रकार के बंटवारे तो कभी नहीं होते, जिस प्रकार आज रोहिणी आग्रह कर रही हैं। यदि बलराम देवकी के पास कुछ देर बैठ लेगा, कुछ बातें कर लेगा, तो वह रोहिणी से छिन

तो नहीं जाएगा।...देवकी के तो छह-छह पुत्र छिने हैं, यह सातवां है।...किन्तु रोहिणी क्यों इस प्रकार आशंकित है?

"आओ पुत्र! तुम मेरे साथ आओ।" वसुदेव ने बलराम के कन्धे पर हाथ रखा और पहली बार उन्हें बोध हुआ कि बलराम अभी से उनसे कुछ लम्बा हो चुका है और अभी तो उसके बढ़ने के कुछ वर्ष शेष हैं।

बलराम कुछ आश्वस्त हुए। माताओं के विभाजन से मुक्त हो कर पिता की छाया में वे आश्वस्त थे। पर अभी भी जाने क्यों उनका मन देवकी की ओर ही भाग रहा था...

* * *

उग्रसेन वसुदेव के द्वार पर आए तो वहां की भीड़ देख कर चकित रह गए। लगता था, जैसे सारा मथुरा नगर ही वहां उमड़ आया था। वहां कृष्ण की गोप सेना भी थी और मथुरा के सैनिकों की कई वाहिनियां भी दिखाई दे रही थीं। किन्तु अभी वहां द्वारपाल नहीं थे। भीतर आने-जाने में किसी प्रकार की कोई रोक-टोक नहीं थी। ...इसका अर्थ था कि अभी कृष्ण ने स्वयं को मथुरा का राजा घोषित नहीं किया था, नहीं तो वहां सशस्त्र आरक्षियों का एक गुल्म ही नहीं, पूरी वाहिनी भी नियुक्त हो सकती थी।

वे निर्विघ्न भीतर तक चले आए। भीड़ के बीच में से मार्ग बनाना उन्हें कठिन लग रहा था। फिर भी मथुरा के पूर्व राजा को अनेक लोग पहचानते थे। मार्ग मिलने में उतनी कठिनाई नहीं हुई...

उन्हें देखते ही वसुदेव, कृष्ण और बलराम ही नहीं, देवक भी उठ खड़े हुए। वसुदेव और देवक ने आगे बढ़ कर उन्हें सहारा दिया और एक आसन पर बैठाया।

उग्रसेन ने दृष्टि उठा कर चारों ओर देखा : जाने उनके आने से पहले क्या चर्चा हो रही थी। ये लोग वहां क्यों जुटे हुए थे। क्या चाहते थे वे लोग?

"श्रीकृष्ण!" उग्रसेन ने कहा, "मैं नहीं जानता पुत्र! कि तुम्हारी क्या योजनाएं हैं; किन्तु आशा करता हूं कि तुम मेरी विनती सुन लोगे।"

"विनती क्यों मातामह! आप आदेश दें।" कृष्ण ने कहा, "आपका दुख मैं

समझता हूं; किन्तु मथुरा आज नहीं, मेरे जन्म से बहुत पहले से ही अत्याचार और उत्पीड़न की नगरी बन चुकी थी। जाने किस-किस को क्या-क्या दुख है।"

"ठीक कहते हो पुत्र!" उग्रसेन बोले, "मैं जानता हूं कि यहां क्या-क्या हुआ है; किन्तु तुम मेरा विश्वास करो कि उन सब में मेरा कोई सहयोग नहीं रहा। मैं तो...।"

"आपका साक्षी मैं हूं महाराज! कृष्ण अभी बालक है। सम्भव है कि वह आपकी पीड़ा न भी समझ पाए।" वसुदेव बोले, "किन्तु आप चिन्तित क्यों हैं? आप अपना अभिप्राय कहिए।"

"मैं राज्य की बात करने नहीं आया हूं, पुत्र!" उग्रसेन ने कहा, "कंस को तुमने मार दिया। कोई बात नहीं, सत्ता के लिए रक्तपात होता ही आया है। कंस को मरना ही था। किन्तु..."

"मातामह!" कृष्ण का ओजस्वी स्वर गूंजा, "मैंने राज्य के लिए मातुल का वध नहीं किया है। कृष्ण तो एक गोपाल है। वह गोपाल ही बना भी रह सकता है। मैं राज्य और सत्ता के लिए रक्तपात करने नहीं आया। मैं धर्म-स्थापना के लिए आया हूं; उसके लिए आवश्यक होगा तो रक्त भी बहेगा ही। और मातुल का वध मैंने नहीं किया। उनका वध तो उनके पापों ने किया है। आततायी अपने पाप से मारा जाता है मातामह! आप तो स्वयं उसके अत्याचार से पीडित रहे हैं। आपको मुझसे अथवा मेरे साथियों से कोई भय नहीं होना चाहिए। आप निर्भीक हो कर अपनी बात कहें। मुझे खेद है कि आपके अन्य पुत्रों ने भी पापी कंस का साथ दिया, अतः उनके प्राण भी लेने पड़े। उनसे मेरी कोई शत्रुता नहीं थी। वे धर्म का पक्ष लेते तो कदाचित् आज भी जीवित होते।"

"ठीक है कृष्ण! कंस अपने पापों के कारण मारा गया। उसने मुझे भी कारागार में रखा; किन्तु मैं पिता हूं। वह मेरा औरस न सही; किन्तु क्षेत्रज पुत्र तो था। मैंने उसका अपने पुत्र के समान ही पालन-पोषण किया था।" उग्रसेन बोले, "सम्बन्धों में भी एक प्रकार का मोह होता है। और पुत्र! पापियों का भी अन्तिम संस्कार होता है। शत्रुओं की भी अन्त्येष्टि की जाती है।..."

कृष्ण ने उनकी ओर देखा।

"कंस की पत्नियां मागध सैनिकों की सुरक्षा में राजगृह के लिए प्रस्थान कर

गई हैं। वे अपने पिता के निकट स्वयं को अधिक सुरक्षित मानती हैं। वहां वे अपने पिता से प्रार्थना करेंगी कि जरासन्ध अपने जामाता के वध का प्रतिशोध लेने के लिए मथुरा पर सैन्याभियान करे।..

"सावधान करने के लिए आभार।" बलराम ने उखड़े से स्वर में कहा।

"मैं सावधान करने नहीं आया।" उग्रसेन बोले, "मैं तो केवल यह सूचना देने आया हूं कि कंस तथा उसके भाइयों के शव अभी वहीं, उनके वधस्थल पर ही पड़े हैं।..."

"क्यों?"

"तुम्हारे आदेश के बिना कोई उनके शवों को हाथ लगाने का साहस कैसे करेगा? जब तक तुम स्वयं न कहो, सैनिक क्या जानें कि तुम उन शवों के साथ कैसा व्यवहार करना चाहते हो। उनका अग्नि-संस्कार करना चाहते हो अथवा उन्हें गिद्धों को खिलाना चाहते हो।" उग्रसेन कुछ रुक कर बोले, "मैं कंस से प्रेम नहीं करता। न उस व्यक्ति से, न उस प्रवृत्ति से। चाहूं भी तो प्रेम कर नहीं सकता। उसने मुझे और अपनी मां को जिस प्रकार निगड़बद्ध कर रखा था, उस स्थिति में, मैं उससे प्रेम अथा सहानुभूति कर भी कैसे सकता हूं। किन्तु वह मेरा क्षेत्रज पुत्र था। उसके किसी पुत्र के अभाव में, उसका अन्तिम संस्कार उसके पिता को ही करना होगा। यही धर्म है।...बात केवल कंस की ही नहीं है। उसके भाई तो मेरे और तुम्हारी मातामही के औरस पुत्र थे। उनके शव भी अभी रंगशाला में ही पड़े हैं।..."

कृष्ण कई क्षणों तक उग्रसेन की ओर देखते रहे; और फिर उनके मुख पर मुस्कान आ गई, "मुझे स्मरण नहीं रहा कि यह वही मथुरा है, जहां निर्दोष नवजात शिशुओं का वध होता है और राजा उनके अन्तिम संस्कार में भी विघ्न उपस्थित करता है। यह नगर कब स्वाभिमान के साथ जीना सीखेगा? कब अपने मानवीय अधिकारों को पहचानेगा?"

"तो मैं अपने पुत्रों के अन्तिम संस्कार का प्रबन्ध करूं?" उग्रसेन ने पूछा।

"सारे अमात्य क्या कर रहे हैं? सेनापतियों को क्यों अपना कर्तव्य विस्मृत हो गया है।" कृष्ण बोले, "वे अपने दिवंगत राजा के अन्तिम संस्कार की व्यवस्था क्यों नहीं कर रहे?"

"तुमने अभी इन पदों पर किसी की नियुक्ति नहीं की है पुत्र!"

"किन्तु अभी तो मेरी भी मथुरा के शासन में किसी पद् पर नियुक्ति नहीं हुई है। यदि शासन का अधिकार मेरा है, तो मैंने अभी किसी को अपदस्थ भी नहीं किया है।" कृष्ण हंसे, "मातामह! आप अपने पुत्रों के अन्तिम संस्कार का प्रबन्ध करें। राज्य के अधिकारी पूरा सहयोग करें। हम भी अपने घर की कुछ व्यवस्था कर, आपके पास उपस्थित हो जाएंगे।"

* * *

उग्रसेन चले गए और वहां एक कठोर मौन छा गया।

सहसा देवक उठे, "एक बात मैं भी कहना चाहता हूं कृष्ण!"

"आदेश करें तात!"

"इस समय मथुरा की विचित्र स्थिति है पुत्र! कल तक यहां वसुदेव का एक भी मित्र अथवा सहायक नहीं था। आज लगता है कि सारी मथुरा वसुदेव की परम मित्र हो गई है। कहीं कोई उसका विरोधी है ही नहीं। किन्तु यह भ्रम है पुत्र!" देवक बोले, "जब तक तुम मथुरा को, कंस के मित्रों के आधिपत्य से बचा सकोगे, मथुरा के यादवों को कुछ धन, सम्पदा, सत्ता और पद् दे सकोगे; उनके भोग के लिए विलास-सामग्री उपलब्ध करा सकोगे, तब तक वे तुम्हारे पिता के भी मित्र हैं और तुम्हारे भी। वस्तुतः वे किसी के मित्र नहीं, केवल याचक हैं पुत्र! मैंने अपने भाई महाराज उग्रसेन का राज्य भी देखा है; उनके शत्रु कंस का राज्य भी देखा है। वसुदेव को दंडाधिकारी के रूप में भी देखा है और राजा द्वारा प्रताड़ित होते भी। जब तक राज-सत्ता तुम्हारे पक्ष में है, सारी मथुरा तुम्हारी मित्र है किन्तु जैसे ही कंस के मित्रों के कारण मथुरा पर किसी प्रकार का कोई संकट आएगा, वैसे ही यह राज्य और यहां की प्रजा, न केवल तुम्हारी विरोधी हो जाएगी, तुम्हें कोसेगी भी। तुम्हारे शत्रुओं के साथ मिल कर तुम्हारे कष्टों पर हंसेगी। तुम्हें पीड़ित करेगी। वे मित्र अथवा शत्रु नहीं हैं पुत्र! वे भीरु और लोभी याचक हैं। उनके पक्ष को ले कर किसी भी भ्रम में मत रहना।"

"आप यह सब कह कर कृष्ण को भयभीत क्यों कर रहे हैं पिताजी!" देवकी ने मधुर ढंग से कहा, "ये दोनों बालक मथुरा में अभी आए ही हैं। इनके मन में

मथुरा और मथुरावासियों का विरोध न ही हो तो अच्छा है। वैमनस्य के इतिहास को इतिहास ही रहने दें। वह वर्तमान का यथार्थ न ही बने तो मथुरा के लिए शुभ है। वह विष सिमटा ही रहे, मथुरा के वायुमंडल में फैल जाएगा तो हमारी हानि ही होगी।"

"ठीक कहती हो पुत्री! किन्तु मैं जिन परिस्थितियों से जूझा हूं, उनका अनुभव नहीं तो उनकी सूचना तो कृष्ण और बलराम को होनी ही चाहिए।" देवक बोले, "पुत्र! जब तुम्हारे माता-पिता पर संकट आया था तो उन दोनों के ही सहोदर भाई-बहन भी उनके लिए किसी प्रकार का संकट झेलने को तैयार नहीं थे।..."

"तात!" वसुदेव ने हस्तक्षेप किया, "मैंने ही तो अपने भाइयों को परामर्श दिया था कि वे मथुरा छोड़ कर किसी सुरक्षित स्थान पर चले जाएं। मैं उन लोगों के हितों की उपेक्षा कैसे कर सकता था।"

"मैं फिर तुम से ही कह रहा हूं कृष्ण-बलराम!" देवक बोले, "तुम्हारे पिता ने भयंकर राज-प्रताड़ना के दिनों में भी अपने भाई-बहनों के हित-चिन्तन किया। उनसे यह नहीं कहा कि मेरी सहायता करो और उसके लिए जो संकट उठाना पड़े, उठाओ। उन्होंने कहा, तुम लोग सुरक्षित और सुखी रहो। मैं अपने संकट स्वयं झेलूंगा। इस सारे घटनाक्रम से तुम्हारे पिता की उदारता और संकल्प शक्ति का तो पता चलता है; किन्तु ये तथ्य मुझे उनके और देवकी के भाइयों – मेरे पुत्रो – के विषय में कोई अच्छी धारणा बनाने नहीं देते।"

"वह सब ठीक है तात!..." वसुदेव ने कुछ कहना चाहा।

देवक ने अपना हाथ उठा कर उन्हें रोक दिया, "मैं केवल इतना ही कहना चाहता हूं पुत्रो! कि किसी भ्रम में मत रहना। नन्द के गोपों ने तुम्हारी जितनी सहायता की है, तुम्हारे चाचा और मातुल तुम्हारी उतनी सहायता भी नहीं करेंगे। तुम्हारे सुखों में अपना भाग मांगने आएंगे; किन्तु तुम्हारे कष्टों में उनका कोई सहयोग नहीं होगा। ऐसे में तुम मथुरा के अन्य श्रीमन्तों पर कितना भरोसा कर सकते हो, इसे सोच-समझ लेना।"

"आप ने जो कुछ कहा, वह उचित ही कहा। मैं अपने अनुभवों का सार भी अपने पुत्रों तक पहुंचा ही दूं।" वसुदेव हंस पड़े, "मैंने केवल यह देखा है कि यदि मैं धर्म के साथ हूं तो ईश्वर मेरे साथ है। ईश्वर सामर्थ्य का दूसरा नाम है। मुझमें

सामर्थ्य होगा तो संसार मेरे साथ चलेगा। इसलिए धर्म और अपने सामर्थ्य के भरोसे ही संसार का संघर्ष झेलने को तैयार रहना चाहिए। हम क्यों किसी और से अपेक्षा करें। अपेक्षा नहीं करेंगे तो निराशा भी नहीं होगी। किसी के प्रति विरोध भी नहीं जागेगा।"

"मैं आपसे सहमत हूं पिताजी! किन्तु मातामह भी ठीक कह रहे हैं कि मित्र और शत्रु में भेद करना भी सीखना चाहिए।" कृष्ण मुस्कुरा रहे थे, "अपने शत्रुओं को अपना मित्र समझने की भूल कभी नहीं करनी चाहिए; और हमारा यह समाज दाता नहीं, याचक ही है। इस तथ्य को हम विस्मृत नहीं कर सकते।"

57

मथुरा की राजसभा में सारे यादव बिना किसी औपचारिक निमन्त्रण के ही आ जुटे थे। कुछ लोग अपनी इच्छा से, अपनी सुविधानुसार कुछ आसनों पर बैठ भी गए थे। पुराने सभासद अपना अधिकार मानकर, अपने पुराने आसनों पर विराजमान हो गए थे। किन्तु एक प्रकार की अनिश्चितता सबके मन में थी। पिछले राजा की मृत्यु हो गई थी और नए राजा का अभी अभिषेक नहीं हुआ था। सत्ता का केन्द्र कहां है, यह सब जानते थे; किन्तु कौन जाने राजा कौन होगा, किसको कौन-सा पद् मिलेगा, किसका पद् छिनेगा। प्रत्येक व्यक्ति के मन में अपना गणित और अपने समीकरण थे; आशाएं, आशंकाएं और भय थे...

"अरे आप राजसभा में कैसे आ गईं?" शतधन्वा ने कंसा से कहा।

"कैसे आ गई!" कंसा ने उसे उपहास की दृष्टि से देखा, "अपने पति के साथ आई हूं। अपने पुत्र के साथ भी आ सकती हूं।" वह पुनः रुकी, "और मैं कोई अकेली यादवी नहीं हूं, जो यहां उपस्थित हो। सारे महत्त्वपूर्ण यादव परिवारों की स्त्रियां यहां उपस्थित हैं।"

"किसका पक्ष प्रस्तुत करने के लिए आई हैं – पति का या पुत्र का?" शतधन्वा ने बहुत हल्के ढंग से पूछा।

"क्यों किसी पुरुष का ही पक्ष प्रस्तुत करना अनिवार्य है?"

"मैं समझा नहीं।"

"नासमझ जो हो।" कंसा हंसी, "पुरुष केवल राजा बन सकता है..."

"और स्त्री?"

"स्त्री, राजा भी हो सकती है, रानी भी और राजमाता भी।" कंसा इठलाती हुई आगे बढ़ गई। उसको देख कर कौन कह सकता था कि अभी एक दिन पहले ही उसके सारे भाइयों का वध हुआ है।

"मथुरा की यह स्थिति तो मुझसे सही नहीं जाती।" अक्रूर ने कहा, "इससे तो कहीं अच्छा होता कि कंस का वध होते ही, घटनास्थल पर ही नए राजा की घोषणा हो जाती।"

"कंस की कोई सन्तान नहीं है।" कृतवर्मा ने कहा।

"होती तो कृष्ण उसी को राजा बना देता।" शतधन्वा ज़ोर से हंसा, "राजा वह होता है, जो युद्ध में विजयी होता है। राजा के हत्यारे को हत्यारा नहीं, विजेता कहा जाता है।"

अक्रूर बहुत उत्तेजना में पलटा, "तुम्हारा कहना यह है कि कृष्ण राजा होगा मथुरा का? यादवों का?? उसने कंस का वध कर दिया है, इसलिए वह मथुरा का विजेता है।"

"क्या यह सत्य नहीं है श्रीमन्?"

"किन्तु उसकी अवस्था क्या है?"

"होह-हो! जैसे आज तक मथुरा में अवस्था देख कर राज्याभिषेक होता आया है।"

"और नहीं तो क्या?"

"अवस्था में उग्रसेन बड़े थे या कंस?" शतधन्वा बोला, "आपने उस समय तो यह प्रश्न नहीं उठाया। और वैसे भी क्षत्रियों में केवल वय का सम्मान नहीं होता।"

"कंस के पास शक्ति थी।" अक्रूर ने कहा, "उसके सम्मुख कौन बोलता?"

"तो कृष्ण ने अपनी शक्ति प्रदर्शित नहीं कर दी? उसके सम्मुख बोल कर दिखाओ।" कृतवर्मा ने हस्तक्षेप किया, "मथुरा ही नहीं, मगध की भी सेना खड़ी रह गई; और कृष्ण ने उनके राजा को पटक कर, उसके केशों से पकड़ कर घसीटा और उसके वक्ष को अपने घुटनों तले पीस दिया। वह रक्त-वमन करता रहा। कंस के सारे भाइयों का एक-एक कर वध कर दिया। और शक्ति किसे कहते हैं?"

"किसी समारोह में औचक ही किसी का वध कर देना और बात है और सेनाओं का संचालन करना, किसी राज्य का प्रशासन संभालना, बाहरी आक्रान्ताओं का सामना करना – वह सब-कुछ और है।" प्रद्योत ने कहा, "कर पाएगा कृष्ण वह सब? मल्लयुद्ध-विशारद राज्यों के अधिपति नहीं होते। ऐसा होता तो मथुरा का राजा मुष्टिक या चाणूर होता, महाराज कंस नहीं।"

"मेरा आपके वक्तव्य से कोई विरोध नहीं है आर्य प्रद्योत!" युयुधान पहली बार बोला, "किन्तु मेरी जिज्ञासा यह है कि जिस धनुर्यज्ञ का आयोजन ही कृष्ण और बलराम की हत्या के लिए किया गया था, जहां सब ओर सैनिकों की व्यूहबद्ध चौकसी थी, उसे आप एक समारोह मात्र मानते हैं? वैसे..." वह हंसा, "कृष्ण द्वारा आपके महाराज का मारा जाना सर्वथा औचक ही था – इसे मैं स्वीकार कर लेता हूं, क्योंकि आप लोगों ने तो मान यह रखा था कि आपके उपकरण – कुवलापीड़ हाथी, अखाड़े के वे मल्लः मुष्टिक और चाणूर, कृष्ण का वध कर देंगे और कृष्ण चुपचाप आपके प्रहारों को स्वीकार कर मर कर भूमि पर गिर जाएगा। औचक तो वह था ही, क्योंकि आपने कृष्ण को मिट्टी का लौंदा मान रखा था। उससे प्रतिकार की कोई अपेक्षा ही नहीं थी, जो वह कर बैठा।..."

"यह तो सत्य ही है कि हम इतने के लिए तैयार नहीं थे।"

"आप मारने के लिए तैयार थे, मरने के लिए नहीं।" अक्रूर ने हंस कर कहा, "क्यों? आपने कृष्ण को भी वसुदेव समझ रखा था? यद्यपि वसुदेव ने भी क्षमता-भर बहुत प्रतिकार किया है कंस का।...और आप सेनापति होते हुए भी यह नहीं जानते कि युद्ध में दोनों पक्ष प्रहार करते हैं। घाव किसी को भी लग सकता है और यह तो एकदम निश्चित् नहीं होता कि प्राण किसके जाएंगे।"

"और अभी भी आप राजसभा में इस प्रकार टहल रहे हैं, जैसे कृष्ण और बलराम आ कर आपको सेनापति का खड्ग प्रदान कर, आपको नए राज्य का महासेनापति घोषित करेंगे।" कृतवर्मा हंसा।

"तो तुम्हारा विचार है कि वे लोग मुझसे रुष्ट होंगे? पिछले शासन के सारे कर्मचारियों से रुष्ट होंगे? सबका वध कर देंगे या सबको कारागार में भेज देंगे?"

"नहीं! आप लोगों को राज्य के अलंकरणों से विभूषित किया जाएगा कि आपने उसके माता-पिता का आदरपूर्वक पालन-पोषण किया। उनको बहुत सुख से रखा।

आप लोग प्रातः-सायं उनको प्रणाम करने जो जाते थे। वसुदेव-देवकी आपसे बहुत प्रसन्न रहे कि आपने उनको आत्महत्या भी नहीं करने दी।"

प्रद्योत स्पष्ट देख रहा था कि सत्ता-परिवर्तन के इस काल में लोग अपने व्यक्तिगत राग-द्वेष से प्रेरित हो कर अपना हिसाब-किताब चुकता करने का प्रयत्न कर रहे थे। उदीयमान सूर्य को प्रणाम करने के लिए सब तैयार बैठे थे। पद् बंटेंगे ही, जाने किसकी झोली में क्या आ पड़े। यह समय था कि निजी शत्रुता को भी भली प्रकार भुनाया जाए।

"मैंने केवल राजा की आज्ञा का पालन किया था।" प्रद्योत ने कहा।

"ठीक ही किया। अब नए राजा की आज्ञा का भी पालन करना।"

* * *

आरक्षी दौड़ते हुए आए; और यथास्थान खड़े हो गए। यह संकेत था कि कृष्ण और बलराम आ रहे थे। उनके साथ वसुदेव ही नहीं, उग्रसेन भी थे। पीछे-पीछे देवक भी अपने पुत्रों के साथ आ रहे थे। इस समय वे सब लोग सशस्त्र थे; किन्तु यह समझना तनिक भी कठिन नहीं था कि उन सब में सबसे अधिक महत्त्वपूर्ण कौन था। आदेश किसका चलने वाला था।

कृष्ण ने हाथ जोड़ कर सामूहिक रूप से सबका अभिवादन किया। नाम किसी का भी नहीं लिया।

"कृपया आप सब लोग आसन ग्रहण करें।"

अक्रूर ने देखा : राजसिंहासन को छोड़ कर शेष सारे ही आसन भर गए थे। अनेक लोगों की दृष्टि राजसिंहासन पर भी थी; किन्तु किसी ने उसकी ओर बढ़ने का साहस नहीं किया।

कृष्ण और बलराम भी राजसिंहासन से दूर ही रहे।

कृष्ण ने पुनः हाथ जोड़े, "आप सबको मेरा प्रणाम! इस समय मथुरा का राज्य एक विचित्र स्थिति में है। पिछला राजा मारा जा चुका है और नया राजा चुना नहीं गया है। सिंहासन रिक्त है। सत्ता का केन्द्र अज्ञात है। वैसे तो कंस के ही समान कोई भी दूसरा व्यक्ति अपने खड्ग और दुस्साहस के बल पर इस राजसिंहासन

पर बैठने का सफल अथवा असफल प्रयत्न कर सकता था; किन्तु मैं चुनाव की बात कह रहा हूं। मैं यह मानता हूं कि यादवों का यह राज्य गणतन्त्र प्रणाली से संचालित होता है। इस गणतन्त्र का मुखिया ही राजा कहलाता है। कंस ने स्वयं को राजा घोषित कर दिया और राजसभा तथा प्रजा से सारे गणतान्त्रिक अधिकार छीन लिए। आप सबने उसके सम्मुख घुटने टेक दिए। वह अनुचित ही नहीं, अन्याय और अत्याचार का समर्थन भी था। या अन्याय देख कर मौन रह जाना था। सत्ता और राजकाज के प्रति इतनी उदासीनता कभी भी किसी भी समाज के लिए हितकर नहीं होती। यदि आप समाज में रहते हैं, तो राजनीति और राजधर्म के प्रति उदासीन रहना न तो आपकी महानता का परिचायक है; न आपकी भद्रता अथवा सच्चरित्रता का। अब हमें अपने राजा का चुनाव करना है; क्योंकि कोई भी राज्य बिना राजा के नहीं रह सकता। किन्तु भूतकाल के समान हम असावधान नहीं रह सकते।" कृष्ण ने रुक कर एक बार अपने सामने बैठे यादवों को देखा, "सत्ता-परिवर्तन किसी भी राज्य का पुनर्जन्म है। सत्ता-परिवर्तन की घड़ियां किसी भी देश और जाति के इतिहास में अत्यन्त निर्णायक घड़ियां होती हैं। थोड़ी-सी असावधानी से मत्ता किसी ऐसे व्यक्ति अथवा विचारधारा के हाथों में पड़ जाती है, जो बहुत आकर्षक तथा आदर्शवादी बातें तो करता है; किन्तु अपने स्वार्थ के हाथों, भविष्य में अपने समाज, राज्य, राष्ट्र तथा देश की स्वाधीनता को कौड़ियों के मोल बेच देता है। वह समाज पुनः पराधीन हो जाता है।"

"किन्तु मातुल तो मारे गए, अब हमें संकट किससे है?" बृहद्बल ने बहुत अबोध दीखते शब्दों में पूछा; किन्तु कृष्ण के प्रति उमका व्यंग्यात्मक भाव, छिपा नहीं रह सका। सम्भवतः वह उसे छिपाना भी नहीं चाहता था।

"यह सत्य है कि कंस मारा गया है। यादवगण एक पापी और आततायी के अत्याचार से मुक्त हुए हैं; किन्तु न तो कंस के अनुयायी समाप्त हुए हैं, न उसके मित्र। एक पापी की दासता से मुक्ति के कारण, यह उत्सव की घड़ी अवश्य है; किन्तु अत्यन्त संकट की घड़ी भी है। किसी भी क्षण कंस के अनुयायी उपद्रव कर सकते हैं; और उसके मित्र मथुरा पर आक्रमण कर सकते हैं। हमने कंस को मार कर उसके शक्तिशाली मित्रों को युद्ध की चुनौती दी है। जो कुछ मथुरा में हुआ, वह यादवों के धर्म की अंगड़ाई मात्र थी। एक अत्याचारी का वध और सत्ता-परिवर्तन। उसके कारण होने वाले शुभ परिणामों को यदि हम स्थायी बनाना चाहते हैं तो

हमें एक बड़े युद्ध का सामना करना पड़ेगा। बिना रक्तदान के कोई समाज कभी स्वतन्त्र नहीं रहा। क्या हम उसके लिए तैयार हैं?"

"एक प्रस्ताव मेरा भी है, जो हमें एक बड़े युद्ध और भयानक मार-काट से बचा सकता है।" कंसा पहली बार बोली।

सबने चकित भाव से उसकी ओर देखा।

कृष्ण सहज भाव से मुस्कुरा रहे थे, "क्या प्रस्ताव है मौसी?"

"मथुरा के सिंहासन पर कंस का कोई शत्रु बैठेगा, तो कंस के मित्र आक्रमण करेंगे ही; किन्तु यदि कंस का ही कोई मित्र सिंहासन पर बैठेगा, तो भैया के मित्र मथुरा पर आक्रमण क्यों करेंगे?"

"तो सबसे पहला प्रश्न यह है कि हम राजा के रूप में किसका चुनाव करते हैं? चुनाव हो जाए तो पता चले कि वह कंस का मित्र है अथवा शत्रु।" कृष्ण बोले, "वैसे हम कंस के मित्रों को मथुरा का शासन सौंपेंगे भी क्यों?"

चारों ओर सन्नाटा छा गया। कृष्ण बारी-बारी सारे चेहरे देख रहे थे। कोई किसी का नाम लेने को तैयार नहीं था। कृष्ण को लग रहा था कि वहां सब वे ही लोग उपस्थित थे, जो स्वयं को किसी न किसी प्रकार मथुरा के राज्य का अधिकारी मानते थे। वे चाहते थे कि कोई उनका नाम ले दे, वे किसी और का नाम उच्चरित नहीं करेंगे...बहुत दिनों से प्रतीक्षा कर रहे थे वे...

"श्रीकृष्ण!" निवर्तमान महाराज उग्रसेन ने पहली बार अपना मुख खोला, "मुझे कुछ कहने की अनुमति है?"

कृष्ण हंसे, "कैसी बात कर रहे हैं मातामह! आप हम सब में बड़े हैं, अनुभवी हैं। हमें आपके परामर्श की ही तो आवश्यकता है। आदेश करें।"

"देखो, परम्पराएं दो हैं। पहली यह कि दिवंगत राजा के परिवार में से ही उसका उत्तराधिकारी चुना जाए; और दूसरी यह कि पहले राजा को पराजित करने वाला विजेता ही नया राजा हो...।"

"ये परम्पराएं राजवंशों और राजतन्त्रों की हैं।" अक्रूर के अति आवेशपूर्ण स्वर ने उग्रसेन को चुप करा दिया, "कृष्ण ने पहले ही स्वीकार किया है कि मथुरा का राज्य यादवों का गणतन्त्र है। इसमें राजवंश की परम्परा कैसे चल सकती है? यहां

यादवों के किसी भी परिवार में से योग्य व्यक्ति को राजा चुना जा सकता है, चुना जाता रहा है। ऐसा न होता तो महाराज शूरसेन के पश्चात् मथुरा के सिंहासन पर वसुदेव को बैठना चाहिए था। वहां आप किस परम्परा के अधीन विराजमान हो गए थे?"

"काका! यह बात तो आप मातामह के वक्तव्य के पश्चात् भी कह सकते थे।" कृष्ण का स्वर एक प्रकार की चेतावनी लिए हुए था, "सभा के सामने अपने विचार रखने की स्वतन्त्रता सबको है, किन्तु इस प्रकार मर्यादा का हनन शोभनीय नहीं है। मातामह इस समय मथुरा के शासक चाहे न हों किन्तु वे हमारे कुलवृद्ध तो अब भी हैं।...और गणतन्त्र में कुलवृद्ध अत्यन्त महत्त्वपूर्ण होते हैं।"

सबने देखा कि कृष्ण ने प्रयत्नपूर्वक स्वयं को संयत किया, "आप कहें मातामह!"

"पराजित राजा के परिवार में से उत्तराधिकारी चुनने की परम्परा उस स्थिति में है, जब वह कोई मांडलिक राजा हो और उसे अश्वमेध अथवा राजसूय यज्ञ करने वाले किसी सम्राट् ने पराजित किया हो। उस स्थिति में सम्राट् का उस वंश से वैर नहीं होता, अतः सम्राट् वह राज्य उसी परिवार को लौटा देता है। यहां वह स्थिति नहीं है। फिर कंस का न कोई भाई जीवित है, न पुत्र..."

"तो क्या हुआ।..."

सबकी दृष्टि उस ओर गई : कंसा पुनः खड़ी हो गई थी।

"कंस के भाई नहीं हैं; किन्तु उसकी बहनें हैं, उन बहनों के पति हैं, पुत्र हैं।"

उसका मन्तव्य स्पष्ट था। उसने बृहद्बल को उसके कन्धों से पकड़ कर इस प्रकार अपने सामने खड़ा कर रखा था, जैसे वह उसे राजसभा के सम्मुख नए राजा के रूप में प्रस्तुत कर रही हो। पहले भी वह कह चुकी थी कि कंस का कोई मित्र मथुरा के सिंहासन पर बैठेगा, तो कंस के मित्र मथुरा पर आक्रमण नहीं करेंगे। तब भी वह बृहद्बल को ही राजा के रूप में प्रस्तुत कर रही थी।

"हां! कंस की बहनें हैं, उनके पति हैं, उनके पुत्र हैं।" उग्रसेन हंसे, "उन सबको शस्त्र दे दिए जाएं, ताकि वे निर्णय कर लें कि राजा कौन होगा।"

"बात चुनाव की है," कंसा बोली, "द्वन्द्वयुद्ध की नहीं।"

उग्रसेन ज़ोर से हंसे, "कंस की एक ही बहन तो नहीं है; और न ही एक ही भांजा है। इसलिए उनमें द्वन्द्व-युद्ध होना अनिवार्य है। कंस के भग्निपति एक से अधिक हैं। उन भग्निपतियों के पिता देवक अभी जीवित हैं। वे भी राजा बनाए जा सकते हैं। मैं यह मानता हूं कि उन्होंने कंस का खुला विरोध चाहे न किया हो; किन्तु वे सदा कंस के अन्याय के विरुद्ध वसुदेव का पक्ष लेते रहे। यदि यादव मुखिया उनको अपने राजा के रूप में स्वीकार करें...!" उग्रसेन रुक गए, "और यह मत भूलो कंसा! कि यदि बृहद्बल कंस का भांजा है तो कृष्ण और बलराम भी कंस के भांजे ही हैं।"

"राजा कोई बने," युयुधान उठ कर खड़ा हो गया, "किन्तु कंस के मित्र उससे श्रीकृष्ण के प्राण अवश्य मांगेंगे। यह कंस का मित्र होने का सबसे बड़ा प्रमाण होगा। देवि कंसा! आप और आपका पुत्र बृहद्बल, कंस का मित्र होने का प्रमाण देने के लिए तैयार हैं? आप श्रीकृष्ण और बलराम को बांध कर जरासन्ध को सौंप देंगी?"

"नहीं! यह असम्भव है।" देवभाग ने तीव्र स्वर में कहा, "कंसा के मन में क्या है, यह तो वही जाने; किन्तु बृहद्बल मेरा भी पुत्र है। मैं इस प्रकार के बलिदान के विषय में सोच भी नहीं सकता। और बृहद्बल यदि कंस के मित्र के रूप में राजा बनता है, तो मैं स्वयं अपने हाथों से उसका वध कर दूंगा।"

प्रद्योत उठ कर खड़ा हो गया।

"श्रीकृष्ण! क्या मुझे भी इस सभा में बोलने की अनुमति है?" वह बोला, "मैं महाराज कंस का सेनापति था।"

"हम यह भुला दें कि कल हम क्या थे।" कृष्ण बोले, "हम केवल यह देखें कि आज हम क्या कर रहे हैं; और क्या करना चाहते हैं। आर्य प्रद्योत! यदि आप आज भी कंस के व्यक्तित्व, चरित्र और नीतियों के समर्थक हैं, तो आप हमारे शत्रु हैं। आपके साथ शत्रुवत् व्यवहार किया जाएगा; किन्तु यदि कल आप अपना राजकीय दायित्व निभा रहे थे और आज अनुभव करते हैं कि वे नीतियां अन्यायपूर्ण ही नहीं, अत्याचारपूर्ण थीं और उनके कारण अनेक लोगों को आपके अधिकारियों ने राक्षसी पीड़ा दी है, तो बात और है। प्रश्न यह नहीं कि कल आप क्या थे, प्रश्न यह है कि आज आप क्या हैं? आज आपका मन क्या है??"

"आप ठीक कह रहे हैं श्रीकृष्ण।" प्रद्योत ने कहा, "राजा की शत्रुता व्यक्तिगत थी। राजा का देहान्त हो गया तो वे शत्रुताएं भी समाप्त हो गईं। आज मैं मथुरा का एक नागरिक हूं, यादव हूं, आपके समाज का अंग हूं। किन्तु मैं एक अनुभवी सेनापति भी हूं।..."

"अरे क्या कहना है, वह बोलो न भाई!" बलराम ने पहली बार मुंह खोला, "व्यर्थ में...।"

सभा में उपस्थित लोगों का ध्यान बलराम की ओर गया। वे भी कृष्ण से कम महत्त्वपूर्ण नहीं थे। उन्होंने बराबर का युद्ध किया था। उस युद्ध-विजेता की उपेक्षा नहीं की जा सकती थी।

"एक अनुभवी सेनापति के रूप में, मैं यह कहना चाहता हूं कि आपने महाराज कंस का वध...।"

इस बार बलराम उठ कर खड़े ही हो गए "तुम यह बार-बार कंस को 'महाराज' कहना बन्द करो नहीं तो सच कहता हूं कि तुम्हें इसी क्षण तुम्हारे महाराज के पास भेज दूंगा। महाराज इतने प्यारे थे तो उसकी रक्षा में लड़ कर प्राण क्यों नहीं दिए। कैसे सेनापति हो, जिसने अपने राजा की रक्षा के लिए कोश से खड्ग भी नहीं निकाला।"

वसुदेव ने बलराम की भुजा पकड़ कर उन्हें बैठने का संकेत किया।

प्रद्योत दो क्षणों के लिए एकदम हक्का-बक्का खड़ा रह गया। किन्तु उसने स्वयं को संभाला, "'महाराज' कहाना, उनके प्रति मेरा समर्थन नहीं, मात्र मेरा अभ्यास है। मैं कहना चाह रहा हूं कि हम जरासन्ध और कालयवन की सेनाओं से लड़ने की स्थिति में नहीं हैं।..."

"तुम तो कंस से भी लड़ने की स्थिति में नहीं थे।" बलराम ने पुनः कहा, "तुम जैसा सेनापति हो तो कोई राज्य अथवा राजा कभी कोई युद्ध लड़ ही नहीं सकता। जिसे तुम अजेय मानते थे, हमने उससे लड़ कर ही नहीं, उसका वध करके यह दिखा दिया कि तुम्हारा आकलन ही भ्रमित नहीं था, तुम कायर भी थे। इसका अर्थ है कि सेनापति के रूप में ही नहीं, एक योद्धा के रूप में भी तुम्हारा अनुभव निरर्थक है।"

"आर्य प्रद्योत! हमारा उद्देश्य आपका अपमान करना नहीं है; किन्तु यह सत्य है कि जो हृदय भयभीत है, पहले से ही पराजित है, वह संघर्ष नहीं कर सकता।" कृष्ण ने कहा, "हमें अनुभव की उपेक्षा तो नहीं करनी है; किन्तु आपसे पराजय का दर्शन भी नहीं पढ़ना है।...आपकी बात से मेरा वक्तव्य और भी स्पष्ट हो गया है। मुझे यही कहना है कि हम एक बड़े और भयंकर युद्ध के कगार पर खड़े हैं। युद्ध प्रतीक्षा नहीं करेगा। हम लड़ेंगे नहीं तो हमारी यह सद्यःप्राप्त स्वतन्त्रता दीर्घजीवी नहीं होगी। अतः हमारे पास खोने के लिए समय नहीं है। हमें तत्काल मथुरा के राजा का ही चुनाव नहीं करना है, हमें ऐसा नेतृत्व भी चाहिए, जो संघर्ष से भयभीत न हो। जो युद्ध से मुख न मोड़े। इसके लिए हमें एकजुट होना है। आपसी मतभेदों को समूल नष्ट भी करना है, ताकि हम प्रभावी ढंग से लड़ सकें।"

वसुदेव अपने स्थान पर बैठे सब-कुछ सुन रहे थे और सोच रहे थे कि गोप समाज में पले इस किशोर को यह राजनीति और रणनीति किसने सिखा दी? वे तो उसे एक चरवाहा मात्र मान रहे थे। पर नहीं, वह तारणहार के रूप में आया था...

"यदि मुझे अपना मत प्रस्तुत करने की स्वतन्त्रता है तो मैं संकट की इस घड़ी में इस स्वतन्त्रता के योद्धा कृष्ण का नाम ही मथुरा के राजा के रूप में प्रस्तावित करता हूं।" उग्रसेन ने कहा, "उसमें बल है, साहस है, रणकौशल है, नेतृत्व का गुण है, नीति है, ओज है...।"

"पर वह मात्र एक किशोर है।" अक्रूर ने तड़प कर कहा, "अभी न उसकी शिक्षा-दीक्षा हुई है, न उसने युद्धशास्त्र का अध्ययन किया है। न वह आधुनिक शस्त्रों के विषय में कुछ जानता है। मल्ल और लठैत, सैनिक नहीं होते। उनके किए युद्ध नहीं होते। कृष्ण मथुरा का राजा बनने के योग्य इसलिए तो नहीं हो जाता, क्योंकि उसने कंस का वध कर दिया है।"

कहने को तो अक्रूर कह गया किन्तु उसी समय उसके मन में वृन्दावन से मथुरा आते हुए, यमुना में स्नान करते समय दिखाई पड़ा कृष्ण का रूप जाग उठा। ...उसी कृष्ण के विषय में क्या कह रहा है वह...और तभी अक्रूर ने बलराम को उठते हुए देखा।...जिह्वा तक आ पहुंचे उसके शब्द वहीं जम गए। उसने सूखते कंठ से कहा, "उससे बड़ा तो बलराम ही है।"

यह सुनना था कि वसुदेव की पत्नी पौरवी, तड़प उठी, "बलराम बड़ा है कृष्ण से; किन्तु मैं आर्य वसुदेव की ज्येष्ठ पत्नी हूं। मेरे और मदिरा के भी पुत्र हैं, और वे अवस्था में बलराम से भी बड़े हैं।"

वसुदेव कांप गए। यह सब क्या हो रहा है। उनके अपने पुत्र ही राज्य की कामना से आमने-सामने खड़े हो जाएंगे क्या?...उन्होंने बलराम का जो व्यवहार देखा था, उससे स्पष्ट था कि वह योद्धा मात्र था। उससे राजनीति, राजधर्म, चिन्तन-मनन, धैर्य और विचार-मन्थन की अपेक्षा नहीं की जा सकती थी।...

"हां। मैं कृष्ण से बड़ा हूं।" बलराम ने कहा, "दाऊ हूं मैं उसका; किन्तु आप लोगों को हम ही दिखाई दे रहे हैं, क्योंकि हमने कुछ मल्लों को मार गिराया। आपको हमारे पिताजी क्यों दिखाई नहीं दे रहे?"

वसुदेव अपने इस अबोध से दीखते पुत्र की बात सुन कर स्तब्ध रह गए।

"वसुदेव वृद्ध हो गए हैं। युद्धों का अनुभव उनको है नहीं।" कृतवर्मा ने तत्काल कहा, "उनकी तुलना में तो कृष्ण को ही अपना नेता मानना अधिक श्रेयस्कर है।"

"यह क्या कर दिया आपने भैया!" शतधन्वा ने उसके कान में कहा, "इससे तो आपके लिए तनिक-सा भी अवकाश नहीं रह जाता।"

"तू चुप रह।"

सभा के बाहर एकत्रित मथुरा का जन-सामान्य वासुदेव कृष्ण की जयजयकार कर रहा था और सभा में चारों ओर मौन पसर गया था। कृष्ण के समर्थन में एक भी स्वर नहीं उठ रहा था।

तभी कृष्ण हंसे, "इस सभा में अधिकांश लोग कृष्ण से भयभीत हैं, अतः सत्य बोलने का साहस नहीं कर रहे; न अपने मन की आशाएं-आकांक्षाएं प्रकट कर रहे हैं। किन्तु मैं आपके सम्मुख अपना मन खोल कर रख देना चाहता हूं। मैं स्पष्ट कह दूं कि यदि मेरे मन में राजा बनने की इच्छा होती तो कंस का वध करते ही, मैंने स्वयं को मथुरा का राजा घोषित कर दिया होता। मैं जानता हूं कि उस क्षण आपमें से कोई मेरा विरोध करने के लिए खड़ा नहीं होता। आपमें विरोध की क्षमता होती तो मेरे माता-पिता को इतना कष्ट क्यों सहना पड़ता। क्यों मथुरा की कुलवधुएं मुष्टिक और चाणूर के बलात्कार को सहन करने को बाध्य होतीं, क्यों

गर्गाचार्य मथुरा छोड़ कर अज्ञातवास करने को बाध्य होते।" कृष्ण रुके, "किन्तु मैं धर्म की स्थापना के लिए आया हूं, राज्य अधिकृत करने के लिए नहीं। धर्म-स्थापना के लिए मेरा राजा होना कोई आवश्यक नहीं।"

"सत्य कह रहा है कृष्ण।" उग्रसेन ने कहा, "इन परिस्थितियों में हमारे पास एक ही उपयुक्त और धर्मसम्मत नाम है। बलराम ने वह नाम आपके सम्मुख प्रस्तावित किया है। कृष्ण भी उसको स्वीकार करेगा। मैं समझता हूं कि आज वसुदेव को ही मथुरा का राजा होना चाहिए। वे अनुभवी प्रशासक हैं। युद्ध उन्होंने किए हों, न किए हों, उनके बल-विक्रम तथा साहस से कोई इनकार नहीं कर सकता। कृष्ण और बलराम तो अब आए हैं, जो व्यक्ति वर्षों से मथुरा में न्याय और धर्म की मांग करता हुआ, कंस का विरोध करने का साहस करता आया है, वह वसुदेव है। वह अकेला, असहाय, मित्रविहीन, बीस वर्षों से भी अधिक समय से संघर्षरत है। युद्ध उसके लिए कोई नया काम नहीं है। और अब उसके पास मथुरा की सेना, हम सबकी सहायता तथा कृष्ण और बलराम जैसे योद्धा हैं। नन्द की गोप सेना है।..."

सभा में फिर से सन्नाटा छा गया था। कृष्ण और बलराम तक मौन थे। वे सारे सभासदों के चेहरों के भावों को पढ़ने का प्रयत्न कर रहे थे।

सबसे पहले प्रद्योत खड़ा हुआ, "मैं इस प्रस्ताव से पूर्णतः सहमत हूं। इसे तर्क-सम्मत और सर्वश्रेष्ठ मानता हूं मैं।" उसने अपना हाथ उठाया और उद्घोष किया, "मथुरा के महाराज आर्य वसुदेव की जय!"

सभा जैसे स्तब्ध रह गई। स्तब्धता अस्पष्ट से मर्मर में बदली और फिर उसने एक कोलाहल का रूप धारण कर लिया। कोई समझ नहीं पा रहा था कि कौन क्या कह रहा है।

वसुदेव ने सभासदों के मुखमंडल देखे। उनका चीखना-चिल्लाना सुना। उनके भावों को समझना कठिन नहीं था। वे वसुदेव को स्वीकार कर नहीं रहे थे; और अस्वीकार करने का साहस उनमें था नहीं।

वे उठ खड़े हुए। उन्होंने अपने दोनों हाथ उठा कर सबको शान्त रहने का संकेत किया। तत्काल उसका प्रभाव हुआ। वे समझ सकते थे कि सम्भावित राजा का भी भय सभा पर दिखाई दे रहा था।

"मैं महाराज उग्रसेन का आभारी हूं कि वे हृदय से मुझे मथुरा का राजा बनाना चाहते हैं।" वे बोले, "ठीक है कि आप इसका विरोध नहीं कर रहे हैं; किन्तु मैं जानता हूं कि आप इसका समर्थन भी नहीं कर रहे हैं। मुझे किसी भी प्रकार के दबाव में दिया गया समर्थन चाहिए भी नहीं। मैं जानता हूं कि मेरी इच्छा हो तो मैं अपने सैनिकों, अपने पुत्रों तथा अपने सेनापति वीरभद्र की सहायता से मथुरा पर अपना अधिकार घोषित कर सकता हूं; किन्तु तब मुझमें और कंस में अन्तर ही क्या रह जाएगा। यदि हम चुनाव करेंगे, तो प्रत्येक व्यक्ति स्वयं राजा चुना जाने के लिए प्रयत्नशील होगा। अन्य लोगों को अपने पक्ष में करने के लिए, वह अनेक प्रकार के प्रलोभन देगा, जो राजधर्म के विरुद्ध होंगे, प्रजाहित के शत्रु होंगे। हमारा लोभ और स्वार्थ हमें पतन की ओर ले जाएगा; और यादवों का यह राज्य, आज अपनी स्वतन्त्रता के क्षण में ही अपनी परतन्त्रता की सन्धि पर हस्ताक्षर कर देगा। राज्य-प्राप्ति के लिए लोग अपने पिता को कारागार में बन्दी कर देते हैं, भाइयों का वध कर देते हैं, मित्रों के साथ विश्वासघात करते हैं। तो अपने चुनाव के लिए, कोई कुछ भी कर सकता है। इस प्रकार हममें से सबसे लोकप्रिय व्यक्ति नहीं, सबसे धूर्त व्यक्ति राजा चुना जाएगा। मुझे मथुरा में विषवृक्ष नहीं बोना है।"

"तो क्या आप द्वन्द्वयुद्ध चाहते हैं, अथवा चाहते हैं कि सारे यादव मुखिया अपने-अपने सैनिकों को मथुरा में बुला लें और यादवों में गृहयुद्ध हो।" प्रद्योत उठ खड़ा हुआ, "कोई समाधान तो आपके पास होगा ही।"

"समाधान देने का ही प्रयत्न कर रहा हूं, पूर्व सेनापति।" वसुदेव बोले, "हम कंस के राज्य के इतिहास की कटुता को भूल कर परस्पर सौहार्दपूर्वक रहना चाहते हैं। प्रतिशोध और दंड-नीति नहीं चाहते। किसी को भयभीत होने की आवश्यकता नहीं है; किन्तु सुधरने की आवश्यकता अवश्य है। पिछले कृत्यों का दंड न मिले तो उसका अर्थ यह नहीं है कि हम उन कृत्यों तथा नीतियों को दुहराएं। सुधार आवश्यक है, अन्यथा दंड अनिवार्य हो जाएगा।"

"वसुदेव! तुम चुनाव की बात कर रहे थे।" अक्रूर ने जैसे अपनी आपत्ति रेखांकित की।

"चुनाव हमें विभाजित कर देगा। हम पक्ष और विपक्ष में बंट जाएंगे। इसलिए

आज, इस क्षण में, जब हम बाहरी और भीतरी शत्रुओं से घिरे हुए हैं, हमें वह राजा चाहिए, जो सर्वसम्मति से सबको ग्राह्य हो।"

"अरे समाधान क्या है?" अक्रूर ने अपने अधैर्य में जैसे झल्ला कर कहा।

"काका! आपमें थोड़ा भी धैर्य नहीं है क्या?" बलराम उठ कर खड़े हो गए।

लगा, अक्रूर की टांगों में जान ही नहीं रह गई; और वह अपने आसन पर गिर-सा पड़ा।

"समाधान यही है कि हम मथुरा के इतिहास में से कंस का राज्यकाल भूल जाएं और वहीं से आरम्भ करें, जहां हम उसके पहले थे।...जिनसे अधर्मपूर्वक राज्य छीना गया था, हम धर्मपूर्वक उनकी थाती उन्हें ही लौटा दें।"

"अर्थात्?" बृहद्बल ने पूछा।

"महाराज उग्रसेन ही राजा रहेंगे।"

"और आप?"

"मैं न पहले राजा था, न अब रहूंगा।"

"वसुदेव! क्या तुम्हें लगता है पुत्र! कि मैं उग्रसेन, अत्याचारी राजा कंस का दुर्बल पिता, मथुरानरेश के रूप में सबको स्वीकार्य हूं?" उग्रसेन बोले, "यदि चुनाव हो तो मेरे पक्ष में तुमसे भी कम लोग होंगे।"

"आर्य वसुदेव! आपको नहीं लगता कि उग्रसेन अब पर्याप्त वृद्ध हो चुके हैं?" अक्रूर ने कहा, "और दीर्घकाल तक कारागार में रहने के कारण उनका आत्मबल भी क्षीण हो चुका है। मथुरा के संघर्ष की इस घड़ी में ऐसा राजा क्या मथुरा का उचित नेतृत्व कर पाएगा? मैं तो ऐसा नहीं समझता।"

"वृद्ध तो सब ही हो चुके हैं।" वसुदेव बोले, "किन्तु आर्य अक्रूर! महाराज उग्रसेन अभी अतिवृद्ध लोगों की श्रेणी में नहीं आते कि वे हम सबके सहयोग के साथ भी मथुरा का राज्य न संभाल सकें।"

अक्रूर सन्तुष्ट नहीं था; किन्तु वह देख रहा था कि इन परिस्थितियों में उग्रसेन का विरोध उसे महंगा भी पड़ सकता है। वसुदेव उनका नाम प्रस्तावित कर रहे थे। वसुदेव के पुत्र अपने पिता के पक्ष में होंगे। कंस के पुराने सेनानायक भी वसुदेव

के पक्ष में खड़े दिखाई दे रहे थे।...सहमति, असहमति देने तक तो ठीक था; किन्तु अधिक विरोध लाभदायक नहीं होगा...

"और आप आर्य वसुदेव?" वह बोला, "आपका पद क्या होगा?"

"महाराज अपने सहयोग के लिए अपने अधिकारियों की नियुक्तियां करने को स्वतन्त्र हैं; किन्तु पहले आप लोग महाराज का अभिषेक तो कर लें। उन्हें राजसिंहासन पर तो बैठा लें।"

कृष्ण ने बलराम की ओर देखा : बलराम उनका संकेत समझ गए। उन्होंने किसी की प्रतीक्षा नहीं की। दोनों भाई आगे बढ़े और उग्रसेन के सम्मुख हाथ जोड़ कर खड़े हो गए, "मातामह! कृपा करें। राजसिंहासन ग्रहण करें।"

उग्रसेन समझ रहे थे कि वसुदेव और उनके पुत्रों के मन में राज्य का कोई मोह नहीं था। वे लोग मथुरा में एक धर्मसम्मत व्यवस्था स्थापित करने का प्रयत्न कर रहे थे।...किन्तु यादवों के अन्य प्रधान भी उनका समर्थन करते तो उनका सिंहासन ग्रहण करना अधिक शोभनीय होता। मूलतः राजा तो वे ही थे। कंस ने उनका राज्य छीना था; किन्तु कंस के पिता होने के कारण, उसके अत्याचारों की काली छाया उन पर भी पड़ रही थी। ऐसे में यादव-प्रमुखों का समर्थन उनके मन से अपराध-बोध मिटा देता, लोक-लज्जा को धो देता।...वैसे सबसे अधिक अत्याचार तो वसुदेव के साथ ही हुआ था और वसुदेव के मन में उनके प्रति कहीं कोई कटुता नहीं थी।

कृष्ण और बलराम का आग्रह इतना प्रबल था कि उग्रसेन के पास चिन्तन का अधिक समय नहीं था। सभा पर भी उस आग्रह का प्रभाव दिखाई दे रहा था।

और सहसा प्रद्योत ने ही उद्घोष किया, "महाराज उग्रसेन की जय।"

लगा कि अब न उग्रसेन के पास कोई विकल्प था, न सभा के पास। सभा में भी उद्घोष गूंजा, "महाराज उग्रसेन की जय।"

कृष्ण और बलराम, उग्रसेन को राजसिंहासन तक ले आए; और उन्हें सिंहासन पर बैठा दिया। सब लोग समझ रहे थे कि यह समुचित राज्याभिषेक नहीं था। न तो धार्मिक विधि-विधान पूरा हुआ था, न लोकाचार; किन्तु यह तो आपात् स्थिति थी। सभा में आते हुए, स्वयं उग्रसेन भी नहीं जानते होंगे कि वे मथुरा के राजा

बना दिए जाएंगे। ऐसे में संसार-भर के सम्माननीय अतिथियों को निमन्त्रित कर समारोहपूर्वक राज्याभिषेक का उत्सव कैसे हो सकता था। यहां तो युद्ध-शिविर की स्थिति थी, जहां एक सेनापति के अश्व से गिरने पर दूसरे को तत्काल उसके दायित्वों का वहन करना पड़ा हो।

"वैसे तो महाराज उग्रसेन के पुनरभिषेक की आवश्यकता नहीं है; क्योंकि वे मथुरा के राजा थे ही। फिर भी यदि आप लोग आवश्यक समझें तो वह लोकाचार भी हो जांएगा; किन्तु हम अब यह मानें कि मथुरा राजा से विहीन नहीं है। अतः महाराज, शासन-प्रबन्ध अपने हाथ में लें।"

महाराज का जयजयकार आरम्भ हो गया।

उग्रसेन ने हाथ उठा कर शान्ति का आग्रह किया, "राज-काज तो सब लोगों के विचार-विमर्श से होता है। वह वैसा ही होगा। किन्तु इस समय मैं दो-तीन नियुक्तियां करना चाहता हूं। पहली नियुक्ति धर्माधिकारी और प्रमुख दंडाधिकारी की है। मैं इस पद् पर आर्य वसुदेव को नियुक्त करता हूं। पहले भी वे इसी पद् पर कार्य कर रहे थे, अब भी करेंगे। उनके समान न्याय और धर्म का पालन करने वाला अमात्य सौभाग्य से ही मिलता है। मैं उन्हें गर्गाचार्य के शब्दों में 'यादवों का पुण्य' मानता हूं।"

"धर्माधिकारी आर्य वसुदेव की जय।"

"दूसरी नियुक्ति दो प्रमुख सेनापतियों की है, ताकि हमारे सैन्य-बलों का सम्भ्रम समाप्त हो और वे मथुरा और माथुरों की सुरक्षा का कार्य संभाल लें। हमारे पूर्व सेनापति आर्य प्रद्योत और धर्माधिकारी आर्य वसुदेव के सेनापति आर्य वीरभद्र सम्मिलित रूप से यह कार्य संभालेंगे। सेनापति प्रद्योत जितनी शीघ्र कंस के सेनापतित्व के कलंक से मुक्त होने का प्रमाण देंगे, वे उसी वेग से हमारा विश्वास प्राप्त करेंगे। वे ही कृष्ण तथा बलराम के साथ आई गोप-सेना का भविष्य भी निश्चित् करेंगे। मैं चाहूंगा कि सम्भव हो तो गोप सेना को मथुरा की स्थायी सेना में सम्मिलित ही नहीं समाहित कर लिया जाए। और यदि मागध सेना के कुछ लोग अब भी मथुरा में विद्यमान हों तो उन्हें शीघ्रातिशीघ्र राजगृह का मार्ग दिखा दिया जाए।"

प्रद्योत के मुखमंडल से संशय, भ्रम, अनिश्चितता और आशंकाओं के मेघ हट गए और उसने उन्मुक्त कंठ से उद्घोष किया, "महाराज उग्रसेन की जय।"

कृष्ण और बलराम भी पूर्णतः आश्वस्त दीख रहे थे; किन्तु अक्रूर के मुख का स्वाद बिगड़ गया था।

"आर्य अक्रूर! आप तो कंस के आदेश पर कृष्ण और बलराम की हत्या करवाने के लिए उन्हें वृन्दावन से लाए थे। अब क्या विचार है?"

अक्रूर ने मुड़ कर कृतवर्मा की ओर देखा, "अब क्या तुम मेरा वध करवाना चाहते हो?"

58

कृष्ण ने तनिक-सा एकान्त पाया तो वे नन्द को खोजने यमुना-तट पर पहुंच गए। नन्द अपने डेरे पर उनकी प्रतीक्षा में ही थे।

कृष्ण ने उनके चरण छू कर प्रणाम किया।

"विजयी होओ पुत्र।" नन्द ने कहा, "मेरी कामना थी कि तुम यह सब करो; किन्तु विश्वास नहीं था कि यह सब इतनी सुविधा से हो जाएगा।"

"सुविधा से कहां हुआ बाबा!" बलराम ने हस्तक्षेप किया, "कुवलयापीड़ जैसे हाथी से भी भिड़ना पड़ा है।"

"हां! वह तो भिड़ना पड़ा।" नन्द ने कहा, "किन्तु कृष्ण ने उसे वैसे ही खेला-खेला कर मारा है, जैसे वह वृन्दावन में हिंस्र पशुओं को मारा करता था। मैं तो ऐसा मूर्ख पिता हूं, जो अपने पुत्र का पराक्रम देखता भी रहा और उस पर अविश्वास भी करता रहा।...तो अब क्या सोचा है पुत्र?"

"अभी मथुरा का काम पूरा तो नहीं हुआ है बाबा!"

"वह तो कभी पूरा नहीं होगा कान्हा!"

"तो फिर?"

नन्द अपने पुत्र की ओर एकटक देखते रहे। फिर बोले, "सच तो यह है पुत्र! कि मैं स्वयं नहीं जानता कि अब मुझे अपने जीवन का क्या करना है।"

"इसका क्या अर्थ कि आपको अपने जीवन का क्या करना है?" कृष्ण विस्मित थे।

"मैं मानता हूं कि मेरे जीवन का एक मात्र लक्ष्य तुम्हें अपने इस गन्तव्य तक पहुंचाना था, जिस पर तुम पहुंच गए हो। तुम्हें कंस के वध के लिए तैयार करना था। तब तक तुम्हें छुपा कर सुरक्षित रखना था।" नन्द ने कहा, "वृन्दावन में केवल मैं जानता था कि तुम मेरे पुत्र नहीं, आर्य वसुदेव के पुत्र हो। न देवी रोहिणी जानती थीं और न ही यशोदा जानती थी। फिर भी मैं इस तथ्य को विस्मृत किए बैठा था, जैसे तुम सदा के लिए हमारे साथ ही रहने वाले हो।"

"मैं तो सदा उनके ही साथ हूं बाबा, जो मेरे साथ रहना चाहते हैं।" कृष्ण हंसे, "मैं आपसे दूर हूं ही कहां।"

"ठीक कहते हो पुत्र।" नन्द बोले, "किन्तु यह तो स्पष्ट ही है कि तुम अब वृन्दावन में हमारे साथ नहीं रहोगे। एक तो अब तुम्हारा सारा काम ही मथुरा में है; और दूसरे मैं नहीं चाहूंगा कि तुम आर्य वसुदेव और देवी देवकी से दूर रहो। उन्होंने तुम्हारी बहुत प्रतीक्षा की है।"

"और माता यशोदा, बाबा?"

"यशोदा!" नन्द जैसे चिन्तित हो गए, "उसके विषय में मैं बहुत निश्चिन्त हो कर कुछ नहीं कह सकता। पर तुम मुझे बताओ कान्हा! जो लोग ईश्वर-दर्शन कर लेते हैं, कुछ समय तक उसके साथ रह लेते हैं, फिर उससे विलग हो जाते हैं; उसके पश्चात् उनका जीवन कैसा होता है? किसलिए होता है?"

"चतुराई कर रहे हैं बाबा! आप मेरे साथ।" कृष्ण हंसे।

"नटखट नन्दकिशोर के साथ चतुराई तो करनी ही होगी।"

"क्षणिक दर्शन तो जीवन-भर की तृष्णा और तड़प दे जाते हैं। फिर साधक विरह की पीड़ा में तड़पता है और सदा उसी के स्मरण में डूबा रहता है।" कृष्ण बोले, "किन्तु जो उन्हें हृदय में स्थापित कर लेता है, वह शान्त हो कर आनन्द में मग्न रहता है।"

"मुझे लगता है," नन्द बोले, "यशोदा भी अपने मन में तुम्हारा मन्दिर बना कर तुम्हारी पूजा-अर्चना करती रहेगी। यदि वह ऐसा नहीं कर सकी, तो तुम्हारे दर्शनों के लिए तड़पती रहेगी। क्या तुम चाहोगे कि वह तड़पे?"

"मैया शान्त रहेंगी।" कृष्ण ने कहा, "संसार का कोई सुख उन्हें लुभा नहीं

सकेगा। वे जब चाहेंगी, अपने मन में मुझे देख पाएंगी। यही कहा था मैंने विदा होते हुए कि मैया, मैं आंगन से जा रहा हूं, तुम्हारे मन से नहीं।"

"तो हम सब वृन्दावन में तुम्हारी प्रतीक्षा करते रहें?"

"प्रतीक्षा उसकी की जाती है, जो हमारे साथ नहीं होता।" कृष्ण ने अपनी माधुरी बिखेरी, "मैं तो आपके मन में हूं।"

"तुम यह तो नहीं चाहते कान्हा, कि मैं मथुरा में रुकूं? वृन्दावन में यशोदा, मथुरा से आने वाले मार्ग पर आंखें बिछाए बैठी होगी।" बहुत रोकने पर भी नन्द की आंखों में अश्रु आ ही गए।

"नहीं बाबा!" कृष्ण बोले, "मथुरा में रुकना आपके लिए दुखदायी होगा। यहां मुझे संघर्ष ही संघर्ष दिखाई दे रहा है। यादवों की कायरता दूर हो, इसके लिए उन्हें कुछ समय तक संघर्ष की चक्की में पिसना होगा। आप वृन्दावन में प्रकृति और अपनी गउवों के साथ शान्त जीवन व्यतीत करें। आप गउवों की चिन्ता करें, यादवों की चिन्ता हम दोनों भाई कर लेंगे।"

"और गोप सेना?"

"वह नारायणी सेना के रूप में हमारे साथ ही रहेगी।" कृष्ण बोले, "उसे भी बहुत काम करना हैं।"

"ठीक है। मेरे मन में भी सन्तोष रहेगा कि मैं तुम्हारी सहायत्ता के लिए किसी को तो छोड़ कर जा रहा हूं।" नन्द ने कहा, "मैं जाने से पहले आर्य वसुदेव से मिला चाहूंगा।"

"अवश्य।"

* * *

वसुदेव ने नन्द को अपनी भुजाओं में भर लिया, "मैं तुम्हारा ऋणी हूं नन्द। जाने उऋण कैसे हो सकूंगा।"

"ऋणी तो मैं हूं आर्य वसुदेव!" नन्द अपनी आंखों में अश्रु भर लाए, "आपका स्नेह तो मुझे सदा ही मिलता रहा है; किन्तु यह तो आप भी नहीं जानते कि कृष्ण को हमारी गोद में डाल कर आपने हमें जो सुख दिया है, उसकी तुलना किसी

सांसारिक सुख से नहीं हो सकती। आप न आए होते; आपने कृष्ण हमें न सौंपा होता तो अपनी कन्या को जन्म दे कर भी यशोदा ने क्या पाया होता? कन्या दो-चार दिन भी जीवित न रहती और यशोदा की गोद फिर सूनी की सूनी ही रह जाती। कृष्ण के आ जाने से गोकुल और वृन्दावन में इतने दिनों तक जिस अलौकिक सुख की गंगा बहती रही, जिसका भोग हम सब गोपालों ने किया है, वह तो संसार में किसी के लिए भी ईर्ष्या का विषय हो सकता है। उस लीला को देखने के लिए देवता भी तरसते होंगे। हम सबने तो उस लीला को देखा ही नहीं, उसमें भाग लिया है। हम उसके अंग रहे हैं। यह सब आपकी कृपा से ही तो हुआ। हम आपके ऋणी हैं आर्य वसुदेव!"

वसुदेव उस निष्कलुष भोले गोपाल को निर्निमेष देखते रहे...जिसके प्रति वे कृतज्ञ हैं कि उसने अपनी पुत्री दे कर भी उनके पुत्र के जीवन की रक्षा कर ली; जिसने उनके पुत्र को पालने के लिए हर प्रकार का संकट और जोखम झेला जिसने उनके पुत्र को अपने पुत्र के समान हृदय से लगाए रखा और उस पर अपना कोई अधिकार नहीं माना – वह नन्द उनके प्रति अपनी कृतज्ञता प्रकट कर रहा है।

"सच कहूं नन्द!" वसुदव का स्वर भी भावनापूर्ण हो गया था, "तुम मेरे मित्र ही नहीं हो, भाई भी नहीं हो। तुम तो मेरे प्रतिरूप ही हो। एक वसुदेव मथुरा में कारागार में बन्दी था, तो दूसरा वसुदेव गोकुल और वृन्दावन में अपने पुत्रों को पाल रहा था। कंस ने केवल एक ही वसुदेव को देखा, दूसरे को वह मूढ़ देख ही नहीं पाया। एक देवकी मथुरा में थी और दूसरी देवकी गोकुल में यशोदा का रूप धारण कर कृष्ण का पालन-पोषण कर रही थी। मैं तो महाविष्णु की इस लीला को ही समझ नहीं पा रहा हूं कि उसने कंस को भ्रम में रखने, और कृष्ण के लालन-पालन के लिए, पहले ही दो-दो माता-पिता संसार में भेज दिए थे। अब बोलो, कौन किसका ऋणी हो और कौन किसके प्रति कृतज्ञता प्रकट करे।...ऐसा सोचता हूं तो मन में आता है कि किस मुख से कहूं, कि अपना पुत्र हमें दे जाओ। क्या ऐसा नहीं हो सकता नन्द! कि हम सब एक साथ यहां मथुरा में रहें, ताकि कृष्ण का संग सबको प्राप्त रहे। किसी को उसका त्याग न करना पड़े।"

"यह सब आपकी उदारता ही है आर्य वसुदेव!" नन्द ने कहा, "आप आरम्भ से ऐसे ही रहे हैं। नहीं तो वसुदेव और नन्द एक-दूसरे के मित्र कैसे होते। मथुरा में अनेक ऐसे यादव श्रीमन्त हैं, जिनके गोकुल मथुरा के बाहर के वनों और ग्रामों

में हैं; किन्तु आज तक उनमें से कोई भी किसी ग्रामीण गोपाल को अपना मित्र नहीं कह पाया। आपको देख कर ही मैं समझ पाया कि कैसे निषादराज गुह भगवान राम को अपना मित्र कह पाया।...और जहां तक साथ रहने की बात है, जैसे गुह राम के साथ नहीं रह पाया, वैसे ही मैं भी आपके साथ नहीं रह सकता। मेरा वृन्दावन है, गउएं हैं, गोपालों का समाज है। मैं तो कल्पना भी नहीं कर सकता कि मैं और यशोदा यहां राज-प्रासाद में राजसी ढंग से कभी रह पाएंगे।"

"अब मैं किसी और के विषय में क्या कहूं मित्र।..."

"आप न कहिए, मैं ही आप से पूछता हूं।" नन्द ने अपने अश्रु पोंछ लिए, "वर्षों से मेरे मन में यह जिज्ञासा है कि कान्हा का जन्म हुआ और योगमाया ने आपको कारागार से निकलने का अवसर उपलब्ध करा दिया तो आप अपने नवजात पुत्र को ले कर उसकी सुरक्षा के लिए किसी शक्तिशाली राजा के पास क्यों नहीं गए? अपने किसी सगे सम्बन्धी के पास क्यों नहीं गए? देवी रोहिणी को सौंप कर उन्हें दोनों पुत्रों के साथ कहीं और चले जाने का आदेश क्यों नहीं दिया? कहीं भी और क्यों नहीं गए? आपका वह कौन-सा विश्वास था, जो आपको मेरे पास ले आया? आपने कैसे मान लिया कि कान्हा मेरे पास रहेगा तो वह सुरक्षित रहेगा? आप तो नहीं जानते थे कि उसी रात यशोदा ने एक कन्या को जन्म दिया है। आपको तो यह भी ज्ञात नहीं था कि यशोदा अचेत है और वह नहीं जानती कि उसने एक कन्या को जन्म दिया है।"

वसुदेव अपने सामने बैठे नन्द को देख भी रहे थे और नहीं भी देख रहे थे। वे वहां उपस्थित थे भी और नहीं भी थे। उनकी चेतना जाने किस-किस लोक में भ्रमण कर लौट आई थी।

"जो कुछ कहूंगा, उसे सत्य मानोगे?" वसुदेव बोले, "यह तो नहीं समझोगे कि मैं काल्पनिक कथाएं सुना रहा हूं?"

"मैं कल्पना भी नहीं कर सकता कि आप असत्य भी बोल सकते हैं। मेरे लिए आपकी जिह्वा से निकला प्रत्येक शब्द पूर्ण सत्य है।"

"तो मित्र! सत्य यह है कि जब मुझे यह आभास हुआ कि कारागार के द्वार पर ताला नहीं है और मैं अपने नवजात पुत्र को ले कर बाहर निकल सकता हूं; तो मेरे मन में कहीं दूर जाने का विचार ही नहीं आया। मैं इतना ही सोच सका

कि मैं मथुरा में ही किसी को अपना पुत्र सौंप दूं। सम्भव हो तो गर्गाचार्य के आश्रम तक ही चला जाऊ। किन्तु मेरा मस्तिष्क यह भी कह रहा था कि गर्गाचार्य के आश्रम में एक नवजात शिशु की उपस्थिति गुप्त नहीं रह पाएगी। उसकी सूचना कंस को मिल ही जाएगी। ऐसे में बालक का वध तो होगा ही, गर्गाचार्य भी जीवित नहीं रह पाएंगे। तब देवकी ने पूछा कि क्या यह सम्भव नहीं है कि शिशु को किसी प्रकार यमुना के उस पार पहुंचा दिया जाए? ऐसा नहीं है कि यमुना पार हो जाने के पश्चात् वह कंस की पहुंच से बाहर हो जाएगा; किन्तु वहां से कहीं और जाने के अनेक मार्ग थे।..."

"हां! मार्ग तो थे।"

"मैंने देवकी से कहा कि मैं इसे नन्द के पास पहुंचा आता हूं। नन्द अवसर देख कर स्वयं ही रोहिणी से परामर्श कर इसे कहीं दूर भेजने का प्रबन्ध कर देंगे।" वसुदेव बोले, "किन्तु बाहर निकल कर, जब मैंने वर्षा और यमुना मैया की बाढ़ को देखा तो समझ गया कि दूर जाना सम्भव नहीं है। तब भी मेरे मन में तुम्हारे पास जाने का ही विचार था। वर्षों से रोहिणी तुम्हारे संरक्षण में ही रह रही थी; और तुम्हें कभी कंस के भय ने विचलित नहीं किया था। मुझे विश्वास था कि तुम कृष्ण को किसी-न-किसी सुरक्षित स्थान पर पहुंचा ही दोगे।"

"आपके मन में किसी प्रकार का कोई संशय नहीं था?"

"मेरे मन में तो संशय नहीं ही था; किन्तु जब मैं यमुना की धारा में पहुंच गया, तो मेरी अपनी कोई इच्छा ही नहीं रह गई। न मेरा अपने शरीर पर कोई नियन्त्रण था और न यमुना की धारा पर। एक ओर वर्षा की बौछार थी और दूसरी ओर यमुना की धारा। दोनों ने मिल कर मेरी कोई इच्छा रहने ही नहीं दी। वे मुझे बलात् धकेल कर तुम्हारे ही द्वार पर ले गईं।...और जब तुमने योगमाया के जन्म और यशोदा के अचेत होने की बात कही, तो क्रमशः मेरा मन यह मानता गया कि यह मेरा निश्चय नहीं, प्रकृति का, मां योगमाया का आदेश था कि कृष्ण तुम्हारे घर में पले।...फिर तो यह समझो कि जो-जो महाविष्णु मुझसे करवाते गए, मैं करता गया।...और अब तो मैं यह भी कह सकता हूं कि मैं कृष्ण को तुम्हारे पास नहीं ले गया था, स्वयं कृष्ण ही मुझे धकेल कर तुम्हारे द्वार पर ले गया था। ऐसे में क्या तो मैं कहीं और जाता; और कहां किसी और पर विश्वास करता।"

"आपके मन में कभी यह भय भी नहीं जागा कि कहीं बात खुल गई तो मैं कंस की शक्ति के सामने कृष्ण की रक्षा नहीं कर पाऊंगा?"

"ऐसी आशंका पाल कर मैं करता भी क्या?" वसुदेव हंसे, "मैं कुछ कर तो सकता नहीं था। आरम्भ में तो मैं केवल इतना ही जानता था कि कृष्ण मेरे पास नहीं, तुम्हारे पास सुरक्षित है।...किन्तु जब समय व्यतीत होता गया और मैं कृष्ण के साहसपूर्ण कृत्यों के विषय में जानता गया तो समझ गया कि कृष्ण अपनी रक्षा स्वयं कर रहा है। वह अपनी ही नहीं हमारी रक्षा भी कर लेगा। वह तारणहार है। वह स्वयं जानता है कि वह कौन है। उसकी माया ने ही हमें सम्भ्रम में बन्दी कर रखा है। यह अनुभव करने के पश्चात् तो मुझे उसकी सुरक्षा की चिन्ता ही नहीं रही।"

"है न अद्भुत बात।" नन्द हंस पड़े, "आप यहां मथुरा में बन्दी होते हुए भी कान्हा की सुरक्षा की चिन्ता प्रभु पर डाल कर कुछ-कुछ निश्चिन्त हो गए; और मैं यदा-कदा चिन्ता के थपेड़ों से आहत होता रहा कि यदि कान्हा का कोई अनिष्ट होता है तो घर पर यशोदा को उत्तर देना ही कठिन था, आपको और देवी देवकी को क्या उत्तर दूंगा।...किन्तु अधिकांशतः तो उसकी लीलाओं में ही हम सब भूले रहे..."

"मैं समझता हूं कि मेरी आस्था ने ही मुझे इन सारे संकटों से लड़ने का साहस और धैर्य दिया...।"

"मुझे अब चलना चाहिए।" नन्द सहसा उठ खड़े हुए, "यशोदा चिन्ता कर रही होगी।"

"वृन्दावन से आने के पश्चात् यशोदा को कोई सन्देश भेजा या नहीं?"

"समाचार तो उसे सारे पहुंचा दिए हैं।" नन्द ने कहा, "फिर भी वह अकेली है वहां।"

"उसे कृष्ण का इस प्रकार हमारे पास चले आना, अच्छा तो नहीं लगेगा।" वसुदेव ने कहा।

नन्द पुनः बैठ गए, "सच कहें तो आर्य वसुदेव! हम सब लोग ही बहुत असमंजस में हैं। न तो हम यह चाहते हैं कि कान्हा हमसे दूर रहे। न हम यह

चाहते हैं कि आप लोग कान्हा से दूर रहें। न हम यह चाहते हैं कि कान्हा हमारे साथ गउवों को चराए, न हम यह चाहते हैं कि वह युद्धों का जोखम उठाए। पर किसी की सारी इच्छाएं तो पूरी नहीं होती न!"

"मेरा मन तो बार-बार यही कहता है कि तुम लोग – तुम और यशोदा – भी हमारे पास मथुरा में ही आ जाओ।"

नन्द हंस कर मौन रह गए। फिर धीरे से बोले, "अभी तो मथुरा में विपुल कोलाहल है; किन्तु इसे शान्त तो होना ही है। क्या यह सम्भव है कि उसके पश्चात् कभी आप लोग वृन्दावन में आएं। हमारे पास या अपने गोकुल में – जहां आपको सुविधा लगे...कुछ दिन हमारे निकट व्यतीत करें।"

"अवश्य। क्यों नहीं। उसी गोकुल में रोहिणी ने इतने वर्ष व्यतीत किए हैं।" वसुदेव बोले, "मैं भी चाहूंगा कि कुछ दिन मैं भी उस वातावरण में रहूं। देवकी भी देखे कि यमुना-तट कितना सुन्दर है। वन भयंकर भी होता है किन्तु ऋतुओं के अनुसार वह कितना सुहावना भी हो जाता है।..."

"कान्हा और राम भी साथ हों तो...।"

"आएंगे। सब आएंगे भाई! बस यहां का कोलाहल कुछ शान्त हो ले।" वसुदेव ने बहुत स्नेह से कहा।

59

उस सारी आपाधापी में बड़ी कठिनाई से वसुदेव और देवकी को कृष्ण से एकान्त में बात करने का अवसर मिला था। दोष भी किसको देते, जब से कृष्ण तथा बलराम मथुरा आए थे, घटनाओं का ऐसा अन्धड़ चला था कि अपने घर के भीतर भी एकान्त का मिलना कठिन हो गया था। वसुदेव की सारी पत्नियां मथुरा लौट आई थीं। पुत्र भी आ गए थे। सबको ही कुछ प्राप्त करने की तृष्णा थी। कुछ मिल जाने की आशा थी। वैसे भी वे सब लोग एक लम्बे समय के पश्चात् घर लौटे थे; और वह भी घर-वापसी की सारी आशाएं समाप्त हो जाने के पश्चात्। बहुत वंचित रहे थे सब लोग। अब अकस्मात् ही जैसे अद्भुत भाग्योदय का आभास होने लगा था। उत्सव का-सा परिवेश तो होना ही था।...और वैसे भी मथुरा में ऐसा कौन था, जिसे कृष्ण से कोई काम नहीं था, जिसे कृष्ण का सामीप्य नहीं चाहिए था। अब देवकी समझ रही थीं कि कृष्ण के वृन्दावन में रहते, जो समाचार वहां से आ रहे थे, उनका क्या अर्थ था। कृष्ण केवल एक शिशु, बालक, किशोर या तरुण नहीं, साकार पुंजीभूत आकर्षण था। उससे मिलने के लिए, जिस प्रकार आत्मा तड़पती थी, उसका वे प्रत्यक्ष अनुभव कर रही थीं। वस्त्र ही नहीं, आत्मा तो शरीर को भी परे फेंक, कृष्ण का आलिंगन करने के लिए खिंचती चली जाती थी। उस दुर्वार आकर्षण का प्रतिकार मनुष्य के लिए तो सम्भव था ही नहीं। वह कदाचित् यह दिखाने के लिए ही धरती पर आया था कि दिव्य सौन्दर्य कैसा होता है, प्रभु की निकटता का आनन्द कैसा होता है।...

बलराम में चाहे वैसा आकर्षण न हो; किन्तु देवकी को वे कम प्रिय नहीं थे। देवकी के मन में अपने दोनों ही पुत्रों से मिलने का अति उत्साह था; किन्तु यह तो उन्होंने घर में प्रवेश करते ही देख लिया था कि अपनी सारी सद्भावनाओं के

होते हुए भी, बलराम के सन्दर्भ में रोहिणी न केवल अत्यन्त स्वत्वाग्रही थीं, उतनी ही आशंकित भी थीं। किसी प्रकार का कोई समझौता करना, कदाचित् उनके लिए सम्भव ही नहीं था। हां, कृष्ण को एक प्रकार से उन्होंने मुक्त ही रखा था। वृन्दावन में भी तो वह उनका नहीं, यशोदा का पुत्र था।

इस समय उस नाव में वे तीनों ही थे। कृष्ण ही उन्हें यमुना में नौका-विहार के बहाने घर से निकाल लाए थे।

वसुदेव की अपनी चिन्ताओं का कोई अन्त नहीं था; किन्तु इस समय वे केवल कृष्ण से मिलना चाहते थे।

"मुझे बताओ कृष्ण!" वसुदेव बोले, "क्या ब्रह्म मनुष्य के रूप में इस धरती पर आता है? आ सकता है?"

"पिताजी! आपका यह पुत्र वृन्दावन में गऊवों और गोपों के साथ पला है। कभी किसी गुरु के पास नहीं गया, किसी प्रकार की कोई शिक्षा नहीं पाई..."

"जानता हूं।" वसुदेव बोले, "मेरा वास्तविक प्रश्न तो यह था कि हमारी पीड़ा ने तुम्हें आने को बाध्य किया है, अथवा तुम्हें आना ही था?"

"आप मुझे अपना एक गोपाल पुत्र ही क्यों नहीं समझ सकते? न हो तो वृन्दावन का एक चरवाहा ही मान लें।"

"समझ लेता, यदि तुम गोकुल और वृन्दावन में वह सब न करते, जो तुमने किया। कंस का वध करने न आते, उसके भय से अपने माता-पिता को कारागार में छोड़ कर कहीं, किसी अज्ञात स्थान की ओर भाग जाते, कहीं विलुप्त हो जाते।"

"वह सब ठीक है; किन्तु आप मुझे अपना पुत्र ही समझें...। मैं वसुदेव का पुत्र वासुदेव ही हूं।"

"वही समझ रहा हूं – वासुदेव! फिर भी जगत और जीवन की चर्चा तो हम कर ही सकते हैं।"

"हां! कर तो सकते हैं।"

"तो बताओ, ब्रह्म कभी मानव शरीर धारण कर धरती पर आ सकता है?"

"योगमाया ने, कहिए ब्रह्म की कारयित्री शक्ति ने, त्रिगुणात्मक प्रकृति ने, सृष्टि के लिए ऋत् का नियम बनाया है।" कृष्ण का रूप कुछ और दिव्य हो आया था,

"सृष्टि उस नियम का उल्लंघन नहीं कर सकती। उस नियम के अन्तर्गत त्रिगुणात्मक प्रकृति अनेक लीलाएं करती है; किन्तु शासन तो ऋत् का ही है।"

"सत्य का नहीं?" देवकी ने पूछा।

"नियम के धरातल पर जो ऋत् है मां! वाणी के धरातल पर वही सत्य है; और आचरण के धरातल पर वही धर्म है। इसलिए कहा गया कि सत्यमेव जयते। इसीलिए कहा गया कि जहां धर्म है, वहीं जय है; क्योंकि नियम तो ऋत् का ही है। उसके विरुद्ध जा कर कोई कुछ नहीं कर सकता। अतः यदि कभी कोई ऐसी स्थिति आ जाए कि धर्म का पक्ष निर्बल हो जाए, तमोन्मुख रजोगुण बढ़ जाए और मनुष्य का सारा पुरुषार्थ व्यर्थ होता दिखे, तो ऋत् को हस्तक्षेप करना पड़ता है। उसे स्वयं सत्य और धर्म के रूप में धरती पर उतरना पडता है; क्योंकि अधर्म इस सृष्टि का पालन नहीं कर सकता और शासन तो ऋत् का ही है।"

"तो इसलिए तुम आए।" देवकी ने कहा।

"नहीं मां!" कृष्ण बोले, "बात मेरे आने की नहीं है!। हम एक सिद्धान्त की चर्चा कर रहे हैं।"

"यह है ब्रह्म के मनुष्य बनने की चर्चा।" वसुदेव बोले, "पर मनुष्य भी ब्रह्म बन सकता है क्या?"

"हृदय की सम्पूर्ण ग्रन्थियां भली-भांति खुल जाती हैं, तब वह मरणधर्मा मनुष्य इसी शरीर में अमर हो जाता है।" कृष्ण बोले, "ऋषि ने कहा है न, 'यदा सर्वे प्रभिद्यन्ते हृदस्येह ग्रन्थयः। अथ मर्त्यो अमृतो भवति एतावत् हि अनुशासनम्।।"

"किन्तु मनुष्य उसे पाता कब है?" वसुदेव ने पूछा।

"जब दृढ़ निश्चय हो जाता है कि परब्रह्म परमेश्वर अवश्य हैं; और वे निश्चय ही मिलते हैं। तब वह इस शरीर में रहते हुए ही परमात्मा का साक्षात् कर, अमर हो जाता है। जब साधक के हृदय मे सारी कामनाएं तिरोहित हो जाती हैं, तब वह सदा का मरणधर्मा भी अमर हो जाता है।" कृष्ण बोले।

"तुम मुझे बताओ पुत्र!" सहसा देवकी ने विषय बदल दिया, "कि तुम्हारे पिता ने मथुरा का राज्य त्याग कर अच्छा किया क्या? क्या यह सिंहासन तुम्हें नहीं मिलना चाहिए था? या ये स्वयं भी तो इस सिंहासन को स्वीकार कर सकते थे। हम पहले भी पराधीन थे; अब हम पुनः पराधीन नहीं हो गए क्या?"

"राज्य तो इस संसार में लाखों मनुष्या ने किया है मां! और आगे भी करते रहेंगे।" कृष्ण के अधरों पर एक अत्यन्त मधुर मुस्कान आ विराजी, "किन्तु कृष्ण को आजतक कितनी माताओं ने जन्म दिया है? और मां! पिताजी सिंहासन पर बैठ जाते तो उनके पुत्रों में से किस-किस के मन में युवराज बनने की इच्छा जागती, इस विषय में भी आपको विचार करना चाहिए। यह तो आपने देख ही लिया है कि राज्य की इच्छा मनुष्य को कंस बना देती है। आप चाहेंगी कि आपके पुत्रों में से किसी को कंस बनने का प्रलोभन प्राप्त हो।"

"राज्य के लिए, क्या तुम्हारे भी सन्दर्भ में कंस बनने की सम्भावना है?" देवकी ने पूछा।

"मेरे पास बहुत सारे काम हैं मां! मैं मथुरा तो क्या, कहीं के सिंहासन के साथ स्वयं को बांध नहीं सकता।" कृष्ण हंसे, "अच्छा यह बताइए कि एक व्यक्ति के पास एक नीलखा हार हो और दस्यु उसे छीन लें। फिर राजपुरुष उस दस्यु को मार कर हार वापस ले आएं तो हार किसका है?"

"हार के स्वामी का।" देवकी ने तत्काल उत्तर दिया, "इसमें सोचना क्या है?"

"वह व्यक्ति तात उग्रसेन हैं। मथुरा का राज्य, नीलखा हार है। कंस दस्यु है। मैं वह राजपुरुष हूं, जिसने दस्यु को मारा है, तो राज्य मेरा कैसे हो गया? वह उसके स्वामी, मातामह महाराज उग्रसेन का क्यों नहीं है?"

देवकी ने तत्काल कोई उत्तर नहीं दिया।

"राज्य किसका है मां?"

"राज्य तो तात उग्रसेन का ही है।" अन्ततः वे बोलीं।

"वस्तुतः राज्य तो प्रजा का ही है, राजा तो केवल अपने राज-धर्म का पालन करता है।" कृष्ण बोले, "पिताजी! सिंहासन पर कोई बैठे, किन्तु हम राजनीति से उदासीन नहीं हो सकते।"

"पुत्र! राजनीति से न तो हम विमुख हैं और न हो सकते हैं।" वसुदेव बोले, "मैं देख पा रहा हूं कि राजगृह में कैसी हलचल हो रही होगी। घर-घर में शस्त्रों का निर्माण हो रहा होगा और सेनाएं शस्त्र-सज्जित हो रही होंगी। संसार के सारे पशु-हाटों में से वे अश्व और गज क्रय कर रहे होंगे, युद्ध के लिए प्रस्थान की

तैयारी कर रहे होंगे; और हमारी मथुरा में केवल एक ही चर्चा है कि सिंहासन पर कौन बैठे और क्यों बैठे।"

"यही तो अन्तर है, उनमें और हम में।" कृष्ण बोले, "उनकी दृष्टि राज्य के विस्तार पर है, चाहे वह किसी प्रकार भी हो। धर्म से, अधर्म से, न्याय से, अन्याय से, जीत कर, छीन कर, मांग कर, कैसे भी हो – राज्य का विस्तार होना चाहिए। उनके सिवाय और कोई राजा न हो, किसी के पास राजसत्ता न हो। यह राक्षसी चिन्तन है पिताजी! और हमारा उनसे ही सामना है। इसलिए हमें सिंहासन हथियाने का उपक्रम नहीं करना है, दुष्ट-दलन की तैयारी करनी है। मानवता को उसका अधिकार दिलाना है। धर्म की स्थापना करनी है। हमें स्वयं को धर्म का सैनिक बनाना है। धर्म छूटते ही मनुष्य राक्षस हो जाता है; और यदि उसकी संघर्ष की प्रवृत्ति छूट जाए तो वह दास हो जाता है। मथुरावासी अपने कृत्यों से कंस के दास हो गए थे। यह तो आप दोनों का संघर्ष ही था, जिसके पुण्य से मथुरा कंस से मुक्त हुई है।"

वसुदेव हंस पड़े।

"क्या हुआ पिताजी!"

"एक घटना स्मरण हो आई है पुत्र!" वसुदेव बोले, "तुम्हारे सबसे बड़े भाई कीर्तिमान का जन्म होने वाला था। हम उसके जीवन को बचाने के लिए छटपटा रहे थे। उसी प्रयत्न में मैं गर्गाचार्य के आश्रम में पहुंचा था। जब उन्होंने भी एक प्रकार से हताश कर दिया तो मैंने उनसे पूछा था कि क्या मैं भी कंस हो जाऊं। चला जाऊं उसी के पाले में? तो वे हंस पड़े थे।"

"क्यों?"

"उन्होंने कहा था कि इस समस्या का समाधान अब प्रभु ने अपने हाथ में ले लिया है। मैं चाहूं भी तो न मर सकता हूं, न कंस बन सकता हूं, न कंस के पक्ष में खड़ा हो सकता हूं। मेरे लिए संघर्ष के अतिरिक्त और कोई उपाय ही नहीं था; क्योंकि मेरे माध्यम से संघर्ष तो वह स्वयं ही कर रहा है। तो मैं इस संघर्ष का श्रेय स्वयं कैसे ले सकता हूं।"

कृष्ण मुस्कुराए; किन्तु कुछ बोले नहीं। देवकी उन पिता-पुत्र को देखती रह गईं।

60

रात काफ़ी गहरा गई थी, किन्तु वसुदेव के परिवार में आज किसी को नींद नहीं आ रही थी।

वे लोग प्रासाद के सबसे बड़े कक्ष में एकत्रित थे – स्वयं वसुदेव, उनकी सारी पत्नियां, सारे पुत्र। परिवार से बाहर का कोई व्यक्ति नहीं था। यहां तक कि देवक भी नहीं।

वसुदेव ने एक बार सबको देखा, "क्या बात है? यह तो कोई औपचारिक सभा लग रही है।"

"सभा ही समझिए पिताजी!" गद ने कहा, "आपकी अनुपस्थिति में भी हमने कुछ चर्चा की है। अब हम चाहते हैं कि हमारी यह चर्चा पारिवारिक हो। सब लोग इस विषय में जानें और सब सोचें।"

"अच्छी बात है। सामूहिक चिन्तन तो विकास का सर्वश्रेष्ठ मार्ग है।"

गद ने सारण की ओर देखा।

"पिछले लगभग बीस वर्षों में हमारे परिवार ने बहुत कष्ट झेले हैं, बहुत संघर्ष किया है और बहुत क्षति हुई है हमारी।" सारण ने कहा।

"ठीक कह रहे हो।"

"मैं कह सकता हूं कि मथुरा को कंस से मुक्त करने के लिए हमने बहुत बलिदान किया है..."

"तुमने?" वसुदेव के स्वर में कुछ वक्रता आ गई थी।

"मैंने नहीं, हमारे परिवार ने।"

"तो?"

"अब मथुरा को कंस से मुक्ति मिल गई है। अतः हमारे परिवार को पुरस्कृत न भी किया जाए, तो भी हमारी क्षतिपूर्ति की जानी चाहिए।" सारण ने कहा।

"कैसे होगी वह क्षतिपूर्ति – तुम्हारे जिन भाइयों की कंस ने हत्या की, वे जीवित हो जाएंगे क्या?" वसुदेव ने उसकी ओर देखा, "मैं और देवकी जितने समय के लिए कारागार में रहे, हमारे जीवन के वे सार्थक वर्ष कोई हमें लौटा देगा क्या? कृष्ण और बलराम के जो वर्ष गोपालों के रूप में व्यतीत हुए, उनकी भरपाई कोई कर देगा क्या?..."

"नहीं। हम वह नहीं कह रहे।" सुभद्र ने कहा।

"तो क्या कह रहे हो तुम? अपने उस बलिदान का मूल्य मांग रहे हो, जो तुमने किया ही नहीं।"

"चलिए, मैंने बलिदान नहीं किया; मेरे माता-पिता ने किया, मेरे भाइयों ने किया, मेरे परिवार ने किया।" सारण बोला।

"तुमने कोई बलिदान नहीं किया।" वसुदेव का स्वर बहुत स्थिर था, "जिन्होंने किया, उन्होंने वह किसी पुरस्कार के लिए नहीं किया। हम अपनी मातृभूमि की सेवा, अपने समाज की सेवा, किसी पुरस्कार के लिए नहीं करते। अपनी धरती के लिए रक्त बहाना हमारा धर्म है। जो अपने धर्म का निर्वाह करते हैं, वे किसी पर कृपा नहीं करते; किन्तु जो अपने धर्म का पालन नहीं करते, वे पाप के भागी अवश्य हैं।"

"आप ठीक कह रहे हैं, पिताजी!" गद ने कहा, "हम भी कोई पुरस्कार नहीं मांग रहे। हमारा कहना तो इतना ही है कि अपने देश के लिए बलिदान हमने दिया है, उसकी पीड़ा हम समझते हैं; अतः उसका शासन हमारे हाथों में होना चाहिए। मैं अपने लिए कुछ नहीं मांग रहा। हम सबकी इच्छा इतनी ही थी कि मथुरा के सिंहासन पर आप सुशोभित होते। किसी कारण से वह आपको उचित नहीं लगता था तो अपने किसी पुत्र को सिंहासन दे देते। वह भी स्वीकार्य न हो, तो मातामह देवक को वह पद् दे देते। कम से कम कंस के पिता को मथुरा का राज्य लौटा देना तो अधर्म को पुनः निमन्त्रित करना हुआ।"

वसुदेव ने कृष्ण की ओर देखा। स्पष्ट था कि कृष्ण कुछ भी कहने नहीं जा रहे थे। और पहली बार वसुदेव के मन को यह बोध हुआ था कि कृष्ण अपने सारे भाइयों में सबसे छोटे थे।

उनकी आंखें कुछ कठोर हो उठीं, "यदि हम अपनी मातृभूमि की, अपने देश की पीड़ा समझते हैं तो हमें अपना स्वार्थ देखना चाहिए या देश का हित?"

"निश्चित् रूप से देश का हित।"

"तो सोचो कि देश का हित किसमें है? जब देश का नवनिर्माण करना है, जब अपने छोटे-बड़े असंख्य, भीतरी और बाहरी शत्रुओं से निबटना है, तो हम अपने देश से अपने बलिदान का मूल्य मांगेंगे? मथुरा के ही लोगों को बांटेंगे? अपने ही लोगों को अपने लोगों के विरुद्ध खड़ा करेंगे? ताकि देश बंट जाए, पराजित हो जाए? फिर से विदेशी विधर्मी शक्तियों का दास हो जाए? मैंने सिंहासन छोड़ा, ताकि अक्रूर, सत्राजित, कृतवर्मा और प्रद्योत – मुझसे और मेरे पुत्रों से नहीं, जरासन्ध, कालयवन और बाणासुर से युद्ध करें। तुम कहते हो कि मैं अपने पुत्रों में से किसी को सिंहासन दे देता।"

वे रुके, "यदि मैं कृष्ण को सिंहासन पर बैठा देता तो तुम गद, सारण तुम, या ये तुम्हारे भाई कृष्ण को राज्य दे कर प्रसन्न होते? तुम यह न कहते कि तुम उससे बड़े हो, अतः तुम्हारा अधिकार पहले है? तुम न कहते तो तुम्हारी माताएं कहतीं। तात देवक की बात कर रहे हो, उन्हें सिंहासन दे दिया होता तो तुम लोग आज उनके सामने युवराज की मांग ले कर धरना दिए बैठे होते। पुत्रो! देश के हित में अपना हित देखना सीखो। देश सुरक्षित नहीं है, तो हममें से कोई सुरक्षित नहीं है। देश इसलिए नहीं होता कि हम उससे अपना सुख मांगें। देश इसलिए होता है कि हम अपना रक्त पिला कर उसे समृद्ध करें, ताकि हम और हमारी आने वाली पीढ़ियां समृद्ध हों।"

"तो पिताजी! फिर आप राजनीति छोड़ दीजिए।" सारण ने कुछ कटु स्वर में कहा, "आप गर्गाचार्य के आश्रम चले जाइए और कुछ पुण्य अर्जित करने का प्रयत्न कीजिए।"

"गर्गाचार्य उपहास के पात्र नहीं हैं। उनकी सारी आध्यात्मिक तपस्या इस देश के लिए ही है पुत्र!" वसुदेव ने कहा, "मैं उनके आश्रम में जा कर रहा नहीं, किन्तु

मैंने भी कम साधना नहीं की है। मैंने साधना की, किन्तु ईश्वर से उनके दर्शन नहीं मांगे, अपने लिए मोक्ष भी नहीं मांगा।"

"तो फिर क्या मांगा?" गद की मुस्कान कुछ वक्र हो गई थी, "कारागार?"

"मैंने याचना की कि प्रभु आओ, इस पृथ्वी पर आओ; और मेरे देश के शत्रुओं का नाश करो। अपने भक्तों के हाथ में खड़ताल और मंजीरे के स्थान पर युद्धास्त्र दो। कोई शस्त्र दो। उन्हें अपना रक्त बहाना सिखाओ। मेरा देश देवों के अधिकार में हो, दानवों के नहीं। कोई सात्त्विक पुरुष यह नहीं चाहेगा कि विदेशी और विधर्मी राक्षस, उसके देश को अपने पैरों तले रौंदते रहें; और वह ईश्वर के दर्शन कर, प्रसन्न होता रहे। गर्गाचार्य हों अथवा अन्य कोई ऋषि – वे प्रभु से अपने देश के कल्याण का वरदान मांगते हैं, देश का शासन नहीं। तुम भी देश का सुख साधो, शासन का अधिकार नहीं।"

"तो आप भी ऋषि हो गए हैं?"

"बस सारण! बस!" सहसा कृष्ण बोले, "तुम अभी पीड़ा की बात कर रहे थे, अपने परिवार की पीड़ा की। तुम तो अपने पिता की पीड़ा भी नहीं समझते, देश की पीड़ा क्या समझोगे। मथुरा का सबसे बड़ा अभिशाप यही था कि यहां के महान् नागरिक आत्मकेन्द्रित रहे, अपना मूर्ख स्वार्थ साधते रहे। वे व्यक्ति के रूप में जिए, देश अथवा समाज के रूप में नहीं। यदि यादवों ने उग्रसेन की पीड़ा को भी मथुरा की पीड़ा माना होता, तो हमारे छह भाई इस प्रकार न मारे जाते, हमारे परिवार को तिनकों के समान सारी धरती पर बिखरना नहीं पड़ता, हमारे माता-पिता को कारागार की यातनाएं न सहनी पड़तीं।"

"तो अब क्या करें हम? मथुरा सौंप दें जरासन्ध को?"

"इस समय मथुरा पर बहुत बड़ा संकट मंडरा रहा है..."

"तुम्हारे ही कारण तो!"

कृष्ण हंस पड़े, "सच कहा तुमने। न मैंने कंस को मारा होता, न जरासन्ध यादवों से रुष्ट होता। न हमारे माता-पिता कारागार से मुक्त होते, न तुम सब मथुरा में लौटते। तुम लोग वनों और पराए नगरों में भटकते रहते, कंस मथुरा पर शासन करता रहता और अपनी इच्छानुसार निर्दोष लोगों का वध करता रहता।

हमारे माता-पिता हथकड़ी-बेड़ी से सुशोभित कारागार में पड़े रहते। अपराध किया मैंने, कंस को मार दिया और तुम लोग राज्य के लोभ में मथुरा लौट आए।"

इस बार बलराम उठे, "तो तुम लोग समझते हो कि कंस को मार कर हम लोगों ने कोई अपराध किया है?"

किसी ने कुछ नहीं कहा।

बलराम ने अपने भाइयों की ओर देखा, "यदि हमने कंस और उसके भाइयों को मार कर कोई अपराध किया है, तो उसका दंड भी हम ही भुगतेंगे। मैं आप लोगों से केवल इतना ही पूछना चाहता हूं कि आप लोग किस बात का पुरस्कार मांगने के लिए यहां एकत्रित हुए हैं? भाग जाइए। सब भाग जाइए। जहां-जहां से आए हैं, वहीं वापस लौट जाइए। मथुरा में दो अपराधी आए हैं। उन्होंने भयंकर अपराध किया है और अभी उनकी योजना कुछ और अपराध करने की भी है। उनके अपराध कहीं आप लोगों को भी लपेट न लें। समय रहते भाग जाइए। सुरक्षित स्थानों में पहुंच कर कहीं छिप जाइए।"

"यह तुम क्या कह रहे हो बलराम!" रोहिणी बोलीं, "कहीं अपने भाइयों को भी ऐसी बातें कही जाती हैं?"

"नहीं मां! हमने तो यही सीखा था कि भाइयों को ऐसी बातें नहीं कही जातीं, पर मथुरा की रीति कुछ और ही है।" बलराम ने कुछ आवेश में कहा, "आप सुन ही रही हैं, यहां बड़े भाई, अपने छोटे भाइयों को कैसी बातें कहते हैं। जिसे सारा संसार आज 'तारणहार' और 'त्राता' कह रहा है, उसे हमारे ये बड़े भाई 'अपराधी' बता रहे हैं। इतना तो हुआ नहीं कि अपने छोटे भाइयों से कहते कि 'तुम आजतक अकेले थे, अब हम भी आ गए हैं। अब हम सब मिल कर अपनी सम्मिलित और सामूहिक शक्ति से अपने विरोधियों से युद्ध करेंगे।' ये लोग बड़े भाई के समान हमारी पीठ पर हाथ नहीं रख रहे। कह रहे हैं कि हमने कंस को मार कर अपराध किया है, इसलिए मथुरा का सिंहासन इनको देकर, हम मथुरा से कहीं दूर चले जाएं।"

"नहीं बलराम! तुम्हारे भाई, ऐसा कुछ नहीं कह रहे।"

"वे पिताजी का भी उपहास कर रहे हैं।" बलराम बोले, "आप कह रही हैं, ये मेरे भाई हैं, इसलिए असमंजस में हूं, नहीं तो इन्हें कंस के भाई मान लेता।

आप मेरी ही नहीं, इनकी भी माता हैं, इसलिए अब या तो इन्हें कहिए कि ये चुप हो जाएं, या फिर आप अपने कक्ष में जाएं और हमें यहां स्वतन्त्र रूप से निर्णय कर लेने दें। मेरे कान्हा से कुछ अटपट बोलेंगे तो फिर मैं भी कुछ लटपट कर बैठूंगा।"

"नहीं। कोई न तुम्हारे कान्हा को दोषी ठहराएगा, न तुम्हारे पिता का उपहास करेगा।" रोहिणी ने आश्वस्त किया।

"मैं तो केवल एक ही बात कह रहा हूं मां!" बलराम का क्रोध शान्त नहीं हो रहा था, "या तो इन सबको संभालिए, या फिर मुझे भी मत रोकिए।"

"मैं समझता हूं बलराम! इनके मन में लोभ भी है और भय भी।" वसुदेव ने कहा, "ये लोग यह तो चाहते हैं कि मथुरा का राज्य इनको मिल जाए; किन्तु उसके संकटों का सामना करने का साहस इनमें नहीं है। ये कृष्ण को कंस के वध का दोषी बता रहे हैं, जैसे पापी को मारना भी अपराध हो। इन्हें कंस का मरना दिखाई दे रहा है, मेरे छह पुत्रों का मरना नहीं। इन्हें एक राक्षस का मरना दिखाई देता है, असंख्य मनुष्यों का नहीं। राक्षस मनुष्य का वध करता है; और उसे अपना अधिकार मानता है। उससे पूछा जाए कि मनुष्य का वध क्यों किया तो उसका उत्तर होता है कि वह मनुष्य के वध को अपराध नहीं मानता। वह पुनः मनुष्यों का वध करेगा। उसे वह अच्छा लगता है। मनुष्य होते किसलिए हैं। मैं नहीं जानता था कि मेरे इन पुत्रों ने भी राक्षसों का यह अधिकार स्वीकार कर लिया है। इन्होंने भी सिद्धान्ततः स्वीकार कर लिया है कि ईश्वर ने मनुष्य को इसीलिए उत्पन्न किया है कि राक्षस उसे मार सकें।"

"नहीं पिताजी! मैंने ऐसा कुछ नहीं कहा।" सारण ने दबे से स्वर में कहा।

"कहा नहीं तो क्या हुआ। मानते तो यही हो।" वसुदेव ने कहा, "तुम लोग मुझे भी अपराधी घोषित कर सकते हो कि मैंने कंस के हाथों देवकी का वध क्यों नहीं होने दिया। मैंने देवकी को मर जाने दिया होता तो न कृष्ण का जन्म होता, न वह कंस का नाश करता।"

"हममें से किसी ने ऐसा कुछ नहीं कहा।" सुभद्र ने कहा।

"देखो पुत्रो! मैं एक बात तुम लोगों से कहना चाहता हूं।" वसुदेव बोले।

"कहिए।"

"न तो शत्रु को सामने देखते हुए भी आंखें बन्द कर लेने का कोई औचित्य है; और न शत्रु को मित्र मानने का। तुम कहोगे कि तुमने ऐसा कुछ नहीं कहा; किन्तु कह तो तुम रहे ही हो, समझ नहीं रहे हो। कृष्ण के कारण मथुरा पर संकट नहीं आया है, कृष्ण ने मथुरा को जगाया है और बताया है कि मथुरा के कंठ पर अब तक कंस जैसे राक्षस का पद् था, जिसे वह जब चाहता था, दबा देता था। किसी का वध हो जाता था तो मथुरावासी मान लेते थे कि किसी और का वध हुआ, उनका तो नहीं हुआ। किसी स्त्री के साथ बलात्कार होता था तो वे यह सोच कर सन्तोष कर लेते थे कि उनके परिवार की स्त्रियां तो सुरक्षित हैं न! कंस मेरे पुत्रों के प्राण लेता रहा और माथुर यह मानते रहे कि वसुदेव के पुत्र मर रहे हैं, उनके पुत्र तो सुरक्षित हैं न! उन्होंने कभी यह नहीं सोचा कि वसुदेव का वर्तमान उनका भविष्य है। उनके ही समान आज तुम सोच रहे हो कि यदि तुम कृष्ण और बलराम को जरासन्ध को सौंप दोगे, तो तुम्हारा भविष्य सुरक्षित हो जाएगा। जरासन्ध तुम्हें कुछ नहीं कहेगा। तुम्हारे दो भाई कम हो जाएंगे तो क्या शेष तो सुरक्षित हो जाएंगे। ऐसा नहीं है मेरे पुत्रो! मेरे पुत्रों का वध हुआ तो मथुरा में किसी को पीड़ा नहीं हुई; किन्तु एक कंस मारा गया तो सारा जरासन्ध-मंडल हिल्लोलित हो उठा है। घटना मथुरा में घटी है और राजगृह में भूचाल आ गया है। हमारी सूचनाओं के अनुसार, जरासन्ध ही नहीं कालयवन भी तिलमिला रहा है। वे संगठित हैं, आक्रामक हैं। अपने विशेषाधिकारों के प्रति आग्रही हैं। स्वयं को संसार के सारे मानवीय नियमों से मुक्त और उच्चतर मानते हैं। और तुम लोग उनके इन अधिकारों को चुनौती देने वाले कृष्ण और बलराम को दोषी ठहरा रहे हो।"

"आप हमें व्यर्थ कलंकित कर रहे हैं। हमने ऐसा कुछ नहीं कहा है।" गद बहुत समय के पश्चात् बोला था।

"माता प्रकृति ने यह संसार भेड़ों के रहने के लिए नहीं बनाया है मेरे पुत्रो! जीना है तो सिंहों के समान जियो। सम्मान और अधिकार के साथ जियो। शत्रु को पहचानना सीखो। शत्रु और मित्र का भेद करना सीखो। शत्रु के साथ शत्रु का-सा व्यवहार करो। अपने सुहृदों के शत्रु, और शत्रुओं के सुहृद बन कर तुम नहीं जी सकते।"

"हम ऐसा कुछ भी सोच नहीं रहे हैं पिताजी! और न ही ऐसा कुछ कह रहे।..." सारण ने कुछ कहने का प्रयत्न किया।

"तो फिर निजी महत्त्वाकांक्षाओं को छोड़ो और महत् आकांक्षाओं के लिए संघर्ष करने का संकल्प करो।" वसुदेव बोले, "अपने लिए राज्य की नहीं, देश के लिए शक्ति की कामना करो। अपने छोटे भाइयों के साथ चट्टान के समान खड़े हो जाओ। आने दो जरासन्ध को, आने दो कालयवन को। अपना शौर्य प्रकट किए बिना तुम केसी से कोई सम्मान नहीं पा सकते, न अपने अधिकार ही पा सकते हो।"

"तो फिर आपने ऐसी स्थिति में उग्रसेन जैसे निर्बल और वृद्ध व्यक्ति को राजा क्यों बना दिया?"

"नहीं समझे?"

"इन्हें मैं समझाता हूं पिताजी!" कृष्ण बोले, "देखो मेरे भाइयो, राजा का स्वयं शस्त्र ले कर युद्धक्षेत्र में लड़ना आवश्यक नहीं है। किन्तु संघर्ष का संकल्प आवश्यक है। राजनीतिक दृढ़ मति आवश्यक है। रण-शक्ति से अधिक महत्त्वपूर्ण रणेच्छा है। आप मेरा विश्वास करें, इस समय जरासन्ध के विरुद्ध संघर्ष के लिए, मातामह उग्रसेन से अधिक दृढ़ और कोई नहीं होगा। वे दृढ़ राजनीतिक नेतृत्व और संकल्प के केन्द्र हैं। भूमि पर युद्ध तो हमें लड़ना है। इस समय मथुरा के यादव सामन्तों में से कोई भी कुछ ले-दे कर जरासन्ध से सन्धि कर सकता है। कृष्ण, बलराम और उनके माता-पिता को बांध कर, जरासन्ध को सौंप सकता है। यदि कोई ऐसा नहीं कर सकता, तो वे हैं महाराज उग्रसेन। आप लोग जानते ही होंगे कि जरासन्ध के ही परामर्श और बल पर कंस ने उग्रसेन को बन्दी किया था और कारागार को उनका घर बना दिया था। आप महाराज उग्रसेन को हटा दें, तो देखेंगे कि यादवों के पास शक्ति भी है, योद्धा भी हैं, शस्त्र भी हैं; किन्तु नहीं है तो नीति नहीं है, राजनीतिक दृढ़ मति नहीं है, राजनीतिक आकांक्षा नहीं है, अपने सम्मान के लिए लड़ मरने का उन्माद नहीं है। पिताजी ने उग्रसेन को राजा बना कर यादवों को बिखरने से भी बचाया है और संघर्ष के लिए उचित नेतृत्व भी दिया है। अब बोलो, क्या कहते हो?"

"एक बात और है मेरे बच्चो!" वसुदेव बोले, "बाहरी आक्रमण से आप तभी तक लड़ सकते हैं, जब तक देश के भीतर बाहरी शत्रुओं के सहायक न हों। अतः

पहले भीतरी शत्रुओं से निबटना पड़ता है। मैंने धर्माधिकारी के रूप में मथुरा की दंडशक्ति को ग्रहण किया है। मैं तुम्हें विश्वास दिलाता हूं कि मैं किसी भी देशद्रोही और राष्ट्र-शत्रु को जीवित नहीं रहने दूंगा। मेरे विधान में देशद्रहियों और राष्ट्रशत्रुओं के लिए एक ही दंड है – मृत्युदंड। तुम बाहर वालों को संभालो, मैं भीतर वालों से निबटूंगा। हम मथुरा में ही नहीं, इस सारे जम्बूद्वीप में धर्म की स्थापना का लक्ष्य ले कर चलेंगे।"

"मैं पिताजी से सहमत हूं।" कृष्ण बोले, "और वचन देता हूं कि धर्म-नीति और राष्ट्र-नीति को एक ही मान कर, शत्रुओं से युद्ध करूंगा और पृथ्वी पर धर्म-स्थापना के लक्ष्य से दुष्ट-दलन हमारा प्रथम कर्तव्य होगा।

"क्यों दाऊ?"

"मैं तुम्हारे साथ हूं।" बलराम ने कहा।

वसुदेव ने अपने शेष पुत्रों की ओर देखा, "तुम लोग भी कहीं मिल-बैठ कर अपने कर्तव्य के विषय में सोच लो। कोई शीघ्रता नहीं है; किन्तु समय रहते अपने जीवन का लक्ष्य निर्धारित कर लो।"

61

वसुदेव ने अपनी उलझनों से बहुत जूझने के पश्चात् गर्गाचार्य से मिलने का निश्चय किया।

"आओ पुत्र धर्माधिकारी!" उन्होंने अपने कुटीर में वसुदेव का स्वागत किया।

वसुदेव ने उनको प्रणाम किया और बैठ गए।

गर्गाचार्य ने द्वार पर खड़े, अपने शिष्य को बुला कर आदेश दे दिया कि जब तक वसुदेव कुटीर में हैं, किसी और व्यक्ति को भीतर न आने दिया जाए।

"गुरुवर!" वसुदेव बोले, "वर्षों पहले जब मैं अपनी पीड़ा ले कर आपके पास आया था तो आपने कहा था कि समाधान मनुष्य के हाथ में नहीं रह गया है। उसे अब प्रभु ने अपने हाथ में ले लिया है।"

"कहा था पुत्र!"

"कंस मारा जा चुका; किन्तु मथुरा अभी भी समस्याओं से मुक्त नहीं है।" वसुदेव बोले, "क्या अब भी आप यही कहेंगे कि समाधान प्रभु के हाथ में है?"

"कहा था। हां, कहा था। तब प्रभु समाधान को मात्र प्रेरित कर रहे थे।" ऋषि का स्वर उल्लास से आप्लवित था , "किन्तु अब तो उन्होंने परिस्थितियां और समाधान सब-कुछ प्रत्यक्षतः अपने नियन्त्रण में ले लिया है। अब वे स्वयं कर्म-क्षेत्र के मध्य में आ खड़े हुए हैं।"

वसुदेव ने जैसे आंखें फाड़ कर किसी बौराए से व्यक्ति के समान ऋषि की ओर देखा।

ऋषि उच्च स्वर में हंसे, "विश्वास नहीं होता?"

वसुदेव मौन रहे। फिर मन्द स्वर में बोले, "यही तो मेरा द्वन्द्व है। जब तक मैंने कृष्ण को देखा नहीं था, और वृन्दावन में घटित होती घटनाओं के विषय में सुना मात्र था, तब तक मैं भी यही विश्वास करता था कि 'तारणहार' आ गया है। वह स्वयं 'प्रभु' है...।"

"और अब?"

"अब! अब वह मेरे सामने है। मैं उसे देख सकता हूं। उसे छू सकता हूं। वह मुझसे बातें करता है। मेरे चरण छूता है, मुझे 'पिताजी' कह कर पुकारता है।" वसुदेव ने आचार्य की ओर देखा, "अब मुझे लगता है, वह और कोई नहीं, मेरा 'पुत्र' है। वह 'प्रभु' कैसे हो सकता है।"

"तो उससे क्या?"

"उससे क्या!" वसुदेव जैसे भन्ना गए, "आचार्य! मैं उसके लिए चिन्तित हूं, उसके प्राणों के लिए भयभीत हूं।" वसुदेव बोले, "कंस तो मारा गया, किन्तु जरासन्ध जीवित है। बाणासुर जीवित है। कालयवन जीवित है। समाचार आ रहे हैं कि वे लोग एकजुट हो रहे हैं। वे मथुरा पर आक्रमण करेंगे। मुझे अपनी चिन्ता नहीं है; मेरा जीवन तो बीत ही चुका है।...किन्तु वे कृष्ण और बलराम को बन्दी बना सकते हैं, उनका वध कर सकते हैं।...मथुरा के अनेक यादव सामन्त कृष्ण से ईर्ष्या करते हैं। वे उसकी सहायता नहीं करेंगे। वे मथुरा की रक्षा भी नहीं करेंगे। वे अपने लोभ में अन्धे हो कर कृष्ण को बन्दी कर सकते हैं। उसे जरासन्ध को सौंप सकते हैं। मैंने अपने जीवन का बहुत बड़ा भाग कारागार में काटा है, किन्तु मैं कल्पना भी नहीं कर सकता कि कृष्ण और बलराम, जरासन्ध के बन्दी हो कर यातनाएं सहें।"

"ओह! योगमाया! ओ योगमाया।" गर्गाचार्य पुनः हंसे, जैसे कोई बहुत मनोरंजक बात सुन ली हो, "मां की माया बहुत प्रबल है। प्रभु सामने खड़े हैं और धर्माधिकारी को वे अपने पुत्र लग रहे हैं। यही समझती रही यशोदा भी। उसके लिए चिन्तित होती रही, रोती रही, लोगों से झगड़ती रही। उसे डांटती रही, डपटती रही, ऊखल से बांधती रही।..."

"वह मुझे 'पिताजी' कहता है।" वसुदेव ने एक अबोध बालक के समान जैसे अपनी असहायता प्रकट की।

"वह तो क्रीड़ाशील है। कभी पिता बन जाता है, कभी पुत्र। कभी सखा बन जाता है, कभी भाई।" ऋषि बोले, "उसका तो काम ही है लीला करना। यह तो तुम्हें देखना है कि तुम्हारे उस पुत्र के आवरण में कौन है। तुम्हारी श्रद्धा डिग क्यों रही है वसुदेव? केवल इसलिए कि तुम कंस के आतंक से मुक्त हो गए हो?"

"नहीं, मेरी श्रद्धा कम नहीं हुई है; किन्तु यदि मैं उसे अपना पुत्र मानता हूं तो उसके लिए आशंकित हो जाता हूं। उसकी रक्षा का प्रबन्ध करने के लिए तड़पने लगता हूं। मुझे इस चिन्ता में नींद नहीं आती कि उसका कोई अहित न हो, वह पूर्णतः सुरक्षित रहे।" वसुदेव बोले, "और यदि स्वयं प्रभु ही उसके रूप में आए हैं, वे स्वयं ही कर्मक्षेत्र के मध्य आ खड़े हुए हैं, तो मेरा मस्तिष्क मुझसे पूछता है कि अब मेरा क्या काम? वे स्वयं आ गए हैं। उन्होंने स्वयं ही सब-कुछ संभाल लिया है। वे स्वयं ही सब-कुछ करेंगे। तो क्या मेरा दायित्व समाप्त हो गया ऋषिवर? मैं मुक्त हुआ?"

"मुक्ति! तुम मुक्त होना ही क्यों चाहते हो पुत्र? प्रभु मुक्त नही हुए। वे आठों याम कर्म में लगे हैं। योगमाया का कार्य कभी पूर्ण नहीं होता। वे निश्चिन्त हो कर नहीं बैठतीं। तो तुम ही कैसे मुक्त हो सकते हो? कैसा भ्रम है यह मनुष्य का। वह मुक्त होना ही क्यों चाहता है?" गर्गाचार्य बोले, "वस्तुतः मैं इन शब्दों में – मुक्ति और बन्धन की शब्दावली में – नहीं सोचता। यदि मनुष्य कर्ता का अहंकार छोड़ दे तो वह स्पष्ट देख सकता है कि कर्म तो सारे प्रभु के द्वारा ही हो रहे हैं। अरे वंशी स्वयं बजती है क्या? उसमें प्रभु का श्वास ही तो नाद बन कर गूंजता है। तुम यह सोचो कि अभी तक तुम प्रभु के उपकरण थे। प्रभु ने स्वयं अवतरित होने के लिए तुमको अपना साधन बनाया। तुम सीढ़ी थे, प्रभु के धरती पर उतरने के लिए। उतर तो वे तुम्हारे बिना भी आते; किन्तु उन्होंने तुम्हें कृतार्थ किया।" ऋषि रुके, "अब वे तुम्हारे साथ खड़े हैं। तुम साक्षी बन कर देखो कि वे कैसे काम करते हैं। तुम अपने हृदय को संभालो, वे तुम्हें संभालेंगे। तुम मथुरा को संभालो, वे सारी पृथ्वी को संभालेंगे।" वे कुछ रुक कर बोले, "और अपने मन से कृष्ण से सम्बन्धित सारे भय निकाल दो पुत्र! कृष्ण की इच्छा के विरुद्ध कुछ नहीं होगा। कृष्ण को बाण भी लगेगा तो उसकी अपनी इच्छा से लगेगा। ...किन्तु तुम मुक्त नहीं हो वसुदेव! कोई मुक्त नहीं है। बूंद सोचती है कि वह सागर में मिल जाएगी तो उसे बहने से मुक्ति मिल जाएगी; किन्तु वह कल्पना

नहीं कर पाती कि वह सागर की लहर के रूप में सदा गतिशील ही नहीं, हिल्लोलित रहेगी। प्रभु सबके माध्यम से अपना काम करते हैं। तुम कृष्ण के स्थानापन्न थे और अब भी हो।"

"स्वयं प्रभु, कृष्ण के रूप में आए हैं, तो मैं कृष्ण का स्थानापन्न कैसे हो सकता हूं?" वसुदेव चकित थे, "मैं तो एक साधारण, अति साधारण मनुष्य हूं आचार्य!"

"साधारण मनुष्य ही तो देखता है कि उसके आस-पास प्रभु का कार्य कैसे हो रहा है।" गर्गाचार्य हंसे, "स्वयं को असाधारण समझने वाला तो मानता है कि इस संसार को प्रभु नहीं, वह चला रहा है। वह स्वयं को कर्ता घोषित कर देता है।"

"स्वयं को कर्ता नहीं मानेगा तो कोई कार्य कैसे करेगा?"

"जीवन की कला तो यही है कि मनुष्य देखे कि प्रभु उसके...नहीं, उस शरीर के माध्यम से, कैसे कार्य करता है। ये सारे शरीर प्रभु के यन्त्र ही तो हैं।" गर्गाचार्य की आंखें बन्द हो गईं, "यदि व्यक्ति प्रभु को नहीं, स्वयं को देखेगा तो वैसे ही लोभ और क्रोध से जिह्वा लपलपाएगा, जैसे कल तक कंस लपलपा रहा था; और आज मथुरा के अनेक यादव सामन्त लपलपा रहे हैं। यहां तक कि तुम्हारे पुत्र भी।" आचार्य हंस पड़े, "कर्म प्रभु ने किया और ये लोग फल को लपक लेना चाहते हैं। योगमाया।...कर्म प्रभु का है तो फल भी प्रभु के लिए ही क्यों नहीं छोड़ देते।"

"मैं क्या करूं आचार्य?"

"तुम्हारी परीक्षा समाप्त तो नहीं हो गई वसुदेव! कि कहूं कि विश्राम करो।" गर्गाचार्य ने आकाश की ओर देखा, "कंस की शक्ति के विरुद्ध, तुम धर्म के पक्ष में खड़े थे; अब जरासन्ध आएगा और पूछेगा कि तुम किसका पक्ष लेते हो। सम्भव है स्वयं प्रभु पूछें, तुम किसके पक्ष में हो?..."

"आप मुझे भयभीत कर रहे हैं आचार्य!"

"नहीं! मैं तो केवल इतना कह रहा हूं कि कामना मनुष्य को निरन्तर भरमाती है – प्रभु की योगमाया।" गर्गाचार्य गम्भीर थे, "शत्रु के रूप में मित्र आएगा और मित्र के रूप में शत्रु। धर्म के रूप में अधर्म आएगा और अधर्म के रूप में धर्म। सुख के रूप में दुख आएगा और दुख के रूप में सुख। उपलब्धि के रूप में वंचना आएगी और वंचना के रूप में उपलब्धि। सतोगुण का वेश धारण कर तमोगुण

आएगा। निष्क्रियता आएगी सन्तोष का चोला पहन कर। तुम्हारे अपने परिजन, लोभ में बंधे, अपनी आत्मीयता की दुहाई देकर, तुम्हें अधर्म के लिए बाध्य करने का प्रयत्न करेंगे – तुम्हारे अपने पुत्र, तुम्हारी अपनी पत्नियां, तुम्हारे अपने मित्र, तुम्हारे अपने सम्बन्धी। तुम्हें अपने लोगों को जगाए रखना है। उन्हें सुविधाओं की दलदल से निकाल कर धर्म की शिला पर खड़ा करना है। जब तक लोग प्रभु के लिए जीते हैं, वे समृद्ध और शक्तिशाली होते हैं। जिस दिन वे अपने लिए जीने लगते हैं, वे शत्रुओं से नहीं, अपने आपसे लड़ने लगते हैं। पुत्र, जो अपने आपसे लड़ने लगता है, उसकी रक्षा प्रभु भी नहीं करते। प्रभु उनके मध्य विद्यमान होते हैं और वे नष्ट होते जाते हैं।"

"आचार्य! मैं उन्हें प्रभु के लिए जीने के लिए कैसे कह सकता हूं।" वसुदेव ने कहा, "वह तो मेरा पुत्र है।"

"प्रभु के रूपों को पहचानना कठिन है पुत्र!" आचार्य की मुद्रा गम्भीर हो गई, "वह कभी पुत्र के रूप में आता है, तो कभी भाई के रूप में; कभी देश के रूप में, कभी राष्ट्र के रूप में; कभी धर्म के रूप में, कभी संस्कृति के रूप में। किन्तु वह स्वार्थ के रूप में कभी नहीं आता। वह त्याग और बलिदान का आवरण ओढ़ कर आता है।"

"आपने तो मुझे उलझन में डाल दिया आचार्य!"

"इस देश की रक्षा करना वसुदेव! यही तुम्हारे जीवन का ध्येय है। तुम्हारा जन्म ही इसीलिए हुआ है पुत्र! तुम यादवों का पुण्य हो।"

"क्यों कृष्ण यादवों की रक्षा नहीं करेगा?"

"नहीं! प्रभु केवल धर्म की रक्षा करते हैं।" ऋषि बोले, "तुम यादवों के धर्म को बचाओ, प्रभु यादवों को बचा लेंगे।"

वसुदेव बैठे मोचते रहे। कृष्ण ने अपने मातुल का वध किया था, सम्बन्ध की चिन्ता नहीं की थी। कंस ने अपने नवजात भांजों का वध किया था, उसने भी सम्बन्ध की चिन्ता नहीं की थी।...किन्तु उसने भय के कारण अपने भांजों को मारा था और कृष्ण ने धर्म की रक्षा के लिए अपने मामा का वध किया।...

"सच पूछो तो वसुदेव! प्रभु शाश्वत नियम 'ऋत्' की रक्षा करते हैं। वही ऋत्, वाणी में सत्य है और आचरण में धर्म है। ऋतु, मत्य और धर्म में कोई अन्तर

नहीं है पुत्र!..." वसुदेव के कानों में कृष्ण के शब्द गूंज रहे थे, उसने भी यही कहा था। एकदम यही। इन्हीं शब्दों में। कैसा अद्‌भुत संयोग है कि गर्गाचार्य कृष्ण के ही शब्दों को दुहरा रहे हैं।...तो प्रभु यादवों की रक्षा के लिए नहीं आए हैं, वे केवल धर्म की रक्षा के लिए आए हैं।...

धर्म! धर्म की रक्षा!

"तो आचार्य! धर्म को बल देना होगा।"

"हां! पर कैसे दोगे धर्म को बल?"

वसुदेव उनकी ओर देखते रहेः कदाचित् वे कुछ बताएं; किन्तु आचार्य गूंगे का गुड़ खा रहे थे। वे आत्ममुग्ध से मुस्कुराते रहे।

"सोचता हूं कि मेरी वानप्रस्थ की अवस्था हो गई है।" वसुदेव जैसे अपने आपसे कह रहे थे, "तपस्या के लिए, वन में चला जाऊं या फिर तीर्थाटन के लिए निकल जाऊं।"

गर्गाचार्य ने अट्टहास किया। वसुदेव ने चकित हो कर उनकी ओर देखा... ऐसा क्या कह दिया है, उन्होंने, जिस पर आचार्य हंस रहे हैं...।

"तपस्या से पुण्य की वृद्धि होगी। तीर्थाटन से भक्ति का विकास होगा; देश के प्रति प्रेम भी जागेगा। किन्तु धर्म की रक्षा तो अपने सामाजिक आचरण की शुद्धि और दुष्ट-दलन से होगी पुत्र!"

"क्या प्रभु दुष्ट-दलन में समर्थ नहीं हैं?"

"प्रभु तो समर्थ हैं ही; किन्तु तुम्हारे सामर्थ्य को क्या हुआ है पुत्र? प्रभु ने गोवर्धन उठाया था तो गोपालों ने भी अपनी लाठियां साथ टिका दी थीं।"

"तो मैं भी..." वसुदेव ने कुछ कहना चाहा।

आचार्य ने अपनी हथेली उठा कर उन्हें मौन कर दिया, "शीघ्रता में कोई निर्णय मत करो। कहीं एकान्त में बैठ कर अपने मन से थोड़ा संवाद करो। चाहो तो मेरे आश्रम के किसी कुटीर में बैठ कर अपने हृदय का साक्षात्कार करो।...पूछो उससे कि क्या तुम भी या तुम ही..."

62

वसुदेव अभी नगरद्वार से दूर ही थे कि उन्हें कुछ असाधारणता का आभास हुआ। इतना आवागमन तो इस मार्ग पर कभी नहीं होता था। लगा कि परिवार के परिवार, सार्थ बना कर मथुरा के नगरद्वार की ओर बढ़ रहे हैं। वे नगर में प्रवेश पाना चाहते थे। दूसरी ओर नगर से बाहर निकलने वालों की भी कमी नहीं थी1 लगता था धनाढ्य व्यापारियों के सार्थ दूसरे नगरों को जा रहे थे।...किन्तु यह तो होता ही रहता था, फिर आज इतना कोलाहल क्यों है?

वे नगरद्वार के निकट आए तो देखा कि आरक्षी-दल एक ओर हो कर शान्ति से बैठा है। वे लोग किसी से पूछ-ताछ नहीं कर रहे थे।

"क्या बात है महादेव प्रसाद! आज मथुरा का नगर-द्वार उन्मुक्त हो गया है?"

महादेव प्रसाद ने उन्हें देख कर प्रणाम किया, "आर्य धर्माधिकारी! हमें आदेश मिला है कि मथुरा में लोगों का आवागमन अबाध कर दिया जाए। न जाने वाले को रोका जाए, न आने वालों को।"

"ठीक है। उन्हें रोका न जाए; किन्तु यह तो देखना होगा न कि कहीं नगर में उत्पात् करने अपराधी लोग तो नहीं आ रहे; या फिर नगर का धन लूट कर दस्यु तो बाहर नहीं भाग रहे।"

"आपका कहना शत-प्रतिशत सत्य है।" महादेव प्रसाद ने कहा, "कंस का राज्य होता तो वह कहता कि इन्हें आबाध आने-जाने तो दो; किन्तु उनसे आने-जाने का शुल्क उगाहो। वह धन बटोरने का ऐसा स्वर्णिम अवसर व्यर्थ ही क्यों छोड़ देता।"

"आदेश किसने दिया है?" वसुदेव गम्भीर थे।

"स्वयं महाराज उग्रसेन ने।"

वसुदेव ने और कुछ नहीं पूछा। सहसा ही उन्हें अपने घर पहुंचने की जल्दी मच गई थी। क्यों है ऐसा कोलाहल और क्यों महाराज ने ऐसी छूट दे दी है, जो नगर और नगरवासियों के लिए घातक है?

* * *

अपने घर के घेर में प्रवेश करते ही, उन्हें अश्वशाला में कृष्ण दिखाई दिए। वसुदेव उनकी ओर बढ़ गए।

"यहां क्या कर रहे हो कान्हा?"

कृष्ण ने एक चकित मुस्कान से उनकी ओर देखा : वसुदेव भी उन्हें 'कान्हा' कह कर पुकार रहे थे।

"अश्वों से परिचय कर रहा था।"

"किन्तु वृन्दावन में तो अश्व थे ही नहीं।" वसुदेव हंसे, "कम-से-कम नन्द के पास तो नहीं थे।"

"वृन्दावन ओर मथुरा में पर्याप्त अन्तर है पिताजी!" कृष्ण ने कहा, "वहां वेणु थी, यहां शंख है। वहां गऊवें थीं, यहां अश्व हैं। वहां लाठी थी, यहां खड्ग और धनुष-बाण हैं। अश्वों से भी तो परिचय करना ही पड़ेगा।"

"अच्छा है, रथों और अश्वों से परिचय कर लो।" वसुदेव बोले, "मैं सोचता हूं कि यादव राजकुमारों के समान तुम्हारा और बलराम का शस्त्रास्त्रों का प्रशिक्षण हो जाना चाहिए। आगामी युद्धों में मल्ल-युद्ध की दक्षता तो उपयोगी नहीं होगी।"

"ठीक कह रहे हैं आप।" कृष्ण सहज भाव से बोले, "किन्तु आगामी युद्धों के विषय में क्या सूचना है आपके पास?"

"कैसी सूचना?"

"आप गर्गाचार्य के आश्रम गए थे, वहां आपको कुछ सुनने को नहीं मिला?"

"वहां बहुत सारी चर्चा हुई; किन्तु किसी आगामी युद्ध की बात आचार्य ने नहीं की।" वसुदेव बोले, "हां लौटते हुए मार्ग में जो कोलाहल देखा है, उसके विषय में कुछ उत्सुकता है।"

"पिताजी! सूचनाएं आ रही हैं कि कंस की रानियां अस्ति और प्राप्ति राजगृह में अपने पिता के पास पहुंच गई हैं। निश्चित् रूप से उन्होंने अपने पिता को अपनी दुखभरी गाथा सुनाई होगी। परिणामतः जरासन्ध अपनी सेना ले कर मथुरा की ओर बढ़ रहा है। उसके मार्ग में जो नगर और ग्राम पड़ रहे हैं, उन्हें उसके सैनिक उजाड़ रहे हैं। इसलिए लोग अपनी सुरक्षा के लिए जहां-तहां भाग रहे हैं। मथुरा के निकट के क्षेत्रों से लोग अपने परिवारों के साथ आश्रय के लिए मथुरा आ रहे हैं।..."

"किन्तु मैंने तो लोगों को मथुरा से जाते भी देखा था। तब मेरी समझ में नहीं आया था। अब जान पाया हूं कि वे तो मथुरा को असुरक्षित मान कर यहां से पलायन कर रहे थे।"

"आप ठीक समझे।" कृष्ण मुस्कुरा रहे थे, "जिनके पास बहुत धन है, उन्हें मथुरा में रहना और अपने धन को यहां रखना सुरक्षित नहीं लग रहा है। वे अपना धन सुरक्षित स्थानों पर पहुंचा रहे हैं।"

"उन्हें रोका नहीं जाना चाहिए क्या?" वसुदेव कुछ उत्तेजित थे।

"क्या लाभ है पिताजी?" कृष्ण बोले, "कुछ लोग तभी तक उस भूमि के होते हैं, जब तक वह सुरक्षित है। संकट देखते ही वे उस भूमि को त्याग देते हैं।"

"किन्तु यह तो कोई अच्छी बात नहीं है।"

"हां! अच्छी बात तो नहीं है। किन्तु उन लोगों को मथुरा में रोके रखने का क्या लाभ, जो युद्ध के समय हमारी कोई सहायता न कर यहां से पलायन के मार्ग खोजेंगे। हम उन लोगों का स्वागत करें, जो मथुरा को सुरक्षित समझ कर यहां आ रहे हैं। वे आपत्ति में इसकी रक्षा के लिए हमारे सहायक होंगे।"

"तो महाराज उग्रसेन को तुमने यह परामर्श दिया है?"

"नहीं! यह हमारा सामूहिक निर्णय था।"

"क्या तुमने वीरभद्र से चर्चा की है कि जरासन्ध की सेना के सम्मुख हमारी क्या स्थिति है?" वसुदेव का स्वर चिन्तित था।

"आप आशंकित हैं?"

"यह तो नहीं कहूंगा; किन्तु स्थिति का आकलन तो होना चाहिए। शत्रु की

शक्ति की ओर से आंखें बन्द कर तो युद्ध नहीं किया जा सकता।"

"आप ठीक कहते हैं।" कृष्ण सहज भाव से बोले, "हमारे सारे सेनापतियों और मेरे सारे भाइयों का आकलन है कि हम लोग जरासन्ध की सेना के सामने नहीं टिक सकेंगे।..."

"प्रद्योत क्या कहता है? वह जरासन्ध की शक्ति से परिचित है।"

"उनका विचार है कि राजगृह की शक्ति मथुरा से कहीं अधिक है।"

"तो?"

"किन्तु मैं और दाऊ पूर्णतः आश्वस्त हैं कि हम जरासन्ध को पराजित कर सकें, न कर सकें; किन्तु उसे विजयी होने नहीं देंगे।"

"तुम्हारे इस विश्वास का आधार?"

वसुदेव ने पूछ तो लिया किन्तु उनकी आंखों के सामने जैसे स्वयं गर्गाचार्य आ खड़े हुए...प्रभु सामने खड़े होंगे और जीव उन्हें पहचान नहीं पाएगा।...

"आज धर्म यही चाहता है कि हम जरासन्ध से लड़ें। वह अधर्म का पुंजीभूत स्वरूप है। संसार का सारा पाप उसके आस-पास सिमटा हुआ है। कंस अधर्म पर चल रहा था; किन्तु वह अधर्म का आधार नहीं था। जरासन्ध अधर्म का आधार-स्तम्भ है। उस स्तम्भ का टूटना अवश्यम्भावी है, नहीं तो धर्म इस संसार में श्वास भी नहीं ले पाएगा।"

"किन्तु तुम और बलराम शस्त्रास्त्रों से अनभिज्ञ हो।"

"युद्ध जीतने के लिए शक्ति, शौर्य, शस्त्र, धर्म, आत्मबल और युद्धनीति की आवश्यकता होती है।" कृष्ण मुस्कुराए, "हम जरासन्ध से भयभीत नहीं हैं।"

वसुदेव कहना चाहते थे कि वे तो भयभीत हैं न! किन्तु कहा नहीं उन्होंने।

कृष्ण जैसे उनके मन को पढ़ रहे थे। बोले, "किन्तु हम सब भाई सोचते हैं कि आपको और अपनी सारी माताओं को किसी सुरक्षित स्थान पर पहुंचा दें, ताकि युद्ध के समय हम सब निश्चिन्त हो सकें।...आप लोगों ने वैसे भी बहुत कष्ट सहा है..."

वसुदेव को गर्गाचार्य के शब्द स्मरण हो आए, "...वह तो लीलाधर है...।" वे

देख रहे थे कि कृष्ण लीला रच रहे थे। वे उनकी परीक्षा ले रहे थे या उनका मन्तव्य जानना चाहते थे।...

"किन्तु हम आपकी इच्छा के विरुद्ध कुछ नहीं करना चाहते।"

वसुदेव का मन कैसा तो प्रफुल्लित-सा हो उठा। बहुत दिनों के पश्चात् उनका 'स्वभाव' लौटा था। वे मुस्कुराए, "मैं चाहता हूं कि तुम अपने सारे भाइयों को एकत्रित कर लो। मैं तुम सब से एक बात कहना चाहता हूं। पृथक्-पृथक् तुम सब से कहां कहता फिरूंगा।"

कृष्ण मुस्कुराए, "आप अपने कक्ष में चलिए, हम सब वहीं आते हैं।"

* * *

वसुदेव अपने कक्ष में आ गए। थोड़ी ही देर में देवकी भी आ गईं, "कहां चले गए थे आप?"

"कहीं नहीं। बस आचार्य के आश्रम तक गया था।"

"कोई विशेष कारण?"

"आचार्य के पास जाने के लिए किसी कारण की आवश्यकता नहीं होती।"

"कृष्ण कह रहा था कि आपने अपने सारे पुत्रों को बुलाया है।"

"हां!"

"क्या हम लोग कहीं जा रहे हैं?" देवकी ने पूछा।

"नहीं तो।"

"चारों ओर इस प्रकार की चर्चाएं हैं।" देवकी बोलीं, "किन्तु मैं अपने पुत्रों को छोड़ कर कहीं नहीं जाना चाहती। इतनी लम्बी प्रतीक्षा के पश्चात् पुत्र का मुख देखने का सुख मिला है। अब मैं उससे वंचित नहीं होना चाहती।"

"यदि तुम्हारे पुत्र तुम्हें किसी सुरक्षित स्थान पर पहुंचाना चाहें तो?"

"मैं अपने पुत्रों के साथ जहां कहीं भी रहूंगी, स्वयं को सुरक्षित ही मानूंगी।"

"तुम्हें पता है कि जरासन्ध अपनी सेना के साथ आ रहा है?"

"जानती हूं।"

"वह हमसे भेंट करने नहीं आ रहा है।"

"जानती हूं, युद्ध करने आ रहा है।"

"यादवों को समाप्त करने और मथुरा को नष्ट करने के लिए...।"

"जानती हूं।" देवकी का स्वर स्थिर था।

"वह केवल सेना से ही नहीं लड़ता, नागरिकों का भी वध कर देता है।"

"कर सके तो कर ले।"

"नगर पर बाण भी बरसेंगे और पत्थर भी।"

"युद्ध में तो यह स्वाभाविक ही है।"

"वह नगर को अग्निसात् भी कर सकता है।"

"हां! वह राक्षस कुछ भी करे, कम है..."

कृष्ण अपने भाइयों के साथ आ गए थे। उन सबने प्रणाम किया।

"बैठो पुत्रो!" वसुदेव बोले, "हम सब एक लम्बे अन्तराल के पश्चात् अभी-अभी ही मिले हैं। और अब फिर हमारे विलग होने का समय आ गया है। कृष्ण मुझसे पूछ रहा था कि मैं किसी सुरक्षित स्थान पर जाना चाहूंगा क्या!...और मैं तुम सब से पूछना चाहता हूं कि क्या तुम लोग मेरे साथ रहना पसन्द करोगे?..."

"क्या मैं इस सभा में सम्मिलित हो सकती हूं?" द्वार पर रोहिणी खड़ी थीं।

"तो तुम्हें भी सूचना हो गई।" वसुदेव हंस रहे थे।

"इस बार मैं गोकुल नहीं जाऊंगी।" रोहिणी बोलीं, "मैं जरासन्ध के कारागार में आपके साथ रहूंगी।"

"मैं जरासन्ध के कारागार में नहीं जा रहा।" वसुदेव बोले, "मैं कहीं और जा रहा हूं; और तुम्हारे सारे पुत्रों को भी अपने साथ ले जा रहा हूं। आओ पुत्रो!"

वसुदेव कक्ष से बाहर निकल गए। जाने कहां से आ कर वीरभद्र भी उनके मार्ग में खड़ा हो गया था।

"चलो वीरभद्र, मार्ग दिखाओ।"

वीरभद्र आगे-आगे चला और वे लोग वृष्णियों के प्राचीन शस्त्रागार के सम्मुख आ खड़े हुए। वीरभद्र ने कपाट खोल दिए और वे भीतर प्रविष्ट हुए।

"पुत्रो! इस प्राचीन शस्त्रागार को देखो। यह यादवों का गौरव स्थल है। मैं चाहता हूं कि जरासन्ध के आने से पहले तुम लोग इससे परिचित हो लो।" वसुदेव बोले, "मैं नहीं जानता कि तुम सबके मन में क्या है; किन्तु मैं एक बात कहना चाहता हूं कि धर्म-युद्ध में यह चिन्तन नहीं करना होता कि कौन मेरे साथ आएगा, कौन नहीं आएगा। इतना समझ लो कि मैं न युद्ध की अवहेलना करना चाहता हूं, न पलायन। तुम सब अपना निर्णय करने के लिए स्वतन्त्र हो।..."

"हम जरासन्ध से निबट लेंगे पिताजी!" कृष्ण बोले, "आपको इस अवस्था में यह संकट मोल लेने की आवश्यकता नहीं है।"

"आवश्यकता तो स्पष्ट है पुत्र!" वसुदेव बोले, "जब सामने वाला केवल युद्ध की भाषा समझता हो, तो युद्ध ही एकमात्र धर्म है। और मैं धर्म से कभी पीछे नहीं हटा। मैं हूं वसुदेव, मथुरा का धर्माधिकारी। मैं अपना धर्म छोड़ नहीं सकता।"

"तो धर्म के लिए आपको तपस्या करनी चाहिए।" सारण ने कहा।

"दुष्ट-दलन से बड़ी तपस्या संसार में और कोई है क्या?" वसुदेव बोले, "पलायन कभी धर्म नहीं हो सकता।"

"किन्तु धर्म को कोई कैसे पहचानेगा?" गद ने जैसे आपत्ति की।

"जहां प्रभु हों, वहीं धर्म है; और जहां धर्म है, वहीं जय है।"

वसुदेव ने अपना प्रिय खड्ग अपने हाथ में ले लिया; और उनकी दृष्टि कृष्ण के आनन पर स्थिर हो गई, "मैंने विवाह के समय ही देवकी से कहा था कि क्षत्रिय तब तक शस्त्र का त्याग नहीं करता, जब तक उसकी भुजा ही न कट जाए। आज मैं तुमसे कहता हूं कि क्षत्रिय तब तक संघर्ष से पीछे नहीं हटता, जब तक उसका मस्तक ही न कट जाए।" वे रुके, "और तुम देख सकते हो कि अभी वसुदेव का मस्तक उसके कन्धों पर दृढ़तापूर्वक स्थापित है।"

(मार्गशीर्ष शुक्ल द्वादशी 2063 वि./2.12.2006)

•••